ein Ullstein Buch

ein Ullstein Buch
Nr. 3042
im Verlag Ullstein GmbH
Frankfurt/M – Berlin – Wien
Englischer Originaltitel:
»The French Lieutenant's
Woman«
Übersetzt von
Reinhard Federmann

Ungekürzte Ausgabe

Umschlagentwurf:
Hansbernd Lindemann
Umschlagfoto: United
Artists; es zeigt Meryl
Streep in dem gleich-
namigen Film von Karel
Reisz

Printed in Germany 1983
Gesamtherstellung:
Mohndruck
Graphische Betriebe GmbH,
Gütersloh
ISBN 3 548 03042 4

Juli 1983
51.–58. Tsd.

Vom selben Autor
in der Reihe der
Ullstein Bücher:

Der Magus (20075)

CIP-Kurztitelaufnahme
der Deutschen Bibliothek

Fowles, John:
Die Geliebte des französischen Leutnants:
Roman/John Fowles. [Übers. von
Reinhard Federmann]. – Ungekürzte
Ausg. – Frankfurt/M; Berlin; Wien:
Ullstein, 1982.
(Ein Ullstein-Buch; Nr. 3042)
Einheitssacht.: The French lieutenant's
woman ‹dt.›
ISBN 3-548-03042-4
NE: GT

John Fowles

Die Geliebte des französischen Leutnants

Roman

ein Ullstein Buch

Alle Emanzipation
ist Zurückführung
Der menschlichen Welt,
der Verhältnisse,
Auf den Menschen selbst.

KARL MARX

»Zur Judenfrage«, 1844

1

Bei widrigem Wind und bei günstigem
Stand sie
Den Blick nach Westen gerichtet
Übers Meer
Nichts begehrte sie
Als diesen Anblick
Nur dort draußen
Ruhte ihr Aug
Nirgends sonst
War Schönheit   Hardy, *Das Rätsel*

In der Lyme-Bucht – jenem tiefsten Einschnitt an der Südküste Englands, die sich wie ein Bein nach Südwesten erstreckt – ist der Ostwind am unangenehmsten, und ein Neugieriger hätte mit großer Wahrscheinlichkeit einiges vermuten können, wenn er das Paar gesehen hätte, das an jenem Morgen, Ende März 1867, auf den Kai von Lyme Regis hinausging, jenem kleinen Städtchen, das dem Einschnitt seit alter Zeit den Namen gibt. Die Hafenmole hat wenigstens sieben Jahrhunderte standhaft überdauert, doch der echte Lymer wird sie immer nur als lange Kralle aus altersgrauem Mauerwerk betrachten, die sich gegen das Meer hin krümmt. Sie liegt ja wirklich so weit von der eigentlichen Stadt entfernt – der winzige Piräus eines mikroskopisch kleinen Athen, daß sie ihm scheinbar den Rücken zukehrt. Sie hat auch im Laufe der Jahrhunderte so viel Reparaturkosten beansprucht, daß ein gewisses Ressentiment gerechtfertigt sein mag. Einem Betrachter aber, der weniger Steuern zahlt und dafür mehr Urteilsfähigkeit besitzt, bietet sie sich als der prachtvollste Wellenbrecher der ganzen englischen Südküste dar. Nicht nur deshalb, weil sie laut Reiseführer den Duft von siebenhundert Jahren englischer Geschichte ausströmt, weil von da die Schiffe in See stachen, um der Armada zu begegnen, weil Monmouth in der Nähe landete . . . sondern weil sie schließlich ein wunderbares Bruchstück echter Volkskunst ist.

Primitiv und doch kompliziert, massig und doch zart, voller feiner Rundungen und Schwellungen wie ein Werk von Henry Moore oder Michelangelo; dabei rein, sauber und salzig, ein Muster der Baukunst. Übertreibe ich? Vielleicht, doch man kann es nachprüfen; denn die Mole hat sich seit dem Jahr, von dem ich erzähle, kaum verändert; dagegen hat sich die Stadt Lyme verändert, und der Vergleich fällt nicht zu ihrem Vorteil aus, wenn man landeinwärts schaut.

Hätte man sich im Jahr 1867 nordwärts, ins Landesinnere, gewandt, wie der Mann es an jenem Tag tat, man hätte einen harmonischen Ausblick vor sich gehabt. Dort, wo die Mole ins Festland übergeht, lagen malerisch zusammengerückt ungefähr ein Dutzend Häuser um eine kleine Bootswerft, in der das Mittelstück eines Loggers wie eine Arche auf seinen Stützen ruhte. Die mit Stroh oder Schiefer gedeckten Häuser von Lyme lagen inmitten von Wiesen eine Viertelstunde östlich. Die Stadt hatte im Mittelalter ihre Blütezeit erreicht, seither ging es beständig abwärts. Düstere graue Klippen, in der Gegend als Ware Cleeves bekannt, ragten im Westen steil über den kiesigen Strand. Dort hatte Monmouth seinen tollen Weg angetreten. Darüber und dahinter bauten sich landeinwärts immer mehr massige Felsen auf, von dichtem Wald bedeckt. In dieser Hinsicht scheint die Mole tatsächlich ein letztes Bollwerk gegen jene wildzerklüftete Küste im Westen darzustellen. Man kann mich auch hier beim Wort nehmen. Kein Haus lag damals in jener Richtung in Sichtweite. Von ein paar erbärmlichen Strandhäusern abgesehen, ist es heute nicht anders.

Der ansässige Späher – der wirklich zugegen war – konnte also vermuten, daß es sich bei den beiden um Fremde handelte, Menschen von gutem Geschmack, die sich ihre Freude an der Mole nicht durch ein bißchen scharfen Wind nehmen ließen. Wenn er sein Fernrohr schärfer einstellte, mußte er andererseits vermuten, daß beide an der Einsamkeit des Orts mehr interessiert waren als an dem Bauwerk am Meer; höchstwahrscheinlich hätte er ihren ganz außerordentlichen Geschmack, was ihr Äußeres anlangte, festgestellt.

Die junge Dame war nach der letzten Mode gekleidet, denn 1867 wehte ein anderer Wind: eine Revolte begann gegen die Krinoline und die großen Kapotthüte. Das Auge am Fernglas hätte einen geradezu gewagt engen und kurzen Rock von karmesinroter Farbe wahrgenommen, welcher zwei weiße Knöchel unter dem weiten grünen Mantel und über den schwarzen Schuhen sehen ließ, die elegant über das Mauerwerk trippelten; auf dem Haarknoten im Nacken thronte einer jener kleinen, frechen runden Filzhüte mit einem zarten Federbusch an der Seite – ein Traum, den die Damen von Lyme mindestens ein weiteres Jahr nicht zu tragen wagen würden; der Herr war größer als sie, in tadellosem

Hellgrau, den Zylinder in der freien Hand; die Koteletten trug er energisch gekürzt, was ein oder zwei Jahre früher die Diktatoren der besten englischen Herrenmode – lächerlich genug für einen Ausländer – etwas vulgär gefunden hätten. Die Farben der Kleidung, die die junge Dame trug, wären für uns heute schockierend grell; aber die Welt von damals hatte gerade begonnen, die Anilinfarben zu entdecken. Die Damenwelt kompensierte so manches, was als Maßstab an ihr Betragen gelegt wurde, dadurch, daß sie anstatt diskreter, glänzende Farben forderte.

Den Standpunkt des Fernglasbesitzers nahm eine andere Gestalt auf jener düsteren, gekrümmten Mole ein. Sie stand an deren äußerstem Ende gegen das Meer zu und lehnte an einem alten Geschützrohr, das vorn wie ein Poller sich verbreiterte. Die Gestalt trug schwarze Kleider, die der Wind bewegte, während sie selbst unbeweglich stand. Sie starrte und starrte auf die See und glich so eher einem lebenden Denkmal für die Verunglückten oder einer Sagengestalt, als einer Figur aus dem kleinen Provinzalltag.

2

In jenem Jahr 1851 betrug die Zahl der weiblichen Personen über 10 Jahren in der englischen Bevölkerung 8 155 000, die der männlichen 7 600 000. Schon daraus ist ersichtlich, daß es trotz der angeblichen Bestimmung der Mädchen im viktorianischen England zur Frau und Mutter nicht genug Männer gab, alle an die Reihe kommen zu lassen.

E. Royston, Pike, *Human Documents of the Victorian Golden Age*

Silbersegel will ich setzen und der Sonne zusteuern
Silbersegel will ich setzen und der Sonne zusteuern
Mein falsches Lieb wird weinen, mein falsches Lieb wird weinen
Mein falsches Lieb wird weinen, wenn ich gegangen bin

Volkslied aus Westengland: *»Als Sylvie spazierenging«*

»Meine teure Tina, wir haben Neptun unsere Reverenz erwiesen. Er wird uns verzeihen, wenn wir ihm jetzt den Rücken kehren.«

»Du bist nicht sehr galant.«

»Bitte, was soll das bedeuten?«

»Ich hätte gedacht, du könntest den Wunsch haben, eine solche Gelegenheit auszunützen, meinen Arm zu halten, ohne daß es unschicklich aussieht.«

»Wie zartfühlend wir geworden sind.«
»Wir sind ja nicht in London.«
»Nein, am Nordpol, wenn ich nicht irre.«
»Ich will aber bis zum Ende gehen.«
So kam es, daß sich der Herr mit einem Blick stiller Verzweiflung, als ob es sein letzter auf das Festland wäre, umwandte. Das Paar setzte seinen Weg auf der Mole fort.
»Ich möchte wirklich wissen, was letzten Donnerstag zwischen dir und Papa vorgefallen ist.«
»Deine Tante hat ja jedes Detail jenes amüsanten Abends bereits aus mir herausgezogen.«
Das Mädchen blieb stehen und sah ihm in die Augen.
»Charles! Also Charles, du kannst dich jedem anderen gegenüber wie ein Stück Holz benehmen. Aber bei mir darfst du nicht aus Holz sein.«
»Wie sonst, Liebste, sollen wir jemals im heiligen Ehestand aneinanderkleben?«
»Heb dir deine niedrigen Späße für den Klub auf.« Sie ging steif weiter, und er mußte mit. »Ich hab' einen Brief bekommen.«
»Aha. Das befürchtete ich. Von Mama?«
»Ich weiß, es ist etwas passiert . . . beim Portwein.«
Seine Antwort kam erst nach einigen Schritten; Charles schien einen Augenblick lang geneigt, ernsthaft zu werden, änderte dann aber seine Absicht.
»Ich gestehe, dein werter Herr Vater und ich hatten eine kleine philosophische Meinungsverschiedenheit.«
»Das ist sehr böse von dir.«
»Ich dachte, es sei sehr anständig von mir.«
»Und worüber unterhieltet ihr euch?«
»Dein Vater verstieg sich zu der Meinung, Mr. Darwin sollte im zoologischen Garten in einem Käfig ausgestellt werden. Im Affenhaus. Ich versuchte, ihm einige wissenschaftliche Argumente klarzumachen, auf denen die Position Darwins ruht. Das gelang mir nicht. Et voilà tout.«
»Wie konntest du, wo du doch Papas Ansichten kennst!«
»Ich war sehr höflich.«
»Das heißt, sehr gehässig.«
»Er sagte, er wolle nicht, daß seine Tochter einen Mann heirate, der annimmt, sein Großvater sei ein Affe gewesen. Ich glaube aber, wenn er es sich überlegt, wird er sich daran erinnern, daß es

in meinem Fall ein adeliger Affe war.«

Sie betrachtete ihn beim Weitergehen und wandte dann den Kopf mit einer seltsam gleitenden Bewegung ab; die Geste war charakteristisch für sie, wenn sie Besorgnis ausdrücken wollte – Besorgnis in diesem Fall darüber, was in ihren Augen wirklich das größte Hindernis für ihre Verlobung darstellte. Ihr Vater war ein sehr reicher Mann, doch ihr Großvater war Tuchhändler gewesen, der Großvater von Charles hingegen Baron. Er lächelte und drückte die behandschuhte Hand, die leicht auf seinem linken Arm lag. »Liebste, wir haben das doch zwischen uns ausgemacht. Es ist durchaus in Ordnung, daß du Angst vor deinem Vater hast. Aber ich heirate ja nicht ihn. Und du vergißt, daß ich Wissenschaftler bin. Ich habe eine Monographie verfaßt, also bin ich einer. Und wenn du weiter so lächelst, dann beschäftige ich mich künftig anstatt mit dir mit meinen Fossilien.«

»Ich habe keine Lust, auf Fossilien eifersüchtig zu sein.« Sie machte eine Kunstpause. »Du bist jetzt mindestens eine Minute auf ihnen gegangen und hast nicht einmal geruht, sie zu bemerken.«

Er blickte scharf zu Boden und ließ sich sofort auf die Knie nieder. Die Mole ist stellenweise mit Gestein bedeckt, das Versteinerungen enthält.

»Bei Gott, schau her! *Certhidium portlandicum.* Dieser Stein muß aus der oolitischen Schicht in Portland stammen.«

»In dessen Steinbrüchen ich dich zu lebenslänglicher Zwangsarbeit verurteilen werde, wenn du nicht sofort aufstehst.« Er gehorchte lächelnd.

»Nun, war es nicht lieb von mir, dich hierher zu bringen? Sieh her.« Sie führte ihn an die Seite des Walls, wo eine Reihe flacher, in die Mauer eingelassener Steine eine Art roher Treppe zu einem niedriger gelegenen Weg darstellte. »Dies sind die Stufen, über die Jane Austen in *Persuasion* Louisa Musgrove hinunterstürzte.«

»Wie romantisch.«

»Die Herren waren eben romantisch ... damals.«

»Und heute sind sie wissenschaftlich? Sollen wir den gefahrvollen Abstieg wagen?«

»Auf dem Rückweg.«

Wieder gingen sie ein Stück. Erst jetzt bemerkte oder vielmehr entdeckte er das Geschlecht der Gestalt, die draußen stand.

»Um Gottes willen, ich hielt das für einen Fischer. Ist es nicht eine Frau?«

Ernestina sah scharf hin, aber ihre grauen, sehr hübschen Augen waren kurzsichtig, darum erblickte sie nur einen dunklen Umriß.

»Ist sie jung?«

»Es ist noch zu weit, um das feststellen zu können.«

»Ich glaube, ich weiß, wer es ist. Es muß die arme Tragedy sein.«

»Tragedy?«

»Ein Spitzname. Einer ihrer Spitznamen.«

»Und wie heißen die anderen?«

»Die Fischer haben einen gräßlichen Namen für sie.«

»Liebe Tina, du kannst sicherlich ...«

»Sie nennen sie die Geliebte des französischen Leutnants.«

»Wirklich. Und sie ist so ausgestoßen, daß sie ihre Tage hier draußen verbringen muß?«

»Das ist sie. Ein bißchen verrückt. Wir wollen umkehren. Ich mag ihr nicht in die Nähe kommen.«

Sie hielten an. Er starrte die schwarze Gestalt an.

»Aber jetzt bin ich neugierig. Wer ist dieser französische Leutnant?«

»Ein Mann, den sie ...«

»In den sie sich verliebt hat?«

»Schlimmer.«

»Und er hat sie verlassen. Ein Kind ist da.«

»Nein, ich glaube nicht. Es ist alles nur Geschwätz.«

»Aber was macht sie dort?«

»Man sagt, sie wartet auf ihn.«

»Aber ... paßt denn niemand auf sie auf?«

»Sie ist eine Art Dienstbote bei der alten Mrs. Poulteney. Wenn wir dort Besuch machen, ist sie nie zu sehen. Aber sie wohnt dort. Bitte, laß uns umkehren. Ich hab sie noch nie gesehen.« Er lächelte.

»Wenn sie dich anspringt, werde ich dich verteidigen und meine armseligeTapferkeit unter Beweis stellen. Komm.« Sie gingen also näher an die Gestalt an dem Geschützrohr heran. Diese hatte ihren Hut abgenommen und trug ihn in der Hand; ihr Haar lag straff zurück und steckte im Kragen ihres bizarren schwarzen Mantels, der eher dem Reitrock eines Mannes als irgendeinem Damenmantel nach der Mode der letzten vierzig Jahre ähnlich sah.

Auch sie trug keine Krinoline, doch es war klar, daß dies nur aus Vergeßlichkeit, nicht etwa aus Kenntnis der neuesten Londoner Mode geschah. Charles machte laut eine platte Bemerkung, um ihr bewußt zu machen, daß sie nicht mehr allein sei, aber sie drehte sich nicht um. Das Paar näherte sich ihr so weit, bis es ihr Gesicht im Profil sehen und feststellen konnte, daß ihr starrer Blick wie ein Gewehrlauf auf den fernsten Horizont gebannt war. Ein starker Windstoß zwang Charles, seinen Arm um Ernestinas Taille zu legen, um sie zu stützen; die Frau lehnte sich fester an das Geschütz.

Ohne sich über die Gründe klar zu sein, vielleicht nur um Ernestina zu zeigen, wie man einer Gefahr furchtlos ins Auge sieht, trat er vor, sobald der Wind es zuließ.

»Gute Frau, wir können Sie hier nicht stehen sehen, ohne für Ihre Sicherheit zu fürchten. Eine stärkere Bö –«

Sie wandte sich um und sah ihn an – oder, wie es Charles schien, sah durch ihn hindurch. Nicht so sehr wie dieses Gesicht wirklich aussah, blieb ihm nach jener ersten Begegnung im Gedächtnis, sondern was anders war, als er es erwartet hatte; zu jener Zeit schätzte man am Blick des Weibes das Züchtige, Unterwürfige, Scheue. Charles aber hatte unwillkürlich das Gefühl, eine Übertretung begangen zu haben; als gehöre die Mole diesem Gesicht und sei nicht das Eigentum der ehrwürdigen Gemeinde von Lyme. Das Gesicht war nicht hübsch, wie das Ernestinas. Es war sicherlich auch nicht schön, gemessen an Maßstab oder Geschmack irgendeines Zeitalters. Aber es war ein unvergeßliches, ein tragisches Gesicht. Der Schmerz strömte aus ihm rein, natürlich und unstillbar wie Wasser aus einer Quelle im Wald. Da war keine Künstlichkeit, keine Verstellung, keine Hysterie, keine Maske; vor allem kein Anzeichen von Verrücktheit. Die Verrücktheit lag in der leeren See, dem leeren Horizont, dem Mangel an Gründen für einen solchen Schmerz, so wie die Quelle an sich natürlich ist, aber unnatürlich, wenn sie mitten in der Wüste entspringt.

Immer wieder kam Charles später dieser Blick in den Sinn; er war wie ein Lanzenstich. Damit ist nicht der Gegenstand, sondern seine Wirkung beschrieben. In jenem Augenblick fühlte er sich wie ein böser Feind; durchbohrt und zu Recht gedemütigt.

Die Frau sagte nichts. Ihr Blick dauerte höchstens zwei oder drei Sekunden; dann wandte sie sich wieder der See zu; sie starrte nach Süden. Ernestina zupfte Charles am Ärmel, er drehte sich um, achselzuckend und indem er sie anlächelte. Als sie sich dem Festland näherten, meinte er: »Ich wollte, du hättest mir diese gemeinen Sachen nicht erzählt. Das ist der Jammer in diesen Provinznestern. Jeder kennt jeden, es gibt keine Geheimnisse und keine Romantik.«

Da neckte sie ihn: Er, der Wissenschaftler, der Verächter von Romanen . . .

3

Aber eine noch wichtigere Überlegung ist, daß die Hauptteile der Organisation jedes lebenden Geschöpfes durch Erbschaft erworben wurden, und daher kommt es, daß viele Strukturen jetzt keine engen und direkten Beziehungen zu den jetzigen Lebensgewohnheiten haben, . . .

Darwin, *Die Entstehung der Arten* (1859)

Hätte ein Weiser die Wahl, in welchem Jahrzehnt unserer Geschichte er am liebsten seine Jugend verbracht hätte, er würde die fünfziger Jahre des 19. Jahrhunderts wählen.

G. M. Young, *Portrait of an Age*

In seine Zimmer im »Weißen Löwen« zurückgekehrt, betrachtete Charles nach dem Lunch lange sein Gesicht im Spiegel. Seine Gedanken waren zu unbestimmt, als daß man sie beschreiben könnte. Es war jedoch ein geheimnisvolles Element in ihnen; das Gefühl einer verborgenen Niederlage, die keineswegs zu dem Vorfall auf der Mole in Beziehung stand, vielmehr zu gewissen Trivialitäten, die er beim Lunch bei Tante Tranter geäußert, zu Ausflüchten, die er dort gebraucht hatte. War sein Interesse an der Paläontologie eine seinen natürlichen Fähigkeiten entsprechende Beschäftigung? Würde Ernestina ihn jemals wirklich so verstehen, wie er sie verstand? Ihn erfüllte ein allgemeines Empfinden der Ziellosigkeit, das, wie er endlich folgerte, vielleicht in nichts anderem seinen Ursprung hatte als in der drohenden Erwartung eines langen, feuchten Nachmittags. Schließlich zählte man erst das Jahr 1867. Er war erst zweiunddreißig. Und schon immer hatte er dem Leben zuviele Fragen gestellt.

Charles gefiel es, sich als einen wissenschaftlich interessierten jungen Mann zu sehen, und hätten ihn Nachrichten über Flugzeuge, Düsenmaschinen, Fernsehen und Radar aus der Zukunft erreicht, wäre er wahrscheinlich nicht allzusehr überrascht gewesen: aber was ihn wirklich erstaunt hätte, das wäre das geänderte Verhältnis zur Zeit als solcher gewesen. Unser Jahrhundert sieht alles Elend darin, daß wir zu wenig Zeit haben; diese Ansicht und nicht die Abkühlung unserer Liebe zur Wissenschaft, und schon gar nicht Weisheit läßt unsere Gesellschaft einen so gewaltigen Aufwand an Scharfsinn und Geld treiben, um herauszufinden, wie man gewisse Dinge noch schneller tun kann, als wäre es das Endziel der Menschheit, nicht einer vollkommenen Humanität entgegenzuwachsen, sondern sich in einem perfekten Blitzstrahl zu entladen. Jedoch für Charles und fast alle Leute seiner Zeit und seines Stands lautete die Tempobezeichnung ihrer Existenz eindeutig Adagio. Das Problem betand nicht darin, in allem, was man vorhatte, fit zu sein, sondern das, was man tat, möglichst auszuspinnen, um damit die langen Säulengänge der Muße zu bewältigen. Der Wohlstand ist heutzutage ganz allgemein mit dem Symptom einer zerstörerischen Neurose behaftet. Damals war er stille Langeweile. Die Stürme des Revolutionsjahres 1848, die Erinnerung an die inzwischen unterdrückten Chartisten, standen, ein düsterer Schatten, in der Vergangenheit. Doch für viele – auch für Charles – war am bedeutsamsten an jenen fernen Unruhen, daß es eben nicht richtig losgegangen war. Die sechziger Jahre waren erfolgreich – darüber gab es keinen Disput. Handwerker und sogar die Arbeiterklasse lebten in einem Überfluß, der jeden Gedanken an die Möglichkeit einer Revolution fast zum Verschwinden brachte, zumindest in Großbritannien. Natürlich wußte Charles nichts von jenem bärtigen deutschen Juden, der, wie es sich so ergab, gerade an jenem Nachmittag still in der Bibliothek des Britischen Museums arbeitete und dessen Arbeit in jenen düsteren Mauern so herrliche rote Früchte tragen sollte. Hätte man diese Früchte oder die Folgen ihres späteren wahllosen Verzehrs Charles zu beschreiben versucht, er würde es nahezu mit Sicherheit nicht geglaubt haben – und doch, nur sechs Monate nach diesem März des Jahres 1867 erschien in Hamburg der erste Band des »Kapital«.

Es gab übrigens auch zahllose persönliche Gründe, weshalb Charles sich für die dankbare Rolle eines Pessimisten nicht eignete. Sein Großvater, der Baron, gehörte der zweiten großen Kategorie des englischen Landadels an: die eine bestand aus Rotwein saufenden Fuchsjägern, die andere aus gelehrten Sammlern von allem, was es unter der Sonne gibt. Ursprünglich hatte der Großvater Bücher gesammelt; in seinen späteren Jahren hatte er einen Teil seines Vermögens und einen viel größeren Teil der Geduld seiner Familie dazu verwendet, die harmlosen Erdhügel zu durchwühlen, die wie Pickel seine 1200 Hektar Wiltshireland bedeckten. Ob es Cromlechs (druidische Steinbauten) oder Menhire waren, Werkzeuge aus Feuerstein oder Gräber aus der Jungsteinzeit, er erforschte sie unbarmherzig. Als sein ältester Sohn das Erbe antrat, warf er alles, was an beweglichen Trophäen vorhanden war, ebenso unbarmherzig aus dem Haus. Doch der Himmel strafte oder segnete diesen Sohn, indem er dafür sorgte, daß er niemals heiratete. Der jüngere Sohn des alten Herrn, Charles' Vater, fand sich wohlversehen mit Land und Geld.

Eine einzige Tragödie kam in seinem Leben vor – seine junge Frau und das Neugeborene, das eine Schwester für den einjährigen Charles abgegeben hätte, starben gleichzeitig. Doch er verschluckte seinen Gram. An seinen Sohn, den er, aufs Ganze gesehen, nur etwas weniger liebte als sich selbst, verschwendete er nicht gerade große Zuneigung, dafür aber eine Reihe von Hofmeistern und Prüglern. Er verkaufte seinen Anteil am Grundbesitz, spekulierte schlau in Eisenbahnaktien, unschlau am Spieltisch (wie er seine Zuflucht lieber zu Almack als zum Allmächtigen nahm), lebte, kurz gesagt, so, als wäre er nicht im Jahr 1802, sondern 1702 geboren, das heißt größtenteils zu seinem Vergnügen . . . und starb 1856 größtenteils daran. So war Charles der Alleinerbe; nicht nur des zusammengeschrumpften väterlichen Vermögens – das Bakkarat hatte sich schließlich am Eisenbahnboom gerächt –, sondern mit der Aussicht auf das sehr beträchtliche seines Onkels. 1867 allerdings zeigte der Onkel, obwohl er völlig dem Rotwein verfallen war, noch keinerlei Anzeichen eines baldigen Heimgangs.

Charles hatte ihn gern, und das beruhte auf Gegenseitigkeit. Nur in ihren Beziehungen trat es keineswegs immer zutage. Charles machte zwar das Zugeständnis, sich an Rebhuhn- und Fasanenjagden zu beteiligen, weigerte sich aber ehern, eine Fuchsjagd mitzumachen. Nicht darum ging es ihm, daß die Beute nicht eßbar war, aber er verabscheute die unsagbar öde Art der Jagdgesellschaft. Noch schlimmer: er bevorzugte in unnatürlicher Weise das Gehen vor dem Reiten. Zu Fuß gehen aber war kein Zeitvertreib für einen Gentleman, außer in den Schweizer Alpen. Gegen Pferde hatte er im Grunde nicht viel, aber in ihm regte sich die Abneigung des geborenen Naturforschers dagegen, daß er dabei nicht aus der Nähe und mit Muße beobachten konnte. Das Glück aber war ihm hold. Es war viele Jahre her, da schoß er an einem Herbsttag einen sehr seltenen Vogel, der vom Ende eines der Weizenfelder seine Onkels her auf ihn zulief. Als er entdeckte, was für ein seltenes Stück er geschossen hatte, war er irgendwie ärgerlich auf sich: es war eine der letzten Großtrappen, die auf der Ebene von Salisbury erlegt worden waren. Doch der Onkel war entzückt. Der Vogel wurde ausgestopft und starrte seither glasäugig wie der Urvater eines Truthahns aus seinem Glasgehäuse im Zeichenzimmer von Winsyatt. Sooft der Landadel zu Besuch kam, mußte er die endlosen Schilderungen seines Onkels vom Hergang jener Tat anhören; sooft er die Neigung verspürte, Charles zu enterben – ein Thema, das ihn ohnehin vor Zorn rot anlaufen ließ, weil der Mannesstamm am Erlöschen war –, entdeckte er die Zuneigung seines Onkelherzens, wenn er dastand und Charles' unsterbliche Trappe betrachtete. Charles hatte ja seine Fehler. Nicht immer schrieb er einmal die Woche; überdies zeigte er eine seltsame Neigung, die Nachmittage zu Winsyatt in der Bibliothek zu verbringen, die der Onkel, wenn überhaupt, nur selten benutzte.

Früher war es noch schlimmer mit ihm gewesen. Hatte er nicht in Cambridge, nachdem er sich pflichtschuldig mit Klassikern vollgestopft und seine Unterschrift unter die neununddreißig Artikel gesetzt hatte, ganz anders als die meisten jungen Männer seiner Zeit, tatsächlich begonnen, etwas zu studieren! Doch in seinem zweiten Jahr war er in schlechte Gesellschaft geraten, was damit endete, daß er sich in einer Nebelnacht in London in den leiblichen Besitz eines nackten Mädchens setzte. Aus ihren derben Cockneyarmen stürzte er dann in jene der Kirche und versetzte kurze Zeit später seinen Vater eines Tages durch die Ankündigung in Schrecken, er begehre die heiligen Weihen. Auf eine Krisis von solchen Ausmaßen gab es nur eine Antwort: der ungehorsame Junge wurde nach Paris expediert. Dort wurde seine befleckte Unschuld so schwarz, daß man sie bald nicht mehr erkannte; ebenso ging es mit seiner beabsichtigten Liaison mit der Kirche – auch diese Hoffnung seines Vaters ging in Erfüllung. Charles sah hinter die Kulissen der verführerischen Oxfordbewegung – römischer Katholizismus reinsten Wassers. Er lehnte es ab, seine zur Negation neigende, jedoch bequeme englische Seele – ein Teil Ironie, ein Teil Konvention – an Weihrauch und päpstliche Fehlbarkeit zu vergeuden. Nach London zurückgekehrt, probierte er ein Dutzend zeitgenössische Religionstheorien und ging daraus endlich (zu wissend, um zu leugnen, zu wenig wissend, um sicherzugehen) als gesunder Agnostiker hervor.* Das bißchen Gottesexistenz, das anzuerkennen er fertigbrachte, fand er in der Natur, nicht in der Bibel; hundert Jahre früher wäre er ein Deist, vielleicht sogar ein Pantheist geworden. In Begleitung ging er auch am Sonntagmorgen zum Gottesdienst; für sich allein tat er es kaum.

Nach sechs Monaten Aufenthalt in dem Sündenbabel kehrte er 1856 zurück. Drei Monate später war sein Vater tot. Er zog aus dem großen Haus in Belgravia aus und bezog eine kleinere Wohnung in Kensington, die besser für einen alleinstehenden jungen Herrn paßte. Dort sorgten für ihn ein Diener, ein Koch und zwei Mädchen – ein Stab, der bei seinen Beziehungen und bei seinem Reichtum als nahezu übertrieben bescheiden anzusehen war. Aber er fühlte sich dort wohl und verbrachte übrigens die meiste Zeit im Ausland. Ein oder zwei Essays über seine Reisen in entlegenere Gegenden ließ er in Magazinen für die elegante Welt erscheinen; ja, ein unternehmender Herausgeber forderte ihn sogar auf, ein Buch über seinen neunmonatigen Aufenthalt in Portugal zu verfassen, doch derAutor zu sein, schien Charles irgendwie unter seiner Würde zu liegen, außerdem lag es ihm zu sehr in der Nähe von harter Arbeit und angespannter Konzentration. Er spielte wohl mit der Idee, ließ sie aber fallen. Das Spiel mit Ideen war überhaupt seine vornehmste Beschäftigung während des dritten Jahrzehnts seines Lebens.

Dennoch war er, in dem geruhsamen Strom der viktorianischen Zeit treibend, nicht eigentlich ein frivoler junger Mann. Ein zufälliges Zusammentreffen mit jemandem, der von der Besessenheit seines Großvaters wußte, ließ ihn erkennen, daß man die endlosen Bemühungen des alten Herrn in der Beaufsichtigung verwundert grabender Bauern nur innerhalb seiner eigenen Familie als Spleen aufgefaßt hatte. Anderwärts betrachtete man Sir Charles Smithson als Pionier der Archäologie für die vorrömische Zeit in Britannien; dankbare Aufnahme im Britischen Museum fanden Gegenstände aus seiner in Acht und Bann getanen Sammlung. Im Lauf der Zeit kam Charles darauf, daß er im Temperament eher seinem Großvater als einem von dessen Söhnen ähnelte. In den vergangenen drei Jahren hatte er sich in zunehmendem Maß für

* Den Ausdruck selbst gab es damals noch nicht, aus dem einfachen Grund, weil er erst 1870 von Huxley geprägt wurde; mittlerweile hatte man ihn dringend benötigt.

Paläontologie zu interessieren begonnen; darin, so entschied er, lag seine Stärke. Er besuchte nun häufig die Sitzungen der Geologischen Gesellschaft. Sein Onkel betrachtete allerdings die Ausflüge Charles', der mit keilförmigen Hämmern und Sammeltaschen Winsyatt verließ, mit Mißvergnügen; für seinen Geschmack waren die einzigen Gegenstände, die ein Herr auf dem Lande tragen durfte, entweder eine Reitpeitsche oder eine Flinte; immerhin war dies aber noch besser als die verdammten Bücher in der verdammten Bibliothek.

Ein Mangel an Interesse bei Charles betrübte seinen Onkel freilich noch mehr. Gelbe Bänder und gelbe Narzissen waren als Abzeichen der Liberalen Partei auf Winsyatt in Acht und Bann; der Alte war ein ultrablauer Tory – und er interessierte sich für Politik. Charles hingegen widerstand höflich allen Versuchen, ihn für eine Kandidatur im Parlament zu gewinnen. Er erklärte, er besitze keine politische Überzeugung. Im geheimen bewunderte er Gladstone; doch in Winsyatt war Gladstone derErzverräter, dessen Namen man nicht in den Mund nahm. So verschlossen ihm der Respekt vor den Familieninteressen und Trägheit in öffentlichen Dingen eine Laufbahn, die ihm seiner Natur nach gelegen hätte.

Ich fürchte, daß Trägheit überhaupt der für Charles kennzeichnende Charakterzug war. Er glich darin vielen seiner Zeitgenossen, daß er der Meinung war, die Freude an Verantwortung, die zu Beginn des Jahrhunderts geherrscht hatte, sei nun durch das Interesse an Einfluß abgelöst worden. In zunehmendem Maß herrsche in England nicht mehr das Bestreben vor, das Gute um des Guten willen zu tun, sondern nur, um geachtet zu sein. Er wußte, er war darin mehr als empfindlich. Aber wie konnte man Geschichte schreiben, so bald nach Macaulay? Wie konnte man Romane oder Gedichte verfassen, inmitten einer Milchstraße von Talenten, wie sie die englische Literatur noch nie erlebt hatte? Konnte man Wissenschaftler sein, wo doch Lyell und Darwin noch lebten? Wie konnte man staatsmännisch tätig sein, während Disraeli und Gladstone als Pole im Raum standen?

Man sieht, Charles steckte seine Ziele hoch. Das haben intelligente Müßiggänger stets getan, um ihre Faulheit vor ihrer Intelligenz zu rechtfertigen. Kurz, er war befallen von allem Überdruß wie Byron, freilich ohne die Ventile Byrons: Genie und Ehebruch.

Man mag seinen Tod hinauszögern; Mütter mit heiratsfähigen Töchtern sind bekannt dafür, daß sie das voraussehen: am Ende stellt er sich doch freundlich ein. Auch ohne die Zukunftsaussichten, die Charles besaß, wäre er ein interessanter junger Mann gewesen. Leider hatten seine Reisen ins Ausland etwas von der Patina grundsätzlicher Humorlosigkeit abgerieben, die in der viktorianischen Zeit mit Ernst, moralischer Rechtschaffenheit, Redlichkeit und tausend anderen irreführenden Namen bezeichnet worden war: jener Eigenschaft, die von einem anständigen Gentleman der damaligen Zeit einzig verlangt wurde. Er trug einen gewissen Zynismus zur Schau, ein sicheres Symptom eines verborgenen moralischen Schadens; gleichwohl betrat er nie eine Gesellschaft, ohne daß Mamas ihn schalkhaft ansahen, Papas ihm auf die Schulter klopften und Mädchen ihm einfältig zulächelten. Charles mochte hübsche Mädchen gern, und es machte ihm nichts aus, sie samt ihren ehrgeizigen Eltern hinters Licht zu führen. So hatte er den Ruf der Kälte und Unnahbarkeit erlangt – ein nicht unverdienter Lohn für die geschickte Art – als Dreißiger war er in dem Geschäft gewandt wie ein Marder –, mit der er den Köder schnappte und dann den Zähnen der mütterlichen Fallen, die seinen Weg gefährdeten, den Rücken drehte.

Oftmals nahm ihn sein Onkel beiseite, um mit ihm über diese Sache zu sprechen, doch Charles machte ihm rasch klar, daß er nur nasses Pulver verschoß. So brummte der Alte:

»Hab nie die Richtige gefunden.«

»Unsinn, hast sie ja nie gesucht.«

»Freilich hab ich. Als ich so alt war wie du . . .«

»Du hast für deine Hunde und die Rebhuhnsaison gelebt.«

Der alte Mann starrte düster in sein Glas. Er bedauerte ja nicht eigentlich, unbeweibt zu sein; was er bitter vermißte, waren Kinder, denen er Ponys und Schießgewehre kaufen konnte. Nun sah er sein Leben spurlos versinken. »Blind war ich. Blind.«

»Mein teurer Onkel, ich habe ausgezeichnete Augen, tröste dich. Auch ich habe nach der Richtigen gesucht. Aber ich hab sie nicht gefunden.«

4

Nur was getan ist, bleibt! Gesegnet sie,
Die hinterlassen ein vollendet' Werk
Der Liebe, das nach ihrem Tod noch stumm
Bezeugt, daß Leben nicht vergeblich war.

Mrs. Norton, *The Lady of La Garaye* (1863)

Die meisten Familien des Mittelstands und der Oberschicht lebten in England über ihrer eigenen Senkgrube ...

E. Royston Pike, *Human Documents of the Victorian Golden Age*

Das Haus von Mrs. Poulteney stammte aus der Zeit nach 1810. Es stand, in seiner Eleganz ein klarer Beweis ihres Standes, groß in beherrschender Lage auf einer der steilen Anhöhen hinter Lyme Regis. Die Küche im Untergeschoß jedoch würde zufolge ihrer funktionellen Ungereimtheiten heutzutage nahezu als betriebsunfähig gelten. Das Küchenpersonal hätte im Jahr 1867 mit Sicherheit anzugeben gewußt, wer ihr Leben tyrannisiere – für unsere Begriffe aber wäre das eigentliche Ungeheuer der gewaltige Herd gewesen, welcher die Innenwand des großen, schlecht beleuchteten Raums einnahm. Er besaß drei Feuerstellen, die zweimal am Tag geschürt und zweimal am Tag durchgerüttelt werden mußten. Da der glatte Ablauf der häuslichen Angelegenheiten von ihm abhing, durfte das Feuer niemals ausgehen. Ob draußen brütende Hitze herrschte, ob das Ungeheuer jedesmal, wenn eine Südwestbrise aufkam, schwarze, erstickende Rauchwolken ausstieß – die unbarmherzigen Feuerlöcher mußten nachgefüllt werden. Und erst die Farbe der Wände! Sie schrien nach lichten Tönungen, nach etwas Weiß. Aber sie waren bleiern, gallegrün, und die Farbe enthielt, was freilich weder das Küchenpersonal noch die Herrschaft im oberen Stockwerk wußte, reichlich Arsen. Vielleicht war es gut, daß der Raum feucht war und daß das Ungeheuer so viel Rauch und Fettdunst ausspie. Wenigstens band dies den tödlichen Staub.

Hauptfeldwebel in dieser Unterwelt war eine gewisse Mrs. Fairley, eine magere kleine Person, die immer in Schwarz ging, weniger infolge ihres Witwenstands als ihres Temperaments. Vielleicht rührte ihre durchdringende Melancholie vom Anblick des endlosen Zugs geringerer Sterblicher her, der sich durch ihre Küche wälzte. Butler, Laufburschen, Gärtner, Stallknechte, Mädchen für oben, Mädchen für unten – sie verdankten Mrs. Poulteneys Maßstäben und Verhaltensregeln so viel – und dann rissen sie aus. Das war sehr undankbar und gemein von ihnen. Doch wenn man von dir erwartet, daß du um sechs aufstehst, von halb sieben bis elf arbeitest, von halb zwölf bis halb fünf wieder arbeitest und dann nochmals von fünf bis zehn Uhr abends – und das Tag für Tag, im ganzen also eine Hundertstundenwoche –, dann werden deine Reserven an Mut und Dankbarkeit nicht übermäßig groß sein.

Es ging die Legende von dem viertletzten Butler, er habe bei seinem Abschied von Mrs. Poulteney die Gefühle eines Dieners in folgenden Worten zusammengefaßt: »Madame, ich würde lieber den Rest meines Lebens im Armenhaus als noch eine Woche unter diesem Dach zubringen.« Manche zweifelten ernstlich, ob es jemand tatsächlich gewagt haben würde, solche Worte der ehrwürdigen Lady ins Gesicht zu sagen. Aber als der Mann mit seinen Sachen von oben herunterkam und sich ihrer rühmte, verstand man ihn.

Wie es kam, daß Mrs. Fairley selbst, die übrigens ihren Namen zu Unrecht trug, ihre Herrin solange ertragen hatte, das war eines der Lokalwunder. Höchstwahrscheinlich deshalb, weil sie, wenn das Los anders gefallen wäre, selbst eine Mrs. Poulteney abgegeben hätte. Ihr Neid hielt sie am Platz und ihr schwarzes Vergnügen an den inneren Katastrophen, die so häufig über das Haus hereinbrachen. Beide Frauen waren einfach im Keim Sadisten, die sich zu ihrem eigenen Vorteil gegenseitig ertrugen. Von zwei Dingen war Mrs. Poulteney besessen, vielmehr von zwei Aspekten ein und derselben Besessenheit. Das eine war Schmutz – eine Ausnahme machte sie nur mit der Küche, weil sich dort nur die Dienstboten aufhielten –, das andere war Unsittlichkeit. Nichts, was auf einem der beiden Gebiete gegen die Regel verstieß, entging ihrem Adlerauge. Wie ein fetter Geier mit unermeßlich viel Zeit zur Verfügung kreiste sie umher, hinsichtlich des ersten Sachgebiets mit einem sechsten Sinn für Staub, Fingerabdrücke, mangelhaft gestärktes Leinenzeug, üble Gerüche, Flecken, zerbrochenes Geschirr begabt, alle die Dinge, die eben in einem Haushalt passieren. Wenn ein Gärtner das Haus mit erdigen Händen betrat, wurde er entlassen; ebenso ein Butler, wenn er einen Weinfleck an der Halsbinde, oder ein Dienstmädchen, wenn es Staubflocken unter dem Bett hatte.

Das Fürchterliche an ihr war aber, daß sie auch außerhalb ihres Hauswesens ihrer Autorität keine Schranken gesetzt sah. Ob man am Sonntagmorgen oder beim Abendsegen in der Kirche fehlte, war gleichbedeutend mit einem Beweis für schlimmste moralische Laxheit. Mochte der Himmel dem Dienstmädchen gnädig sein, das an einem seiner freien Nachmittage – einer im Monat wurde zögernd gewährt – draußen mit einem jungen Mann gesehen wurde. Wehe auch dem Burschen, der in seiner Verliebtheit versuchte, sich heimlich Marlborough House zu nähern, um sich bemerkbar zu machen: die Gärten waren zuverlässig mit humanen

Falleisen bestückt. »Human« bedeutet in diesem Zusammenhang, daß die lauernden Kiefer zwar keine Zähne hatten, doch stark genug waren, um einem das Bein zu brechen. Diese eisernen Gehilfen waren die Lieblinge von Mrs. Poulteney. Ihnen kündigte sie niemals.

Für diese Lady wäre Platz in der Gestapo gewesen. Sie stellte ihre Fragen so, daß auch das derbste Dienstmädchen nach fünf Minuten in Tränen ausbrach. In ihrem Auftreten zeigte sie die allerkrassesten Züge von Arroganz, die im emporkommenden Britischen Empire zu finden waren. Gerechtigkeit kannte sie nur in der Form, daß sie recht haben mußte, Regierung bestand bei ihr darin, die aufsässige Bevölkerung zusammenzukartätschen.

In einem eng begrenzten Kreis ihrer eigenen Standesgruppe jedoch rühmte man sie wegen ihrer Güte. Hätte man ihre Reputation in Frage gestellt, dann wäre von dem Gesprächspartner als unwiderleglicher Beweis ins Treffen geführt worden: hat denn nicht die gute Mrs. Poulteney die Geliebte des französischen Leutnants in ihr Haus genommen? Ich muß wohl kaum hinzufügen, daß die gütige, freundliche Lady zu jener Zeit nur den anderen, eher griechischen, Spitznamen kannte.

Dieses bemerkenswerte Ereignis hatte im Frühjahr 1866 stattgefunden, genau ein Jahr vor der Zeit, von der ich erzähle; es hatte mit dem großen Geheimnis in Mrs. Poulteneys Leben zu tun, das ein sehr einfaches Geheimnis war. Sie glaubte an die Hölle.

Der Pastor von Lyme war damals ein theologisch verhältnismäßig fortschrittlicher Mann, doch wußte er sehr wohl, wie seine Schäflein darüber dachten. Er hatte sich daher der seit jeher puritanisch ausgerichteten Gemeinde von Lyme recht gut angepaßt. Er beherrschte die Gabe einer gewissen feurigen Beredsamkeit in seinen Predigten; und er hielt die Kirche frei von Kruzifixen, Bildern, Ornamenten und all den Zeichen der römischen Pest. Als Mrs. Poulteney vor ihm ihre Theorien vom künftigen Leben entwickelte, ließ er sich in keine Debatte ein, denn Inhaber von Pfründen, die nur einen mageren Ertrag abwerfen, debattieren nicht mit reichen Gemeindemitgliedern. Mrs. Poulteneys Börse war für Anrufe, die von seiner Seite kamen, ebenso geöffnet, wie sie verschlossen war, wo es die Löhne ihrer dreizehn Domestiken betraf. In jenem Winter, als die Cholera zum viertenmal im viktorianischen England wütete, erkrankte Mrs. Poulteney leicht. Der Pastor war damals ein ebenso häufiger Besucher gewesen wie die Ärzte, die ihr immer wieder versichern mußten, sie leide nur an einem gewöhnlichen Magenübel und nicht an der gefürchteten mörderischen Krankheit aus dem Orient.

Mrs. Poulteney war nicht dumm; sie besaß in praktischen Dingen viel Scharfsinn und betrachtete auch ihr zukünftiges Los, wie alles, was ihre Bequemlichkeit betraf, von höchst praktischen Gesichtspunkten aus. Stellte sie sich Gott vor, dann trug er das Angesicht des Herzogs von Wellington; sein Charakter hingegen war der eines gewissen Advokaten, einer Menschensorte, vor der Mrs. Poulteney großen Respekt hegte. Als sie so in ihrem Schlafzimmer lag, quälte sie sich mit der schrecklichen mathematischen Aufgabe, die sie in zunehmendem Maß belästigte: rechnete der Herr als Güte das an, was jemand tatsächlich gegeben hatte, oder was er zu geben imstande gewesen wäre? Hier besaß sie bessere Unterlagen als der Pastor. Sie hatte der Kirche beträchtliche Summen zugewendet, wußte aber wohl, daß diese noch weit unter dem Zehnten lagen, von dem sich ernsthafte Anwärter auf das Paradies zu trennen hatten. Sicherlich, sie hatte ihr Testament so abgefaßt, daß der Betrag nach ihrem Tod ordentlich aufgerundet wurde – aber vielleicht war Gott bei der Verlesung dieses Dokuments gerade nicht zugegen. Zudem passierte es, daß Mrs. Fairley, die ihr auf ihrem Krankenlager abends aus der Bibel vorlas, auf das Gleichnis von dem Scherflein der Witwe stieß. Dieses Gleichnis hatte Mrs. Poulteney immer für äußerst unfair gehalten; jetzt bedrückte es ihr Herz länger als die Enteritisbazillen ihren Darm. So nahm sie anläßlich eines der besorgten Besuche des Pastors die Gelegenheit wahr und erforschte vorsichtig ihr Gewissen. Anfangs war er geneigt, ihre geistlichen Skrupel zu zerstreuen.

»Aber liebe gnädige Frau, Ihre Füße stehen auf dem Felsen. Der Schöpfer ist allwissend und allweise. Wir haben weder an Seiner Gnade noch an Seiner Gerechtigkeit zu zweifeln.«

»Aber nehmen Sie an, Er fragt mich, ob mein Gewissen rein ist?«

Der Pastor lächelte. »Dann antworten Sie, daß es beladen ist. Und aus Seinem unendlichen Mitleid wird Er ...«

»Aber angenommen, Er wird nicht?«

»Meine liebe Mrs. Poulteney, ich muß Sie tadeln. Wir haben über seine Ratschlüsse nicht zu disputieren.«

Eine Pause trat ein. Wenn der Pastor bei ihr war, hatte Mrs. Poulteney das Gefühl, es seien zwei verschiedene Personen anwesend. Der eine war ihr gesellschaftlich unterlegen, abhängig von ihr, weil sie ihm den Tisch reichlich deckte, weil die laufenden Kosten seiner Kirche zu einem beträchtlichen Teil von ihr getragen wurden und weil sie es ihm ermöglichte, außerhalb des Gottesdienstes in Freuden seinen Pflichten bei den Armen nachzukommen; die andere Person war der Vertreter Gottes, vor dem sie, bildlich gesprochen, zu knien hatte. Darum wies ihr Verhalten ihm gegenüber oft bizarre und inkonsequente Züge auf. Einmal war es von oben herab, das nächste Mal unterwürfig, bisweilen kombinierte sie beide Positionen in einem einzigen Satz.

»Wenn nur der arme Frederick nicht gestorben wäre. Er hätte mich richtig beraten.«

»Ohne Zweifel. Und sein Rat wäre auf meinen hinausgekommen. Dessen dürfen Sie sicher sein. Ich weiß, er war Christ, und was ich verkünde, ist die gesunde, christliche Lehre.«

»Es war eine Warnung. Eine Strafe.«

Der Pastor sah sie feierlich an. »Geben Sie acht, liebe gnädige Frau, geben Sie acht! Man dringt nicht ungestraft in die Vorrechte unseres Schöpfers ein.«

Sie wechselte das Thema. Alle Pastoren der Schöpfung waren nicht imstande, den frühen Tod ihres Gemahls vor ihr zu rechtfertigen. Er blieb zwischen ihr und Gott; ein Geheimnis wie ein schimmernder schwarzer Opal, der manchmal wie ein düsteres Vorzeichen, dann wieder wie ein Entgelt vor ihr stand, der eine Vorauszahlung war für die Summe, die sie noch abzustatten hatte.

»Ich habe gespendet. Aber ich habe keine guten Werke getan.«

»Spenden ist ein sehr gutes Werk.«

»Ich bin nicht wie Lady Cotton.«

Dieser plötzliche Absprung in die sichtbare Welt überraschte den Pastor nicht. Von früheren Anspielungen her war ihm wohlbekannt, daß sich Mrs. Poulteney in dieser besonderen Art Fürsorge um Längen zurück wußte. Lady Cotton, die einige Meilen hinter Lyme wohnte, war berühmt für ihr von fanatischer Barmherzigkeit erfülltes Leben. Sie machte Besuche, sie stand einer Missionsgesellschaft vor, sie hatte ein Heim für gefallene Mädchen eingerichtet, das allerdings von einem solchen Bußernst erfüllt war, daß die meisten Schützlinge ihrer Magdalenenstiftung so bald wie möglich wieder zum Sündenpfuhl Reißaus nahmen, aus dem sie gekommen waren. Doch davon wußte Mrs. Poulteney ebensowenig wie von dem gebräuchlicheren Spitznamen der Tragedy.

Der Pastor hustete. »Lady Cotton ist für uns alle ein Beispiel.«

Das war Öl aufs Feuer, und vielleicht wußte er das auch.

»Ich sollte Besuche machen.«

»Das wäre ganz ausgezeichnet.«

»Es ist nur, Besuche machen strengt mich immer so an.«

Der Pastor kam ihr nicht zu Hilfe. »Ich weiß, es ist schlecht von mir.«

»Nun, nun.«

»Ja, sehr schlecht.«

Darauf folgte eine lange Pause, während der der Pastor an sein Dinner dachte, das erst in einer Stunde kam, und Mrs. Poulteney an ihre Schlechtigkeit. Sie beendete das Schweigen, indem sie mit ungewohnter Schüchternheit einen Kompromißvorschlag zur Lösung ihres Dilemmas machte.

»Wenn Sie vielleicht Kenntnis von einer Dame hätten, einem edlen Wesen, die ein widriges Geschick ereilt hat . . .«

»Mir ist nicht ganz klar, worauf Sie hinaus wollen.«

»Ich möchte eine Gefährtin. Das Schreiben macht mir jetzt Mühe. Und Mrs. Fairley liest so stümperhaft. Es wäre mir eine Freude, einer solchen Person ein Heim zu bieten.«

»Das ist schön. Wie Sie wünschen. Ich werde Nachforschungen anstellen.«

Nun ließ dieser abenteuerliche Vorschlag, sich dem wahren Christentum auf diese Weise an die Brust zu werfen, Mrs. Poulteney doch etwas zurückweichen: »Sie muß von untadelig sittlichem Wandel sein. Ich muß an meine Dienerschaft denken.«

»Aber liebe gnädige Frau, das ist doch selbstverständlich.« Der Pastor stand bereits.

»Und möglichst ohne Verwandte. Die Verwandten eines Menschen, der von uns abhängig ist, können oft so lästig sein.«

»Seien Sie versichert, ich werde Ihnen niemand Unpassenden vorstellen.«

Er drückte ihr die Hand und ging zur Tür.

»Und, Mr. Forsythe, die Person soll auch nicht zu jung sein.«

Er verbeugte sich und verließ das Zimmer. Aber noch auf der Stiege ins Erdgeschoß hielt er inne. Er erinnerte sich. Er dachte nach. Und vielleicht war es eine Regung, die nicht absolut frei war von Bosheit, ein Ergebnis vieler Stunden, die er heuchelnd, zumindest nicht völlig offen, mit Mrs. Poulteney verbracht hatte, um ihre Trauergesänge anzuhören – wie dem auch sei, er empfing einen Anstoß. Er drehte sich um und ging in den Salon zurück: »Mir ist soeben eine Würdige eingefallen. Sie heißt Sarah Woodruff.«

5

Was hilft's, in Träumen schwelgen,
Wenn der Tod sich zu erkennen gab,
Vergeht die Liebe
Und schmilzt dahin.

Kameradschaft war's aus Laune,
Satyrn waren wir,
Zertraten das Gras, zerquetschten die Trauben
Und schwelgten in den Wäldern.
Tennyson, *In Memoriam* (1850)

Die jungen Leute waren alle wild darauf, Lyme zu sehen.
Jane Austen, *Persuasion*

Ernestina hatte für ihr Alter genau das richtige Gesicht. Es war oval, mit schmalem Kinn, zart wie ein Veilchen. Man sieht heute noch solche Gesichter auf den Zeichnungen der großen Illustratoren jener Zeit – in den Arbeiten von Phiz und John Leech. Die grauen Augen und die Blässe ihrer Haut erhöhten nur den allgemeinen Eindruck von Zartheit. Bei der ersten Begegnung konnte sie die Augen recht hübsch niederschlagen, als sei sie bereit, in Ohnmacht zu fallen, sobald ein Herr es wagen sollte, sie anzusprechen. Doch widersprachen ein winziges Zucken in den Augenwinkeln und ein korrespondierendes Zucken in den Mundwinkeln, so schwach, um den Vergleich auszuspinnen, wie der Duft der Februarveilchen, diesem Eindruck. Fein, aber ganz unmißverständlich stellten diese Zeichen in Abrede, daß sie sich der Gottheit Mann total unterordnete. Ein orthodoxer Viktorianer hätte vielleicht diesem unmerklichen Wink (von der Art einer Beky Sharp) mißtraut, einem Mann wie Charles schien sie unwiderstehlich. Sie glich fast völlig einem jener zimperlichen Püppchen, diesen Georginas, Victorias, Albertinas, Mathildas und so weiter, die, ängstlich behütet, dutzendweise bei jedem Ball herumsaßen; und doch war sie anders.

Charles verließ Tante Tranters Haus in der Broad Street, schlenderte etwa hundert Schritt zu seinem Hotel hinab und stieg dort, als ob sich nicht alle Liebhaber zum Narren machten, ernst die Stufen empor, um sein gut aussehendes Gesicht im Spiegel zu befragen. Ernestina aber entschuldigte sich und ging auf ihr Zimmer. Einerseits wollte sie durch die Spitzenvorhänge noch einen letzten Anblick ihres Verlobten erhaschen, andererseits zog es sie in den einzigen Raum im Haus ihrer Tante, den sie wirklich erträglich fand.

Sie bewunderte gebührend Charles' Gang und die Art, wie er vor Tante Tranters Mädchen, das gerade einen Botengang verrichtete, den Hut zog; gleichzeitig haßte sie ihn deswegen, denn die Kleine hatte kecke Äuglein und einen provozierend frischen Teint, und Charles war es strengstens untersagt, Frauen im Alter unter sechzig Jahren anzusehen. Tante Tranter war zum Glück ein Jahr über der Altersgrenze. Nun wandte sich Ernestina zurück in ihr Zimmer. Es war für sie und nach ihrem Geschmack eingerichtet, und der war ausgesprochen französisch. Das hieß damals, ebenso wuchtig wie der englische Stil, aber etwas feiner und phantasievoller. Der Rest des Hauses war eindeutig und unwidersprechlich in dem Stil eingerichtet, der ein Vierteljahrhundert früher als Reaktion auf all das Dekadente, Leichte und Anmutige entstanden war, an das sich die Erinnerung an den abscheulichen Georg IV. knüpfte. Das Haus war wie ein Museum. Tante Tranter konnte niemandem gram sein; man konnte nicht einmal daran denken, diesem unschuldig lächelnden und zumeist plaudernden Gesicht böse zu sein. Sie besaß den gründlichen Optimismus erfolgreicher alter Jungfern, denn Einsamkeit macht entweder sauer oder lehrt Unabhängigkeit. Tante Tranter hatte damit begonnen, aus allem das Beste für sich zu machen; sie gelangte dahin, daß sie daraus auch das Beste für die übrige Welt machte. Dennoch bemühte sich Ernestina nach Kräften, böse auf sie zu sein: sie ärgerte sich über die unmögliche Dinnerzeit um fünf; über die Möbel, die die übrigen Räume beengten und zur Aufbahrungshalle machten; über die unmäßige Besorgtheit ihrer Tante um ihren guten Ruf (man konnte ihr nicht klarmachen, daß der Bräutigam oder die angehende Braut auch einmal den Wunsch hatten, irgendwo allein zu sitzen oder allein auszugehen); und vor allem darüber, daß sie, Ernestina, überhaupt hier in Lyme war. Von Anbeginn hatte das arme Mädchen den Leidensweg eines Einzelkindes durchzumachen. Über ihr stand wie ein unerbittlich drückender Baldachin die elterliche Sorge. Seit ihrer Geburt rief ein leichtes Husten die Ärzte herbei; seit ihrer Pubertät sammelte jede Laune Dekorateure und Schneiderinnen um sie; das geringste Stirnrunzeln hatte seit jeher Papa und Mama Stunden geheimer Selbstbezichtigungen verursacht. Nun war das ja sehr angenehm, wenn es zu neuen Kleidern oder Wandbehängen führte; nur ein

Gebiet gab es, wo all ihr Schmollen und Klagen nichts nützte, und das war ihre Gesundheit. Ihre Eltern waren davon überzeugt, daß sie schwindsüchtig sei. Wo es im Keller eines Hauses nach Feuchtigkeit roch, zogen sie um; regnete es in den Ferien zwei Tage lang, wechselten sie den Landstrich. Die halbe medizinische Fakultät hatte sie untersucht und nichts gefunden; nie war sie ihr Leben lang ernstlich krank gewesen; nichts von Lethargie, chronischer Schwäche fand sich in ihrer Kondition. Sie konnte die Nacht durchtanzen oder hätte es gekonnt, wenn man es ihr gestattet hätte, und den nächsten Vormittag hindurch ohne jeden Schaden Rackett spielen. Aber sie konnte ihren kindischen Eltern diese fixe Idee ebensowenig ausreden, wie ein Säugling einen Berg wegschieben kann. Wären sie nur imstande gewesen, in die Zukunft zu sehen! Denn Ernestina überlebte ihre ganze Generation. Im Jahr 1846 war sie geboren und sie starb an dem Tag, als Hitler Polen überfiel.

Ein unerläßlicher Bestandteil ihrer gesundheitlichen Lebensführung war demnach der jährliche Aufenthalt bei der Schwester ihrer Mutter in Lyme. Meist kam sie hin, um sich von der Saison zu erholen; diesmal aber wurde sie früher geschickt, um Kräfte für den Ehestand zu sammeln. Die Kanalwinde taten ihr sicherlich gut, doch sie bestieg den Wagen, der sie nach Lyme bringen sollte, jedesmal mit dem Ausdruck eines Sträflings, der in Sibirien eintrifft. Die Gesellschaft am Ort war genauso up to date wie Tante Tranters klobige Mahagoni-Möblage; Unterhaltung war für eine junge Dame, die das Beste, was London zu bieten hatte, kannte, so gut wie keine vorhanden. Ihr Verhältnis zu Tante Tranter glich daher eher dem eines übermütigen Kindes, einer englischen Julia zu ihrer plattfüßigen Amme, als dem zwischen Tante und Nichte. Wäre nicht gnädigerweise im letzten Winter ein Romeo auf der Bildfläche erschienen, hätte er nicht versprochen, gemeinsam mit ihr die lästige Einsamkeit zu tragen, Ernestina hätte diesmal gemeutert. Zweifellos nannte sie einen stärkeren Willen ihr eigen, als jemand ihrer Umgebung ihr zugetraut hätte – stärker, als ihre Zeit gestattete. Doch zum Glück besaß sie auch einen erheblichen Respekt vor der Konvention: mit Charles hatte sie überdies – und dies war nicht zuletzt ein Grund ihrer ersten Zuneigung gewesen – den Sinn für Selbstironie gemeinsam. Ohne diesen und einen guten Humor wäre sie ein schrecklich verzogenes Kind gewesen; sicher war es der Umstand, daß sie sich selbst immer diese Bezeichnung gab (du schrecklich verzogenes Kind!), der sie davor bewahrte.

An jenem Nachmittag knöpfte sie ihr Kleid auf und stand in Hemd und Unterkleid vor dem Spiegel. Wenige Augenblicke lang versank sie in eine ganz selbstgefällige Betrachtung. Ihr Nacken und ihre Schultern paßten zu ihrem Gesicht; wirklich, sie war sehr hübsch, eins der hübschesten Mädchen, das sie kannte. Wie wenn sie es unter Beweis stellen wollte, hob sie die Arme und löste ihr Haar – eine Sache, die, wie sie wußte, irgendwie unanständig war, aber ebenso notwendig wie ein heißes Bad oder ein warmes Bett in der Winternacht. In einem wirklich sündigen Moment stellte sie sich als eine Verworfene vor – eine Tänzerin oder Schauspielerin. Und dann hätte ein Beobachter etwas sehr Seltsames bemerkt. Plötzlich hörte sie auf, sich zu drehen und sich im Profil zu bewundern, sah abrupt zur Zimmerdecke und bewegte die Lippen. Dann öffnete sie hastig einen der Schränke und zog einen Pudermandel über. Als sie so ihre Pirouetten drehte, erblickte sie im Spiegel eine Ecke ihres Betts: matt und flüchtig stellte sich ein sexueller Gedanke bei ihr ein, sie sah schlangenhaft verschlungene nackte Gieder. Nicht nur ihre gänzliche Unkenntnis im Hinblick auf die Realität der Begattung erschreckte sie – auch die Aura von Schmerz und Brutalität, die der Geschlechtsakt offenbar erforderte und der allem zu widersprechen schien, was sie an Charles so anzog: die Sanftheit der Gebärden, die Diskretheit seiner erlaubten Zärtlichkeiten. Ein- oder zweimal hatte sie Tiere sich paaren gesehen, und die Gewaltsamkeit, die sie dabei wahrnahm, verfolgte sie in ihren Gedanken.

Sie hatte deshalb eine Art privater Befehlsgebung entwickelt – jene unhörbaren Worte lauteten einfach: Ich darf nicht –, die in Kraft trat, sooft die natürlichen Probleme des weiblichen Körpers – Sexualität, Regel, Entbindung – sich in ihr Bewußtsein zu drängen suchten. Aber man kann die Wölfe von seiner Tür verscheuchen, sie heulen draußen in der Finsternis weiter. Ernestina wünschte sich einen Gatten, wünschte, daß Charles dieser Gatte sei, wünschte sich Kinder; nur der Preis, den sie unbestimmt meinte dafür zahlen zu müssen, schien ihr zu hoch.

Manchmal hatte sie sich gefragt, warum Gott es zugelassen hatte, daß eine so bestialische Abart der Pflichterfüllung ein so unschuldiges Verlangen verdarb. Wie sie fühlten die meisten Frauen ihrer Zeit und ebenso die meisten Männer; es ist darum kein Wunder, daß in unserer Auffassung des viktorianischen Zeitalters der Begriff Pflicht eine solche Schlüsselstellung einnimmt –

oder was unsere Zeit betrifft ein solcher Spielverderber ist.*

Ernestina hatte die Wölfe bezwungen, nun schritt sie zum Anziehtisch, schloß eine Schublade auf und entnahm ihr ein Tagebuch in schwarzem Marocain mit goldenem Schloß. Aus einer anderen Lade holte sie einen dort versteckten Schlüssel und öffnete das Buch. Sofort schlug sie die letzte Seite auf. Am Tag ihrer Verlobung mit Charles hatte sie dort die Daten aller Monate und Tage verzeichnet, die zwischen diesem Ereignis und der Hochzeit lagen. Zwei Monate waren schon sauber durchgestrichen, etwa neunzig Zahlen standen noch da. Nun nahm Ernestina den Stift mit dem Elfenbeingriff aus dem Rücken des Tagebuchs und strich den 26. März durch. Zwar waren noch neun Stunden übrig, doch Ernestina erlaubte sich diesen kleinen Kniff. Dann schlug sie die erste oder beinahe die erste Seite auf; das Buch war ein Weihnachtsgeschenk, und nach fünfzehn engbeschriebenen Seiten am Beginn hatte sie auf eine leere Seite einen Jasminzweig gepreßt. Sie betrachtete ihn einen Augenblick, dann beugte sie sich vor und roch daran. Ihr loses Haar fiel über die Seite, sie schloß die Augen und bemühte sich, jenen herrlichsten Tag zu beschwören, den Tag, an dem sie vor Freude zu sterben glaubte, nach dem sie unaufhörlich geweint hatte, den unaussprechlich . . .

Doch da hörte sie Tante Tranters Schritte auf der Stiege, tat das Buch hastig weg und begann, ihr geschmeidiges braunes Haar zu kämmen.

6

O Maud, du milchweißes Reh, du gleichst keinem Weib.

Tennyson, *Maud* (1855)

Als der Pastor an jenem Nachmittag zurückkam und seine Meldung machte, drückte Mrs. Poulteneys Gesicht bemerkenswerte

* Von großer Bedeutung sind hier die Stanzen des Gedichts »In Memoriam«, das ich zu Beginn dieses Kapitels zitierte. In diesem Gedicht (Nr. XXXV jener gefeierten Anthologie) wird das wohl verrückteste aller darin enthaltenen verrückten Argumente über die Jenseitsfurcht vorgebracht. Zu behaupten, Liebe sei nur ein Satyrspiel, wenn es keine Unsterblichkeit der Seele gibt, ist offenkundig eine panische Flucht vor Freud. Für die Viktorianer war der Himmel im wesentlichen darum Himmel, weil man dort den Körper zusammen mit dem Id zurückgelassen hatte.

Unwissenheit aus. Und bei Damen ihres Schlages ist ein erfolgloser Appell an ihre Kenntnis in den meisten Fällen ein erfolgreicher an ihre Mißbilligung. Letzterem Gefühl war ihr Gesicht in bewundernswerter Weise angepaßt. Von ihren Augen galt Tennysons Wort über die Heimstätten stillen Gebets nicht. Die Wangen darunter ähnelten der Wamme eines Rinds und klemmten die Lippen ein, die stets nur von der Verwerfung alles dessen zu sprechen schienen, was ihre zwei Lebensgrundsätze bedrohte: der eine, um es in Treitschkes sarkastischer Formulierung zu sagen, war: Zivilisation ist Seife; der andere: »Respektabel ist das, was mich nicht beleidigt.« Sie hatte eine gewisse Ähnlichkeit mit einem weißen Pekineserhündchen oder, um genau zu sein, mit einem ausgestopften Pekinesen. Denn an ihrem Busen verborgen trug sie ein Stückchen Kampfer als Schutzmittel gegen Cholera, und so umschwebte sie, wo sie ging und stand, ein zarter Geruch nach Mottenkugeln.

»Ich kenne sie nicht.«

Der Pastor fühlte es wie einen Verweis und fragte sich, was geschehen wäre, wenn der barmherzige Samariter nicht auf den armen Wanderer, sondern auf Mrs. Poulteney gestoßen wäre.

»Ich nahm nicht an, daß Sie sie kennen würden. Es ist ein Mädchen aus Charmouth.«

»Ein Mädchen?«

»Nun, ihr Alter weiß ich nicht genau, sagen wir also eine Frau, eine Dame von etwa dreißig Jahren. Vielleicht auch älter. Ich möchte keine Schätzung wagen.« Der Pastor war sich bewußt, daß er seinen abwesenden Schützling nicht eben gut einführte. »Aber ein höchst peinlicher Fall. Verdient durchaus Ihre Barmherzigkeit.«

»Hat sie Erziehung genossen?«

»Selbstverständlich. Sie wurde zur Gouvernante ausgebildet. Sie war Gouvernante.«

»Und was ist sie jetzt?«

»Ich glaube, sie ist ohne Stellung.«

»Warum?«

»Das ist eine lange Geschichte.«

»Die möchte ich unbedingt hören, ehe wir fortfahren.«

So nahm der Pastor wieder Platz. Er erzählte, was er wußte, oder etwas, was er über Sarah Woodruff wußte. Denn bei seinem tapferen Versuch, Mrs. Poulteneys Seele zu retten, entschloß er sich, seine eigene zu gefährden. »Der Vater des Mädchens war

Pächter bei Lord Meriton, in der Nähe von Beaminster. Nur ein Bauer, aber ein Mann mit ausgezeichneten Grundsätzen und in seiner Umgebung hochgeschätzt. Er sorgte mit großer Klugheit dafür, daß seine Tochter eine bessere Erziehung erhielt, als man hätte annehmen können.«

»Er ist tot?«

»Schon seit mehreren Jahren. Das Mädchen wurde Gouvernante in der Familie des Kapitäns John Talbot in Charmouth.«

»Kann man von ihm eine Referenz haben?«

»Meine liebe Mrs. Poulteney, wenn ich unsere vorhergegangene Unterredung recht verstanden habe, besprechen wir ein Werk der Barmherzigkeit, nicht eine Anstellung.« Sie nickte, was einer Bitte um Entschuldigung noch am nächsten kam.

»Zweifellos könnte ein solches Zeugnis beschafft werden. Sie verließ sein Haus auf eigenes Verlangen. Es war Folgendes passiert. Sie erinnern sich der französischen Bark – ich glaube, sie stammte aus St. Malo –, die letzten Dezember in dem fürchterlichen Sturm unterhalb von Stonebarrow angetrieben wurde? Ohne Zweifel entsinnen Sie sich auch der drei Seeleute, die gerettet und von den Leuten in Charmouth aufgenommen wurden? Zwei waren einfache Matrosen, einer, so hörte ich, war der Schiffsleutnant. Beim ersten Anprall war ihm das Bein zerschmettert worden, aber er klammerte sich an eine Spiere und wurde an Land gespült. Sie haben doch sicherlich davon gelesen.«

»Sehr wahrscheinlich. Ich liebe die Franzosen nicht.«

»Kapitän Talbot, selbst Seeoffizier, belastete in seiner großen Güte sein Hauswesen mit der Pflege dieses . . . fremden Offiziers. Dieser sprach nicht Englisch, und deshalb wurde Miß Woodruff damit beauftragt, für ihn zu dolmetschen und sich um seine Bedürfnisse zu kümmern.«

»Sie spricht Französisch?« Mrs. Poulteneys Entsetzen über diese bestürzende Enthüllung war beinahe dazu angetan, dem Pastor allen Mut zu nehmen. Aber er schloß den Satz, indem er lächelte und sich höflich verbeugte.

»Liebe gnädige Frau, das ist bei Gouvernanten meist der Fall. Es ist nicht ihre Schuld, wenn die Welt solche Kenntnisse von ihnen verlangt. Um auf den französischen Gentleman zurückzukommen, so tut es mir leid, sagen zu müssen, daß er diese Bezeichnung nicht verdiente.«

»Mister Forsythe!«

Sie setzte sich auf, doch nicht zu entschieden, um den Armen nicht ganz zum Verstummen zu bringen.

»Ich beeile mich hinzuzufügen, daß in Kapitän Talbots Haus nichts Unschickliches vorfiel. Dies insoweit, als es Miß Woodruff betrifft, und zwar nirgendwo und niemals. Dafür habe ich Mr. Fursey-Harris' Wort. Er weiß über die Umstände viel besser als ich Bescheid.« Die Persönlichkeit, auf die er sich bezog, war der Pastor von Charmouth. »Doch der Franzose brachte es zuwege, Miß Woodruffs Zuneigung zu erringen. Als sein Bein geheilt war, reiste er mit der Postkutsche nach Weymouth, um dort, wie allgemein angenommen wurde, eine Gelegenheit zur Überfahrt zu finden. Zwei Tage nach seiner Abreise jedoch bat Miß Woodruff Mrs. Talbot inständigst, sie zu entlassen. Mir wurde berichtet, Mrs. Talbot habe den Versuch gemacht, der Frau ihren Plan auszureden. Aber es war umsonst.«

»Und sie entließ sie ohne Kündigungsfrist?«

Der Pastor ergriff sofort seine Chance. »Ich gebe zu, es war höchst töricht. Sie hätte es besser wissen müssen. Wäre Miß Woodruffs Arbeitgeber klüger vorgegangen, ich zweifle nicht, daß diese traurige Affäre nie passiert wäre.« Er machte eine Pause, um Mrs. Poulteney das stillschweigende Kompliment begreifen zu lassen. »Ich will es kurz machen. Miß Woodruff traf den Franzosen in Weymouth. Ihr Betragen ist höchst verwerflich, allerdings wurde mir mitgeteilt, sie habe dort bei ihrer Kusine gewohnt.«

»Das entschuldigt sie nicht in meinen Augen.«

»Gewiß nicht. Doch bedenken Sie, daß sie keine geborene Lady ist. Die unteren Klassen sind bezüglich ihres Auftretens nicht so bedenklich. Überdies vergaß ich zu erwähnen, daß der Franzose ihr ein Heiratsversprechen gegeben hatte. Miß Woodruff fuhr in dem Glauben nach Weymouth, dort Hochzeit zu halten.«

»War er denn nicht katholisch?«

Mrs. Poulteney sah sich schon als Patmos des reinen Glaubens in einem Ozean römischen Wahns.

»Ich fürchte, sein Benehmen beweist, daß er jedes christlichen Glaubens bar war. Doch ohne Zweifel hatte er ihr gesagt, er sei einer unserer unglücklichen Glaubensbrüder in jenem irregeleiteten Land. Nach einigen Tagen fuhr er nach Frankreich ab und versprach Miß Woodruff, er wolle nur seine Familie sehen, sich ein Schiff besorgen – eine weitere seiner Lügen hatte ja darin bestanden, daß er angeblich bei seiner Rückkehr nach Frankreich zum Kapitän befördert werden würde –, dann wieder zu ihr kommen, sie heiraten, hier in Lyme, und sie mit sich nehmen werde. Seither wartet sie. Es ist ganz klar, der Mann war ein herzloser Betrüger. Zweifellos wollte er an dem armen Wesen in Weymouth etwas Abscheuliches verüben. Und erst als ihre starken Glaubensgrundsätze ihm die Vergeblichkeit seines Vorhabens bewiesen, reiste er ab.«

»Und was ist weiter mit ihr geschehen? Mrs. Talbot hat sie doch nicht wiederaufgenommen?«

»Gnädige Frau, Mrs. Talbot ist eine etwas exzentrische Dame. Sie hat es ihr angeboten. Aber nun komme ich erst auf die betrüblichen Folgen meiner Erzählung. Miß Woodruff ist nicht geisteskrank. Davon kann nicht die Rede sein. Sie ist völlig imstande, Aufgaben, die man ihr stellt, zu verrichten. Aber sie leidet an schweren Anfällen von Melancholie. Zweifellos kommen sie zum Teil aus ihrem beladenen Gewissen. Doch zum Teil auch, wie ich fürchte, aus ihrer fixen Idee, der Leutnant sei ein ehrenwerter Mann und werde eines Tages zu ihr zurückkehren. Deshalb wird sie auch häufig gesehen, wie sie die Wege, die von unserer Stadt zur See führen, aufsucht. Mr. Fursey-Harris hat sich sehr bemüht, der Frau die Hoffnungslosigkeit, um nicht zu sagen, Ungehörigkeit ihres Betragens klarzumachen. Um es grob zu sagen, sie ist eben leicht verrückt, gnädige Frau.«

Schweigen. Der Pastor verschrieb sich einem heidnischen Gott, dem Zufall. Er merkte, daß Mrs. Poulteney rechnete. Die Meinung, die sie von sich hatte, verlangte von ihr, bei dem Gedanken, einer solchen Kreatur Marlborough House zu öffnen, schockiert und entsetzt auszusehen. Aber man mußte auch Gott berücksichtigen.

»Hat sie Verwandte?«

»Mir ist nichts davon bekannt.«

»Wie hat sie sich denn in der Zwischenzeit fortgebracht?«

»Sehr armselig. Ich hörte, sie hat ein bißchen genäht. Wie ich glaube, hat ihr Mrs. Tranter da etwas zu tun gegeben. Hauptsächlich hat sie von ihren Ersparnissen aus früherer Zeit gelebt.«

»Sie hat sich also etwas erspart.«

Der Pastor holte noch einmal Luft.

»Wenn Sie, gnädige Frau, sie aufnehmen, ist sie gerettet.« Nun spielte er seine Trumpfkarte aus. »Obwohl es nicht meine Sache ist, über Ihr Gewissen zu richten – aber vielleicht vermag es sie eines Tages selbst zu retten.«

Plötzlich hatte Mrs. Poulteney eine Vision von blendender,

himmlischer Schönheit; sie sah Lady Cotton samt ihrer heiligen Nase abgeschlagen und außer Atem. Dann runzelte sie die Stirn und starrte auf den dicken Flausch ihres Teppichs.

»Ich wünsche, daß Mr. Fursey-Harris bei mir vorspricht.«

Und nach einer Woche sprach er in Begleitung des Pastors von Lyme vor, schlürfte Madeira und sagte und verschwieg das, was sein Amtsbruder ihm geraten hatte. Mrs. Talbot hatte einen unendlich langen Empfehlungsbrief verfaßt, der mehr schadete als nützte, weil er schimpflicherweise keine gebührende Verurteilung der Gouvernante und ihres Betragens enthielt. Besonders eine Wendung brachte Mrs. Poulteney in Harnisch. »Monsieur Vargennes besaß beträchtlichen Charme; mein Gemahl wünscht, daß ich Ihnen mitteile, daß das Leben eines Seemanns nicht gerade die beste Ausbildung für gute Sitten gewährleistet.« Es interessierte sie auch nicht, daß »Miß Sarah eine kluge und pflichtbewußte Lehrerin« gewesen sei oder daß »meine Kinder sie schmerzlich vermißten«. Doch letzten Endes halfen Sarah gerade die offenbar laxen Maßstäbe und die dumme Sentimentalität Mrs. Talbots in den Augen von Mrs. Poulteney, sie stellten eine Herausforderung an sie dar.

Also erschien Sarah in Begleitung des Pastors zu einem Gespräch. Von Anfang an gefiel sie Mrs. Poulteney, weil sie anscheinend völlig niedergeworfen, von den Umständen vernichtet schien. Zwar sah sie eher nach ihrem wahren Alter – nämlich fünfundzwanzig – aus als nach »vielleicht dreißig oder darüber«. Aber ihr offensichtlicher Kummer bewies, daß sie eine Sünderin war, und Mrs. Poulteney wollte mit jemandem, der sich nicht beim ersten Anblick in diese Kategorie einreihen ließ, nichts zu tun haben. Da war auch ihre Zurückhaltung, die Mrs. Poulteney bei sich als stumme Dankbarkeit zu deuten beschloß. In Erinnerung an zahllose entlassene Domestiken verabscheute die alte Dame Frechheit und vorlautes Wesen über alles. Diese Ausdrücke waren ihrer Erfahrung nach gleichbedeutend mit: Sprechen, bevor man angesprochen wurde, und Vorwegnehmen ihrer Forderungen. Das beraubte sie des Vergnügens, darüber Rechenschaft zu fordern, weshalb ihre Anordnungen nicht schon vorher befolgt worden seien. Auf Vorschlag des Pastors diktierte sie dann einen Brief. Die Handschrift war ausgezeichnet, die Orthographie fehlerlos. Nun kam ein schwieriger Test. Sie übergab Sarah ihre Bibel und forderte sie auf, vorzulesen. Mrs. Poulteney hatte der Wahl des Abschnitts einige Aufmerksamkeit geschenkt; schmerzlich hatte sie zwischen Psalm 119 (»Wohl denen, die ohne Tadel leben«) und Psalm 140 (»Errette mich, Herr, von den bösen Menschen«) geschwankt. Schließlich hatte sie den ersteren gewählt; sie lauschte nicht nur der Stimme, die las, sondern auch auf ein verräterisches Zeichen, das anzeigte, daß die Worte des Psalmisten der Leserin nicht tief zu Herzen gingen.

Sarah hatte eine feste, eher tiefe Stimme. Sie enthielt Spuren eines ländlichen Akzents, aber damals war das akzentfreie Sprechen noch kein solches gesellschaftliches Erfordernis wie in späterer Zeit. Mitglieder des Oberhauses, selbst Herzöge, ließen noch den Akzent ihrer heimatlichen Provinz durchklingen, und niemand verübelte es ihnen. Vielleicht machte es der Gegensatz zu Mrs. Fairleys geistlosem Gestotter, daß diese Stimme Mrs. Poulteney von Anfang an gefiel; aber sie entzückte sie ebenso wie die Haltung des Mädchens, als es las: »O daß mein Leben deine Rechte mit ganzem Ernst hielte.« Es blieben noch einige Fragen.

»Mr. Forsythe hat mir berichtet, daß du an diesem Ausländer noch immer mit Zuneigung hängst.«

»Ich möchte darüber nicht sprechen, gnädige Frau.«

Wenn je ein Dienstmädtchen ein solches Wort zu Mrs. Poulteney gewagt hätte, der Tag des Zorns wäre angebrochen. Aber dies war furchtlos gesprochen und doch respektvoll; für diesmal ließ Mrs. Poulteney die Gelegenheit, sie zu schulmeistern, vorübergehen.

»Ich dulde keine französischen Bücher in meinem Haus.«

»Ich besitze keine. Auch keine englischen, gnädige Frau.«

Es muß ergänzt werden, daß sie keine besaß, weil sie alle verkauft hatte und nicht, weil sie vielleicht ein früher Vorläufer des großartigen (unerhörten?) McLuhan war.

»Eine Bibel hast du doch?«

Das Mädchen schüttelte den Kopf. Der Pastor griff ein. »Darum kümmere ich mich, meine liebe Mrs. Poulteney!«

»Ich höre, du nimmst am Gottesdienst regelmäßig teil.«

»Ja, gnädige Frau.«

»Bleib dabei. Gott tröstet uns in jeder Widerwärtigkeit.«

»Ich will versuchen, an Ihrem Glauben teilzuhaben, gnädige Frau.«

Nun stellte Mrs. Poulteney ihre schwierigste Frage. Der Pastor hatte sie wirklich gebeten, sie nicht zu stellen. »Was geschieht, wenn diese . . . Person zurückkehrt? Was dann?«

Wieder tat Sarah das Beste in dieser Lage; sie sagte gar nichts, senkte den Kopf und bewegte ihn hin und her. In ihrem zunehmendem Wohlwollen gestattete sich Mrs. Poulteney die Annahme, daß dies ein Zeichen wortloser Reue sei.

So begann sie also ihr gutes Werk.

Natürlich war es ihr nicht eingefallen zu fragen, warum Sarah, die Arbeitsangebote von weniger gläubigen Christen als Mrs. Poulteney abgelehnt hatte, gerade in ihr Haus eintrat. Es gab zwei sehr einfache Gründe dafür. Der eine war der, daß Marlborough House eine wunderbare Aussicht auf die Bucht von Lyme hatte. Der andere war noch einfacher. Sie besaß genau sieben Pence.

7

Endlich erlaubt die außerordentlich erhöhte Produktivkraft in den Sphären der großen Industrie, begleitet, wie sie ist, von intensiv und extensiv gesteigerter Ausbeutung der Arbeitskraft in allen übrigen Produktionssphären, einen stets größeren Teil der Arbeiterklasse unproduktiv zu verwenden und so namentlich die alten Haussklaven unter dem Namen der »dienenden Klasse«, wie Bediente, Mägde, Lakaien usw., stets massenhaft zu reproduzieren.

Marx, *Das Kapital* (1867)

Als Sam die Vorhänge zurückzog, flutete der Morgen über Charles herein. So mochte das Paradies über Mrs. Poulteney, die um diese Zeit noch hörbar schlief, ihren Wünschen gemäß anläßlich ihres Todes, und nach einer entsprechend feierlichen Pause, hereinfluten. Das Klima der Küste von Dorset ist ohnehin mild; aber an etwa einem Dutzend von Tagen beschert es ein solches Wetter. Das sind dann nicht Tage, die eben wohltun in ihrer Ungewohntheit, sondern hinreißende Einbrüche mittelmeerischer Wärme und Leuchtkraft. Die Natur spielt ein bißchen verrückt. Im November backen die Steine in der Sonne, und Spinnen, die längst ihren Winterschlaf halten müßten, laufen darüber hin; im Dezember singen die Amseln, im Januar brechen Primeln hervor, der März gibt an, er sei schon Juni.

Charles setzte sich auf, riß sich die Nachtmütze vom Kopf, ließ Sam die Fenster öffnen und starrte, die Hände aufgestützt, in das Sonnenlicht, das sich ins Zimmer ergoß. Mit den Wolken war auch die leichte Bedrückung, die ihn am Vortag umfangen hatte, verflogen. Er fühlte, wie die warme Frühlingsluft zärtlich durch das halbgeöffnete Nachthemd seinen nackten Hals streichelte.

Sam stand vor ihm und schärfte das Rasiermesser. Aus dem kupfernen Krug, den er mitgebracht hatte, stieg der Wasserdampf so einladend auf, beschwor das Gefühl unzähliger solch heiterer Tage, eines gesicherten Lebensstandards, von Ordnung, Ruhe, Zivilisation. Über das Kopfsteinpflaster der Straße trappelte unten ein Reiter friedlich meerwärts. Die schon schäbigen roten Samtvorhänge am Fenster bauschten sich in einer etwas kühleren Brise; im Licht dieses Tages sahen auch sie noch schön aus. Alles war ganz ausgezeichnet. Und immer würde die Welt so sein, so wie dieser Augenblick. Da ließ sich das Getrappel kleinerer Hufe hören, vermischt mit rastlosem Blöken und Jaulen. Charles erhob sich und sah aus dem Fenster. Auf der anderen Straßenseite standen zwei alte Männer in gefältelten Kitteln und sprachen miteinander. Der eine von ihnen war ein Schäfer, der sich auf seinen Stab lehnte. Zwölf Mutterschafe und noch viel mehr Lämmer standen unruhig mitten auf der Straße. Im Jahr 1867 waren solche volkstümlichen Szenen als Überreste eines viel älteren England schon auffallend, wenn auch nicht selten. In jedem Dorf fand man noch ein Dutzend solcher kitteltragender alter Männer. Charles wünschte, er könne das Bild zeichnen. Das Land war wirklich bezaubernd. Er wandte sich an den Diener: »Wahrhaftig, Sam, an einem Tag wie diesem könnte ich es mir vorstellen, London mit keinem Auge wiederzusehen.«

»Wenn Sie in diesem Tempo weitermachen, werden Sie's auch nicht, Sir!«

Sein Herr sah ihn kühl an. Er und Sam waren jetzt seit vier Jahren zusammen und kannten einander besser als Partner, von denen man hätte annehmen können, daß sie auf vertrauterem Fuß standen.

»Sam, du hast schon wieder getrunken.«

»Nein, Sir.«

»Ist das neue Lokal besser?«

»Ja, Sir.«

»Und die Gesellschaft?«

»Sehr annehmbar.«

»Quod est demonstrandum. Du bist griesgrämig an einem Morgen, der einen Geizhals zum Singen brächte. Also hast du getrunken.«

Sam prüfte die Schneide des haarscharfen Rasiermessers an der Spitze seines Daumens. Dabei machte er ein Gesicht, als wollte er jeden Augenblick seinen Entschluß ändern und es an seinem Hals oder an dem seines lächelnden Herrn probieren.

»Es ist wegen des Küchenmädchens bei Mrs. Tranter, Sir... Bin nur halb dabei zu...«

»Leg zuerst freundlichst dein Messer weg und dann rück heraus damit.«

»Hab sie gesehen. Draußen, dort unten.« Er schleuderte seine Hand in Richtung auf das Fenster. »Ruft direkt über die Straße.«

»Und was, bitte, hat sie gerufen?«

Die Anzeichen für einen unmittelbar bevorstehenden Ausbruch bei Sam mehrten sich. »Hast du nicht einen Sack Ruß bei der Hand?« Er schwieg finster. »Sir.« Charles grinste.

»Kenne sie. Die im grauen Kleid? Die Häßliche?« Dies war unfreundlich von Charles, denn er meinte jenes Mädchen, ein Wesen zum Anbeißen, wie Lyme sonst keins aufzuweisen hatte, vor dem er am letzten Nachmittag den Hut gelüftet hatte.

»Nicht grad häßlich. Mindestens zum Anschaun.«

»Aha. Also den Cockney läßt sie abblitzen.«

Sam schoß einen bösen Blick. »Ich rühr sie mit keiner Feuerzange an! Verflixte Kuhmagd!«

»Ich glaub, du meinst das wörtlich, Sam. Du dürftest ja in einer Schnapsbude zur Welt gekommen sein, wie du mir schon oft erzählt hast.«

»Direkt daneben, Sir.«

»Also in nächster Nähe einer Schnapsbude. Aber ich wünsche nicht, daß du dich an einem Tag wie dem dieses Jargons bedienst.«

»Das liegt an der Herabsetzung, Sir. Alle Stallknechte hörten zu.«

Da »alle Stallknechte« zwei Personen waren, von denen eine stocktaub war, zeigte Charles wenig Mitgefühl. Er lächelte und bedeutete Sam, ihm das heiße Wasser einzugießen.

»Mach mir jetzt das Frühstück, wenn du vielleicht so freundlich bist. Ich werd mich heute früh selbst rasieren. Und bring mir die doppelte Portion Teekuchen.«

»Jawohl, Sir.«

Aber dann rief Charles den verdrossenen Sam zurück und drohte ihm mit dem Rasierpinsel.

»Diese Landmädchen sind viel zu schüchtern, um solche groben Worte einem distinguierten Herrn aus London zuzurufen, wenn man sie vorher nicht ernstlich beleidigt hat. Ich habe den schweren Verdacht, Sam, daß du etwas zu flott warst.« Sam stand mit offenem Mund da. »Und wenn du jetzt mit meinem Frühstück nicht doppelt so flott bist, dann feuere ich dir meinen Stiefel auf den hinteren Teil deiner elenden Anatomie.«

Die Tür schloß sich, nicht gerade sanft. Charles blinzelte sich im Spiegel zu. Jetzt machte er sich um zehn Jahre älter: ganz Würde, der feierliche junge pater familias; dann wieder lächelte er nachsichtig über seine Grimassen und über sein Wohlbehagen und badete sich in eitler Betrachtung seiner Züge. Die seinen waren wirklich äußerst regelmäßig – eine breite Stirn, Haar und Schnurrbart von gleicher Schwärze, ersteres vom Entfernen der Nachtmütze noch etwas zerzaust, so daß er jünger aussah, als er war. Seine Haut war von vornehmer Blässe, wenn auch nicht ganz so blaß wie die vieler Gentlemen aus London. Dazumal war Sonnenbräune keineswegs jenes sozial-sexuelle Statussymbol, sondern ein Zeichen für das Gegenteil, die Zugehörigkeit zu niederem Stand. Wenn man es genau betrachtete, war das Gesicht etwas dümmlich, wie in diesem Augenblick. Ein Hauch der üblen Laune vom Vortag wehte ihn an. Zu unschuldig, dieses Gesicht, wenn man ihm die Maske abstreifte, die es vor der Öffentlichkeit bedeckte, zuwenig erfolgreich. Was blieb, war die dorische Nase, die kühlen grauen Augen. Ein gebildetes, selbstbewußtes Gesicht – und gebildet war er ja auch.

Er begann, sein Janusgesicht mit Seifenschaum zu bedecken.

Sam war gut zehn Jahre jünger als er; zu jung, um einen guten Diener abzugeben, außerdem geistesabwesend, streitsüchtig, eitel und selbstgefällig; strolchte gern herum und faulenzte, lehnte mit einem Strohhalm oder Petersilienstengel im Mundwinkel an der Mauer; spielte den Pferdekenner oder fing Spatzen unter einem Sieb, wenn man oben nach ihm rief.

Natürlich ruft bei uns jeder Diener namens Sam unwillkürlich die Erinnerung an den unsterblichen Weller wach; ohne Zweifel hatte sich auch unser Sam aus diesem Milieu entwickelt. Aber seit die »Pickwick Papers« das Licht der Welt erblickt hatten, waren dreißig Jahre vergangen. Sam hegte keine eigentlich tiefe Zuneigung zu Pferden. Eher glich er einem Arbeiter unserer Tage, der die genaue Kenntnis der Autotypen für ein Zeichen seines sozialen Fortschritts hält. Er wußte auch von Sam Weller, nicht aus dem Buch, sondern von einer Bühnenfassung her; darum wußte er auch, daß die Zeiten sich geändert hatten. Seine proletarische Generation stand eine Stufe höher als all das; wenn er die Ställe besuchte, dann nur, um diesen provinziellen Stallknechten und

Bierkutschern eben vorzuführen, daß er über ihnen stand.

In der Öffentlichkeit Englands war um die Mitte des Jahrhunderts eine gänzlich neue Art des Dandytums aufgekommen; die vielfältigen Vertreter der oberen Stände, die bleichsüchtigen Abkömmlinge des Beau Brummel, kannte man als »swells«; aber neureiche junge Handwerker und hoch hinaus strebende Domestiken traten mit ihnen in einen Kleiderwettstreit. Die »swells« nannten sie »snobs«; in diesem engen Sinn war Sam ein sehr hübsches Beispiel für einen Snob. Er wußte mit Modestilen genau Bescheid, ebenso genau wie ein »twen« der sechziger Jahre unseres Jahrhunderts. Seinen Lohn verwendete er fast ausschließlich darauf, nach der Mode zu gehen. Ein weiteres Merkmal dieser neuen Klasse bestand in ihrem Bestreben, die Sprache zu beherrschen.

In Dickens' »Pickwick Papers« wird Sam Weller dadurch berühmt, daß er unfähig ist, »v« und »w« auseinanderzuhalten. Diese Unfähigkeit, ein uraltes Merkmal der gewöhnlichen Londoner, war in den siebziger Jahren unter den Snobs ebenso verachtet wie unter den bürgerlichen Romanschriftstellern, die jenen Zug, wenn auch ganz willkürlich, in den Gesprächen ihrer Personen aus Cockneykreisen zu verwenden pflegten. Die Snobs kämpften wieder mehr mit den Hauchlauten; es war, wie im Fall Sams, ein furchtbarer Kampf, der öfter mit einer Niederlage als mit einem Sieg endete. Aber wenn er das »h« am Anfang an die falsche Stelle setzte oder wegließ, wirkte das nicht eigentlich komisch; es war das Anzeichen einer sozialen Revolution, und das konnte Charles nicht begreifen.

Vielleicht kam es daher, daß Sam eine so wichtige Aufgabe in seinem Leben erfüllte – sie gab ihm täglich Gelegenheit, zu schwatzen, in seine Schulbubenmanieren zurückzufallen; hier konnte er seinem charakteristischen und beklagenswerten Hang zu Wortwitzen und Anspielungen frönen, einem Humor, den er sich dank seines Bildungsprivilegs leisten konnte, weil er ja ein aufreizend reines Englisch sprach. Charles' Verhalten mag dem an sich ungeheuren Unrecht der sozialen Ausbeutung noch das der persönlichen Beleidigung hinzuzufügen scheinen: ich muß jedoch betonen, daß in seinen Beziehungen zu Sam etwas wie Zuneigung war, eine menschliche Bindung, die um vieles besser war als die kalte Barriere, die die Neureichen in einer Zeit, als es von ihnen nur so wimmelte, zwischen sich und ihren Domestiken aufrichteten. Charles hatte natürlich Bediente in reichem Wechsel gehabt; das unterschied ihn von den Neureichen seiner Zeit – denn sie waren oft selbst Kinder von Dienstboten. Er hätte sich eine Welt ohne Dienstboten nicht vorstellen können. Das konnten die Neureichen; und das ließ sie auf ihren relativen Status um so härter pochen. Sie waren bestrebt, ihre Dienstboten in Maschinen zu verwandeln, während Charles wohl wußte, daß sein Diener auch etwas wie ein Gefährte war, sein Sancho Pansa, der seinen hochgeistigen Dienst für Ernestina Dulcinea als lustige Person begleitete. Kurz gesagt, er behielt Sam, weil dieser ihn häufig amüsierte; nicht, weil er an seiner Stelle keine bessere »Maschine« gefunden hätte.

Der Unterschied zwischen 1837 und 1867, also der zwischen Sam Weller und Sam Farrow, war folgender: der erstere war zufrieden in seiner Rolle, der andere litt darunter. Weller hätte sich für den »Rußsack« revanchiert, und zwar mit gleicher Münze. Sam hatte sich innerlich versteift, die »Augenbrauen« gehoben und der Beleidigerin den Rücken gekehrt.

8

Tiefe gähnt, wo einst ein Baum wuchs
Erde, wie änderst du dich!
Wo sich die lärmende Straße hinzieht
War einst Meer

Hügel, verfließende Schatten
Küsten schmelzen wie Nebel
Bilden sich wolkengleich
Und vergehn

Tennyson, *In Memoriam* (1850)

Wenn du aber gleichzeitig den Wunsch hast, nichts zu tun und doch etwas zu gelten, dann ist der beste Vorwand dafür, dich auf irgendwelche tiefschürfende Studien zu werfen ...

Leslie Stephen, *Sketches from Cambridge* (1865)

Das Gesicht Sams war nicht das einzige in Lyme, das an diesem Morgen düster blickte. Ernestina war in einer Stimmung erwacht, die der verheißungsvolle Tagesanbruch nur noch verschlimmerte. Sie kannte das Übel, an dem sie litt; aber es stand für sie außer Frage, daß sie Charles dafür büßen lassen wollte. So kam es, daß ihn, als er pflichtgemäß um zehn Uhr bei Tante Tranters Haus vorsprach, nur eben diese alte Dame begrüßte mit der Mitteilung: Ernestina habe eine etwas unruhige Nacht gehabt und wünsche jetzt zu ruhen. Ob er nicht nachmittags zum Tee wiederkommen wolle, da werde sie sich zweifellos schon besser fühlen?

Charles' besorgte Frage, ob man nicht den Arzt holen sollte, wurde höflich verneint. So verabschiedete er sich. Sam erhielt den Auftrag, jede Menge Blumen zu kaufen und sie zum Haus der reizenden Patientin zu bringen; dazu die Erlaubnis und den Rat, eine oder zwei Blüten zum eigenen Gebrauch zurückzubehalten und sie der jungen Dame anzubieten, die den Ruß so wenig leiden konnte. Für diese leichte Verrichtung erhielt er einen freien Tag als Belohnung. Man sieht, nicht alle Brotherren der viktorianischen Ära waren für den Kommunismus direkt verantwortlich. Charles aber sah sich als eigener Herr. Die Wahl fiel ihm leicht. Natürlich hätte er überall Aufenthalt genommen, wo Ernestinas Gesundheit es erfordert hätte; aber zugegebenermaßen hatte die Wahl von Lyme Regis seinen Junggesellenneigungen das angenehmste Betätigungsfeld verschafft. Namen wie Stonebarrow, Black Ven, Ware Cliffs mögen dem Leser wenig bedeuten. Aber Lyme liegt im Zentrum einer der wenigen Gegenden, wo eine bestimmte Gesteinsschicht, die blaue Lias, an die Oberfläche tritt. Wer nur die Landschaft und ihre Formationen bewundert, wird das gleichgültig finden. Die Farbe des Gesteins ist ein außerordentlich düsteres Grau, die Struktur ähnlich versteinertem Schlamm, alles eher abstoßend als malerisch. Das Gelände ist auch heimtückisch, weil die Schichten brüchig sind und Rutschneigung aufweisen. Die Folge davon ist, daß diese zwanzig Kilometer lange Liasküste im Laufe der Geschichte mehr Land an die See abgegeben hat als die meisten anderen Küstenstrecken Englands. Nur für die britischen Paläontologen ist sie ein Mekka, gerade deshalb, weil sie ständig in Bewegung und außerdem überaus reich an Versteinerungen ist. Das dort im Lauf der letzten hundert Jahre am häufigsten vorkommende Lebewesen war der Mensch – und zwar, wie er den Geologenhammer schwingt.

Den vielleicht berühmtesten Laden in Lyme hatte Charles schon aufgesucht – es war der Old Fossil Shop, den Mary Anning gegründet hatte. Diese bemerkenswerte Frau besaß keine wissenschaftliche Ausbildung, dafür aber einen genialen Spürsinn für treffliche – und vielfach bis dahin noch nie klassifizierte – Exemplare. Als erste sah sie die Knochen des *Ichthyosaurus platyodon;* es ist darum besonders schädlich und undankbar, daß zwar viele

Wissenschaftler jener Zeit ihre Funde fröhlich verwerteten, um ihren eigenen Ruhm zu begründeten, daß aber die britische Paläontologie keinem einzigen der einheimischen Typen den Beinamen anningii verliehen hat. Charles also hatte dieser denkwürdigen Stätte seine Reverenz erwiesen und auch sein Geld hingetragen. Er erwarb die verschiedensten Ammoniten und Isocrina, weil er sie für die Schaukästen brauchte, die an den Wänden seines Studierzimmers in London standen. Eins enttäuschte ihn, denn gerade damals hatte er sich auf ein Gebiet geworfen, aus dem der Old Fossil Shop nur wenige Exemplare zum Verkauf anzubieten hatte. Es handelte sich um Echinodermen oder Seeigel. Ihre Gestalt wechselt, gemeinsam ist allen Arten die vollkommene Symmetrie und die zart geriefte Oberfläche. Ihr wissenschaftlicher Wert besteht darin, daß in den sechziger Jahren in Beachy Head eine komplette Generationenreihe gefunden wurde, die eine der ersten praktischen Bestätigungen der Evolutionstheorie darstellte. Ganz abgesehen davon sind es aber sehr hübsche kleine Objekte; ihren Reiz erhöht der Umstand, daß sie stets schwierig zu finden sind. Man kann tagelang suchen, ohne auf einen einzigen Echinus zu stoßen; ein Morgen, an dem man zwei oder drei findet, muß als denkwürdig bezeichnet werden. Als geborener Amateur mit genügend Zeit war Charles sich dessen nicht bewußt, das gerade das ihn so anzog, er hatte natürlich rein wissenschaftliche Gründe dafür. Wie alle, die ein Hobby betreiben, hätte er nur entrüstet geäußert, die Echinodermen seien bislang »schändlich vernachlässigt« worden, was weithin eine Rechtfertigung dafür ist, daß man an ein zu beschränktes Arbeitsgebiet zuviel Zeit wendet. Was auch immer ihn bewog, er hatte sein Herz an die »Tests« (von lat. testa, Deckel) gehängt.

Tests kommen nun freilich nicht in der blauen Lias, sondern im darüber gelagerten Flint vor. Wie ihm die Ladenbesitzerin geraten hatte, sollte er seine Suche am besten auf den Westen der Stadt, und zwar nicht unbedingt auf die Küste konzentrieren. So war Charles eine halbe Stunde nach seiner Vorsprache bei Tante Tranter wieder auf dem Damm.

Die große Mole war an jenem Tag keineswegs einsam. Fischer teerten ihre Boote, flickten Netze und bastelten an Fanggeräten für Krabben und Hummer. Auch Mitglieder der besseren Schichten, frühe Gäste von auswärts und auch Einheimische schlenderten am Meer mit seiner jetzt sanften Dünung entlang. Von der einsam starrenden Frau war, wie Charles bemerkte, nichts zu sehen.

Doch er dachte nicht weiter an sie noch an den Damm und schritt schnell und elastisch – sehr anders, als wenn er träg durch die Stadt schlenderte – seinem Ziel, dem Strand unter den Ware Cleeves, zu.

Mit seiner sorgfältig für sein Vorhaben gewählten Ausrüstung würde er heute Grund zum Schmunzeln geben. Er trug kräftige Nagelschuhe und Segeltuchgamaschen, die sich nach oben in Breeches aus schwerem Flanell fortsetzten. Da gab es einen dazu passenden engen und absurd langen Rock, einen Schlapphut aus Segeltuch, einen wuchtigen Eschenstock, den er auf dem Weg zum Damm gekauft hatte, und einen voluminösen Rucksack, der ein gewichtiges Aufgebot an Hämmern, Behältnissen, Notizbüchern, Pillenschachteln, Beilen und weiß der Himmel was noch alles enthielt. Uns Heutigen scheint an der viktorianischen Zeit nichts so schwer verständlich wie ihre methodische Umständlichkeit. Den besten Anschauungsunterricht bieten uns die lächerlichen Ratschläge, die den Reisenden in den frühen Ausgaben des Baedeker unbefangen erteilt werden. Man fragt sich, wo bei einer solchen Ausstaffierung das Vergnügen blieb. War Charles nicht imstande einzusehen, daß leichte Kleidung viel angenehmer gewesen wäre? Daß ein Hut überflüssig war, daß auf dem mit Geröll bedeckten Strand Nagelschuhe ebenso unbequem wie Schlittschuhe waren? Nun, wir lachen. Aber vielleicht liegt in diesem Zwiespalt zwischen dem Angenehmsten und dem am meisten Empfohlenen doch auch etwas Staunenswertes. Wieder einmal stoßen wir hier auf den Zankapfel, um den der Streit der beiden Jahrhunderte geht: Sollen wir uns vom Pflichtgefühl anspornen lassen oder nicht?* Wenn wir jene Besessenheit, jederzeit korrekt gekleidet, für jede Eventualität gerüstet zu sein, einfach für Dummheit erklären, für Blindheit gegenüber der erfahrbaren Wirklichkeit, dann unterliegen wir, so meine ich, einem ernsten – oder vielmehr leichtfertigen – Irrtum gegenüber unseren Vorfahren. Männer wie Charles, wie er unnütz bekleidet und ausgerüstet,

* Zur Vergegenwärtigung der Tatsache, daß der Agnostizismus und Atheismus der mittleren viktorianischen Zeit anders als der heutige sich parallel zur theologischen Dogmatik hielt, mag George Eliots berühmter Ausspruch zitiert werden: »Gott kann man nicht wahrnehmen, Unsterblichkeit nicht glauben; aber die Pflicht ist zwingend und absolut.« Um so zwingender, möchte man hinzufügen, in der Gegenwart, da der Glaube zweimal so furchtbar Schiffbruch erlitten hat.

legen die Grundlagen für das Gebäude unserer modernen Wissenschaft. Ihr närrisches Verhalten in dieser Hinsicht war nur ein Symptom für ihre Seriosität in einer viel wichtigeren. Sie hatten erkannt, daß die geläufige Einschätzung der Weltfragen unzulänglich geworden war. Man hatte zugelassen, daß die Fenster zur Wirklichkeit von Konvention, Religion und sozialer Stagnation verkleistert waren; sie wußten, mit einem Wort, daß sie Entdeckungen machen mußten und daß diese Entdeckungen für die Zukunft der Menschheit von äußerster Wichtigkeit waren. Wenn wir nicht gerade in einem Forschungslaboratorium unser Leben führen, meinen wir, es gebe nichts mehr zu entdecken, und was uns im Grunde angehe, betreffe nur die Gegenwart. Fahren wir dabei besser? Vielleicht. Aber wir werden nicht das letzte Urteil sprechen.

So möchte ich mich doch mit meinem Gelächter etwas zurückhalten für den Fall, daß ich Charles an jenem Tag beobachtet hätte, wie er hämmernd, sich neigend und prüfend seinen Weg entlang der Küste zurücklegte. Zum zehntenmal versuchte er einen Schritt von einem Geröllblock zum andern, rutschte aus und setzte sich auf den Hosenboden. Aber Charles machte sich aus dem Ausrutschen nicht viel, denn der Tag war schön, er fand reichlich Versteinerungen und sah sich sehr bald vollkommen allein.

Die See funkelte, die Möwen kreischten. Ein Schwarm Austernfischer mit schwarz-weißem und korallenrotem Gefieder flog vor ihm auf und kündigte sein Herankommen an. Nun kamen verführerische Lachen im Gestein. Furchtbare Häresien flogen dem armen Kerl durch den Kopf: würde es nicht mehr Spaß machen –nein, nein – wäre es nicht wissenschaftlich wertvoller, sich der Meeresbiologie zuzuwenden? Vielleicht aus London hierher nach Lyme übersiedeln . . . Aber damit wäre Ernestina niemals einverstanden. Und dann kam ein durchaus menschlicher Augenblick, und es freut mich, von ihm berichten zu können: Charles sah sich vorsichtig um, stellte fest, daß er vollkommen allein war, und zog daraufhin sorgsam Schuhe, Gamaschen und Strümpfe aus. Jetzt war er ein Schüler und versuchte, sich eine Zeile Homers ins Gedächtnis zu rufen, mit der er diesem Augenblick klassische Weihe geben könne. Er wurde aber von der Notwendigkeit abgelenkt, eine kleine Krabbe zu fangen, die sich unter Wasser verziehen wollte, als der mächtige Schatten auf ihre wachsamen Stielaugen fiel. Man könnte Charles tadeln, weil er sich mit Ausrüstungsgegenständen unnütz belud: man könnte ihn ebensogut tadeln, weil er sich in seinen Arbeiten zu wenig spezialisierte. Aber man muß bedenken, daß der Ausdruck Naturgeschichte damals nicht in dem abwertenden Sinn wie heute gebraucht wird, als Flucht aus der Wirklichkeit ins Gefühl. Charles war außerhalb seines Fachgebiets ein durchaus kompetenter Ornithologe und Botaniker. Wenn es nur um den wissenschaftlichen Fortschritt ginge, wäre es vielleicht besser gewesen, er hätte nur Augen für versteinerte Seeigel gehabt oder sein Leben der Verbreitung der Algen gewidmet; erinnern wir uns doch an Darwins »Die Reise der Beagle«. »Die Entstehung der Arten« stellt einen Triumph der Verallgemeinerung, nicht der Spezialisierung dar; und selbst wenn man mir beweisen könnte, daß das letztere für Charles, den unbegabten Wissenschaftler, besser gewesen wäre, ich würde an meiner Behauptung festhalten, daß das erstere besser für ihn als Menschen war. Es geht nicht darum, daß es sich Amateure nicht leisten können, überall hineinzupfuschen; sie sollen überall hineinpfuschen und sich nicht um die wissenschaftlichen Besserwisser kümmern, die sie am liebsten in ein enges Verlies einsperren möchten.

Charles bezeichnete sich als Darwinisten, und doch hatte er Darwin nicht eigentlich verstanden. Doch Darwin verstand sich ja selbst nicht. Dieser Genius hatte die *Scala Naturae* Linnés aus dem Weg geräumt, das Ordnungsprinzip, dessen Hauptgrundsatz, so wesentlich wie die Gottheit Christi für die Theologie, lautete: *nulla species nova.* Es ist unmöglich, daß eine neue Spezies auftritt. Dieser Grundsatz erklärt es, warum Linné so versessen darauf war, zu klassifizieren, zu benennen, das Bestehende zu versteinern. Wir dürfen dies heute als einen Versuch betrachten, im voraus festzulegen, was in Wirklichkeit ein beständiges Fließen ist. Von daher gesehen, scheint es durchaus folgerichtig, daß Linné schließlich wahnsinnig wurde: er wußte sich in einem Labyrinth, was er nicht wußte, war, daß sich die Mauern und Gänge dieses Labyrinths ständig verändern. Selbst Darwin hatte die Fesseln des schwedischen Gelehrten nicht ganz abgestreift, und darum können wir Charles kaum für die Gedanken tadeln, die ihm durch den Kopf gingen, als er die Klippen über sich mit ihrer liatischen Schichtung betrachtete.

Er wußte, der Satz *nulla species nova* war Unsinn; dennoch erblickte er in den Schichten die Existenz einer ungemein beruhigenden Ordnung. Vielleicht hätte er in den zerbröckelnden Simsen sogar ein sehr zeitgemäßes Symbol für die soziale Ordnung sehen können; was er tatsächlich sah, war ein von der Zeit errichtetes Gebäude, bei dessen Aufbau unerbittliche Gesetze – wohltätig und von Gott verordnet, denn wer wollte behaupten, daß Ordnung nicht das höchste menschliche Gut sei – zusammengewirkt hatten, um den Tüchtigsten und Besten überleben zu lassen. Da war zum Beispiel er, Charles Smithson, an diesem herrlichen Frühlingstag allein, neugierig forschend, verstehend, sammelnd, notierend und dankbar. Woran er nicht dachte, war der Folgesatz, der sich aus dem Zusammenbruch des Ordnungsprinzips ergab: wenn es möglich ist, daß neue Arten auftreten, dann müssen alte sehr häufig Platz machen. Charles wußte vom Vergehen des Einzelwesens – jeder Viktorianer mußte sich dessen bewußt sein. Aber die Möglichkeit, daß eine ganze Gesellschaft vergeht, trübte so wenig seinen Sinn wie das kleinste Wölkchen an jenem Tag den Himmel. Und gerade als er seine Strümpfe, Gamaschen und Schuhe wieder aufnahm, hielt er einen sehr konkreten Beweis für diese Möglichkeit in der Hand.

Es war ein besonders schönes Liasfragment mit Abdrücken von Ammoniten. In außerordentlicher Klarheit erblickte er hier einen Mikrokosmos als Abbild des Makrokosmos, Milchstraßen und Feuerräder, die über das fünfundzwanzig Zentimeter große Gesteinsstück ihre Bahn zogen. Nachdem er einen Zettel ordentlich mit Datum und Fundort beschriftet hatte, machte er wieder einen Hopser aus dem Feld der Wissenschaft – diesmal in das der Liebe. Er entschloß sich, den Fund nach seiner Rückkehr Ernestina zu schenken. Er war so hübsch, daß sie sich darüber freuen mußte; überdies würde er ja bald in seinen Besitz zurückkehren, zusammen mit ihr. Ein weiterer Vorteil, das zusätzliche Gewicht auf seinem Rücken machte ja das Geschenk zur Arbeit. Die Pflicht erhob ihr strenges Haupt, sie, die damals alle so hübsch gleichschaltete.

Mit Schrecken bemerkte er aber auch, daß er langsamer als beabsichtigt vorangekommen war. Er knöpfte den Rock auf und holte seine silberne Taschenuhr mit Sprungdeckel hervor. Zwei Uhr! Er spähte zurück und sah, wie die Wellen den Fuß der zwei Kilometer entfernten Felsspitze bespülten. Noch bestand keine Gefahr, daß er vom Wasser eingeschlossen wurde, denn gerade über ihm führte ein zwar steiler, aber sicherer Pfad über die Klippen in den dichten Wald auf der Höhe. Am Strand konnte er freilich nicht zurück. Sein Ziel war gerade dieser Pfad gewesen, aber er hatte schnell dorthin gelangen wollen und von dort aus weiter auf die Hochebene, wo sich die Flintschichten befanden. Als Strafe für seine Trödelei nahm er den Pfad viel zu rasch und mußte dafür oben eine Minute rasten, um sich zu erholen. Er schwitzte reichlich unter dem scheußlichen Flanell. Aber als er in der Nähe ein Bächlein hörte, stillte er seinen Durst, machte das Taschentuch naß und wischte sich das Gesicht ab; dann begann er sich umzusehen.

9

Dies Herz ich weiß,
Für Liebe nicht gezähmt;
Aber in seinen Tiefen glüht es
Seltsam, rastlos und ungestüm,
Matthew Arnold, *A Farewell* (1853)

Ich habe die wichtigsten Gründe genannt, weshalb Sarah Woodruff sich der Inspektion durch Mrs. Poulteney aussetzte. Aber sie war die letzte, die sich, wenn auch nur instinktiv, über ihre Beweggründe Rechenschaft gab – und es waren derer noch mehr. Es mußte noch andere geben, denn sie kannte Mrs. Poulteneys Ruf in den weniger erhabenen Kreisen von Lyme. Einen Tag lang war sie unentschlossen, dann ging sie zu Mrs. Talbot, um sie um Rat zu fragen. Mrs. Talbot war eine junge herzensgute Frau, doch nicht sehr scharfsichtig; sie wünschte sich zwar Sarah zurück, ja sie hatte es ihr vorher fest angeboten, doch sah sie ein, daß Sarah im Augenblick den Pflichten einer Gouvernante nicht gewachsen war, die eine angestrengte und pausenlose Aufmerksamkeit von ihr verlangten. Andererseits wollte sie ihr unbedingt helfen. Sie wußte, Sarah stand vor dem Nichts; nachts träumte sie im Wachen in Bildern von ihr, die aus der romantischen Literatur ihrer Mädchenjahre stammten: wie die Heldin zusammengekrümmt und verhungernd auf schneebedeckten Türschwellen oder fiebernd in kahlen Dachstuben lag, durch deren Decke das Wasser tropfte. Am schlimmsten setzte ihr ein Bild zu, eine Illustration zu einer der erbaulichen Erzählungen Mrs. Sherwoods. Da stürzte sich ein verfolgtes Weib über die Klippen in die Tiefe. Blitze zuckten und beleuchteten die grausamen Gesichter ihrer Verfolger. Fürchterlich anzusehen war der Schrecken auf dem bleichen Gesicht der armen Verurteilten und ihr weiter, schwarzer, faltenreicher Mantel, der wie ein Rabenflügel über ihrem grauenvollen Tode wehte.

Mrs. Talbot überwand also ihre Zweifel hinsichtlich Mrs. Poulteney und riet Sarah, die Stellung anzunehmen. Die ehemalige Gouvernante küßte den kleinen Paul und die kleine Virginia zum Abschied und ging nach Lyme zurück, eine Verdammte. Sie hatte dem Urteil Mrs. Talbots vertraut; und keine intelligente Frau, die einer dummen, wenn auch guten Frau traut, kann etwas anderes erwarten.

Sarah war tatsächlich intelligent, doch ihre Intelligenz war von seltener Art; bei einem unserer modernen Tests wäre sie sicherlich unentdeckt geblieben. Sie war nicht im mindestens analytisch, auf das Lösen von Problemen gerichtet; deshalb war es symtomatisch, daß ihr die Mathematik schwerste Sorgen bereitet hatte. Sie äußerte sich aber auch nicht in Gestalt besonderer Lebhaftigkeit oder Witzigkeit, auch nicht, als es ihr noch besser ging. Ihre Intelligenz war die Fähigkeit, andere Leute blitzschnell auf ihren Wert hin zu erkennen, sie zu verstehen, im wahrsten Sinn des Worts. Dabei war Sarah nie in London gewesen, hatte sich nie in der Welt umgetan.

Sie besaß auf psychologischem Gebiet das, was den erfahrenen Pferdehändler ausmacht – die Fähigkeit, fast auf den ersten Bick das gute Pferd vom schlechten zu unterscheiden.

Im Sprachgebrauch unseres Jahrhunderts heißt das, sie war mit einem Computer im Herzen geboren. Im Herzen deshalb, weil die Werte, die sie registrierte und speicherte, mehr auf dem Gebiet des Herzens als auf dem des Verstands lagen. Die Anmaßung, die in einer hohlen Behauptung, vorgetäuschtem Fachwissen oder auf Vorurteilen beruhender Logik lag, merkte sie, sobald sie auf sie stieß. Aber sie durchschaute die Menschen in noch feinerer Art. Ohne daß sie sagen konnte, warum, ebenso wie ein Computer die Vorgänge in seinem Innern nicht erklären kann, sah sie die anderen so, wie sie waren, und nicht, wie sie zu scheinen suchten. Sie als guten Sittenrichter über die Leute zu bezeichnen, wäre zu wenig. Ihr Fassungsvermögen ging darüber hinaus; wäre sie nur nach moralischen Maßstäben vorgegangen, sie hätte sich anders verhalten müssen – sie hätte zum Beispiel nicht bei ihrer Kusine in Weymouth gewohnt. Diese anlagebedingte Tiefe der Menschenkenntnis war die eine Last, die auf ihrem Leben lag; die andere war ihre Erziehung. Es war keine besondere Erziehung gewesen, eben nur eine solche, die das drittklassige Mädchenseminar in Exeter zu vermitteln vermochte. Tags lernte sie, abends – und oft bis in die Nacht hinein – verdiente sie das Schulgeld mit Stopfen und anderen Dienstleistungen. Mit den übrigen Schülerinnen stand sie auf keinem besonders guten Fuß. Diese sahen auf sie herab, sie sah durch sie hindurch. So kam es, daß sie in der Welt der Romane und der Poesie, jenen beiden Heiligtümern der Einsamen, besser bewandert war als die meisten Mädchen ihrer Herkunft. Die Bücher mußten ihr die Lebenserfahrung ersetzen. Ohne sich dessen bewußt zu sein, beurteilte sie die Menschen nach den Maßstäben eines Walter Scott und einer Jane Austen, wie wenn sie ihre Erfahrungen selbst mit ihnen gemacht hätte; ihre Umgebung bestand für sie aus lauter Romangestalten, und sie zog ihre aus Gedichten gewonnenen Schlüsse. Doch leider wurde das, was sie selbst sich angeeignet hatte, durch das zunichte gemacht, was man ihr beibrachte. Die Klassengesellschaft hatte sie äußerlich zu einer Lady und in Wirklichkeit zu ihrem perfekten Opfer gemacht. Ihr Vater hatte sie gezwungen, aus ihrer Klasse auszutreten, war aber nicht imstande, sie in der nächsthöheren unterzubringen. Den jungen Männern ihrer ursprünglichen Klasse war sie zu vornehm geworden, um sie zur Frau zu nehmen; dort, wohin sie strebte, war sie zu gewöhnlich.

Dieser Vater, dem der Pastor von Lyme »ausgezeichnete Grundsätze« zugeschrieben hatte, huldigte in Wahrheit den entgegengesetzten. Nicht aus Fürsorge für seine einzige Tochter hatte er sie ins Internat geschickt, sondern er war besessen von seiner eigenen Abstammung. Väterlicherseits hatte es vier Generationen zurück wahre Gentlemen gegeben. Entfernt waren sie sogar mit der Familie Drake verwandt. Diese an sich unerhebliche Tatsache war im Lauf der Jahre zur fixen Annahme geworden, man stamme in direkter Linie von dem großen Sir Francis ab. Sicher war nur, daß die Familie einst ein Rittergut zweifelhafter Qualität in jenem kühlen grünen Niemandsland zwischen Dartmoor und Exmoor besessen hatte. Dreimal in seinem Leben hatte Sarahs Vater es persönlich gesehen. Aus der Weite Meritons war er zurückgekehrt zu dem kleinen Hof, den er gepachtet hatte, und zu seinen Träumen.

Vielleicht war es eine Enttäuschung für ihn, als die Tochter mit achtzehn aus der Schule kam – wer weiß, er hatte vielleicht geträumt, das Wunder werde vom Himmel auf ihn herabregnen? Nun saß sie ihm gegenüber an dem Tisch aus Ulmenholz und beobachtete ihn, wie er angab. Beobachtete ihn mit stiller Reserve, die ihn reizte, reizte wie ein nutzloses Getriebeteil (denn er war geborener Devoner, und den Bewohnern von Devon ist Geld alles), ihn schließlich bis zum Wahnsinn reizte. Er kündigte die Pacht und kaufte sich einen Hof. Aber er hatte sich verkalkuliert, und was das Geschäft seines Lebens schien, wurde zu einer elenden Plage. Ein paar Jahre raufte er sich durch, um sowohl die Hypothek abzutragen als auch eine lächerliche Fassade des Wohlstands aufrechtzuerhalten. Dann verlor er vollends den Verstand und wanderte ins Asyl nach Dorchester. Dort starb er ein Jahr danach. Damals aber verdiente Sarah schon seit einem Jahr ihr Geld selbst – zuerst bei einer Familie in Dorchester, um in der Nähe des Vaters zu sein. Nach seinem Tod trat sie die Stellung bei den Talbots an. Sie war ein zu auffallendes Geschöpf, als daß es ihr an Bewerbern gefehlt hätte, obwohl sie nicht die mindeste Mitgift besaß. Doch da trat stets die erste, angeborene Belastung in Aktion: sie durchschaute die allzu zuversichtlichen Anwärter. Sie sah ihre Gemeinheit, ihre Herablassung, ihr Mitleid, ihre Dummheit. So schien sie unausweichlich zu dem Los verdammt, dem die Natur sie seit Millionen Jahren offenbar hatte entziehen wollen: ledig zu bleiben.

Wir wollen uns einmal das Unmögliche vorstellen, Mrs. Poulteney habe hinsichtlich Sarahs jedes Für und Wider gegeneinandergestellt und das an eben jenem Tag, als Charles in hochwissenschaftlicher Absicht den ehrenvollen Pflichten seines Verlöbnisses entfloh. Denkbar wäre dies auf jeden Fall für jenen Nachmittag, als Sarah, in Marlborough House Miß Sarah genannt, ausgegangen war.

Wir wollen munter mit der Aktivseite der Bilanz beginnen. Der erste Posten war einer, den man ein Jahr früher bei ihrer Anstellung wohl am wenigsten erwartet hätte. Man könnte ihn bezeichnen als: Bessere Atmosphäre im Haus. Die erstaunliche Tatsache war eingetreten, daß nicht ein einziger männlicher oder weiblicher Dienstbote – statistisch waren es in der Vergangenheit mehr der letzteren Art gewesen – entlassen worden war.

Diese erstaunliche Veränderung war wenige Wochen nach dem Dienstantritt Miß Sarahs erfolgt – nachdem sie die Verantwortung für Mrs. Poulteneys Seele übernommen hatte. Mit gewohntem Spürsinn hatte die alte Dame eine grobe Pflichtverletzung entdeckt: das Zimmermädchen, dessen Aufgabe es war, regelmäßig jeden Dienstag die Farne im zweiten Salon zu gießen, hatte dies versäumt. Mrs. Poulteney besaß zwei Salons – einen für sich selbst und einen für Gäste. Die Farne grünten verzeihend; Mrs. Poulteney war wütend bis zur Weißglut. Die Schuldige wurde vorgeführt und gestand, sie habe es vergessen; Mrs. Poulteney wäre mit einiger Überwindung darüber hinweggegangen, doch das Mädchen hatte einige geringfügige Verfehlungen dieser Art aus früherer Zeit in seinem Sündenregister. Das Armesünderglöcklein begann zu läuten. Mrs. Poulteney war es, die mit dem grimmigen Pflichtgefühl einer Bulldogge, die sich in die Waden eines Einbrechers verbeißt, am Glockenstrang zog.

»Ich kann viel ertragen, aber das nicht.«

»Ich will es nie wieder tun, gnädige Frau!«

»Du wirst es ganz sicher in meinem Haus nicht wieder tun!«

»O bitte, gnädige Frau!«

Mrs. Poulteney erlaubte sich, für ein paar ernste, gedankenvolle Augenblicke, die Tränen des Mädchens zu genießen. »Mrs. Fairley wird dir deinen Lohn auszahlen.«

Bei dieser Unterredung war Miß Sarah anwesend, da Mrs. Poulteney ihr gerade einige Briefe diktiert hatte, die zum Großteil an Bischöfe gerichtet waren oder zumindest in einem Tonfall diktiert, in dem man Bischöfe anredet. Auf einmal stellte sie eine Frage, deren Wirkung auffallend war. Um der Reihe nach zu erzählen, es war die erste Frage, die sie in Mrs. Poulteneys Anwesenheit stellte, die nicht unmittelbar mit ihren Pflichten zu tun hatte. Zweitens bedeutete sie einen stummen Widerspruch gegen Mrs. Poulteneys Richterspruch. Drittens war sie gar nicht an Mrs. Poulteney, sondern an das Mädchen gerichtet. »Fühlst du dich wohl, Millie?«

War es die Wirkung einer mitleidigen Stimme im Zimmer oder die Verfassung, in der das Mädchen sich befand, es stürzte überraschend Mrs. Poulteney zu Füßen, schüttelte den Kopf und bedeckte das Gesicht mit den Händen. Sofort war Miß Sarah bei ihr; in einer Minute hatte sie festgestellt, daß das Mädchen tatsächlich krank war; sie war während der letzten Woche zweimal ohnmächtig geworden, hatte sich aber gefürchtet, jemandem etwas zu sagen ...

Kurze Zeit später kehrte Miß Sarah aus dem Schlafzimmer der Dienstmädchen zurück, wo sie jetzt Millie zu Bett gebracht hatte. Nun war Mrs. Poulteney an der Reihe, eine erstaunliche Frage zu stellen:

»Was soll ich tun?«

Miß Sarah sah ihr in die Augen; in ihrem Blick lag etwas, was ihre Worte nur als eine Konzession an das Herkommen erscheinen ließ:

»Was Sie für richtig halten, gnädige Frau!«

So wurde in Marlborough House dem seltenen Pflänzchen Vergebung ein heikler Aufenthalt gewährt. Als der Arzt kam und Bleichsucht bei Millie feststellte, entdeckte Mrs. Poulteney in der Möglichkeit, anscheinend wahrhaftig gütig zu sein, ein seltsames Vergnügen. In der Folge kam es zu ein bis zwei ähnlichen Vorfällen, die, wenn auch in milderer Form, denselben Verlauf nahmen. Es waren nicht mehr als ein oder zwei, denn Sarah hatte es sich zur Aufgabe gemacht, selbst vorbeugend zu inspizieren. Sarah hatte Mrs. Poulteney durchschaut, und bald war sie im Umgang mit ihr so geschickt wie ein kluger Kardinal mit einem schwachen Papst; freilich zu edleren Zwecken. Der zweite Posten auf Mrs. Poulteneys hypothetischer Liste war schon eher zu erwarten; er hätte lauten können: ihre Stimme. Wenn die Herrin, was ihr Personal betraf, in den irdischen Dingen zwar Fehler machte, so war sie doch äußerst um ihr Seelenheil besorgt. Da gab es den zweimaligen Gottesdienstbesuch am Sonntag, der Pflicht war, es gab auch die tägliche Morgenandacht – gemeinsamer Gesang, Bibellesung und Gebet – der die alte Dame würdevoll präsentierte. Nun hatte es sie schon immer geärgert, daß auch ihre bösesten Blicke die Dienerschaft nicht in jenen Zustand äußersterDemut und Buße versetzen konnten, von dem sie meinte, ihr Gott (freilich nur der ihrige) fordere ihn. Ihr normaler Gesichtsausdruck war ein Gemisch von Furcht vor Mrs. Poulteney und blöder Verständnislosigkeit. Sie sahen wie verlegene Schafe aus, nicht wie reuige Sünder. Aber Sarah schaffte Wandel.

Ihre Stimme war wirklich wunderbar, beherrscht und klar, wenngleich immer von Sorge beschattet und oft gefühlvoll; vor allem aber war ihre Stimme aufrichtig. Zum erstenmal konnte Mrs. Poulteney in ihrer kleinen Welt, die sonst so undankbar war, echte Aufmerksamkeit und manchmal sogar positive religiöse Regungen auf den Gesichtern ihrer Dienerschaft wahrnehmen.

Das war gut; aber da war ein zweiter Waffengang hinsichtlich des Gottesdienstes zu bestehen. Die Dienerschaft hatte Erlaubnis, unter Mrs. Fairleys gleichgültigen Blicken und ihrer harten, hölzernen Stimme in der Küche ein Abendgebet zu verrichten. Oben mußte Mrs. Poulteney allein vorgelesen werden. Gerade bei dieser mehr intimen Zeremonie kam Sarahs Stimme am besten und wirkungsvollsten zur Geltung. Ein- oder zweimal war ihr das Unglaubliche gelungen, diesen eingesackten, unbesiegbaren Augen eine Träne zu entlocken. Das war keineswegs beabsichtigt, sondern war nur aus einem grundsätzlichen Unterschied zwischen den beiden zu erklären. Mrs. Poulteney glaubte an einen Gott, den es nie gegeben hatte; Sarah kannte einen Gott, den es gab.

Sie tat nicht das, was so manche geschickte Prediger und Würdenträger von der Schriftlesung fordern, nämlich mit dem Ton ihrer Stimme einen unbewußten Verfremdungseffekt à la Brecht zu schaffen (»Dies ist euer Bürgermeister, der jetzt einen Abschnitt aus der Bibel liest«), sondern das gerade Gegenteil: in direkter Weise sprach sie von den Leiden Christi, eines Menschen, der in Nazareth geboren war, als ob kein historischer Abstand dazwischen sei; es gab Augenblicke, wenn das Zimmer im Dämmerlicht lag und sie Mrs. Poulteneys Anwesenheit zu vergessen schien, daß sie gleichsam Christus an seinem Kreuz vor sich sah. Eines Tages kam sie zu der Stelle *Eli, Eli, lama asabthani!* Dabei stockte sie und war still. Mrs. Poulteney wandte sich um, sie anzusehen, und bemerkte, daß Sarahs Gesicht tränenüberströmt war. Dieser Augenblick machte unendliche Schwierigkeiten, die später noch eintraten, gut; und vielleicht wird eines Tages Mrs. Poulteneys dann weichgeröstete Seele erlöst werden, weil die alte Dame damals aufstand und die hängenden Schultern des Mädchens berührte.

Ich riskiere jetzt, aus Sarah eine Frömmlerin zu machen. Doch sie kannte keine Theologie; wie sie die Leute durchschaute, so durchschaute sie die Torheiten, die ordinären Butzenscheiben, die Enge des Buchstabenglaubens in der viktorianischen Kirche. Sie sah das Leid und betete, daß es enden möge. Ich sprach davon, was sie zu unserer Zeit hätte sein können; in wesentlich früheren Zeiten wäre sie, so glaube ich, entweder eine Heilige oder die Mätresse eines Königs geworden. Nicht weil sie einerseits so religiös, andererseits so triebhaft gewesen wäre, sondern weil ihr zwei Kräfte in seltener Verschmelzung eigen waren: zu verstehen und zu fühlen.

Es gab noch andere Posten in der Rechnung: eine an sich furchterregende und nahezu einmalige Fähigkeit, Mrs. Poulteney nur selten auf die Nerven zu gehen, ein stilles An-sich-Ziehen verschiedener Verantwortlichkeiten im Haushalt, das nicht störte, eine mit der Nadel geschickte Hand. An Mrs. Poulteneys Geburtstag beschenkte Sarah sie mit einem Sesselschoner. Nicht daß irgendein Sessel, in dem Mrs. Poulteney zu sitzen pflegte, eines solchen Schutzes bedurft hätte; aber damals schienen alle Sessel ohne diese Beigabe irgendwie nackt. Der Überwurf war höchst kunstvoll von einer gestickten Borte aus Maiglöckchen und Farnen eingefaßt. Er gefiel Mrs. Poulteney ausnehmend und erinnerte still und beständig – vielleicht hatte Sarah doch etwas von einem klugen Kardinal an sich – die Menschenfresserin, sooft sie ihren Thron bestieg, an die Freundlichkeit ihres Schützlings. In geringerer Weise leistete er Sarah den gleichen Dienst wie Charles die unsterbliche Trappe.

Die grausamste Probe für das Opfer, das in Mrs. Poulteneys Haus kam, war der Traktattest. Auch ihn bestand Sarah schließlich. Wie viele andere vereinsamte Witwen von Stand in der viktorianischen Zeit setzte auch Mrs. Poulteney großes Vertrauen in die Macht des Traktats. Dessenungeachtet, daß vielleicht nicht einer von zehn der Empfänger sie lesen konnte – tatsächlich waren ja manche unter ihnen Analphabeten –, egal, ob einer von zehn, die lesen konnten und es auch taten, erfaßte, wo der ehrwürdige Verfasser denn hinauswollte, jedesmal, wenn Sarah mit einem Bündel zur Verteilung abzog, sah Mrs. Poulteney ebenso viele gerettete Seelen auf der Habenseite ihres Kontos im Himmel verbucht. Zusätzliches Vergnügen lag darin, daß so sichtbar wurde, wie die Geliebte des französischen Leutnants öffentlich Buße tat. Auch das restliche Lyme, das ärmere Lyme sah dies; und war freundlicher, als Mrs. Poulteney annahm.

Sarah hatte sich eine kleine Formel der Übergabe zurechtgelegt: »Von Mrs. Poulteney. Bitte, lesen Sie es und denken Sie darüber nach.« Gleichzeitig sah sie dem Hausbewohner in die Augen. Denen, die anfangs wissend lächelten, verging das Lächeln. Den Geschwätzigen erstarben die Worte im Mund. Ich meine, sie erfuhren aus jenen Augen mehr als aus den engbedruckten Blättchen, die ihnen in die Hand gegeben wurden.

Nun müssen wir uns allerdings der Passivseite der Bilanz zuwenden. An erster und vornehmster Stelle steht hier zweifellos: Sie geht allein aus. Ursprünglich war vereinbart worden, Miß Sarah sollte wöchentlich einen freien Nachmittag haben; dies war von Mrs. Poulteney als ein mehr als großzügiges Angebot angesichts ihrer gegenüber den Hausmädchen gehobenen Stellung betrachtet und ihr damals nur wegen der Verteilung der Traktate gewährt worden; doch der Pastor hatte es empfohlen. Zwei Monate lang schien alles gutzugehen. Dann erschien eines Morgens Miß Sarah nicht zur Andacht; als man ein Mädchen nach ihr schickte, wurde festgestellt, daß sie noch gar nicht aufgestanden war. Mrs.

Poulteney kam selbst, um nach ihr zu sehen. Miß Sarah weinte, doch Mrs. Poulteney fühlte nur Ärger. Sie ließ immerhin den Arzt kommen, der lange mit Sarah im verschlossenen Zimmer blieb. Zu der ungeduldig wartenden Mrs. Poulteney zurückgekehrt, hielt er ihr ein Privatissimum über Melancholie – er war für die Zeit und den Ort ein fortschrittlicher Mann – und ordnete für die Sünderin mehr frische Luft und Bewegungsfreiheit an.

»Nur wenn Sie darauf bestehen, daß es unerläßlich notwendig ist.«

»Liebe gnädige Frau, das tue ich, und zwar nachdrücklichst. Andernfalls kann ich keine Verantwortung übernehmen.«

»Es ist hier ganz ungewöhnlich.« Der Doktor schwieg verbissen.

»Ich will ihr zwei Nachmittage freigeben.«

Doktor Grogan war, anders als der Pastor, von Mrs. Poulteney finanziell nicht besonders abhängig; um ganz offen zu sein, es gab keinen Totenschein in Lyme, den er mit weniger Betrübnis unterzeichnet hätte als den ihrigen. Aber er hielt sich zurück und mahnte sie, Sarah müsse auf seine strikte Anordnung hin täglich am Nachmittag schlafen. So kam es, daß sie jeden Tag ihre gewisse Freizeit erhielt.

Der nächste Schuldposten lautete: Mag bei Besuchen nicht immer zugegen sein. Hier befand sich Mrs. Poulteney in einem wirklich unerträglichen Dilemma. Sie wollte unbedingt, daß ihre Güte gesehen werde, und das bedeutete, daß Sarah zu sehen war. Aber von diesem Gesicht ging auf Besucher eine äußerst schmerzliche Wirkung aus. Seine Traurigkeit war ein unausgesprochener Vorwurf; sie mischte sich nur ganz selten in die Unterhaltung und unweigerlich nur dann, wenn eine vorhergegangene Frage eine Antwort erheischte. Die intelligenteren unter den häufigen Besuchern lernten es bald, dem Wesen und der Absicht nach rein rhetorische Fragen höflich an die Gesellschafterin zu richten. Schaltete sie sich ein, dann hatten ihre Interventionen einen beunruhigend entscheidungsvollen Charakter, nicht weil Sarah die Absicht gehabt hätte, das Gespräch abzuwürgen, sondern nur deshalb, weil ihre Einfachheit und ihr gesunder Menschenverstand in der Beurteilung einer Sache gerade dann zur Geltung kamen, wenn sie auf die entgegengesetzten Eigenschaften bei anderen stieß. In dieser Hinsicht bot sie dann Mrs. Poulteney gleichsam den Anblick eines Gehängten, an den sie sich aus ihrer Jugendzeit dunkel erinnerte. Wieder bewies Sarah ihr diplomatisches Geschick. Bei bestimmten altgewohnten Besuchern verblieb sie im Zimmer; bei anderen zog sie sich nach wenigen Minuten zurück oder verschwand diskret, sobald sie angekündigt wurden. Letzteres war der Grund, warum Ernestina sie in Marlborough House nie angetroffen hatte. Es gestattete Mrs. Poulteney wenigstens, sich weitläufig über das Kreuz, das sie zu tragen hatte, auszulassen, wenn auch das Sichzurückziehen des Kreuzes oder seine Abwesenheit ihr Geschick, es zu tragen, auf eine harte Probe stellte; es war anstrengend. Aber dafür konnte man Sarah selbst kaum tadeln.

Das Schlimmste habe ich mir für den Schluß aufgehoben. Es hieß: Zeigt noch Zeichen von Anhänglichkeit an ihren Verführer.

Mehrmals hatte Mrs. Poulteney es noch versucht, sowohl die Einzelheiten jener Sünde wie auch den gegenwärtigen Grad der Reue darüber aus Sarah herauszuziehen. Keine Äbtissin konnte den brennenderen Wunsch haben, das Bekenntnis eines irrenden Glieds ihrer Herde anzuhören. Aber in diesem Punkt war Sarah so empfindlich wie eine Seeanemone; wie versteckt auch Mrs. Poulteney das Thema anging, die Sünderin ahnte, was da kam; und auf direkte Fragen waren ihre Antworten, wenn nicht dem Wortlaut, so dem Inhalt nach, dieselben wie bei der ersten Befragung.

Nun verließ Mrs. Poulteney selten ihr Haus, und wenn ja, nicht zu Fuß; in der Kutsche besuchte sie ausschließlich die Häuser Gleichgestellter. Wenn es um Nachrichten über Sarahs Tätigkeit außerhalb des Hauses ging, konnte sie sich daher nur auf fremde Augen verlassen. Glücklicherweise existierte für sie solch ein Augenpaar; noch mehr, der Geist hinter diesen Augen war von Bosheit und Ressentiment geleitet und fand seine Freude darin, in zäher Gegenarbeit häufige Berichte zu erstatten. Dieser Spion war niemand anderer als Mrs. Fairley. Das Lesen hatte sie zwar nie gefreut, aber ihre Absetzung wurmte sie. Und obwohl Miß Sarah von ausgesuchter Höflichkeit gegen sie war und darauf achtete, nicht den Anschein zu erwecken, als wolle sie sich der Funktionen der Haushälterin bemächtigen, ließ sich mancher Konflikt nicht vermeiden. Mrs. Fairley gefiel es nicht, daß sie nun etwas weniger Arbeit hatte, denn das bedeutete weniger Einfluß. Die Rettung Millies und andere, weniger auffallende Interventionen verschafften Sarah in den unteren Regionen Popularität und Ansehen; was Mrs. Fairley vielleicht am meisten in Rage brachte, war, daß sie zu ihren Untergebenen nicht schlecht über die Gesellschafterin sprechen konnte. Sie war eine nervöse Person, deren einziges Vergnügen darin bestand, das Schlimmste zu wissen oder vorauszuahnen; so entwickelte sie einen Haß gegen Sarah, der allmählich ätzend wie Kupfervitriol wurde. Sie war ein zu schlaues Wiesel, um dies vor Mrs. Poulteney offen zu zeigen. Vielmehr gab sie vor, daß die »arme Miß Woodruff« ihr sehr leid tue; ihre Berichte waren reichlich gewürzt mit: »Ich fürchte« und »Es tut mir leid«. Aber für ihr Spionieren boten sich ihr ausgezeichnete Gelegenheiten. Nicht nur, daß sie in Ausübung ihrer Tätigkeit häufig selbst in die Stadt mußte, es stand ihr auch ein weitverzweigtes Netz von Beziehungen und Bekanntschaften zur Verfügung. Diese wurden von ihr dahingehend instruiert, daß Mrs. Poulteney – natürlich nur aus besten christlichen Beweggründen – daran interessiert sei, was Miß Woodruff so außerhalb der dicken Steinmauern treibe, die den Garten von Marlborough House umgaben. Lyme Regis war damals wie heute von Tratsch so voll wie ein Stück Roquefort mit Maden; daher kamen jeder Schritt und jedes Wort Sarahs in ihren Freistunden – geheimniskrämerisch ausgeschmückt und reichlich kommentiert – alsbald Mrs. Fairley zu Ohren.

Das Schema ihrer Ausgänge war, sobald sie die Traktate verteilt hatte, sehr einfach; sie machte immer den gleichen Nachmittagsspaziergang, die steile Pound Street hinunter, durch die steile Broad Street und zum Cobb Gate, einer viereckigen Terrasse über dem Meer, die an sich nichts mit dem Damm selbst zu tun hat. Dort pflegte sie an der Brüstung zu stehen und über das Meer zu schauen. Das dauerte im allgemeinen nicht lang, nur etwa so lange, wie ein achtsamer Kapitän für einen Rundblick von der Kommandobrücke aus benötigt. Sodann wandte sie sich entweder Cockmoil zu oder ging in der anderen Richtung westwärts, über den einen Kilometer langen Pfad, der um eine sanfte Einbuchtung direkt zum Damm führte. Auf dem Weg nach Cockmoil trat sie meist in die Pfarrkiche ein und betete dort einige Minuten – diesen Umstand hielt Mrs. Fairley nie für der Erwähnung wert –, ehe sie die Allee betrat, die neben der Kirche auf die Wiesen der Church Cliffs führte. Dort stiegen die Wiesen zu den düsteren Mauern von Black Ven an. Man konnte sie darüber hingehen sehen, während sie sich immer wieder zum Meer umwandte, bis dorthin, wo der Pfad in die alte Straße nach Charmouth einmündete, die heute längst vom Ven überwuchert ist; von dort kehrte sie nach Lyme zurück. Diesen Gang machte sie, wenn der Damm zu bevölkert war; sooft ihn aber Wetter oder Umstände leerfegten, ging sie immer dorthin und machte an jenem Punkt halt, wo Charles sie zum erstenmal angetroffen hatte; dort, so nahm man an, fühlte sie sich Frankreich am nächsten.

All das kam, hübsch verzerrt und schwarz in schwarz, zu Mrs. Poulteney zurück. Aber damals war diese gerade in ihrer ersten Besitzerfreude an dem neuen Spielzeug und ihm so sehr in Sympathie zugetan, wie das bei ihrem essigsauren und argwöhnischen Wesen überhaupt möglich war. Trotzdem zögerte sie nicht, das Spielzeug zur Rede zu stellen.

»Miß Woodruff, ich höre, daß Sie bei Ihren Ausgängen immer an denselben Orten gesehen werden.« Von den anklagenden Augen schaute Sarah zu Boden. »Sie sehen aufs Meer hinaus.« Noch immer schwieg Sarah. »Es freut mich, daß Ihnen das jetzt leid tut. Wirklich, etwas anderes kann ich unter den obwaltenden Umständen nicht annehmen.« Sarah nahm den Wink auf: »Ich bin Ihnen dankbar, gnädige Frau.«

»An Ihrer Dankbarkeit liegt mir nichts. Einer ist über uns, der den ersten Anspruch hat.«

Das Mädchen murmelte: »Wie sollte ich das nicht wissen.«

»Außenstehende können den Eindruck gewinnen, daß Sie noch in Ihrer Sünde verharren.«

»Wenn sie mich kennen, werden sie das nicht glauben.«

»Aber sie glauben es. Wie ich höre, spricht man davon, daß Sie nach den Segeln des Satans Ausschau halten.«

Da stand Sarah auf und ging zum Fenster. Es war Frühsommer, und der Geruch von Flieder mischte sich mit dem Amsellied. Einen Augenblick sah sie über das Meer, dem sie sich versagen sollte, dann wandte sie sich der alten Lady wieder zu, die unversöhnlich wie die Queen auf ihrem Thron in ihrem Armstuhl saß.

»Wünschen Sie, daß ich gehe, gnädige Frau?«

Mrs. Poulteney war innerlich schockiert. Wieder einmal hatte ihr Sarahs Einfachheit den Wind aus den schwellenden Segeln genommen. Diese Stimme und die anderen Reize, denen sie schon so verfallen war; und was noch viel schlimmer war, sie warf ja die Zinsen weg, die sich für sie in dem himmlischen Hauptbuch ansammelten. So mäßigte sie ihren Ton.

»Ich wünsche, daß Sie zeigen, daß diese . . . Person aus Ihrem Herzen gelöscht ist. Ich weiß, dies ist der Fall; doch Sie müssen es auch zeigen.«

»Wie soll ich es zeigen?«

»Indem Sie woanders hingehen. Nicht Ihre Schande zur Schau stellen. Und wenn Sie es aus keinem anderen Grund tun, dann deshalb, weil ich es verlange.«

Sarah stand, den Kopf geneigt, es herrschte Schweigen. Doch dann sah sie Mrs. Poulteney in die Augen, und zum erstenmal, seit sie da war, erschien auf ihrem Gesicht die schwache Andeutung eines Lächelns.

»Ich will tun, was Sie wünschen, gnädige Frau!«

Im Schachjargon ausgedrückt, war das ein gerissenes Opfer; denn Mrs. Poulteney fügte sofort hinzu, sie verlange nicht, daß sich Miß Sarah die Annehmlichkeiten der Meeresluft vollständig versage, und gelegentlich möge sie nur am Meer spazierengehen; aber nicht immer am Meer und: »Bitte bleiben Sie nicht stehen und starren Sie nicht so!« Es war, kurz gesagt, ein Handel zwischen zwei Besessenen. Sarahs Angebot zu gehen hatte beiden Frauen, wenn auch auf verschiedene Weise, Einblick in die Wahrheit gewährt.

Sarah hielt ihre Verpflichtung aus dem Handel ein, mindestens die Route ihrer Spaziergänge. Sie kam jetzt sehr selten auf den Damm, wenn sie es allerdings tat, erlaubte sie sich zuweilen, stillzustehen und hinauszustarren wie an jenem Tag, von dem oben die Rede war. Auch die Landschaft rings um Lyme bietet eine Fülle von Spaziergängen; und nur auf wenigen hat man keinen Ausblick aufs Meer. Wenn das alles gewesen wäre, wonach Sarah dringend verlangte, sie hätte nur über den Rasen von Marlborough House zu gehen brauchen. Nun kamen für Mrs. Fairley monatelang dürftige Zeiten. Keine Gelegenheit wurde versäumt, wo vom Haltmachen und Starren berichtet werden konnte; aber die Gelegenheiten waren selten. Mittlerweile hatte Sarah auch durch ihr Leid eine Überlegenheit über Mrs. Poulteney erlangt, die sie vor jeder scharfen Kritik schützte. Schließlich erinnerten Spionin und Herrin einander öfter daran, daß die arme »Tragedy« ja verrückt war. Zweifellos wird man die Wahrheit längst erraten haben: daß sie bei weitem nicht so verrückt war, wie es schien ... mindestens nicht auf die Weise, wie allgemein angenommen wurde. Das Zurschaustellen ihrer Schande hatte etwas Absichtsvolles an sich; Leute mit Absichten wissen, wann sie ihr Ziel einigermaßen erreicht haben und wenn man sie für eine Weile in der Schwebe läßt.

Eines Tages aber, nicht zwei volle Wochen vor dem Anfang meiner Erzählung, war Mrs. Fairley zu Mrs. Poulteney gekommen, mit knarrendem Korsett und dem Gesicht eines Menschen, der einem den Tod eines nahen Freundes mitzuteilen hat.

»Ich habe Ihnen etwas Unangenehmes mitzuteilen, gnädige Frau!«

Diese Phrase war Mrs. Poulteney vertraut wie dem Fischer die Windhose; doch sie behielt Haltung.

»Es betrifft doch nicht Miß Woodruff?«

»Ich wollte, es wäre nicht der Fall, gnädige Frau!«

Die Haushälterin starrte ihre Herrin feierlich an, als wolle sie sich ihres ungeteilten Abscheus versichern. »Aber ich fürchte, es ist meine Pflicht, es Ihnen zu sagen.«

»Was unsere Pflicht ist, sollen wir niemals fürchten.«

»Gewiß nicht, gnädige Frau.«

Noch war ihr Mund verklemmt, und ein Unbeteiligter konnte sich fragen, welche Schreckensnachricht jetzt in Vorbereitung war. Waren es nackte Mädchen, die auf dem Altar der Pfarrkirche tanzten?

»Gnädige Frau, sie hat sich nach Ware Commons begeben!«

Das war alles! Aber Mrs. Poulteney schien anderer Meinung. Ihr Mund tat etwas Außerordentliches. Er blieb offen.

10

Nur einmal, einmal nur hob sie den Blick
Und wurde rot; schnell, süß, seltsam
Sie sah: mein Blick traf ihren Tennyson, *Maud* (1855)

... mit seinen grünen Schluchten zwischen romantischen Felsen, wo Waldbäume zerstreut stehen und Obstgärten mit ihrem reichen Wuchs ein Beweis für die lange Zeit sind, die vergehen mußte, seit der erste Niederbruch der Felsen den Boden für einen solchen Zustand vorbereitete. Dort ist die Gegend so wunderbar lieblich, daß sie ähnliche Szenerien der weitberühmten Insel Wight noch übertrifft ... Jane Austen, *Persuasion*

Eine der seltsamsten Küstenlandschaften Südenglands erstreckt sich zwischen Lyme Regis und Axmouth neun Kilometer nach Westen. Aus der Vogelschau sieht man nichts Besonderes; was man höchstens bemerkt, ist der Umstand, daß die Felder, die sonst bis zum Absturz der Klippen heranreichen, dort etwa eineinhalb Kilometer davor aufhören. Das Schachbrett aus Grün und Rotbraun wird da in fröhlicher Unordnung von dunklem Waldwuchs abgelöst, der mit seinem Unterholz in Kaskaden hinabsteigt. Hausdächer sind nicht zu sehen. Fliegt man im Flugzeug in geringer Höhe darüber hinweg, stellt man fest, daß das Terrain jäh abstürzt, von tiefen Schluchten durchzogen ist, daß ihm seltsame Wände und Türme aus Kalk und Kiesel das Gepräge geben, die sich wie die Mauern zerstörter Burgen über das Gewirr saftiger Blätter erheben. Das ist der Anblick von oben ... durchstreift man diese anscheinend wenig bedeutsame Wildnis zu Fuß, gewinnt sie an Ausdehnung. Man kann sich für Stunden dort verirren und mag es nachher, beim Blick auf die Landkarte, nicht fassen, daß man sich derart vereinsamt – bei schlechtem Wetter verzweifelt – fühlen konnte. Dieser sich über Kilometer erstreckende Abhang wird das »Undercliff« genannt und entstand einst durch Erosion aus dem senkrechten Absturz der Küste. Immer noch ist er sehr steil. Flache, ebene Stellen sind ebenso selten wie die Besucher, die sich dorthin verirren. Aber das Steilufer bricht gegen die Sonne zu ab, und dasselbe tut seine Vegetation; dieser Umstand, zusammen mit dem Wasser der zahllosen Quellen, die schuld an der Erosion sind, verleiht dem Gebiet den Reiz einer seltsamen Pflanzenwelt. Wilde Erdbeerbäume, Stechpalmen und andere in England seltene Bäume wachsen dort, gewaltige Eschen und Birken. In den tropisch anmutenden Schluchten gedeihen Efeu und die Ranken der wilden Klematis; Farne werden zwei bis zweieinhalb Meter hoch. Die Blumen blühen hier einen Monat früher als irgendwo sonst in dieser Gegend. Im Sommer zeigt sich das Land fast als tropischer Dschungel. Wie jedes Gebiet, das vom Menschen niemals urbar gemacht worden ist, hat es seine Geheimnisse, Dunkelheiten und Gefahren; das ist vom geologischen Standpunkt buchstäblich gemeint, denn es gibt Spalten und Abstürze, in denen man verunglücken und dann mit einem gebrochenen Bein eine Woche lang liegen kann, ohne entdeckt zu werden. So seltsam es auch klingen mag, vor hundert Jahren war die Gegend noch weniger einsam, als sie es heute ist. Im Undercliff gibt es zur Zeit keine einzige bewohnte Hütte; 1867 gab es deren einige, die von Wildhütern, Holzknechten und ein paar Schweinehirten benutzt wurden. Das Rehwild, das ja besonders die Einsamkeit sucht, dürfte damals nicht so friedliche Tage erlebt haben wie heute. Jetzt aber ist das Undercliff zu einer vollkommenen Wildnis geworden. Die Mauern der Häuschen sind efeubewachsene Trümmer, die ehemals verzweigten Pfade sind verschwunden; kein Fahrweg berührt das Gebiet, der einzige hindurchführende Weg ist oft unpassierbar. Schuld daran ist ein Parlamentsgesetz, wodurch das Land zum nationalen Naturschutzgebiet erklärt wurde. Noch wird nicht alles der Zweckmäßigkeit geopfert.

Diesen Ort, ein englisches Eden, betrat Charles am 29. März 1867, als er von der Pinhay Bay den Pfad hinaufgestiegen war; und dieser Ort war es, dessen östliche Hälfte Ware Commons genannt wurde.

Als Charles seinen Durst gelöscht und die Stirn mit dem befeuchteten Taschentuch abgekühlt hatte, begann er, sich eifrig umzusehen; aber alles stand seinem wissenschaftlichen Streben entgegen: der kleine Hang, auf dem er sich befand, die Aussicht, die sich ihm bot, die Geräusche und Gerüche, die ganze wild wuchernde und knospende Wildnis in ihrer Unberührtheit. Gold- und blaßgelb wuchsen zu seinen Füßen Schellkraut und Primeln, umsäumt vom bräutlichen Weiß überreich blühender Schlehdornbüsche; die moosigen Ufer des kleinen Bachs, von dem er getrunken hatte, wurden von Holunderzweigen beschattet, die jauchzendgrüne Spitzen trugen; dort standen auch büschelweise Moschuskraut und Sauerampfer, die zartesten aller englischen Frühlingsblumen. Den Hang hinauf sah er die weißen Köpfchen der Anemonen, dazwischen grünes Gestöber von Blättern der Glokkenblume. In den Zweigen irgendeines hohen Baums hämmerte in der Ferne ein Specht, über seinem Kopf hörte er Gimpel leise pfeifen; in jedem Busch und in den Baumwipfeln sangen Weidenlaubsänger und andere Vögel, die erst kürzlich zurückgekehrt waren. Beim Umwenden sah er das blaue Meer, das jetzt tief unter ihm brandete; er überblickte die gesamte Lyme Bay mit ihren rundlichen, allmählich niedriger werdenden Felshängen, die in die Chesil Bank übergingen, die aussah wie ein riesiger gelber Säbel. In der Ferne Portland Bill, ein zartgrauer Schatten zwischen dem Blau des Meeres und dem des Himmels – jenes seltame Gibraltar Englands.

Nur in der Kunst der Renaissance sind solche Szenerien eingefangen worden; hier wandeln die Gestalten Botticellis, in dieser Luft klingen die Gesänge Ronsards. Welche Zwecke und Ziele sich jene Kulturrevolution bewußt gesetzt hatte, was für Grausamkeiten und Fehler damals begangen worden waren, ist gleichgültig; im Grunde war die Renaissance das blühende Ende einer der härtesten Winterperioden in der Geschichte der Zivilisation. Sie machte Schluß mit Ketten, Banden, Grenzen. Sie hatte nur eine Devise: was ist, ist gut. In ihr war alles enthalten, was Charles' Zeit fehlte. Man möge aber nicht glauben, daß ihm das nicht bewußt war, als er so dastand. Wollte er freilich die in ihm schlummernden Gefühle des Unbehagens, der Unangemessenheit, der Beengung sich erklären, dann fand er, was er suchte, in größerer Nähe: bei Rousseau und seinen kindischen Märchen von einem Goldenen Zeitalter und Edlen Wilden. Er trachtete also die unzulänglichen Annäherungsversuche seines Zeitalters an die Natur dadurch abzutun, daß er annahm, eine Legende lasse sich nicht wiederbeleben. Er redete sich ein, er sei zu verzärtelt, von der Ziviliation zu verdorben, um je ein naturgemäßes Leben führen zu können; das machte ihn traurig, aber auf eine nicht unangenehme, bittersüße Art. Er war eben ein Viktorianer. Darum können wir nicht erwarten, daß er sah, was wir erst wahrzunehmen beginnen, wobei uns viel mehr Wissen und vor allem die Lehren der existentialistischen Philosophie zur Verfügung stehen: daß der Wunsch festzuhalten und der Wunsch zu genießen sich wechselseitig aufheben. Er hätte sich sagen müssen: »Dies besitze ich jetzt, und darum bin ich glücklich«, er aber sagte in echt viktorianischer Manier: »Ich kann es nicht für immer besitzen, darum bin ich traurig.«

Auf einmal aber ergriff ihn die Wissenschaft wieder, und er begann, in dem steinigen Bachbett nach Bodenproben zu suchen. Was er fand, war ein hübsches Fragment einer versteinerten Kammuschel, aber Seeigel fand er keine. So bewegte er sich zwischen den Bäumen westwärts, beugte sich nieder, musterte sorgfältig den Grund, ging einige Schritte weiter und wiederholte die Prozedur. Hie und da drehte er einen interessanten Kiesel mit der Spitze seines Eschenstocks um. Aber er hatte kein Glück. So verging eine Stunde, und sein Pflichtgefühl gegenüber Ernestina fing an, über seine Gier nach Echinodermen den Sieg davonzutragen. Er sah auf die Uhr, unterdrückte einen Fluch und machte sich auf den Rückweg zu seinem Rucksack. Nun hatte er die sinkende Sonne im Rücken und ging über den Hang in Richtung Lyme. Der Pfad stieg an, machte entlang einer efeubewachsenen Steinmauer eine leichte Biegung und gabelte sich dann, wie das Pfade unfreundlicherweise zu tun pflegen, ohne Richtungsanzeiger. Er zögerte etwas, ging dann ungefähr vierzig Meter den unteren Pfad weiter, der sich in eine quer verlaufende, schon tief im Schatten liegende Schlucht senkte. Dann kam plötzlich die Lösung seines Problems – er war sich über die Richtung landeinwärts nicht mehr ganz im klaren –, denn ein neuer Pfad führte nun nach rechts, zur Küste zurück. Ein Stück höher lag ein steiler, mit Gras bewachsener Hang, von dem aus er sich ausgezeichnet orientieren konnte. So brach er durch die Brombeerstauden, die den selten benutzten Pfad überwuchsen, bis er auf dem kleinen grünen Plateau stand.

Wie eine winzige Alpenwiese öffnete es sich entzückend vor ihm. Die Kürze des Rasens erklärten drei oder vier weiße Stummelschwänzchen wilder Kaninchen.

Charles stand im Sonnenlicht. Augentrost und Hahnenfuß waren über das Gras gesät, lebhaft grün gefärbte Büschel von Majoran waren dabei aufzublühen. Er ging weiter bis an den Rand des Plateaus.

Und sah unten eine Gestalt.

Einen schrecklichen Augenblick lang glaubte er, auf einen Leichnam gestoßen zu sein. Aber es war eine Frau, die schlief. Zum Schlafplatz hatte sie die seltsamste Stelle ausgesucht; es war ein breites, abfallendes Grasband, eineinhalb Meter unter dem Plateaurand, wo sie vor jedermann verborgen blieb, der nicht, wie Charles, bis an den Rand kam. Die Kalkfelsen hinter diesem kleinen natürlichen Balkon machten ihn zu einer nach Südwesten hin offenen Sonnenfalle. Dennoch wäre kaum jemand auf den Gedanken gekommen, sich hier zu sonnen. Vom Plateaurand fiel das Gelände steil etwa zehn bis zwölf Meter zu einem häßlichen Brombeerdickicht ab, und gleich darauf kam der Absturz bis hinunter zum Strand.

Charles' erster Impuls war, sich dem Anblick der Frau zu entziehen. Er erkannte nicht, wer es war, stand verlegen und sah in die heitere Landschaft, ohne davon etwas wahrzunehmen. Noch zögerte er, nahe daran, sich zurückzuziehen. Aber dann trieb ihn die Neugier wieder vorwärts.

Das Mädchen lag im tiefen Schlaf auf dem Rücken. Ihr Mantel war über dem indigofarbenen Kleid auseinandergefallen, das in seiner Strenge durch nichts als einen kleinen weißen Kragen gemildert wurde.Das Gesicht der Schläferin war abgewandt, der rechte Arm lag über dem Kopf, abgewinkelt wie der eines Kindes. Im Gras waren einige weiße Anemonen verstreut. Die Art, wie sie ruhte, hatte etwas ganz Zartes und zugleich Erotisches an sich. Die schwache Erinnerung an einen Augenblick aus seiner Pariser Zeit stellte sich bei Charles ein. Da war ein Mädchen, an dessen Namen er sich nicht erinnern konnte, den er vielleicht nie gekannt hatte; es schlief gerade so, an einem dämmerigen Morgen in einem Schlafzimmer über der Seine.

Er ging an dem Vorsprung des Plateaus weiter bis dorthin, wo er das Gesicht der Schlafenden besser sehen konnte; und erst jetzt nahm er wahr, wen er hier aufgestöbert hatte: es war die Geliebte des französischen Leutnants. Ihr Haar hatte sich zum Teil gelöst und bedeckte ihre Wange zur Hälfte. Auf dem Damm schien ihm, die Farbe sei ein dunkles Braun; jetzt sah er den warmen, rötlichen Schimmer, der aber keine Spur des damals unentbehrlichen Haaröls erkennen ließ. Die Haut des Gesichts schien sehr gebräunt, in der Beleuchtung eher rot, als ob das Mädchen mehr um ihre Gesundheit als um einen modisch matten Teint und blasse Wangen besorgt sei. Die Nase war stark, die Augenbrauen dicht, den Mund konnte er nicht sehen. Er war seltsamerweise verdrossen, daß er sie nur von oben her sehen konnte, weil das Gelände es nicht gestattete, bis zu einem Punkt weiterzugehen, der den richtigen Blickwinkel bot.

Unfähig, etwas anders zu tun als sie unverwandt anzuschauen, wie in Trance wegen der unerwarteten Begegnung, stand er da. Gleichzeitig überkam ihn ein seltsames Gefühl – es war nicht erotisch, eher brüderlich, sogar väterlich, die Gewißheit, daß hier ein unschuldiges Wesen lag, das unverdient ausgestoßen war. Das Gefühl kam aber wieder daher, daß sie so schrecklich verlassen war. Er konnte sich keinen anderen Grund als die Verzweiflung denken, der sie an diesen wilden Ort getrieben hatte, wo doch Frauen damals nahezu unbeweglich, zudem furchtsam und zu anhaltender körperlicher Anstrengungen unfähig waren.

Zuletzt trat er ganz an den Rand und stand unmittelbar über ihrem Gesicht. Da bemerkte er, daß alle Traurigkeit, die ihm damals so aufgefallen war, fort war; im Schlaf war das Gesicht sanft, der Schatten eines Lächelns lag darauf. Gerade als er sich vorbeugte, erwachte sie.

Sie sah ihn so schnell, daß er vergeblich einen Schritt zurück tat. Er war entdeckt und war zu sehr Gentleman, um es zu vertuschen. So lüftete er seinen Schlapphut und verbeugte sich, während Sarah in die Höhe taumelte, ihren Mantel um sich zog und von ihrem Felsenriff zu ihm hinaufsah. Sie sagte nichts, fixierte ihn aber erschrocken, bestürzt, vielleicht auch beschämt. Sie hatte schöne Augen, dunkle Augen. So standen sie mehrere Sekunden lang, beide fassungslos. Wie sie unter ihm stand, wirkte sie klein; von der Taille abwärts war sie verdeckt. Sie griff an ihren Hals, wie wenn sie sich wenden und ihm aus dem Blick eilen wollte, sobald er nur einen Schritt auf sie zu täte. Endlich fiel ihm ein, was sich hier gehörte.

»Ich bitte für mein unangemeldetes Erscheinen tausendmal um Entschuldigung.« Dann drehte er sich um und ging. Er sah nicht zurück, sondern stolperte auf den vorhin verlassenen Pfad zu, zurück bis zu der Gabelung. Dort fragte er sich, weshalb er nicht die Geistesgegenwart besessen habe, sie nach dem rechten Weg zu fragen. Er wartete eine halbe Minute, ob sie ihm nicht folgte. Aber sie kam nicht. Gleich darauf marschierte er den oberen Pfad weiter.

Ohne daß Charles es wußte, war ihm in jenen kurzen schwebenden Sekunden über dem erwartungsvollen Meer, in jener herrlichen, nur von der leisen Brandung unterbrochenen Abendstille das ganze viktorianische Zeitalter abhanden gekommen. Und darum bin ich nicht der Meinung, daß er seinen Weg verfehlt hatte.

11

Benimm dich, tu deine Pflicht
Was dies alles wirklich bedeuten soll,
Berührt dich nicht.
Geh in die Kirche, die Welt braucht dich
Geh tanzen – die Welt braucht dich
Und heirate – Papa und Mama wünschen es
Und deine Schwestern und Schulfreunde auch.
A. H. Clough, *Pflicht* (1841)

»Ach nein, nicht er!« rief sie verachtungsvoll,
»Ich würde keinen Pfennig für ihn geben,
Seine beste Seite ist sein Äußeres,
Zugegeben, sein Mantel ist bunt,
Doch seine Eltern haben ihn
So erzogen, daß er gar nichts weiß ...«
Wiliam Barnes, *Gedichte im Dorset-Dialekt* (1869)

Etwa zur gleichen Zeit, als diese Begegnung stattfand, erhob sich Ernestina ruhelos von ihrem Bett und nahm von ihrem Toilettentisch das in schwarzes Marocain gebundene Tagebuch. Zunächst wandte sie sich eher lustlos der Eintragung des heutigen Morgens zu, die vom literarischen Gesichtspunkt aus gewiß nicht inspiriert zu nennen war: »Brief an Mama geschrieben. Liebsten Charles nicht gesehen. Nicht ausgegangen, obwohl sehr schönes Wetter.

Nicht glücklich gewesen.«

Es war wirklich ein rechter Nicht-Tag für das arme Ding gewesen, und sie hatte nur Tante Tranter, der sie ihr Mißvergnügen zeigen konnte. Da waren Charles' gelbe und weiße Narzissen, deren Duft jetzt das Zimmer erfüllte, aber auch die hatten sie zuerst geärgert. Tante Tranters Haus war nicht groß, darum konnte sie Sams Klopfen an der Haustür hören; sie hörte auch, wie die schlimme, freche Mary öffnete, dann Stimmengemurmel und ein unverkennbares, halb ersticktes Lachen des Mädchens – dann fiel die Tür zu. Der häßliche, abscheuliche Verdacht stieg in ihr auf, Charles sei es gewesen, der da unten flirtete; und das weckte eine ihrer heimlichsten Befürchtungen.

Sie wußte, daß er in Paris und Lissabon gelebt hatte und viel gereist war; sie wußte auch, daß er elf Jahre älter war als sie; schließlich wußte sie, daß er auf Frauen anziehend wirkte. Wenn sie diskret und spielerisch nach seinen früheren Eroberungen fragte, antwortete er ebenso diskret und spielerisch; und da saß eben der Haken. Sie hatte das Gefühl, er verberge etwas vor ihr – eine tragische französische Gräfin oder eine leidenschaftliche portugiesische Marquesa. Nicht in den Sinn kam ihr, an eine kleine Grisette in Paris oder eine mandeläugige Kellnerin in Sintra zu denken, obwohl dies der Wahrheit nähergekommen wäre. Irgendwie machte ihr die Frage, ob er schon mit anderen Frauen geschlafen hatte, weniger Sorge als einem Mädchen von heute. Natürlich – sobald eine sündige Spekulation dieser Art sich aufdrängen wollte, sprach sie ihr befehlendes »Ich darf nicht«, aber sie war eifersüchtig auf Charles' Herz. Dieses hätte sie nie mit jemandem geteilt, weder in der Vergangenheit noch in der Gegenwart. Vergangenes war ja nicht auszulöschen. So glaubte Ernestina an Tagen, an denen sie trüb gestimmt war, statt an die einfache Tatsache, daß Charles noch nie wirklich geliebt hatte, daran, daß er einst leidenschaftlich verliebt gewesen sei. Sein ruhiges Äußeres hielt sie für die furchtbare Stille über einem verlassenen Schlachtfeld – Waterloo, einen Monat danach; in Wirklichkeit aber war es ein Ort ohne Geschichte.

Genau eine und eine halbe Minute erlaubte Ernestina ihrem Unwillen, sie zu beherrschen, nachdem die Haustür sich geschlossen hatte; dann streckte sie ihre zerbrechliche kleine Hand aus und zog entschieden an dem vergoldeten Glockenzug neben dem Bett. Ein lieblich beharrliches Geklingel ließ sich aus der im Erdgeschoß liegenden Küche hören; bald danach kamen Tritte die

Treppe herauf, es klopfte, und die Tür öffnete sich; darin erschien Mary, die eine Vase mit einer wahren Fontäne von Frühlingsblumen brachte. Das Mädchen trat neben das Bett, ihr Gesicht, lächelnd, war von den Blumen halb verdeckt. Einem Mann wäre es unmöglich gewesen, ihr böse zu sein – genau das Gegenteil war deshalb bei Ernestina der Fall. Sie war verärgert und runzelte vorwurfsvoll die Stirn ob dieses unwillkommenen Blumengrußes.

Von den drei jungen Frauen, von denen im Lauf der Erzählung die Rede ist, war Mary meiner Meinung nach bei weitem die hübscheste. Sie war unendlich lebhafter und unendlich weniger selbstsüchtig, hatte dementsprechend auch natürliche Reize, einen ausgezeichnet reinen, frischen Teint, kornblondes Haar und entzückende, große, graublaue Augen, die die Männer zu Annäherungsversuchen einluden und die diese ebenso fröhlich erwiderten. Unbezähmbar wie bester Champagner perlte es in ihnen, und wie dieser verursachte es keine Blähungen. Nicht einmal die trübselige viktorianische Kleidung, die sie so oft zu tragen gezwungen war, vermochte ihre hübsche, dralle, vielversprechende Gestalt zu verhüllen – nein, drall ist nicht der richtige Ausdruck. Vorhin erwähnte ich den Namen Ronsards; ihre Gestalt verlangte nach einem Ausdruck aus seinem Wortschatz, für den wir nichts Gleichwertiges haben: »rondelet« – das bedeutet alles, was in dem Wort »drall« an Verführerischem liegt, ohne das Zarte vermissen zu lassen. Marys Ururenkelin, die gerade in dem Monat, da ich dies schreibe, zweiundzwanzig wird, ähnelt in vielem ihrer Ahne; ihr Gesicht kennt man in der ganzen Welt, weil sie eine der bekanntesten jungen englischen Filmschauspielerinnen ist. Aber ich fürchte, das Gesicht paßte nicht in das Jahr 1867. Zum Beispiel paßte es ganz und gar nicht Mrs. Poulteney, die es ungefähr drei Jahre zuvor kennengelernt hatte. Mary war die Nichte eines Vetters der Mrs. Fairley; diese hatte Mrs. Poulteney beschwatzt, die Anfängerin in ihre häßliche Küche zu nehmen. Doch Marlborough House und Mary paßten zusammen wie ein Grabmal und ein Stieglitz; als dann eines Tages Mrs. Poulteney düsteren Blicks von dem im oberen Stockwerk liegenden Fenster aus ihre Domäne überwachte und sich ihr der widerwärtige Anblick bot, wie der Stallbursche dringend um einen Kuß ersuchte, ohne energisch genug abgewiesen zu werden, da erhielt der Stieglitz sofort die Freiheit. Hierauf flatterte er zu Mrs. Tranter, obwohl Mrs. Poulteney jene Dame feierlich vor dem tollkühnen Unterfangen gewarnt hatte, eine erwiesenermaßen liederliche Person zu beherbergen.

In dem Haus in der Broad Street war Mary glücklich. Mrs. Tranter hatte hübsche Mädchen gern und fröhliche Mädchen noch lieber. Natürlich, Ernestina war ihre Nichte und stand ihr näher; aber Ernestina sah sie ein- oder zweimal im Jahr, Mary sah sie täglich. Trotz ihres quicklebendigen, immer zum Flirt aufgelegten Wesens war Mary eine sanfte Herzlichkeit eigen. Diese Wärme, die ihr das Mädchen entgegenbrachte, dämpfte Mrs. Tranter nicht, sondern erwiderte sie. Ein schreckliches Geheimnis gab es in jenem Haus in der Broad Street, von dem Ernestina keine Ahnung hatte: wenn der Koch Ausgang hatte, kam es vor, daß Mrs. Tranter allein bei Mary in der Küche im Erdgeschoß saß und mit ihr aß; und diese Stunden gehörten nicht zu den unerfreulichsten im Leben beider.

Fehlerlos war Mary nicht; zu ihren unguten Eigenschaften gehörte ein gewisser Neid auf Ernstina. Nicht nur, daß sie, sooft die junge Lady aus London kam, aufhörte, der unausgesprochene Liebling des Hauses zu sein; zum Ggepäck der jungen Lady aus London gehörten auch Kofferladungen der neuesten Londoner und Pariser Mode, womit sie sich einem Hausmädchen, das nur drei Kleider ihr eigen nannte, nicht eben am besten empfahl – von ihren drei Kleidern mochte sie übrigens keins wirklich, und das schönste verabscheute sie sogar gerade deswegen, weil die junge Prinzessin aus der Hauptstadt es ihr überlassen hatte. Sie war auch der Meinung, Charles sei ein wundervoller Mann zum Heiraten und viel zu gut für ein so bleiches Wesen wie Ernstina. Deshalb wurde ihm, sobald sie ihm die Haustür öffnete oder auf der Straße an ihm vorbeiging, öfter die Gunst eines Blicks aus ihren graublauen Augen zuteil. Es muß festgestellt werden, daß das arge Ding Ausgang und Heimkehr stets so wählte, daß sie mit denen von Charles zusammenfielen; jedesmal, wenn er auf der Straße den Hut vor ihr lüftete, trug sie in Gedanken an Ernestina die Nase höher; sie wußte ja sehr gut, weshalb Mrs. Tranters Nichte jedesmal nach Charles' Abgang sofort die Treppe hinaufeilte. Wie alle Soubretten wagte sie, an Dinge zu denken, an die ihre junge Herrin nie dachte.

Nachdem sie mit gehöriger Bosheit ihre Gesundheit und Fröhlichkeit auf die Kranke hatte einwirken lassen, stellte Mary die Blumen auf eine Kommode neben das Bett.

»Von Mr. Charles, Miß Tina. Mit besten Empfehlung.« Der Dialekt Marys zeichnete sich durch Vermeidung von Fürwörtern und Endungen aus.

»Stell sie auf meinen Frisiertisch. Ich will sie nicht so nahe.«

Gehorsam entfernte Mary die Blumen, ungehorsam zupfte sie ein wenig an ihnen herum, ehe sie über die mißtrauische Ernestina lächelte.

»Brachte er sie selbst?«

»Nein, Miß.«

»Wo ist Mr. Charles?«

»Weiß nicht, Miß. Hab'n nicht gefragt.« Dabei preßte sie aber die Lippen so fest zusammen, als ob sie losplatzen wollte.

»Aber ich hörte dich doch mit dem Mann sprechen.«

»Ja, Miß.«

»Worüber?«

»Was man eben so spricht.«

»Darüber hast du gelacht?«

»Ja, Miß. Es ist die Art, wie er spricht, Miß.«

Der Sam, der sich am Haustor präsentierte, hatte tatsächlich wenig Ähnlichkeit mit dem mürrischen und zornigen jungen Mann, der das Rasiermesser schärfte. Er warf das hübsche Bukett der mutwilligen Mary geradezu in die Arme. »Für die schöne junge Dame von hoben.« Dann stellte er, als das Tor sich gerade schließen wollte, geschickt den Fuß dazwischen und holte mit der einen Hand hinter dem Rücken ein Büschelchen Krokus hervor. Mit der anderen, nun frei gewordenen Hand, hob er den modischen, nahezu krempenlosen Zylinder. »Und für die noch übschere von hunten.« Mary errötete tief, der Druck der Haustür auf Sams Fuß wurde mysteriöserweise etwas geringer. Er beobachtete sie, wie sie an den gelben Blumen roch, nicht aus Höflichkeit, sondern so aufrichtig, daß auf der reizenden frechen Nase ein winziger, safrangelber Tupfen zurückblieb.

»Der Sack mit Ruß wird abgeliefert wie angehordnet.«

Sie biß sich auf die Lippen und wartete. »Hunter einer Bedingung. Nicht auf Pump. Muß sofort bezahlt werden.«

»Was wird er denn kosten?«

Der vorwitzige Bursch betrachtete sein Opfer, als wolle er einen günstigen Preis berechnen; dann legte er einen Finger auf die Lippen und zwinkerte unzweideutig. Diese Geste hatte das unterdrückte Lachen und die zugeschlagene Haustür zur Folge gehabt.

Ernestina sah sie mit einem Blick an, der Mrs. Poulteney nicht mißfallen hätte. »Erinnere dich freundlichst, daß er aus London kommt.«

»Ja, Miß.«

»Mister Smithson hat mit mir schon über ihn gesprochen. Der Mann hält sich für einen Don Juan.«

»Was ist'n das, Miß Tina?«

In Marys Gesicht zeigte sich ein gewisses gieriges Verlangen nach weiteren Informationen, das Ernestina außerordentlich mißfiel.

»Schluß jetzt. Aber wenn er dir zu nahe kommt, wünsche ich, sofort davon zu hören. Bring mir jetzt etwas Gerstenwasser. Und sei künftig vorsichtiger.«

In Marys Augen wurde ein winziges Funkeln sichtbar, etwas wie das einmalige Aufflackern von Trotz. Aber sie senkte die Augen, und ihr flaches kleines Spitzenhäubchen deutete einen Knicks an und verließ das Zimmer. Drei Treppenabsätze hinunter, drei herauf, während Ernestina, die nach Tante Tranters heilsamem, aber langweiligem Gerstenwasser nicht das geringste Verlangen trug, sich mit Erinnerungen tröstete.

Doch Mary hatte in gewisser Hinsicht das Gefecht gewonnen, denn Ernestina, die ja von Natur aus kein Haustyrann, sondern nur ein schrecklich verzogenes Kind war, mußte daran denken, daß sie bald keine Herrin mehr spielen, sondern sie im Ernst darstellen mußte. Das war natürlich ein vergnüglicher Gedanke; ein eigenes Haus haben, nicht mehr den Eltern folgen zu müssen ... aber alle sagten, daß das Hauspersonal so problematisch sei! Alle sagten, sie wären nicht mehr das, was sie einmal waren. Einfach lästig.

Vielleicht unterschieden sich Ernestinas Bedrängnisse nicht so sehr von denen Charles', der schwitzend die Küste entlanggestolpert war. Das Lebn war eine korrekte Einrichtung: jeder andere Gedanke war Häresie; vorderhand mußte das Kreuz getragen werden, und zwar jetzt und hier.

Um alle düsteren Ahnungen, die sie an jenem Nachmittag befielen, zu verscheuchen, holte Ernestina wieder ihr Tagebuch hervor, setzte sich im Bett auf und schlug das Buch an der Stelle auf, wo sich der Jasminzweig befand.

Um die Mitte des neunzehnten Jahrhunderts begann in London die Bildung einer plutokratischen Gesellschaftsschicht. Der Adel der Abstammung wurde dadurch natürlich nicht ersetzt; aber man hatte sich allgemein damit abgefunden, daß gutes Geld und ein guter Kopf auf künstlichem Weg eine annehmbare Kopie herzustellen imstande waren. Disraeli war keine Ausnahme, sondern typisch für seine Zeit. Ernestinas Großvater mochte in seiner Jugend nichts anderes gewesen sein als ein vielbeschäftigter Stoffhändler in Stoke Newington; als er starb, war er ein sehr reicher Stoffhändler – ja viel mehr als das, seit er sein Hauptgeschäft in die City verlegt, eines der großen Häuser von West End gegründet und seine Tätigkeit auf zahlreiche andere Geschäftszweige ausgedehnt hatte. Ihr Vater hatte ihr tatsächlich nur das übergeben, was er selbst empfangen hatte: die beste Erziehung, die man sich für Geld leisten kann. Er war in allem ein tadelloser Gentleman, bis auf die Abstammung; und geheiratet hatte er noch etwas über seinem Stand, nämlich die Tochter eines der erfolgreichsten Anwälte der City, der niemand Geringeren als einen Kronanwalt zu seinen näheren Verwandten zählen konnte. Ernestinas Bedenken wegen ihres sozialen Stands waren daher, selbst für viktorianische Maßstäbe, recht weit hergeholt; Charles hatten sie nie im mindesten beunruhigt.

»Denk doch nur«, sagte er einmal zu ihr, »ein wie häßlich plebejischer Name Smithson ist.«

»Ja, freilich, wenn du wenigstens Lord Brabazon Vavasour Vere de Vere heißen würdest – um wieviel lieber ich dich da hätte!«

Aber hinter ihrer Selbstverspottung lauerte doch eine bestimmte Befürchtung.

Sie waren einander zum erstenmal im vergangenen November begegnet, und zwar im Haus einer Lady, die ihn für eine aus ihrer einfältig lächelnden Brut ausersehen hatte. Die jungen Damen hatten nur das Pech gehabt, vor Beginn des Abends von ihren Eltern informiert zu werden. Deshalb begingen sie den Kardinalfehler, Charles vorzuheucheln, daß sie ganz versessen auf Paläontologie seien; sie wollten von ihm die Titel der interessantesten Bücher über diesen Gegenstand wissen, während Ernstina sich gar keine besondere Mühe gab, ihn allzu ernst zu nehmen. Sie murmelte etwas davon, sie werde ihm ein paar interessante Exemplare senden, wenn sie im Kohlenkübel darauf stieße, im übrigen hielt sie ihn, wie sie ihm später mitteilte, für ziemlich faul. Warum, bitte? Weil er in jedem beliebigen Londoner Salon genügend Objekte von der Sorte finden könne, die er suchte. Der Abend hatte sich für die beiden jungen Leute ebenso langweilig angelassen wie immer; und nach ihrer Heimkehr mußten beide das Gegenteil feststellen.

Sie hatten, jeder im anderen, überlegene Intelligenz, Aufgeschlossenheit und Nüchternheit festgestellt, die ihnen gefiel. Ernestina ließ verlauten, »dieser Mister Smithson« sei eine angenehme Abwechslung unter dem langweiligen Haufen, der in dieser Saison ihr zur Auswahl angeboten worden sei. Ihre Mutter fragte diskret nach, sprach mit ihrem Gatten, der wieder nachfragte; es gab ja kein junges männliches Wesen, das je seinen Fuß in den Salon des Hauses am Hyde Park setzte, das nicht ebenso gründlich durchleuchtet wurde wie die Atomwissenschaftler von einem Staatssicherheitsdienst unserer Tage. Charles bestand die Geheimprüfung mit Auszeichnung.

Nun erkannte Ernestina den Fehler ihrer Rivalinnen: keine Frau, die Charles an den Kopf geworfen wurde, würde je sein Herz finden. Als er nun häufiger mit ihrer Mutter in ihrem Haus oder auf Soireen zusammentraf, mußte er die ihm ungewohnte Erfahrung machen, daß sich hier kein Anzeichen mütterlicher Fallenstellerei erblicken ließ; keine listigen Anspielungen, wie sehr sie süße kleine Kinder liebe oder »sich insgeheim schon nach dem Ende der Saison sehne« (man nahm allgemein an, Charles werde seinen ständigen Wohnsitz in Winsyatt nehmen, wenn erst der eigensinnige Onkel das Seinige getan hätte), oder weniger listig von seiten des Vaters: wie glücklich »mein liebstes Mädel« einmal ihren Mann machen werde. Die letztere Anspielung war wirklich vollkommen unnötig; das Haus am Hyde Park hätte auch einem Herzog als Wohnung dienen können, und das Fehlen von Brüdern oder Schwestern sagte mehr als tausend Bankauskünfte.

Ernestina war bald so wild entschlossen, wie es eine verwöhnte Tochter nur sein kann; aber auch sie überspannte den Bogen nicht. Sie sorgte dafür, daß stets andere anziehende junge Männer zugegen waren; nie zeichnete sie das echte Objekt ihrer Neigung durch besondere Vergünstigungen oder Aufmerksamkeiten aus. Sie sprach grundsätzlich niemals ernsthaft mit ihm; ohne es auszusprechen, gab sie ihm das Gefühl, sie hätte ihn gern, weil er so lustig war – aber natürlich wisse sie, daß er niemals heiraten werde. Dann aber kam ein Abend im Januar, an dem sie den Entschluß faßte, den verhängnisvollen Samen auszusäen.

Sie sah Charles allein; auf der gegenüberliegenden Seite des Saals bemerkte sie eine bejahrte Witwe, ein Mayfair-Gegenstück zu Mrs. Poulteney. Sie wußte, daß sie zu Charles paßte wie Rizinusöl zu einem gesunden Kind. Nun ging sie auf ihn zu.

»Sollten Sie sich nicht mit Lady Fairweather etwas unterhalten?«

»Das möchte ich lieber mit Ihnen tun.«

»Ich möchte Sie vorstellen. Sie werden Gelegenheit haben, einen Augenzeugenbericht aus der frühkretischen Ära zu hören.«

Er lächelte. »Frühkretisch ist eine Periode, keine Ära.«

»Macht nichts. Auf jeden Fall ist es ziemlich alt, und ich weiß, wie versessen Sie auf alles sind, was sich im Lauf der letzten neunzig Millionen Jahre zugetragen hat. Kommen Sie.«

Sie schritten miteinander quer durch den Saal; aber auf halbem Weg zu der frühkretischen Lady hielt sie an, legte einen Augenblick ihre Hand auf seinen Arm und sah ihm in die Augen.

»Wenn Sie entschlossen sind, Mister Smithson, ein saurer alter Junggeselle zu werden, müssen Sie sich üben.«

Sie ging weiter, bevor er antworten konnte; und was sie gesagt hatte, konnte auch einfach als eine Fortsetzung ihrer Neckerei aufgefaßt werden. Aber für einen allerkürzesten Moment hatten ihre Augen ein deutliches Angebot gemacht – in seiner Art ebenso unmißverständlich wie das der Damen, die zu jener Zeit in den Haustoren um den Haymarket warteten.

Sie konnte nicht wissen, daß sie damit die empfindlichste Stelle in Charles' Innerem getroffen hatte: das Gefühl, er sei im Begriff, seinem Onkel in Winsyatt nachzugeraten, das Leben zu versäumen und auch auf diesem Gebiet, wie auf so vielen anderen, überpenibel, träge, selbstsüchtig ... und noch Schlimmeres zu sein. Zwei Jahre lang war er nicht im Ausland gewesen; er hatte festgestellt, daß die früheren Reisen nur ein Ersatz dafür waren, daß er nicht geheiratet hatte. Sie lenkten ihn von den Alltagsdingen ab und gestatteten ihm, gelegentlich eine Frau zu sich ins Bett zu nehmen, ein Vergnügen, das er sich jetzt strikt versagte, vielleicht in Erinnerungen an die schwarze Reue, die ihm sein erster Versuch auf diesem Gebiet in England eingetragen hatte.

Reisen lockten ihn nicht mehr; Frauen dagegen taten es, und deshalb befand er sich im Zustand äußerster sexueller Frustration, weil ihm seine strenge Moral den einfachen Notbehelf eines Wochenendaufenthalts in Ostende oder Paris verbot. Nie hätte er einen solchen Grund zum Anlaß für eine Reise genommen. Er verbrachte nach jenem Abend eine sehr nachdenkliche Woche. Dann erwachte er eines Morgens, und alles war einfach.

Er liebte Ernestina: Er stellte sich das Vergnügen vor, an einem Morgen wie diesem zu erwachen; draußen war es kalt und grau, der Boden war mit Schnee überstäubt – und neben ihm würde dieses ernste, schüchterne, süße, kleine Gesicht im Schlaf liegen.

Und bei Gott! – dieser Umstand setzte Charles geradezu in Verwunderung – sie würde vor Gott und Menschen ganz legitim neben ihm liegen. Wenige Minuten später erschreckte er Sam, der auf sein dringendes Läuten schläfrig zu ihm hinaufgeschlichen kam, mit den Worten: »Sam! Ich bin ein absoluter, hundertprozentiger, der Himmel verzeih mir, verdammter Narr!«

Einen oder zwei Tage später hatte der reine Tor eine Aussprache mit Ernestinas Vater. Sie war kurz und äußerst befriedigend. Anschließend begab er sich hinunter in den Salon, wo Ernestinas Mutter im Zustand äußerster Bestürzung saß. Sie brachte es nicht über sich, Charles anzusprechen, sondern deutete nur unbestimmt in die Richtung des Gewächshauses. Charles öffnete die weißen Türen, trat ein, und ihn umwehte heiße, wohlriechende Luft. Ernestina mußte er erst suchen, zuletzt fand er sie in der äußersten Ecke, halb versteckt hinter einer Stapelia. Er sah, wie sie ihm einen Blick zuwarf, dann aber hastig zu Boden schaute. In der Hand hatte sie eine silberne Schere und tat so, als schnipselte sie abgestorbene Blüten von dem schwer duftenden Gewächs. Charles trat ganz nahe hinter sie und hustete.

»Ich bin gekommen, um mich zu verabschieden.« Er tat so, als bemerkte er nicht den gequälten Blick, den sie auf ihn warf, und sah auch zu Boden. »Ich habe mich entschlossen, England zu verlassen. Den Rest meines Lebens werde ich auf Reisen zubringen. Wie anders kann ein saurer alter Junggeselle sich die Zeit vertreiben?« Er wollte noch in diesem Sinn fortfahren, sah aber, daß Ernestina den Kopf gesenkt hatte und daß ihre Knöchel weiß von der Anstrengung waren, mit der sie die Tischplatte umklammerte. Er wußte, normalerweise hätte sie seine Hänselei im Nu erfaßt; nun verstand er, daß die Langsamkeit ihrer Reaktion einer tiefen Bewegung entsprang, die sich auch ihm mitteilte.

»Aber wenn ich annehmen könnte, daß sich jemand Sorgen um mich machen, an mir Anteil nehmen würde . . .«

Er konnte nicht fortfahren, sie wandte sich um, ihre Augen schwammen. Ihre Hände trafen sich, er zog sie an sich. Sie küßten sich nicht. Sie waren dazu nicht imstande. Wie kann man erbarmungslos jeden natürlichen sexuellen Instinkt zwanzig Jahre lang einsperren und dann erwarten, daß der Gefangene nicht von Schluchzen geschüttelt wird, wenn die Kerkertüren sich öffnen?

Einige Minuten später führte Charles Tina, die sich etwas erholt hatte, durch den Gang zwischen den Gewächshauspflanzen zur Tür, die in den Salon führte. Bei einem Jasminstrauch hielt er einen Augenblick an, pflückte einen Zweig und hielt ihn spielerisch über ihren Kopf.

»Es ist keine Mistel, aber es geht auch so, nicht wahr?«

Und da küßten sie sich mit Lippen, keusch und ungeschlechtlich, wie Kinder. Wieder begann Ernestina zu weinen; dann trocknete sie ihre Augen und gestattete Charles, sie in den Salon zu geleiten, wo Mutter und Vater standen. Worte waren unnötig. Ernestina lief in die ausgebreiteten Arme ihrer Mutter, und ein doppelter Tränenstrom begann zu fließen. Die beiden Männer lächelten einander zu; der eine, als ob er eben ein ausgezeichnetes Geschäft abgeschlossen hätte, der andere, als ob er noch nicht ganz sicher wäre, auf welchem Planeten er eben gelandet war, doch hoffe, die Einwohner seien ihm freundlich gesinnt.

12

Worin besteht nun die Entäußerung der Arbeit? Erstens, daß die Arbeit dem Arbeiter äußerlich ist, d. h. nicht zu seinem Wesen gehört, daß er sich daher in seiner Arbeit nicht bejaht, sondern verneint, nicht wohl, sondern unglücklich fühlt . . . Zu Hause ist er, wenn er nicht arbeitet, und wenn er arbeitet, ist er nicht zu Haus.

Marx, *Ökonomisch-philosophische Manuskripte* (1844)

War denn mein Augenblick der Lust
So rein, so strahlend, wie ich sage?

Tennyson, *In Memoriam* (1850)

Mit den Füßen schritt Charles rüstig voran, mit den Gedanken war er bei der geheimnisvollen Frau hinter ihm. So ging er durch die Waldungen von Ware Commons. Nach mehr als einem Kilometer erreichte er eine Lichtung und den ersten Vorposten der Zivilisation. Es war ein langgestrecktes, strohgedecktes Gebäude, das unterhalb seines Weges lag. Umgeben war es von einigen Wiesenstücken, die in die Klippen hinabreichten. Gerade als Charles aus den Bäumen hervortrat, sah er, wie ein Mann eine Kuhherde unter Zurufen aus einem niedrigen Stall neben dem Gebäude trieb. Ein Bild kam ihm in Erinnerung: eine Schale herrlich kühler Milch. Seit der Doppelportion Frühstückskuchen hatte er heute noch nichts gegessen. Der Tee und die ihn im Haus der Mrs. Tranter erwartenden Zärtlichkeiten riefen – aber die Schale Milch schrie – und war viel näher zur Hand. Darum stieg er über den steilen Grashang hinab und klopfte an die Hintertür des Gebäudes. Eine Frau, rund wie ein Fäßchen, öffnete. Ihre drallen Arme glänzten vom Seifenwasser. Ja, er war willkommen und konnte Milch haben, soviel er hinunterbrachte. Wie der Ort hieß? Die Meierei, das schien alles zu sein. Charles folgte ihr in den Raum, der nach oben zu dem steilen Dach hin offen war und sich an der Rückseite des Gebäudes entlangzog. Er war schattendunkel und sehr kühl; der Boden mit Schieferplatten belegt, die Luft schwer vom Geruch reifenden Käses. Eine Reihe Kochtöpfe, große Kupferpfannen auf hölzernen Gestellen, deren Inhalt mit einer goldgelben Sahneschicht bedeckt war. Darüber thronten auf langen Brettern runde Käselaibe wie Schwadronen von Ersatzmonden. Da erinnerte sich Charles, von diesem Ort gehört zu haben. Sahne und Butter, die von hier kamen, waren in der Gegend berühmt; ja, Tante Tranter hatte es erwähnt. Er nannte ihren Namen, und die Frau lächelte ihm zu. Sie schöpfte gerade mit einem Löffel die fette Milch aus einem Butterfaß in eine einfache blauweiße Porzellanschale; genauso eine, wie er sie sich vorgestellt hatte. Er war nicht mehr fremd, er war noch willkommener.

Draußen auf dem Grasplatz vor der Meierei unterhielt er sich mit derFrau. Während sie sprachen, kam ihr Mann vom Austreiben der Kühe zurück. Er war kahl, hatte einen gewaltigen Bart und ausgesprochen melancholische Gesichtszüge; er sah aus wie der Prophet Jeremias. Seiner Frau warf er einen strengen Blick zu, worauf diese sofort ihr Geschnatter einstellte und zu ihrem Kupfergeschirr zurückkehrte. Der Mann war offenbar von schweigsamer Art, nur auf die Frage, wieviel Charles für die vorzügliche Milch schuldig sei, antwortete er ganz flink. Ein Penny wechselte den Besitzer. Es war eine jener Münzen, mit dem reizenden Kopf der jungen Königin Viktoria, wie sie noch heute gelegentlich im Wechselgeld auftauchen; durch den hundertjährigen Gebrauch ist alles bis auf das anmutige Haupt abgegriffen.

Schon war Charles daran, den Hang zu seinem Weg hinaufzuklettern. Aber kaum hatte er einen Schritt getan, als zwischen den Bäumen über ihnen eine schwarze Gestalt hervorkam. Es war das Mädchen. Sie sah die beiden Männer kurz an und ging dann weiter in Richtung Lyme. Charles sah zurück zu dem Bauern, der die Gestalt mit finsterem Blick betrachtete. Offenbar ließ er es nicht zu, daß Höflichkeit sein Prophetenurteil beeinträchtigte.

»Kennen Sie die Dame?«

»Mhm.«

»Kommt sie öfter diesen Weg?«

»Oft genug.« Der Bauer starrte weiter. Dann sagte er: »Und eine Dame ist sie nicht. Sie ist die Hure des französischen Leutnants.«

Charles brauchte eine Weile, um den Sinn dieses Ausdrucks zu begreifen. Dann warf er dem bärtigen Bauern einen bösen Blick zu. Dieser war ein Methodist und liebte es daher, das Kind beim rechten Namen zu nennen, besonders wenn das Kind die Sünde eines anderen war. Er schien Charles wie eine Verkörperung all des heuchlerischen Geschwätzes und der Schwätzer von Lyme. Vieles hätte Charles geglaubt, was man ihm über das schlafende Gesicht erzählte; aber daß seine Trägerin eine Hure sei, nie. Wenige Sekunden später befand auch er sich auf dem Feldweg nach Lyme. Zwischem dem Wald, der landeinwärts stand, und einer hohen Hecke, die das Meer teilweise verdeckte, liefen die beiden kalkig weißen Radspuren. Vor ihm wandelte die schwarze Gestalt des Mädchens, das jetzt den Hut aufgesetzt hatte. Sie ging nicht rasch, aber mit gleichmäßigem Schritt, ohne weibliche Ziererei, wie jemand, der lange Strecken zu gehen gewohnt ist. Charles beeilte sich, sie einzuholen, und war nach etwa hundert Metern dicht hinter ihr. Sie mußte auf dem Kiesgestein, das sich durch den Kalk gedrängt hatte, den Klang seiner Nagelschuhe gehört haben, aber sie drehte sich nicht um. Er stellte fest, daß ihr der Mantel etwas zu groß war, die Absätze ihrer Schuhe waren abgetreten. Er zögerte noch einen Augenblick, aber die Erinnerung an den mürrischen Blick des sektiererischen Milchmanns ließ ihn seine ursprüngliche ritterliche Absicht verwirklichen, der armen Frau zu zeigen, daß nicht jedermann in ihrer Welt ein Barbar war.

»Madam!«

Als sie sich umdrehte, hatte er den Hut gezogen und lächelte; und obgleich ihr Gesicht jetzt eine ganz alltägliche Überraschung zeigte, machte es wieder einen außerordentlichen Eindruck auf ihn. Es war ihm, wie wenn er nach jedem Anblick von neuem dieser Wirkung ungewiß werde und es daher wieder sehen müsse. Es nahm ihn gefangen und stieß ihn zurück wie eine Gestalt im Traum, die stillzustehen und sich doch zurückzuziehen scheint.

»Ich schulde Ihnen zwei Entschuldigungen. Gestern wußte ich nicht, daß Sie Mrs. Poulteneys Sekretärin sind. Ich fürchte, ich sprach Sie äußerst unhöflich an.«

Sie schaute zu Boden. »Das macht nichts, Sir.«

»Und vorhin, als es schien, daß ich . . . ich fürchtete, Ihnen sei schlecht geworden.«

Ohne ihn anzusehen, hielt sie den Kopf gesenkt und machte sich auf den Weg.

»Darf ich Sie nicht begleiten? Wir gehen doch in der gleichen Richtung?«

Sie blieb wieder stehen, drehte sich aber nicht um. »Ich ziehe es vor, allein zu gehen.«

»Es war Mrs. Tranter, die mich auf meinen Irrtum aufmerksam machte. Ich bin –«

»Ich weiß, wer Sie sind, Sir!«

Er lächelte über ihre ängstliche Schroffheit. »Dann ...« Plötzlich sah sie ihm in die Augen, hinter ihrer Ängstlichkeit stand Verzweiflung.

»Seien Sie bitte so freundlich, mich allein weitergehen zu lassen.« Sein Lächeln erstarb. Er verbeugte sich und trat zurück. Aber anstatt weiterzugehen, sah sie wieder einen Augenblick zu Boden. »Und, bitte, sagen Sie niemandem, daß Sie mich dort gesehen haben.« Ohne ihn wieder anzusehen, drehte sie sich um und ging, beinahe, als wüßte sie, daß ihre Bitte vergeblich sei und als bereute sie, sie geäußert zu haben. Charles stand mitten auf dem Weg und sah ihren schwarzen Rücken entschwinden. Was ihm blieb, war das Bild jener Augen – sie waren ungewöhnlich groß, imstande, mehr zu sehen und mehr zu leiden. Er wußte nicht, daß es der Traktat-Ablieferungs-Blick gewesen war, den er erhalten hatte. Aber die Direktheit dieses Blicks enthielt ein deutlich zurückweisendes Element. Komm mir nicht zu nah, sagten ihre Augen. *Noli me tangere.*

Er blickte sich um und versuchte sich vorzustellen, weshalb sie ihr Auftauchen in diesen harmlosen Waldungen geheimzuhalten wünschte. War es ein Mann? Ein Stelldichein? Aber dann kam ihm ihre Geschichte in den Sinn.

Als Charles schließlich in der Broad Street ankam,.entschloß er sich, auf seinem Weg zum Weißen Löwen bei Mrs. Tranter vorbeizuschauen und mitzuteilen, er müsse nur ein Bad nehmen und anständige Kleider anziehen, dann werde er ...

Mary öffnete die Haustür; aber zufällig ging auch Mrs. Tranter durch die Halle – um genau zu sein, sie kam absichtlich in die Halle – und bestand darauf, daß er sich nicht an ein Zeremoniell hielt. War nicht seine Kleidung der beste Entschuldigungsgrund für seine Verspätung? So nahm ihm Mary lächelnd Eschenstock und Rucksack ab, worauf er in den kleinen hinteren Salon geleitet wurde; die letzten Strahlen der sinkenden Sonne beschienen den Raum, und die Patientin lag da in voller Gala; sie trug einen reizend ausgearbeiteten Morgenrock in Grau und Karmin.

»Ich komme mir vor wie ein irischer Seemann, der in das Boudoir einer Königin versetzt wurde«, sagte er und küßte Ernestinas Finger auf eine Weise, wie das nur ein recht armseliger irischer Seemann getan hätte.

Sie zog die Hand zurück. »Du bekommst keinen Tropfen Tee, bevor du nicht über jeden Augenblick deines Tages berichtet hast.«

So beschrieb er also alles, was ihm widerfahren war – vielmehr, fast alles. Denn Ernestina hatte bereits zweimal festgestellt, daß die Geliebte des französischen Leutnants ihr widerwärtig sei – einmal auf dem Damm und später noch einmal beim Lunch. Tante Tranter hatte Charles dieselben Auskünfte gegeben, die Mrs. Poulteney vor zwölf Monaten vom Pastor von Lyme erhalten hatte. Doch Ernestina hatte ihrer Tante einen Verweis erteilt, sie solle Charles nicht mit dummem Geschwätz langweilen, und die arme Frau hatte demütig gehorcht; zu oft war ihr ihre provinzielle Art vorgehalten worden, so daß sie schon auf der Hut war.

Charles holte das Gesteinsstück mit den fossilen Ammoniten hervor, das er Ernestina mitgebracht hatte. Sie legte ihren Fächer beiseite und versuchte, den Stein zu halten. Als sie es nicht konnte, vergab sie zuerst Charles alles um einer solchen Herkulesarbeit willen, dann schalt sie ärgerlich-spöttisch auf ihn, weil er Leben und Gesundheit dafür riskiert hatte.

»Wirklich, eine faszinierende Wildnis, dieses Undercliff. Ich hätte nie gedacht, daß es so etwas in England gibt. Es erinnerte mich an Küstengegenden in Nordportugal.«

»Ha, der Mann schwärmt!« rief Ernestina. »Gesteh nur, Charles, du hast dich nicht damit abgegeben, arme unschuldige Felsen zu köpfen, du hast mit den Waldnymphen geschäkert!«

Einen Moment war Charles seltsam verlegen, aber er half sich mit einem Lächeln darüber hinweg. Es lag ihm auf der Zunge, von dem Mädchen zu erzählen; er hätte es ins Spaßige verkehren können, wie er auf sie stieß; und doch kam es ihm wie ein Verrat vor, sowohl an der aufrichtigen Besorgnis des Mädchens wie an sich selbst. Er hätte bewußt gelogen, hätte er die beiden Begegnungen leichthin erzählt. So schien ihm schließlich in diesem trivalen Zimmer Schweigen das geringere Vergehen.

Ich bin noch eine Erklärung dafür schuldig, weshalb die Erwähnung von Ware Commons vierzehn Tage vorher in Mrs. Poulteneys Gesicht eine so katastrophale Wirkung hervorbrachte, als sähe sie Sodom und Gomorrha vor sich. Eigentlich bedarf es dieser Erklärung nicht, denn es war die Lyme zunächst gelegene Örtlichkeit, wohin man sich begeben konnte, ohne beobachtet zu werden. Die Rechtslage in diesem Gebiet war lange Zeit hindurch unklar gewesen. Stets hatte es als öffentliches Land gegolten bis zur Erlassung der Gesetze über den privaten Grundbesitz; dann war ihm übel mitgespielt worden, wie die Namen der Meiereiwiesen, die alle von ihm abgetrennt wurden, noch heute bezeugen. Ein großer Herr auf einem der Landsitze, die landeinwärts liegen, vollzog einen stillschweigenden »Anschluß«, wie üblich in der Geschichte, mit Billigung seiner Standesgenossen. Die eher republikanisch gesinnten Bürger von Lyme griffen tatsächlich zu den Waffen – wenn man eine Axt als Waffe bezeichnen will. Denn der Gentleman hatte es sich in den Kopf gesetzt, im Undercliff einen botanischen Garten einzurichten. Die Sache kam vor Gericht und endete mit einem Kompromiß: das Wegerecht wurde garantiert, und die seltenen Bäume blieben unbeschädigt. Doch das Gemeinderecht war vertan. In der Gegend aber hielt sich die Auffassung, Ware Commons sei öffentliches Eigentum. Wilddiebe, die Fasanen und Kaninchen jagten, wurden milder bestraft als anderswo; eines Tages machte man die entsetzliche Entdeckung, daß eine Zigeunerbande wer weiß wie viele Monate lang in einer verborgenen Mulde gehaust hatte. Dieser Abschaum wurde natürlich prompt hinausgeworfen; aber es hielt sich die Erinnerung an ihre Anwesenheit und vermischte sich mit jener an ein Kind, das zur selben Zeit aus einem nahen Dorf verschwunden war. Allgemein nahm man an, die Zigeuner hätten es geraubt, in ein Kaninchengulasch verarbeitet und die Knochen vergraben. Denn weil die Zigeuner keine Engländer sind, mußten sie fast notgedrungen Kannibalen sein.

Der ernsteste Vorwurf, der gegen Ware Commons erhoben wurde, bezog sich allerdings auf viel schlimmere Untaten: obwohl der Karrenweg zur Meierei und weiter ins Waldgelände nie mit der bekannten Bezeichnung »Liebesgasse« benannt wurde, war er de facto eine solche. Jeden Sommer zog es schmusende Paare dorthin. Der Vorwand war eine Schale Milch in der Meierei; beim Rückweg gab es viele einladende Seitenwege, die in schützendes

Dickicht, in Farn und Hagedorn führten.

Diese immer schwärende Wunde war schon schlimm genug; aber es kam noch dunkler. Eine vorsintflutliche Überlieferung, viel älter als Shakespeare, besagte, daß junge Leute zur Sommersonnenwende mit Laternen, einem Geiger und einem oder zwei Fäßchen Apfelwein zu einem Rasenplatz im Herzen der Waldungen, dem Eselsgrün, zogen und dort die Sonnenwende tanzend feierten. Manche meinten, nach Mitternacht arte das Tanzen in ein Taumeln aus; ganz Strenge behaupteten, dort werde weder getanzt noch getaumelt, sondern etwas ganz anderes getrieben. Das Eselsgrün ist uns erst vor kurzem infolge wissenschaftlich betriebener Landwirtschaft durch die Hasenpest verlorengegangen; die Sitte ist im Zusammenhang mit dem Verfall der Geschlechtsmoral auch in Verfall geraten. Über den Rasenplatz tummeln sich in Mittsommernächten seit langem nur Fuchs- und Dachsjunge. 1867 war das anders. Es war erst ein Jahr her, daß ein Damenkomitee, bei dem Mrs. Poulteney den Vorsitz führte, bei den Behörden darauf drang, den Fahrweg mit einem Tor und Zäunen abzuriegeln. Demokratische Stimmen hatten sich dagegen durchgesetzt. Das Recht der öffentlichen Wegbenutzung mußte erhalten bleiben; ja, es gab unter den Stadträten so abstoßende Sinnenmenschen, die behaupteten, ein Gang zur Meierei sei ein unschuldiges Vergnügen; der Ball auf dem Eselsgrün sei nichts anderes als ein jährlich wiederkehrender Spaß. Immerhin genügte es, wenn einer der ehrbaren Städter einen Burschen oder ein Mädchen als Ware-Commons-Leute bezeichnete: das war ein unauslöschliches Schandmal. Der Bursche war für immer ein Wüstling, das Mädel eine Straßendirne.

Infolgedessen traf Sarah an jenem Abend, als sich Mrs. Fairley so edelmütig zu ihrer Pflicht gezwungen hatte, Mrs. Poulteney in erwartungsvoller Haltung an. Ich sagte »erwartungsvoll«, richtiger wäre »geladen«. Als Sarah im Privatsalon zur abendlichen Bibellesung erschien, sah sie sich der Mündung einer Kanone gegenüber. Offensichtlich konnte Mrs. Poulteney jeden Moment losgehen, und zwar mit einem sehr lauten Krach.

Sarah ging zum Lesepult in der Zimmerecke, wo die große Familienbibel lag, wenn sie nicht gebraucht wurde. Es war nicht das, was man sich unter einer Familienbibel vorstellt, denn einige unerklärliche Geschmacksverirrungen in der Heiligen Schrift, wie das Hohe Lied Salomons, waren fromm ausgelassen. Sarah stellte fest, daß etwas nicht stimmte.

»Stimmt etwas nicht, Mrs. Poulteney?«

»Etwas stimmt überhaupt nicht«, sagte die Ehrwürdige Mutter. »Mir wurde etwas berichtet, was ich kaum glauben kann.«

»Hat es mit mir zu tun?«

»Ich hätte nie auf den Doktor hören sollen. Ich hätte nur dem Diktat meines gesunden Menschenverstands folgen sollen.«

»Was hab ich denn getan?«

»Ich glaube nicht, daß Sie vollkommen verrückt sind. Aber Sie sind ein aufsässiges, böses Geschöpf. Sie wissen sehr gut, was Sie getan haben.«

»Ich schwöre bei der Bibel –«

Mrs. Poulteney sah sie entrüstet an: »Tun Sie nichts dergleichen. Es wäre Lästerung.«

Sarah machte einen Schritt vorwärts und stand vor ihrer Herrin. »Ich muß darauf bestehen, zu wissen, wessen ich bezichtigt werde.« Mrs. Poulteney teilte es ihr mit. Zu ihrem Erstaunen zeigte sich Sarah nicht im mindestens beschämt.

»Ist es denn eine Sünde, in Ware Commons spazierenzugehen?«

»Eine Sünde! Sie, eine junge Frau, allein an einem solchen Ort!«

»Aber, gnädige Frau, es ist doch nichts als ein großer Wald!«

»Ich weiß sehr wohl, was es ist. Und was dort vorgeht. Und die Art Leute, die dort verkehren, kenne ich auch.«

»Niemand verkehrt dort. Darum gehe ich auch hin – um allein zu sein.«

»Sie widersprechen mir, Miß! Weiß ich vielleicht nicht, wovon ich spreche?«

Nun ist zunächst einfach zu sagen, daß Mrs. Poulteney Ware Commons nie mit eigenen Augen gesehen hatte, auch nicht aus der Entfernung, weil man dorthin von einem fahrenden Wagen nicht sehen konnte. Zweitens war sie eine Opiumsüchtige – bevor man nun meint, ich bringe die Glaubwürdigkeit meiner Sensationslust zum Opfer, muß ich rasch hinzufügen, daß sie nichts davon wußte. Was wir Opium nennen, nannte sie Laudanum. Ein schlauer, wenn nicht gotteslästerlicher Arzt jener Zeit nannte es freilich Our Lordanum. Viele Ladies des neunzehnten Jahrhunderts – auch Frauen von geringerem Stand, denn in Gestalt von Godfreys Herztropfen war die Medizin so wohlfeil, daß alle Klassen sich an diesem Frauenlaster beteiligen konnten – schlürften es häufiger als Kommunionwein. Kurz gesagt, es entsprach ziemlich genau den Sedativpillen unserer Zeit. Wir brauchen nicht zu untersuchen, warum Mrs. Poulteney eine Bewohnerin des viktorianischen Tals der Puppen gewesen sein sollte; nur darauf kommt es an, daß Laudanum, wie Coleridge entdeckte, lebhafte Träume schenkt.

Ich vermag mir nicht vorzustellen, was für ein Bild im Stil Boschs sich Mrs. Poulteney im Lauf der Jahre von Ware Commons gemacht hatte; welche teuflischen Orgien sie hinter jedem Baum, welche französischen Abscheulichkeiten sie unter jedem Blatt vermutete. Ich meine nur mit Sicherheit sagen zu können, daß diese Welt die objektive Entsprechung dessen war, was in ihrem eigenen Unterbewußtsein vorging.

Nach ihrem Ausbruch waren beide still. Nun sie sich entladen hatte, begann Mrs. Poulteney die Taktik zu wechseln. »Sie haben mich tief enttäuscht.«

»Wie hätte ich damit rechnen können? Ich darf nicht ans Meer gehen. Nun, ich gehe nicht ans Meer. Ich suche aber die Einsamkeit. Das ist alles. Und das ist keine Sünde. Deswegen will ich keine Sünderin genannt werden.«

»Haben Sie nie etwas von Ware Commons gehört?«

»Als einen Ort der Art, die Sie erwähnt haben – nie.«

Etwas verlegen sah Mrs. Poulteney angesichts dieses Entrüstungsausbruchs drein. Sie erinnerte sich, daß Sarah ja erst kürzlich nach Lyme gezogen war und deshalb verständlicherweise nicht wissen konnte, in welche schiefe Lage sie sich brachte.

»Nun gut. Eines möchte ich in aller Deutlichkeit sagen. Ich erlaube keiner meiner Angestellten, in die Nähe dieses Orts zu gehen und sich dort sehen zu lassen. Sie werden Ihre Spaziergänge auf anständige Gegenden beschränken. Habe ich mich klar ausgedrückt?«

»Ja. Ich werde hinfort auf Pfaden der Gerechtigkeit wandeln.«

Einen bestürzenden Augenblick lang glaubte Mrs. Poulteney sich verspottet; aber Sarahs Augen waren so feierlich gesenkt, als habe sie sich selbst das Urteil gesprochen; und Gerechtigkeit war gleichbedeutend mit Leid.

»Dann wollen wir nie mehr von dieser Torheit sprechen. Ich tue das zu Ihrem Besten.«

Sarah murmelte: »Ich weiß es.« Dann fügte sie hinzu: »Danke, gnädige Frau.«

Nichts mehr wurde darüber gesprochen. Sie wandte sich der Bibel zu und las den von Mrs. Poulteney bezeichneten Abschnitt. Es war der gleiche, den sie für die erste Fragestunde ausgewählt hatte – Psalm 119: »Wohl denen, die ohne Tadel leben, die im Gesetz des Herrn wandeln!« Sarah las mit unterdrückter Stimme, anscheinend ohne Emotion. Die alte Dame betrachtete im Sitzen die Schatten in der gegenüberliegenden Zimmerecke; sie sah aus wie ein heidnisches Götzenbild, das der blutigen Opfer nicht achtete, die ihr erbarmungsloses Steingesicht forderte.

Spät in der Nacht hätte man Sarah beobachten können – ich weiß zwar nicht, wer, außer einer vorüberfliegenden Eule –, wie sie in ihrem unbeleuchteten Schlafzimmer am offenen Fenster stand. Das Haus schwieg, die Stadt schwieg, denn damals, als es weder Elektrizität noch Fernsehen gab, gingen die Leute um neun Uhr schlafen. Es war ein Uhr nachts. Sarah war im Nachthemd, ihr Haar war offen. Sie starrte hinaus aufs Meer. Draußen, in der Richtung auf Portland Bill zu, blinkte eine Laterne schwach über das schwarze Wasser. Irgendein Schiff fuhr dort nach Bridport. Sarah bemerkte den winzigen Lichtpunkt und hatte ihn schon vergessen.

Wäre man näher hinzugetreten, hätte man bemerkt, daß ihr Gesicht naß von still geweinten Tränen war. Ihr Stehen am Fenster hatte nichts mit ihrem geheimnisvollen Ausschauhalten nach dem Gespensterschiff zu tun, sondern war die Vorbereitung, hinauszuspringen.

Ich lasse sie nicht auf das Fensterbrett hinauswanken oder sich hinausschwingen, um dann schluchzend zurückzustürzen auf den zerrissenen Teppich in ihrem Zimmer. Uns ist bekannt, daß sie vierzehn Tage nach diesem Vorfall noch am Leben war, und daher sprang sie nicht. Auch waren es nicht hysterische Tränen, Vorboten einer gewaltsamen Handlung; es waren Tränen, die ein tiefes, geistig, nicht gefühlsmäßig bedingtes Leid hervorbrachte, das unstillbar immer mehr anwuchs, wie Blut durch einen Verband sickert.

Wer ist Sarah?

Aus welcher Schattenwelt kommt sie?

13

Denn die Wolke des Herrn ist dunkel, wie der Schleier der Isis . . .
Tennyson, *Maud* (1855)

Ich weiß es nicht, denn die Geschichte, die ich erzähle, entstammt meiner Phantasie. Die Gestalten, die ich darstelle, hat es außerhalb meiner Überlegungen nie gegeben. Habe ich bisher vorgegeben, die Erwägungen und innersten Gedanken meiner Gestalten zu kennen – ebenso wie ich einiges von ihrem Wortschatz und ihrem Sprechstil übernommen habe –, dann deshalb, weil ich dem Herkommen folge, das zur Zeit meiner Erzählung allgemein galt: daß der Romanschreiber Gott am nächsten steht. Er mag nicht alles wissen, aber er tut so. Ich lebe im Zeitalter Alain Robbe-Grillets und Roland Barthes'; wenn dies ein Roman ist, kann es keiner im modernen Sinn sein.

Darum schreibe ich vielleicht eine zeitlich transponierte Autobiographie; vielleicht wohne ich selbst in einem der Häuser, die ich geschildert habe; vielleicht ist Charles mein verkleidetes Ich. Vielleicht ist es aber auch nur ein Spiel. Es gibt moderne Frauen wie Sarah, und ich habe sie nie verstanden. Vielleicht mache ich auch nur den versteckten Versuch, Ihnen einen Band Essays zu liefern. Statt der Motti über den Kapiteln hätte ich vielleicht schreiben sollen: »Über die Horizontalität der Existenz«, »Die Illusionen des Fortschritts«, »Die Geschichte der Romanform«, »Die Ätiologie der Freiheit«, »Vergessene Aspekte des viktorianischen Zeitalters« – was Sie wollen. Vielleicht meinen Sie, ein Autor habe nur die richtigen Schnüre zu ziehen, und seine Marionetten tanzen ähnlich wie im wirklichen Leben und liefern auf Bestellung eine vollständige Analyse ihrer Motive und Absichten. Gewiß habe ich in diesem Stadium des Romans (Kapitel dreizehn: Darlegung von Sarahs wahrem Geisteszustand) die Absicht gehabt, alles zu sagen, wenigstens alles Wichtige. Aber ich finde mich plötzlich in der Lage eines Mannes, der in der kühlen Frühlingsnacht auf dem Rasen unter dem schwach sichtbaren offenen Fenster in Marlborough House aufpaßt. Im Sinn dieses Buchs weiß ich, daß sich Sarah niemals die Tränen abgewischt, aus dem Fenster gebeugt und in diesem Kapitel Enthüllungen geliefert hätte. Sie hätte sich vielmehr, hätte sie mich beim Aufgehen des alten Mondes erblickt, sofort umgedreht und wäre im Schatten verschwunden.

Aber ich bin Romanautor, kein Mann im Garten – ich kann ihr folgen – wohin es mir beliebt? Möglichkeit ist nicht gleich Erlaubnis. Gatten möchten oft ihre Frauen umbringen – auch umgekehrt – und Schluß machen. Aber sie tun es nicht.

Man wird wahrscheinlich annehmen, Autoren haben immer ihren fixen Plan, nach dem sie arbeiten, so daß die Zukunft, die in Kapitel eins angedeutet ist, unweigerlich in Kapitel dreizehn Wirklichkeit wird. Aber Autoren schreiben aus zahllosen, verschiedenen Gründen: um Geld, um Ruhm, für Kritiker, Eltern, Freunde, Geliebte; aus Eitelkeit, Stolz, Neugier, Unterhaltung; genauso wie gescheite Möbelmacher Möbel herstellen, Trinker das Trinken lieben, Richter das Richten lieben, Sizilianer es lieben, ihr Gewehr in den Rücken eines Feindes abzufeuern. Ich könnte ein Buch mit Gründen füllen, und alle wären wahr, freilich nicht für alle. Nur ein Grund ist uns allen gemeinsam: wir wollen Welten schaffen, so wirklich wie die Welt, die es gibt, und doch anders. Oder wie die Welt, die es gab. Deshalb können wir nicht planen. Wir wissen, eine Welt ist ein Organismus, keine Maschine. Wir wissen auch, daß eine echt erschaffene Welt unabhängig von ihrem Schöpfer sein muß; eine geplante Welt, die den ihr zugrunde liegenden Plan vollständig enthüllt, ist eine tote Welt. Nur wenn unsere Gestalten und Ereignisse beginnen, sich uns zu widersetzen, beginnen sie zu leben. Als Charles Sarah dort am Klippenrand verließ, befahl ich ihm, sofort nach Lyme Regis zurückzukehren. Er tat es nicht; er drehte sich ohne Grund um und stieg zur Meierei hinab. Na, na, werden Sie sagen – ehrlich gesagt, kam mir erst beim Schreiben der Gedanke, es sei klüger, ihn haltmachen und eine Schale Milch trinken zu lassen . . . und dann sollte er noch einmal Sarah treffen. Das wäre sicher eine Erklärung dessen, was geschah; aber ich kann nur berichten – und bin dabei der zuverlässigste Zeuge –, daß der Gedanke nicht von mir, sondern eindeutig von Charles zu kommen schien. Nicht nur, daß er ein Eigenleben zu führen begann, ich muß das respektieren und alle meine quasi göttlichen Pläne seinetwegen fahrenlassen, wenn ich will, daß er wirklich lebt.

Anders gesagt, um selbst frei zu sein, muß ich ihm und Tina und Sarah, selbst der abscheulichen Mrs. Poulteney, auch ihre Freiheit lassen. Für Gott gibt es nur eine zutreffende Definition: die Freiheit, die es zuläßt, daß es noch andere Freiheiten gibt. Und dieser Definition muß ich mich anpassen.

Der Autor ist ein Gott, weil er schafft; nicht einmal der modernste Avantgarderoman, der alles dem Zufall überläßt, hat es zuwege gebracht, den Autor gänzlich von der Bildfläche verschwinden zu lassen; geändert hat sich nur unser Image. In der viktorianischen Zeit waren wir allwissend und verfügten über alles; im Vorstellungsbild der neuen Theologie ist unser erster Grundsatz Freiheit, nicht Autorität. Habe ich schändlich die Illusion zerstört? Keineswegs. Meine Gestalten existieren noch, in nicht minderer und nicht stärkerer Realität als jener, die ich eben zerstörte. Dichtung ist alles verwoben, wie vor zweieinhalb Jahrtausenden ein Grieche festgestellt hat. Ich finde diese neue Realität oder Irrealität gesünder; ich möchte auch, daß Sie mir darin zustimmen, daß ich diese Geschöpfe meines Geistes nicht vollständig kontrolliere, nicht mehr als Sie Ihre Kinder, Kollegen, Freunde oder sich selbst – mögen Sie sich noch so sehr anstrengen, eine verspätete Auflage von Mrs. Poulteney zu sein. Ist das nicht widersinnig? Ist nicht auch eine Romangestalt entweder »real« oder »imaginär«? Wenn Sie, lieber, in Selbsttäuschung befangener Leser, so denken, kann ich nur lächeln. Sie denken ja nicht einmal über Ihre eigene Vergangenheit als Realität nach; Sie putzen sie auf, vergolden oder schwärzen sie, zensurieren sie, basteln an ihr herum ... machen, mit einem Wort, einen Roman daraus und stellen ihn ins Regal – Ihr Buch. Ihre romanhafte Autobiographie. Wir sind alle auf der Flucht vor der wirklichen Wirklichkeit. Das ist die letzte Definition des homo sapiens. Wenn Sie also der Meinung sind, diese unglückselige Abschweifung (es ist nun einmal Kapitel dreizehn) habc nichts mit Zeit, Fortschritt, Gesellschaft, Entwicklung und all den andern großgeschriebenen Nachtgespenstern zu tun, die hinter den Schauplätzen dieser Erzählung mit ihren Ketten rasseln, dann will ich mit Ihnen nicht streiten. Aber ich werde es Ihnen nicht glauben.

So berichte ich also nur den äußeren Hergang: Sarah weinte in der Dunkelheit, aber sie nahm sich nicht das Leben; trotz des ausdrücklichen Verbots besuchte sie weiterhin Ware Commons. Irgendwie war sie damit schon zum Fenster hinausgesprungen und lebte in einem langen Fall, bis die Nachricht über die schwere Sünde früher oder später Mrs. Poulteney zu Ohren kam. Sarah ging zwar nicht so oft in den Wald wie gewohnt, ein Verzicht, der ihr zunächst durch das nasse Wetter in den folgenden zwei Wochen erleichtert wurde. Sie gebrauchte auch gewisse minimale Vorsichtsmaßregeln militärischer Art. Der Feldweg mündete am Ende in eine kleine Gasse, die ihrerseits nur ein etwas besserer

Feldweg war und im Bogen in ein weites Tal, Ware Valley genannt, hinabführte, wo sie im Weichbild von Lyme auf die Hauptstraße nach Sidmouth und Exeter stieß. In Ware Valley lagen einige anständige Häuser, und deswegen war es ein zum Spazierengehen geeigneter Ort. Glücklicherweise konnte man aber von keinem der Häuser den Treffpunkt von Gasse und Karrenweg überblicken. War sie einmal dort, brauchte sich Sarah nur umzusehen, ob sie allein war. Eines Tages ging sie aus in der Absicht, den Wald aufzusuchen. Als sie die Gasse hinaufging und dem Weg zur Meierei nahe kam, sah sie in einer über ihr gelegenen Kurve zwei Leute daherkommen. Sie ging ihnen gerade entgegen; als sie die Kurve genommen hatte, vergewisserte sie sich, daß das Paar nicht selbst den Weg zur Meierei nahm; dann ging sie das Stück zurück und betrat unbeobachtet ihr Heiligtum.

Sie nahm das Risiko auf sich, andere Spaziergänger auf dem Feldweg zu treffen; immer riskierte sie es, von dem Senn oder seiner Familie gesehen zu werden. Dieser Gefahr entzog sie sich aber, weil sie entdeckt hatte, daß einer der einladenden Pfade, der in das Farnkraut oberhalb des Wegs führte, sie außer Sichtweite der Meierei wieder zu dem den Wald durchquerenden Weg zurückbrachte. Immer hatte sie diesen Pfad benutzt bis zu dem Nachmittag, an dem sie achtlos – wie wir nun feststellen können – sich voll den Blicken der beiden Männer bot.

Der Grund dafür war einfach. Sie hatte sich verschlafen und wußte, daß sie zum Vorlesen zu spät kam. Mrs. Poulteney war für den Abend zum Dinner bei Mrs. Cotton eingeladen; die gewohnte Stunde war vorverlegt worden, um ihr Gelegenheit zur Vorbereitung zu geben. Solche Einladungen waren dem Wesen, wenn auch nicht dem Anschein nach, stets donnernde Zusammenstöße zweier Brontosaurier; schwarzer Samt nahm die Stelle eisenharter Knochenpanzer ein, Bibelsprüche erklangen statt rasend knirschender Zähne; deshalb war die Schlacht nicht weniger starrköpfig und unbarmherzig.

An jenem Nachmittag hatte auch Charles' auf sie niederstarrendes Gesicht sie erschreckt; sie fühlte, wie die Geschwindigkeit ihres Sturzes sich vergrößerte; wenn der grausame Erdboden auf einen zuschießt, wenn der Sturz aus solcher Höhe erfolgt, welchen Sinn haben dann noch Vorsichtsmaßregeln?

14

»Was ich als gute Gesellschaft ansehe, Mr. Eliot, ist ein Kreis von klugen, belesenen Menschen, die sich gewandt zu unterhalten verstehen; das nenne ich gute Gesellschaft.«
»Sie irren«, sagte er sanft, »dies ist nicht gute Gesellschaft; dies ist die beste. Gute Gesellschaft verlangt nur gute Familie, Bildung und Manieren und nimmt es, was die Bildung betrifft nicht allzu genau.«

Jane Austen, *Persuasion*

Reisende, die im Altertum eine griechische Kolonie besuchten, wurden einer strengen Prüfung unterzogen. Ganz so erging es Besuchern von Lyme im neunzehnten Jahrhundert nicht. Charles war nicht gezwungen, von den Stufen der Town Hall eine perikleische Rede plus einer gedrängten Zusammenfassung der Weltnachrichten zu halten. Aber man erwartete, daß sie sich einer Examinierung unterzogen, die darin bestand, daß man sie ins Gespräch verwickelte. Ernestina hatte Charles bereits davor gewarnt, daß er sich nicht besser vorkommen dürfe als ein Tier in der Menagerie und daß er die sturen Blicke und stochernden Regenschirme so gelassen wie möglich hinnehmen solle. So kam es, daß er zwei- bis dreimal in der Woche mit den Damen Besuche abstatten mußte, die Stunden peinigender Langeweile bedeuteten; der einzige Trost war dann immer die kleine Szcne, die mit erfreulicher Regelmäßigkcit nach ihrer Rückkehr in Tante Tranters Haus gespielt wurde. Ernestina pflegte ängstlich in seinen von plattem Geschwätz glasig gewordenen Augen zu forschen und zu fragen: »War es sehr schrecklich? Kannst du mir verzeihen, oder haßt du mich?« Wenn er dann lächelte, warf sie sich in seine Arme, als wäre er auf wunderbare Weise einem Volkstumult oder einer Lawine entgangen. Nun geschah es, daß am Morgen nach Charles' Entdeckungsreise in die Undercliffs ein Lawinenabgang in Marlborough House fällig war. An solchen Besuchen war nichts Unvorhergesehenes, Spontanes. Das konnte auch gar nicht sein, denn in der kleinen Stadt verbreitete sich mit unglaublicher Geschwindigkeit die Nachricht darüber, wer wen besuchte; und dadurch entstand und hielt sich ein unerschütterliches protokollarisches System. Mrs. Poulteneys Interesse an Charles war vermutlich nicht größer als seines an ihr; aber sie wäre tödlich beleidigt gewesen, hätte man ihn nicht in Ketten vor sie geschleppt, damit sie ihren fetten kleinen Fuß auf seinen Nacken setzte – und zwar möglichst bald nach seiner Ankunft, denn je später der Besuch, desto geringer die Ehre.

Diese »Fremden« waren natürlich vor allem Spielmarken in einem Spiel. Die Besuche als solche waren unwichtig, aber welch entzückender Genuß, sie auszuspielen, sobald sie abgestattet waren! »Die gute Mrs. Tranter, sie wollte, daß ich die erste bin, die . . . empfängt« oder »Es wundert mich sehr, daß Ernestina Ihnen noch keinen Besuch abgestattet hat – uns hat sie verwöhnt – schon zwei Einladungen . . .« und »Sicherlich wurde es nur übersehen – Mrs. Tranter ist ja eine so liebe, gute Seele, aber so vergeßlich . . .« Solche Gelegenheiten, bei denen einem das Wasser im Mund zusammenlief, wenn man mit dem Dolch in offenen Wunden herumstochern konnte, hingen freilich von einem Vorrat an »wichtigen« Besuchern wie Charles ab. Darum konnte er seinem Schicksal ebensowenig entgehen wie eine stramme Maus, die einer hungrigen Katze zwischen die Krallen fiel – besser gesagt, ein paar Dutzend hungriger Katzen.

Als Mrs. Tranter und ihre beiden jugendlichen Begleiter an dem Morgen, der auf die Begegnung im Wald folgte, gemeldet wurden, stand Sarah sofort auf, um hinauszugehen. Aber Mrs. Poulteney, die der Gedanke an Jugend und Fröhlichkeit immer verdrießlich machte und die nach einem Abend bei Lady Cotton auf jeden Fall Grund hatte, mehr als verdrießlich zu sein, befahl ihr zu bleiben. Sie betrachtete Ernestina als leichtfertiges junges Frauenzimmer und war gewiß, daß ihr Erwählter eben ein leichtfertiger junger Mann sei; es war sozusagen ihre Pflicht, die beiden in Verlegenheit zu bringen. Außerdem wußte sie, daß solche gesellschaftlichen Anlässe die Sünderin wie ein Büßerhemd kratzten. All das wirkte zusammen. Die Besucher wurden hereingeleitet. Mrs. Tranter rauschte daher, überströmend von Herzlichkeit. Sarah stand scheu und fehl am Platz im Hintergrund; Charles und Ernestina standen ungezwungen auf dem Teppich hinter den beiden älteren Damen, die einander so viele Jahrzehnte kannten, daß eine angedeutete Umarmung unerläßlich war. Hierauf wurde Ernestina vorgestellt und machte eine ganz entfernte Andeutung eines Knickses, ehe sie die königliche Hand ergriff. »Wie geht es Ihnen, Mrs. Poulteney? Sie sehen ausgezeichnet aus.«

»In meinem Alter, Miß Freeman, zählt nur noch geistige Gesundheit.«

»Dann habe ich keine Sorgen Ihretwegen.«

Mrs. Poulteney hätte dieses interessante Thema gern weiterverfolgt, aber Ernestina wandte sich um, Charles vorzustellen, der sich über die Hand der alten Lady beugte. »Es ist mir ein großes Vergnügen, gnädige Frau. Reizendes Haus.«

»Es ist mir zu groß. Ich behalte es nur um meines lieben Mannes willen. Ich weiß, er hätte es gewünscht – er wünscht es.«

Sie starrte über Charles hinweg die Hauptikone des Hauses an, ein Ölbildnis von Frederick aus dem Jahr 1851, zwei Jahre vor seinem Tod. Aus dem Bild erhellte, daß er ein Mann von Weisheit, Christentum, Würde und gutem Aussehen gewesen war – überhaupt, den meisten überlegen. Ein Christ war er sicherlich, würdevoll bis dorthinaus, aber der Maler hatte seine Phantasie spielen lassen und die anderen Eigenschaften dazugemalt. Der längst dahingeschiedene Mr. Poulteney war zwar sehr reich, im übrigen aber eine völlige Null gewesen; die einzige wirklich bemerkenswerte Handlung seines Lebens bestand darin, daß er es verließ. Charles betrachtete dieses Skelett bei Tisch mit geziemender Ehrerbietung. »Ah. Ich verstehe. Selbstverständlich.«

»Seinen Wünschen muß man sich fügen.«

»Sehr richtig.«

Mrs. Tranter hatte schon Sarah zugelächelt und nahm sie nun zum Anlaß, das Friedhofsgespräch zu unterbrechen.

»Meine liebe Miß Woodruff, es freut mich, Sie zu sehen.« Sie ging auf sie zu, drückte ihr die Hand und sah sie mit echter Besorgnis an. In leiserem Ton fügte sie hinzu: »Möchten Sie mich nicht einmal besuchen – wenn die liebe Tina fort ist?« Ein seltsamer Ausdruck huschte sekundenlang über Sarahs Gesicht. Der Computer in ihrem Herzen hatte längst Mrs. Tranter erfaßt und auf Band gespeichert. Jene Reserve, jene Selbständigkeit, die dem Trotz so gefährlich nahe kam und die sie in Mrs. Poulteneys Gegenwart als Maske zu tragen pflegte, fielen für einen Augenblick ab. Sie lächelte, traurig zwar, und nickte unbestimmt: wenn es möglich sei, gern.

Die einleitenden Gespräche nahmen ihren Fortgang. Die beiden jungen Damen verneigten sich kühl voreinander. Charles machte eine Verbeugung. Er beobachtete intensiv, ob das Mädchen sich durch irgend etwas verriet, aber ihre Augen mieden die seinen. Er war neugierig, wie das wilde Tier sich wohl in diesem Gehege verhalten werde, und ihre offensichtlich gänzliche Zahmheit enttäuschte ihn. Mrs. Poulteney ignorierte Sarah vollkommen, außer wenn sie ihr den Auftrag gab, etwas zu bringen oder zu läuten, als die Damen sich für heiße Schokolade entschieden. Auch Ernestina ignorierte Sarah, und daß paßte ihm nicht. Tante Tranter tat ihr möglichstes, das Mädchen ins Gespräch zu ziehen; doch sie saß etwas abseits, ihr Gesicht drückte so etwas wie Leere und Abwesenheit aus, was man ohne weiteres als Zeichen dafür nehmen konnte, daß sie sich ihres untergeordneten Standes bewußt war. Er selbst wandte sich ein- oder zweimal höflich an sie, um von ihr eine Bestätigung seiner Meinung zu erhalten – aber erfolglos. Sie antwortete so knapp wie möglich und vermied es dabei, ihn anzusehen.

Erst gegen Ende der Konversation nahm Charles einen ganz neuen Aspekt der Lage wahr. Ihm wurde klar, daß diese schweigende Demut der Natur des Mädchens geradewegs zuwiderlief; daß sie also eine Rolle spielte und daß diese Rolle darin bestand, daß sie sich von ihrer Herrin hundertprozentig distanzierte, weil sie sie hundertprozentig ablehnte. Mrs. Poulteney und Mrs. Tranter blickten einander jeweils trübselig an und gingen die Themen höflicher Konversation durch – von denen es nicht viele gab, die aber endlos behandelt werden konnten: das Personal, das Wetter, bevorstehende Geburten, Todesfälle und Hochzeiten; Mr. Gladstone und Mr. Disraeli – anscheinend Charles zuliebe, obwohl hier Mrs. Poulteney Gelegenheit nahm, die persönlichen Grundsätze des ersteren und die politischen des anderen scharf zu verurteilen*; weiter die letzte Sonntagspredigt, die Unzulänglichkeit

* Vielleicht muß hier aus Fairneß für die Lady angemerkt werden, daß in jenem Frühling des Jahres 1867 viele ihre völlige Mißbilligung teilten; Mr. Gladraeli und Mr. Dizzystone vollbrachten in jenem Jahr einen schwindelerregenden Balanceakt; wir vergessen nämlich zuweilen, daß die Vorlage der letzten großen Wahlrechtsreform, die im Sommer danach verabschiedet wurde, dem Vater des modernen Konservativismus zu verdanken ist, während der große Liberale sie erbittert bekämpfte. Tories wie Mrs. Poulteney mußten die Erfahrung machen, daß der Führer jener Partei, die sie aus praktisch jedem anderen Grund verabscheuten, sie vor der schrecklichen Möglichkeit bewahren wollte, daß ihre Lakaien dem Wahlrecht einen Schritt näher kamen. In einem seiner Artikel für die New York Daily Tribune bemerkte Marx, in Wirklichkeit verträten die britischen Whigs etwas, »das mit ihren verkündeten liberalen und aufgeklärten Grundsätzen ganz und gar nicht übereinstimmt. So sind sie in der Lage eines Trunkenbolds, der, dem Lord Mayor vorgeführt, erklärt, er vertrete den Grundsatz der Abstinenz, nur aus dem einen oder anderen Zufall sei er sonntags immer betrunken.« Dieser Typ ist bis heute nicht ausgestorben.

der örtlichen Geschäftsleute, und von dort ging es zurück zur Dienerschaft.

Charles lächelte, hob die Brauen und nickte sich durch dieses ihm wohlvertraute Fegefeuer zu, stellte aber fest, daß die schweigsame Miß Woodruff unter dem Gefühl der Schuld schwer zu leiden schien; es war für ihn als geübten Beobachter höchst interessant, daß sie kaum etwas unternahm, dies zu verbergen.

Das war eine gute Wahrnehmung; denn Charles hatte etwas bemerkt, was den meisten in Lyme entgangen war. Aber vielleicht wäre seine Schlußfolgerung nicht über das Stadium eines bloßen Verdachts hinausgekommen, hätte sich nicht die Gastgeberin einen ihrer charakteristischen Poultenismen geleistet.

»Das Mädel, das ich entlassen mußte – es hat Ihnen doch keine Schwierigkeiten mehr gemacht?«

Mrs. Tranter lächelte. »Mary? Ich möchte um alles in der Welt mich nicht von ihr trennen.«

»Mrs. Fairley hat mir erzählt, sie habe sie erst heute morgen mit einer Person sprechen sehen.« Mrs. Poulteney sprach das Wort »Person« aus, wie zwei patriotische Franzosen in der Besatzungszeit »Nazi« sagten. »Eine junge Mannesperson. Mrs. Fairley kannte sie nicht.«

Ernestina sah Charles ernst und vorwurfsvoll an; einen Augenblick dachte er, er selbst sei gemeint, dann verstand er. Und lächelte. »Das war zweifellos Sam. Mein Diencr, gnädige Frau«, fügte er für Mrs. Poulteney hinzu.

Ernestina vermied es, ihn anzusehen. »Ich wollte es dir erzählen. Auch ich habe die beiden gestern miteinander sprechen gesehen.«

»Aber freilich – sollen wir ihnen vielleicht verbieten, miteinander zu sprechen, wenn sie auf der Straße zusammentreffen?«

»Zwischen dem, was in London geduldet werden mag, und dem, was hier als schicklich gilt, liegen Welten. Ich meine, du solltest mit Sam sprechen. Das Mädchen wird nicht streng genug gehalten.«

Mrs. Tranter machte ein beleidigtes Gesicht. »Aber liebe Ernestina . . .? Vielleicht ist sie übermütig, aber ich hatte nie den mindesten Grund . . .«

»Liebste, beste Tante, mir ist ganz klar, daß du sie sehr gern hast.«

Charles hörte den trockenen Ton und kam der angegriffenen Tante zu Hilfe.

»Es wäre mir recht, wenn andere Dienstgeber so freundlich wären. Es gibt für ein glückliches Haus keinen besseren Beweis als ein fröhliches Dienstmädchen am Eingangstor.«

Daraufhin sah Ernestina zu Boden, während sich ihre Lippen vielsagend zusammenzogen. Die gute Mrs. Tranter wurde bei diesem Kompliment ein wenig rot und blickte ebenfalls unter sich. Mrs. Poulteney hatte diesem Kreuzfeuer mit einem gewissen Vergnügen zugehört; sie entschied jetzt, daß ihr Charles in einem Maß mißfiel, daß sie grob zu ihm sein konnte. »Ihre zukünftige Gattin, Mr. Smithson, hat in diesen Dingen ein besseres Urteil als Sie. Ich kenne das Mädchen, von dem die Rede ist. Ich mußte sie entlassen. Wären Sie älter, dann wüßten Sie, daß man in solchen Dingen nicht streng genug sein kann.«

Nun sah auch sie zu Boden. Das war bei ihr das Zeichen dafür, daß sie sich über einen Gegenstand erklärt hatte und daß die Debatte darüber endgültig abgeschlossen sei. »Ich beuge mich Ihrer weit größeren Erfahrung, gnädige Frau.«

Doch sein Ton war unmißverständlich kalt und sarkastisch. Keine der drei Damen sah die anderen an. Mrs. Tranter, weil sie verwirrt war, Ernestina, weil sie sich über sich selbst ärgerte – sie hatte nicht beabsichtigt, Charles einem solchen Verweis auszusetzen und wünschte, sie hätte den Mund gehalten; Mrs. Poulteney, weil sie die war, die sie war. So kam es, daß der Blick, den Sarah und Charles miteinander wechselten, von keiner der Damen bemerkt wurde. Er war nur sehr kurz, aber in ihm lag alles; zwei einander Fremde hatten festgestellt, daß sie einen gemeinsamen Feind besaßen. Zum erstenmal sah sie nicht durch ihn hindurch, sie sah ihn an; und Charles entschied, er werde an Mrs. Poulteney Rache nehmen und Ernestina eine höchst notwendige Lektion in primitiver Menschlichkeit erteilen.

Dabei erinnerte er sich seines vor kurzem erfolgten Waffengangs mit Ernestinas Vater über Charles Darwin. Im Land drängte sich die Bigotterie nur allzusehr in den Vordergrund, und er hatte nicht die Absicht, sie bei dem Mädchen zu dulden, das er im Begriff war zu heiraten. Er würde auch mit Sam sprechen; ja, bei Gott, er würde mit Sam sprechen.

Wie er sprach, werden wir bald sehen. Aber der Tenor dieser Unterredung war faktisch schon vorweggenommen, denn Mrs. Poulteneys »Person« saß zur gleichen Zeit in Mrs. Tranters Haus in der Küche im Untergeschoß.

Sam hatte Mary heute morgen in der Coombe Street tatsächlich getroffen; er hatte unschuldig gefragt, ob die Kohlen zu einer bestimmten Stunde geliefert werden dürften, zu der Stunde, in der, wie er wußte, die beiden Damen in Marlborough House Besuch machten.

Die Unterredung in jener Küche verlief überraschend seriös, ein gut Teil seriöser als jene im Salon der Mrs. Poulteney. Mary lehnte an der großen Anrichte, die hübschen Arme verschränkt, eine Strähne ihres kornblonden Haars hatte sich unter dem Kopftuch selbständig gemacht. Hie und da stellte sie Fragen, doch den Hauptteil der Unterhaltung steuerte Sam bei, allerdings redete er meist zu den gescheuerten Brettern des langen Küchentischs. Nur ganz gelegentlich trafen sich ihre Augen, um wie im Einverständnis sofort wieder scheu wegzusehen.

15

... was die arbeitenden Klassen betrifft, so sind die in der letzten Generation herrschenden wilden Sitten einer alle ergreifenden Sinnlichkeit gewichen ... *Bericht aus dem Bergwerksdistrikt* (1850)

Nur im Glanz tieferer Augen flimmert zuweilen ein Lächeln.
Tennyson, *In Memoriam* (1850)

Am nächsten Morgen sondierte Charles schonungslos das Cockneyherz Sams; dabei übte er aber nicht Verrat an Ernestina, was immer auch bei Mrs. Poulteney vorgefallen war. Nach dem erwähnten Rededuell waren sie bald aufgebrochen, und auf dem Weg zur Broad Street war Ernestina sehr schweigsam gewesen. Dort angekommen, sorgte sie für ein Alleinsein mit Charles und hatte kaum hinter ihrer Tante die Tür geschlossen, als sie in Tränen ausbrach. Die üblichen Selbstbeschuldigungen ließ sie diesmal weg und warf sich gleich in seine Arme. Die erste Meinungsverschiedenheit hatte ihren Liebeshimmel getrübt, und das erschreckte sie: ihr süßer, lieber Charles war von einer ekelhaften alten Frau angefahren worden, nur weil sie in einer Anwandlung die Gekränkte spielte. Nachdem er pflichtgemäß ihren Rücken getätschelt und ihre Augen getrocknet hatte, sprach sie es auch aus. Charles nahm sich zur Rache von jedem ihrer nassen Augenlider einen Kuß und hatte ihr schon verziehen.

»Und nun, süße, dumme Tina, warum sollen wir anderen mißgönnen, was uns beide so glücklich gemacht hat? Wenn dieses böse Mädchen und mein schuftiger Sam sich ineinander verliebt haben, was dann? Sollen wir sie mit Steinen bewerfen?«

Sie lächelte von ihrem Sessel zu ihm auf. »Das kommt davon, wenn man sich wie ein Erwachsener benehmen will.«

Er kniete neben ihr nieder und nahm ihre Hand. »Liebes Kind. Das wirst du immer für mich bleiben.« Er küßte sie dafür aufs Haar.

»Achtundachtzig Tage«, murmelte sie. »Ich kann den Gedanken nicht ertragen.«

»Laß uns durchgehen. Auf nach Paris.«

»Aber Charles . . . wie schlimm du bist.«

Sie hob den Kopf, und er küßte sie auf die Lippen. Sie sank zurück in die Sesselecke, ihre Augen waren naß, sie errötete, ihr Herz schlug so schnell, daß sie ohnmächtig zu werden meinte; sie war zu schwach für einen solchen Wechsel der Gefühle. Er zog ihre Hand wieder an sich und drückte sie spielerisch.

»Wenn uns jetzt die ehrenwerte Mrs. P. sähe?«

Sie bedeckte das Gesicht mit den Händen und begann zu lachen. Es war ein unterdrücktes Kichern, das sich auf Charles übertrug, ihn zwang, aufzustehen und zum Fenster zu treten, um den Schein der Würde zu wahren. Aber er konnte sich nicht helfen, er mußte zurückblicken und sah ihre Augen, wie sie durch die Finger auf ihn schauten. Wieder klang unterdrücktes Lachen durch das Zimmer. Beide kamen zur gleichen Einsicht: daß die Zeit ihnen wundervolle Freiheiten schenkte; wie wunderbar es war, zu den durchaus modernen jungen Leuten zu gehören, mit einem durchaus modernen Sinn für Humor, tausend Jahre weg von . . . »Oh, Charles . . . oh, Charles . . . erinnerst du dich an die frühkretische Lady?«

Das brachte sie von neuem in Fahrt und die arme Mrs. Tranter völlig durcheinander, die draußen auf glühenden Kohlen stand, weil sie glaubte, ein Streit sei im Gang. Zuletzt faßte sie sich ein Herz und betrat das Zimmer, um vielleicht zu schlichten. Tina lief, noch immer lachend, auf sie zu und küßte sie auf beide Wangen.

»Liebes, liebes Tantchen. Du bist nicht zu nachsichtig. Ich bin ein fürchterliches, verwöhntes Kind. Und mein grünes Ausgehkleid mag ich auch nicht. Darf ich es Mary schenken?«

So kam es, daß Ernestina noch am gleichen Tag ernsthaft in Marys Gebet aufgenommen wurde. Ich weiß nicht, ob das Gebet erhört wurde, denn statt als fromme Beterin nach ihrer Andacht sofort ins Bett zu gehen, konnte Mary der Versuchung nicht widerstehen und pobierte ein allerletztes Mal das grüne Kleid. Sie konnte sich zwar nur im Licht einer Kerze betrachten, aber Kerzenlicht hat eine Frau noch nie verschmäht. Ihr langes, goldblondes Haar, das Gesicht in scheuem Entzücken, überrascht von dem Anblick . . .

»Sam, ich habe mich entschlossen, mich von dir zu trennen.«

Sams Gesicht konnte Charles nicht sehen, er hatte die Augen geschlossen, denn er wurde rasiert. Aber das plötzliche Innehalten des Rasiermessers bewies, daß der beabsichtigte Schock in ausreichendem Maß eingetreten war. »Du kannst nach Kensington zurückgehen.« Eine Stille trat ein, die das Herz eines weniger sadistisch veranlagten Herrn gerührt hätte. »Du sagst gar nichts?«

»Ja, Sir. Werde dort glücklicher sein.«

»Ich habe festgestellt, daß du nichts Gutes im Schilde führst. Daß das deiner natürlichen Veranlagung entspricht, weiß ich sehr wohl. Aber ich ziehe es vor, dich deine Vorhaben in London ausführen zu lassen. Das ist für solche, wie du einer bist, besser.«

»Ich hab doch gar nix getan, Mr. Charles.«

»Außerdem möchte ich dir den Anblick dieses frechen Mädchens von Mrs. Tranter ersparen.« Sam atmete hörbar. Charles öffnete vorsichtig ein Auge. »Ist das nicht nett von mir?« Sam starrte mit steinernem Gesicht über den Kopf seines Herrn hinweg. »Sie hat sich hentschuldigt. Ich hab die Hentschuldigung hangenommen.«

»Was? Von einem Milchmädchen? Unmöglich.«

Rasch mußte Charles sein Auge schließen, um nicht einen Rasierpinsel voller Seifenschaum draufzukriegen.

»Es war Hunwissenheit, Mr. Charles. Bloße Hunwissenheit.«

»Ich sehe. Dann stehen die Dinge also noch schlimmer, als ich dachte. Du mußt wirklich hier weg.« Aber Sam hatte genug abbekommen. Er ließ die Seifenschale stehen, bis Charles die Augen öffnete und nachsah, was vorging. Was vorging, war dies, daß Sam in einem Anfall von Bockigkeit dastand oder jedenfalls so tat, als bocke er.

»Na, was ist los? Jetzt will ich die Wahrheit wissen. Gestern wolltest du die junge Dame nicht mit einer Bootsstange anrühren. Leugnest du das?«

»Sie hat mich erausgefordert.«

»Ach, aber wer ist das primum mobile? Wer hat angefangen?« Aber nun sah Charles, daß er zu weit gegangen war. Das Rasiermesser zitterte in Sams Hand, nicht weil dieser Mordabsichten hatte, sondern weil er seinen Ärger unterdrückte. Charles griff hin, nahm es ihm aus der Hand und zeigte damit auf ihn.

»In vierundzwanzig Stunden, Sam? In vierundzwanzig Stunden?« Sam begann, den Waschtisch mit dem Handtuch zu bearbeiten, das für Charles' Gesicht bestimmt war. Es war still. Endlich begann er mit unterdrückter Stimme zu sprechen.

»Wir sind keine Pferde. Wir sind Menschen.«

Charles begann zu lächeln, stand auf und ging zu seinem Diener hin. Er trat hinter ihn und drehte ihn an der Schulter herum.

»Sam, ich muß mich entschuldigen. Aber du wirst zugeben, daß deine bisherigen Beziehungen zu dem schönen Geschlecht mich auf Derartiges nicht vorbereitet haben.« Sam sah beschämt zu Boden. Sein früherer Zynismus war ihm vergangen. »Nun, es mag Spaß machen, dieses Mädel – wie heißt sie? – Mary? – diese reizende Miß Mary zu necken und von ihr geneckt zu werden. Aber – laß mich ausreden – ich habe gehört, daß sie ein liebes, vertrauensvolles Geschöpf ist. Ich will nicht, daß ihr das Herz gebrochen wird.«

»Da können Sie mir die Harme abhacken, Mr. Charles!«

»Schön. Ich glaube dir, auch ohne Amputation. Aber du gehst nicht mehr zu jenem Haus und sprichst die junge Frau nicht auf der Straße an, bevor ich mit Mrs. Tranter gesprochen und festgestellt habe, ob sie deine Aufmerksamkeiten erlaubt.«

Da hob Sam seine gesenkten Augen und sah seinen Herrn an; er grinste kläglich, wie ein sterbender junger Soldat, der seinem Offizier zu Füßen liegt.

»Ich bin ein hirnverbrannter Idiot, Sir. Ich bin ein hoffnungsloser Idiot.«

16

Im Glanz ihrer Jugend und Schönheit sang Maud
Vom Tod und vom Ruhm, der nie vergeht,
Bis ich endlich so weit war, elendig zu weinen,
So mutlos war ich und klein. Tennyson, *Maud* (1855)

Niemals, glaub mir, wußte ich von den Gefühlen zwischen Mann und Frau,
Bis beim Schlendern durch Felder, in Ferien, die jetzt sinnlos erscheinen
beim »langen und lustlosen« Schlendern, wie Tennyson sagt,

Langen und lustlosen Schlendern, sinnlos vertaner Jünglingszeit
Mein Blick zufällig seitwärts auf ein Mädchen fiel, haubenlos, hutlos.
A. H.Clough, *The Bothie of Tober-na-Vuolich* (1848)

Fünf ereignislose Tage vergingen. Charles bot sich keine Gelegenheit, seine Erforschung der Undercliffs fortzusetzen. Einmal gab es einen langen Ausflug nach Sidmouth; an den übrigen Tagen gab es morgens Besuche oder andere, erfreulichere Zerstreuungen wie Bogenschießen, was damals unter den jungen Engländerinnen große Mode war; die dunkelgrüne Kulisse war so kleidsam, es war so hübsch, wenn die gut dressierten Herren gingen, um die Pfeile von der Zielscheibe zu holen (wo freilich, wie ich fürchte, jene der kurzsichtigen Ernestina selten landeten) und dann mit netten Späßen über Cupido, Herzen und Maid Marian zurückkehrten. An den Nachmittagen ließ er sich meist von Ernestina überreden, zu Hause zu bleiben; man hatte sehr ernsthafte Haushaltsangelegenheiten zu besprechen; das Haus in Kensington war viel zu klein, und das Haus in Belgravia, das sie vielleicht beziehen würden, ging erst in zwei Jahren in Charles' Besitz über. Nach dem kleinen Zwischenfall schien Ernestina wie ausgewechselt. Sie war zu Charles ganz Untertänigkeit, pflichtbewußt-weiblich, so daß er klagte, er beginne, sich wie ein türkischer Pascha zu fühlen – und sie wenig originell bat, sie möge ihm doch ab und zu widersprechen, damit er nicht vergesse, daß sie eine christliche Ehe zu führen gedächten.

Einesteils trug Charles diese plötzliche Respektierung jedes seiner Wünsche mit Humor. Er war klug genug, um einzusehen, daß bei Ernestina das Überraschungsmoment wirksam war; bis zu der unbedeutsamen Meinungsverschiedenheit hatte sie wahrscheinlich mehr an die Hochzeit als an den Ehestand gedacht; jetzt hatte sie den Mann und auch den Stand kennengelernt. Dennoch war Charles eigentlich dieser Umstellung von Trockenheit auf Feuchte manchmal etwas überdrüssig. Es gefiel ihm, wenn von ihm Aufhebens gemacht wurde, wenn man ihn zu Rate zog, sich ihm beugte. Welchem Mann gefällt das nicht? Aber hinter ihm lagen Jahre eines sehr freien Junggesellendaseins, und in seiner Art war auch er ein schrecklich verwöhntes Kind. Es befremdete ihn, daß die Morgen nicht mehr ihm gehörten; daß ein Plan für den Nachmittag irgendeiner Marotte von Tina geopfert werden mußte. Natürlich war es seine Pflicht, zurückzustehen. Man erwartete das von Ehemännern, darum mußte er es tun – ebenso wie er schweres Flanellzeug und Nagelschuhe tragen mußte, wenn er aufs Land ging. Und die Abende erst! Jene Stunden unter Gasbeleuchtung, die ausgefüllt werden mußten, ohne daß einem Kino oder Fernsehen zu Hilfe kamen. Für jene, die sich ihr Brot verdienen mußten, war das kein schweres Problem: wenn du einen Zwölfstundentag hinter dir hast, ist das Problem, was du nach dem Nachtessen anfangen sollst, schnell gelöst. Aber die armen Reichen! Sie hatten jede Freiheit, die Abendstunden für sich zu verbringen, aber die Konvention forderte, daß sie sich in Gesellschaft langweilten. Wir wollen Charles und Ernestina bei der Überwindung einer solchen Durststrecke begleiten. Tante Tranter sind sie wenigstens los, denn die edle Lady ist fortgegangen, um den Tee bei einer kranken alten Jungfer in der Nachbarschaft zu nehmen, die in allem, bis auf Aussehen und Lebensgeschichte, ein getreues Ebenbild ihrer selbst ist.

Charles rekelt sich anmutig auf dem Sofa, zwei Finger liegen an seiner Wange, zwei andere und der Daumen unter dem Kinn; der Ellenbogen liegt auf der Armlehne des Sofas, und er blickt ernst über den Axminsterteppich auf Tina, die liest. In der linken Hand hält sie ein Büchlein, in rotes Marocain gebunden, in der rechten den Fächer, das ist ein Gegenstand wie ein langgezogener Pingpongschläger, mit gesticktem Satin bedeckt und an den Ecken mit kastanienbraunen Borten eingefaßt. Er soll verhindern, daß die Hitze der im Kamin prassselnden Kohlen die keusche Blässe des Teints rötet. Sie schlägt etwas unregelmäßig den Takt zu dem sehr regelmäßigen Versmaß des erzählenden Gedichts, das sie vor sich hat.

Es ist ein Bestseller aus den sechziger Jahren des vorigen Jahrhunderts: »The Lady of La Garaye« von der ehrenwerten Mrs. Caroline Norton. Niemand Geringerer als »The Edinburgh Review« urteilte darüber: »Das Gedicht ist die reine, zarte, rührende Erzählung von Schmerz, Sorge, Liebe, Pflicht, Frömmigkeit und Tod« – eine Perlenschnur von Schlüsseladjektiven und Schlüsselsubstantiven der mittleren viktorianischen Ära, so hübsch, wie man nur eine finden kann (und viel zu schön, als daß ich sie hätte erfinden können, möchte ich hinzufügen). Man denkt vielleicht, Mrs. Norton sei irgendeine fade Dichterin jener Zeit gewesen; ihre Verse sind fad, wie wir gleich sehen werden, aber sie selbst war von Fadheit weit entfernt. Einmal war sie die Enkelin Sheridans; man sagt, sie sei Melbournes Geliebte gewesen – ihr Gatte hatte dem Gerücht jedenfalls so viel Glauben geschenkt, daß er den erfolglosen Versuch unternahm, dem großen Staatsmann einen Strafprozeß an den Hals zu hetzen; sie war eine glühende Frauenrechtlerin, heute würden wir sie als freisinnig bezeichnen.

Die Titelheldin ist die lebenssprühende Gattin eines lebenssprühenden französischen Edelmanns, die durch einen Jagdunfall zum Krüppel geworden ist und den Rest ihres äußerst traurigen Lebens mit der Verrichtung guter Werke zubringt – nützlicherer als jene der Lady Cotton, denn sie gründet ein Spital. Die Geschichte spielt zwar im 17. Jahrhundert, ist aber offensichtlich eine Lobrede auf Florence Nightingale. Diesem Umstand verdankt das Gedicht auch seine tiefe Wirkung auf so manches Frauenherz jenes Jahrzehnts. Wir Späteren sehen die großen Reformer, wie sie über starken Widerstand oder grenzenlose Gleichgültigkeit triumphieren. Sicher hatte die Lady mit der Lampe gegen Widerstände und Apathie zu kämpfen; aber auch in der Sympathie ist ein Element enthalten, das, wie ich anderswo ausführte, ebenso hinderlich sein kann. Es war bei weitem nicht das erste Mal, das Ernestina das Buch las; manche Stellen daraus wußte sie fast auswendig. Jedesmal, wenn sie es las – diesmal offenbar deshalb, weil Fastenzeit war –, fühlte sie sich erhoben und gereinigt, in ihrem jungen Frauentum geläutert. Ich muß hier allerdings ergänzen, daß sie ihren Fuß noch nie in ihrem Leben in ein Spital gesetzt oder einen kranken Häusler gepflegt hatte. Natürlich hätten das ihreEltern gar nicht erlaubt; doch sie hatte auch gar nicht daran gedacht, je so etwas zu tun.

Nun ja, werden Sie sagen, die Frauen waren damals eben an ihr Los gefesselt. Rufen Sie sich bitte das Datum jenes Abends in Erinnerung: es war der 6. April 1867. Nur eine Woche vorher hatte John Stuart Mill in einer der frühen Parlamentsdebatten über die Wahlrechtsreform Gelegenheit gehabt zu erklären, daß jetzt die Zeit gekommen sei, den Frauen das gleiche Recht an den Wahlurnen einzuräumen. Der Antrag wurde mit 196 zu 73 Stimmen abgelehnt. Disreali, der alte Fuchs, enthielt sich der Stimme. Sein tapferer Versuch wurde von den Durchschnittsmännern belächelt, vom »Punch« mit schallendem Gelächter begrüßt; eine Karikatur zeigte eine Gruppe von Männern, die einen weiblichen Minister bestürmen, ha, ha, ha, wie lustig. Eine betrübliche Mehrheit gebildeter Frauen reagierte mit mißbilligendem Stirnrunzeln, weil sie darauf bestanden, ihren Einfluß weiterhin am besten von ihrem Herd aus geltend zu machen. Nichtsdestoweniger ist der 30. März 1867 das Datum, von dem an wir den Beginn der Frauenemanzipation in England rechnen dürfen; ganz können wir Ernestina nicht entlasten, die nur gekichert hatte, als ihr Charles den »Punch« der vergangenen Woche zeigte.

Aber wir sind vom Abend in einem viktorianischen Heim ausgegangen. Dorthin wollen wir zurückkehren. Lauschen Sie nun. Charles starrt auf Ernestinas ernstes Gesicht, seine angemessen feierlich blickenden Augen drücken leichten Stumpfsinn aus.

»Soll ich weiterlesen?«

»Du liest ganz wunderbar –«

Sie räuspert sich zart, hebt wieder das Buch hoch. Eben hat der Jagdunfall stattgefunden: der Herr von La Garaye kommt seiner gestürzten Gattin zu Hilfe.

»Er teilt die Fülle ihres goldnen Haars
Er hebt sie auf, voll Schrecken, hilflos
Und leeren Blicks sieht er ihr ins Gesicht
Sie stirbt – der Liebling seines Herzens stirbt!«

Ernestinas Augen huschen ernst zu Charles. Er hat die Augen geschlossen, als wolle er sich die tragische Szene vergegenwärtigen. Er nickt feierlich, er ist ganz Ohr. Ernestina fährt fort:

»Unter diesem furchtbaren Gedanken konnte man sein Herz wie eine gewaltige Uhr ticken hören.

Dann wird der starke Pulschlag schwächer und bleibt stehen, da er mit plötzlichem Schauer sich von der Furcht befreit sieht, denn von ihren blassen Lippen kommt es leise und zitternd: ›O Claudius!‹ sagte sie – nicht mehr. Aber niemals seit ihrer ersten Begegnung in all den glücklichen Tagen hatte sein Herzblut so inbrünsting wie jetzt gelobt: ›Sie ist mein Ein und Alles‹.«

Die letzte Zeile hat sie mit besonderer Betonung gelesen. Wieder sieht sie Charles an. Noch sind seine Augen geschlossen, doch er ist offenbar zu bewegt, um auch nur nicken zu können. Sie schöpft etwas Atem, ihre Augen ruhen noch immer auf ihrem ernst zurückgelehnten Verlobten. Sie liest:

»O Claudius, der Schmerz! O Gertrude, meine Geliebte! Da ging über ihre Lippen ein fahles Lächeln, das ohne Worte davon sprach, daß seine Stimme sie getröstet hatte – Du bist eingeschlafen, du häßlicher Hammelknochen!«

Stille. Charles macht ein Gesicht wie auf einem Begräbnis.

Wieder ein Atemzug, ein wilder Blick der Leserin.

»Ach, glücklich die, die in ihrem Gram und Schmerz nicht vergeblich nach einem vertrauten Gesicht suchen – CHARLES!«

Mit einem Mal wird der Gedichtband zum Wurfgeschoß, das

an Charles' Schulter abprallt und hinter dem Sofa auf dem Fußboden landet.

»Ja?« Er sieht, wie Ernestina aufgesprungen ist, die Hände in die Hüften gestemmt – sehr ungewöhnlich. Er richtet sich auf und murmelt: »Ach, Liebste.«

»Sie sind ertappt, mein Herr. Sie haben keine Entschuldigung.«

Doch Charles mußte sich ausreichend entschuldigt oder Buße getan haben; schon beim nächsten Lunch besaß er den Mut, sich zu beklagen, als Ernestina zum neunzehnten Mal vorschlug, die Einrichtung seines Studierzimmers in dem noch nicht gefundenen Haus zu besprechen. Es war nicht das geringste Opfer, das Charles zu bringen hatte, daß er seine sehr bequeme kleine Wohnung in Kensington aufgeben mußte, und er konnte es kaum ertragen, daß man ihn so oft daran erinnerte. Tante Tranter setzte sich für ihn ein, und daher wurde ihm ein freier Nachmittag für sein »elendes Wühlen« in den Steinen zugebilligt.

Sofort wußte er, wohin er gehen wollte.Als er die Geliebte des französischen Leutnants auf dem wilden Felsvorsprung fand, hätte er an alles andere als daran gedacht; kurz vorher war ihm aufgefallen, daß am Fuß der kleinen Steilwand, deren abgeflachte Kuppe die Wiese bildete, ansehnliche Haufen von Kieselschutt lagen. Das war es, was ihn an jenem Nachmittag veranlaßte, den Ort aufzusuchen. Die neue Wärme zwischen ihm und Ernestina, die Vertiefung ihrer Liebe, hatte höchstens einen ganz flüchtigen Gedanken an die Gesellschafterin der Mrs. Poulteney bei ihm aufkommen lassen.

Als er jedoch die Stelle erreichte, an der er sich durch das Brombeergestrüpp hindurchzuarbeiten hatte, erinnerte er sich ihrer wieder ganz deutlich; er sah in aller Lebhaftigkeit das Bild vor sich, wie sie an jenem Tag im Gras gelegen war. Aber als er den Rasen überquert und einen Blick über den Abhang getan hatte, fand er ihn leer. Und er vergaß sie bald. Er fand einen Weg zum Fuß der Wand hinunter und begann, im Geröll nach seinen Gesteinsproben zu suchen. Der Tag war kälter als das letzte Mal. Es herrschte richtiges Aprilwetter, Sonne und Bewölkung wechselten in rascher Folge miteinander ab, doch der Wind kam von Norden. Deshalb war es am Fuß der nach Süden schauenden Wand angenehm warm; noch wärmer wurde ihm, als er ein ausgezeichnetes Exemplar, anscheinend einen frischen Bruch aus dem Muttergestein, zu seinen Füßen liegen sah.

Nach weiteren vierzig Minuten mußte er sich freilich eingestehen, daß ihm das Glück, wenigstens im Kies am Fuß der Wand, nicht mehr hold war. Er erreichte wieder das Rasenstück und ging nun auf den Pfad zu, der in den Wald zurückführte. Da bewegte sich etwas Dunkles vor ihm! Sie war auf halber Höhe des steilen kleinen Pfades ganz damit beschäftigt, sich von einer widerspenstigen Brombeerranke loszumachen, und hörte darum Charles' Schritt auf dem weichen Rasen nicht. Bei ihrem Anblick blieb er stehen. Der Pfad war schmal, und sie hatte das Vorrecht. Aber dann sah sie ihn. Sie standen etwa fünf Meter voneinander entfernt, beide natürlich überrascht, wenn auch mit völlig verschiedenem Gesichtsausdruck. Charles lächelte; Sarah starrte ihn mit tiefem Mißtrauen an.

»Miß Woodruff!«

Sie nickte unmerklich und schien zu zögern, als würde sie, wenn möglich, am liebsten weitergehen. Dann aber bemerkte sie, daß er ihr Platz machte, und versuchte, eilig an ihm vorbeizukommen. Dabei glitt sie an einer tückischen Stelle des schlammigen Pfades aus und fiel auf die Knie. Er sprang hinzu und half ihr auf; jetzt war sie ganz und gar ein wildes Tier; sie konnte ihn weder ansehen noch ein Wort hervorbringen und zitterte.

Er stützte mit der Hand ihren Ellbogen und führte sie sehr behutsam bis zu dem ebenen Rasenplatz über dem Meer. Sie trug den gleichen schwarzen Mantel, das indigoblaue Kleid mit dem weißen Kragen. Aber war es ihr Ausgleiten, daß er ihren Arm hielt oder die kühle Luft, ich weiß es nicht; doch die Haut ihres Gesichts war von einem kräftig rosigen Schmelz bedeckt, der wunderbar zu ihrem wilden, scheuen Benehmen paßte. Der Wind hatte ihr Haar ein wenig zerzaust, und sie hatte etwas von einem Knaben an sich, der beim Äpfelstehlen erwischt wurde . . . sie war schuldig, aber nicht gedemütigt. Auf einmal sah sie Charles an, mit einem raschen, seitlich nach aufwärts gerichteten Blick ihrer ein wenig hervorstehenden dunkelbraunen Augen mit dem reinen Weiß: Der Blick war furchtsam und abweisend zugleich. Er ließ ihren Arm los.

»Ich bin in Sorge, Miß Woodruff, bei dem Gedanken, was geschehen würde, wenn Sie sich eines Tages an einem Ort wie diesem den Knöchel verrenkten.

»Das macht nichts.«

»Aber es wird sicher etwas ausmachen, mein liebes junges Fräulein. Da Sie mich in der vorigen Woche darum ersuchten, nehme ich an, daß Sie nicht wünschen, daß Mrs. Poulteney etwas von Ihrer Anwesenheit erfährt. Gott behüte, daß ich Sie nach den Gründen frage. Aber ich muß darauf hinweisen, daß ich bei einem Unfall der einzige in Lyme bin, der die Helfer zu Ihnen führen könnte. Ist es nicht so?«

»Sie weiß es. Sie würde es erraten.«

»Sie weiß, daß Sie hierher kommen – ausgerechnet hierher?«

Sie starrte auf den Rasen, sie schien nicht bereit zu sein, auf weitere Fragen zu antworten; es war, als bäte sie ihn zu gehen. Aber etwas in ihrem Gesicht, das Charles nun aus der Nähe im Profil betrachten konnte, ließ ihn den Entschluß fassen, nicht zu gehen. Er stellte jetzt fest, daß alles in diesem Gesicht sich den Augen unterordnete. Aus ihnen sprachen unverhohlen Intelligenz und geistige Unabhängigkeit; auch die stillschweigende Ablehnung jedes Mitleids; die Entschiedenheit, die zu sein, die sie war. Damals waren zarte, geschwungene Augenbrauen in Mode, doch die Sarahs waren dicht, zumindest ungewöhnlich dunkel, fast in der Farbe ihres Haars. Daher schienen sie dicht und machten gelegentlich, daß sie wie ein Wildfang aussah. Nicht daß ihr Gesicht jenem maskulinen Typ, massig, mit schwerem Kinn angehört hätte, wie er unter Eduard VII. populär wurde – dem Typ der Gibson Girls. Es war wohlgebildet und vollkommen weiblich; die unterdrückte Lebendigkeit ihrer Augen paßte zur unterdrückten Sinnlichkeit ihres Mundes, der breit war und wiederum nicht dem herrschenden Geschmack entsprach, der zwischen kleinen, fast lippenlosen und kindlichen Herzmündern hin- und herschwankte. Wie die meisten Männer seiner Zeit stand Charles etwas unter dem Einfluß von Lavaters Physiognomik. Er beobachtete diesen Mund und ließ sich nicht durch die Tatsache täuschen, daß er unnatürlich zusammengepreßt war.

Jener eine lodernde Blick aus den dunklen Augen hatte bestimmte Erinnerungen in Charles wachgerufen; aber sie stammten nicht aus England. Solche Gesichter ließen ihn an Ausländerinnen denken – um offen zu sein (viel offener, als er sich selbst gegenüber gewesen wäre), an ausländische Betten. Damit traten seine Beobachtungen über Sarah in ein neues Stadium. Hatte er zunächst festgestellt, daß sie intelligenter und selbständiger war, als sie schien, so spürte er jetzt dunkleren Eigenschaften nach.

Den meisten seiner Zeitgenossen in England wäre eine so eingehende Erfassung von Sarahs wahrem Wesen abstoßend erschienen; sie stieß auch Charles ab, doch nur ganz schwach – ein wenig schockierte sie ihn. Mit seinen Zeitgenossen hatte er hinreichend viele Vorurteile gemeinsam, um Sinnlichkeit in jeder Gestalt zu mißtrauen; aber darin, daß sie mit Hilfe einer jener schrecklichen Gleichungen, die auf Geheiß des Überich aufgestellt werden, Sarah so ungefähr dafür verantwortlich machten, daß sie als Weib geboren wurde, folgte er ihnen nicht. Dies dürfen wir seinen wissenschaftlichen Hobbies danken. Die klügeren Gegner des Darwinismus hatten erkannt, daß dieser die Schleusen für wesentlich Ernsteres öffnete als für die Unterminierung des biblischen Berichts von der Erschaffung des Menschen; die letzten Schlußfolgerungen aus dieser Lehre zielten in die Richtung desDeterminismus und Behaviorismus, also auf eine Philosophie, für die Moral Heuchelei und Pflicht ein Strohhalm im Orkan ist. Damit will ich nicht sagen, daß Charles Sarah völlig entlastete; aber er war viel weniger geneigt, sie zu tadeln, als sie sich das vorstellte.

Das eine waren also die wissenschaftlichen Hobbies ... aber Charles besaß auch den Vorteil, einen Roman gelesen zu haben, der etwa zehn Jahre früher in Frankreich erschienen war. Die Lektüre besorgte er größtenteils geheim, denn das Buch stand wegen seiner Obszönität auf dem Index; in seinen Voraussetzungen war der Roman – es war die berühmte *Madame Bovary* – durchaus deterministisch. Und als er auf das Gesicht neben sich niederblickte, sprang ihn aus dem Nichts plötzlich der Name Emma Bovary an. Solche Gedankenverbindungen sind Erkenntnis und Versuchung zugleich. So kam es, daß er sich nicht verbeugte und zurückzog.

Endlich begann sie zu sprechen.

»Ich wußte nicht, daß Sie hier sind.«

»Wie wäre das möglich gewesen?«

»Ich muß zurück.«

Sie wandte sich um. Aber er sprach schnell auf sie ein.

»Wollen Sie mir gestatten, zuvor etwas auszusprechen? Etwas, wozu ich, Ihnen und Ihren Verhältnissen fremd, vielleicht nicht das Recht habe?«

Ihr Kopf war geneigt, sie drehte ihm den Rücken. »Darf ich fortfahren?«

Sie schwieg. Er zögerte einen Augenblick, dann sagte er: »Miß Woodruff, ich kann nicht leugnen, daß über Sie in meiner Gegenwart gesprochen wurde ... von Mrs. Tranter. Was ich wünsche, ist zu sagen, daß mit Sympathie und Güte gesprochen wurde. Sie nimmt an, daß Sie in Ihrer jetzigen Stellung nicht glücklich sind. Mir wurde zu verstehen gegeben, daß Sie diese mehr aus Zwang der Umstände als aus wahrer Neigung angenommen haben. Mrs. Tranter kenne ich erst seit ganz kurzer Zeit. Aber ich zähle es nicht zu den geringsten Vorrechten, die meine bevorstehende Heirat mir verschaffen, daß ich dadurch einer Dame von solcher Herzensgüte begegnet bin. Ich will zur Sache kommen. Ich bin gewiß –«

Er brach ab, weil sie sich rasch nach den Bäumen hinter ihnen umgesehen hatte. Ihre schärferen Ohren hatten einen Laut vernommen, das Brechen eines Zweiges. Ehe er noch fragen konnte, was denn los sei, hörte auch er die leisen Stimmen zweier Männer. In diesem Augenblick hatte sie schon gehandelt, ihr Kleid zusammengerafft und war über den Rasen vielleicht dreißig Meter in östlicher Richtung gegangen. Dort verschwand sie hinter einem Stechginsterstrauch, der über den Rasen hing. Charles stand wie angenagelt, ein stummer Teilhaber ihrer Schuld.

Die Stimmen der Männer kamen näher. Er mußte handeln; er tat ein paar Schritte in die Richtung, wo der Seitenpfad durch die Brombeeren heraufkam, und das war gut so. Denn gerade als er des unteren Pfads ansichtig wurde, tauchten zwei Gesichter auf, die emporsahen; beide zeigten große Bestürzung. Die Männer hatten offenbar den Pfad gehen wollen, auf dem er stand. Er öffnete den Mund, um sie zu grüßen, aber die Gesichter verschwanden mit erstaunlicher Geschwindigkeit. Er hörte ein gezischtes »Schnell das Gewehr, Jem!« und den Klang eiliger Fußtritte. Einige Augenblicke später ein durchdringender, leiser Pfiff und das aufgeregte Winseln eines Hundes. Dann Stille.

Er wartete noch eine Minute, bis er sicher war, daß sie sich entfernt hatten. Dann ging er zu dem Ginsterstrauch hinüber. Sie hatte sich ganz an die Seite, in die spitzen Nadeln gedrückt, ihr Gesicht war abgewandt.

»Sie sind fort. Zwei Wilddiebe, glaube ich.«

Sie nickte, vermied aber noch immer seine Augen. Der Ginster stand in voller Blüte, die kadmiumgelben Blüten verdeckten beinahe das Grün. Ihr honigartiger Duft erfüllte die Luft.

Er sagte: »Ich glaube, das war nicht notwendig.«

»Kein Gentleman, der auf seinen Ruf hält, kann sich mit der Scharlachdame von Lyme sehen lassen.«

Ein weiterer Schritt – denn in ihrer Stimme klang Bitterkeit. Er lächelte zu ihrem abgewandten Gesicht hin.

»Ich denke, das einzige, das an Ihnen scharlachrot ist, sind Ihre Wangen.«

Es war, als ob er ein ins Joch gespanntes Tier marterte. Dann drehte sie sich wieder weg.

Charles sagte sanft: »Bitte, mißverstehen Sie mich nicht. Ich beklage Ihre unglückselige Situation ebenso, wie ich Ihre Diskretion im Hinblick auf meinen Ruf achte. Aber für das Urteil von Personen wie Mrs. Poulteney ist das gleichgültig.«

Sie rührte sich nicht. Lächelnd, im Bewußtsein seiner Reisen, seiner Belesenheit, seiner Kenntnisse von der großen Welt, fuhr er fort: »Meine liebe Miß Woodruff, ich habe manches vom Leben gesehen. Ich habe darum ein feines Gespür für bigotte Leute, für jede Art Schau, die sie aus ihrer Frömmigkeit für die Welt machen. Wollen Sie jetzt bitte Ihr Versteck verlassen? An unserem zufälligen Zusammentreffen ist nichts Unschickliches. Sie müssen mir jetzt erlauben, das, was ich vorhin begonnen habe, zu vollenden.«

Er trat zur Seite, und sie kam wieder auf den kurzen Rasen hinaus. Ihre Wimpern waren naß. Er zwang ihr seine Gegenwart nicht auf, sondern stellte sich beim Sprechen einen Meter weit hinter sie.

»Mrs. Tranter würde gerne – brennt darauf, Ihnen zu helfen, wenn Sie den Wunsch haben, Ihre Situation zu verändern.«

Ihre einzige Antwort bestand in einem Kopfschütteln.

»Jedem kann geholfen werden . . . der Mitgefühl in anderen erregt.« Er machte eine Pause. Der scharfe Wind ergriff eine ihrer Haarsträhnen und wehte sie nach vorn. Mit einer nervösen Bewegung strich sie sie zurück. »Ich sage nur, was, wie ich weiß, Mrs. Tranter Ihnen gern selbst sagen würde.«

Charles übertrieb nicht; man hatte während des fröhlichen Lunchs, der auf die Versöhnung folgte, über Mrs. Poulteney und Sarah gesprochen. Charles war nur für ganz kurze Zeit unter die Fuchtel der alten Lady geraten; es war nur natürlich, daß sie an die dachten, die ihr immer ausgesetzt war. Da Charles nun einmal zu weit gegangen war, was weniger Gewandte als er aus Furcht unterlassen hätten, entschloß er sich, Sarah mitzuteilen, was an jenem Tag beschlossen worden war.

»Sie sollten Lyme verlassen . . . überhaupt diese Gegend. Soviel ich weiß, haben Sie ausgezeichnete Fähigkeiten und könnten sicherlich anderswo einen viel erfreulicheren Gebrauch davon machen.« Sarah antwortete nicht. »Ich bin überzeugt, daß Miß Freeman und ihre Mutter sich sehr gern in London erkundigen würden.« Nun ging sie von ihm weg, bis zum Rand der Wiese über den Klippen, und starrte lange über das Meer; dann wandte sie sich ihm, der noch immer beim Ginsterstrauch stand, wieder zu: es war ein seltsam glitzernder Blick, so direkt, daß er lächeln mußte. Sein Lächeln war schwächlich, er wußte es, aber er konnte es nicht ändern.

Sie senkte die Augen. »Ich danke Ihnen. Aber ich kann diesen Ort nicht verlassen.«

Er zuckte nur ganz flüchtig mit den Schultern. Er fühlte sich genarrt, insgeheim ungerecht behandelt. »Dann muß ich nochmals um Entschuldigung bitten, in Ihr Privatleben eingedrungen zu sein. Ich werde es nicht mehr tun.« Er verbeugte sich und wandte sich zum Gehen. Aber er hatte noch keine zwei Schritte gemacht, als sie sagte: »Ich ... ich weiß, daß Mrs. Tranter gern gütig sein möchte.«

»Dann gestatten Sie ihr, sich ihren Wunsch zu erfüllen.«

Sie sah wieder auf den Rasen, der zwischen ihnen lag. »Angenommen, daß ich ... daß ich nicht die bin, die ich bin ... Ich bin sehr dankbar. Aber solche Güte ...«

»Solche Güte?«

»Solche Güte tut mir mehr weh als –«

Sie sprach nicht zu Ende, sondern wandte sich wieder dem Meer zu. Charles fühlte den dringenden Wunsch, die Hand auszustrecken, ihre Schultern zu ergreifen und sie zu schütteln; eine Tragödie macht sich auf der Bühne recht gut, aber im Alltag kann sie zur Perversität entarten. In wesentlich milderen Ausdrücken war dies der Inhalt seiner Antwort.

»Was Sie bei mir Eigensinn nennen, ist mein einziger Halt.«

»Miß Woodruff, ich will ganz offen sein. Ich habe gehört, daß man von Ihnen sagt, Sie seien geistig nicht ganz gesund. Das ist, wie ich glaube, von der Wahrheit weit entfernt. Ich habe den Eindruck, Sie verurteilen sich selbst nur zu hart wegen Ihres früheren Benehmens. Warum, um Himmels willen, müssen Sie immer allein gehen? Haben Sie sich noch nicht genug bestraft? Sie sind jung. Sie können Ihr Leben leben. Ich glaube, daß keine Familienbande sie an Dorset fesseln.«

»Ich bin gebunden.«

»An diesen französischen Herrn?« Sie wandte sich ab, als spräche er von etwas Verbotenem. »Gestatten Sie mir, darauf zu bestehen: diese Dinge sind wie Wunden. Wenn niemand wagt, darüber zu sprechen, beginnen sie zu schwären. Wenn er nicht zu Ihnen zurückkehrt, war er Ihrer nicht wert. Sollte er aber zurückkommen, dann glaube ich nicht, daß er, wenn er Sie in Lyme Regis nicht findet, sich so leicht abschütteln läßt. Er wird herausbekommen, wo Sie sind, und wird Ihnen folgen. Ist das nicht vernünftig gedacht?«

Es entstand eine lange Stille. Obwohl er mehr als einen Meter entfernt von ihr stand, machte er eine Bewegung, um ihr Gesicht von der Seite zu betrachten. Es trug einen seltsamen, beinahe ruhigen Ausdruck, als hätten seine Worte ein tiefes Wissen in ihrem Innern bestätigt.

Sie sah noch immer aufs Meer hinaus. Dort wurde in einem Sonnenflecken in etwa zehn Kilometer Entfernung eine Brigg mit braunroten Segeln sichtbar, die nach Westen fuhr. Sie sprach still, als spräche sie zu dem entfernten Schiff:

»Er wird niemals zurückkehren.«

»Sie fürchten, daß er nie zurückkehren wird?«

»Ich weiß, daß er nie zurückkehren wird.«

»Das verstehe ich nicht.«

Nun drehte sie sich um und sah in Charles' verwundertes und besorgtes Gesicht. Eine Weile schien sie sich an seinem Erstaunen zu ergötzen. Dann blickte sie weg.

»Ich erhielt vor langer Zeit einen Brief. Der Herr ist . . .« Und wieder schwieg sie, als bereue sie, soviel gesagt zu haben.

Plötzlich begann sie zu gehen, es war fast ein Laufen über den Rasen zu dem Pfad hin.

»Miß Woodruff!«

Einen oder zwei Schritte machte sie noch, dann drehte sie sich um. Wieder war es ihm, als werde er von diesen Augen zurückgestoßen und durchbohrt zugleich. Ihre Stimme war von verhaltener Härte, die sich aber ebenso gegen sie selbst wie gegen Charles richtete.

»Er ist verheiratet!«

»Miß Woodruff!«

Sie nahm keine Notiz mehr von ihm. Er stand allein. Sein Erstaunen war nur verständlich. Unverständlich dagegen war sein ganz klares Schuldgefühl. Ihm war, als habe er sich herzlos, mitleidlos verhalten, als er glaubte, sein Bestes zu tun. Einige Augenblicke starrte er der Verschwundenen nach. Dann wandte er sich um und sah der sich entfernenden Brigg nach, als sei sie des Rätsels Lösung. Aber auch sie war es nicht.

17

Die Boote, der Strand, die Esplanade
Die lachende Menge
Gut gelaunt und lärmend
Und von denen, die einander da begrüßten
War keiner arm.

Abendsonne auf den Klippen, Gespräche,
Zurufe, man traf sich
In der salzigen Seeluft,
Das Orchester spielte den Morgenblätter-Walzer.

Und kehrt' ich abends heim
Erschien sie noch
Es sollt' nicht sein, und doch . . .

Hardy, *At a Seaside Town in 1869*

Am Abend jenes Tages fand sich Charles zwischen Mrs. Tranter und Ernestina im Kurhaus sitzend. Dies Kurhaus von Lyme war, im Vergleich mit Bath und Cheltenham, vielleicht nichts Besonderes; aber es war angenehm, geräumig und mit Fenstern ausgestattet, die aufs Meer hinausgingen. Es war auch wahrlich zu angenehm und ein zu guter Ort für geselliges Beisammensein in aller Öffentlichkeit, um nicht dem großen britischen Gott, dem Profit, geopfert zu werden. Deshalb ist es heute längst abgerissen, und zwar auf Veranlassung eines Stadtrats, dem einzig und allein die Harnblasen des Publikums am Herzen lagen; es hat einer öffentlichen Bedürfnisanstalt, die man als die häßlichste der Britischen Inseln bezeichnen kann, Platz gemacht.

Man darf freilich nicht annehmen, daß sich der Widerstand des Kreises um Mrs. Poulteney nur gegen die frivole Architektur des Kurhauses richtete. Was sie in Harnisch brachte, waren die dort sich abspielenden Vorgänge. Die Räume waren ein Tummelplatz von Whistspielern, Gentlemen, die Zigarren im Mund hielten, Bällen und Konzerten. Kurz, sie regten zu Vergnügungen an. Mrs. Poulteney und die Leute ihres Schlages aber wußten genau, daß eine Kirche das einzige Gebäude ist, in dem sich die Einwohner einer anständigen Stadt versammeln dürfen. Als das Kurhaus niedergerissen wurde, riß man der Stadt das Herz aus dem Leib; und niemand hat es ihr bisher zurückgegeben.

Charles und seine Damen besuchten ein Konzert in dem berüchtigten Haus. Da es Fastenzeit war, handelte es sich natürlich um kein weltliches Konzert. Das Programm war einheitlich religiös. Aber sogar das schockierte die Engstirnigen in Lyme; sie forderten, zumindest in der Öffentlichkeit, eine Respektierung der Fastenzeit, die der Geltung des Ramadan bei den allerorthodoxesten Moslems gleichkam. Vor der mit Farnen eingerahmten Estrade befanden sich daher mehrere leere Sitzplätze. Unsere weitherzigen drei waren, wie der Großteil des Auditoriums, lange vor Beginn erschienen; denn die im echten Stil des 18. Jahrhunderts abgehaltenen Konzerte erfreuten ebenso durch die Gesellschaft, die man vorfand, wie durch die Musik. Den Damen bot sich die ausgezeichnete Gelegenheit, über die Garderobe der Nachbarin zu urteilen und ihre Bemerkungen darüber zu machen; natürlich auch, um ihre eigene vorzuführen. Dieser Eitelkeit fiel selbst Ernestina, die sonst alles Provinzielle verachtete, zum Opfer. Wenigstens wußte sie, daß ihr hier im Geschmack und im Luxus ihrer Kleider nur wenige Nebenbuhlerinnen erwachsen würden. Für alle Langeweile, der sie sonst ausgesetzt war, waren die heimlichen Blicke nach ihrem kleinen »Tellerhut« (sie trug doch keine muffigen alten Hauben!) mit den kleegrünen und weißen Bändern, dem Vert-ésperance-Kleid, dem malvenfarben und schwarzen Umhang, den Balmoralschuhen ein köstlicher Ersatz. Als an jenem Abend das Publikum sich versammelte, war sie vorlaut und mutwillig gelaunt; mit einem Ohr mußte Charles dem Kommentar von Mrs. Tranter lauschen, die ihm Wohnsitz, Verwandtschaft und Abstammung der Eintretenden erklärte, mit dem anderen den in halblautem Ton vorgetragenen Bosheiten Ernestinas. So erfuhr er von der Tante, die alte Dame dort drüben, die wie John Bull persönlich aussah, sei »Mrs. Tomkins, die liebste Seele, etwas schwerhörig, jenes Haus oberhalb Elm House, der Sohn ist in Indien«, während die andere Stimme ihm bündig zuraunte »komplette Stachelbeere«. Ernestina zufolge warteten überhaupt mehr Stachelbeeren als Menschen geduldig – sie hatten ja Zeit zum Tratsch – auf den Beginn des Konzerts. Jedes Jahrzehnt erfindet nützliche Beinamen; in den sechziger Jahren bedeutete »Stachelbeere« alles, was öde und altmodisch ist; heute würde Ernestina jene ehrenwerten Konzertbesucherinnen »alte Schachteln« nennen; wenigstens von hinten entsprach das auch dem Format der Mrs. Tomkins.

Endlich erschien der ausgezeichnete Sopran aus Bristol, zusammen mit dem noch ausgezeichneteren Begleiter, einem Signor Ritornello (oder so ähnlich, denn wenn ein Mann Pianist war, mußte er Italiener sein); jetzt erst hatte Charles Zeit, sein Gewissen zu erforschen.

Er machte wenigstens den Anfang in diesem Sinn; als ob es seine Pflicht sei, es zu tun, weil er sich damit die peinliche Tatsache verhüllte, daß es ihm auch Vergnügen bereitete. Um es einfach auszudrücken, Sarah hatte ihn ein wenig gefesselt – auf jeden Fall fesselte ihn das Rätsel ihrer Person. Als er die Damen die Broad Street entlang zum Kurhaus begleitete, hatte er die feste Absicht – oder glaubte wenigstens, sie zu haben –, ihnen von seiner Begegnung zu erzählen. Selbstverständlich mit der strikten Auflage, mit niemandem über Sarahs Wanderungen durch Ware Commons zu sprechen. Irgendwie fand er aber nicht den richtigen Moment dafür. Zunächst mußte ein ganz praktischer Streit entschieden werden: Ernestina hatte es sich in den Kopf gesetzt, das Seidene anzuziehen, obwohl es noch Wetter für das Wollene war, denn »Du sollst nicht das Seidene vor Mai tragen« war eins der neunhundertneunundneunzig Gebote, die ihre Eltern den biblischen Zehn hinzugefügt hatten. Charles bereinigte die Angelegenheit mit einem Kompliment; aber daß er nicht von Sarah sprach, kam eher daher, daß er zu fühlen begann, er habe sich viel zu weit in das Gespräch mit ihr eingelassen – wirklich, er hatte jeden Sinn für das Angemessene verloren. Er war ein Narr gewesen, daß er seinen gesunden Menschenverstand zugunsten einer nicht angebrachten Ritterlichkeit hintangesetzt hatte. Das Schlimmste daran war aber, daß es ihm jetzt verteufelt schwer wurde, Ernestina alles zu erklären. Es war ihm klar, daß diese junge Dame furchtbare, wenn auch noch schlummernde Mächte der Eifersucht hegte. Schlimmstenfalls würde sie sein Betragen unbegreiflich finden und böse auf ihn sein; bestenfalls würde sie ihn nur necken – aber auch diese Möglichkeit war ihm nicht sympathisch; er wünschte nicht, wegen dieses Gegenstands geneckt zu werden. Mrs. Tranter hätte sich Charles mit etwas weniger Skrupeln anvertrauen können. Er wußte, daß sie ebenso wie er ein fürsorgliches Interesse an Sarah hatte; was ihr aber völlig fernlag, war Zweigleisigkeit. Er konnte sie nicht bitten, Ernestina die Sache zu verschweigen; wenn aber Tina durch ihre Tante von der Begegnung erfuhr, dann war Feuer unterm Dach. Kaum wagte er, sich auf seine übrigen Gefühle, seine Stimmung Ernestina gegenüber, zu konzentrieren. Ihr Humor an diesem Abend irritierte ihn nicht eigentlich, aber er schien ungewöhnlich und unangebracht künstlich, als habe sie ihn zusammen mit dem französischen Hut und dem neuen Umhang angelegt; er schien eher zu diesen Kleidungsstücken als zum Anlaß zu passen. Auch forderte dieser Humor eine Erwiderung seinerseits, ein korrespondierendes Augenzwinkern, ein beständiges Lächeln, das er ihr zuliebe aufsetzte; auch das war künstlich, und so schienen sie sich gegenseitig etwas vorzumachen. War es die Schwermut, die von so viel Händel und Parry ausging, oder die häufigen Mißverständnisse zwischen der Primadonna und ihrem Begleiter – aber er ertappte sich dabei, wie er dem Mädchen neben sich verstohlene Blicke zuwarf, als sähe er sie zum erstenmal, als sei sie ihm total fremd. Sie war hübsch, sehr reizend . . . aber fehlte es diesem Gesicht nicht etwas an Ausgeprägtheit, war es nicht ein wenig monoton mit der festgelegten Paradoxie zwischen Gesetztheit und Herbheit? Ließ man diese zwei Eigenschaften beiseite, was blieb? Schale Selbstsucht. Kaum war dieser brutale Gedanke Charles durch den Kopf geschossen, verwarf er ihn schon wieder. Wie konnte das einzige Kind reicher Eltern anders sein? Warum sonst – der Himmel mag es wissen – war er denn auf sie hereingefallen? Im Vergleich zu anderen jungen Mädchen der Londoner Gesellschaft, die sich einen Bräutigam angelten, war Ernestina alles andere als charakterlos. Doch war dies der einzige Vergleichspunkt – die einzige Voraussetzung, um ein Mädchen zur Braut zu nehmen? In Charles' Credo gab es einen Artikel, wonach er nicht der großen Mehrheit seiner Standes- und Zeitgenossen gleichen wollte. Deshalb war er so viel gereist; die englische Gesellschaft war ihm zu engherzig, die englische Feierlichkeit zu feierlich, das englische Denken zu moralisch, die englische Religion zu bigott. Ach so? Und war er nicht in der lebenswichtigen Frage, da es darum ging, sich eine Frau fürs Leben zu suchen, allzu konventionell verfahren? Hatte er nicht anstatt der intelligenten die nächstliegende Lösung gewählt?

Welche wäre denn die intelligenteste gewesen? Zu warten. Unter diesen selbstquälerischen Gedanken, die ihn wie ein Wespenschwarm umschwirrten, begann er, sich selbst leid zu tun – er, der Glänzende, war in die Falle gegangen, der Byron in ihm war domestiziert? Da erinnerte er sich an Sarah, er sah ihr Bild, versuchte, sich ihr Gesicht vorzustellen, und den Mund, jenen kräftigen Mund. Irgendeine Erinnerung erwachte in ihm, zu schwach, zu undefinierbar, um ihn auf eine bestimmte Spur zu bringen, aber die Erinnerung verwirrte und bedrängte ihn, weil sie eine verborgene Saite zum Schwingen brachte, von deren Existenz er kaum gewußt hatte. Er sagte sich wörtlich: es ist zu dumm, aber das Mädchen interessiert mich. Er meinte zu wissen, daß nicht Sarah selbst ihn interessierte – wie konnte sie, er war doch verlobt –, sondern eine Emotion, eine Möglichkeit, die sie symbolisierte. Durch sie empfand er, daß ihm etwas entgangen war. Immer hatte er unbegrenzte Möglichkeiten vor sich in der Zukunft gesehen; plötzlich war sein Leben eine festgelegte Reise an einen bekannten Ort. Und sie hatte ihn darauf aufmerksam gemacht.

Ernestinas Ellenbogen machte ihn leicht auf die Gegenwart aufmerksam. Der Sopran wartete auf Applaus, und Charles spendete ihn träg. Ernestina steckte ihre Hände in den Muff zurück und verzog ironisch das Gesicht, teils wegen seiner Geistesabwesenheit, teils wegen der miserablen Aufführung. Er lächelte sie an. Sie war so jung, ein solches Kind. Er konnte ihr nicht böse sein. Schließlich war sie auch nur eine Frau. Es gab so vieles, was sie nie zu begreifen brauchte: die Fülle im Leben eines Mannes, die enorme Schwierigkeit, jemand zu sein, dem die Welt doch etwas mehr als Kleider und Heim und Kinder bedeutete. War sie erst die Seine, wurde alles anders; aber erst mußte sie ihm wirklich gehören: im Bett, auf dem Bankkonto und – natürlich – im Herzen.

Sam war im gleichen Augenblick genau entgegengesetzter Meinung: was verstand seine Evastochter nicht alles! Man kann sich ja heute nur schwer den ungeheuren Unterschied vorstellen, der zwischen einem Burschen aus London und einer Fuhrmannstochter bestand, die aus einem entlegenen Dorf in Ost-Devon stammte. Wäre er ein Eskimo und sie ein Zulumädchen gewesen, die Hindernisse zwischen ihnen wären nicht viel geringer gewesen. Kaum, daß sie die gleiche Sprache sprachen, so oft verstanden sie überhaupt nicht, was der andere gerade gesagt hatte. Und doch war jene Distanz nicht durchaus von Übel: die Kluft war ohne Brücken und damals weder durch Radio noch durch Fernsehen und preiswerte Reisen zu überwinden. Vielleicht wußten die Leute weniger voneinander, um so freier standen sie einander gegenüber, sie hatten mehr Persönlichkeit. Die Welt war für sie nicht nur Gedränge oder Knopfdruck. Fremde waren eben fremd, manchmal aufregend und schön unbekannt. Vielleicht ist das stets dichter werdende Netz der Kommunikationen für die Menschheit von Nutzen. Ich aber hege den ketzerischen Gedanken, daß wir unsere Vorfahren um ihre Isolierung voneinander wie um den größeren Spielraum, den sie besaßen, nur beneiden können. Es ist heute buchstäblich wahr, die Welt ist uns zu nah.

Im Hinterzimmer irgendeiner Schenke vermochte Sam den Anschein zu erwecken, alles zu wissen, was das Stadtleben betraf. Mit aggressiver Verachtung bedachte er alles, was nicht aus West End stammte und den Schwung, der dort herrschte, vermissen ließ. Tief drinnen sah es bei ihm anders aus. Da war er ein ängstlicher, unsicherer Bursche – nicht unsicher darin, was er zu sein wünschte, was freilich weit entfernt von dem war, was er war, sondern darin, ob er imstande sein würde, es zu sein.

Genau das Gegenteil war bei Mary der Fall. Um es vorweg zu sagen, Sam blendete sie: er war für sie ein höheres Wesen, ihre Neckerei war purer Selbstschutz vor solch offenbarer kultureller Überlegenheit. Immer ist der Städter im Vorteil, wenn es gilt, Abgründe zu überspringen, den kürzeren Weg ausfindig zu machen, das Tempo zu forcieren. Aber ihr Charakter war grundsolide, sie besaß ein ungekünsteltes Selbstvertrauen, das Wissen, daß sie eines Tages eine gute Hausfrau und Mutter abgeben würde. Im Umgang mit Menschen besaß sie ein richtiges Urteil: sie konnte zum Beispiel unterscheiden, was ihre Herrin und was die Nichte ihrer Herrin wert war. Sie war eben ein Landmensch, und Landmenschen sind den wirklichen Gegebenheiten näher als die Heloten der Städte.

Sam war gleich auf sie geflogen, weil sie wie ein Sommertag war nach all den Straßenhuren und Gelegenheitsprostituierten, mit denen er seine bisherigen sexuellen Erfahrungen gemacht hatte. An Selbstvertrauen in dieser Hinsicht gebrach es ihm, wie den meisten Cockneys, nicht. Er besaß schönes, schwarzes Haar, sehr blaue Augen und einen frischen Teint. Er war schlank und sehr zierlich gebaut. Seine Bewegungen waren gefällig, allerdings ahmte er in grandioser Übertreibung gewisse Gewohnheiten seines Herrn nach, die er für besonders gentlemanlike hielt. Meist blieben Frauenaugen schon nach dem ersten Blick an ihm hängen, aber aus seinen Erfahrungen mit Londoner Mädchen hatte er kaum einen anderen Gewinn gezogen als eine zynische Betrachtungsweise. Marys Unschuld hatte ihn völlig aus der Fassung gebracht. Er kam sich vor wie ein Knabe, der Spiegel zertrümmert – eines Tages aber an jemanden gerät, der viel zu anständig ist, um eine solche Behandlung zu verdienen. Plötzlich hatte er keinen anderen Wunsch, als der zu sein, der er in ihren Augen war.

Dieses tiefere einander Gewahrwerden widerfuhr ihnen an jenem Vormittag, auf den der Besuch bei Mrs. Poulteney fiel. Sie hatten begonnen, sich von ihrer Stellung zu erzählen, sprachen über die Verdienste und Mängel des Mr. Charles und der Mrs. Tranter. Sie meinte, er könne glücklich sein, einem solchen Herrn zu dienen. Sam erhob Einwände und war plötzlich zu seiner Überraschung dabei, dieser Kuhmagd etwas zu gestehen, was er bis dahin nur sich selbst anvertraut hatte.

Sein Ehrgeiz war sehr einfacher Natur: er wollte ein Kurzwarengeschäft. Nie konnte er an einem solchen Laden vorbeigehen, ohne stehenzubleiben und durch die Scheiben zu starren. Je nach der Sachlage, bewundernd oder kritisch. Er meinte, das Talent zu besitzen, zu wissen, was jeweils die letzte Mode sei. War er doch mit Charles im Ausland gewesen und hatte dort einige Anregungen auf dem Gebiet der Kurzwarenbranche gesammelt ...

Alldem und – so nebenbei – seiner tiefen Bewunderung für Mr. Freeman hatte er etwas unzusammenhängend Ausdruck gegeben – und dann kamen die großen Hindernisse, die im Weg standen: kein Geld, keine Bildung. Mary hatte ihm bescheiden zugehört; sie war hingerissen von diesem anderen Sam und davon, daß ihr die Ehre zuteil wurde, ihn so rasch zu Gesicht zu bekommen. Sam spürte, er rede zuviel. Aber jedesmal, wenn er nervös nach einem spöttischen Lächeln, einem verstohlenen Kichern, dem geringsten Anzeichen davon Ausschau hielt, daß sie sich über seine absurden Erwartungen lustig machte, sah er nur scheue, großäugige Sympathie und die Aufforderung fortzufahren. Seine Zuhörerin fühlte, er brauchte sie, und ein Mädchen, das dieses Gefühl hat, ist auf dem besten Wege, sich zu verlieben.

Nun war es aber Zeit für ihn zu gehen. Ihm schien, er sei gerade erst gekommen. Er stand da, sie lächelte ihn an, wieder etwas mutwillig. Er wollte noch sagen, er habe noch nie so freimütig, ja so ernsthaft mit irgend jemandem außer mit sich selbst gesprochen. Er fand aber keine Worte.

»Na. Nehme an, wir sehen uns morgen.«

»Nehme an, du hast schon einen Burschen.«

»Keinen, den ich wirklich mag.«

»Wetten, du hast einen. Hab davon gehört.«

»Alles dummes Geschwätz hier. Wir dürfen keinen anschaun, der uns den Hof macht.«

Er fingerte an seiner Melone. »Anderswo ist es das gleiche.« Stille. Er sah ihr in die Augen. »Bin ich dir zu schlecht?«

»Hab ich nie gesagt.«

Stille. Er tastete sich an der Krempe seiner Melone vorwärts.

»Kenne einen Haufen Mädel. Alle Sorten. Wie du ist keine.«

»Sind doch nicht so schwer zu finden.«

»Keine wie du. Früher.« Wieder Stille. Sie schaute ihn nicht an, nur ihren Schürzenrand. »Was ist mit London? Willst es sehen?«

Sie lächelte breit und nickte heftig.

»Denke, du wirst. Wenn die oben heiraten. Ich führ dich herum.«

»Wirklich?«

Jetzt zwinkerte er, und sie schlug sich mit der Hand auf den Mund. Ihre Augen über ihren rosigen Wangen strahlten ihn an.

»All die hübschen Londoner Mädel, du wirst nicht mit mir ausgehen wollen.«

»Wenn du ordentlich angezogen bist, kannst du's sehr wohl mit ihnen aufnehmen!«

»Ich glaube dir nicht.«

»Auf Hehre.«

Ihre Augen trafen sich, und sie sahen sich lange an. Dann verbeugte er sich vollendet und hielt seinen Hut vors Herz.

»A demang, madymosselle.«

»Was is 'n das?«

»Is Französisch, heißt Coombe Street, morgen früh – wo Ihr ergebener Diener warten wird.«

Sie konnte ihn nicht mehr ansehen und wandte sich ab. Er trat schnell hinter sie, nahm ihre Hand und führte sie an die Lippen. Sie riß sie weg und betrachtete sie, als hätten seine Lippen einen Rußfleck darauf hinterlassen. Noch ein rascher Blick ging zwischen ihnen hin und her. Sie biß sich auf die hübschen Lippen, er zwinkerte noch einmal, dann ging er.

Ob sie sich am nächsten Morgen trotz Charles' ausdrücklichem Verbot dennoch trafen, weiß ich nicht. Aber als Charles im Verlauf des Tages das Haus der Tante Tranter verließ, sah er Sam auf der anderen Straßenseite auf eine offensichtlich planmäßig vorbereitete Gelegenheit warten. Er hob den Daumen – das Zeichen der Römer für Gnade –, Sam hob den Hut und legte ihn wieder verehrungsvoll an das Herz. Es sah aus, als grüße er einen gerade vorüberziehenden Leichenzug, aber sein Gesicht zeigte ein breites Grinsen.

Damit bin ich wieder bei jenem Konzertabend, der fast eine Woche später stattfand, und bei dem Grund, warum Sam ein von seinem Herrn so unterschiedliches Urteil über das weibliche Geschlecht fällte: er war wieder in derselben Küche. Unglücklicherweise befand sich aber auch eine Anstandsperson darin, Mrs. Tranters Köchin. Die Duenna war aber in ihrem Windsorstuhl, der vor der offenen Feuerstelle ihres Küchenherds stand, fest eingeschlafen. In der dunkelsten Küchenecke saßen Sam und Mary. Sie sprachen kein Wort. Das war auch nicht nötig, denn sie hielten sich bei den Händen. Von Mary war das bloßer Selbstschutz, denn sie hatte entdeckt, daß dies die einzige Möglichkeit war, die Hand davor zurückzuhalten, sich um ihre Hüfte vorzutasten. Wieso Sam trotzdem und trotz der herrschenden Stille Mary so verständnisvoll fand, ist ein Geheimnis, für das kein Liebender eine Erklärung braucht.

18

Wen wundert es, daß die Regeln der Gesellschaft zeitweise von jenen außer acht gelassen werden, die die Gesellschaft gewohnheitsmäßig übersieht und die von der Gesellschaft oft als unbrauchbar beiseitegeschoben zu werden scheinen? Dr. John Simon, *City Medical Report* (1859)

Da kniete ich und tauchte meine Hand
Wie um zu trinken in den Bach
Und über mir stand
Eine blasse Gestalt mit verlorenem Blick
Hardy, *On a Midsummer Eve*

In den nächsten beiden Tagen lagen Charles' Hämmer müßig in seinem Rucksack. Er verdrängte alle Gedanken an die Seeigel, die vielleicht auf ihre Entdeckung warteten; ebenso die damit verbundene Erinnerung an Frauen, die schlafend auf sonnenbeschienen Lehnen lagen. Unerwartet aber stellte sich wieder ein freier Nachmittag ein, da Ernestina Migräne hatte. Eine Weile zögerte er noch; aber die Ereignisse, die er von seinem Erkerfenster aus wahrnehmen konnte, waren von ganz unerträglicher Langeweile. Düster starrte das Wirtshausschild zu ihm empor, ein weißer Löwe, der aussah wie ein hungriger Pekinese und eine, von Charles schon bemerkte, schwache Ähnlichkeit mit Mrs. Poulteney besaß. Wenig Wind, wenig Sonne – ein hoher Wolkenbaldachin, zu hoch, um Regen erwarten zu lassen. Er hatte Briefe schreiben wollen, aber er hatte keine Lust dazu.

Um die Wahrheit zu sagen, er hatte zu überhaupt nichts wirklich Lust; seltsamerweise hatte ihn die alte Reisesehnsucht, die er während der letzten Jahre längst erstorben glaubte, mit Wildheit gepackt. Er wünschte sich in Cadiz, Neapel, Morea, irgendwo im lodernden mittelmeerischen Frühling zu sein, nicht eigentlich um des mittelmeerischen Frühlings willen, sondern um frei zu sein, endlose Wochen des Herumfahrens vor sich zu haben, Inseln, die man ansegelte, Berge, die blauen Schatten des Unbekannten.

Eine halbe Stunde später passierte er die Meierei und betrat das Waldgebiet der Ware Commons. Hätte er auch in anderer Richtung gehen können? Sicher, das hätte er. Aber er hatte es sich streng verboten, irgendwie der Wiese über den Klippen nahe zu kommen; sollte er Miß Woodruff begegnen, würde er tun, was er beim letzten Mal schon hätte tun sollen: er würde höflich, aber bestimmt jedes Eingehen auf ein Gespräch mit ihr ablehnen. Es war ja jedenfalls offensichtlich, daß sie immer an dem gleichen Platz Zuflucht suchte. Wenn er sich in ausreichender Entfernung von diesem Ort hielt, würde er sie ganz sicher nicht antreffen.

So wandte er sich viel früher nordwärts, den Hang hinauf, und kam durch einen weiten Bestand mit Efeu bewachsener Eschen. Es waren gewaltige Bäume, mit die größten ihrer Art in ganz England; exotisch anmutende Farne besiedelten die riesigen Astgabeln. Ihre Größe hatte damals den eigenwilligen Gutsherrn zu dem Entschluß bewogen, in den Undercliffs seinen botanischen Garten anzulegen. Als Charles darunter hinging, auf die fast senkrechten Kalkfelsen zu, die er am oberen Rand des Hangs aufragen sah, fühlte er sich zwergenhaft, aber auf angenehme Art. Er geriet in bessere Stimmung, besonders als die ersten Kieselbänke aus dem den Boden bedeckenden Teppich von Bingelkraut und Zehrwurz auftauchten. Gleich im ersten Augenblick fand er ein Exemplar der *Echinocorys scutata.* Es war schlimm zugerichtet . . . von den fünf Gruppen punktierter Linien, die das unversehrte Gehäuse zieren, war nur eine in Spuren erhalten. Aber es war besser als nichts und ermutigte ihn so sehr, daß er seine Sucharbeit wieder aufnahm.

Allmählich arbeitete er sich bis zum Fuß der Felsen durch. Dort lagen die Steine am dichtesten, und es bestand die geringste Gefahr, daß die Funde verwittert oder abgeschliffen waren. In gleicher Höhe bewegte er sich nun nach Westen. Stellenweise wuchs der Efeu dicht und machte keinen Unterschied zwischen den Felswänden und den Zweigen der nächststehenden Bäume; in großen, unordentlichen Vorhängen hing er über seinem Kopf. An einer Stelle mußte er sich gleichsam durch einen Tunnel im Blätterwerk den Weg bahnen; am Ausgang aber befand sich eine Lichtung, wo erst kürzlich ein Felssturz stattgefunden haben mußte. Dort waren am ehesten Funde zu machen; Charles schickte sich also an, das Gebiet sorgfältig abzusuchen, das von allen Seiten mit dichtem Brombeergebüsch umstanden war. Vielleicht zehn Minuten lang war er an der Arbeit, nichts hatte sich gerührt als ein Kalb, das auf einer entfernten Weide landeinwärts blökte; als die Holztauben, die mit den Flügeln schlugen und gurrten; als das Meer, das mit fast unhörbarem Laut weit unten hinter den Bäumen ans Ufer brandete. Da hörte er ein Geräusch wie von einem fallenden Stein. Er sah hin, bemerkte aber nichts und vermutete, daß sich eben ein Steinbrocken von der Kalkwand gelöst habe. Wieder suchte er ein oder zwei Minuten lang und wußte plötzlich aus einer unerklärlichen Eingebung, vielleicht einem der letzten Überreste aus dem Erbe unserer altsteinzeitlichen Vorfahren, daß er nicht allein war. Scharf blickte er um sich.

Sie stand dort, wo der Efeutunnel endete, etwa dreißig Meter über ihm. Er wußte nicht, wie lang sie schon dort war, aber er erinnerte sich an den Laut, den er zwei Minuten zuvor gehört hatte. Einen Augenblick lang fürchtete er sich fast; es schien unheimlich, daß sie plötzlich so lautlos auftauchte. Sie trug zwar keine Nagelschuhe, dennoch mußte sie sich mit großer Vorsicht bewegt haben. Sie wollte ihn überraschen; deshalb war sie ihm absichtlich gefolgt.

Er zog den Hut. »Miß Woodruff! Wie kommen Sie hierher?«

»Ich sah Sie vorbeigehen.«

Er ging über die Geröllhalde etwas auf sie zu. Wieder trug sie den Hut in der Hand. Wie er bemerkte, hatte sich ihr Haar gelöst, als ob sie im Wind gestanden hätte; aber es ging kein Wind. Eine gewisse Wildheit war an ihr, verschärft durch den unverwandten Blick, mit dem sie ihn anstarrte. Er fragte sich, weshalb er je daran gezweifelt habe, daß sie doch ein wenig verrückt sei.

»Sie haben mir . . . etwas mitzuteilen?«

Wieder der feste Blick, aber nicht durch ihn hindurch, sondern aus der Höhe geradewegs auf ihn herab. Sarah besaß eines jener Gesichter, die in verschiedenster Weise anziehend wirken können, abhängig von dem Blickwinkel, dem Licht und der herrschenden Stimmung. In diesem Augenblick war es ein schräger Strahl des fahlen Sonnenlichts, der, wie das in England an Nachmittagen nicht selten geschieht, seinen Weg durch einen schmalen

Ritz in den Wolken gefunden hatte und sie wie auf einer Bühne beleuchtete. Er traf nur ihr Gesicht, während ihre Gestalt vor dem düsteren Grün des Laubwerks stand; das Gesicht aber war auf einmal schön, wirklich schön, außerordentlich ernst und doch ebenso von innen wie von außen hell. Charles erinnerte sich: ebenso hatte ein Bauer bei Gavarnie in den Pyrenäen die Jungfrau Maria auf einer Lichtung am Weg stehen sehen – wenige Wochen, bevor Charles damals vorbeikam. Man hatte ihn an die Stelle geführt, die höchst bemerkenswert war. Wenn dann noch eine solche Gestalt vor ihm erschienen wäre!

Aber die Gestalt da vor ihm beschäftigte sich offenbar alltäglicher. Sie griff in die Taschen ihres Mantels und hielt ihm mit jeder Hand zwei ausgezeichnete Exemplare des *Micraster* hin. Er stieg näher, um die Stücke zu prüfen, dann blickte er überrascht in ihr Gesicht, das kein Lächeln zeigte. Er erinnerte sich, daß er an jenem Morgen bei Mrs. Poulteney kurz auch über Paläontologie und die Bedeutung der Seeigel-Versteinerungen gesprochen hatte. Nun betrachtete er wieder die zwei kleinen Gegenstände in ihren Händen.

»Wollen Sie sie nicht nehmen?«

Sie trug keine Handschuhe, ihre Finger berührten sich. Er untersuchte die zwei Fundstücke, aber in Gedanken war er bei der Berührung durch diese kalten Finger.

»Ich bin Ihnen außerordentlich dankbar. Sie sind in ausgezeichnetem Zustand.«

»Suchen Sie solche?«

»Ja, tatsächlich.«

»Waren es einst Meeresmuscheln?«

Er zögerte, dann wies er auf die Einzelheiten an dem besser erhaltenen Exemplar: den Mund, die *Ambulacra,* den After. Während er sprach und sie mit ernstem Interesse zuhörte, schwand seine Mißbilligung. Das Mädchen sah seltsam aus, aber ihr Geist war alles andere als zerrüttet; das bewiesen die paar Fragen, die sie stellte. Er steckte schließlich die beiden Funde sorgfältig in seine eigene Tasche.

»Es ist wirklich sehr freundlich von Ihnen, daß Sie danach gesucht haben.«

»Ich hatte nichts Besseres zu tun.«

»Ich war schon auf dem Rückweg. Darf ich Ihnen zum Weg zurückhelfen?«

Sie rührte sich nicht. »Mr. Smithson, ich möchte Ihnen auch

danken . . . für Ihr Hilfsangebot.«

»Da Sie es zurückgewiesen haben, ist die Dankbarkeit mehr auf meiner Seite.«

Eine kleine Pause entstand. Er trat hinter sie und teilte die Efeuwand mit dem Stock, damit sie zurücktreten konnte. Aber sie stand still und sah in die Lichtung hinunter.

»Ich hätte Ihnen nicht folgen sollen.«

Er wünschte, er hätte ihr Gesicht gesehen, aber es war unmöglich.

»Ich glaube, es ist besser, ich gehe jetzt.«

Sie sagte nichts, und er wandte sich dem Efeu zu. Aber einen letzten Blick zu ihr zurück konnte er sich nicht versagen. Sie starrte über ihre Schulter ihm nach, als ob ihr Körper mit ihrem Gesicht unzufrieden sei und ihm den Rücken kehrte ob solcher Unverschämtheit; in ihrem Blick war nur noch eine Andeutung der früheren grundsätzlichen Abweisung, weit mehr aber war jetzt eine intensive Anziehung darin enthalten. Ein Schmerz war in ihren Augen, deren Anblick weh tat; Beleidigung, schändlich vergewaltigte Schwäche. Nicht daß er sie verletzt habe, war ihre Anklage, aber daß er nicht sah, wie verletzt sie war. Einen langen Augenblick hielt sie die Augen geschlossen, dann sprach sie zur Erde, ihre Wangen waren rot.

»Ich habe niemanden, an den ich mich wenden kann.«

»Ich hoffe doch deutlich gesagt zu haben, daß Mrs. Tranter . . .«

»Das gütigste Herz hat. Aber ich brauche keine Güte.«

Stille. Er teilte noch immer den Efeu auseinander.

»Wie ich hörte, ist auch der Pastor ein feinfühliger Mann.«

»Durch ihn wurde ich bei Mrs. Poulteney eingeführt.«

Charles stand vor dem Efeu wie in einer Tür. Er mied ihren Blick und suchte krampfhaft nach einem Ausweg.

»Ich wäre sehr glücklich, wenn ich Ihretwegen mit Mrs. Tranter sprechen könnte. Aber es wäre mehr als zudringlich von mir, wenn ich mich . . .«

»Noch weiter um meine Angelegenheiten kümmern würde.«

»Eben das wollte ich zum Ausdruck bringen.«

Sie reagierte, indem sie wegsah; er hatte sie getadelt. Langsam ließ er die lang herabhängenden Efeuranken in ihre natürliche Lage zurückfallen. »Sie haben sich meinen Vorschlag, diesen Ort zu verlassen, nicht noch einmal überlegt?«

»Wenn ich nach London gehe, weiß ich, was aus mir wird.«

Er wurde innerlich steif. »Ich werde das, was so viele Frauen in der großen Stadt werden, die ihre Ehre verloren haben.« Jetzt drehte sie sich ihm voll zu. Ihr Rot wurde dunkler.»Ich würde das sein, was mich manche in Lyme schon jetzt nennen.«

Es war empörend, höchst anstößig. Er murmelte: »Meine liebe Miß Woodruff . . .« Seine Wangen waren rot wie die ihren. »Ich bin schwach. Wie sollte ich das nicht wissen?« Bitter fügte sie hinzu: »Ich habe gesündigt.«

Diese neue Enthüllung einem Fremden gegenüber unter solchen Umständen machte den Vorteil zunichte, den ihr die Aufmerksamkeit verschafft hatte, mit der sie seiner kleinen Lektion über die Seeigel lauschte. Doch die zwei Fundstücke waren in seiner Tasche; er fühlte sie, und mit ihnen hielt sie an ihm fest; außerdem war da ein Charles, der sich vor sich selbst versteckte, aber sich insgeheim geschmeichelt fühlte wie ein Geistlicher, dessen Rat in einer seelsorgerischen Frage gesucht wird.

Er starrte auf die eiserne Zwinge seines Eschenstocks nieder.

»Ist dies die Sorge, die Sie in Lyme festhält?«

»Teilweise.«

»Davon hätten Sie mir neulich, als Sie weggingen, Mitteilung machen sollen. Ist noch jemand darüber unterrichtet?«

»Wenn sie es wüßten, hätten sie die Gelegenheit nicht versäumt, es mir zu sagen.«

Ein noch längeres Schweigen trat ein. Im Verhältnis von Menschen zueinander gibt es Augenblicke wie Modulationen in einem Musikstück: Was bis dahin eine objektive Situation war, die man in Gedanken für sich in Wendungen beschrieben hat, wie sie im Buch stehen, für die als Kennzeichnung eine bloße Schlagzeile genügt (Mann mit alkoholischen Problemen, Frau mit unglücklicher Vergangenheit und so weiter), wird auf einmal subjektiv, wird einmalig; dadurch, daß man sich einfühlt, ist man plötzlich nicht mehr Beobachter, sondern Beteiligter. Eine Wandlung dieser Art ging in Charles vor, als er auf den geneigten Kopf der Sünderin vor sich starrte. Wie die meisten von uns in solchen Augenblicken – wer wäre nicht schon von einem Betrunkenen umarmt worden? – versucht er zwar eilig, doch diplomatisch, den Status quo wiederherzustellen.

»Sie tun mir wirklich leid. Aber ich muß gestehen, ich weiß nicht, weshalb Sie versucht haben, mich, wie dies eben geschah, zu Ihrem Vertrauten zu machen.«

Als ob sie diese Frage erwartet hätte, begann sie nun schnell zu sprechen; es war, als wiederholte sie eine Rede, die sie wie eine Litanei auswendig hersagte.

»Weil Sie im Ausland waren. Weil Sie gebildet sind. Weil Sie ein Gentleman sind. Weil . . . weil, ich weiß nicht, warum. Ich lebe unter Leuten, die, wie alle Welt mir erzählt, gütige, fromme, christliche Menschen sind. Und sie scheinen mir grausamer als die grausamsten Heiden, dümmer als die dümmsten Tiere. Ich kann nicht glauben, daß das die Wahrheit ist. Dieses Leben ist ohne Verständnis und Mitgefühl. Daß es da nicht ein Herz gibt, das groß genug ist zu begreifen, was ich gelitten habe und noch leide . . . daß es nicht recht ist, mich so leiden zu lassen, was für Sünden ich auch begangen haben mag.«

Schweigen. Charles fand keine Worte, er war nicht vorbereitet gewesen auf diese deutliche Kundgabe ihrer Gefühle, die er geahnt, aber noch nicht wahrgenommen hatte, eine Intelligenz außerhalb des Herkömmlichen. Sie wandte sich ab und fuhr ruhiger fort: »Ich bin nur glücklich, wenn ich schlafe. Im Wachen kommen die Alpträume. Ich fühle mich auf eine wüste Insel verschlagen, gefangen, und kenne das Verbrechen nicht, das ich begangen haben soll.«

Wie ein Mann, über den ein Erdrutsch hereinbricht, so starrte Charles verwirrt auf ihren Rücken: wie wenn er weglaufen wollte und nicht könnte; sprechen wollte und dazu nicht imstande sei.

Plötzlich waren ihre Augen auf die seinen gerichtet.

»Warum bin ich als die geboren, die ich bin? Warum nicht als Miß Freeman?« Kaum war ihr der Name entwischt, wandte sie sich wieder ab; sie wußte, sie war zu weit gegangen.

»Diese Frage hätten Sie besser nicht gestellt.«

»Ich wollte damit nicht sagen . . .«

»Eifersucht ist verzeihlich in Ihrer –«

»Nicht Eifersucht, Fassungslosigkeit.«

»Es steht weder in meiner noch in der Macht viel klügerer Männer, als ich es bin, Ihnen hier zu helfen.«

»Ich glaube nicht. Ich will es nicht glauben.«

Charles hatte Frauen kennengelernt – häufig war es Ernestina selbst –, die ihm spielerisch widersprachen. Aber dann war es nie ernst gemeint. Eine Frau setzte nicht ihreMeinung gegen die eines Mannes, wenn er ernsthaft sprach, außer in sorgfältig angemessenen Ausdrücken. Sarah schien fast anzunehmen, sie sei ihm intellektuell ebenbürtig, und das gerade unter Umständen, unter denen sie nichts als unterwürfig zu sein hatte, wollte sie wirklich ihr

Ziel erreichen. Er fühlte sich beleidigt, er fühlte ... er konnte es nicht ausdrücken. Der logische Schluß hätte jetzt sein müssen, daß er seinen Hut mit abschließender Kälte zog und mit seinen festen Nagelschuhen davonging. Aber er blieb stehen, wo er war, als hätte er Wurzeln geschlagen. Vielleicht waren seine Vorstellungen von einer Sirene und den Umständen, unter denen sie erschien, zu fixiert: lange Haarflechten, keusche, alabasterne Nacktheit, Nixenschwanz, in Begleitung eines Odysseus, dessen Gesicht sich in den besten Klubs sehen lassen konnte. In den Undercliffs gab es keine dorischen Tempel; aber Kalypso war hier.

Sie murmelte: »Jetzt habe ich Sie beleidigt.«

»Sie setzen mich in Erstaunen, Miß Woodruff. Ich wüßte nicht, welchen Versuch, mich für Sie zu verwenden, Sie nach meinen Anerbietungen noch von mir erwarten. Aber Sie sind sich doch sicherlich im klaren darüber, daß jede nähere Intimität zwischen uns, wenn auch der Absicht nach harmlos, unter diesen Umständen überhaupt nicht in Betracht kommt.«

Schweigen. Ein Specht lachte irgendwo in seinem grünen Versteck, er machte sich lustig über die beiden statischen Zweibeiner dort unten.

»Hätte ich mich Ihrer Gnade ... ausgeliefert, wenn ich nicht verzweifelt wäre?«

»An Ihrer Verzweiflung zweifle ich nicht. Aber gestehen Sie doch wenigstens das Unmögliche Ihres Wunsches ein.« Er fügte hinzu: »Über dessen wahre Natur ich mir noch ganz im unklaren bin.«

»Ich möchte Ihnen gern erzählen, was vor achtzehn Monaten vorgefallen ist.«

Schweigen. Sie beobachtete seine Reaktion. Wieder wurde Charles steif. Die unsichtbaren Ketten fielen von ihm ab, sein konventionelles Ich triumphierte. Er richtete sich auf, ein Denkmal des Mißtrauens und der Empörung, ganz strenge Mißbilligung, nur in seinen Augen war etwas, das ihre Augen suchte ... eine Erklärung, ein Motiv ... Er dachte, sie würde weitersprechen, und machte sich bereit, sich ohne ein Wort hinter den Efeu zurückzuziehen. Doch als hätte sie seine Absicht geahnt, tat sie mit einer Abruptheit, die ihm zuvorkam, etwas ganz Unerwartetes. Sie fiel auf die Knie.

Charles war erschrocken; er malte sich aus, was jemand, der sie im verborgenen beobachtete, denken würde. Einen Schritt trat er zurück, wie um außer Sichtweite zu kommen. Seltsamerweise blieb sie ruhig. Es war nicht der Kniefall einer Hysterikerin. Nur die Augen brannten noch intensiver, aber es waren Augen ohne Sonne, in unergründliches Mondlicht getaucht.

»Miß Woodruff!«

»Ich bitte Sie. Ich bin nicht wahnsinnig. Aber wenn man mir nicht hilft, werde ich es.«

»Beherrschen Sie sich doch. Wenn man uns sieht...«

»Sie sind meine letzte Zuflucht. Sie sind nicht grausam, ich weiß, Sie sind nicht grausam.«

Er starrte sie an, blickte verzweifelt um sich, dann ging er zu ihr hin, richtete sie auf und führte sie, steif ihren Ellenbogen haltend, unter das Blätterdach des Efeus. Nun stand sie vor ihm, das Gesicht in den Händen, gegen die blitzschnelle Attacke, die das menschliche Herz auf das Denken des Menschen unternimmt, hatte Charles zu kämpfen, um sie nicht zu berühren.

»Ich möchte Ihrer Not gegenüber nicht gleichgültig scheinen. Aber Sie müssen doch einsehen, ich habe ... ich habe keine Wahl.«

Sie sprach leise und rasch: »Alles, was ich von Ihnen will, ist, daß wir uns noch einmal treffen. Ich komme jeden Nachmittag hierher. Niemand wird uns sehen.« Er wollte ihr Vorhaltungen machen, aber sie war nicht zu halten. »Sie sind gut. Sie verstehen, was für alle anderen in Lyme zu hoch ist. Ich will zum Ende kommen. Vor zwei Tagen war ich daran, wahnsinnig zu werden. Ich fühlte, ich müsse Sie sehen, müsse mit Ihnen sprechen. Ich weiß, wo Sie wohnen. Ich wäre hingegangen, hätte nach Ihnen gefragt, wenn nicht ein Rest von Vernunft mich gnädig an der Haustür zurückgehalten hätte.«

»Aber das ist doch unerhört. Wenn ich Sie recht verstehe, drohen Sie mir mit einem Skandal.

Sie schüttelte heftig den Kopf. »Lieber will ich sterben, als daß Sie das von mir denken. Es ist so ... Ich weiß nicht, wie ich es sagen soll, anscheinend treibt meine Verzweiflung mich dazu, diese furchtbaren Dinge zu erwägen. Sie erfüllen mich mit Schauder vor mir selbst. Ich weiß nicht, wohin ich mich wenden, was ich tun soll, ich habe niemanden, der imstande ist ... bitte ... können Sie mich denn nicht verstehen?«

Charles' einziger Gedanke war jetzt, dieser entsetzlichen Lage, in die er geraten war, zu entkommen; weg von diesen unbarmherzig ernsten, diesen nackten Augen.

»Ich muß gehen. Man erwartet mich in der Broad Street.«

»Aber Sie kommen wieder?«

»Ich kann nicht –«

»Ich gehe hier Montag, Mittwoch, Freitag spazieren, wenn ich keine anderen Verpflichtungen habe.«

»Was Sie mir vorschlagen, ist – ich muß darauf bestehen, daß Mrs. Tranter . . .«

»Vor Mrs. Tranter könnte ich die Wahrheit nicht sagen.«

»Dann kann es für die Ohren eines völlig Fremden, der nicht Ihres Geschlechts ist, kaum geeignet sein.«

»Ein völlig Fremder und vom anderen Geschlecht ist oft der am wenigsten voreingenommene Richter.«

»Ich hoffe ganz sicher, eine nachsichtige Beurteilung Ihres Betragens zu finden. Aber ich muß wiederholen, daß ich es höchst verwunderlich finde, daß Sie . . .«

Sie sah ihn noch immer an, seine Worte versanken im Schweigen. Wie wohl schon bemerkt worden ist, besaß Charles mehr als ein einziges Wörterbuch. Eins war für Sam am Morgen, eins für Ernestina beim fröhlichen Lunch und eins für die Rolle der in Alarm versetzten Wohlanständigkeit . . . beinahe handelte es sich um drei verschiedene Männer; ehe wir zum Schluß kommen, werden uns noch andere begegnen. Wir können es in der Sprache Darwins mit »Schutzfärbung« erklären, überleben, indem man sich der Umgebung anpaßt – wobei die Voraussetzungen des Alters und des sozialen Standes fraglos gegeben sind. Wir können diese Flucht in die Förmlichkeit auch soziologisch erklären. Wenn man so lange über dünnes Eis dahinglitt, als da sind allgegenwärtiger wirtschaftlicher Druck, Terror der Geschlechtlichkeit, die Hochflut des mechanistischen Zeitalters – erwarb man sich die wesentliche Fähigkeit, die Augen vor der eigenen absurden Steifheit zu schließen. Wenige Viktorianer entschlossen sich zu prüfen, wozu eine solche Schutzfärbung gut sei. Aber in Sarahs Blick lag etwas, das prüfte. Der Blick war direkt und doch schüchtern. Aber er war Ausdruck einer sehr modernen Redewendung: Komm klar, Charles, komm klar. Der Blick brachte den, den er traf, aus dem Gleichgewicht. Ernestina und ihresgleichen bewegten sich stets, als trügen sie gläserne Kleider: unendlich zerbrechlich, auch wenn sie Gedichtbände schmissen. Sie förderten die Tendenz, eine Maske zu tragen und sich in sicherer Distanz zu halten; dieses Mädchen aber trug zwar Demut zur Schau, doch sie duldete keine Distanz. Jetzt sah er zu Boden.

»Ich bitte nur um eine Stunde Ihrer Zeit.«

Er sah, daß ihr Geschenk einen doppelten Grund gehabt hatte. Man fand diese Stücke nicht innerhalb einer Stunde. »Wenn ich Ihnen trotz des ernstesten Vorbehalts –«

Sie ahnte, was er sagen wollte, und unterbrach ihn leise: »Sie würden mir damit einen solchen Dienst erweisen, daß ich jeden Rat, den Sie mir geben würden, annähme.«

»Vor allem muß sicher sein, daß wir nicht weiterhin riskieren –«

Wieder sprach sie in die kleine Pause, in der er nach der passenden Förmlichkeit suchte. »Das verstehe ich. Und daß Sie viel stärker als ich gebunden sind.«

Nach der kurzen Beleuchtung waren keine Sonnenstrahlen mehr zu sehen. Der Tag ging einem frostigen Abschluß zu. Als hätte der Weg dieses Tages, bisher über eine Ebene führend, plötzlich am Rand des Abgrunds geendet. Das wußte Charles, als er auf ihren geneigten Kopf blickte. Er vermochte nicht zu sagen, was ihm da aufgelauert hatte, worin er sich beim Kartenlesen getäuscht hatte, aber er fühlte sich belauert und in die Irre gelockt. Und jetzt war er auf dem Weg zu einer neuen Torheit.

Sie sagte: »Ich finde keine Worte, um Ihnen zu danken. An den genannten Tagen werde ich hier sein.« Dann, als sei die Lichtung ihr Salon: »Ich darf Sie jetzt nicht länger aufhalten.«

Charles verbeugte sich, zögerte, ein letzter schwebender Blick, dann wandte er sich. Nach wenigen Sekunden hatte er sich durch den äußeren Vorhang des Efeus gearbeitet und stolperte bergab, ähnlicher einem aufgescheuchten Rehbock als einem weltgewandten englischen Gentleman. Er gelangte auf den Hauptweg, der die Undercliffs durchzog, und strebte zurück nach Lyme. Eine frühe Eule rief; aber Charles schien diesen Nachmittag jegliche Weisheit zu fehlen. Er hätte die Richtung fester einhalten, früher weggehen müssen, er hätte die Funde nicht annehmen dürfen, für ihren Verzweiflungsausbruch eine andere Lösung empfehlen, nein, befehlen müssen. Er fühlte sich überlistet, wollte schon stehenbleiben, um auf sie zu warten. Aber seine Füße trugen ihn nur um so schneller vorwärts.

Er wußte, er war drauf und dran, sich in etwas Verbotenes einzulassen, nein, das Verbotene ließ sich mit ihm ein. Je weiter er kam, je später es wurde, desto klarer sah er, wie töricht er sich benommen hatte. Ihm war, als sei er blind gewesen, solange sie vor ihm stand; daß er ihr nicht angesehen hatte, wer sie eigentlich war, eine ganz offensichtlich gefährliche Frau, nicht bewußt, aber eine Beute ihrer gewaltigen gefühlsmäßigen Enttäuschung und zweifellos auch eines sozialen Ressentiments.

Diesmal erwog er erst gar nicht, Ernestina zu berichten; er wußte, er würde es nicht tun. Er schämte sich in Gedanken vor ihr, als ob er ohne Vorwarnung auf den Damm hinausgegangen wäre und sich nach China eingeschifft hätte.

19

... erfolgen alle diese Resultate aus dem Kampf ums Dasein. Zufolge dieses Kampfes werden Veränderungen, wie gering und aus welchen Ursachen auch immer sie entstanden sein mögen, wenn sie nur in irgendeinem Grade vorteilhaft für das Individuum einer Art sind, in dessen unendlich verwickelten Beziehungen zu anderen organischen und zu seinen äußeren Lebensbedingungen, zur Erhaltung dieses Individuums beitragen ... Dieses wird daher mehr Aussicht haben, am Leben zu bleiben; denn von den vielen Einzelwesen einer Art, die von Zeit zu Zeit geboren werden, kann nur eine geringe Zahl am Leben bleiben. Ich habe diesem Prinzip ... die Bezeichnung »Natürliche Zuchtwahl« gegeben.

Darwin, *Die Entstehung der Arten* (1859)

Charles, der sich also in Gedanken unterwegs nach China befand, war in Wirklichkeit gezwungen, an jenem Abend bei einer Überraschung mitzumachen, die er und Ernestina für Tante Tranter geplant hatten. Die beiden Damen waren zum Dinner in seinen Wohnraum im »Weißen Löwen« eingeladen. Dazu war eine Schüssel früher, saftiger Hummer angerichtet, ein frischgefangener Lachs gesotten und der Weinkeller des Gasthauses geplündert worden; den Arzt, den wir einmal kurz bei Mrs. Poulteney antrafen, hatte man dazu gebeten, um das Gleichgewicht der Geschlechter herzustellen.

Der Doktor war eine der markantesten Persönlichkeiten von Lyme; allgemein wurde angenommen, daß er sich in Heiratssachen als ebenso ausgezeichneter Schwimmer bewährt hatte wie der Lachs, der an jenem Abend verzehrt wurde, im Axefluß. Unbarmherzig neckte Ernestina ihre Tante damit, daß sie die grundgütige alte Dame der herzlosen Grausamkeit einem armen einsamen Mann gegenüber beschuldigte, der um ihre Hand warb. Diese tragische Gestalt war in ihrer armen Einsamkeit erfolgreich sechzig Jahre oder mehr alt geworden; sowohl das Werben wie die herzlose Grausamkeit mag daher füglich bezweifelt werden.

In der Tat war Dr. Grogan ein ebenso überzeugter alter Junggeselle wie Tante Tranter eine alte Jungfer. Er war Ire und besaß in vollem Maß jene seltsame, seinem Volk eigene eunuchenhafte Art, von Blume zu Blume zu flattern, ohne sein Herz vor Anker gehen zu lassen. Er besaß ein kleines Gesicht mit den Zügen eines Turmfalken, scharf, manchmal grimmig; das sich aber gern entspannte, wenn die Gesellschaft nach seinem Geschmack war. Für die Society von Lyme bedeutete er ein erfreuliches Adstringens. War er zugegen, hatte man das Gefühl, er schwebe über dem Boden, bereit, auf irgendeine Ungereimtheit herabzustoßen; aber wenn er einem zugetan war, geschah dies immer mit einem tonischen Witz und der Humanität eines Mannes, der gelernt hatte, zu leben und leben zu lassen. Freilich lag auch ein kleiner Schatten auf ihm, denn er war gebürtiger Katholik; er glich, in unsere Zeit übertragen, einem Kommunisten in den dreißiger Jahren – zwar akzeptiert, aber der Höllengestank war an ihm noch zu spüren. Zweifelsohne war er nun (wieDisraeli) ein achtbares Glied der Kirche von England geworden – hätte Mrs. Poulteney ihn andernfalls überhaupt vorgelassen? Es mußte so sein, denn (anders als Disraeli) besuchte er mit peinlicher Pünktlichkeit jeden Sonntagmorgen die Kirche. Daß ein Mann der Religion so gleichgültig gegenüberstehen konnte, daß er auch eine Moschee oder Synagoge besucht hätte, wenn diese der gottesdienstliche Versammlungsraum gewesen wäre, das ging freilich über das Fassungsvermögen derer von Lyme hinaus. Übrigens war er ein sehr tüchtiger Arzt, beherrschte gründlich jenen wichtigsten Zweig der Medizin, nämlich das Temperament seiner Patienten. Wer insgeheim wünschte, tyrannisiert zu werden, wurde tyrannisiert; je nach Lage des Falls konnte er auch in kluger Weise Spaß machen, nachgiebig sein und ein Auge zudrücken. Niemand in Lyme schätzte gutes Essen und gute Weine mehr als er; und weil die Mahlzeit, die Charles und der »Weiße Löwe« ihm boten, seine Billigung fand, übernahm er stillschweigend anstatt des jungen Mannes die Rolle des Gastgebers. Seine Studien hatte er in Heidelberg absolviert, in London hatte er praktiziert, und so kannte er die Welt und ihre Absurditäten, wie nur ein Ire sie kennen kann; wenn seine Kenntnisse oder sein Gedächtnis nicht ausreichten, sprang seine Phantasie in die Bresche. Keiner glaubte ihm alle Geschichten, die er erzählte, oder wollte sie wirklich alle hören. Wahrscheinlich kannte Tante Tranter sie ebensogut wie irgendeiner in Lyme, denn der Doktor und sie waren alte Freunde. Sie mußte wissen, wie wenig Zusammenhang zwischen der jetzigen Geschichte und der vorangegangenen war, und lachte doch am meisten; manchmal war ihr Gelächter so laut, daß mir bei dem Gedanken schaudert, die Stütze der Gesellschaft oben auf dem Hügel hätte es gehört.

An einem solchen Abend hätte Charles normalerweise seine Freude gehabt; vielleicht nicht zuletzt deshalb, weil sich der Doktor in seinen Geschichten manche Freiheiten der Sprache und der Darstellung erlaubte, besonders, als von dem stattlichen Lachs nur noch das Skelett übrig war und die Herren zu einer Karaffe Portwein übergingen. In der Gesellschaft, in der Ernestina auf Anstand gedrillt wurde, war so etwas nicht ganz comme il faut. Charles bemerkte, wie sie ein- oder zweimal leicht schockiert war; bei Tante Tranter war dies nicht der Fall. Und er sehnte sich für seine und Ernestinas Jugend nach jener freieren Kultur, in die seine älteren Gäste noch so glücklich hinüberglitten. Wenn er dem kleinen Doktor, angesichts von Tante Tranters Fröhlichkeit, in die mutwilligen Augen sah, empfand er etwas wie Ekel vor seiner eigenen Zeit. Diese steifleinene Wohlanständigkeit, diese Verehrung nicht nur für die Maschine in Verkehr und Industrie, sondern auch, was noch viel schrecklicher war, für die mechanische Konvention im gesellschaftlichen Leben!

Es mag wenig Beziehung bestehen zwischen Charles' bewundernswerter Objektivität am Abend und seinem Verhalten während des Tages. Das gestand er sich zwar nicht schonungslos ein, ganz blind für seine Sprunghaftigkeit war er aber auch nicht. Auf anderen Kurs lavierend, sagte er sich, er habe Miß Woodruff überhaupt zu ernst genommen, er sei sozusagen über sie gestolpert, anstatt über sie hinwegzugehen. So war er besonders aufmerksam zu Ernestina, die nicht mehr leidend war, nur etwas von ihrer sonstigen Lebhaftigkeit vermissen ließ. Ob das von der Migräne kam oder der irischen Konversationswalze des Doktors, ist schwer zu sagen. Dennoch überkam es ihn bei dem Konzert, daß da eine gewisse Seichtheit war; ihre Gescheitheit im intellektueller Hinsicht wie in ihrer Ausdrucksweise war großenteils ein Produkt ihrer Schlauheit. War da nicht hinter der Maske geordneten Wissens etwas Automatisches an ihr, wie bei der Puppe Olympia aus Hoffmanns Erzählungen?

Dann dachte er: sie ist ein Kind unter drei Erwachsenen – und drückte unter dem Mahagonitisch sanft ihre Hand. Sie war so reizend, wenn sie errötete.

Endlich geleiteten die beiden Herren, der lange Charles, der entfernt dem verstorbenen Prinzgemahl ähnelte, und der magere kleine Doktor, die Damen nach Hause. Es war halb elf Uhr abends, um diese Zeit begann in London das gesellschaftliche Leben; die Stadt hier lag wie gewohnt in guter Ruhe. Als sich die Haustür vor ihren lächelnden Gesichtern geschlossen hatte, befanden sie sich als einzige Passanten auf der Broad Street.

Der Doktor legte den Finger an die Nase. »Nun zu Ihnen, Sir. Ich verordne Ihnen einen tüchtigen Grog, gemischt von meiner kundigen Hand.« Charles setzte eine Miene höflichen Interesses auf. »Anordnung des Arztes, Sie verstehen. *Dulce est desipere,* wie der Dichter sagt. Süß ist es, am richtigen Ort zu schlürfen.«

Charles lächelte. »Wenn Sie mir versprechen, daß der Grog besser ist als Ihr Latein, mit dem größten Vergnügen.«

So fand sich Charles zehn Minuten später wohlgeborgen in der von dem Doktor so genannten »Kajüte«, einem Studierzimmer im zweiten Stock mit geschwungener Stirnseite, das einen vollen Ausblick auf die kleine Bucht zwischen Cobb Gate und dem Damm selbst bot. Besonders im Sommer, sagte der Ire anzüglich, sei der Raum ganz reizend wegen des Anblicks der Nereiden, die zum Bad kamen. Was konnte es denn für einen Arzt Netteres – im zweifachen Sinn – geben, als seinen weiblichen Patienten anordnen zu müssen, was auch für seine Augen so erfreulich war? Auf einem Tisch vor dem Bogenfenster lag auch ein elegantes kleines Gregorianisches Teleskop aus Bronze. Zwinkernd sagte der Doktor:

»Nur zu astronomischen Zwecken, natürlich.«

Charles lehnte sich aus dem Fenster, roch die Salzluft und bemerkte auf dem Strand zur Rechten die viereckigen schwarzen Silhouetten der Badekabinen, denen die Nereiden zu entsteigen pflegten. Die einzige Musik, die in jener Nacht aus der Tiefe heraufkam, war das Rauschen der Brandung am Kiesstrand, und, weiter draußen, die dunklen, rauhen Schreie der Möwen, die sich auf den stillen Wassern zur Ruhe niedergelassen hatten. Hinter sich in dem von der Lampe erleuchteten Raum hörte er das leise Klimpern, das die Herstellung der »Medizin« begleitete. Er fühlte sich zwischen zwei Welten schwebend, der warmen, behaglichen Zivilisation hinter seinem Rücken und dem kühlen, dunklen Geheimnisvollen da draußen. Wir alle schreiben Gedichte; nur die Dichter fassen sie in Worte.

Der Grog war ausgezeichnet, die Burmazigarre, die es dazu gab, eine hübsche Überraschung. Die beiden Männer lebten noch in einer Welt, da intelligente Leute, auch wenn sie einander fremd waren, Anteil hatten an einer gemeinsamen geistigen Landschaft, gemeinsamer Bildung, mit einem ihnen bekannten System von Gesetzen und Bedeutungen. Welcher Arzt kennt heute die Klassiker? Welcher Amateur kann sich vernünftig mit Fachleuten unterhalten? In der Welt dieser beiden gab es noch nicht die Tyrannei der Spezialisierung. Ich möchte nicht, daß Sie Fortschritt mit Glück verwechseln; Dr. Grogan wollte es auch nicht, wie wir noch sehen werden.

Eine Weile schwiegen sie und gaben sich dankbar der Rückkehr in ihre seriösere Männerwelt hin, die sie der Damen und des Anlasses wegen hatten verlassen müssen. Charles reizte es zu erfahren, welche Ansichten der Doktor in politischer Hinsicht hatte. Unterwegs zu diesem Thema fragte er, wen die Büsten, die weißlich über den Büchern seines Gastgebers thronten, darstellen mochten.

Der Doktor lächelte: *»Quisque suos patimur manes.* Virgil, heißt ungefähr: Unser Schicksal bestimmen wir durch die Wahl unserer Götter.«

Charles lächelte zurück: »Ich vermute Bentham, nicht wahr?«

»Richtig. Und der andere Brocken parischer Marmor ist Voltaire.«

»Daraus schließe ich, daß wir die gleiche Partei unterstützen.«

Der Doktor sagte neckend: »Hat ein Ire eine andere Wahl?«

Charles gab es mit einer Handbewegung zu; dann enthüllte er seinen Beweggrund, liberal zu sein: »Mir scheint, Mr. Gladstone anerkennt wenigstens, daß die ethischen Grundlagen unserer Zeit total verrottet sind.«

»Um Gottes willen, ich habe mir doch keinen Sozialisten eingeladen?«

Charles lachte. »Noch nicht.«

»Merken Sie sich, im Zeitalter der Dampfmaschine und der Scheinheiligkeit könnte ich einem alles verzeihen – außer die Vitalreligion.«

»Ach wirklich.«

»Als junger Mann war ich Bentham-Anhänger. Voltaire vertrieb mich aus Rom, der andere aus dem Torylager. Aber jetzt diese Schwindelei – bis hin zum Wahlrecht. Das ist nichts für mich. Auf Geburt geb ich keinen roten Heller. Ein Herzog, weiß Gott, ein König kann so blöd sein wie der erste beste. Aber ich danke es Mutter Natur, daß ich in fünfzig Jahren nicht mehr am

Leben bin. Wenn eine Regierung den Mob zu fürchten beginnt, dann heißt das, sie hat Angst vor sich selbst.« Er zwinkerte. »Haben Sie gehört, was mein Landsmann dem Chartistenführer sagte, der nach Dublin zog, um dort sein Credo zu verkünden? ›Brüder‹, schrie der Chartist, ›ist nicht ein Mensch so gut wie der andere?‹ – ›Ganz richtig, Mr. Speaker‹, brüllt Paddy zurück, ›und auch noch ein ganz klein bißchen besser!‹« Charles lächelte, aber der Doktor hob warnend den Finger: »Sie lächeln, Smithson. Hüten Sie sich – Paddy hatte recht. Das war kein Kalauer. Das ›Ganz klein bißchen besser‹ wird der Untergang dieses Landes sein. Merken Sie sich meine Worte.«

»Sind denn Ihre zwei Hausgötter frei von jedem Tadel? Wer hat denn das größtmögliche Glück der größtmöglichen Zahl gepredigt?«

»Über den Grundsatz als solchen diskutiere ich nicht, aber über unseren Weg dorthin. Als ich jung war, sind wir ohne den ›Eisernen Zivilisationsmacher‹ (damit meinte er die Eisenbahn) recht gut gefahren. Sie führen das Glück der vielen nicht dadurch herbei, daß Sie sie laufen lassen, bevor sie gehen können.«

Charles murmelte eine höfliche Zustimmung. Diesen wunden Punkt hatte er auch mit seinem Onkel, einem Mann ganz anderer politischer Überzeugung, berührt. Mancher, der für die ersten Wahlgesetze der dreißiger Jahre gekämpft hatte, stritt gegen ihre Weiterentwicklung drei Jahrzehnte später. Solche Leute sahen ein, daß hier der Krebs des Opportunismus am Werk war, sie sahen das doppelte Gesicht der Entwicklung, daß hier der Geist des Neids und der Rebellion drohte. Der im Jahr 1801 geborene Doktor war sicherlich ein Anhänger klassischer Humanität. Sein Sinn für den Fortschritt hing allzusehr von der geordneten Gesellschaft ab. Diese Ordnung gestattete ihm, genau das zu sein, was er immer gewesen war, und so stand er in Wirklichkeit dem Kryptoliberalen Burke weit näher als dem Kryptofaschisten Bentham. Aber ganz unrecht hatte seine Generation nicht, wenn sie der New-Britain-Bewegung und ihren Staatsmännern, die während des lang andauernden Wirtschaftsbooms nach 1850 emporkamen, mißtraute. Viele Jüngere, Unbedeutende wie Charles, Bedeutende wie Matthew Arnold, waren ihrer Meinung. Disraeli, den man für einen Konvertiten hielt, soll noch auf seinem Sterbebett die Totengebete auf hebräisch gemurmelt haben. Gladstone – erlangte er unter dem Deckmantel edler Beredsamkeit nicht in der modernen politischen Geschichte unerreichte Meisterschaft in zweideutigen

Feststellungen, waren seine mutigen Erklärungen nicht im Grund Feigheit? Wo aber die Großen undurchschaubar geworden sind, was soll man über die Masse ... Aber offenbar war die Zeit da, das Thema zu wechseln. Charles fragte den Doktor, ob er sich für Paläontologie interessiere.

»Nein, mein Herr. Ich hätte es Ihnen ganz offen sagen sollen. Ich wollte dieses reizende Dinner nicht verderben. Aber ich bin begeiterter Neoontologe.« Er lächelte Charles aus der Tiefe seines Ohrenstuhls zu. »Sobald wir mehr über das Leben wissen werden, haben wir Zeit, die Toten zu erforschen.«

Charles ließ sich die Zurückweisung gefallen; er benutzte die Gelegenheit zu fragen: »Neulich machte ich die Bekanntschaft eines Exemplars der hiesigen Flora, das mich Ihnen teilweise beistimmen läßt.« Er machte eine listige Pause. »Sehr seltsamer Fall. Zweifellos wissen Sie mehr über sie als ich.« Als er merkte, daß sein verstecktes Sichanpirschen mehr als ein gelegentliches Interesse vermuten ließ, fügte er rasch hinzu: »Ich glaube, sie heißt Woodruff. Sie ist bei Mrs. Poulteney im Dienst.«

Der Doktor sah auf den mit einem Henkel versehenen silbernen Behälter nieder, in dem sein Glas stand. »Ach ja. Die arme ›Tragedy‹.«

»Bin ich indiskret? Ist sie vielleicht Ihre Patientin?«

»Nun, ich behandle Mrs. Poulteney. Und würde nicht zulassen, daß ein schlechtes Wort über sie gesprochen wird.«

Charles schaute vorsichtig zu ihm hin; unzweifelhaft blitzte es grimmig hinter den viereckig gefaßten Augengläsern des Arztes. Leise lächelnd blickte der junge Mann zu Boden. Dr. Grogan streckte die Hand aus und stocherte in der Glut. »Über die Fossilien dort draußen am Strand wissen wir mehr als darüber, was im Geist dieses Mädchens vor sich geht. Es gibt da einen gescheiten deutschen Arzt, der neulich die Melancholie in verschiedene Gruppen eingeteilt hat. Einen Typ nennt er den natürlichen. Damit meint er, daß jemand mit einem traurigen Temperament geboren wird. Einen anderen nennt er den gelegentlichen, das heißt, hier ist die Ursache ein bestimmtes Ereignis. Daran leiden wir alle, verstehen Sie, von Zeit zu Zeit. Dem dritten Typ attestiert er verborgene Melancholie. Damit meint der Arme wirklich, daß er die Ursache beim Teufel nicht feststellen kann.«

»Aber bei ihr gibt es doch eine Ursache, oder nicht?«

»Nur langsam, ist sie vielleicht das erste Mädel, das sitzengelassen worden ist? Ich könnte Ihnen allein hier in Lyme ein Dutzend aufzählen.«

»Aber unter so brutalen Umständen?«

»Manche noch schlimmer. Heute sind sie vergnügt wie Grillen.«

»So zählen Sie also Miß Woodruff unter die Fälle verborgener Melancholie?«

Einige Augenblicke schwieg der Doktor. »Ich wurde zu ihr gerufen – was ich sage, Sie verstehen, ist strengstens vertraulich –, wurde vor zehn Monaten zu ihr gerufen. Sah sofort, was los war. Weinte ohne Grund, sprach nicht, sah so um die Augen herum aus. Melancholie klar wie Masern. Ich kannte ihre Geschichte, kenne die Talbots, als es passierte, war sie dort Gouvernante. Und ich denke mir, der Fall ist klar, sechs Wochen, ach was, sechs Tage in Marlborough House genügen, einen Normalen nach Bedlam zu bringen. Unter uns, Smithson, ich bin ein alter Heide. Würde gern diese Hochburg der Frömmigkeit bis auf den Grund niederbrennen sehen und die Eigentümerin dazu. Verdammt will ich sein, wenn ich nicht auf der Asche eine Gigue tanze.«

»Ich glaube, ich würde mich gerne anschließen.«

»Und bei Gott, wir wären nicht die einzigen.« Der Doktor nahm einen grimmigen Schluck von seinem Grog. »Die ganze Stadt wäre auf den Beinen. Aber das tut jetzt nichts zur Sache. Ich half dem Mädchen, so gut ich konnte. Aber ich sah, hier gibt es nur ein Heilmittel.«

»Sie wegbringen.«

Der Doktor nickte heftig. »Vierzehn Tage später kommt Grogan eines Nachmittags nach Hause, da wandelt das Mädel auf den Damm hinaus. Ich hol sie herein, rede ihr zu, bin sanft zu ihr, als wär's meine Lieblingsnichte. Ist, wie wenn ein Kutscher über eine Mauer von drei Metern sausen will. Nichts zu machen, Smithson, du liebe Güte, sie ließ mich nicht ausreden. Und ich wollte doch nur ins Gespräch mit ihr kommen. Habe einen Kollegen in Exeter, reizender Mann, nette Frau, vier kleine Bälger wie Engel, der suchte damals gerade eine Gouvernante. Ich erzählte ihr das.«

»Und sie wollte nicht weg.«

»Keinen Zentimeter. Das ist's ja. Mrs. Talbot, die sanfte Taube, hätte das Mädchen sofort wieder genommen. Aber nein, sie geht in ein Haus, von dem sie wissen muß, es ist die Hölle auf Erden, zu einer Herrin, die noch nie den Unterschied zwischen Dienstboten und Sklaven gekannt hat, auf einen Posten, der sticht wie

Stechginster. Und dort steckt sie und rührt sich nicht weg. Sie werden's nicht glauben, Smithson. Aber Sie können dem Mädel den Thron von England offerieren – tausend Pfund gegen einen Penny, sie wird den Kopf schütteln.«

»Aber ... ich finde das unglaublich. Was Sie mir da erzählen, ist genau das, was wir in Betracht zogen. Ernestinas Mutter –«

»Verschwendet ihre Zeit, lieber Mann, bei allem Respekt für die Lady.« Er lächelte Charles grimmig zu, dann unterbrach er sich, um ihre Gläser aus dem Grogkessel auf dem Kamin frisch zu füllen. »Aber der gute Doktor Hartmann beschreibt ein paar ähnliche Fälle. Einen zum Beispiel, sehr seltsame Sache. Wenn ich mich recht erinnere, eine junge Witwe, Weimar, Mann Kavallerieoffizier gewesen, starb durch Zufall beim Manöver. Sie sehen, es gibt Parallelen. Sie fiel in tiefe Schwermut. Schön, war zu erwarten. Aber es ging weiter und weiter, Smithson, Jahr für Jahr. Nichts im Haus durfte verändert werden. Die Kleider des Toten hingen im Schrank, seine Pfeife lag neben seinem Lieblingsstuhl, ja sogar Briefe, die nach seinem Tod noch an ihn adressiert waren ... dort ...«, der Doktor deutete in die Dunkelheit hinter Charles ..., »dort, auf so einem silbernen Tablett lagen sie, ungeöffnet, vergilbend, Jahr für Jahr.« Er machte eine Pause und lächelte Charles zu. »Ihre Ammoniten enthalten nicht solche Geheimnisse wie das da. Aber Hartmann stellte fest –«, er stand neben Charles und redete mit ausgestrecktem Zeigefinger auf ihn ein. »Es war, als sei die Frau süchtig auf Melancholie, wie ein anderer opiumsüchtig wird. Sehen Sie, was dahintersteckt? Ihr Trübsinn wird ihr Glück. Sie will unbedingt ein Opfer sein. Wo Sie und ich zurückschrecken, dort rennt sie vorwärts. Sie ist besessen, das ist's.« Er setzte sich wieder. »Wirklich dunkel. Sehr dunkel.«

Zwischen den beiden Männern herrschte Schweigen. Charles warf den Zigarrenstummel ins Feuer. Einen Augenblick lang flammte er auf. Er stellte fest, daß er nicht den Mut besaß, dem Arzt in die Augen zu schauen, als er die nächste Frage stellte.

»Und ihren wirklichen Geisteszustand hat sie niemandem eröffnet?«

»Ihre nächste Freundin ist sicherlich Mrs. Talbot. Aber die sagt mir, daß das Mädel sogar ihr gegenüber den Mund hält. Ich schmeichle mir ... aber ganz bestimmt habe ich auch nicht recht.«

»Und ... gesetzt den Fall, sie bringt es über sich, ihre versteckten Gefühle einem, der ihr sympathisch ist, zu offenbaren –«

»Dann wär sie geheilt. Aber sie will nicht geheilt werden. Das ist so einfach, wie wenn sie sich weigerte, eine Medizin zu nehmen.«

»Aber voraussichtlich würden Sie doch in einem solchen Fall . . .«

»Wie wollen Sie die Seele unter Druck setzen, junger Mann? Können Sie mir das sagen?« Charles bekundete seine Unfähigkeit, indem er die Achseln zuckte. »Natürlich nicht. Und ich will Ihnen noch was sagen. Es ist besser so. Aus Gewalt ist noch nie Verstehen erwachsen.«

»Also ist sie ein hoffnungsloser Fall?«

»In Ihrem Sinn, ja. Die Medizin kann hier nichts tun. Sie dürfen nicht annehmen, daß sie wie ein Mann klar denken, ihre Motive überprüfen kann, daß sie versteht, warum sie sich so benimmt. Wir müssen sie sehen, wie wenn sie im Nebel ginge. Was wir tun können, ist warten und hoffen, daß sich der Nebel hebt. Dann vielleicht . . .« Er schwieg. Dann fügte er hinzu, aber ohne Hoffnung in der Stimme: »Vielleicht.«

Genau im gleichen Augenblick liegt Sarahs Schlafzimmer in dem schwarzen Schweigen, das Marlborough House wie ein Leichentuch einhüllt. Sie liegt im Schlaf auf der rechten Seite, ihr schwarzes Haar fällt über ihr Gesicht und bedeckt es fast ganz. Wieder ist zu bemerken, wie friedlich, gar nicht tragisch, ihre Züge sind: hier liegt eine gesunde junge Frau, sechsundzwanzig, siebenundzwanzig Jahre alt. Ihr schlanker Arm ist außerhalb der Bettdecke, denn die Nacht ist still und die Fenster sind geschlossen . . . außerhalb der Bettdecke, sagte ich, und ruht auf einem Körper neben ihr.

Kein Mann. Ein Mädchen, etwa neunzehnjährig, auch sie schläft, mit dem Rücken zu Sarah gekehrt, doch ganz nahe bei ihr. Das Bett ist zwar groß, aber nicht für zwei Personen berechnet.

Jetzt haben Sie an etwas gedacht; aber Sie vergessen, daß wir das Jahr 1867 schreiben. Angenommen, Mrs. Poulteney steht plötzlich mit der Lampe in der Hand im Türrahmen und entdeckt die beiden Körper in so naher, herzlicher Umarmung. Vielleicht erwarten Sie jetzt, sie würde anschwellen, sich aufplustern wie ein zorniger schwarzer Schwan und ihre Verwünschungen schleudern; zwei Mädchen, nur in ihre armseligen Nachthemdchen gekleidet, werden aus den ehernen Toren gestoßen.

Damit würden Sie sich sehr täuschen. Wir wissen ja, daß Mrs.

Poulteney jeden Abend Laudanum nahm; so wäre es kaum zu dieser Probe aufs Exempel gekommen. Aber auch wenn sie dort gestanden hätte, sie hätte sich höchstwahrscheinlich umgedreht und wäre gegangen – ja, sie hätte die Tür leise geschlossen, um die Schläferinnen nicht zu wecken. Unmöglich? Aber es gab eben Laster, die waren so unnatürlich, daß es sie damals überhaupt nicht gab. Ich bezweifle, daß Mrs. Poulteney jemals das Wort »lesbisch« gehört hatte und wenn ja, hätte sie es auf die Insel Lesbos bezogen. Aber für sie stand ebenso felsenfest wie die Tatsache, daß die Erde rund ist oder daß der Bischof von Exeter Dr. Phillpotts hieß, daß Frauen fleischliches Vergnügen nicht kennen. Natürlich wußte sie, daß niedrig geartete Frauen an gewissen Zärtlichkeiten der Männer Gefallen finden. Dazu gehörte zum Beispiel der ungeheuerliche Kuß, der einmal vor ihren Augen auf Marys Wange landete, aber das hielt sie für das Ergebnis weiblicher Eitelkeit und weiblicher Schwäche. Es gab Prostituierte, daran gemahnte sie das erhabene Werk der Lady Cotton; aber das erklärte sich daher, daß diese Kreaturen so verdorben waren, daß sie den den Frauen angeborenen Abscheu vor dem Fleischlichen aus Geldgier unterdrückten. Dies hatte sie auch zunächst von Mary angenommen; offenbar war das Mädchen, das noch kichern konnte, nachdem der Stallbursche sie so abscheulich mißbraucht hatte, eine praktizierende Prostituierte.

Welches waren also Sarahs Motive? Was lesbische Liebe anlangt, war sie so unwissend wie ihre Herrin, Mrs. Poulteneys Horror vor dem Fleischlichen teilte sie allerdings nicht. Sie wußte oder vermutete wenigstens, daß die Liebe mit physischem Vergnügen verbunden ist. Dennoch war sie, wie ich annehme, so unschuldig, daß dies gar keine Rolle spielt. Sie hatte begonnen, Millie zu sich ins Bett zu nehmen, bald nachdem die Arme vor den Augen der Mrs. Poulteney zusammengebrochen war. Dr. Grogan hatte ihre Verlegung aus dem Mädchenzimmer in einen helleren Raum empfohlen. Nun lag zufällig anstoßend an Sarahs Schlafzimmer ein langgestrecktes Ankleidezimmer; dort erhielt Millie ihr Lager. Viel von der Fürsorge für das bleichsüchtige Mädchen nahm Sarah selbst auf sich. Millie war die Tochter eines Pflügers, das vierte von elf Kindern. Die Armut, in der die Familie lebte, war unbeschreiblich. Sie wohnten in einer feuchten, baufälligen Hütte zwischen zwei Bäumen in einem jener Täler, die von dem rauhen Eggardon nach Westen ziehen. Jetzt gehört der Ort einem eleganten jungen Architekten aus London. Dieser verbringt sein

Weekend dort, weil er die Wildheit, die Abgeschiedenheit und malerische Ländlichkeit liebt. Vielleicht vertreibt er dadurch die Schrecken der viktorianischen Zeit, die dort noch hausen. Ich hoffe es; denn die Vision von dem zufriedenen Landarbeiter und seiner Familie, die George Morland und seinesgleichen so beliebt machte – der Kriminalroman *Birket Foster* stand 1867 an erster Stelle –, war dummer und verderblicher, sentimentaler Kitsch. Die Wirklichkeit wurde dort ebenso unterdrückt wie zu unserer Zeit in den Hollywoodfilmen vom »wirklichen« Leben. Ein Blick auf Millie und ihre zehn armseligen Geschwister – und der Mythos vom Happy Swain wäre zu Asche verbrannt; aber nur wenige leisteten sich diesen Blick. Jedes Zeitalter wird schuldig und baut in seiner Schuld hohe Mauern um sein Versailles; ich persönlich hasse diese Mauern besonders dann, wenn sie von Schriftstellern und Künstlern errichtet sind.

So hörte Sarah eines Nachts das Kind weinen. Sie ging hinüber und tröstete es, was nicht allzu schwierig war, denn Millie war noch ein Kind trotz ihrer neunzehn Jahre. Sie konnte weder lesen noch schreiben, und an Kenntnis der Menschen um sie her besaß sie soviel wie ein Hund; wenn man sie tätschelte, verstand sie; stieß man sie, so war das eben das Leben. Die Nacht war bitter kalt, Sarah war einfach zu dem Mädchen ins Bett geschlüpft, hatte sie in den Arm genommen, geküßt und buchstäblich getätschelt. Für sie war Millie wie eines jener schwächlichen Lämmer, die sie einst mit eigener Hand aufgezogen hatte, ehe die Ambitionen ihres Vaters den bäuerischen Gewohnheiten ein Ende bereiteten. Für die Tochter des Pflügers galt ganz gewiß Ähnliches.

Von da an stellte sich das Lamm mit verzweifeltem Blick zwei- bis dreimal die Woche ein. Sie schlief schlecht, lange nicht so gut wie Sarah. Diese ging oft allein zu Bett, wachte dann im Dunkeln auf und fand das Mädchen neben sich – so sacht glitt Millie an ihren Platz, wenn ihr die Mitternacht so unheimlich wurde. Die Arme fürchtete sich in der Dunkelheit und hätte gebeten, in den Schlafraum unter dem Dach zurückkehren zu dürfen, wenn sie nicht Sarah gehabt hätte.

Dieses zarte Verhältnis war fast ohne Worte. Sie sprachen nur selten miteinander und dann nur über die alltäglichen Hausangelegenheiten. Sie wußten, daß nur dieses warme Beieinandersein in der Dunkelheit zählte. In ihren Gefühlen muß doch etwas Sexuelles mitgeschwungen haben? Vielleicht; aber sie überschritten nie die Grenzen, die zwei Schwestern gezogen waren. In anderem Milieu, dem der tierischen Armut in den Städten oder unter der völlig emanzipierten Aristokratie, mag es lesbische Verhältnisse mit sexueller Befriedigung gegeben haben; aber das Phänomen gemeinsam schlafender Frauen, das in der viktorianischen Zeit verbreitet war, wird wohl viel eher auf die verheerende Arroganz der damaligen Männerwelt als auf zweifelhaftere Motive zurückzuführen sein. Steht übrigens in einem solchen Abgrund der Einsamkeit jedes Zueinanderfinden nicht der Humanität näher als der Perversität? Lassen wir sie schlafen, die beiden Unschuldigen; kehren wir zurück zu jenem vernünftigeren, gebildeten und überhaupt edler gearteten Paar unten am Meeresstrand.

Die zwei Herren der Schöpfung hatten ihr Gespräch über Miß Woodruff und ihre Gleichnisse über den Nebel zugunsten des eher überschaubaren Gebiets der Paläontologie verlassen.

»Sie werden zugeben«, sagte Charles, »daß man Lyells Entdekkungen viel mehr Bedeutung beimißt, als sie verdienen. Ich glaube, die Kirche hat sich da einen gewaltigen Kampf aufgebürdet.«

Ich möchte einfügen, daß Lyell der Vater der modernen Geologie ist. Schon Buffon hatte in seinen berühmten *Époques de la Nature* 1778 den Mythos für überholt erklärt, den Erzbischof Ussher im 17. Jahrhundert aufbrachte und der seither in unzähligen Auflagen der Englischen Bibel wiederholt wurde: daß nämlich die Welt am 26. Oktober des Jahres 4004 v. Chr. um neun Uhr vormittags erschaffen worden sei. Aber selbst der große französische Naturforscher wagte die Erschaffung derWelt nicht weiter als 75000 Jahre zurückzudatieren. Die zwischen 1830 und 1833 erschienenen *Principles of Geology* von Lyell stimmten darin so hübsch mit den allerorten stattfindenden Reformen zusammen, daß sie das Datum gleich um Millionen Jahre hinausschleuderten. Seines Namens erinnert man sich trotz seiner Bedeutung heute kaum mehr. Seine Zeit und zahllose Wissenschaftler auch anderer Richtungen prägte er nachhaltig; wie ein Sturmwind fegten seine Entdeckungen durch die Korridore der Zeit, die Furchtsamen froren dabei, aber die Kühnen gewannen Kraft; die abgestandene Metaphysik wurde verscheucht. Aber zu der Zeit, in der unsereGeschichte spielt, hatten wenige auch nur den Titel von Lyells Meisterwerk gehört, eine geringere Anzahl schenkte seinen Theorien Glauben, eine noch geringere übernahm auch all seine Folgerungen. Die Genesis ist eine große Unwahrheit, sie ist aber auch ein großes Gedicht, und ein sechstausendjähriger Mutterschoß ist viel wärmer als einer, der auf zweitausend Millionen Jahre zurückblickt.

Charles war von seinen Gesprächen mit dem zukünftigen Schwiegervater und mit dem Onkel her gewitzigt, in dieser Richtung mit äußerster Delikatesse vorzugehen; aber es interessierte ihn, ob Dr. Grogan seiner Sorge um die Theologen beistimmen oder sie verwerfen würde. Der Doktor jedoch hielt sich zurück. Er starrte nur ins Feuer und murmelte: »Das hat sie, in der Tat.«

Eine kleine Pause trat ein, die Charles so beiläufig beendete, als sei ihm nur daran gelegen, das Gespräch in Gang zu halten:

»Haben Sie etwas von diesem Kerl, dem Darwin, gelesen?«

Als einzige Antwort blickte Grogan scharf über seine Brillengläser. Dann erhob er sich, nahm die Petroleumlampe und ging zu einem Bücherregal an der Rückwand des schmalen Raums. Augenblicklich kehrte er zurück und übergab Charles ein Buch. Es war »Die Entstehung der Arten«. Charles sah dem Doktor in die ernst gewordenen Augen.

»Ich wollte damit nicht sagen –«

»Haben Sie es gelesen?«

»Ja.«

»Dann sollten Sie sich etwas Besseres einfallen lassen, als von einem großen Mann als von ›diesem Kerl‹ zu sprechen.«

»Haben Sie das gemeint –«

»Dieses Buch handelt vom Lebendigen, Smithson. Nicht vom Toten.«

Der Doktor drehte sich etwas schroff um und stellte die Lampe wieder auf ihren Ständer. Charles stand auf.

»Sie haben vollkommen recht. Ich bitte um Entschuldigung.«

Der Doktor maß ihn von der Seite.

»Vor einigen Jahren war Gosse hier mit einer schneckensammelnden Gesellschaft von Blaustrümpfen. Haben Sie seinen *Omphalos* gelesen?«

Charles lächelte. »Ich fand, daß er einem ziemlichen Unsinn recht nahe war.«

Grogan lächelte trüb; er hatte die positive und die negative Probe mit ihm angestellt.

»Dasselbe sagte ich ihm auch nach Ende seiner Vorlesung. Ha! Hatte ich nicht recht?!« Der Doktor blies zweimal triumphierend durch seine irischen Nasenlöcher. »Ich denke, dieser Sack voll fundamentalistischem Wind wird es sich zweimal überlegen, bevor er noch einmal über die Küste von Dorset streicht.«*

Er betrachtete Charles nun freundlicher.

»Darwinist?«

»Mit Leidenschaft.«

Da ergriff Grogan seine Hand und drückte sie, als sei er Robinson Crusoe und Charles Freitag; vielleicht ging in diesem Augenblick etwas zwischen ihnen vor, das dem nicht so unähnlich war, was zwischen den einige hundert Meter weiter schlafenden Mädchen vor sich ging. Sie wußten, sie waren zwei Schaumflöckchen auf dem Meer zäher Lethargie – zwei Körnchen Salz in einer Terrine voll geschmackloser Fleischbrühe.

Unsere zwei Carbonari des Geistes – hat nicht das Kind im Mann zu allen Zeiten begeistert in Geheimbündelei gemacht? – traten nun in eine neue Runde ein; die Gläser wurden gefüllt, frische Zigarren entzündet, und daran schloß sich eine ausgiebige Feierstunde für Darwin. Man sollte meinen, die großen neuen Wahrheiten, die sie besprachen, hätten ihnen Respekt abgenötigt; aber ich fürchte, daß besonders Charles auf seinem Heimweg in den Morgenstunden von erhabener Überlegenheit, einer intellektuellen Distanz über den Rest seiner Mitmenschen erfüllt war.

Das unbeleuchtete Lyme war die ordinäre Masse der Menschheit, in erinnerungslosen Schlaf versunken; Charles aber war auf dem Weg der natürlichen Zuchtwahl auserwählt, war reiner Intellekt und wandelte wachend, frei wie ein Gott und eins mit den nimmermüden Sternen. Er verstand alles. Alles – bis auf Sarah.

* Das Werk »Omphalos: ein Versuch, den geologischen Knoten zu entwirren« ist heute vergessen; das ist schade, denn es ist eins der seltsamsten und unabsichtlich komischsten Bücher der ganzen Epoche. Der Verfasser war Mitglied der Royal Society und der führende Meeresbiologe seiner Zeit; aber aus Furcht vor Lyell und dessen Anhängern ließ er sich verleiten, 1857 eine Theorie aufzustellen, wonach die Widersprüche zwischen der Wissenschaft und dem biblischen Schöpfungsbericht mit einem Schlag zu beseitigen sind: Gosses geniales Argument lautete, Gott habe am Tag, da er Adam schuf, auch alle die fossilen und ausgestorbenen Lebensformen mitgeschaffen. Diese Operation gehört wohl zu dem Unfaßlichsten, was an Versteckspielen zugunsten der Gottheit vom Menschen unternommen wurde. Das Erscheinungsjahr des »Omphalos« – zwei Jahre vor der »Entstehung der Arten« – hätte nicht unglücklicher gewählt werden können. Natürlich machte Gosses Sohn Edmund den Vater fünfzig Jahre später in seinen berühmten Memoiren unsterblich.

20

Natur und Gott – liegt Ihr im Widerstreit,
Daß die Natur so böse Träume bringt?
Der Menschheit gedenkt sie mit Sorgfalt,
Des Menschen nicht. Tennyson, *In Memoriam* (1850)

Schließlich brach sie ihr Schweigen und gab Dr. Burkley ihre Absicht preis: Niederkniend deutete der Arzt mit zitternder Hand auf ihren grausig anzusehenden Rock. »Ein anderes Kleid«, schlug er schüchtern vor. »Nein«, flüsterte sie leidenschaftlich, »sie sollen sehen, was sie angerichtet haben.« William Manchester, *Der Tod des Präsidenten*

Sie stand im Schatten versteckt am anderen Ende des Efeutunnels. Ohne sich umzusehen, hatte sie ihn bemerkt, wie er durch die Eschen heraufkam. Der Tag war herrlich, in Azur getaucht, es wehte eine warme Südwestbrise. Schwärme von Schmetterlingen waren aufgewacht, zitronengelb, orangegetupft und weiß mit grünem Geäder. Wir haben diese Wesen für unvereinbar mit hohem landwirtschaftlichen Nutzen erklärt und haben sie mit Gift fast ausgerottet. Sie hatten Charles auf dem ganzen Weg von der Meierei und durch die Wälder umgaukelt. Jetzt schwebte einer, ein leuchtendgelber Fleck, in der hellen Luft hinter Sarahs dunkler Gestalt. Ehe Charles in den dunkelgrünen Schatten unter dem Efeu eintrat, hielt er an; mit Verschwörerblick sah er um sich, um ganz gewiß zu sein, daß niemand ihn beobachtete. Aber nur die Eschen steckten ihre noch kahlen Zweige über das verlassene Waldland.

Sie drehte sich nicht um, bis er ganz nahe war, und selbst da sah sie ihn nicht an; vielmehr griff sie in ihre Manteltasche und reichte ihm mit niedergeschlagenen Augen ein Fundstück, als sei es eine Sühnegabe. Charles nahm es, aber ihre Unruhe war ansteckend.

»Sie müssen mir gestatten, Ihnen für diese Funde das zu bezahlen, was ich im Laden bei Miß Anning bezahlen würde.« Sie hob den Kopf, und jetzt trafen sich ihre Augen. Er sah, daß sie beleidigt war; wieder hatte er das unerklärliche Gefühl, durchbohrt zu werden, ehe er sie ereichte. Aber diesmal brachte es ihn zur Besinnung; er nahm die Haltung ein, zu der er sich vorher entschlossen hatte; diese Begegnung fand zwei Tage nach den im vorigen Kapitel berichteten Ereignissen statt. Dr. Grogans kleine Bemerkung über den Vorzug des Lebendigen vor dem Toten hatte gewirkt, so daß Charles nun in seinem Abenteuer einen ebenso wissenschaftlichen wie humanitären Zweck erblickte. Er war aufrichtig genug, sich einzugestehen, daß trotz der Ungehörigkeit seines Vorgehens ihm die Sache Freude bereitete; jetzt aber entdeckte er sein Pflichtbewußtsein. Zweifellos gehörte er zu den Tüchtigsten; aber unter den Menschen haben die Tüchtigsten eine klare Verantwortung für die weniger Tüchtigen.

Noch einmal hatte er sogar überlegt, ob er nicht Ernestina alles erzählen sollte, was zwischen ihm und Miß Woodruff vorgefallen war; aber er sah ganz deutlich voraus, daß sie nur dumme weibliche Fragen stellen würde, die er nicht beantworten konnte, ohne sich in gefährlich tiefes Wasser zu wagen. Er entschied alsbald, daß Ernestina, da sie eine Frau war und keine Erfahrung besaß, die Selbstlosigkeit seiner Motive nicht erkennen würde. So wich er sehr bequem jenem anderen, weniger attraktiven Aspekt des Pflichtgefühls aus.

Er parierte Sarahs anklagenden Blick. »Ich bin zufällig reich, Sie sind zufällig arm. Ich glaube, wir sollten deshalb nicht auf solchen Zeremonien bestehen.«

So sah sein Plan aus: sich Sarah gegenüber mitfühlend zu erweisen, jedoch eine Distanz zwischen ihnen aufzurichten, um sie an den Standesunterschied zu erinnern . . . freilich mit einer leichten, nicht anmaßenden Ironie.

»Es ist alles, was ich Ihnen schenken kann.«

»Es gibt keinen Grund, weshalb Sie mir überhaupt etwas schenken.«

»Sie sind gekommen.«

Er fand sich durch ihre Sanftheit ebenso aus der Fassung gebracht wie durch ihren Stolz.

»Ich bin gekommen, weil ich mich davon überzeugt habe, daß Sie wirklich Hilfe brauchen. Obwohl ich nicht begreife, weshalb Sie gerade mich der Ehre würdigen, mich Einblick nehmen zu lassen in Ihren . . .« Hier stockte er, denn er war daran, »Fall« zu sagen, was verraten hätte, daß er nicht nur den Gentleman, sondern auch den Arzt spielte. ». . . Ihren mißlichen Zustand, bin ich nun hier, um anzuhören, was Sie mir . . . wenn ich nicht irre . . . mitzuteilen . . .«

Sie sah wieder zu ihm auf, er fühlte sich geschmeichelt. Mit einer schüchternen Handbewegung deutete sie in die Helligkeit: »Ich weiß ganz in der Nähe einen verborgenen Platz. Können wir dorthin gehen?«

Er nickte zustimmend, und sie traten in die Sonne hinaus und gingen über die steinige Lichtung, wo Charles sie beim Suchen zum erstenmal getroffen hatte. Sie ging leicht und sicher, mit der einen Hand raffte sie ihr Kleid einige Zentimeter über den Boden auf, mit der anderen faßte sie die Bänder ihres schwarzen Hutes. Viel weniger behend folgte er ihr, dabei bemerkte er die gestopften Stellen an den Fersen ihrer schwarzen Strümpfe, die niedergetretenen Absätze ihrer Schuhe, aber auch den roten Schein in ihrem dunklen Haar. Wenn es ganz offen war, mußte es wundervoll sein, reich und füllig; und obwohl es straff zurückgekämmt in den Mantelkragen gesteckt war, fragte er sich doch, ob sie nicht aus Eitelkeit ihren Hut so oft in der Hand trug.

Sie ging voran und trat wieder in einen Tunnel, der aber am anderen Ende zu einem grünbewachsenen Abhang führte, wo der einst senkrechte Hang längst zusammengestürzt war. Der Fuß fand an Grasbüscheln Halt, und sie stieg achtsam im Zickzack zur Höhe hinauf. Er mühte sich, ihr zu folgen, und nahm den unteren, mit weißen Bändern versehenen Rand ihrer Hose wahr, die unmittelbar über den Knöcheln endete; eine Lady hätte sich beim Aufstieg hinter ihm, nicht vor ihm gehalten.

Oben wartete Sarah, um Charles zu helfen. Dann kletterte er neben ihr bis auf das höchste Plateau. Neuerlich stieg dort der Boden steil an zu einer weiteren, etwa hundert Meter höher liegenden Erhebung; dies waren die Felsstufen, die man noch von dem drei Kilometer entfernten Damm sehen konnte. Beim Überqueren des Hangs kamen sie an einen steilen Vorsprung, der Charles gefährlich schien; ein Ausgleiten, und man würde einen Meter weiter hilflos auf den nächsten Vorsprung hinunterstürzen. Er selbst hätte hier gezögert, aber Sarah stieg ruhig hinauf, als sähe sie die Gefahr nicht. Am anderen Ende des Plateaus wurde das Land für wenige Meter etwas flacher: Das war Sarahs »verborgener Platz«.

Eine kleine, nach Süden offene Mulde, umstanden von dichten Brombeerstauden und Hartriegel – eine Art winziges grünes Amphitheater. Ein verkrüppelter Dornbusch stand im Hintergrund der Arena, wenn man diesen Ausdruck für den nicht einmal fünf Meter im Durchmesser breiten Platz gebrauchen kann. Jemand – offenbar nicht Sarah – hatte einst einen großen Felsbrocken mit flacher Oberseite an den Stamm gewälzt und so einen rohen Thron geschaffen, von dem aus man über die Baumwipfel in der Tiefe aufs Meer sehen konnte. Charles keuchte etwas in seinem Flanellanzug und schwitzte ziemlich. Er sah sich um. Die Ränder

der Mulde waren mit Primeln und Veilchen bestanden und mit den weißen Sternen der Erdbeerblüten. Man schwebte im Himmel, wiegte sich in der Nachmittagssonne, der Ort war ganz reizend, in jeder Hinsicht geschützt.

»Ich muß Ihnen gratulieren. Sie sind ein Genie im Aufspüren von Verstecken.«

»Im Aufspüren von Einsamkeit.«

Sie bot ihm den Felssitz unter dem kleinen dornigen Baum an.

»Sicher ist das Ihr Sitzplatz.«

Aber sie drehte sich um und setzte sich rasch und anmutig auf einen kleinen Erdhügel in geringem Abstand von dem Baum so, daß sie das Meer sah; als Charles die bessere Sitzgelegenheit einnahm, mußte er feststellen, daß ihr Gesicht für ihn nur halb zu sehen war, daß er aber – war es unbewußte Koketterie – ihr Haar bewundern mußte. Sie saß sehr aufrecht, nur der Kopf war geneigt, und sie beschäftigte sich nicht sehr glaubwürdig mit dem Ordnen ihres Huts. Im Geist, nicht mit dem Mund lächelte Charles, als er sie so sah. Offensichtlich wußte sie nicht, wie sie anfangen sollte, obwohl die Situation so frisch und ungezwungen jugendlich war, als sei er ein Knabe und sie seine Schwester.

Endlich legte sie den Hut zur Seite und öffnete den Mantel, die Hände hatte sie gefaltet; aber noch immer sprach sie nicht. Etwas am Schnitt ihres Mantels mit dem hohen Kragen verlieh ihr, besonders von hinten, ein etwas männliches Aussehen, erinnerte an einen Kutscher oder Soldaten – aber das Haar strafte diesen Eindruck Lügen. Mit einiger Überraschung stellte Charles fest, daß die schäbigen Kleider sie nicht beeinträchtigten, irgendwie paßten sie zu ihr besser als elegante Kleidung. Die Damenmode hatte in den letzten fünf Jahren, vor allem in London, eine große Entwicklung durchgemacht. Man begann allgemein künstliche Hilfsmittel zu benutzen, die den Busen wohlgeformt sein ließen, Augenwimpern und Augenbrauen zu bemalen, die Lippen zu schminken, das Haar zu »bestauben« und zu färben . . . das taten die vornehmsten Damen, nicht nur die Halbwelt. An Sarah war nichts davon zu sehen. Der Mode schien sie völlig gleichgültig gegenüberzustehen; und behauptete sich trotz alledem, wie die einfachen Primeln sich in der Konkurrenz all der ausländischen Gewächshauspflanzen behaupteten.

So saß Charles schweigend da, ein kleiner König mit seinem seltsamen Bittsteller zu Füßen; nicht übermäßig geneigt, ihr zu helfen. Aber sie wollte ja nicht reden. Vielleicht war es schüchterne Bescheidenheit, aber er hatte das bestimmte Gefühl, er müsse ihr jetzt das Geheimnis entlocken. Schließlich gab er dem Gefühl nach.

»Miß Woodruff, ich verabscheue Unsittlichkeit. Aber Sittlichkeit ohne Barmherzigkeit verabscheue ich noch mehr. Ich verspreche Ihnen, kein allzu strenger Richter zu sein.« Sie bewegte etwas den Kopf, zögerte aber noch. Und dann stürzte sie sich in ihr Geständnis, wie ein Wasserschauer vom Rand des Beckens springt. »Er hieß Varguennes. Nachdem sein Schiff gekentert war, brachte man ihn zu Kapitän Talbot. Die Besatzung war bis auf zwei Mann ertrunken. Aber das haben Sie schon gehört?«

»Nur die Tatsache. Nichts Näheres über ihn selbst.«

»Was ich an ihm vor allem bewunderte, war sein Mut. Ich wußte damals noch nicht, daß Männer sehr tapfer und sehr falsch zugleich sein können.« Sie starrte aufs Meer hinaus, als wenn dieses und nicht Charles ihr Zuhörer wäre. »Die Wunde war furchtbar, das Fleisch war von der Hüfte bis zum Knie weggerissen. Wäre Brand dazugekommen, er hätte das Bein verloren. Die ersten Tage litt er große Schmerzen, aber er schrie niemals. Nicht das kleinste Stöhnen. Sooft der Arzt ihn verband, packte er meine Hand so fest, daß ich einmal fast ohnmächtig wurde.«

»Und er sprach kein Englisch?«

»Ein paar Worte. Mrs. Talbot konnte nicht mehr Französisch als er Englisch. Kapitän Talbot mußte bald nach seiner Ankunft dienstlich verreisen. Er erzählte uns, er sei aus Bordeaux. Sein Vater sei ein reicher Rechtsanwalt, der sich wieder verheiratet und die Kinder aus erster Ehe um ihr Erbe gebracht habe. Varguennes sei ins Weingeschäft eingestiegen und zur See gegangen. Als das Schiff kenterte, sei er erster Offizier gewesen. Aber alles war falsch. Ich weiß nicht, wer er wirklich war. Er schien ein Gentleman. Das ist alles.«

Sie sprach wie jemand, der nicht gewöhnt ist, länger zusammenhängend zu sprechen, machte seltsame kleine Pausen zwischen den einzelnen, abgehackten Sätzen; Charles hätte nicht sagen können, ob sie in diesen Pausen nachdachte oder ihm Gelegenheit geben wollte, sie zu unterbrechen. Er murmelte: »Ich verstehe.«

»Manchmal glaube ich, er hatte mit dem Schiffbruch überhaupt nichts zu tun. Er war der Teufel, als Seemann verkleidet.« Sie sah auf ihre Hände nieder. »Er war sehr hübsch. Kein Mann hat mir jemals Aufmerksamkeiten erwiesen wie er – ich meine, als es ihm wieder besser ging. Für Bücher war er nicht zu haben. Er war unartiger als ein Kind. Er mußte Unterhaltung haben, Leute um sich, Leute, die ihm zuhörten. Er sagte mir dumme Sachen über mich selbst. Er könne nicht verstehen, weshalb ich nicht verheiratet sei. Solche Sachen. Und ich war so dumm, ihm zu glauben.«

»Er machte Ihnen Anträge, kurz gesagt.«

»Sie müssen verstehen, wir sprachen immer französisch. Vielleicht schien mir deshalb das, was er sagte, nicht sehr wirklich. Ich bin nie in Frankreich gewesen, das gesprochene Französisch verstehe ich nicht besonders gut. Sehr oft erfaßte ich nicht vollkommen, was er meinte. Die Schuld liegt nicht nur bei ihm. Vielleicht hörte ich aus seinen Worten mehr, als er sagen wollte. Er machte sich auch über mich lustig. Aber es war nicht beleidigend.« Sie zögerte einen Augenblick. »Ich . . . mir begann es sogar zu gefallen. Wenn ich ihm nicht erlaubte, meine Hand zu küssen, nannte er mich grausam. Eines Tages hielt ich mich dann selbst für grausam.«

»Und Sie waren nicht länger grausam?«

»Nein.«

Eine Krähe schwebte dicht über ihnen vorbei, das schwarze Gefieder glänzte, unschlüssig ließ sie es von der Brise zerzausen, ehe sie in plötzlichem Schrecken davonstob.

»Ich verstehe.«

Er wollte sie damit nur ermuntern, fortzufahren.

»Das können Sie nicht, Mr. Smithson. Sie sind keine Frau. Keine Frau, die von Geburt an bestimmt war, die Frau eines Bauern zu werden, sondern Sie wurden erzogen, etwas . . . Besseres zu werden. Man hat mich schon einige Male um meine Hand gebeten. Als ich in Dorchester war, wollte ein reicher Viehhändler – aber das gehört nicht hierher. Sie sind nicht als Frau mit einer natürlichen Ehrfurcht, einer Liebe zur Intelligenz geboren, zur Schönheit, zum Lernen . . . Ich weiß nicht, wie ich es ausdrücken soll, ich habe auch kein Recht, mir das zu wünschen, aber mein Herz sehnt sich danach, und ich kann nicht glauben, daß das alles Unsinn ist . . .« Sie schwieg einen Augenblick. »Sie waren niemals eine Gouvernante, Mr. Smithson, eine junge Frau ohne Kinder, die dafür bezahlt wird, auf Kinder aufzupassen. Sie können es nicht verstehen, daß der Schmerz um so größer wird, je süßer sie sind. Sie dürfen nicht glauben, daß der pure Neid aus mir spricht. Ich habe den kleinen Paul und die kleine Virginia liebgehabt, für

Mrs. Talbot fühlte ich nichts als Dankbarkeit und Zuneigung – ich könnte für sie oder für die Kinder sterben. Aber jeden Tag in einer glücklichen Familie zuzubringen, nächster Zeuge zu sein einer glücklichen Ehe, eines fröhlichen Hauswesens, wohlgeratener Kinder.« Sie schwieg. »Mrs. Talbot ist genau in meinem Alter.« Sie schwieg wieder. »Mir kam es so vor, als dürfe ich im Paradies leben, aber es nicht genießen.«

»Glauben Sie nicht, daß wir alle an der Entbehrung, die Sie beschreiben, in verschiedener Weise leiden?«

Sie schüttelte mit überraschender Heftigkeit den Kopf. Er bemerkte, daß er hier auf eine tiefliegende Emotion stieß.

»Ich wollte damit nur sagen, daß soziale Vorrechte nicht unbedingt glücklich machen.«

»Es gibt keinen Vergleich zwischen einer Situation, in der Glück zumindest möglich ist, und einer, in der . . .« Wieder schüttelte sie den Kopf.

»Aber Sie können doch sicher nicht behaupten, daß alle Gouvernanten unglücklich sind – oder unverheiratet bleiben.«

»Alle, die so sind wie ich.«

Er ließ eine Pause eintreten, dann sagte er: »Ich habe Sie unterbrochen. Verzeihen Sie.«

»Glauben Sie mir, daß ich nicht aus Neid so spreche?« Sie wandte sich ihm zu und blickte ihn intensiv an. Er nickte. Sie pflückte ein Büschel Kreuzblumen, die auf der Böschung neben ihr wuchsen, blaue Blüten, die aussahen wie die Geschlechtsteile eines winzigen Cherubs. Dann fuhr sie fort:

»Varguennes erholte sich. Es war eine Woche, bevor er uns verlassen sollte. Er hatte mir bereits seine Zuneigung gestanden.«

»Er fragte Sie, ob Sie ihn heiraten würden?«

Die Antwort fiel ihr schwer. »Wir sprachen von der Heirat. Er erzählte mir, nach seiner Rückkehr werde er zum Kapitän eines Weinschiffs aufrücken. Er erwarte auch die Erbrechte, die er und sein Bruder verloren hatten, wiederzuerhalten.« Sie zögerte noch, dann kam es heraus: »Er wollte, daß ich mit ihm nach Frankreich gehe.«

»Wußte Mrs. Talbot davon?«

»Sie ist die gütigste Frau der Welt. Und die unschuldigste. Wäre Kapitän Talbot dagewesen . . . aber er war fort. Anfangs schämte ich mich, es ihr zu sagen, schließlich fürchtete ich mich.« Sie fügte hinzu: »Fürchtete mich vor dem Rat, den sie mir, wie ich wußte, geben mußte.« Sie begann, die Kreuzblumen zu zerrupfen.

»Varguennes begann zu drängen. Er ließ mich glauben, sein ganzes Glück hinge davon ab, daß ich mitfuhr – mehr noch, auch mein eigenes Glück. Er hatte viel über mich in Erfahrung gebracht. Daß mein Vater im Irrenhaus geendet hatte. Daß ich ohne Mittel und nähere Verwandte dastand.Daß ich jahrelang mysteriöserweise – ich weiß nicht weshalb – glaubte, zum Alleinsein verurteilt zu sein.« Sie legte die Kreuzblumen beiseite und verkrampfte die Finger im Schoß. »Mein Leben ist von Einsamkeit begleitet, Mr. Smithson. Wie wenn ihm bestimmt sei, daß ich nie die Freundschaft eines Gleichgesinnten erleben, nie ein eigenes Heim besitzen würde, nie die Welt anders sehen dürfe als die Regel, von der ich die Ausnahme sein muß. Vor vier Jahren mußte mein Vater den Bankrott anmelden. Unser ganzer Besitz wurde verkauft. Seither leide ich an der Einbildung, daß sogar die Gegenstände – Stühle, Tische, Spiegel – sich verschworen haben, meine Einsamkeit zu vermehren. Du wirst uns nie besitzen, sagen sie, wir werden dir nie gehören. Immer jemand anderem. Ich weiß, das ist Wahnsinn, ich weiß, daß in den Fabrikstädten Armut und Einsamkeit existieren, im Vergleich zu denen ich in Komfort und Luxus lebe. Aber wenn ich von den wilden Racheakten der Unionisten lese, verstehe ich sie mit einem Teil meiner selbst. Ich beneide sie fast, denn sie wissen, woran und wie sie ihre Rache austoben. Ich bin machtlos.« Etwas schwang jetzt in ihrer Stimme, ein intensives Gefühl, das ihren letzten Satz teilweise Lügen strafte. Ruhiger fügte sie hinzu: »Ich fürchte, ich drücke mich nicht sehr klar aus.«

»Ich bin mir nicht sicher, ob ich Ihre Gefühle billigen kann. Aber ich verstehe sie vollkommen.«

»Varguennes reiste ab, um das Postschiff in Weymouth zu erreichen. Natürlich nahm Mrs. Talbot an, er werde es sofort nach seiner Ankunft besteigen. Aber er hatte mir gesagt, er werde dort warten, bis ich zu ihm stoße. Ich versprach ihm nichts. Im Gegenteil, ich schwor, ich werde . . . aber ich weinte dabei. Schließlich sagte er, er werde eine Woche warten. Ich antwortete, er warte vergeblich. Aber als ein Tag nach dem anderen verging und ich nicht mehr mit ihm sprechen konnte, da schlug das Gefühl der Vereinsamung, von dem ich sprach, wieder über mir zusammen. Ich meinte, darin zu ertrinken, noch schlimmer, einen Balken zu besitzen, auf dem ich mich retten könne. Verzweiflung überkam mich, eine Verzweiflung, die doppelt schmerzhaft wurde, weil ich sie nicht äußern durfte. Am fünften Tag konnte ich es nicht länger ertragen.«

»Ich entnehme aus alldem, daß Mrs. Talbot nichts davon wußte – machte Sie das nicht mißtrauisch? So verhält sich ein Mann mit ehrenhaften Absichten doch kaum.«

»Mr. Smithson, ich weiß, daß meine Torheit, meine Blindheit über seinen wahren Charakter einem Außenstehenden, der mein Wesen und die Umstände, in denen ich mich damals befand, nicht kennt, so groß erscheinen müssen, daß sie fast einem Verbrechen gleichkommen. Ich kann es nicht leugnen. Vielleicht habe ich es auch schon immer gewußt. Es muß so gewesen sein, daß irgendein Zwiespalt in meiner Seele dazu führte, daß mein besseres Ich sich blenden ließ. Wir hatten uns einmal auf die Täuschung eingelassen. Einen solchen Weg kann man schwer wieder verlassen, wenn man ihn einmal betreten hat.«

Das hätte Charles als Warnung dienen können; aber er war von ihrer Geschichte so gefangen, daß er nicht an sich dachte.

»Sie gingen also nach Weymouth?«

»Ich erzählte Mrs. Talbot eine Geschichte von einer Schulfreundin, die plötzlich schwer krank geworden sei. Sie glaubte mir, als ich sagte, ich ginge nach Sherborne. In beiden Fällen muß man über Dorchester. Als ich aber dort war, nahm ich den Omnibus nach Weymouth.«

Sarah verfiel in Schweigen und senkte den Kopf, als könne sie es nicht über sich bringen, weiter zu sprechen. »Schonen Sie sich, Miß Woodruff, ich kann mir denken –« Sie schüttelte den Kopf. »Jetzt komme ich zu dem Ereignis, von dem ich berichten muß. Aber ich weiß nicht, wie ich es sagen soll.« Auch Charles sah zu Boden. Eine in den Eschen unter ihnen versteckte Misteldrossel begann zu singen. Ihr wildes Lied erklang unter dem blauen, friedlichen Himmel. Schließlich fuhr Sarah fort: »Ich fand am Hafen eine Herberge. Dann ging ich zu dem Gasthaus, wo er sich, wie er mir erzählt hatte, ein Zimmer nehmen wollte. Er war nicht da. Aber er hatte eine Nachricht hinterlassen mit der Adresse eines anderen Gasthauses. Ich ging auch dorthin. Es war kein ... anständiger Ort. Ich erfuhr, daß er von meinen Nachforschungen Kenntnis erhalten hatte. Mir wurde sein Zimmer genannt, und man erwartete, daß ich hinaufgehen werde. Ich bestand darauf, daß man ihn holen ließ. Er kam herunter. Er schien überglücklich, mich zu sehen, er war so, wie ein Liebender sein soll. Er entschuldigte sich wegen der unansehnlichen Örtlichkeit. Er sagte, sie sei weniger teuer als das andere Gasthaus, und französische Matrosen und Kaufleute suchten sie öfter auf. Ich war erschrocken, und er war sehr freundlich. Ich hatte an dem Tag noch nichts gegessen, er hatte Essen vorbereitet . . .«

Sie zögerte, dann setzte sie fort: »In den Gasträumen war es laut, darum gingen wir in einen Salon. Ich wußte, ohne es Ihnen genau sagen zu können, daß er sich irgendwie verändert hatte. Er war so aufmerksam, lächelte und war zärtlich, dennoch wußte ich, wäre ich nicht gekommen, er wäre weder überrascht noch lange betrübt gewesen. Damals wußte ich schon, daß ich für ihn nichts anderes als ein Zeitvertreib während seiner Rekonvaleszenz gewesen war. Der Schleier fiel von meinen Augen. Ich sah, er war unaufrichtig . . . ein Lügner. Ich sah, die Heirat mit ihm wäre die mit einem Abenteurer ohne Wert gewesen. Nach fünf Minuten unseres Beisammenseins sah ich das alles.« Als werde sie gewahr, wie sie begann, sich selbst zu beschuldigen, bitter zu werden, hielt sie an; dann fuhr sie leiser fort: »Es wundert Sie vielleicht, warum ich es nicht früher bemerkte. Ich glaube, ich habe es gesehen. Aber etwas sehen, heißt noch nicht, es zur Kenntnis nehmen. Ich meine, er hatte etwas von einer Eidechse, die ihre Färbung der Umgebung anpaßt. Im Haus des Gentleman Talbot schien er mir viel eher wie ein Gentleman. In jenem Gasthaus sah ich, wer er wirklich war. Und ich wußte, seine Färbung dort entsprach seiner Natur mehr als die andere.« Einen Augenblick starrte sie aufs Meer hinaus. Charles meinte, jetzt ein tieferes Rot auf ihren Wangen zu sehen, aber sie hatte den Kopf abgewandt.

»Ich weiß, daß eine anständige Frau unter solchen Umständen sofort weggegangen wäre. Tausendmal seit jenem Abend habe ich mich selbst geprüft. Aber ich fand, daß es für mein Betragen keine ausreichende Erklärung gibt. Zuallererst war ich über die Erkenntnis meines Irrtums wie erstarrt vor Schrecken – und doch, so furchtbar es war, ich versuchte noch immer, in ihm Werte zu sehen, Anstand, Ehrgefühl. Dann erfüllte mich eine Art Wut, daß ich mich hatte täuschen lassen. Ich sagte mir, daß ich nie so blind hätte sein können, wenn ich in der Vergangenheit nicht so unerträglich einsam gewesen wäre. So machte ich die Verhältnisse für meine Situation verantwortlich. Ich war vorher ja noch nie in einer solchen Lage gewesen. Nie war ich in einem solchen Haus, wo Anstand unbekannt zu sein schien und die Sünde ebenso selbstverständlich verehrt wurde wie die Tugend in einem edlen Haus. Ich kann es nicht richtig erklären. Mein Verstand war verwirrt. Vielleicht glaubte ich, es mir schuldig zu sein, mein Schicksal in die eigene Hand zu nehmen. Ich war weg- und diesem Mann nachgelaufen. Zuviel Mäßigung mußte jetzt absurd erscheinen ... geradezu unsinnig.« Sie machte eine Pause. »Ich blieb. Ich aß das Mahl, das aufgetragen wurde. Ich trank den Wein, den er mir aufdrängte. Ich betrank mich nicht. Ich glaube, ich sah die Dinge nur klarer ... ist das möglich?«

Sie drehte sich unmerklich ihm zu und wartete auf seine Antwort; als hätte er auch verschwunden sein können und als wollte sie sich vergewissern, daß er sich nicht in Luft aufgelöst habe.

»Zweifellos.«

»Der Wein schien mir Stärke und Mut zu geben ... und Verstand. Er war kein Werkzeug des Teufels. Mit der Zeit konnte dann Varguennes das wahre Wesen seiner Absichten mir gegenüber nicht länger verbergen. Und ich konnte nicht mehr vorgeben, überrascht zu sein. Von dem Augenblick an, als ich mich zu bleiben entschloß, war meine Unschuld geheuchelt. Mr. Smithson, ich versuche nicht, mich zu verteidigen. Ich weiß wohl, sogar als sich die Tür hinter der Kellnerin, die das Geschirr vom Tisch räumte, geschlossen hatte, konnte ich noch aufstehen und weggehen. Ich könnte Ihnen auch erzählen, daß er mich vergewaltigt oder betäubt habe ... was Sie wollen. Aber es war nicht so. Er war ein Mann ohne Skrupel, er hatte Launen, er war durch und durch egoistisch. Aber er hätte einer Frau nie gegen ihren Willen Gewalt angetan.«

Und nun, als man es am wenigstens hätte erwarten können, wandte sie sich um und sah Charles voll an. Sie war dunkelrot, aber, wie es ihm schien, nicht aus Verwirrung, sondern eher aus Eifer, Zorn, aus Trotz; als sei sie nackt vor ihm und noch stolz darauf.

»Ich gab mich ihm hin.«

Er konnte ihre Augen nicht mehr ertragen und sah zu Boden. Eine Andeutung eines Nickens.

»Ich höre.«

»So bin ich doppelt entehrt. Durch die Verhältnisse. Und durch meine Absicht.«

Schweigen trat ein. Wieder betrachtete sie das Meer.

Er murmelte: »Ich habe Sie nicht gebeten, mir diese Dinge zu erzählen.«

»Mrs. Smithson, ich bitte Sie nicht um Verständnis dafür, daß ich dieses Schändliche begangen habe, sondern warum ich es tat. Warum ich das Wertvollste opferte, das eine Frau besitzt, um einen Mann vorübergehend zu befriedigen, den ich nicht liebte.« Sie legte die Hände an dieWangen. »Ich tat es, um niemals mehr dieselbe zu sein, die ich vorher war. Ich tat es, damit die Leute auf mich mit Fingern zeigen und sagen sollten: Da geht die Hure des französischen Leutnants – ja, lassen Sie mich das Wort aussprechen. Sie sollten wissen, ich habe gelitten und leide, was andere in jeder Stadt und in jedem Dorf hierzulande leiden. Ich konnte jenen Mann nicht heiraten. So heiratete ich die Schande. Ich will nicht sagen, daß ich wußte, was ich tat, daß ich Varguennes mit kühlem Blut seinen Willen ließ. Damals schien es mir, als stürze ich mich in einen Abgrund, als stieße ich mir ein Messer ins Herz. Es war eine Art Selbstmord. Ein Verzweiflungsakt, Mr. Smithson. Ich weiß, es war schlecht . . . lasterhaft, aber ich sah keinen anderen Weg, aus meinem Selbst auszubrechen. Wenn ich damals gegangen, zu Mrs. Talbot zurückgekehrt wäre und mein früheres Leben aufgenommen hätte, dann wäre ich heute wirklich tot . . . und zwar von meiner eigenen Hand. Was mich am Leben hält, ist meine Schande, das Wissen, daß ich nicht bin wie andere Frauen. Ich werde nie Kinder oder einen Gatten haben, nie jenes unschuldige Glück, das sie besitzen. Und sie werden nie den Grund meines Verbrechens verstehen.« Sie machte eine Pause, als sähe sie das, was sie jetzt sagte, zum erstenmal klar vor sich. »Manchmal bemitleide ich sie fast. Ich glaube, ich besitze eine Freiheit, die sie nicht begreifen können. Keine Beleidigung, kein Tadel kann mich treffen. Ich habe mich selber an den Pranger gestellt. Ich bin nichts, ich bin kaum mehr ein Mensch. Ich bin die Hure des französischen Leutnants.«

Was sie in dieser letzten langen Rede eigentlich sagen wollte, verstand Charles nur ganz unvollständig. Bis zu der Stelle, wo sie von ihrem seltsamen Entschluß in Weymouth erzählte, hatte er viel mehr Mitgefühl mit ihr empfunden, als er zeigte; er konnte sich die langen, folternden Qualen vorstellen, die sie als Gouvernante erlitten hatte; wie leicht sie sich deshalb in den Schlingen eines so offenkundigen Schurken wie Varguennes fangen mußte; aber was sie dann von der Freiheit unter dem Pranger, von ihrer Ehe mit der Schande redete, ging über seine Fassungskraft. Und doch verstand er sie gewissermaßen, denn gegen Schluß ihres Selbstgerichts hatte Sarah zu weinen begonnen. Sie verbarg ihre Tränen oder versuchte es wenigstens; sie barg nicht das Gesicht in den Händen, sie griff nicht nach ihrem Taschentuch, sondern saß nur mit abgewandtem Gesicht da. Zuerst fand Charles gar nicht die Erklärung für ihr plötzliches Schweigen.

Dann ließ ihn ein Instinkt sich erheben und zwei Schritte über den Rasen tun. Nun konnte er ihr Gesicht im Profil sehen. Er sah, daß ihre Wangen naß waren, und ihn befiel eine unerträgliche Rührung; er war verstört und bedrängt von einer Sturzflut widersprechender Gedanken und hoffnungslos aus der Verankerung seiner kritischen, klugen Sympathie gerissen. Er sah die Szene vor sich, die sie nicht im Detail geschildert hatte, wie sie sich hingab. Er war gleichzeitig Varguennes, der sie genoß, und ein anderer, der herzusprang und ihn niederschlug; ebenso wie Sarah für ihn gleichzeitig ein unschuldiges Opfer und eine zügellose, verworfene Person war. Tief in seinem Innern vergab er ihr ihre Unkeuschheit, ja er sah dunkel, schattenhaft, daß er selbst daran Freude gehabt hätte.

Ein solches jähes Hervorbrechen des geschlechtlichen Verlangens ist heute unmöglich. Wenn ein Mann und eine Frau auch nur den allerflüchtigsten Kontakt miteinander haben, erwägen sie die Möglichkeit physischer Partnerschaft. Wir halten diese Offenheit gegenüber den natürlichen Triebkräften im menschlichen Verhalten für gesund, aber zu Lebzeiten von Charles gestattete man sich in seinen privaten Gedanken keinen Wunsch, den die Öffentlichkeit mit einem Tabu belegte; wurde das Bewußtsein von diesen lauernden Bestien angesprungen, dann war man in lächerlicher Weise unvorbereitet.

Überdies herrschte unter den Viktorianern jener seltsame, aus Ägypten stammende Hang zur Askese; er wird sichtbar in ihren alles bedeckenden, vermummenden Gewändern, ihrer Architektur mit den schmalen Fenstern und verwinkelten Korridoren, ihrer Furcht vor der Offenheit und vor dem Nackten. Die Wirklichkeit wurde versteckt, die Natur ausgesperrt. Die Präraffaeliten waren eine revolutionäre Kunstrichtung jener Zeit: sie machten wenigstens den Versuch, Natur und Sexualität zu ihrem Recht kommen zu lassen; aber wir brauchen nur den Hintergrund in den Bildern eines Millais oder Ford Madox Brown mit jenem bei Constable oder Palmer zu vergleichen, um wahrzunehmen, wie sehr die ersteren die Wirklichkeit idealisierten und frisierten. So auch bei Charles: die Offenheit von Sarahs Bekenntnis – offen seinem Wesen nach und abgelegt im hellen Tageslicht – dünkte ihn weniger eine Öffnung zur Realität als zu einer idealen Welt. Nicht weil es realistischer, sondern weil es weniger realistisch war, kam es ihm seltsam vor; es war eine mythische Welt, in der nackte Schönheit viel mehr galt als nackte Wahrheit.

Einige Augenblicke starrte Charles sie bestürzt an, dann drehte er sich um und nahm wieder seinen Platz ein; sein Herz klopfte, als sei er eben vom Rand des Absturzes zurückgetreten. Ferne Wolken waren wie eine Flotte weit draußen über dem Meer ganz im Süden aufgezogen. Soweit das Auge reichte, standen sie, cremefarbig, bernsteinfarbig, schneeweiß, wie die glitzernden Konturen einer Gebirgskette. Türme und Wälle überragend ... und doch so fern, so fern wie die Abtei von Thélème, wie ein Idyll, wo es keine Sünde gab – wo er und Sarah und Ernestina wandern konnten ... er verlor fast die Besinnung ...

Damit will ich nicht sagen, daß sich Charles in so unanständige Gedanken wie den an Vielweiberei im Sinne Mohammeds verlor. Aber die fernen Wolken mahnten ihn an sein Unbefriedigtsein; wie er doch auch gern wieder einmal durch das Tyrrhenische Meer gesegelt wäre; oder, den Geruch der Dürre in der Nase, den fernen Wällen von Avila entgegengeritten wäre; oder sich einem griechischen Tempel genähert hätte, der in der glühenden Sonne der Ägäis liegt. Doch selbst hier ging eine Gestalt wie ein dunkler Schatten ihm voran. Seine tote Schwester war es, leicht, gespenstisch stieg sie über die Stufen aus Quadersteinen und trat in das Geheimnis der zerborstenen Säulenstümpfe.

21

Verzeih, verzeih!
Ach, Marguerite, wie gern
Hätten diese Arme sich ausgestreckt, dich festzuhalten
Vergebens.

Auf dem Weg zu dir sind meine Arme
Ausgestreckt in leeren Raum gebannt
Zwischen uns dehnt sich ein Meer –
Deine Vergangenheit und meine.
Matthew Arnold, *Abschied* (1853)

Eine Minute lang schwiegen sie. Aber mit einem leichten Aufrichten ihres Kopfs zeigte sie an, daß sie sich gefaßt hatte. Halb wandte sie sich um.

»Darf ich zum Schluß kommen? Ich habe nicht mehr viel zu sagen.«

»Aber regen Sie sich bitte nicht auf.«

Sie versprach es, indem sie nickte. Dann fuhr sie fort: »Am nächsten Tag reiste er ab. Sein Schiff war da, so hatte er einen Grund. Seine familiären Schwierigkeiten, sein langes Fernbleiben. Er sagte, er werde in Kürze zurückkommen. Ich wußte, daß er log. Aber ich sagte nichts. Vielleicht denken Sie, ich hätte zu Mrs. Talbot zurückkehren und so tun sollen, als sei ich in Sherborne gewesen. Aber ich konnte meine Gefühle nicht mehr verstecken, Mr. Smithson. Die Verzweiflung betäubte mich. Man mußte nur mein Gesicht sehen, um zu wissen, daß während meiner Abwesenheit etwas vorgefallen war, das mein Leben von Grund auf verändert hatte. Und ich konnte Mrs. Talbot nicht anlügen. Ich wollte sie nicht anlügen.«

»Sie erzählten ihr also, was Sie mir erzählt haben?«

Sie sah auf ihre Hände. »Nein. Ich erzählte ihr, ich hätte Varguennes getroffen. Er werde eines Tages kommen, um mich zu heiraten. So sprach ich – nicht aus Stolz. Mrs. Talbot hatte ein Herz, das die Wahrheit verstanden hätte – aber ich konnte ihr nicht sagen, daß es zum Teil ihr eigenes Glück war, das mich vertrieben hatte.«

»Wann erfuhren Sie, daß er verheiratet ist?«

»Einen Monat später. Er gab sich als unglücklichen Ehemann aus. Er sprach immer noch von Liebe, von einem Arrangement . . . ich war nicht schockiert. Ich fühlte keinen Schmerz und antwortete ohne Zorn. Ich sagte ihm, meine Zuneigung zu ihm sei erloschen, ich wolle ihn nie wiedersehen.«

»Und Sie haben niemandem außer mir davon erzählt?«

Sie brauchte lange, ehe sie antwortete. »Ja. Aus dem erwähnten Grund.«

»Um sich selbst zu bestrafen?«

»Um das zu sein, was ich bin. Eine Ausgestoßene.«

Charles mußte an Dr. Grogans verständnisvolle Reaktion auf sein Interesse an ihrem Schicksal denken. »Aber meine liebe Miß Woodruff, wenn jede Frau, die von einem skrupellosen Mitglied meines Geschlechts betrogen wurde, sich wie Sie benehmen würde – ich fürchte, das Land wäre voll von Ausgestoßenen.«

»Das ist es.«

»Nun, nun, das ist doch Unsinn.«

»Ausgestoßene, die sich fürchten, als solche angesehen zu werden.«

Er starrte auf ihren Rücken und erinnerte sich eines anderen

Ausspruchs Dr. Grogans – von den Patienten, die sich weigern, die Medizin zu nehmen. Aber er wollte noch einen Versuch wagen. Er beugte sich vor und klatschte in die Hände.

»Ich kann sehr wohl verstehen, wie unglücklich gewisse Umstände auf jemanden wirken müssen, der gebildet und intelligent ist. Aber sollten ihn nicht gerade diese Eigenschaften zum Triumph über –«

Da stand sie unvermittelt auf und ging an den Rand vor. Charles folgte ihr hastig und trat neben sie, um notfalls ihren Arm zu ergreifen – denn er sah, daß sein unüberlegter Rat gerade das Gegenteil von dem bewirkt hatte, was er beabsichtigte. Sie starrte aufs Meer hinaus, und ein Zug in ihrem Gesicht ließ ihn vermuten, daß sie das Gefühl hatte, sich in ihm geirrt zu haben; daß er platt sei, ein bloßes Sprachrohr der Konvention. In diesem Augenblick war etwas Männliches an ihr. Charles aber fühlte sich wie ein altes Weib, und dieses Gefühl behagte ihm nicht.

»Verzeihen Sie mir. Vielleicht frage ich zuviel. Aber ich meinte es gut.«

Sie neigte den Kopf und nahm damit seine unausgesprochene Verteidigung an; dann aber begann sie wieder, aufs Meer hinauszuschauen. Sie hatten sich jetzt mehr exponiert, jeder, der unten zwischen den Bäumen ging, konnte sie sehen.

»Und bitte, treten Sie einen Schritt zurück. Hier ist es zu gefährlich.«

Sie drehte sich um und sah ihn jetzt an. Wieder merkte er an ihrem nackten Blick, der ihn aus der Fassung brachte, daß sie sein eigentliches Motiv durchschaute. Es kann uns geschehen, daß uns ein Gesicht aus unseren Tagen mit einem Blick aus dem vorigen Jahrhundert ansieht; aber wir wissen nichts davon, wie man uns in hundert Jahren ansehen würde. Einen Augenblick später ging sie an ihm vorbei zu dem Dornbusch zurück. Er stand mitten in der Miniaturarena.

»Was Sie mir erzählt haben, bestärkt mich nur in meinem ursprünglichen Empfinden. Sie müssen weg von Lyme.«

»Wenn ich hier weggehe, verlasse ich meine Schande. Dann bin ich verloren.«

Sie griff nach oben und berührte einen Zweig des Hagedorns. Er war seiner Sache nicht sicher, aber sie schien die Fingerspitze darauf zu drücken; in der nächsten Sekunde blickte sie auf den karminroten Blutstropfen. Sie sah ihn an, griff dann nach ihrem Taschentuch und tupfte ihn verstohlen weg.

Er ließ eine Pause eintreten, dann fragte er unvermittelt: »Warum haben Sie im vorigen Sommer Dr. Grogans Hilfe abgelehnt?« Sie fuhr herum und funkelte ihn vorwurfsvoll an, aber er war auf diese Reaktion vorbereitet.

»Ja. Ich habe ihn um seine Meinung gefragt. Sie können nicht leugnen, daß ich ein Recht dazu hatte.«

Sie wandte sich wieder ab. »Ja. Sie hatten das Recht.«

»Dann müssen Sie mir antworten.«

»Weil ich nicht den Wunsch hatte, ihn um Hilfe anzugehen. Ich habe nichts gegen ihn. Ich weiß, daß er mir helfen wollte.«

»Und hat er Ihnen nicht dasselbe wie ich geraten?«

»Ja.«

»Dann muß ich Sie, mit Verlaub, an das mir gegebene Versprechen erinnern.«

Sie antwortete nicht, aber das war auch eine Antwort. Einige Schritte trat Charles auf sie zu, während sie in die Dornen starrte.

»Miß Woodruff?«

»Jetzt kennen Sie die Wahrheit. Können Sie Ihr Angebot aufrechthalten?«

»Ganz gewiß.«

»Sie vergeben mir also meine Sünde?«

Charles war für einen Moment aufgebracht. »Sie legen meinem Vergeben viel zuviel Wert bei. Wesentlich ist, daß Sie selbst sich Ihre Sünde vergeben. Und hier werden Sie das niemals tun können.«

»Sie haben meine Frage nicht beantwortet, Mr. Smithson.«

»Um Himmels willen, ich soll ein Urteil über etwas fällen, was nur unser Schöpfer entscheiden kann. Aber ich bin überzeugt, wir alle sind überzeugt, Sie haben genug gebüßt. Ihnen ist vergeben.«

»Und man kann mich vergessen.«

Die trockene Endgültigkeit, die aus ihrer Stimme klang, setzte ihn einen Augenblick lang in Erstaunen. Dann lächelte er. »Wenn Sie damit sagen wollen, daß Ihnen Ihre Freunde hier keine praktische Hilfe –«

»Das meinte ich nicht. Ich weiß, Sie sind gütig. Aber ich bin wie dieser Hagedorn, Mr. Smithson. Niemand macht ihm einen Vorwurf daraus, daß er hier in der Einsamkeit wächst. Aber man würde Anstoß daran nehmen, wenn er die Broad Street entlangwandeln sollte«.

Er blies aus Protest leicht die Luft von sich. »Aber meine liebe Miß Woodruff, Sie können mir doch nicht erzählen, es sei Ihre

Pflicht, Anstoß zu erregen.« Er fügte hinzu: »Wenn es das ist, was ich aus Ihren Worten schließen soll.«

Sie drehte sich halb um. »Ist es denn nicht so, daß die Gesellschaft wünscht, ich möge eine andere Einsamkeit aufsuchen?«

»Die Frage, die Sie jetzt aufwerfen, ist die nach der Gerechtigkeit des Daseins.«

»Und die ist verboten?«

»Nicht verboten, aber fruchtlos.«

Sie schüttelte den Kopf. »Es gibt eine Antwort, aber sie ist bitter.« Es lag kein Widerspruch darin, nur tiefe Trauer, als ob sie zu sich selbst spräche. Als ob die Woge ihres Bekenntnisses ihn jetzt in ihren Sog nähme, hatte Charles das Gefühl, er sei hier überflüssig. Ihrem direkten Blick entsprachen ein ebenso direktes Denken und eine direkte Sprache. Gelegentlich hatte ihn etwas an ihr abgestoßen, was er für die Anmaßung intellektueller Gleichberechtigung und somit für ein mögliches Ressentiment gegen die Männer hielt; es war aber weniger Gleichberechtigung als Nähe, eine Nähe, als seien sie beide nackt; sie war ihm im Denken und Fühlen so intim nahe, wie er es bisher hinsichtlich seines Verhältnisses zu einer Frau für unvorstellbar gehalten hatte.

Er dachte bei sich nicht subjektiv, sondern objektiv: Wenn nur irgendein unbefangener Mann den Verstand hätte, es einzusehen: Hier war eine bemerkenswerte Frau. Sein Gefühl entsprang nicht männlicher Eifersucht, es war rein menschlich. Er streckte unvermittelt die Hand aus und berührte ihre Schulter, als wolle er sie trösten. Ebenso rasch wandte er sich wieder ab. Es herrschte Schweigen.

Als hätte sie seine Enttäuschung bemerkt, fragte sie: »Sie denken also, ich soll abreisen?«

Sofort spürte er die Erleichterung und wandte sich ihr eifrig zu.

»Ich bitte Sie darum. Eine neue Umgebung, neue Gesichter ... Haben Sie keine Sorgen, was das Praktische anlangt. Wir erwarten nur Ihren Entschluß, dann kümmern wir uns darum.«

»Habe ich einen oder zwei Tage zum Nachdenken Zeit?«

»Wenn Sie es für nötig halten.« Er nahm seine Chance wahr und ging darauf ein, daß sie unbegreiflicherweise jetzt so normal reagierte. »Außerdem schlage ich vor, daß wir die Angelegenheit jetzt Mrs. Tranter unterbreiten. Wenn Sie gestatten, will ich dafür sorgen, daß sie finanziell für alles aufkommt, was Sie nötig haben.«

Sie neigte den Kopf und schien wieder den Tränen nahe. Sie

murmelte: »Ich verdiene solche Güte nicht, ich ...«
»Reden Sie nicht weiter. Ich wüßte keinen besseren Verwendungszweck für das Geld.«
Ein Anflug des Triumphs überkam Charles. Es war so, wie Grogan vorausgesagt hatte. Das Geständnis hatte die Heilung bewirkt – zumindest ein deutliches Anzeichen dafür. Er drehte sich um, seinen Eschenstock von dem Felsbrocken zu nehmen.
»Darf ich zu Mrs. Tranter kommen?«
»Ausgezeichnet. Es ist natürlich nicht notwendig, daß wir unsere Begegnungen erwähnen.«
»Ich sage nichts.«
Er sah die Szene schon vor sich: seine höfliche, nicht allzu interessierte Überraschung, gefolgt von einem objektiven Beharren darauf, daß jede wünschenswerte finanzielle Hilfe zu seinen Lasten ginge. Wahrscheinlich würde Ernestina ihn deswegen nekken, aber das würde sein Gewissen nur beruhigen. Er lächelte Sarah an. »Sie haben mir Ihr Geheimnis mitgeteilt. Ich glaube, daß Sie danach auch in vieler anderer Hinsicht eine Erleichterung empfinden werden. Sie besitzen sehr beträchtliche natürliche Gaben. Vom Leben haben Sie nichts zu fürchten. Eines Tages werden diese unglückseligen Jahre, die hinter Ihnen liegen, Ihnen nicht mehr bedeuten, als jene Wolke dort über Chesil Bank. Sie werden im Sonnenlicht stehen und über die Sorgen lächeln, die Sie sich bisher gemacht haben.« Er meinte, einen Funken Hoffnung in ihren zweifelnden Augen zu entdecken; einen Augenblick lang war sie wie ein Kind, das noch zögert, aber seine Tränen sich gar zu gern wegdisputieren oder wegpredigen ließe. Sein Lächeln verstärkte sich. Leichthin fügte er hinzu: »Sollten wir jetzt nicht lieber hinabsteigen?«
Es schien, als wollte sie etwas sagen, vielleicht nochmals ihre Dankbarkeit zum Ausdruck bringen; aber seine aufmunternde Haltung machte, daß sie ihn nur zögernd ansah und ihm folgte.
Leichtfüßig wie beim Aufstieg schritt sie den Pfad hinunter, jetzt ging sie wieder voran. Er sah ihren Rücken an und fühlte Bedauern in sich aufsteigen, daß er sie so nicht wiedersehen würde. Das Bedauern war aber mit Erleichterung gepaart. Eine bemerkenswerte junge Frau. Er würde sie nicht vergessen; und ein Trost schien ihm darin zu liegen, daß er es auch nicht würde tun müssen; Tante Tranter würde ihm Späherdienste leisten.
Als sie am Fuß des untersten Absturzes angekommen waren, gingen sie durch den ersten Efeutunnel, über die Lichtung, betra-

ten den zweiten grünen Korridor – und da!

Von weit unten, wo der Hauptweg durch die Undercliffs führte, drang der Klang eines erstickten Lachens. Es klang unmißverständlich weiblich und wirkte auf sie so, als habe irgendeine Waldfee ihr heimliches Stelldichein beobachtet und könne jetzt nicht mehr länger an sich halten, sie wegen ihrer törichten Zuversicht zu verspotten, daß niemand sie sähe. Charles und Sarah blieben wie auf Verabredung stehen. Die aufkeimende Erleichterung wandelte sich bei Charles in jähe Aufregung. Aber noch schützte sie der dichte Efeuvorhang, und das Lachen war aus einer Entfernung von etwa zweihundert bis zweihundertfünfzig Metern gekommen – niemand konnte sie bisher gesehen haben. Solange sie nicht den Hang hinunterstiegen . . . In diesem Augenblick legte Sarah den Finger an den Mund, bedeutete ihm, sich nicht zu rühren, und stahl sich bis zum Ende des Tunnels vor. Charles sah ihr nach, wie sie heranpirschte und vorsichtig auf den Weg hinunterblickte. Dann drehte sie ihr Gesicht rasch zu ihm. Sie winkte, er solle nachkommen, aber mit äußerster Behutsamkeit. In diesem Augenblick kam das Lachen wieder. Es war diesmal leiser, aber näher. Die noch unsichtbaren Wanderer mußten den Weg verlassen und sich durch den Eschenhain in ihre Richtung begeben haben.

Charles schlich vorsichtig zu Sarah, wobei er auf jeden Schritt seiner elend lärmenden Nagelschuhe achtete. Er fühlte, wie er rot wurde, und war zutiefst verwirrt. Hier nutzte keine Erklärung mehr. Wenn man ihn mit Sarah sah, waren sie in flagranti ertappt. Sie stand dort, wo der Efeu glücklicherweise am dichtesten war. Als er herankam, hatte sie sich von den Eindringlingen abgewandt und lehnte mit dem Rücken an einem Baumstamm. Die Augen hatte sie niedergeschlagen, als fühle sie sich schuldig, sie beide in diese Lage gebracht zu haben. Charles sah durch die Blätter, durch den Eschenhain hindurch, und sein Blut erstarrte. Über den Hang, wie auf der Suche nach dem Versteck, in dem sie sich befanden, kamen Sam und Mary. Er hatte den Arm um die Schulter des Mädchens gelegt, er trug seinen Hut, sie ihre Haube; sie hatte das grüne Straßenkleid an, das Ernestina ihr geschenkt hatte – ja, das letzte Mal, als er es sah, trug es noch Ernestina –, und ihr Kopf war etwas zurückgeneigt und lag an Sams Wange. Sie waren junge Liebende – das war so klar, wie die Eschen alte Bäume waren; ihr Eros war so frühlingsgrün wie die Pflanzen, auf die sie traten.

Charles zog sich ein wenig zurück, behielt sie aber im Auge. Während er hinsah, zog Sam das Gesicht des Mädchens an sich und küßte sie; ihr Arm schob sich hinauf, und sie umarmten einander; dann faßten sie sich an den Händen und stahlen sich scheu etwas beiseite. Sam führte das Mädchen dorthin, wo sich zwischen den Bäumen eine natürliche Rasenbank gebildet hatte. Mary saß und lag halb, Sam lehnte neben ihr und sah auf sie nieder; dann schob er ihre Haare aus dem Gesicht, beugte sich über sie und küßte zärtlich ihre Augen.

Eine neue Verstörung überkam Charles. Er spähte zu Sarah hin, um festzustellen, ob sie die beiden erkannt hatte. Aber sie starrte auf die Hirschzungenfarne zu ihren Füßen, als hätte sie nur einen Unterstand vor dem Regen gesucht. Zwei Minuten, drei Minuten vergingen. Dann wich die Bestürzung einer gewissen Erleichterung – es war offenkundig, daß die beiden Bediensteten mehr Interesse daran hatten, sich gegenseitig zu erkunden als ihre Umgebung. Wieder spähte er zu Sarah hin. Nun beobachtete auch sie, hinter ihrem Baumstamm hervor. Sie drehte sich um, ihre Augen waren noch gesenkt. Aber dann sah sie ihn ohne Vorwarnung einen Augenblick lang an und tat im nächsten etwas so seltsames, so schockierendes, als hätte sie ihre Kleider abgeworfen.

Sie lächelte.

Ihr Lächeln war so unergründlich, daß Charles zuerst nur ungläubig hinstarren konnte. Und der Zeitpunkt, den sie dazu wählte! Er hatte jetzt fast das Gefühl, als habe sie auf einen solchen Augenblick gewartet, um dieses Lächeln zu zeigen. Es offenbarte, daß sie auch Humor besaß, daß ihre Trauer keine totale war. In den großen Augen, die sonst so düster und anklagend blickten, zeigte sich als eine neue Dimension Ironie. Paul und Virginia mochte dieses Lächeln in vergangenen Tagen ganz vertraut gewesen sein. Lyme hatte sie es seither noch nie geschenkt.

Wo sind jetzt deine angeblichen Vorurteile, schienen diese Augen und die sanft geschwungenen Lippen zu sagen; wo deine Abstammung, dein Wissen, deine Etikette, dein gesellschaftlicher Stand? Noch mehr, vor diesem Lächeln konnte man sich nicht innerlich zusammenreißen oder darüber die Stirn runzeln; man konnte nur zurücklächeln, denn es entschuldigte Sam und Mary, es entschuldigte alles; auf eine Weise, die sich freilich jeder Analyse entzog, machte es sogar alles zunichte, was zwischen Charles und Sarah bisher vorgefallen war. Es erhob Anspruch auf ein viel tieferes Verstehen und Anerkennen jener mißlichen Gleichberechtigung, die sich in Nähe verwandelte, als er bisher bewußt zugestanden hatte. Nein, Charles lächelte nicht bewußt zurück, er fand plötzlich, daß er lächelte; zwar nur mit den Augen, aber er lächelte. Er war erregt, auf eine Art, die zu unbestimmt war, um sexuell genannt zu werden, die Erregung griff an die Wurzeln seiner Existenz. Er war wie ein Mann, der am Ende einer langen, hohen Mauer endlich an die gesuchte Tür kommt – um sie verschlossen zu finden.

Einen Augenblick standen sie so; die Frau war die Tür, aber der Mann hatte den Schlüssel nicht. Dann senkte sie wieder die Augen. Das Lächeln erstarb. Ein langes Schweigen hing zwischen ihnen. Charles sah klar: Er stand mit einem Fuß über dem Abgrund. Er dachte schon, er werde, er müsse abstürzen. Er wußte, wenn er jetzt den Arm ausstreckte, würde er keinen Widerstand finden . . . nur eine leidenschaftliche Erwiderung seines Gefühls. Das Rot auf seinen Wangen verstärkte sich, und er flüsterte:

»Wir dürfen uns nie mehr allein treffen.«

Sie hob nicht den Kopf, nickte nur unmerklich als Zustimmung; dann wandte sie sich mit einer fast verdrossenen Bewegung ab, so daß er ihr Gesicht nicht mehr sehen konnte. Wieder sah er durch die Blätter. Sams Kopf und seine Schultern verdeckten Mary völlig. Lange Augenblicke vergingen, aber Charles blieb auf der Hut; sein Verstand taumelte noch immer in den Abgrund; er war sich seines Spähens kaum bewußt, aber jeden Augenblick wuchs die Vergiftung, gegen die er sich zu wehren suchte.

Mary rettete ihn. Plötzlich stieß sie Sam beiseite und lief lachend den Hang hinunter dem Weg zu. Einen Augenblick verhielt sie und wandte ihr mutwilliges Gesicht Sam zu; dann schürzte sie die Kleider und tollte hinab. Der rote Unterrock war ein schmaler Strich unter dem grünen Kleid, über Veilchen und Bilsenkraut. Sam rannte ihr nach, die beiden Gestalten entfernten sich zwischen den grauen Stämmen, tauchten unter, noch ein grüner, dann ein blauer Blitz, ein Lachen, das in einem kleinen Schrei endete, dann Stille.

Fünf Minuten vergingen, die beiden sprachen kein Wort miteinander in ihrem Versteck. Charles hörte nicht auf, den Hang zu beobachten, als sei es wichtig, hier Wache zu halten. Alles, was er wollte, war, Sarahs Augen zu vermeiden. Zuletzt brach er das Schweigen. »Es ist besser, Sie gehen jetzt.« Sie neigte den Kopf. »Ich werde eine halbe Stunde warten.« Wieder ein Nicken, dann entfernte sie sich hinter seinem Rücken. Sie hatten sich nicht mehr angesehen.

Erst als sie unter den Eschen war, drehte sie sich um und sah ihn einen Augenblick lang an. Sein Gesicht konnte sie nicht sehen, aber sie mußte gemerkt haben, daß er sie noch beobachtete. Aus ihrem Gesicht kam wieder der altgewohnte, durchbohrende Blick. Dann ging sie leicht durch die Bäume davon.

22

Auch ich hab diese Last getragen
Auch ich hab allzu stark gefühlt
Nur ein Wunsch war in mir: Fort mit der Liebe
Und keine Frau, kein Herzklopfen, kein Fieber.

Auch ich wär gerne stark gewesen
Zur scharfen Trennung kühl bereit
Bewunderte die rücksichtslose Kraft
Die keinen Zweifel kennt und keine Angst.

Doch weiß ich, wie's im Leben geht
Auch du wirst eines Tags erfahren
Daß Willenskraft zwar selten ist
Doch weit, weit seltner noch ist Liebe.

Matthew Arnold, *A Farewell* (1853)

Als Charles schließlich nach Lyme zurückkehrte, bildeten seine Gedanken unterwegs Variationen jenes zeitlosen Männerthemas: Alter Junge, du hast mit dem Feuer gespielt. Genau das war es gewesen. Er hatte sich kreuzdumm benommen, aber seine Dummheit war ihn nicht teuer zu stehen gekommen; er war ein unsinniges Risiko eingegangen, aber ungeschoren davongekommen. So fühlte er sich erheitert, als die große Steinkralle des Damms in Sicht kam.

Wie hätte er sich auch schwere Vorwürfe machen sollen? Seine Motive waren von Anbeginn die lautersten gewesen; er hatte Sarah von ihrem Wahn geheilt; wenn etwas Unreines einen Augenblick lang seine Verteidigungsstellung zu durchbrechen schien, dann war es schließlich doch nicht mehr als die Kräutersoße auf dem nahrhaften Lammbraten. Natürlich wäre er zu tadeln, wenn er sich nicht jetzt, und zwar für immer, von dem Feuer zurückzöge. Darauf würde er wirklich gut achtgeben. Er war ja schließlich keine Motte, die eine Kerzenflamme blendete; er war ein hochintelligentes Wesen, eines der tüchtigsten, und ausgestattet mit einem völlig freien Willen. Hätte er sich je in solche Gefahr begeben, wenn er sich auf diesen Schutz nicht ganz und gar verlassen konnte? Ich bringe die Vergleiche durcheinander – aber so arbeiteten eben Charles' Gedanken.

Auf seinen freien Willen ebenso gestützt wie auf seinen Eschenstock stieg er den Abhang zur Stadt hinunter; jede physische Zuneigung für das Mädchen würde er künftig unterdrücken, kraft seines freien Willens. Jedes private Stelldichein in der Einsamkeit würde er eisern ablehnen, kraft seines freien Willens. Jede Wahrnehmung seiner Interessen sollte durch Tante Tranter geschehen, kraft seines freien Willens. Und deshalb durfte, ja mußte er Ernestina auch fernerhin im Dunkeln lassen, kraft eben dieses freien Willens. Der »Weiße Löwe« kam in Sicht, aus freiem Willen hatte er sich in einen Zustand versetzt, in dem er sich selbst beglückwünschen und auf Sarah als Episode der Vergangenheit zurückblicken konnte.

Eine bemerkenswerte junge Frau, eine bemerkenswerte junge Frau. Sie konnte einen wirklich zum Narren halten. Er entschied, daß dies ihre Anziehung ausmachte – richtiger, ausgemacht hatte –, daß man nie vorher wußte, was sie tat. Er bemerkte nicht, daß sie zwei Eigenschaften besaß, die für den Engländer genauso typisch sind wie die bei ihm vorhandene Mischung von Ironie und Konvention: nämlich Leidenschaft und Phantasie. Von der ersteren Eigenschaft bekam Charles vielleicht jetzt eine leise Ahnung; von der zweiten hatte er keine. Er war dazu auch nicht fähig, denn die Epoche hatte diese beiden Eigenschaften Sarahs mit dem Bann belegt, weil sie die erstere einfach mit Sinnlichkeit, die zweite mit dem Bauen von Luftschlössern gleichsetzte. Diese mit Ablehnung verbundene Gleichsetzung der beiden Begriffe war Charles' größter Mangel – und damit steht er wahrlich für seine Zeit.

Noch stand ihm die Aufgabe bevor, das Fleisch, sprich Ernestina, zu täuschen. Aber bei seiner Ankunft im Hotel konnte Charles feststellen, daß ihm hier die Familie zu Hilfe gekommen war.

Ein Telegramm erwartete ihn. Es stammte von seinem Onkel in Winsyatt und besagte, daß seine Anwesenheit »aus höchst wichtigen Gründen« dringend erforderlich sei. Ich fürchte, Charles lächelte, als er das Telegramm las; ja er küßte beinahe den orangenen Umschlag. Er enthob ihn jeder Verlegenheit für die unmittelbare Zukunft; des Zwangs, Unterlassungen mit Lügen zu bemänteln. Es war ein geradezu wunderbares Zusammentreffen. Er erkundigte sich . . . früh am nächsten Morgen fuhr ein Zug von Exeter, damals die für Lyme nächstgelegene Bahnstation. Das bedeutete, daß er einen trefflichen Vorwand hatte, sofort abzureisen und dort zu übernachten. Er ließ die schnellste Chaise in Lyme holen und nahm sich vor, selbst zu fahren. Er hatte sogar die Anwandlung, die Sache so zu beschleunigen, daß er Tante Tranter nur eine Nachricht hinterließ, die sie über alles informierte. Aber das wäre doch zu feig gewesen. So trat er, das Telegramm in der Hand, den Weg an.

Die gute Lady war ihrerseits voller Anteilnahme, denn Telegramme bedeuteten für sie immer schlimme Nachrichten. Ernestina war zwar weniger abergläubisch, sondern einfach perplex. Sie hielt es für »zu arg« von Onkel Robert, so den Großwesir zu spielen. Sie war sicher, es hatte nichts zu bedeuten; eine Schrulle, die Caprice eines alten Mannes, ja, Eifersucht auf ihre junge Liebe. Natürlich war sie schon in Winsyatt gewesen, in Begleitung ihrer Eltern; auf Sir Robert war sie nicht gerade geflogen. Vielleicht fühlte sie sich dort inspiziert; vielleicht war dem Onkel auch seine Abstammung von so vielen Squires schlecht bekommen, so daß seine Manieren schlecht waren – ein milderer Kritiker hätte vielleicht statt dessen exzentrisch gesagt; vielleicht war es deshalb, weil das Haus für sie nur eine alte Scheune war, so fürchterlich altmodisch in seiner Einrichtung, den Wandteppichen und Bildern; vielleicht auch, weil der besagte Onkel so in Charles vernarrt und Charles seinerseits so provokant untertänig war, daß Ernestina wirklich eifersüchtig werden mußte; vor allem aber, weil sie sich dort gefürchtet hatte.

Alle Ladies aus der Nachbarschaft waren versammelt, um sie zu empfangen. Es war allgemein bekannt, daß ihr Vater in der Lage war, den Besitz mit allem Drum und Dran von deren Vätern und Gatten aufzukaufen; sie hatte das Gefühl, als sehe man auf sie herab (obwohl es purer Neid war), und als erteile man ihr auf feine Art dauernd Verweise. Die Aussicht, einmal in Winsyatt zu wohnen, sagte ihr gar nicht zu, obwohl sie doch davon träumen konnte, wie wenigstens ein Teil ihrer ungeheuren Mitgift dort genau nach ihren Absichten zur Verwendung käme: nämlich um radikal alle jene drolligen, konfusen Holzstühle (Stuartzeit, fast unschätzbar), düstere Regale (Tudorstil), mottenzerfressenen Tapeten (Gobelins) und langweiligen Gemälde (darunter zwei Claude Lorrains und ein Tintoretto) zu ersetzen; sie mochte sie einfach nicht. Sie hatte nicht gewagt, Charles mitzuteilen, daß der Onkel ihr mißfiel; auf ihre übrigen Vorbehalte spielte sie eher humorvoll als sarkastisch an. Ich glaube nicht, daß wir sie dafür tadeln sollen. Wie so vielen Töchtern reicher Eltern davor und danach war ihr keine Begabung mitgegeben worden, nur ein konventioneller Geschmack: das heißt, sie wußte, wie man den Großteil seines Geldes bei der Schneiderin, bei der Modistin und im Möbelgeschäft anbringt. Das war ihr Gebiet, und weil es in Wirklichkeit ihr einziges war, mochte sie Übergriffe nicht.

Charles, den die Zeit drängte, wurde mit ihrer unterdrückten Mißbilligung und ihrem reizenden Schmollen fertig und schwor, er werde ebenso rasch zurückfliegen, wie er gegangen sei. Ihm war nämlich eine wunderbare Idee bezüglich des Anlasses gekommen, warum ihn sein Onkel so plötzlich kommen ließ; als er mit Tina und deren Eltern dort gewesen war, hatte man die Angelegenheit vorsichtig angeschnitten – sehr vorsichtig, denn sein Onkel war ein scheues Wild. Es handelte sich um die Möglichkeit, daß Charles und seine Braut bei ihm Einzug hielten – sie könnten den Ostflügel bewohnen. Charles wußte, daß sein Onkel damit nicht nur einen gelegentlichen Besuch meinte, sondern daß er, Charles, sich dort niederlassen und in die Leitung des Gutes einarbeiten sollte. Das bedeutete für ihn zwar nicht mehr, als es für Ernestina bedeutet hätte, wäre der Plan verwirklicht worden. Er wußte, daß dies ein kümmerliches Arrangement sein würde, weil sein Onkel ihn einmal über den grünen Klee loben und dann wieder schikanieren würde; Ernestina aber sollte auf ihren Beruf in Winsyatt anders als durch eine so hemmende frühe Heirat vorbereitet werden. Aber sein Onkel hatte unter vier Augen ihm noch etwas angedeutet, das darüber hinausging: Winsyatt sei für einen einsamen alten Mann zu groß, vielleicht würde er sich an einem bescheideneren Ort wohler fühlen. An passenden bescheidenen Orten war in der Umgebung kein Mangel – ja, es gab solche sogar auf der Steuerliste von Winsyatt. Ein Gutshaus aus der elisabethanischen Zeit befand sich sogar im Dorf Winsyatt, fast in Sichtweite des Herrenhauses.

Charles glaubte nun zu wissen, daß der Alte aus Selbstsucht handelte; daß der Grund seines Kommens der sei, ihm entweder das kleinere oder das große Haus anzubieten. Beides hätte seine Annehmlichkeiten. Ihm machte es nicht viel aus, welche der beiden Lösungen in Betracht kam, vorausgesetzt, daß sein Onkel ihnen nicht im Weg stand. Ja, er hatte das Gefühl, man werde den alten Junggesellen in eines der beiden Häuser manövrieren können; er war wie ein nervöser Reiter, der an eine Hürde gekommen ist und wartet, daß man ihm hilft, hinüberzukommen.

Also bat Charles gegen Ende des kurzen Beisammenseins zu dritt in der Broad Street Ernestina um ein paar Worte unter vier Augen und erzählte ihr, als sie allein waren, von seinen Vermutungen.

»Aber warum hat er die Sprache nicht früher darauf gebracht?«

»Liebste, ich fürchte, das ist Onkel Bob, wie er leibt und lebt. Sag mir jetzt, was ich machen soll.«

»Was würdest denn du vorziehen?«

»Was du vorziehst. Auch keins von beiden, wenn es sein soll. Er würde zwar verletzt sein . . .«

Ernestina äußerte einen diskreten Fluch gegen reiche Onkel. Aber dann hatte sie die Vision einer Lady Smithson auf Winsyatt, das nach ihrem Geschmack hergerichtet war – vielleicht kam ihr diese Vision, weil die Unterhaltung in dem nicht gerade geräumigen Hinterzimmer Tante Tranters stattfand. Schließlich verlangt ein Titel seinen Rahmen. Und wenn der gräßliche Alte außerhalb ihrer vier Wände in Sicherheit untergebracht war . . . alt war er ja. Und Charles so lieb. Da waren ihre Eltern, denen sie so viel verdankte . . .

»Dieses Haus im Dorf . . . sind wir nicht im Wagen daran vorbeigefahren?«

»Ja, du erinnerst dich. Es hatte überall solche malerischen alten Giebel.«

»Malerisch von außen.«

»Natürlich muß es renoviert werden.«

»Wie würdest du es nennen?«

»Die Dorfleute nennen es das ›Kleine Haus‹. Aber nur als Vergleich zum großen. Ich war vor vielen Jahren drin, aber ich glaube, es ist um einiges größer, als es aussieht.«

»Ich kenne diese alten Häuser. Dutzende elender kleiner Räume. Die Leute damals müssen alle Zwerge gewesen sein.«

Er lächelte, obgleich er besser daran getan hätte, ihr beschränktes Wissen über den Tudorstil zu verbessern. Dann legte er den Arm um sie: »Also Winsyatt selbst?« Unter den geschwungenen Augenbrauen sah sie ihn kurz und gerade an.

»Wünschst du es dir?«

»Du weißt, was es mir bedeutet.«

»Und die neue Ausstattung darf ich selbst aussuchen?«

»Du kannst es bis auf den Grund niederreißen und einen Kristallpalast aufbauen. Ich komme für alles auf.«

»Charles, sei doch einmal ernsthaft!«

Sie riß sich los. Aber alsbald erhielt er einen Verzeihungskuß und ging leichten Herzens seiner Wege. Ernestina stieg ihrerseits in ihr Zimmer hinauf und machte sich über ihr reichlich ausgestattetes Arsenal an Katalogen.

23

Wo wäre diese Eibe ohne jenen Mann
von dem kein Mensch mehr weiß. Doch einer kannte ihn: mein Ahn . . .

Hardy, *Verwandlung*

Die Chaise passierte die Toreinfahrt. Das Verdeck war heruntergeklappt, damit Charles die Frühlingssonne genießen konnte. Der junge Hawkins stand am Tor, die alte Mrs. Hawkins stand befangen vor der Haustür. Charles ließ den zweiten Kutscher, der ihn in Chippenham erwartet hatte und jetzt neben Sam auf dem Bock saß, einen Augenblick anhalten. Zwischen ihm und der alten Frau bestand eine spezielle Freundschaft. Weil er seine Mutter im ersten Lebensjahr verloren hatte, mußten in seiner Kindheit mehrere Ersatzmütter an ihre Stelle treten; sooft er in Winsyatt war, hielt er sich an eben diese Mrs. Hawkins, die damals eigentlich nur die Oberwäscherin war, aber kraft ihrer Dienstzeit und Popularität nur eine Stufe unter der majestätischen Haushälterin stand. Vielleicht war Charles' Anhänglichkeit an Tante Tranter ein Widerhall seiner frühen Erinnerungen an diese einfache Frau, die vollkommen einer Baucis glich. Sie humpelte nun den Pfad zum Gartentor hinunter, um ihn zu begrüßen.

Zuerst mußte er alle ihre neugierigen Fragen über die bevorstehende Hochzeit beantworten; dann mußte er seinerseits nach ihren Kindern fragen. Sie schien diesmal ungewöhnlich besorgt um ihn, und er fand in ihren Augen einen Schatten jenes Mitleids, das Arme mit gutem Herzen manchmal für die bevorzugten Reichen aufbringen. Diesen Schatten kannte er seit jeher, die Landfrau bemitleidete in ihrer unschuldigen Gescheitheit den armen mutterlosen Knaben mit dem bösen Vater: schauderhafte Gerüchte waren auch nach Winsyatt gedrungen, wie der überlebende Elternteil von Charles sich dem Vergnügungstaumel der Hauptstadt hingegeben hatte. Jetzt schien dieses verstohlene Mitleid gänzlich deplaciert, aber Charles ließ es sich amüsiert gefallen. Er liebte heute alles, das nette Gärtchen am Torhaus und den Park dahinter mit den alten Baumgruppen. Sie besaßen alle ihre wohlvertrauten Namen – Carson's Stand, Ten-pine Mound, Ramillies (zur Erinnerung an die Schlacht), Oak-and-Elm, Musenhain und ein Dutzend andere, die Charles so gut wie die Bezeichnungen seiner Körperteile kannte. Dann die große Lindenallee, die eisernen Staketen – an diesem Tag schien ihm, als liebte er alles, was er von dem Gut erblicken konnte. Schließlich sah er lächelnd auf die alte Wäscherin hinunter:

»Ich muß jetzt gehen. Mein Onkel erwartet mich.«

Mrs. Hawkins sah einen Augenblick lang aus, als ließe sie sich nicht so leicht verabschieden; dann aber siegte der Dienstbote über die Ersatzmutter. Sie begnügte sich damit, seine Hand zu berühren, die auf dem Schlag der Chaise lag.

»Jaja, Mr. Charles. Er erwartet Sie.«

Der Kutscher schnalzte mit der Peitsche über den Rücken des Leitpferdes, die Kutsche rollte die sanfte Steigung hinauf in den Gitterschatten der noch blattlosen Linden. Bald wurde der Fahrweg eben, wieder schnalzte die Peitsche lässig über die braune Kruppe, und die beiden Pferde, die den Futtertrog nahe wußten, verfielen in einen scharfen Trab. Das fröhliche Knirschen der eisenbeschlagenen Räder, das leichte Kreischen einer schlechtgeschmierten Achse, die alte Liebe, die in ihm beim Wiedersehen mit Mrs. Hawkins erwachte, und seine Gewißheit, jetzt bald im wirklichen Besitz dieser Landschaft zu sein – all das erzeugte in Charles wieder das nicht in Worte zu fassende Gefühl, über ihm walte ein glückliches Geschick und eine gerechte Ordnung. Sein Aufenthalt in Lyme hatte es nur oberflächlich stören können. Dieses Stück England gehörte ihm, und er gehörte zu ihm; er trug die Verantwortung dafür, aber er hatte auch teil an seinem Prestige und seiner jahrhundertealten Ordnung.

Sie fuhren an einer Gruppe von Arbeitern seines Onkels vorbei: da war Ebenezer, der Schmied, nebenbei ein recht guter Kupferschmied; er hämmerte ein verbogenes Geländer gerade. Danach wünschten ihm zwei Holzarbeiter guten Tag; ein vierter, sehr alter Mann, der alte Ben, trug noch den gleichen Kittel, wie er ihn in der Jugend getragen hatte, und ein altmodisches Filzhütchen; es war der Vater des Schmieds, jetzt einer aus dem Dutzend alter Gutspensionäre, die hier wohnen durften und in ihrem Kommen und Gehen frei waren wie der Herr selbst; Ben war eine Art lebende Kartei über die letzten achtzig oder mehr Jahre des Guts Winsyatt, die noch oft zu Rate gezogen wurde.

Als die Chaise vorbeifuhr, drehten sie sich um und schwenkten Arme und Filzhut. Charles winkte leutselig zurück. Er kannte ihr Leben, wie er sein eigenes kannte. Er wußte sogar, wie es zu dem verbogenen Geländer gekommen war ... der große Jonas, der Lieblingsstier seines Onkels, hatte den Landauer der Mrs. Tomkins aufs Korn genommen. Der Onkel schrieb damals: »Ihre eigene verd ... Schuld, warum hat sie sich den Mund angemalt.« Charles lächelte in Erinnerung seiner trockenen Frage in dem Antwortbrief, warum eine so anziehende Witwe ihren Besuch in Winsyatt ohne Anstandsdame machte ...

Vor allem war es der große Frieden dieses Landes, in den man so entzückt wiederkehrte. Kilometerweit frühlingsgrüner Rasen, im Hintergrund das Unterland von Wiltshire, das Haus, das jetzt in der Ferne in Sicht kam, beige und grau, mit den gewaltigen Zedern, der berühmten Kupferbirke (alle Kupferbirken sind berühmt) am Westflügel, dahinter fast verdeckt die Reihe der Stallungen mit dem kleinen Holzturm und der Uhr, der wie ein weißes Ausrufezeichen zwischen den Ästen hervorsah. Diese Stalluhr war symbolisch: in Winsyatt war – trotz des Telegramms – niemals etwas wirklich dringend, das grüne Heute floß über in ein grünes Morgen: was wirklich zählte, waren die Sonnenstunden. Stets gab es zu viele Hände für zu wenig Arbeit, außer beim Heuen und bei der Ernte, aber der Sinn für Ordnung war so tief verwurzelt, daß er wie ein mechanisches Gesetz die Auffassung beherrschte: diese Ordnung kann nicht gestört werden, und sie wird immer so bleiben: wohlwollend und göttlich. Der Himmel weiß – und Millie wußte es –, es gab Unrecht und Armut auf dem Land, die so nichtswürdig waren wie jene, die sich in Sheffield und Manchester breitmachten; aber sie lagen nicht vor den Toren der großen Adelssitze, vielleicht aus keinem anderen Grund, als daß die Grundbesitzer Englands wohlgesinnte Landleute ebenso liebten wie ihre wohlgepflegten Äcker und ihren Viehstand. Ihre verhältnismäßige Güte dem zahlreichen Gesinde gegenüber mag nichts anderes als ein Nebenprodukt ihres Strebens nach schöner Aussicht gewesen sein; aber die Gutsleute profitierten davon.

Und wahrscheinlich sind die Motive des »intelligenten« modernen Managements nicht uneigennütziger. Damals ging es den gütigen Ausbeutern um eine schöne Aussicht; heute geht es ihnen um Produktivitätssteigerung.

Die Chaise hatte das Ende der Lindenallee erreicht, die eingezäunte Weide machte weichem Rasen und Gesträuch Platz, und der Fahrweg mündete in einer langen flachen Kurve vor der Front des im Palladio-Stil des 16. Jahrhunderts erbauten Gebäudes, das der jüngere Wyatt nicht allzu ungeschickt mit Verbesserungen und Anbauten versehen hatte. Jetzt fühlte sich Charles wie beim Antritt seiner Erbschaft. Der Augenblick schien ihm die Erklärung für sein bisheriges Schlenderleben, sein Spielen mit der Religion, der Wissenschaft, mit dem Reisen; auf diesen Moment hatte er gewartet ... Es war sozusagen seine Berufung an den Hof. Das absurde Abenteuer in den Undercliffs war vergesen. Auf ihn warteten gewaltige Aufgaben; die Bewahrung von Frieden und Ordnung lagen vor ihm wie in der Vergangenheit vor so manchem jungen Mann seiner Familie. Pflicht – das war seine eigentliche Gattin, seine Ernestina und seine Sarah, und er sprang aus der Chaise, sie zu begrüßen wie ein Junge, der nicht halb so alt war. Aber es begrüßte ihn eine leere Halle. Er stürmte in den Salon, um dort seinen Onkel vorzufinden, der lächelnd seine Füße betrachtete. Aber auch dieser Raum war leer. Irgend etwas darin hatte sich verändert, Charles stutzte. Dann lächelte er – es gab neue Vorhänge, ja, und auch neue Wandteppiche. Ernestina würde es nicht recht sein, daß man ihr die Auswahl vorweggenommen hatte, aber welches Anzeichen konnte sicherer dafür sein, daß der alte Junggeselle nun die Absicht hatte, dankbar die Stafette weiterzugeben?

Noch etwas hatte sich geändert. Es dauerte einige Augenblicke, ehe Charles daraufkam. Die unsterbliche Trappe war fort; die Stelle ihres gläsernen Gehäuses nahm ein Schauschrank mit chinesischem Porzellan ein.

Aber noch erriet er nichts.

Ebensowenig erriet er – wie hätte er es auch in diesem Fall gekonnt? –, was Sarah widerfahren war, als sie ihn am vorangegangenen Nachmittag verließ. Schnell war sie durch die Wälder zurückgegangen bis zu der Stelle, wo sie gewöhnlich den oberen Pfad nahm, um keinesfalls von der Meierei aus gesehen zu werden. Ein Beobachter hätte gesehen, wie sie zögerte, und wenn er ein so scharfes Ohr wie Sarah besessen hätte, wäre ihm auch der

Grund klar geworden: von der knapp hundert Meter weiter in der Tiefe gelegenen Meierei klangen Stimmen. Langsam und lautlos bewegte sich Sarah weiter bis zu einem großen Stechpalmenstrauch, durch dessen dichtes Blattwerk sie die Rückseite des Meiereigebäudes beobachten konnte. Eine Zeitlang verharrte sie, ihr Gesicht zeigte nichts von dem, was ihr durch den Sinn ging. Dann mußte unten etwas vorgegangen sein, das sie veranlaßte, sich zu bewegen – aber nicht in die schützende Deckung des Waldes zurück. Vielmehr trat sie kühn hinter der Stechpalme hervor und ging den Pfad entlang, der sich oberhalb des Gebäudes mit dem Karrenweg vereinigte. So kam sie den beiden Frauen an der Haustür voll zu Gesicht; eine von ihnen trug einen Korb und war offenbar gerade dabei, sich auf den Heimweg zu machen.

Sarahs Gestalt wurde dunkel sichtbar. Sie sah nicht zur Meierei hinab, auch nicht zu den zwei überraschten Augenpaaren, sondern ging schnell ihres Weges, bis sie hinter der Hecke verschwand, die eines der Felder oberhalb der Meierei umgab.

Eine der Frauen da unten war die Frau des Meiers. Die andere war Mrs. Fairley.

24

»Ich hörte einmal die Vermutung äußern, die typische Redewendung der viktorianischen Zeit sei gewesen: ›Du darfst nicht vergessen, er ist dein Onkel . . .‹«
G. M. Young, *Victorian Essays*

»Es ist ungeheuerlich. Ungeheuerlich. Er muß den Verstand verloren haben.«

»Er hat den Verstand für Proportionen verloren. Aber das ist nicht ganz dasselbe.«

»Aber bei diesem Stand der Dinge!«

»Meine liebe Tina, Cupido nimmt bekanntlich auf das, was anderen Leuten paßt, keine Rücksicht.«

»Du weißt ganz genau, daß Cupido damit nichts zu tun hat.«

»Ich fürchte, er ist allein an allem schuld. Alte Herzen sind am empfänglichsten.«

»Ich bin schuld. Ich weiß, er mag mich nicht.«

»Laß schon, das ist Unsinn.«

»Es ist kein Unsinn. Ich weiß genau, für ihn bin ich nur die Tochter des Tuchhändlers.«

»Liebes Kind, mäßige dich.«

»Ich bin doch nur deinetwegen so böse.«

»Nun schön, dann laß mich meinetwegen selbst böse sein.«

Das nun eintretende Schweigen gestattet mir die Mitteilung, daß diese Unterhaltung im Hinterzimmer der Tante Tranter stattfand. Charles stand am Fenster mit dem Rücken zu Ernestina, die gerade geweint hatte und jetzt dasaß, ein Spitzentaschentuch rachsüchtig zwischen ihren Fingern drehend.

»Ich weiß doch, wie lieb dir Winsyatt ist.«

Charles' Antwort können wir nur erraten, denn in diesem Augenblick öffnete sich die Tür, und Tante Tranter erschien, auf dem Gesicht ein freundliches Lächeln zum Empfang.

»So bald bist du zurück!« Es war am gleichen Tag, an dem wir Charles nach Winsyatt House abreisen sahen, abends halb neun.

Charles lächelte dünn. »Unser Geschäft war bald . . . beendet.«

»Es ist etwas schrecklich Unangenehmes passiert.« Alarmiert sah Tante Tranter in das tragisch verzogene, aufgeregte Gesicht ihrer Nichte, die fortfuhr: »Charles ist enterbt.«

»Enterbt!«

»Ernestina übertreibt. Die Sache ist einfach die, daß mein Onkel sich entschlossen hat, zu heiraten. Wenn er das Glück hat, einen Sohn und Erben zu bekommen . . .«

»Das Glück . . .!« Ernestina streifte Charles mit einem sengenden Blick. Konsterniert gingen Tante Tranters Augen von einem Gesicht zum anderen.

»Aber . . . Wer ist die Lady?«

»Ihr Name ist Mrs. Tomkins, Tante. Eine Witwe.«

»Und jung genug, ein Dutzend Söhne zu gebären.«

Charles lächelte. »Kaum. Aber jung genug, Söhne zu gebären.«

»Du kennst sie?«

Ernestina kam Charles zuvor. »Das macht es ja so unangenehm. Erst vor zwei Monaten hat der Onkel in einem Brief an Charles Witze über sie gemacht. Und jetzt kriecht er zu ihren Füßen.«

»Aber liebe Ernestina!«

»Ich will nicht still sein. Es ist zuviel. Nach all diesen Jahren . . .«

Charles holte tief Atem und wandte sich an Tante Tranter. »Wie ich hörte, hat sie ausgezeichnete Verbindungen. Ihr Gatte war Oberst bei den Vierzigerhusaren und hinterließ sie mit einer anständigen Versorgung. Um eine Glücksjagd kann es sich also nicht handeln.« Ernestinas schwelender Blick, der diese Worte begleitete, bewies ganz offen, daß sie alles für möglich hielt. »Ich habe auch gehört, daß sie sehr anziehend ist.«

»Sicher reitet sie mit Hunden auf die Jagd.«

Ernestina spielte damit auf einen schwarzen Punkt an, den sie einst in des Onkels gewaltigem Notizbuch erhalten hatte. Charles lächelte trüb: »Zweifellos. Aber das ist noch kein Verbrechen.«

Tante Tranter ließ sich in einen Stuhl fallen und blickte wieder von dem einen jungen Gesicht zum anderen, um, wie in solchen Fällen stets, einen Hoffnungsstrahl zu entdecken.

»Aber ist er nicht zu alt, um Kinder zu bekommen?«

»Auf Charles' Gesicht erschien ein leichtes Lächeln über so viel Unschuld. »Er ist siebenundsechzig, Mrs. Tranter. Das ist nicht zu alt.«

»Zumal sie jung genug ist, seine Enkelin zu sein.«

»Meine liebe Tina, alles, was wir in einer solchen Situation zu tun haben, ist Würde zu bewahren. Ich muß dich um meinetwillen bitten, nicht verbittert zu sein. Wir müssen das Ereignis mit so viel Anstand wie möglich zur Kenntnis nehmen.«

Sie blickte auf zu ihm und sah an seiner nervösen Strenge, daß sie die Rolle wechseln mußte. Sie lief zu ihm hin, faßte seine Hand und zog sie an ihre Lippen. Er zog sie an sich, küßte sie auf den Kopf, aber er ließ sich nicht täuschen. Eine Spitzmaus und eine Maus mögen dasselbe Aussehen haben, aber sie sind nicht dasselbe; ihm stand zwar kein Wort zur Verfügung, mit dem er Ernestinas Verhalten beim Aufnehmen seiner schockierenden und unwillkommenen Nachricht kennzeichnen konnte, aber es war nicht weit entfernt von »unladylike«. Aus der Chaise, die ihn von Exeter zu Tante Tranters Haus brachte, eben entstiegen, hatte er edles Bedauern, aber nicht heftigen Zorn erwartet, obwohl sie ihm damit schmeicheln wollte, daß sie seine Gefühle nachahmte. Vielleicht lag es daran – sie konnte sich nicht vorstellen, daß ein Gentleman nie seinen Zorn äußern würde. Aber in diesen ersten Minuten war sie nur allzusehr die Tuchhändlerstochter, eine Frau, der ein Geschäft danebengegangen war und die nicht die traditionelle Unerschütterlichkeit besaß, mit der man auf feine aristokratische Art den Rückschlägen des Lebens nicht erlaubte, seinen Lebensstil ins Wanken zu bringen.

Er geleitete Ernestina zu dem Sofa, von dem sie aufgesprungen war, zurück. Ein wesentlicher Grund seines Besuchs, eine Entscheidung, die er während der langen Rückfahrt getroffen hatte, mußte, wie er jetzt einsah, auf den nächsten Morgen zur Erörterung aufgeschoben werden. Er mühte sich zu demonstrieren, wie man sich in solchen Situationen korrekt verhält, und fand nichts Besseres, als leichthin das Thema zu wechseln.

»Und was ist heute in Lyme Bedeutsames vorgefallen?« Als erinnerte sie sich, wandte sich Ernestina ihrer Tante zu. »Hast du von ihr etwas Neues gehört?« Dann sah sie zu Charles auf und sagte, bevor Tante Tranter antworten konnte: »Und ob etwas vorgefallen ist. Mrs. Poulteney hat Miß Woodruff entlassen.«

Charles fühlte, wie sein Herz stockte. Aber wenn sein Gesicht auch einen Schock verriet, Tante Tranter bemerkte es nicht, weil sie zusehr darauf bedacht war, ihre Nachricht loszuwerden: das war der Grund ihrer Abwesenheit bei Charles' Ankunft. Offenbar hatte die Entlassung schon am vorhergehenden Abend stattgefunden; eine einzige Nacht hatte man die Übeltäterin noch unter dem Dach von Marlborough House geduldet. Ganz früh am Morgen war dann ein Träger erschienen, der ihr Gepäck aufnahm, mit der Weisung, es in den »Weißen Löwen« zubringen. Hier wurde Charles buchstäblich weiß, aber Tante Tranter zerstreute gleich im nächsten Satz seine Befürchtungen.

»Dort ist die Remise, du weißt.« Die Postkutschen von Dorchester nach Exeter fuhren nicht den steilen Hang nach Lyme hinab, sondern man mußte auf einer Kreuzung an der Hauptstraßc, etwa sechseinhalb Kilometer westlich im Landesinnern, zusteigen. »Aber Mrs. Hunnicott hat mit dem Mann gesprochen. Er weiß bestimmt, daß Miß Woodruff nicht dort gewesen ist. Das Mädchen sagte, sie sei ganz früh in der Dämmerung weggegangen und habe nur die Verfügung bezüglich ihres Gepäcks getroffen.«

»Und seither?«

»Kein Zeichen.«

»Haben Sie den Pastor gesehen?«

»Nein, aber Miß Trimble versicherte mir, er sei heute vormittag nach Marlborough House gegangen. Man benachrichtige ihn, daß Mrs. Poulteney nicht wohl sei. Er sprach nur mit Mrs. Fairley. Alles was sie wußte, war, daß irgend etwas Unangenehmes Mrs. Poulteney zu Ohren gekommen sein mußte, daß sie zutiefst schokkiert und aufgeregt sei . . .« Die gute Mrs. Tranter brach ab, offenbar über ihre mangelhaften Kenntnisse ebenso bestürzt wie über Sarahs Verschwinden. Sie forschte in den Augen ihrer Nichte und in denen von Charles. »Was kann es sein? Was kann es nur sein?«

»Sie hätte die Stelle in Marlborough House nie annehmen sollen. Das war ja, wie wenn man einem Wolf ein Schaf vorwirft.« Ernestina sah Charles an, um von ihm ihre Meinung bestätigt zu erhalten. Da er sich lange nicht so ruhig fühlte, wie es den Anschein hatte, wandte er sich seinerseits an Tante Tranter.

»Besteht nicht die Gefahr, daß sie . . .«

»Das befürchten wir eben alle. Der Pastor hat Leute ausgesandt, die die Gegend bis Charmouth absuchen sollen. Dort, auf den Klippen, geht sie oft spazieren.«

»Und haben sie . . .«

»Nichts gefunden.«

»Hast du nicht gesagt, daß sie gearbeitet habe bei . . .«

»Dorthin hat man auch geschickt. Kein Wort von ihr.«

»Grogan – ist er nicht nach Marlborough House gerufen worden?« Er brachte diesen Namen klugerweise ins Gespräch, indem er sich diesmal an Ernestina wandte. »Als ich damals abends zum Grog bei ihm war, hat er von ihr gesprochen. Ich weiß, er interessiert sich für ihre Situation.«

»Miß Trimble sah ihn, wie er um sieben Uhr mit dem Pastor sprach. Sie sagte, er habe sehr aufgeregt ausgesehen. Wütend. So sagte sie.« Miß Trimble betrieb einen Galanteriewarenladen am unteren Ende der Broad Street und war deshalb wunderbar in der Lage, das Hauptinformationszentrum für die ganze Stadt abzugeben. Tante Tranters sanftes Gesicht brachte das Unmögliche zuwege – es blickte ernst und streng. »Ich werde Mrs. Poulteney nicht besuchen, obwohl sie krank ist.«

Ernestina bedeckte das Gesicht mit den Händen. »Oh, was ist das heute für ein grauenhafter Tag!«

Charles starrte auf die beiden Damen nieder. »Vielleicht sollte ich zu Grogan gehen.«

»Oh, Charles, was kannst du denn ausrichten? Es gibt genug Männer, die suchen.«

Nach ihr zu suchen, war natürlich nicht Charles' Absicht. Er erriet, daß Sarahs Entlassung im Zusammenhang mit ihren Wanderungen in den Undercliffs stand, und was ihn am meisten erschreckte, war die Möglichkeit, daß sie dort zusammen mit ihm gesehen worden war. Er rang verzweifelt um einen Entschluß. Unbedingt mußte er in Erfahrung bringen, wieviel über den Entlassungsgrund in die Öffentlichkeit gedrungen war. Plötzlich verursachte ihm die Atmosphäre des kleinen Salons Platzangst. Er mußte allein sein. Er mußte überlegen, was zu tun sei. Wenn Sarah noch am Leben war – aber wer konnte sagen, welch wahnwitzigen Entschluß sie in der Nacht ihrer Verzweiflung gefaßt hatte, während er ruhig in seinem Hotel in Exeter schlief – doch wenn sie noch atmete, glaubte er zu wissen, wo sie war. Es bedrückte ihn wie ein Leichentuch, daß er der einzige in Lyme war, der es wußte, und daß er sein Wissen niemandem mitteilen durfte.

Wenige Minuten später schritt er den Hügel hinab, dem »Weißen Löwen« zu. Die Luft war mild, aber der Himmel bedeckt. Die feuchte Luft streichelte mit sanften Fingern seine Wangen. Über der offenen See donnerte es, wie in seinem Herzen.

25

Wozu denn seufzen, junger Kavalier,
Um eine, die dir nie gehören wird?
Tennyson, *Maud*(1855)

Seine erste Absicht war, Sam mit einer Nachricht zu dem irischen Arzt zu senden. Er formulierte sie beim Gehen: »Mrs. Tranter ist außerordentlich daran interessiert« ... »Wenn durch die Aufstellung einer Suchmannschaft Kosten erwachsen sollten« ... oder besser: »Wenn ich finanziell oder in anderer Hinsicht behilflich sein kann.« Sätze wie diese gingen ihm durch den Kopf. Beim Betreten des Hotels rief er dem einen, nicht tauben Stallknecht zu, er solle Sam aus der Schankstube holen und zu ihm hinaufschicken. Aber kaum hatte er seinen Salon betreten, erhielt er den dritten Schlag an diesem ereignisreichen Tag.

Auf dem runden Tisch lag ein Zettel, mit schwarzem Wachs versiegelt. Die Anschrift war ungewohnt: Mr. Smithson, im »Weißen Löwen«. Er riß den gefalteten Bogen auseinander. Keine Anrede, keine Unterschrift:

»Ich bitte Sie, mich noch ein einziges, letztes Mal zu treffen. Ich werde heute nachmittag und morgen früh warten. Wenn Sie nicht kommen, werde ich Sie nie wieder belästigen.«

Charles las den Zettel zum zweiten- und drittenmal; dann starrte er in die Nacht hinaus. Er fühlte Wut darüber aufsteigen, daß sie seinen Ruf so bedenkenlos aufs Spiel setzte; Erleichterung, daß sie erwiesenermaßen noch am Leben war; und wieder Empörung über die im letzten Satz enthaltene Drohung. Da kam Sam herein und wischte sich den Mund ab, eine nicht gerade feine Anspielung darauf, daß er in seinem Essen unterbrochen worden war. Da sein Lunch nur aus einer Flasche Gingerbier und drei faden Abernethykuchen bestanden hatte, mag ihm verziehen sein. Aber mit einem Blick sah er, daß sein Herr sich in keiner besseren Verfassung befand, seit ihrer Abreise aus Winsyatt.

»Geh hinunter und frag, wer diesen Zettel überbracht hat.«

»Jawohl, Mr. Charles.« Sam ging, aber er hatte noch keine sechs Schritte gemacht, als Charles ihm von der Tür nachrief: »Frag, wer ihn angenommen und heraufgebracht hat.«

»Jawohl, Mr. Charles.«

Der Herr ging ins Zimmer zurück; da erinnerte er sich jener urzeitlichen Katastrophe, von der er den Bericht in der blauen Lias gefunden und Ernestina mitgebracht hatte: wie die Ammoniten, durch Zurückgehen des Wassers aufs Trockene gesetzt, umgekommen waren – eine winzige Katastrophe vor neunzig Millionen Jahren. Ihm kam die düstere Einsicht wie ein schwarzer Blitz, daß alles Leben parallel verläuft: daß die Entwicklung kein vertikaler Prozeß ist, der zur Vollkommenheit ansteigt, sondern ein horizontaler. Die Zeit barg den großen Trugschluß: das Sein kennt keiene Geschichte, ist immer das Jetzt, immer dieses Gefangensein in derselben teuflischen Maschinerie. Alle diese spanischen Wände, vom Menschen bemalt und aufgerichtet, um ihn vor der Wirklichkeit abzuschirmen – Geschichte, Religion, Pflicht, gesellschaftliche Position – sie alle waren Illusionen, Träume im Opiumrausch. Als Sam denselben Stallknecht hereinbrachte, mit dem Charles eben gesprochen hatte, drehte er sich um. Den Zettel hatte ein Knabe abgegeben. Heute vormittag um zehn Uhr. Der Knecht kannte den Knaben vom Sehen, aber nicht seinen Namen. Nein, der Absender hatte er nicht genannt. Ungeduldig schickte Charles ihn weg; ebenso ungeduldig fragte er Sam, was es da zu starren gebe.

»Hab auf nichts nicht gestarrt, Mr. Charles.«

»Schön. Sag unten, ich möchte zu Abend essen. Sie sollen mir irgend etwas schicken. Irgend etwas.«

»Jawohl, Mr. Charles.«

»Und ich wünsche, nicht wieder gestört zu werden. Du kannst jetzt meine Sachen auspacken.«

Wähend Charles am Fenster stehenblieb, ging Sam in das an den Salon grenzende Schlafzimmer. Beim Hinunterschauen sah er im Licht der Gasthausfenster einen kleinen Buben auf der gegenüberliegenden Seite der Straße daherlaufen, unter seinem Fenster das Kopfsteinpflaster überqueren – dann verlor er ihn aus den Augen. Fast hätte er das Schiebefenster hochgezogen und hinausgerufen, so stark war der Eindruck, daß dies derselbe Bote sein müsse. Er fieberte vor Aufregung. Es verging so viel Zeit, daß er glaubte, sich getäuscht zu haben. Sam kam aus dem Schlafzimmer und ging zur Tür. Aber da klopfte es. Sam öffnete. Es war wieder der Stallknecht. Sein Gesicht trug ein idiotisches Grinsen, das anzeigte, daß er es diesmal richtig machte. Ein Zettel war in seiner Hand. »Es war derselbe Bub, Sir. Ich hab ihn gefragt, Sir. Er sagte, es war dieselbe Frau wie vorhin, Sir, aber er kennt ihren Namen nicht. Wir alle nennen sie die –«

»Ja, schon recht. Gib mir den Zettel.«

Sam nahm ihn und übergab ihn Charles, aber er tat es mit einer gewissen Unverschämtheit, ohne etwas zu sagen. Unter der Maske der Unterwürfigkeit sah man, daß er irgendwie informiert war. Dann deutete er dem Stallknecht mit dem Daumen, und dieser verschwand. Sam wollte ihm nach, aber Charles rief ihn zurück. Er brauchte eine Weile, um sich hinreichend zart und doch verständlich auszudrücken.

»Sam, ich habe mich hier für den Fall einer unglücklichen Frau interessiert. Ich wollte ... das heißt, ich will noch immer, daß die Angelegenheit Mrs. Tranter nicht zur Kenntnis kommt. Verstehst du?«

»Vollständig, Mr. Charles.«

»Ich hoffe, die Person in einer passenderen Umgebung unterzubringen ... mehr ihren Fähigkeiten entsprechend. Dann werde ich selbstverständlich Mrs. Tranter darüber berichten. Es ist eine kleine Überraschung, eine kleine Gegenleistung für Mrs. Tranters Gastfreundschaft. Auch sie ist an ihr interessiert.«

Sam hatte eine Miene aufgesetzt, die Charles bei sich als »Sam, der Laikai« definierte; in ihr drückte sich der rückhaltlose Gehorsam gegenüber den Wünschen seines Herrn aus. Sie entsprach so wenig dem wahren Charakter Sams, daß Charles sich zu einer weiteren Anstrengung genötigt sah. »Du wirst – obwohl es nicht von Bedeutung ist – mit niemandem darüber sprechen.«

»Natürlich nicht, Mr. Charles.« Sam sah aus wie ein Hilfspfarrer, den man des Glücksspiels bezichtigt.

Als Charles sich wieder dem Fenster zuwandte, bekam er, ohne es zu merken, einen Blick von Sam, der von einem merkwürdigen Spitzen des Mundes und einem Nicken begleitet war. Als sich die Tür hinter dem Diener geschlossen hatte, öffnete er den zweiten Zettel.

»Je vous ai attendu toute la journée. Je vous prie – une femme à genoux vous supplie de l'aider dans son désespoir. Je passerai la nuit en prières pour votre venue. Je serai dès l'aube à la petite grange près de la mer atteinte par le premier sentier à gauche après la ferme.«

Der Zettel war ungesiegelt, zweifellos weil sie kein Wachs zur Verfügung hatte: das erklärte, warum der Text in Gouvernantenfranzösisch abgefaßt war. Er war mit Bleistift gekritzelt, als wäre er eilig an einer Hüttentür oder in den Undercliffs zusammengestellt worden.

Sicherlich war der Bub der Sohn irgendeines armen Fischers vom Damm – von den Undercliffs führte ein Pfad direkt dorthin, und man vermied dadurch den Weg durch die Stadt. Aber die Torheit des ganzen Unterfangens, das Risiko! Der Franzose! Varguennes!

Charles zerknüllte den Zettel in der geballten Hand. Ein ferner Blitz kündigte das Herannahen des Gewitters an; als er aus dem Fenster sah, klatschten die ersten schweren Tropfen dagegen und rannen die Scheiben hinab. Er fragte sich, wo sie jetzt sein mochte; er sah sie durchnäßt unter den Blitzen im Regen dahinlaufen, und das lenkte ihn einen Augenblick lang von seiner heftigen egozentrischen Furcht ab. Es war aber auch zuviel. Nach einem solchen Tag! Ich tue mit den Ausrufungszeichen des Guten zuviel. Aber Gedanken, Reaktionen, Reaktionen auf diese Reaktionen rasten wütend durch Charles' Hirn, während er auf und ab schritt. Am Erkerfenster gebot er sich Halt und starrte wieder die Broad Street entlang; sofort erinnerte er sich daran, was sie über den Hagedorn gesagt hatte. Er ging ins Schlafzimmer und betrachtete sein Gesicht im Spiegel.

Doch er wußte nur zu gut, daß er nicht träumte. Immer wieder sagte er sich, ich muß etwas tun, ich muß handeln. Eine Art Zorn über seine Schwäche überfiel ihn – eine wilde Entschlossenheit, eine Tat zu setzen, die bewies, daß er mehr als ein Ammonit war, den die Wellen am Strand zurückgelassen hatten; daß er gegen die schwarzen, ihn umdrängenden Wolken kämpfen konnte. Er mußte mit jemandem sprechen, er mußte beichten.

Also ging er in den Salon zurück, zog die kleine Kette an der Gaslampe, so daß die blaßgrüne Flamme nur noch weißlich glühte, und riß scharf an der Klingelschnur an der Tür. Als der alte Kellner kam, ließ ihn Charles umgehend ein Achtelliter des besten Cobbler aus dem »Weißen Löwen« holen, eine samtene

Mischung von Sherry und Brandy, die so manchen Viktorianer aus den Schuhen gehoben hat.

Kaum fünf Minuten danach mußte der erstaunte Sam mit dem Tablett in der Hand vor seinem Herrn haltmachen, der mit ziemlich geröteten Wangen in seinem Invernesscape ihm entgegenkam. Charles blieb eine Stufe vor ihm stehen, hob den Deckel, der die braune Soße, den Hammelbraten und die gekochten Kartoffeln bedeckte, und ging dann, ohne ein Wort zu sagen, weiter.

»Mr. Charles?«

»Iß es selber.«

Und der Herr war weg – in auffallendem Gegensatz zu Sam, der stehenblieb, wo er war. Die Zunge bohrte er in die linke Wange, die Augen waren starr auf die Geländersäule neben ihm geheftet.

26

Meine Freunde, ich will euch nur sagen, daß das Ganze auf ein altes, herrschaftliches Recht zurückzuführen ist.

Lewis Carroll, *The Hunting of the Snark* (1876)

Mary hatte auf den Geist des jungen Cockneys tatsächlich eine vielschichtige Wirkung ausgeübt. Einmal liebte er Mary um ihrer selbst willen, wie das jeder normale junge Mann in seiner natürlichen Sinnlichkeit getan hätte; aber er liebte sie auch der Rolle wegen, die sie in seinen Träumen spielte – das waren keine Träume, wie sie junge Männer in unseren ungehemmten, phantasiearmen Zeiten von Mädchen träumen. Meist sah er sie hübsch eingesperrt hinter dem Tisch eines Herrenausstatters. Wie von einem Magnet angezogen kehrten aus ganz London distinguierte männliche Kunden immer wieder zu diesem verführerischen Gesicht zurück. Die Straße war schwarz von ihren Zylindern, man wurde taub vom Gerassel der Wagen und zweirädrigen Droschken. Eine Art magischer Samowar, dessen Zapfhahn Mary bediente, spie in endlosem Strom Handschuhe, Schals, Krawatten, Hüte, Gamaschen, Oxonians (eine damals moderne Art Schuhe) und Kragen aus – Picadilly-, Shakespeare-, Dog- und Duxkragen. Sam war von Kragen fasziniert; ich weiß nicht, ob es bei ihm Fetischismus war, denn er sah, daß Mary jeden Kragen zuerst um ihren schlanken Hals legte, ehe sie ihn an dem bewundernden Herzog oder

Lord probierte. Sam selbst bediente während dieser reizenden Szene die Ladenkasse und heimste den goldenen Segen ein.

Er war sich bewußt, daß dies nur ein Traum war. Aber Mary unterstrich sozusagen die Tatsache; mehr noch, sie ließ die Umrisse des Dämons hervortreten, der da vierschrötig den Weg zur Erfüllung des Traums versperrte. Sein Name? Geldmangel. Vielleicht war es dieser allgegenwärtige Feind der Menschheit, auf den Sam im Salon seines Herrn starren mußte, nachdem er es sich bequem gemacht hatte. Zuerst wartete er, bis Charles auf seinem Weg die Broad Street hinunter außer Sichtweite gekommen war, dann machte er sich mit einem neuerlichen mysteriösen Spitzen seiner Lippen verspielt an sein zweites Abendessen: er nahm einen oder zwei Löffel Suppe, die vorzüglicheren Innenstücke von den Hammelschnitten – denn wenn Sam auch nicht über die Finanzen eines Elegant verfügte, so doch über seinen Geschmack. Doch jetzt starrte er wieder vor sich hin, unempfänglich für den Reiz eines mit Kapernsoße bestrichenen Hammelstückchens, das er auf die Gabel gespießt vor sich hielt.

Wenn ich Ihren Verrat an nutzlosem Wissen bereichern darf: *Mal* ist ein altenglisches Lehnwort aus dem Altnorwegischen, das die Wikinger zu uns gebracht haben. Ursprünglich bedeutete es »Rede«, aber da die Wikinger sich dieser eher weibischen Tätigkeit nur dann hingaben, wenn sie mit Axtschärfe etwas forderten, erhielt es die Bedeutung »Abgabe« oder »Tribut«. Ein Zweig der Wikinger zog nach Süden und begründete in Sizilien die Mafia; ein anderer machte sich daran, sein eigenes Gangstersyndikat an der schottischen Grenze zu etablieren; hier wurde *Mal* dann »mail« geschrieben. Wenn einer um eine Ernte oder die Jungfräulichkeit seiner Tochter besorgt war, zahlte er den Nachbarhäuptlingen »mail«; die Opfer nannten dieses Geld, entsprechend der teuren Zeit, »black mail« (Erpressungsgeld).

Wenn sich auch Sam nicht solchen etymologischen Spekulationen hingab, so dachte er doch bestimmt über die Bedeutung dieses Wortes nach; denn er hatte sofort erraten, wer die »unglückliche Frau« war. Ein Ereignis wie die Entlassung der Geliebten des französischen Leutnants war ein zu saftiger Brocken, um nicht im Verlauf eines Tages im Mund aller Bewohner von Lyme zu sein; schon bei seinem ersten, unterbrochenen Abendessen im Schankraum hatte Sam eine Unterhaltung mitangehört. Er wußte von Sarah, seit Mary sie einmal erwähnt hatte. Er kannte auch seinen Herrn und dessen Gewohnheiten; der war jetzt nicht er selbst; der war auf irgend etwas aus; der ging irgendwohin, aber nicht zu Mrs. Tranters Haus. Sam legte die Gabel mit dem Bissen hin und begann, sich gegen den Nasenflügel zu tippen. Das war eine Geste, die beim Buchmacherstand in Newmarket wohlbekannt ist, wenn ein krummbeiniger Jockey eine Ratte riecht, die sich als Rennpferd verkleidet hat. Nur daß, wie ich fürchte, hier Sam die Ratte war – und was er roch, war ein sinkendes Schiff.

Im Untergeschoß von Winsyatt wußten sie sehr gut, was vor sich ging; der Onkel war dabei, den Neffen hinauszuekeln. Mit dem den Landarbeitern angeborenen Respekt für ein intaktes Familienleben verachteten sie Charles, weil er Sir Robert nicht öfter besucht hatte – kurz, weil er ihm nicht bei jeder Gelegenheit um den Bart gegangen war. Man zählte ja damals die Dienerschaft sozusagen zur Wohnungseinrichtung; häufig vergaßen ihre Herren, daß sie sowohl Ohren als auch Intelligenz besaß; nicht unbemerkt und nicht unbesprochen blieben gewisse Auseinandersetzungen zwischen dem alten Mann und seinem Erben, die auf eine Abnutzung ihres Verhältnisses hindeuteten. Den jungen Frauen tat der hübsche Charles ja eigentlich leid, aber die Weiseren betrachteten ihn, den leichtfertigen Heuschreck und sein Hochkommen, vom Standpunkt der Ameisen. Sie hatten ihr Leben lang für Lohn arbeiten müssen, und es bereitete ihnen Vergnügen, Charles für seine Faulheit bestraft zu sehen.

Mrs. Tomkins war übrigens genau das, was Ernestina vermutete: eine Abenteurerin aus dem oberen Mittelstand. Sie war insofern schlau zu Werke gegangen, als sie sich zuerst mit der Haushälterin und dem Butler anfreundete; diese beiden Respektspersonen hatten der stattlichen und überströmend herzlichen Witwe ihr *imprimatur* – vielmehr ihr *ducatur in matrimonium* – erteilt. Diese hatte ferner bei der Besichtigung einer lange unbenutzten Zimmerflucht in dem obenerwähnten Ostflügel der Haushälterin gegenüber die Bemerkung fallenlassen, wie ausgezeichnet in diese Räume eine Amme passen würde. Mrs. Tomkins hatte aus erster Ehe einen Sohn und zwei Töchter; der Meinung der Haushälterin nach, die sie huldvoll an Mr. Benson, den Butler, weitergab, war Mrs. Tomkins wieder so gut wie schwanger.

»Es könnten Töchter sein, Mrs. Trotter.«

»Sie ist ehrgeizig, Mr. Benson. Merken Sie sich meine Worte. Sie ist ehrgeizig.«

Der Butler schlürfte seinen Tee und fügte hinzu: »Und sie gibt gute Trinkgelder.«

Das konnte man von Charles, dem Mitglied der Familie, nicht behaupten.

Die Quintessenz dieser Gespräche kam Sam zu Ohren, als er im Dienerzimmer auf Charles wartete. Angenehm war es an und für sich nicht und für Sam auch insofern nicht, als der Diener des Heuschrecks auch sein Teil von der allgemeinen Beurteilung abbekam. Dies war auch nicht ohne Bezug auf ein Thema, das Sam stets wie eine Ersatzsaite für seine Violine bereitgehalten hatte: ein Traum faute de mieux – wenn alle Stricke reißen sollten, sah er sich in jener erhabenen Position auf Winsyatt, die jetzt Mr. Benson einnahm. In Marys Geist hatte er ganz gelegentlich die Saat ausgestreut, und wenn er wollte, konnte er sie recht hübsch zum Keimen bringen. Daher war es gar nicht schön, wenn man zusehen mußte, wie einem das zarte Pflänzchen, war es auch nicht die Lieblingspflanze, so brutal ausgerissen wurde.

Charles hatte bei der Abreise von Winsyatt mit Sam kein Wort gesprochen, offiziell wußte er also nichts über die zerstörten Hoffnungen. Aber das verstörte Gesicht seines Herrn war ebensoviel wie das Wissen. Und jetzt noch das.

Schließlich steckte Sam den Hammelbraten, auf dem das Fett schon stockte, in den Mund, kaute und schluckte ihn hinunter; aber dabei starrte er in die Zukunft.

Charles' Unterredung mit dem Onkel war nicht stürmisch verlaufen, denn beide fühlten sich schuldig: der Onkel, weil er etwas tun wollte, der Neffe, weil er in der Vergangenheit nichts getan hatte. Charles hatte auf die Nachricht, die ihm offen, aber mit vielsagend abgewandtem Blick mitgeteilt wurde, nach dem ersten eiskalten Schock mit steifer Höflichkeit reagiert.

»Sir, ich kann Ihnen nur gratulieren und Ihnen alles Gute wünschen.«

Der Onkel, der den Salon, kurz nachdem wir Charles dort verlassen haben, betreten hatte, wandte sich dem Fenster zu, als hole er sich von seinen grünen Feldern Mut. Er berichtete kurz von seiner Leidenschaft. Zuerst hatte sie ihn abgewiesen: das war drei Wochen her. Aber er war nicht der Mann, der nach dem ersten Abblitzen den Schwanz einzog. Irgendeine Unentschiedenheit im Blick der Lady war ihm nicht entgangen. Darum war er vor einer Woche nach London gefahren und »geradewegs wieder drauflos galoppiert«, jetzt wurde die widerspenstige Hecke im Triumph genommen.

»Sie sagte wieder ›Nein‹, Charles, aber sie weinte dabei. Da wußte ich, daß ich gewonnen hatte.« Nach zwei oder drei Tagen sagte sie dann endgültig »Ja.«

»Und dann, mein lieber Junge, wußte ich, daß ich dir gegenübertreten mußte. Du bist der erste, dem ich es sage.« Charles besann sich allerdings da auf den mitleidigen Blick, den ihm die alte Mrs. Hawkins zuwarf; jetzt wußte ganz Winsyatt von der Neuigkeit. Die etwas stockende Erzählung seines Onkels von der Brautfahrt hatte ihm Zeit gegeben, den ersten Schock zu verdauen. Er fühlte sich geprellt und gedemütigt, um eine Welt zurückgeworfen. Aber ihm blieb nur eine Verteidigung: es mit Ruhe hinzunehmen, den Stoiker, nicht den Rasenden herauszukehren. »Ich schätze deine Genauigkeit, Onkel.«

»Du hast durchaus das Recht, mich einen kindischen alten Narren zu nennen. Das werden die meisten meiner Nachbarn tun.«

»Die späte Wahl ist oft die beste.«

»Sie ist eine liebe Frau, Charles. Nicht eine von euren modernen Porzellanpüppchen.« Jäh glaubte Charles, einen Hieb auf Ernestina zu hören – der es auch, wennschon unbeabsichtigt, war.

Der Onkel fuhr vorsichtig fort. »Sie sagt, was sie denkt. Manche meinen heutzutage, das bedeute, daß eine Frau eine Draufgängerin sei. Aber sie nicht.« Er warb bei seinem Park um Unterstützung. »Gerade wie eine ordentliche Ulme.«

»Ich habe auch keinen Moment etwas anderes angenommen.« Der Onkel warf ihm einen schlauen Blick zu; so wie Sam bei Charles den demütigen Lakaien spielte, so Charles manchmal bei dem Alten den respektvollen Neffen.

»Mir wäre lieber, du wärst wütend, als du spieltest den . . .« kalten Fisch wollte er sagen, aber er kam näher und legte Charles den Arm um die Schulter; er hatte versucht, seinen Entschluß dadurch zu rechtfertigen, daß er sich in seinen Ärger gegen Charles hineinsteigerte, und war ein zu guter Sportsmann, um nicht zu wissen, daß dies eine niederträchtige Rechtfertigung war. »Charles, verdammt, es muß heraus. Das verändert deine Aussichten. Wenn ich auch alt bin, weiß der Himmel . . .« Den »Gimpel« verschluckte er. »Aber wenn's soweit ist, Charles, ich will, daß du weißt, was immer aus der Heirat wird, ich laß dich nicht im Stich. Das Kleine Haus kann ich dir nicht vermachen; aber ich möchte unbedingt, daß du es für euch nimmst, solange ihr lebt. Das soll mein Hochzeitsgeschenk an Ernestina und an dich sein – die Kosten für die anständige Herrichtung trage ich natürlich.«

»Das ist äußerst großzügig von dir. Aber ich glaube, wir haben uns mehr oder weniger entschlossen, ins Belgravia House zu ziehen, wenn die Pacht abgelaufen ist.«

»Schön, schön, aber ihr müßt ja auch einen Ort auf dem Land haben. Ich will nicht, daß diese Sache zwischen uns steht, Charles. Ich breche sie morgen ab, wenn –«

Charles rang sich ein Lächeln ab. »Red doch keinen Unsinn. Du hättest dich schon vor vielen Jahren verheiraten können.«

»Das mag sein. Aber Tatsache ist, ich hab es nicht getan.« Er ging nervös zur Wand und rückte ein Bild zurecht. Charles schwieg; vielleicht hatte ihm nicht die Nachricht selbst einen so schweren Schlag versetzt wie jetzt der Gedanke an seine idiotischen Träume bei der Herauffahrt. Der alte Teufel hätte ja schreiben können. Aber das wäre dem alten Teufel feige vorgekommen. Er wandte sich wieder Charles zu: »Charles, du bist ein junger Mann, dein halbes Leben hast du auf Reisen zugebracht. Du hast keine Ahnung, wie verteufelt einsam, langweilig – ich weiß nicht, was es ist, aber die halbe Zeit denke ich, ich könnte ebensogut tot sein.«

Charles murmelte: »Ich wußte nicht . . .«

»Nein, nein, ich wollte dir keinen Vorwurf machen. Du mußt dein Leben leben.« Aber wie so manche kinderlosen alten Männer tadelte er Charles doch insgeheim dafür, daß er seiner vermeintlichen Pflicht als Sohn nicht nachkam – aufmerksam und liebevoll zu sein, so daß er wenigstens zehn Minuten lang den sentimentalen Traum von wirklicher Vaterschaft träumen konnte. »Alles in allem, es gibt Dinge, die kann nur eine Frau machen. Die alten Wandbehänge in diesem Zimmer. Hast du bemerkt? Eines Tages nannte Mrs. Tomkins sie düster. Und, verdammt noch mal, ich bin ja blind, sie waren düster. Nun, das kann nur eine Frau. Sie öffnet dir die Augen für das, was vor deiner Nase hängt.« Charles war versucht zu bemerken, daß Brillen denselben Zweck um viel weniger Geld erfüllt hätten, aber er nickte nur verstehend. Etwas salbungsvoll breitete der Onkel die Arme aus: »Was sagst du zu den neuen?« Jetzt mußte Charles grinsen. Seit jeher war das ästhetische Urteil seines Onkels auf Dinge beschränkt wie die Höhe des Widerrists bei einem Pferd oder die Überlegenheit eines Joe Manton über jeden anderen Büchsenmacher in der Geschichte; was er jetzt wollte, klang so, als fragte man einen Mörder nach seiner Meinung über ein Kinderlied.

»Eine bedeutende Verbesserung.«

»Nicht wahr? Alle sagen dasselbe.«

Charles biß sich auf die Lippen. »Und wann darf ich die Lady sehen?«

»Ja, darauf wollte ich gerade kommen. Sie möchte dich unbedingt kennenlernen. Und, Charles, sei bitte recht vorsichtig in der Angelegenheit der ... na, der ... wie soll ich's sagen?«

»Einschränkung meiner Erwartungen?«

»Richtig. Sie hat mir vorige Woche gestanden, daß sie mich zuerst genau deshalb abgewiesen hat.« Das war, wie Charles merkte, als Empfehlung gemeint, und er heuchelte höfliche Überraschung. »Aber ich versicherte ihr, du hättest eine ausgezeichnete Partie gemacht. Und du würdest verstehen und billigen, daß ich sie mir für meine letzten Lebensjahre als Gefährtin gesucht habe.«

»Du hast meine Frage noch nicht beantwortet, Onkel.«

Sir Robert sah etwas beschämt drein. »Sie besucht gerade ihre Familie in Yorkshire. Sie ist mit den Daubenys verwandt.«

»Ach so.«

»Ich reise morgen, um sie herzubringen.«

»Aha.«

»Und ich dachte, es ist das beste, wenn wir es von Mann zu Mann hinter uns bringen. Aber sie möchte dich wirklich gern kennenlernen.« Nach kurzem Zögern griff der Onkel mit komischer Befangenheit in die Westentasche und holte ein Medaillon hervor: »Das hat sie mir vorige Woche geschenkt.«

Charles starrte die in Gold und die dicken Finger seines Onkels gerahmte Miniatur der Mrs. Bella Tomkins an. Sie sah unangenehm jung aus, feste Lippen, bestimmte Augen – keineswegs unattraktiv, auch für Charles nicht. Seltsamerweise zeigte das Bild eine ferne Ähnlichkeit mit Sarah. Sein Gefühl der Demütigung und Enteignung wurde um eine kleine Note bereichert. Sarah war völlig unerfahren, dies war eine Frau von Welt; aber beide standen, jede auf ihre Weise, außerhalb der großen Masse der Porzellanfigürchenfrauen. Einen Augenblick lang hatte er ein Gefühl wie ein General, der die starke Aufstellung des Gegners überblickt; nur zu klar sah er das Ergebnis einer Konfrontation zwischen Ernestina und der künftigen Lady Smithson voraus. Es wäre vernichtend.

»Wie ich sehe, habe ich noch mehr Ursache, dir zu gratulieren.«

»Sie ist eine hübsche Frau. Eine herrliche Frau. Wert, daß man auf sie gewartet hat, Charles.« Sein Onkel stieß ihn in die Rippen. »Du wirst eifersüchtig werden. Sieh nur zu, daß du's nicht wirst.« Er sah das Medaillon noch einmal liebevoll an, schloß es andächtig und steckte es in die Tasche zurück. Und als wollte er die weiche Anwandlung abschütteln, forderte er Charles barsch auf, ihn in den Stall zu begleiten, um die letzte Erwerbung zu besichtigen, eine Zuchtstute, »hat hundert Guineen weniger gekostet, als sie wert ist«; ganz unbewußt, aber deutlich schien er das Pferd mit seiner anderen jüngsten Erwerbung in Parallele zu setzen.

Die beiden waren englische Gentlemen und vermieden daher sorgfältig jede weitere Erörterung, wenn auch nicht jede Bezugnahme auf das Thema, das sie zuvörderst beschäftigte; ganz konnte es sich Sir Robert nicht versagen, darauf zurückzukommen, sein Glück ließ es nicht zu. Aber Charles bestand darauf, noch am Abend nach Lyme zu seiner Verlobten zurückzukehren; sein Onkel wäre in früheren Zeiten angesichts einer solchen Desertion in düsterste Schwermut verfallen; heute machte er nicht viel Aufhebens. Charles versprach, er werde wegen des Kleinen Hauses mit Ernestina sprechen und mit ihr bei der nächsten passenden Gelegenheit herkommen, um die andere hoffnungsvolle Braut zu begrüßen. Alle Wärme und alles Händeschütteln der letzten Minuten vermochten nicht, die Tatsache zu bemänteln, daß sein Onkel froh war, ihn wieder los zu sein.

Während der drei, vier Stunden, die der Besuch dauerte, hatte Charles seinen Stolz aufrechterhalten; aber die Rückfahrt war eine traurige Angelegenheit. Die Rasenflächen, die Weiden, die Zäune, die Baumgruppen schienen ihm durch die Finger zu gleiten, während sie langsam an seinen Augen vorüberzogen. Er hatte das Gefühl, er wolle Winsyatt niemals wiedersehen. Der azurblaue Vormittagshimmel war von hohen Zirruswolken umzogen, Vorboten des Gewitters, das wir in Lyme schon kennengelernt haben. Bald versank er in eine ähnlich getönte, mürrische Grübelei.

Nicht zum geringsten bezog sich diese auf Ernestina. Er wußte, daß ihre verwöhnte Londoner Art keinen guten Eindruck auf seinen Onkel gemacht hatte, ebenso wie ihr völliges Desinteresse an dem Leben auf dem Land. Für einen Mann, der fast sein ganzes Leben auf Tierzucht verwendet hatte, schien sie einen eher kümmerlichen Zuwachs zu dem ordentlichen Bestand der Smithsons darzustellen. Weiter: eine Gemeinsamkeit zwischen Onkel und Neffen war ihrer beider Junggesellendasein gewesen – vielleicht hatte Charles' Glück Sir Robert ein wenig die Augen geöffnet:

wenn er, warum ich nicht? Schließlich war es ein Umstand an Ernestina, den der Onkel durchaus gebilligt hatte: ihre massive Mitgift. Aber gerade deshalb konnte er Charles leichten Herzens enterben. Vor allem aber fühlte sich Charles jetzt Ernestina gegenüber in einer sehr unerfreulichen unterlegenen Position. Was er aus dem Vermögen seines Vaters erhielt, hatte stets zur Deckung seiner Bedürfnisse ausgereicht; aber er hatte vom Kapital gezehrt, nicht es vermehrt. Als künftiger Herr von Winsyatt konnte er sich seiner Braut finanziell ebenbürtig betrachten; als bloßer Rentier mußte er finanziell abhängig von ihr sein. In seiner Abneigung gegen einen solchen Zustand war Charles viel penibler als die meisten jungen Leute seines Standes und Alters. Für sie war die Mitgiftjagd – wobei zu jener Zeit Dollar ebenso akzeptabel zu werden begannen wie Pfund Sterling – kein weniger ehrenhaftes Geschäft als eine Fuchsjagd oder der Spieltisch. Vielleicht lag es daran: er tat sich selbst leid und wußte, daß nur wenige seine Gefühle teilen würden. Seinen Groll verschärfte noch die Überlegung, daß er es versäumt hatte, das Unrecht, das sein Onkel ihm tat, zu vermehren: wäre er öfter auf Winsyatt gewesen, hätte er vor allem Ernestina nie gesehen . . .

Aber es war Ernestina und der Zwang, noch einmal den kühlen Engländer zu mimen, die ihn an jenem Tag in erster Linie seinem Trübsinn entzogen.

27

Wie oft überschütte ich sie mit Berichten
Von meiner seltsam verworrenen Jugend
Und suche vergeblich in allen Kammern
Nach einem wahren Gefühl.

Mein Herz mag beständig sein wie es wolle
so wankelmütig sein wie es muß
Für andere wär's gut, für mich wär es besser,
Wär's trocken wie Staub.

Und Leidenschaften kommen und gehen
Und hören nicht auf
Und sind doch nicht fähig
Die tief unten begrabene Welt zu erreichen.

A. H. Clough, *Gedicht* (1840)

Die Haushälterin öffnete; anscheinend war der Doktor in seiner Praxis; aber wenn Charles oben warten wollte ... also befand er sich, seines Hutes und seines Invernesscapes entledigt, bald in demselben Zimmer, in dem er Grog getrunken und sich für Darwin erklärt hatte. Im Kamin brannte ein Feuer; auf dem runden Tisch im Erkerfenster, von dem man aufs Meer hinaussah, standen noch die Überreste von des Doktors einsamem Mahl, die nun die Haushälterin eilig wegräumte. Sehr bald hörte Charles Schritte auf der Stiege.

Herzlich, mit ausgestreckten Händen, betrat Grogan das Zimmer.

»Das freut mich aber, Smithson. Die dumme Gans – hat sie Ihnen nichts gegeben, womit Sie die Nässe bekämpfen können?«

»Danke sehr ...«, gerade wollte er die Karaffe mit Brandy ablehnen, änderte jedoch seine Meinung. Mit dem Glas in der Hand ging er geradewegs auf sein Ziel los. »Ich habe etwas Privates und sehr Intimes mit Ihnen zu besprechen. Ich brauche Ihren Rat.« Ein kleines Glitzern in den Augen des Arztes verriet, daß schon so mancher wohlerzogene junge Mann kurz vor seiner Heirat so zu ihm gekommen war. Manchmal war es Tripper, weniger häufig Syphilis; manchmal war es nur Angst, die Angst von Onanisten; eine weitverbreitete Theorie jener Zeit lautete, daß Selbstbefriedigung mit Impotenz belohnt würde. Gewöhnlich war es Unwissenheit; es war erst ein Jahr her, daß ein unglücklicher, kinderloser junger Ehemann zu Dr. Grogan in die Praxis gekommen war, dem er ernsthaft erklären mußte, daß neues Leben durch den Nabel weder gezeugt noch geboren werden kann.

»Rat brauchen Sie? Ich weiß nicht recht, ob ich noch davon übrig habe – hab eine Menge davon heute weggegeben. Betrifft hauptsächlich Maßnahmen, die diese verdammte alte Betschwester da oben in Marlborough House verursacht hat. Sie haben gehört, was sie getan hat?«

»Eben deshalb möchte ich mit Ihnen sprechen.«

Innerlich atmete der Doktor ein wenig auf; aber wieder zog er den falschen Schluß.

»Ach, natürlich – Mrs. Tranter ist außer sich? Sagen Sie ihr bitte, es wird alles getan, was getan werden kann. Eine Suchmannschaft ist unterwegs. Ich habe fünf Pfund für den ausgesetzt, der sie wiederbringt ...« seine Stimme wurde bitter, »... oder die Leiche des armen Wesens.«

»Sie lebt. Ich habe soeben diesen Zettel von ihr erhalten.« Vor dem erstaunten Blick des Arztes senkte er die Augen. Dann begann er, von seinen Begegnungen mit Sarah zu erzählen, wobei er zunächst zu seinem Glas sprach. Er erzählte die Wahrheit, das heißt, fast die Wahrheit, denn seine eigenen Gefühle ließ er unerwähnt. Er schob einen Teil der Schuld auf Grogan und ihre vorangegangene Unterhaltung – oder versuchte es wenigstens. Der kluge kleine Mann ihm gegenüber konnte auch nicht umhin zu bemerken, wie er sich selbst als Wissenschaftler präsentierte. Alte Ärzte und alte Priester haben gemeinhin einen guten Geruchssinn für jede Art von Täuschung, sei sie nun beabsichtigt oder, wie in Charles' Fall, ein Ergebnis der Verwirrung. Während Charles sein Geständnis fortsetzte, begann Dr. Grogans Nasenspitze gleichsam zu zucken; dieses unsichtbare Zucken drückte genau dasselbe aus wie das Spitzen der Lippen bei Sam. Der Doktor äußerte in keiner Weise einen Argwohn. Hie und da stellte er eine Frage, ließ aber im allgemeinen Charles seinen gegen Ende zunehmend erlahmenden Bericht vollenden. Dann stand er auf.

»Also, alles hübsch der Reihe nach. Wir müssen die armen Teufel zurückholen.« Der Donner klang schon viel näher, und trotz der zugezogenen Vorhänge sah man häufig den weißen, zuckenden Schein der Blitze hinter Charles' Rücken.

»Ich kam, so schnell ich konnte.«

»Ja, Sie trifft kein Vorwurf. Wir wollen einmal sehen ...« Schon saß der Arzt an einem kleinen Schreibpult an der Rückseite des Zimmers. Für wenige Augenblicke war kein anderes Geräusch zu hören als das Kratzen seiner Feder. Dann las er das Geschriebene Charles vor:

»Lieber Forsyth, soeben hat mich die Nachricht erreicht, daß Miß Woodruff in Sicherheit ist. Sie wünscht nicht, daß ihr Aufenthaltsort bekannt wird, aber Sie können sich jetzt beruhigen. Morgen hoffe ich, mehr von ihr zu hören. Bitte übergeben Sie das Beiliegende dem Suchtrupp, sobald er zurückkehrt. – Genügt das?«

»Vollständig. Nur das Beigeschlossene ist von mir.«

Charles holte eine kleine gestickte Geldbörse, eine Arbeit Ernestinas, hervor und legte drei Sovereigns auf das mit grünem Tuch bespannte Pult neben Dr. Grogan. Dieser schob zwei davon weg. Lächelnd blickte er auf:

»Mr. Forsyth versucht, den Dämon Alkohol zu vernichten. Ich glaube, ein Goldstück ist genug.« Er steckte Brief und Münze in einen Umschlag, siegelte ihn und ging hinaus, um die schleunige

Beförderung zu veranlassen.

Als er zurückkam, sprach er weiter: »Jetzt das Mädel – was sollen wir mir ihr machen? Sie haben keine Ahnung, wo sie im Augenblick sein kann?«

»Überhaupt keine. Aber ich bin sicher, daß sie morgen früh an dem angezeigten Ort sein wird.«

»Natürlich können aber Sie nicht dort sein. In Ihrer Situation können Sie es nicht mehr wagen, sich zu kompromittieren.«

Charles sah ihn an, dann den Teppich.

»Ich bin in Ihrer Hand.«

Der Doktor blickte nachdenklich zu ihm hin. Eben hatte er einen kleinen Test gemacht, um die Absichten seines Besuchers zu erkunden. Er war wie erwartet ausgefallen. Wieder drehte er sich um und ging zum Bücherregal neben dem Schreibpult. Als er wiederkam, hatte er denselben Band in der Hand, den er Charles schon einmal gezeigt hatte: Darwins großes Werk. Er setzte sich vor ihm am Feuer nieder, lächelte leicht, blickte Charles über seine Brille hinweg an und legte seine Hand, als schwöre er auf die Bibel, auf *Die Entstehung der Arten.* »Nichts, was in diesem Raum gesprochen wurde oder noch gesprochen werden wird, dringt über seine Mauern.« Dann legte er das Buch beiseite.

»Lieber Doktor, das war nicht notwendig.«

»Vertrauen in den Behandelnden macht die Hälfte der ärztlichen Kunst aus.«

Charles lächelte blaß. »Und die andere Hälfte?«

»Vertrauen in den Patienten.« Aber ehe Charles etwas sagen konnte, stand er auf. »Nein – Sie sind doch gekommen, mich um Rat zu fragen, oder?« Er betrachtete Charles, als rüste er sich zu einem Boxkampf mit ihm; jetzt war er nicht mehr der irische Spaßvogel, sondern der Kämpfer. Dann begann er, seine »Kajüte« zu durchmessen, die Hände auf dem Rücken unter dem Gehrock verschränkt.

»Ich bin eine junge Frau, überdurchschnittlich intelligent und einigermaßen gebildet. Ich bin der Ansicht, daß die Welt schlecht mit mir umgegangen ist. Ich habe meine Gefühle nicht ganz in der Hand. Ich mache dumme Sachen, so zum Beispiel werfe ich mich dem ersten besten Schuft an den Hals, der meinen Weg kreuzt. Noch schlimmer, ich armes Opfer des Schicksals verliebe mich in ihn. Ich bringe einen ganzen Berufszweig durch meine anscheinende Melancholie aus der Fassung. Ich habe traurige Augen. Ich weine ohne Ursache. Et cetera. Et cetera. Und nun . . .« Der Doktor hob die Hand gegen die Tür, als beschwöre er einen Geist: ». . . betritt ein junger Gott die Bühne. Intelligent. Gut aussehend. Ein perfektes Exemplar jenes Stands, den meine Bildung mich bewundern gelehrt hat. Ich merke, er interessiert sich für mich. Je trauriger ich aussehe, um so interessierter scheint er zu werden. Ich knie vor ihm, er richtet mich auf. Er behandelt mich wie eine Dame. Mehr noch. In einer Anwandlung christlicher Brüderlichkeit macht er sich erbötig, mir aus meiner unglücklichen Lage herauszuhelfen.«

Charles wollte ihn unterbrechen, aber der Doktor gebot ihm Schweigen.

»Nun bin ich aber sehr arm. Ich kann keine der Listen brauchen, mit denen die Glücklicheren meines Geschlechts Männer in ihre Netze locken.« Er hob den Finger. »Ich habe nur eine Waffe. Das Mitleid, das ich in diesem Mann mit dem guten Herzen errege. Nun ist Mitleid ein Ding, das verteufelt viel Nahrung braucht. Ich habe an diesen barmherzigen Samariter meine Vergangenheit verfüttert, und er hat sie gefressen. Was kann ich noch tun? Er muß mich in meiner gegenwärtigen Lage bemitleiden. Als ich eines Tages spazierengehe, wo ich nicht spazierengehen darf, nehme ich meine Chance wahr. Ich zeige mich jemandem, von dem ich weiß, er wird mein Verbrechen jemand anderem melden, und dieser andere wird es mir nicht vergeben. Ich mache, daß man mich aus meiner Stellung entläßt. Ich verschwinde, wobei alles darauf hindeutet, daß ich als nächste Konsequenz mich von der ersten besten Klippe ins Meer stürze. Und dann rufe ich in extremis und de profundis – vielmehr de altis – meinen Retter um Hilfe an.« Er machte eine lange Pause, in der Charles' Augen die seinen trafen. Der Doktor lächelte: »Was ich biete, ist natürlich zum Teil hypothetisch.«

»Aber Ihr spezieller Vorwurf, sie habe absichtlich ihre Entlassung herbeigeführt . . .«

Der Doktor saß da und stocherte in der Glut. »Man hat mich heute, früh am Morgen, nach Marlborough House gerufen. Ich wußte den Grund nicht, nur daß Mrs. P. sich äußerst unwohl fühlte. Die Haushälterin Mrs. Fairley teilte mir des Pudels Kern mit.« Er machte wieder eine Pause, wobei er Charles' unglückliche Augen betrachtete. »Mrs. Fairley war gestern draußen in der Meierei in den Ware Cleeves. Das Mädel spazierte aus dem Wald heraus und freiweg vor ihrer Nase davon. Nun ist diese Dame ein getreues Ebenbild ihrer Herrin, und sicherlich hat sie ihre Pflicht mit der ganzen niederträchtigen Wollust von ihresgleichen getan. Trotzdem, mein lieber Smithson, bin ich davon überzeugt, daß man ihr absichtlich die Gelegenheit dazu bot.«

»Sie glauben ...« Der Doktor nickte. Charles sah ihn zweifelnd an, dann begehrte er auf. »Das kann ich nicht glauben. Es ist unmöglich, daß sie –«

Er beendete den Satz nicht. Der Doktor murmelte: »Es ist möglich. Jaja.«

»Aber nur jemand mit ...« Er wollte sagen: gestörtem Verstand, aber er stand hastig auf und ging zum Fenster. Er schob die Vorhänge auseinander und sah wie blind einen Augenblick in die aufgewühlte Nacht. Ein bläulicher Flächenblitz erhellte den Damm, den Strand, die tobende See. Er drehte sich um.

»Mit anderen Worten, ich bin an der Nase herumgeführt worden.«

»Ja, das glaube ich. Aber es erforderte eine großzügige Nase. Sie müssen auch bedenken, daß ein aus der Fassung gebrachter Verstand kein verbrecherischer Verstand ist. Im vorliegenden Fall müssen Sie Verzweiflung als Krankheit betrachten, nicht mehr und nicht weniger. Das Mädel, Smithson, hat Cholera, hat Typhus im intellektuellen Bereich. So müssen Sie sie ansehen. Nicht als bösartige Plänemacherin.«

Charles wandte sich ins Zimmer zurück. »Und was war Ihrer Meinung nach ihr letztes Ziel?«

»Ich bezweifle sehr, ob sie das weiß. Sie lebt von einem Tag auf den andern. Sie muß es ja. Jemand mit etwas Voraussicht könnte sich nie so verhalten.«

»Aber sie kann doch nicht im Ernst angenommen haben, daß ich in meiner Situation ...«

»Sie meinen, als Verlobter?« Der Doktor lächelte grimmig. »Ich habe viele Prostituierte kennengelernt. Ich beeile mich hinzuzufügen: in Verfolgung meines Berufs, nicht des ihren. Ich wollte, ich hätte eine Guinee für jede von ihnen, die sich ins Fäustchen gelacht hat – vor meinen Ohren –, daß die Mehrzahl ihrer Kunden Gatten und Väter sind.« Er starrte ins Feuer, starrte in die Vergangenheit. »Ich bin eine Verworfene. Aber ich werde mich rächen!«

»Sie lassen sie wie einen Teufel reden – aber so ist sie nicht.« Es war ihm zu heftig entfahren, er wandte sich rasch ab. »Das kann ich nicht von ihr glauben.«

»Das kommt daher – wenn Sie sich das von einem Mann sagen

lassen, der Ihr Vater sein könnte – weil Sie halb und halb in sie verliebt sind.«

Charles schnellte herum und starrte in das milde Gesicht des Arztes.

»Ich gestatte Ihnen nicht, das zu behaupten.« Grogan nickte. In die Stille hinein sagte Charles: »Das ist eine schwere Beleidigung Miß Freemans.«

»Richtig. Aber wer beleidigt sie denn?«

Charles schluckte. Er konnte diese fragenden Augen nicht mehr ausstehen und lief den schmalen, langen Raum entlang, als wolle er weggehen. Ehe er aber bei der Tür war, hatte Grogan ihn beim Arm gefaßt, ihn herumgedreht, den anderen Arm ergriffen – er war wütend über Charles' Erhabenheit.

»Mann, Mann, glauben wir nicht beide an die Wissenschaft? Bestehen wir nicht beide darauf, daß Wahrheit das einzige Prinzip ist? Wofür starb Sokrates? Um gesellschaftlichen Schein zu wahren? Eine Verbeugung vor dem Anstand? Glauben Sie, ich habe in meinen vierzig Jahren als Arzt nicht zu sehen gelernt, wann ein Mann in Bedrängnis ist? Und warum er die Wahrheit vor sich selbst versteckt? Erkenne dich selbst, Smithson, erkenne dich endlich selbst!«

Die Mischung von klassischem und keltischem Feuer in der Seele Grogans versengte Charles. Er stand da, starrte auf den Doktor, sah zur Seite und ging an den Kamin zurück, wobei er seinem Peiniger den Rücken kehrte. Eine große Stille trat ein. Grogan beobachtete ihn scharf. Schließlich sagte Charles:

»Ich bin nicht fürs Heiraten geschaffen. Mein Unglück ist nur, daß ich es zu spät bemerkte.«

»Haben Sie Malthus gelesen?« Charles schüttelte den Kopf. »Für ihn besteht die Tragödie der Menschheit darin, daß die Lebensuntüchtigen die zahlreichste Nachkommenschaft haben. Sagen Sie also nicht, Sie seien nicht fürs Heiraten geschaffen, mein Junge. Und machen Sie sich keine Vorwürfe, daß Sie sich in das Mädel verliebt haben. Ich glaube zu wissen, weshalb der französische Seemann weggelaufen ist. Er wußte, sie hat Augen, in denen ein Mann ertrinken kann.«

Charles wandt sich wie im Krampf. »Mein heiliges Ehrenwort, es ist nichts Unziemliches zwischen uns vorgefallen. Das müssen Sie mir glauben.«

»Ich glaube Ihnen. Aber lassen Sie mich die alten Katechismusfragen durchgehen: Haben Sie den Wunsch, sie zu hören? Haben

Sie den Wunsch, sie zu sehen? Haben Sie den Wunsch, sie zu berühren?«

Wieder wandte Charles sich ab, sank in den Stuhl und bedeckte das Gesicht mit den Händen. Ohne daß er antwortete, sagte das alles. Kurz darauf hob er den Kopf und starrte ins Feuer.

»Ach, mein lieber Grogan, wenn Sie wüßten, wie verpfuscht mein Leben war . . . diese Vergeudung . . . diese Nutzlosigkeit. Ich habe kein moralisches Ziel, kein wirkliches Pflichtbewußtsein für irgend etwas. Mir ist, als sei ich erst vor wenigen Monaten einundzwanzig gewesen – voller Hoffnungen . . . in allem enttäuscht. Und jetzt soll ich in dieses elende Geschäft eintreten . . .«

Grogan trat neben ihn und faßte seine Schulter. »Sie sind nicht der erste, der im Zweifel ist, ob er die Richtige zur Braut hat.«

»Sie hat so wenig Ahnung davon, wer ich wirklich bin.«

»Sie ist – wieviel? – ein Dutzend Jahre jünger als Sie. Sie kennt Sie kaum sechs Monate. Wie sollte sie Sie schon kennen? Sie kommt doch gerade erst aus der Schule.« Charles nickte düster. Seine wahre Meinung über Ernestina konnte er dem Doktor nicht sagen: Sie würde ihn nie verstehen. Er hatte das Gefühl, als habe ihn seine Intelligenz in verhängnisvoller Weise mißbraucht. Bei der Wahl seiner Lebensgefährtin hatte sie ihn im Stich gelassen. Wie so viele Männer der viktorianischen – und nicht nur dieser – Ära meinte Charles, sein ganzes Leben unter dem Einfluß von Idealen führen zu müssen. Es gibt Männer, die sich mit dem Gedanken trösten, daß es noch unansehnlichere Frauen als ihre eigenen gibt; andere werden davon heimgesucht, daß es anziehendere gibt. Charles sah jetzt nur allzu klar, zu welcher Kategorie er selbst gehörte.

Er murmelte: »Es ist nicht ihre Schuld. Das kann nicht sein.«

»Ich glaube auch nicht. Ein hübsches, junges, unschuldiges Mädchen wie sie.«

»Ich werde mein Versprechen einlösen.«

»Selbstverständlich.«

Stille.

»Sagen Sie mir, was ich tun soll.«

»Zuerst sagen Sie mir, was Sie wirklich für die andere fühlen.«

Charles sah verzweifelt auf, dann ins Feuer. Zuletzt bemühte er sich, die Wahrheit zu finden.

»Ich kann's nicht sagen, Grogan. In allem, was sie betrifft, bin ich mir selbst ein Rätsel. Ich liebe sie nicht. Wie könnte ich? Eine so kompromittierte Frau, die, wie Sie sagen, geistig nicht ganz in

Ordnung ist. Aber . . . es ist als ob . . . Ich fühle mich wie einer, der gegen seinen Willen besessen ist – gegen alles Besseres in ihm. Sogar jetzt sehe ich ihr Gesicht vor mir, das alle Ihre Worte Lügen straft. An ihr ist etwas. Ein Wissen, ein Begreifen von etwas Edlerem, das nicht mit Bosheit oder Irrsinn vereinbar ist. Unter den Schlacken . . . ich kann es nicht erklären.«

»Ich habe ihr nichts Böses nachgesagt. Nur Verzweiflung.« Kein Laut, außer dem Knarren der Fußbodenbretter, als der Doktor auf sie trat. Zuletzt sprach Charles wieder: »Was raten Sie mir?«

»Daß Sie die Dinge mir ganz in die Hand geben.«

»Sie werden sie aufsuchen?«

»Ich werde meine Wanderschuhe anziehen und ihr sagen, Sie seien unerwartet abberufen worden. Und Sie müssen weg, Smithson.«

»Es trifft sich, daß ich dringende Geschäfte in London habe.«

»Um so besser. Ferner schlage ich vor, daß Sie Miß Freeman die ganze Sache darlegen.«

»Dazu war ich schon entschlossen.« Charles stand auf. Aber er sah immer noch ihr Gesicht vor sich. »Und Sie – was werden Sie unternehmen?«

»Das hängt hauptsächlich von ihrem Geisteszustand ab. Wohl möglich, daß sie in der gegenwärtigen Konstellation nur der Glaube aufrechthält, Sie fühlten Sympathie – vielleicht noch Tieferes – für sie. Der Schock Ihres Nichtkommens kann, wie ich fürchte, die Melancholie noch verstärken. Ich fürchte auch, wir müssen dem begegnen.« Charles sah nicht auf. »Sie brauchen sich deswegen keine Vorwürfe zu machen. Wenn Sie nicht gewesen wären, dann jemand anderer. In gewisser Hinsicht macht der Stand der Dinge die Sache sogar einfacher. Ich weiß, was hier zu tun sein wird.«

Charles starrte auf den Teppich. »Das Irrenhaus.«

»Jener Kollege, von dem ich Ihnen erzählte, ist mit mir über die Behandlung solcher Fälle einer Ansicht. Wir werden unser Bestes tun. Wären Sie bereit, Kosten in bestimmter Höhe zu tragen?«

»Alles, was mich von ihr befreit, ohne daß ihr etwas geschieht.«

»Ich kenne eine Privatanstalt in Exeter. Mein Freund Spencer hat dort seine Patienten. Sie wird klug und fortschrittlich geleitet. Eine öffentliche Anstalt würde ich in diesem Stadium nicht empfehlen.«

»Um Himmels willen, nein. Ich hörte von dort Schreckliches.«

»Bleiben Sie ruhig. Jener Ort ist ein Musterfall.«

»Eine Verwahrung kommt nicht in Betracht?«

In Charles war der Gedanke aufgestiegen, er übe hier etwas wie Verrat: dieses klinische Gespräch über sie, daran zu denken, daß sie in einen kleinen Raum gesperrt würde . . .

»Aber keine Spur. Wir sprechen von einem Ort, wo die Wunden, die ihr Geist davontrug, heilen können, wo sie gut behandelt wird, Beschäftigung erhält und den Nutzen von Spencers vorzüglicher Erfahrung und Obsorge genießt. Er hat schon ähnliche Fälle gehabt. Er weiß, was zu tun ist.«

Charles zögerte noch, dann stand er auf und streckte die Hand aus. In seiner gegenwärtigen Verfassung brauchte er Anordnungen und Vorschriften; hatte er sie, so fühlte er sich besser.

»Ich glaube, Sie haben mir das Leben gerettet.«

»Ach, Unsinn, mein Lieber.«

»Nein, das ist kein Unsinn. Ich werde den Rest meines Lebens in Ihrer Schuld sein.«

»Dann lassen Sie mich auf den Schuldschein den Namen Ihrer Braut schreiben.« – »Ich will die Schuld einlösen.«

»Und gönnen Sie dem reizenden Wesen Zeit. Die besten Weine brauchen zur Reife am längsten. Ist es nicht so?«

»Ich fürchte, daß in meinem Fall dasselbe für einen sehr minderwertigen Jahrgang gilt.«

»Ach, Quatsch.« Der Arzt klopfte ihm auf die Schulter. »So nebenbei, ich glaube, Sie können Französisch lesen?« Charles bejahte überrascht. Grogan suchte unter seinen Büchern, fand eins und zeichnete mit dem Bleistift eine Seite an, ehe er es dem Gast übergab.

»Sie brauchen nicht den ganzen Prozeß zu lesen. Aber lesen Sie das medizinische Gutachten, das die Verteidigung vorlegte.«

Charles starrte das Buch an. »Ein Abführmittel?«

Der kleine Doktor lächelte wie ein Gnom. »So ungefähr.«

28

Hastig entworfene Thesen, unreif und sinnlos,
Wird die Wissenschaft oft zum Gebrauch akzeptieren.
Rettungsring! fleht der Neuling und tastet begierig;
Wirft als Schwimmer ihn fort.

A. H. Clough, *Gedicht* (1840)

Wieder spring ich hinein, ich faß mir ein Herz
Wieder hör ich die schreckliche Stimme von Erz
Gottes gewaltiges Wort:
Gib's auf. Geh fort.

Matthew Arnold, *Der See* (1853)

Der Prozeß des Leutnants Emile de La Roncière aus dem Jahr 1835 ist vom psychiatrischen Standpunkt einer der interessantesten Prozesse des frühen neunzehnten Jahrhunderts. Der Sohn des Leuteschinders, des Grafen de La Roncière, Emile, war offensichtlich ein ziemlich leichtfertiger junger Mann – er hatte eine Geliebte und steckte tief in Schulden; ungewöhnlich war er weder für sein Land noch für seine Zeit noch für seinen Stand. Im Jahr 1834 trat er in die berühmte Kavallerieschule von Saumur im Loiretal ein. Sein Vorgesetzter war der Baron de Morell, der eine höchst überspannte Tochter von sechzehn Jahren namens Marie besaß. In jenen Tagen waren die Häuser der Garnisonskommandeure so etwas wie Messen für die Offiziere. Eines Abends nun ließ der Baron, der ebenso hochmütig wie Emiles Vater, aber viel einflußreicher war, den Leutnant zu sich kommen und befahl ihm im Angesicht seiner Kameraden und mehrerer Damen wütend, sofort sein Haus zu verlassen. Am andern Tag zeigte man La Roncière eine Reihe bösartiger, mit giftiger Feder geschriebener Briefe, in denen die Familie Morells bedroht wurde. Alle verrieten eine perfekte Kenntnis der intimsten Einzelheiten des Hauses und alle – das war der erste absurde Widerspruch in diesem Strafprozeß – trugen als Unterschrift die Initialen des Leutnants.

Es kam noch schlimmer. In der Nacht des 24. September 1834 wurde die englische Gouvernante Maries, eine Miß Allen, von ihrem sechzehnjährigen Zögling geweckt, der weinend folgendes erzählte: La Roncière sei in voller Uniform durchs Fenster in ihr nebenan liegendes Schlafzimmer gedrungen, habe die Tür verriegelt, obszöne Drohungen ausgestoßen, sie vor die Brust geschlagen und in die Hand gebissen; schließlich habe er sie gezwungen, ihr Nachtgewand aufzuheben, und sie oberhalb der Hüfte verletzt. Dann sei er auf dem gleichen Weg wieder verschwunden.

Gleich am nächsten Morgen erhielt ein anderer Leutnant, der möglicherweise bei Marie de Morell in Gunst stand, einen höchst beleidigenden Brief, der wieder offensichtlich von La Roncière stammte. Ein Duell wurde ausgetragen. La Roncière gewann, aber sein schwerverwundeter Gegner und dessen Sekundant weigerten sich, den verleumderischen Brief als Fälschung anzuerkennen. Sie drohten La Roncière, sein Vater würde von der Sache erfahren, wenn er nicht bereit sei, ein Schuldbekenntnis zu unterschreiben; täte er es, sei die Sache erledigt. Nach einer Nacht qualvoller Ungewißheit war La Roncière törichterweise bereit zu unterschreiben.

Er bat dann um seine Entlassung und ging nach Paris, des Glaubens, die Affäre werde vertuscht werden. Aber in Morells Haus tauchten weiterhin unterzeichnete Briefe auf. In einigen wurde behauptet, Marie sei schwanger, in anderen, ihre Eltern würden demnächst ermordet werden, und so weiter. Dem Baron reichte es. La Roncière wurde verhaftet.

Die Zahl der Umstände, die zugunsten des Beschuldigten sprachen, läßt es uns heute kaum faßbar erscheinen, daß ihm überhaupt der Prozeß gemacht, geschweige, daß er schuldiggesprochen wurde. Um damit zu beginnen, in Saumur war allgemein bekannt, daß sich Marie durch La Roncières offene Bewunderung für ihre hübsche Mutter, auf die sie sehr eifersüchtig war, beleidigt fühlte. Ferner: in der Nacht, in die die versuchte Notzucht fiel, war Morells Haus von Posten bewacht; kein einziger von ihnen hatte etwas Auffallendes bemerkt, obwohl das betreffende Schlafzimmer sich im obersten Geschoß befand und nur durch eine Leiter erreichbar war, die von mindestens drei Mann getragen und aufgerichtet werden mußte – also eine Leiter, die in der weichen Erde unter dem Fenster Spuren hätte hinterlassen müssen . . . Die Verteidigung bewies, daß es keine Spuren gab. Ferner: der Glaser, den man geholt hatte, um die von dem Eindringling zerbrochenen Scheiben zu ersetzen, bezeugte, daß alle Scherben nach außen gefallen waren und daß es übrigens unmöglich war, durch die entstandene kleine Öffnung den Fensterriegel zu erreichen. Die Verteidigung stellte auch die Frage, warum Marie während des ganzen Angriffs kein einziges Mal um Hilfe gerufen habe; wieso Miß Allen, die einen leichten Schlaf hatte, durch das Getöse nicht erwacht sei; wieso sie und Marie sich dann wieder zum Schlaf niedergelegt und nicht Madame de Morell geweckt hätten, die während des ganzen Vorfalls im darunterliegenden Stockwerk schlief; warum die Hüftwunde erst Monate nach dem Vorfall untersucht und dann als leichte, längst geheilte Schramme befunden wurde; warum Marie zwei Abende danach einen Ball besucht und überhaupt bis zur erfolgten Verhaftung ein völlig normales Leben geführt habe – erst dann erlitt sie prompt einen

Nervenzusammenbruch, der, wie die Verteidigung bewies, bei weitem nicht der erste in ihrem jungen Leben war; wie die Briefe noch immer ins Haus kamen, als der mittellose La Roncière längst in Haft war und auf seinen Prozeß wartete, warum ein Verfasser dieser Verleumdungen, der halbwegs bei Verstand war, nicht nur seine Schrift nicht verstellte (die leicht nachzuahmen war), sondern auch noch unterzeichnete; wieso die Briefe orthographisch und grammatikalisch fehlerlos waren, was man von seiner eigenen Korrespondenz, die zum Vergleich herangezogen wurde, nicht behaupten konnte. (Französische Philologen wird es interessieren, daß er ständig das Mittelwort der Vergangenheit falsch bildete.) Wieso er aber zweimal seinen eigenen Namen nicht richtig schrieb; wieso es kam, daß die belastenden Briefe auf Papier geschrieben waren, das mit dem identisch war, das bündelweise in Maries Schreibpult gefunden wurde. Eine der größten Autoritäten der damaligen Zeit stellte dies fest. Warum und weshalb und wieso. Zum Schluß wies die Verteidigung auf die merkwürdige Tatsache hin, daß schon früher einmal eine ähnliche Briefserie im Haus der Morells in Paris aufgetaucht war, zu einer Zeit, als La Roncière in Cayenne, also auf der anderen Seite der Welt, Dienst tat. Das größte Unrecht in diesem Prozeß, dem Victor Hugo, Balzac, George Sand neben anderen Zelebritäten beiwohnten, bestand darin, daß der Gerichtshof es ablehnte, die Kronzeugin der Anklage ins Kreuzverhör zu nehmen: Marie de Morell. Sie machte ihre Aussage kühl, sie hatte sich alles zurechtgelegt; aber der Präsident des Gerichtshofs entschied unter den drohenden Augen des Barons und seiner imponierenden Phalanx vornehmer Verwandter, daß ihre »Schüchternheit« und ihre »schwache nervliche Verfassung« eine weitere Befragung nicht gestatteten.

La Roncière wurde für schuldig befunden und zu zehn Jahren Gefängnis verurteilt. Fast alle Juristen Europas von Rang protestierten gegen dieses Urteil, vergebens. Wir wissen heute, warum, oder besser wodurch er verurteilt wurde: aus Standesrücksichten, um den Mythos der reinen Jungfrau zu erhalten, aus psychologischer Ignoranz, von einer Gesellschaft, in der die Reaktion auf die verderblichen, aus der Französischen Revolution stammenden Freiheitsbegriffe in vollem Gang war.

Ich möchte nun die Übersetzung der von Dr. Grogan angezeichneten Seiten bringen. Sie stammen aus den *Observations Médicopsychologiques* eines Dr. Karl Matthaei, der damals ein bekannter Arzt in Deutschland war, und dienten zur Unterstützung der Nichtigkeitsbeschwerde gegen das Urteil über La Roncière. Bereits Matthaei besaß den Scharfsinn, die Daten der obszönsten Briefe, die dann in der versuchten Notzucht gipfelten, aufzuzeichnen. Sie alle fielen in die Menstruationsperiode. Der Doktor liefert zuerst eine Analyse des Beweisverfahrens und erklärt sodann, in moralisierender Art, die Geisteskrankheit, die wir heute Hysterie nennen. Dabei werden Krankheits- oder Schwächesymptome erzeugt, um die Aufmerksamkeit oder die Sympathie anderer zu erregen: eine Neurose oder Psychose, die, wie wir heute wissen, fast ausnahmslos auf sexuelle Verdrängung zurückgeht.

»Wenn ich auf meine lange Karriere als Arzt zurückblicke, entsinne ich mich zahlreicher Vorfälle, in deren Mittelpunkt Mädchen standen, deren Beteiligung man für unmöglich gehalten hätte ... Vor etwa vierzig Jahren befand sich unter meinen Patienten die Familie eines Generalleutnants der Kavallerie. Er besaß ein kleines Gut, das etwa sechs Meilen von seiner Garnison entfernt gelegen war; dort wohnte er und ritt nur in die Stadt, wenn der Dienst es erforderte. Seine außergewöhnlich hübsche Tochter war sechzehn Jahre alt. Diese hatte den dringenden Wunsch, ihr Vater möge in die Stadt ziehen. Ihre eigentlichen Beweggründe kamen nie zutage, aber zweifellos sehnte sie sich nach der Offiziersgesellschaft und den dortigen geselligen Vergnügungen. Um ihr Ziel zu erreichen, beschritt sie einen höchst verbrecherischen Weg: Sie legte Feuer an das Gutshaus. Ein Flügel brannte bis auf die Grundmauern nieder. Er wurde wiederaufgebaut. Es folgten weitere versuchte Brandstiftungen; eines Tages ging wieder ein Teil des Hauses in Flammen auf. Insgesamt zählte man nicht weniger als dreißig versuchte Brandstiftungen. Wie hart man auch dem Brandstifter auf den Fersen war, nie wurde seine Identität geklärt. Man verhaftete viele Leute und verhörte sie. Die einzige, auf die nie ein Verdacht fiel, war jene schöne, junge, unschuldige Tochter. Einige Jahre vergingen, endlich wurde sie auf frischer Tat ertappt und zu lebenslangem Zuchthaus verurteilt.

In einer großen Stadt Deutschlands fand ein reizendes junges Mädchen aus vornehmer Familie Gefallen daran, anonyme Briefe zu versenden, deren Zweck es war, eine eben erst glücklich geschlossene Ehe zu zerstören. Sie verbreitete auch üble Gerüchte über ein anderes junges Mädchen, dessen Gaben allgemein bewundert wurden und auf das sie daher eifersüchtig war. Das dauerte einige Jahre. Viele wurden der Verfasserschaft bezichtigt, auf die wahre Verfasserin fiel nicht der Schatten eines Verdachts. Zuletzt verriet sie sich, wurde angeklagt und gestand ihr Verbrechen ...

Eine ähnliche Affäre verfolgt die Polizei zu der Zeit und an dem Ort, da ich dies schreibe (Hannover 1836) ... Man mag einwenden, daß sich Marie de Morell zur Erreichung ihres Ziels doch sicher nicht selbst Schmerzen zugefügt haben wird. Ihre Leiden waren ganz leicht im Vergleich zu anderen Fällen, über die die Medizingeschichte berichtet. Hier einige sehr bezeichnende Beispiele. Professor Herholdt aus Kopenhagen kannte eine anziehende, überaus gebildete junge Dame aus gutem Elternhaus. Wie viele seiner Kollegen ließ er sich von ihr völlig täuschen. Auf ihre Betrügereien verwendete sie größten Scharfsinn und größte Ausdauer. So ging es jahrelang. Sie quälte sich auf grausamste Art. Verschiedene Teile ihres Körpers durchstach sie mit Hunderten von Nadeln. Als die Stellen sich entzündeten und eiterten, mußten die Nadeln herausoperiert werden. Sie weigerte sich zu urinieren, und der Urin mußte ihr jeden Morgen mittels eines Katheders abgenommen werden. Dabei führte sie selbst Luft in ihre Harnblase ein, die entwich, sobald das Instrument eingeführt wurde. Eineinhalb Jahre lang sprach sie nicht und bewegte sich nicht, verweigerte die Nahrungsaufnahme, täuschte Krämpfe und Schwächeanfälle vor und so weiter. Bevor man auf ihre Tricks kam, hatten sie mehrere berühmte Ärzte, auch des Auslands, untersucht und waren von dem Ausmaß ihrer Leiden entsetzt. Alle Zeitungen brachten ihre traurige Geschichte, und niemand zweifelte an der Echtheit ihrer Krankheit. Im Jahr 1826 kam die Wahrheit endlich ans Licht. Die einzigen Motive dieser geschickten List *(cette adroite trompeuse)* bestanden darin, ein Gegenstand der Bewunderung und des Erstaunens der Männer zu sein und zugleich die gelehrtesten, berühmtesten und erfahrensten unter ihnen zum Narren zu halten. Die Geschichte dieses Falls, der vom psychologischen Gesichtspunkt aus hochbedeutsam ist, findet sich in Herholdt, *Bericht über die Krankheit der Rachel Hertz von 1807 bis 1826.*

In Lüneburg verfielen Mutter und Tochter auf einen Plan, dessen Ziel es war, sich einträgliche Sympathien zu verschaffen, und führten diesen Plan mit erstaunlicher Entschlossenheit bis zum Ende durch. Die Tochter klagte über unerträgliche Schmerzen in der Brust, jammerte und weinte, suchte Fachleute auf und versuchte alle Mittel. Die Schmerzen hielten an; man vermutete

Krebs. Ohne Zögern erklärte sie sich selbst zur Operation bereit; die Brust wurde abgenommen, aber für vollkommen gesund befunden. Als das Mitgefühl für sie nach einigen Jahren nachließ, übernahm sie wieder ihre frühere Rolle. Die andere Brust wurde abgenommen – sie war ebenso gesund wie die erste. Wieder schwand allmählich das Mitleid, jetzt klagte sie über Schmerzen in der Hand. Auch diese wollte sie sich abnehmen lassen. Aber inzwischen hatte man Verdacht geschöpft. Sie wurde ins Spital eingeliefert, falscher Angaben wegen angeklagt und schließlich ins Gefängnis gesteckt.

In seinem Buch *Eine Ergänzung der medizinischen Erfahrungen* (Hannover, 1798) berichtet Lentin folgende Begebenheit, deren Zeuge er war. Einem noch nicht erwachsenen Mädchen wurden nach vorangegangener Inzision der Harnblase und des Harnleiters mit Hilfe einer Zange im Verlauf von zehn Monaten nicht weniger als hundertvier Steine entfernt. Das Mädchen hatte die Steine selbst in die Blase praktiziert, obgleich die nachfolgenden Operationen ihr einen starken Blutverlust und qualvolle Schmerzen bereiteten. Zuvor waren Erbrechen, Krämpfe und heftige Symptome verschiedener Art aufgetreten. Bei ihren Täuschungsmanövern bewies sie seltenen Scharfsinn.«

Wer vermöchte nach solchen Beispielen, die ich leicht vermehren könnte, noch zu sagen, es sei einem Mädchen unmöglich, sich zur Erreichung seiner Ziele selbst Schmerzen zuzufügen?*

* Ich kann die Geschichte von La Roncière – die ich demselben Bericht aus dem Jahr 1835 entnommen habe, den Dr. Grogan Charles übergab – nicht verlassen, ohne etwas nachzutragen: im Jahr 1848, also mehrere Jahre, nachdem der Leutnant seine Strafe verbüßt hatte, besaß ein Mitglied des seinerzeitigen Gerichtshofs den freilich verspäteten Mut, den Verdacht auszusprechen, er habe bei einem furchtbaren Justizirrtum mitgewirkt. Er befand sich zu dieser Zeit in einer Position, die es ihm ermöglichte, den Prozeß wieder aufrollen zu lassen. La Roncière wurde von jeder Schuld freigesprochen und rehabilitiert. Er nahm seine militärische Laufbahn wieder auf und dürfte zu eben der Zeit, als Charles von der Tragödie seines Lebens las, als Militärgouverneur von Tahiti eine angenehme Existenz geführt haben. Aber die außerordentliche Schlußpointe dieser Geschichte kommt noch: erst kürzlich wurde bekannt, daß er die hysterische Rache der Mademoiselle de Morell wenigstens zum Teil verdient hatte. Hinsichtlich der ebenso obszönen wie absurden Wahrheit über die Ereignisse jener Septembernacht des Jahres 1834 – muß ich Sie auf das Buch von René Floriot, *Les Erreurs Judiciaires*, Paris, 1968, verweisen.

Charles las jene letzten Seiten zuerst. Sie überfielen ihn wie ein brutaler Schock – denn er hatte keine Ahnung davon, daß es solche Perversitäten überhaupt gab, noch dazu auf dem sauberen und geheiligten Gebiet des Geschlechtlichen. Er vermochte auch die hysterischen Geisteskrankheiten nicht als das zu erkennen, was sie sind: ein bemitleidenswertes Verlangen nach Liebe und Geborgenheit. Nun wandte er sich dem Beginn des Prozeßberichtes zu und fand sich bald in fataler Weise hineinverstrickt. Ich muß kaum erwähnen, daß er sich fast sofort mit dem unglücklichen Emile de La Roncière identifizierte; gegen Ende des Berichts stieß er auf einen Punkt, der ihm einen Schauer den Rücken hinunterjagte. Der Tag, an dem jener französische Leutnant verurteilt wurde, war der Tag seiner Geburt. Einen Augenblick lang ließen ihn in der stillen Nacht seine Vernunft und die Wissenschaft im Stich; das Leben glich einer dunklen Maschinerie, vom unheilvollen Einfluß der Gestirne gelenkt, von Geburt an mit einem Fluch belastet, ohne Sinn, ein alles verschlingendes Nichts.

Nie hatte er sich unfreier gefühlt.

Nie hatte er sich auch weniger zum Schlafen aufgelegt gefühlt. Er sah auf die Uhr. Es war zehn Minuten vor vier. Jetzt war draußen alles ruhig. Der Sturm hatte sich gelegt. Charles öffnete ein Fenster und atmete die kalte, frische Frühlingsluft. Schwach blinzelten die Sterne über ihm, unschuldig, nein, sie hatten keinen Einfluß, weder unheilvollen, noch segensreichen. Und wo war sie? War sie auch wach, in zwei, drei Kilometer Entfernung, im feuchten dunklen Wald?

Der Cobbler und Grogans Brandy waren längst verraucht, was Charles jetzt fühlte, war nur tiefe Schuld. Er glaubte, sich eines boshaften Funkelns in den Augen des irischen Doktors zu erinnern; sicher bewahrte dieser die Erzählung von den Schwierigkeiten des albernen Gentlemans aus London nur auf, um sie alsbald von ganz Lyme beflüstern und beschwatzen zu lassen. War es nicht allgemein bekannt, daß diese Iren kein Geheimnis bewahren konnten?

Wie kindisch, wie würdelos hatte er sich benommen! Er hatte am Vortag wahrlich nicht nur Winsyatt, sondern seine ganze Selbstachtung verloren. Selbst das war noch eine Tautologie: Er hatte die Achtung vor allem verloren, das er kannte. Das Leben war ein Loch in Bedlam. Hinter den unschuldigsten Gesichtern lauerte gemeinste Niedertracht. Er war Sir Galahad, der erkennt, daß Guinevere eine Hure ist.

Wenn er nur etwas tun könnte! – Um dem nutzlosen Brüten ein Ende zu bereiten, nahm er noch einmal das verhängnisvolle Buch auf und las wieder einige Seiten aus Matthaeis Bericht über die Hysterie. Da gab es doch gar nicht so viele Parallelen zu Sarahs Verhalten. Sein Schuldbewußtsein begann, sich an den eigentlichen Gegenstand zu heften. Er versuchte, sich ihr Gesicht in Erinnerung zu rufen, ihre Worte, ihren Gesichtsausdruck, während sie sprach; aber er bekam sie nicht zu fassen. Nur das kam ihm in den Sinn, daß sie sich selbst vielleicht besser kannte als irgendein Mensch. Jener Bericht über ihre Begegnungen, den er Grogan geliefert hatte – an ihn konnt er sich fast wortwörtlich erinnern. Hatte er nicht aus Furcht, seine eigenen Gefühle zu verraten, Grogan irregeführt? Hatte er nicht ihre Seltsamkeit übertrieben? Nicht aufrichtig wiedergegeben, was sie gesagt hatte? Hatte er sie nicht verurteilt, um nicht sich selbst verurteilen zu müssen?

Unentwegt durchmaß er seinen Salon, erforschte seine Seele und seinen verletzten Stolz. Angenommen, sie war, als was sie sich gegeben hatte: eine Sünderin, sicher, aber auch eine Frau von außergewöhnlichem Mut, die ihrer Sünde nicht den Rücken kehrte? War sie nicht in einem furchtbaren Kampf mit der Vergangenheit jetzt ermattet und rief deshalb um Hilfe?

Warum hatte er Grogan nur gestattet, sie an seiner Stelle zu beurteilen?

Weil er eher den Schein wahren wollte als seine eigene Seele. Weil er nicht mehr freien Willen besaß als ein Ammonit. Weil er ein Pontius Pilatus war, schlimmer noch, weil er die Kreuzigung nicht nur gutgeheißen, sondern gefördert, ja eigentlich herbeigeführt hatte. Kam denn nicht alles von jener zweiten Begegnung, als sie fort wollte, er aber ihr die Erörterung ihrer Situation aufgezwungen hatte? Das hatte jetzt zu ihrer Hinrichtung geführt.

Wieder öffnete er das Fenster. Zwei Stunden waren seit dem ersten Mal vergangen. Jetzt breitete sich im Osten ein schwacher Lichtschein aus. Er starrte in die verbleichenden Sterne.

Bestimmung.

Diese Augen.

Jäh drehte er sich um.

Traf er Grogan, gut. Sein Gewissen mußte seinen Ungehorsam erklären. Er ging ins Schlafzimmer. Mit bitterem Gesicht, das die innere, von ihm selbst gefürchtete und nicht enträtselbare Entschlossenheit widerspiegelte, zu der er gelangt war, begann er, sich umzuziehen.

29

Ein Windhauch am Morgen
Und der Stern der Liebe geht auf
Tennyson, *Maud* (1855)

Es gehört zur besonderen Weisheit, nie etwas deshalb zu tun, weil man es gern tut; sondern nur deshalb, weil es die Pflicht gebietet oder weil es vernünftig ist. Matthew Arnold, *Notebooks* (1868)

Gerade stieg die Sonne rötlich über die fernen, taubengrauen Hügelzüge hinter Chesil Bank empor, als Charles, zwar nicht im Gewand eines Leichenträgers, aber mit dem Gesichtsausdruck eines solchen, aus der Haustür des »Weißen Löwen« trat. Der Himmel war wolkenlos, durch das nächtliche Gewitter reingewaschen und von entzückender, zarter, ätherischer Bläue. Die Luft prickelte wie Zitronensaft, ebenso rein und reinigend. Wenn man heute um eine solche Stunde in Lyme spazierengeht, dann gehört einem die Stadt. Dieses Glück hatte Charles zu jener Zeit, da man früher aufstand, nicht; aber die Leute, die er antraf, besaßen erfreulich wenig Standesdünkel, in der Morgendämmerung waren sie die Vorläufer der klassenlosen Gesellschaft: einfach Leute, die an ihr Tagewerk gingen. Einer oder zwei boten Charles einen fröhlichen guten Morgen. Als Antwort erhielten sie aber ein äußerst düsteres Kopfnicken oder ein knappes Heben des Eschenstocks. Ihm wäre lieber gewesen, ein paar symbolische Leichen hätten die Straße gesäumt, als diese strahlenden Gesichter. Er war froh, als er die Stadt hinter sich lassen konnte und die zu den Undercliffs führende Gasse betrat. Aber dort erging es seinem Trübsinn noch schlechter (ich hege überhaupt bei mir selbst den Verdacht, daß seine Entscheidung mehr auf dem Sprichwort des alten Schafdiebs beruhte und eher einer gefährlichen Verzweiflung entsprang als den edleren Beweggründen seines Gewissens). Vom raschen Gehen wurde ihm warm, und der Wärme von innen her entsprach die Sonnenwärme von außen. Sie schien seltsam bestimmt, diese klare Morgensonne. Man roch sie fast, es war wie der Geruch warmen Gesteins, wie ein scharfer Photonenstaub, der aus dem Weltraum herabströmte. Auf jedem Grashalm hatte sich der Tau in Perlenform niedergeschlagen. An der Böschung neben dem Pfad standen Eschen und Ahorn, honiggelb im dämmerigen Licht, und streckten ihre betauten grünen Blattbüschel von sich; um sie war etwas mysteriös Weihevolles, etwas Vorchristliches; ein heidnischer Frieden, süßes junges Grün überall ... ein unendliches Grün, das in den Hintergründen fast schwarz aussah; alle Schattierungen vom tiefen Blaugrün bis zum blassen Gelbgrün. Ein Fuchs kreuzte seinen Weg und sah ihn seltsam an, als sei Charles der Störenfried; gleich sorglos, mit dem gleichen göttlichen Besitzerrecht, sah ihn kurz darauf ein Reh an, das gerade am Äsen war. In seiner bescheidenen Majestät stand es da, ehe es sich still umdrehte und ins Dickicht glitt. In derNational Gallery hängt ein Bild von Pisanello, in dem ein solcher Augenblick eingefangen ist: In einem Wald der Frührenaissance zeigt es den heiligen Hubertus, wie er Vögeln und Tieren gegenübersteht. Der Heilige ist erschrocken, als sei er das Opfer eines Schabernacks; seine Arroganz ist ausgelöscht von der plötzlichen Erkenntnis des tiefsten Naturgeheimnisses: der universellen Gleichheit aller Wesen.

Nicht nur die beiden Tiere kamen ihm bedeutungsschwanger vor. Auf den Bäumen saßen dichtgedrängt Singvögel – Grasmükken, Weißkehlchen, Drosseln, Amseln; man hörte das Gurren der Holztauben, die die windstille Luft mit Frieden erfüllten, ohne jede Trauer, ohne Wehmut. Charles hatte das Gefühl, er wandere durch die Blätter eines Tierkundebuchs von solcher Schönheit, solcher Genauigkeit, daß jedes Blatt, jeder kleine Vogel, jedes Lied, das er sang, aus einer vollkommenen Welt zu stammen schienen. Einen Augenblick blieb er stehen, so betroffen war er von diesem Eindruck eines ungemein genau eingerichteten Universums, in dem alles seinen Platz hatte, alles einmalig war. Oben auf einem Brombeerstrauch saß, keine drei Meter von ihm entfernt, ein winziger Zaunkönig und schmetterte ein gewaltiges Lied. Er sah sogar die glänzenden schwarzen Augen, das Rotgelb des beim Singen aufgerissenen Schlunds – ein zwergenhafter Federball, der für ihn zum Verkündigungsengel der Evolution wurde: ich bin, was ich bin, du sollst an meinem Sein nicht vorübergehen. Er stand wie Pisanellos Heiliger, vielleicht mehr erstaunt über sein eigenes Erstaunen, daß diese Welt ihm so nahe war, so in Reichweite all der erstickenden Banalität des Alltags. In diesem kurzen, trotzigen Lied schien das Urteil über jede gewöhnliche Stunde, jeden gewöhnlichen Ort zu liegen, und damit über die unendlich vielen Stunden und Orte in Charles' bisherigem Leben; sie waren niedrig, grob, ordinär. Die Schale entsetzlicher Langeweile über der Wirklichkeit des Menschen lag bis auf den Kern zerspalten da; und das Herz allen Lebens pulsierte in dem triumphierenden Lied des Zaunkönigs.

Es schien ihm eine tiefere und fremdartigere Realität zu offenbaren als jenes Linnésche Ordnungsprinzip, das Charles an jenem Morgen am Strand wahrgenommen hatte: vielleicht nichts Ursprünglicheres als die Priorität des Seins vor dem Tod, des Individuums über die Gattung, der Ökologie über die Einteilung. Solche Prioritäten sind uns heute selbstverständlich, und wir können uns die bedrohlichen Folgerungen nicht vorstellen, die sich für Charles aus der geheimen Botschaft ergaben, die der Zaunkönig ihm überbrachte. Er glaubte ja weniger eine tiefere Realität zu sehen als ein universelles Chaos, das hinter dem zerbrechlichen Ordnungsgefüge des Menschen sich abzeichnete.

Die eigentliche Bitterkeit, die Charles angesichts dieser Eucharistiefeier der Natur empfand, lag darin, daß er sich in jeder Hinsicht exkommuniziert fühlte. Er war hinausgeworfen, das Paradies war verschlossen. Ja, er war wie Sarah – er durfte im Paradies stehen, aber es nicht genießen, nur den Zaunkönig um seine Ekstase beneiden.

Er benutzte den Pfad, den Sarah immer ging, um von der Meierei aus nicht bemerkt zu werden. Das war gut, denn Eimergerassel belehrte ihn, daß der Meier oder seine Frau schon auf waren. Er betrat den Wald und schritt mit gemessenem Ernst weiter. Eine wahnhafte Übertragung seines Schuldgefühls auf die Umgebung ließ ihn meinen, die Bäume, die Blumen, selbst die unbelebten Gegenstände am Weg beobachteten ihn. Die Blumen wurden zu Augen, die Steine hatten Ohren, die Baumstämme tadelten ihn wie ein unübersehbarer Chor aus der griechischen Tragödie.

An der Gabelung angelangt, nahm er den linken Weg. Dieser lief durch dichtes Unterholz und über zunehmend zerklüftetes Terrain, weil hier die Erosion schon am Werk war. Das Meer kam näher, milchig blau und unendlich still. Einige Wiesenstücke hatte man der Wildnis abgerungen, dort erhob sich das Land etwas. Knapp hundert Meter westlich von der letzten dieser Wiesen bemerkte Charles das strohgedeckte Dach einer Scheune in einer kleinen Schlucht, die sich vielleicht bis zum Rand der Klippen hinzog. Das Dach war von Moos bewachsen und beschädigt, und das verstärkte noch den Eindruck der Verlassenheit an dem kleinen Steingebäude. Es glich eher einem Hüttchen. Ursprünglich war es das Sommerhaus eines Viehhirten gewesen, dann diente es dem Meier nur noch zur Einlagerung von Heu; heute ist es spurlos verschwunden, so sehr ist die Gegend in den letzten hundert Jahren verändert worden.

Charles stand da und blickte hinunter. Er hatte eine Frauengestalt erwartet, und es machte ihn noch unruhiger, den Ort scheinbar so verlassen zu sehen. Er stieg hinunter, eher wie ein Mann, der durch einen Dschungel schleicht, in dem es Tiger gibt. Er erwartete, angesprungen zu werden, und war sich gar nicht sicher, ob er mit seinem Gewehr richtig umgehen konnte.

Eine alte Tür. Sie war geschlossen. Charles schritt um den kleinen Bau. Im Osten war ein kleines, viereckiges Fenster. Er lugte in das Dunkel, und der leicht muffig-süße Geruch alten Heus stieg ihm in die Nase. Am jenseitigen Ende der Scheune konnte er den Rand eines Heuhaufens entdecken. Er ging um das Gebäude. Sie war nicht da. Er blickte den Weg zurück, den er gekommen war, in der Meinung, er sei ihr vielleicht zuvorgekommen. Aber das rauhe Land lag still in seinem Morgenfrieden. Er zögerte, zog seine Uhr und wartete noch zwei bis drei Minuten, unschlüssig, was er tun sollte. Schließlich stieß er die Tür auf.

Er bemerkte einen rohen Steinfußboden, am gegenüberliegenden Ende zwei oder drei zerbrochene Boxen, die das noch frische Heu aufnahmen. Nur konnte er nicht recht bis dorthin sehen, weil das Sonnenlicht ihn durch das kleine Fenster blendete. Charles ging auf das schräge Lichtbündel zu und blieb in plötzlichem Erschrecken stehen. Unterhalb des einfallenden Lichts hing etwas an einem Nagel von einem alten Pfosten herunter: ein schwarzer Hut. Vielleicht war es, weil er in der Nacht zuviel gelesen hatte: eine eisige Furcht befiel ihn, hinter der Trennwand aus zersplitterten Planken könne irgend etwas Gräßliches liegen, dort unter dem Hut, der wie ein unheimlicher satter Vampir darüber hing. Ich weiß nicht, was er dort vermutete: etwas scheußlich Verstümmeltes, eine Leiche ... Beinahe hätte er sich umgedreht und wäre aus der Scheune hinausgestürzt, zurück nach Lyme. Aber ein schwacher Laut ließ ihn weitergehen. Ängstlich reckte er den Hals über die Trennwand.

30

Je mehr sie (die Bedingungen der herrschenden Klasse) aber durch das Leben Lügen gestraft werden und je weniger sie dem Bewußtsein selbst gelten, desto entschiedener werden sie geltend gemacht, desto heuchlerischer, moralischer und heiliger wird die Sprache dieser normalen Gesellschaft.
Marx, *Die deutsche Ideologie* (1845–46)

Natürlich war Sarah früher als Mrs. Fairley nach Hause gekommen – wobei »nach Hause« unter diesen Umständen Ironie war. Bei Mrs. Poulteneys Abendandacht hatte sie ihre Rolle wie gewöhnlich gespielt, um sich dann für wenige Minuten auf ihr Zimmer zurückzuziehen. Jetzt nahm Mrs. Fairley ihre Chance wahr; die wenigen Minuten waren alies, was sie brauchte. Sie kam persönlich an Sarahs Zimmertür und klopfte. Sarah öffnete. Sie trug die übliche Maske resignierender Trauer, aber Mrs. Fairley kochte vor Triumph über. »Die Herrin wartet. Aber bitte sofort.«

Sarah sah zu Boden und nickte leicht. Mrs.Fairley warf einen sardonischen, essigsauren Blick auf dieses demütige Haupt und rauschte giftig davon. Sie stieg aber nicht ins Erdgeschoß hinunter, sondern wartete hinter einer Ecke, bis sich die Tür von Mrs. Poulteneys Salon geöffnet und hinter der Gesellschafterin geschlossen hatte. Dann schlich sie sich an die Tür und lauschte.

Zunächst hatte Mrs. Poulteney auf ihrem Thron noch nicht Platz genommen; sie stand am Fenster, ihr Rücken sprach Bände.

»Sie wünschen mich zu sprechen?«

Offenbar wünschte Mrs. Poulteney nicht, denn sie bewegte sich nicht und gab keinen Laut von sich. Vielleicht hatte das Fehlen der gewohnten Anrede »Gnädige Frau« sie verstummen lassen; etwas war in Sarahs Ton, das erkennen ließ, daß die Unterlassung Absicht war. Sarahs Blick ging von dem schwarzen Rücken zu einem einzeln stehenden Tisch, der zwischen den beiden Frauen stand. Ein Umschlag lag deutlich sichtbar darauf. Sie preßte die Lippen kurz aufeinander – ob aus Entschlossenheit oder Trotz, war schwer zu sagen. Das war ihre einzige Reaktion angesichts dieser eisstarrenden Majestät, die, wenn sie die Wahrheit wußte, sicher auch den besten Weg kannte, um jene Schlange zu zermalmen, die sie so mitleidig an ihrem Busen genährt hatte. Endlich entschied sich Mrs. Poulteney, die Sache mit einem Axthieb abzutun.

»In dem Kuvert ist ein Monatsgehalt. Damit ist Ihre Kündigung ausgesprochen. So früh es Ihnen möglich ist, verlassen Sie morgen das Haus.«

Nun hatte Sarah die Stirn, die Waffe gegen Mrs. Poulteney zu kehren. Sie rührte sich nicht und gab keine Antwort, bis die Lady, außer sich, geruhte, sich umzudrehen und ihr weißes Gesicht zu zeigen, auf dem zwei rote Flecken ihre unterdrückte Erregung meldeten.

»Haben Sie mich nicht gehört, Miß?«

»Darf ich nicht wissen, warum?«

»Sie wagen es, unverschämt zu werden!«

»Ich wage zu fragen, warum ich entlassen bin.«

»Ich werde an Mr. Forsyth schreiben. Ich sorge dafür, daß Sie eingesperrt werden. Sie sind ein öffentliches Ärgernis.«

Diese heftige Entladung tat ihre Wirkung. Auch auf Sarahs Wangen erschienen zwei brennendrote Flecken. Während der nun folgenden Pause schwoll der schon angeschwollene Busen der Mrs. Poulteney sichtlich weiter an.

»Ich befehle Ihnen, diesen Raum sofort zu verlassen.«

»Sehr wohl. Da alles, was ich darin erfahren habe, Heuchelei war, tue ich es mit dem größten Vergnügen.«

Als sie diesen Partherpfeil abgeschossen hatte, wandte Sarah sich zum Gehen. Aber Mrs. Poulteney war eine von den Schauspielerinnen, die es nicht ertragen können, nicht das letzte Wort zu haben; vielleicht tue ich ihr auch Unrecht, vielleicht wollte sie, wie wenig dies auch dem Ton ihrer Stimme entsprach, noch etwas Gutes tun.

»Nehmen Sie Ihr Gehalt!«

Sarah drehte sich noch einmal um und schüttelte den Kopf. »Sie können es behalten. Wenn ein so kleiner Betrag ausreicht, schlage ich vor, ein Marterinstrument davon anzuschaffen. Mrs. Fairley wird Ihnen gewiß mit Freuden behilflich sein, es bei allen jenen anzuwenden, die das Unglück haben, in Ihre Gewalt zu kommen.«

Einen absurden Augenblick lang glich Mrs. Poulteney Sam: ihre Lippen schoben sich grimmig vor, ihr Mund stand weit offen.

»Das ... werden ... Sie ... zu ... verantworten ... haben.«

»Vor Gott? Sind Sie so sicher, daß er Sie in der zukünftigen Welt hört?«

Zum erstenmal, seit sie sich kannten, lächelte Sarah Mrs. Poulteney an: es war ein ganz kleines, aber ein wissendes und vielsagendes Lächeln. Die Herrin starrte sie einige Augenblicke ungläubig an – fast pathetisch, als sei Sarah der Satan persönlich, der gekommen sei, die Beute zu holen. Dann kroch sie wie ein Krebs zu ihrem Stuhl und verfiel darauf in eine nicht ganz simulierte Ohnmacht. Noch einen kurzen Blick warf Sarah auf sie und tat – recht unfair Mrs. Fairley gegenüber – zwei, drei rasche Schritte zur Tür, die sie aufriß. Die Haushälterin richtete sich hastig auf und stand da, als erwarte sie, Sarah werde sie anspringen. Doch Sarah trat zur Seite, wies auf die keuchende und sich an den Hals fassende Mrs. Poulteney, wodurch Mrs. Fairley Gelegenheit bekam, ihr zu Hilfe zu kommen. »Sie abscheuliche Isabel – Sie haben sie getötet!« Sarah gab keine Antwort. Sie sah einige Augenblicke zu, wie Mrs. Fairley ihre Herrin mit Riechsalz bearbeitete, wandte sich dann ab und ging auf ihr Zimmer. Sie ging zum Spiegel, sah aber nicht hinein; langsam bedeckte sie das Gesicht mit den Händen, sehr langsam erhob sie ihre Augen. Was sie sah, war ihr zuviel. Zwei Augenblicke später kniete sie an ihrem Bett und weinte lautlos in die zerrissene Decke.

Sie hätte lieber beten sollen? Aber sie war ja der Meinung, sie bete.

31

Zufall ist's, der Hand zu Hand führt,
Zufall ist's, der wunderbaren Schmerz
Durch die Adern jagt und durch die Nerven.

Zufall ist's, daß unbefangne Blicke
Plötzlich nicht mehr unbefangen sind,
Und einander nicht mehr treffen können.

Vorspiel ist's zum Lied der Liebe,
Das die Engel singen dort im Himmel.
Singen's denn die Engel dort im Himmel?

Oder ist es nur ein Gassenhauer,
Den, was unter'm Mond nur atmet, lernt,
So genau und gründlich und so schnell?
A. H. Clough, *Gedicht* (1848

Und nun schlief sie.

Das also war das Unangenehme, das Charles zu sehen bekam, als er sich endlich ermannte, über die Trennwand zu schauen. Wie ein kleines Mädchen lag sie zusammengerollt unter ihrem alten Mantel, die Füße wegen der Nachtkälte angezogen, den Kopf von ihm abgewandt, darunter ein dunkelgrüner Paisleyschal, als solle er ihren einzigen Schatz, ihr aufgelöstes Haar, vor den Heuhalmen schützen. Ihr leichtes, gleichmäßiges Atmen war in der Stille zu sehen und zu hören; und Charles schien ihr friedlicher Schlaf das schlimmste Verbrechen.

Und doch stieg wieder in ihm das unausrottbare Verlangen auf, sie zu beschützen. So heftig befiel es ihn, daß er die Augen schloß, weil er bei dem Gedanken erschrak, wie treffend des Doktors Vorwurf war. Er wußte, sein Instinkt trieb ihn jetzt, bei ihr niederzuknien und sie zu trösten, ja noch Schlimmeres; die dunkle Intimität der Scheune, die Lage des Mädchens, sie gemahnten unwiderstehlich an ein Schlafzimmer. Er fühlte, wie sein Herz schlug, als sei er kilometerweit gelaufen. Der Tiger lauerte in ihm, nicht in ihr. Gleich darauf zog er sich lautlos, aber eilig zur Tür zurück. Er sah noch einmal hin, bereit wegzugehen; dann hörte er seine eigene Stimme ihren Namen sagen. Er wollte ihn nicht aussprechen. Es sprach.

»Miß Woodruff.«

Keine Antwort.

Wieder sagte er ihren Namen, diesmal lauter und mit Absicht, nun da die dunklen Tiefen wieder hinter ihm lagen. Eine winzige Bewegung, ein schwaches Rascheln; dann tauchte ihr Kopf auf; fast komisch war es, wie sie eilig auf die Knie kam und über die Trennwand guckte. Durch die Sonnenstäubchen meinte er, etwas wie Schreck und Bestürzung zu sehen.

»Oh, verzeihen Sie mir, verzeihen Sie mir . . .«

Ihr Kopf verschwand wieder. Charles zog sich nach draußen, in die Sonne, zurück. Zwei Heringsmöwen flogen vorbei und kreischten rauh. Charles bewegte sich dorthin, wo er von den Meiereiäckern aus nicht gesehen werden konnte. Vor Grogans Kommen hatte er keine Angst; ja, er erwartete ihn sogar. Aber der Platz war zu sichtbar; der Meier konnte sich Heu holen . . . warum er das tun sollte, obwohl alle Wiesen mit grünem Gras bestanden waren, konnte Charles in seiner Nervosität nicht erklären.

»Mr. Smithson?«

Er ging um die Scheune herum zur Tür zurück und kam gerade recht, um sie daran zu hindern, zum zweitenmal, jetzt besorgter, zu rufen. Dann standen sie einander auf etwa drei Meter gegenüber, Sarah in der Tür, Charles an der Hausecke. Sie hatte sich eilig zurechtgemacht, den Mantel angezogen und hielt den Schal in der Hand, als hätte sie ihn beim Frisieren umgelegt. In ihren Augen war Verwirrung, aber ihr Gesicht war noch vom Schlaf weich, nur gerötet vom plötzlichen Gewecktwerden.

Eine Wildheit war an ihr, nicht die Wildheit der Mondsüchtigen oder Hysterischen – sondern jene, die Charles im Lied des Zaunkönigs aufgefallen war . . . eine unschuldige Wildheit, geradezu eine Gier. Jene scharfe Unterbrechung seines Gangs in der Morgendämmerung hatte die ernsten Gedanken über sein bisheriges Leben in Verwirrung – und wieder in Ordnung gebracht. Genauso brachte dieses ungemein direkte Gesicht jene klinischen Schreckvorstellungen, die von den ehrenwerten Doktoren Matthaei und Grogan in Charles' Seele verpflanzt worden waren, in Verwirrung und wieder zur Ruhe. Trotz Hegel war bei den Viktorianern das dialektische Denken nicht zu Hause; von sich aus dachten sie nicht in Gegensätzlichkeiten, Positives und Negatives waren ihnen nicht Aspekte des einen Ganzen, Paradoxa verwirrten sie mehr, als daß sie ihnen gefielen. Sie besaßen keine Antenne für existentialistische Augenblicke, sondern nur für Kausalketten von Ursache und Wirkung, für positive, alles erklärende, sorgfältig studierte und sorgfältig angewandte Theorien. Sie waren fleißige Baumeister, selbstverständlich; und wir haben so lange ihre Bauten demoliert, daß uns ihre Errichtung heute als eine ebenso kurzfristige Tätigkeit erscheint wie das Erzeugen von Seifenblasen. Charles war sich also selbst ein Rätsel. Er brachte ein nur wenig überzeugendes Lächeln zustande.

»Kann man uns hier nicht beobachten?«

Sie folgte seinem Blick in Richtung der unsichtbaren Meierei.

»Heute ist Markt in Axminster. Wenn er gemolken hat, geht er fort.«

Trotzdem zog sie sich in die Scheune zurück. Er ging ihr nach, und nun standen sie drin, noch in gebührender Entfernung voneinander; sie drehte ihm den Rücken.

»Sie haben die Nacht hier verbracht?«

Sie nickte. Pause.

»Sind Sie nicht hungrig?«

Sarah schüttelte den Kopf; und wieder floß Stille über sie. Diesmal unterbrach sie.

»Sie wissen es?«

»Ich war gestern den ganzen Tag fort. Ich konnte nicht kommen.«

Wieder Schweigen. »Mrs. Poulteney hat sich erholt?«

»So viel ich weiß, ja.«

»Sie war sehr wütend auf mich.«

»Zweifellos ist es am besten so. Sie paßten nicht in ihr Haus.«

»Wo passe ich überhaupt hin?«

Er entsann sich, daß er seine Worte sorgfältig wählen müsse.

»Nun, nun ... Sie dürfen sich über sich selbst keine Sorgen machen.« Er ging einen oder zwei Schritte näher an sie heran. »Es hat große Aufregung gegeben. In der Nacht war eine Suchmannschaft Ihretwegen unterwegs. Im Gewitter.«

Sie machte ein Gesicht, als sage er nicht die Wahrheit. Sie sah ihm an, daß das nicht der Fall war; er wiederum sah, daß sie die Wahrheit sagte: »Es war nicht meine Absicht, so viel Aufsehen zu erregen.«

»Nun ... macht nichts. Ich möchte sagen, die Aufregung machte ihnen Spaß. Aber soviel steht fest: Sie müssen Lyme jetzt verlassen.«

Sie nickte. Seine Stimme hatte einen zu strengen Klang. Er zögerte, dann trat er zu ihr und legte ihr begütigend die Hand auf die Schulter.

»Haben Sie keine Angst. Ich bin hier, um Ihnen dabei behilflich zu sein.«

Es war seine Absicht gewesen, mit dieser kurzen Geste und mit seinen Worten den Anfang in der Bekämpfung des Feuers zu machen, das er laut Aussage des Doktors gefangen hatte. Aber wenn man selbst das Brennmaterial ist, dann ist Feuerlöschen eine hoffnungslose Angelegenheit. Sarah war eine einzige Flamme. Ihre Augen waren eine einzige Flamme, als sie Charles einen leidenschaftlichen Blick zuwarf. Er zog seine Hand zurück, aber sie erwischte sie und führte sie, ehe er sie daran hindern konnte, an ihre Lippen. Bestürzt riß er sie zurück; sie reagierte, als habe er sie ins Gesicht geschlagen.

»Meine liebe Miß Woodruff, bitte beherrschen Sie sich. Ich –«

»Ich kann nicht.«

Die Worte waren kaum zu hören, aber sie brachten Charles zum Schweigen. Er versuchte, sich einzureden, sie meine damit, sie könne ihre Dankbarkeit für seine Güte nicht zurückhalten ... er versuchte es immer wieder. Aber flüchtig kam ihm eine Strophe von Catull in den Sinn:

> Wenn ich dich erblicke, geschieht's mit einmal,
> daß ich verstumme.
> Denn bewegungslos liegt die Zunge, feines Feuer hat
> im Nu meine Haut durchrieselt.
> Mit den Augen sehe ich nichts, ein Dröhnen braust
> in den Ohren . . .

Catull übersetzt hier Sappho, und die sapphische Dichtung ist und bleibt die beste klinische Beschreibung der Liebe in der europäischen Medizin.

Sarah und Charles standen da, von den gleichen Symptomen befallen – wenn sie es nur gewußt hätten; die eine bekannte sich dazu, der andere bestritt es; nur daß der, der es bestritt, sich nicht von der Stelle bewegen konnte. Vier oder fünf Sekunden vergingen, in denen sie ihre Bewegung mit allen Kräften unterdrückten. Dann vermochte Sarah buchstäblich nicht mehr zu stehen. Sie fiel vor ihm auf die Knie. Die Worte strömten aus ihr hervor.

»Ich habe Sie angelogen, ich wollte, daß Mrs. Fairley mich sah, ich wußte, sie würde es Mrs. Poulteney weitersagen.«

Alle Selbstbeherrschung, die Charles mühsam gewonnen hatte, fiel jetzt von ihm ab. Entgeistert starrte er das Gesicht an, das sich zu ihm emporrichtete. Offenbar bat sie ihn um Vergebung; aber er selbst brauchte Führung, da auch die Ärzte wieder versagt hatten. Die vornehmen jungen Damen, die da auf Brandstiftung aus waren und anonyme Briefe schrieben, sie unterwarfen sich hübsch ehrerbietig den Urteilen einer schwarz-weiß malenden Moral und warteten, daß man sie festnahm, ehe sie gestanden.

Ihre Augen standen voll Tränen. Das Glück kam auf ihn zu, eine goldene Welt; und vor diesem Hintergrund eine kleine Ausscheidung der Tränendrüsen, ein oder zwei zitternde Wassertropfen, so klein, so vergänglich. Aber er stand wie ein Mann unter einem stürzenden Damm, nicht wie ein Mann über einer weinenden Frau.

»Aber warum . . .?«

Wieder sah sie auf, ihr Gesicht war ungemein ernst und bittend; es erklärte sich so unmißverständlich, daß Worte nicht nötig waren; es war so nackt, daß ihm kein Ausweg, kein: »Meine liebe Miß Woodruff!« mehr blieb.

Langsam streckte er die Hand aus und richtete sie auf. Ihre Augen waren aufeinander gerichtet, als ständen beide unter Hypnose. Sie – oder jene großen, verschlingenden Augen – schienen ihm das Hinreißendste, Schönste, das er je gesehen hatte. Was hinter ihnen lag, zählte nicht mehr. Der Augenblick war stärker als die Zeit.

Er nahm sie in die Arme und sah, wie sich ihre Augen schlossen, als sie sich an ihn lehnte; da schloß er auch die seinen und fand ihre Lippen. Er fühlte nicht nur deren Weichheit, sondern ihre ganze, nahe Körperlichkeit; ihre plötzliche Kleinheit, Zerbrechlichkeit, Schwäche, Zartheit . . .

Mit Gewalt stieß er sie von sich.

Ein qualvoller Blick, als sei er der niedrigste Verbrecher, ertappt bei seinem abscheulichsten Verbrechen. Dann drehte er sich um und rannte durch die Tür – dort erwartete ihn ein neuer Schrecken. Aber es war nicht Dr. Grogan.

32

Und sie, in Erwartung, hier, in weißem Musselin,
Im Vorzimmer, mit Herzklopfen,
Während drinnen die dünne mechanische Weise
Noch immer weiterging –

Hardy, *Die Spieldose*

In der letzten Nacht konnte Ernestina nicht schlafen. Sie wußte genau, welche Fenster im »Weißen Löwen« Charles gehörten, und es entging ihr nicht, daß das Licht darin noch brannte, lange nachdem das Schnarchen ihrer Tante durch das stille Haus zu wandern begann. Sie fühlte sich zu gleichen Teilen verletzt und schuldig – der Reihenfolge nach. Doch als sie sich zum sechzehntenmal ans Fenster stahl, um nachzusehen, ob das Licht noch brannte, und es brannte noch, da wuchs ihr Schuldbewußtsein.

Jetzt am Morgen, als Charles schon weg war, sagte sich Ernestina, sie wollte nicht einmal eine Feige aus Winsyatt – das erzählte sie nachher auch Tante Tranter. Man mag sich denken, daß saure Trauben ein geeigneteres Bild aus der Landwirtschaft gewesen wären. Sicherlich, als Charles zu seinem Onkel gefahren war, hatte sie sich dazu gedrängt gefühlt, dankbar die Rolle der Schloßherrin anzunehmen, sie hatte sogar begonnen, Listen aufzustellen von »Dingen, die zu besorgen sind« . . . aber als dieser Traum plötzlich starb, war sie in gewisser Hinsicht erleichtert. Frauen, die einem großen Haus vorstehen, müssen etwas von einem General an sich haben; Ernestina besaß aber keinerlei militärische Aspirationen. Sie liebte jede Art von Luxus, daß man sie von Kopf bis Fuß bediente; aber sie besaß auch einen sehr gesunden bürgerlichen Instinkt für Proportionen. Dreißig Zimmer, wo fünfzehn genügten, waren für sie Narretei. Vielleicht hatte sie diese abschätzende Wirtschaftlichkeit von ihrem Vater, der insgeheim der Auffassung war, »Aristokratie« sei gleichbedeutend mit »leerem Prunk«, was ihn allerdings nicht daran hinderte, einen nicht unbeträchtlichen Teil seiner Tätigkeit für diese Fehlleistung einzusetzen und in London ein Haus zu führen, an dem mancher Edelmann seine Freude gehabt hätte – oder bei erster Gelegenheit wie ein Raubvogel auf einen Titel herabzustoßen, der sich seiner zärtlich geliebten Tochter anbot. Um ihm gerecht zu werden: einen Viscount hätte er als übertrieben abgelehnt; Baron war so ungemein passend.

Ich habe bei Ernestina kein gutes Gefühl, die nach alledem ein Opfer der Umstände, nämlich einer engherzigen Umgebung, zu werden drohte. Was die Mittelklasse zu einer so eigenartigen Mischung von Schaum und Teig macht, ist ihre dem Wesen nach schizophrene Auffassung von der Gesellschaft. Wir vergessen heute gern, daß sie seit jeher die große revolutionäre Klasse gewesen ist; wir sehen viel eher den Teilaspekt, die Bourgeoisie als das Herzland der Reaktion, die öffentliche Beleidigung, für alle Zeiten selbstsüchtig und konformistisch. Diese Zwiegesichtigkeit lenkt uns davon ab, daß diese Klasse sich eine Tugend bewahrt hat: von den drei großen Gesellschaftsschichten ist sie die einzige, die sich selbst verachtet. Darin machte Ernestina sicherlich keine Ausnahme. Nicht nur Charles hörte, wie ihre Stimme manchmal unwillkommen scharf wurde; sie hörte es selbst. Ihr Drama, das aber überall zu finden ist, war dies, daß sie es nicht verstand, die kostbare Gabe der Selbstverachtung richtig anzuwenden, und so zum Opfer des ihrer Klasse anhaftenden Mangels an Selbstvertrauen wurde. Sie sah die Schwächen des Klassensystems nicht als Grund, es ganz und gar abzulehnen, sondern als Anlaß, sich in eine höhere Klasse zu wünschen. Natürlich kann man ihr deswegen keinen Vorwurf machen; sie war durch ihre Erziehung hoffnungslos dazu verdammt, die Gesellschaft als Stufen einer Leiter zu betrachten. Sie selbst war nichts als ein Schritt zu etwas, wie sie meinte, Besserem.

»Ich schäme mich, daß ich mich wie eine Tuchhändlerstochter aufgeführt habe« – das sagte sich Ernestina in den kurzen Nachtstunden. Sie gab ihre Versuche einzuschlafen auf, stand auf, zog ihren Morgenmantel an und schloß ihr Tagebuch auf. Vielleicht sah Charles, daß auch ihr Fenster reuevoll erhellt war in der schwarzen Nacht, die auf das Gewitter folgte. Einstweilen setzte sie sich und verfaßte folgende Eintragung:

Ich kann nicht schlafen. Mein liebster C. ist unzufrieden mit mir, aber ich war ja über die schrecklichen Nachrichten aus Winsyatt so aufgeregt. Ich wollte eigentlich weinen, ich war so außer mir, aber törichterweise sagte ich viele böse, trotzige Dinge. Ich bitte Gott, sie mir zu verzeihen, weil ich weiß, ich sagte sie nur aus Liebe zu meinem liebsten C. und nicht aus Bosheit. Als er weg war, weinte ich schrecklich. Das soll mir eine Lehre sein, mir die schönen Worte des Trauungsgottesdienstes zu Herzen zu nehmen, meinen liebsten Charles zu ehren und ihm zu gehorchen, auch wenn mein Gefühl mich dazu treibt, ihm zu widersprechen. Laß mich ernstlich und demütig lernen, meinen argen, trotzigen Willen seiner viel größeren Weisheit unterzuordnen, laß mich sein Urteil im Herzen tragen und mich selbst an sein Herz ketten, denn »die Süßigkeit wahrer Buße ist das Tor zur heiligen Seligkeit«.

In dieser rührenden Eintragung wird man vielleicht Ernestinas sonstige Trockenheit vermissen; aber nicht nur Charles sprach mehrere Sprachen. Und ebenso wie sie hoffte, er würde bemerken, wie spät in ihrem Zimmer noch Licht brannte, sah sie auch den Tag vor sich, da er Komplimente machte, wenn er diesen intimen Ausdruck ihrer bräutlichen Seele zu Gesicht bekam. Zum Teil schrieb sie für seine Augen – ja, wie alle Frauen der viktorianischen Zeit, schrieb sie auch zum Teil für Seine, Gottes Augen. Erleichtert ging sie wieder zu Bett, so ganz und vollkommen die keusche, geistliche Braut ihres Verlobten, daß mir keine andere Wahl bleibt, als zu folgern, daß sie schließlich auch ihren ungetreuen Charles zurückgewinnen wird.

Sie schlief auch noch fest, als vier Stockwerke tiefer sich ein kleines Drama abspielte. Sam war nicht so zeitig aufgestanden wie sein Herr. Er holte sich in der Hotelküche Tee und Käsetoast – wenn die Dienerschaft der Viktorianer auch nicht mit Anstand essen konnte, eines tat kaum einer von ihnen: er aß nicht weniger als sein Herr. In der Küche teilten ihm die Stiefel seines Herrn mit, daß dieser eben ausgegangen sei. Sam sollte packen und alles bis zur Abreise fertig machen. Sam verbarg seinen Schrecken. Zum Packen brauchte er eine halbe Stunde. Er hatte jetzt Wichtigeres zu tun.

Sofort ging er zu Tante Tranters Haus. Wir brauchen nicht zu untersuchen, was er dort sagte, außer daß es äußerst tragisch gewesen sein muß. Als Tante Tranter, die unzivilisierte Tageszeiten liebte, nur eine Minute später in die Küche hinunterkam, fand sie Mary, in Tränen aufgelöst, über dem Küchentisch. Die taube Köchin bewies mit einem höhnischen Heben ihres Kinns, daß ihr Mitgefühl nicht sehr bedeutend war.

Mary wurde befragt, und Tante Tranter bekam mit ihrer freundlichen Bestimmtheit bald die Ursache ihres Elends heraus; das Mädchen wurde auch viel besser als Sam behandelt. Sie durfte fortgehen, bis Ernestina sie brauchte; da Miß Ernestinas schwere Brokatvorhänge gewöhnlich bis zehn Uhr zugezogen blieben, bedeutete dies fast drei Stunden Gnadenfrist. Tante Tranter erhielt zum Lohn das dankbarste Lächeln, das die Welt an jenem Tag zu Gesicht bekam. Fünf Minuten später lag Sam längelang mitten auf der Broad Street. Man soll eben nicht im Eiltempo über Katzenkopfpflaster rennen, auch nicht, wenn es um eine Mary geht.

33

Liebe, laß auch mich lieben,
Wissen, daß auf dieser Welt
Keiner sieht, was ich hier sehe.
Seh ich, sieht mir niemand zu?
A. H. Clough, *Gedicht* (1852)

Es ist schwer zu sagen, wer erschrockener war: der Herr, der zwei Meter vor der Tür wie versteinert stehenblieb, oder die beiden Dienstboten, die nicht weniger erstarrt in einer Entfernung von zwanzig Metern standen. Die letzteren waren so verdattert, daß Sam nicht einmal den Arm von Marys runder Hüfte nahm. Das Tableau kam erst in Bewegung, als die vierte Gestalt, nämlich Sarah, wildblickend in der Tür erschien. Sie zog sich so schnell zurück, daß man kaum mehr als einen Schatten von ihr gesehen haben konnte. Aber das genügte. Sam riß den Mund auf, und sein Arm fiel an Mary herab.

»Was zum Teufel tut ihr hier?«

»Spazierengegangen, Mr. Charles.«

»Ich denke, ich habe dir Instruktionen hinterlassen –«

»Hab' ich gemacht, Sir. Alles fertig.«

Charles wußte, daß er log. Mary hatte sich zartfühlend abgewandt, was ihr wohl anstand. Charles zögerte, dann schritt er auf Sam zu, der sich schon entlassen, geohrfeigt und so weiter sah.

»Wir haben's nicht gewußt, Mr. Charles. Wirklich nicht.« Mary schoß über die Schulter einen scheuen Blick zu Charles. Darin lagen Schrecken und Furcht, aber auch eine winzige Spur wissender Bewunderung. Er wandte sich an sie. »Sei bitte so freundlich, uns einen Augenblick allein zu lassen.« Das Mädchen knickste und zog sich außer Hörweite zurück. Charles betrachtete Sam, der seine untertänigste Lakaienvisage aufsetzte und angestrengt die Stiefel seines Herrn anstarrte. »Ich bin in der erwähnten Angelegenheit hier.«

»Jawohl, Sir.«

Charles senkte die Stimme. »Auf Verlangen des Arztes, der sie behandelt. Er weiß über die Umstände genau Bescheid.«

»Jawohl, Sir.«

»Es muß unter allen Umständen geheim bleiben.«

»Ich verstehe, Mr. Charles.«

»Sie auch?«

Sam sah auf. »Mary wird nichts sagen, Sir. Bei meinem Leben.«

Jetzt sah Charles zu Boden. Er merkte, daß seine Wangen hochrot waren. »Also gut. Ich . . . ich danke dir. Und ich werde zusehen, daß . . . hier.«

Er fingerte nach seiner Geldbörse.

»O nein, Mr. Charles.« Sam trat einen kleinen Schritt zurück, etwas zu dramatisch für einen unbefangenen Beobachter. »Niemals.«

Charles' Hand suchte langsam weiter und hielt dann still. Herr und Diener wechselten einen Blick. Vielleicht waren sich beide im klaren, jetzt ein falsches Opfer gebracht zu haben.

»Also gut. Ich werde mich erkenntlich zeigen. Aber kein Wort darüber.«

»Bei meinem eiligsten Heid, Mr. Charles.«

Mit diesem Superlativ hatte Sam sein Bestes getan, drehte sich um und ging seiner Mary nach, die mit diskret abgekehrtem Rükken in Stechginster und Farnkraut etwa neunzig Meter weit wartete.

Wir können nur vermuten, warum sie ausgerechnet die Scheune aufgesucht hatten; es mag Ihnen ja schon seltsam vorgekommen sein, daß ein Mädchen wie Mary in Tränen ausbrach, als sie von ein paar Tagen Trennung erfuhr. Wir verlassen Sam und Mary, die wieder den Wald betreten; ein Stück weit gehen sie erschrokken und still, dann suchen sie einander verstohlen mit den Augen und brechen in ein lautloses Gelächter aus, dem sie nicht entrinnen können. Wir aber wenden uns wieder dem wie mit Blut übergossenen Charles zu.

Er wartete, bis sie nicht mehr zu sehen waren, dann wandte er sich der gleichgültigen Scheune zu. Sein Verhalten hatte ihn bis auf den Grund seiner Seele zerrissen, nur weil er sich im Freien befand, konnte er einen Augenblick lang nachdenken. Wie so oft, kam ihm sein Pflichtbewußtsein zu Hilfe. Es war offenbar: er hatte das verbotene Feuer entfacht. In diesem Augenblick kam vielleicht das andere Opfer in den Flammen um, warf den Strick über den Balken ... Nach kurzem Zögern ging er zur Scheune und zu Sarah zurück.

Sie stand in der Fensterecke, so daß man sie von draußen nicht sehen konnte, als habe sie versucht, das Gespräch zwischen Charles und Sam zu belauschen. Er stand an der Tür.

»Sie müssen mir verzeihen, daß ich Ihre unglückliche Lage in unverzeihlicher Weise ausgenutzt habe.« Er machte eine Pause und fuhr fort: »Nicht nur am heutigen Morgen.« Sie sah zu Boden. Es erleichterte ihn, sie verlegen, nicht mehr wild zu sehen. »Zu allerletzt hätte ich Ihre Zuneigung zu erringen gewünscht. Ich habe mich sehr töricht benommen. Der Vorwurf trifft mich ganz allein.« Sie starrte auf den rauhen Steinfußboden wie ein Gefangener, der den Urteilsspruch erwartet. »Das Unglück ist nun einmal geschehen. Ich muß Sie bitten, es wieder gutzumachen.« Aber noch immer leistete sie seiner Einladung zu sprechen nicht Folge. »Die Geschäfte rufen mich nach London. Wie lange, weiß ich nicht.« Jetzt sah sie ihn an, aber nur einen Augenblick. Er stolperte weiter. »Ich meine, Sie sollten nach Exeter gehen. Ich bitte Sie, das Geld in dieser Börse anzunehmen – als Darlehen, wenn Sie wollen ... bis Sie eine passende Stellung gefunden haben ... und falls Sie weiterhin finanzielle Hilfe benötigen sollten ...« Seine Stimme versagte. Sie war immer förmlicher geworden. Er wußte, er machte eine schlechte Figur. Sie wendete ihm den Rücken.

»Ich werde Sie nie wiedersehen.«

»Sie können nicht von mir erwarten, daß ich dem widerspreche.«

»Obwohl Ihr Anblick mein Lebensinhalt ist.« Die nun folgende

Stille war voll fürchterlicher Drohung. Er wagte nicht, sie ans Licht kommen zu lassen. Er fühlte sich wie einer, der in Ketten liegt; und die Befreiung kam für ihn unerwartet wie für einen verurteilten Gefangenen. Sie sah sich um und erriet, was er dachte.

»Hätte ich mir das Leben nehmen wollen, ich hätte bisher Grund genug dazu gehabt. Ich nehme Ihr Darlehen . . . mit Dank an.«

Seine Augen schlossen sich in plötzlicher Dankbarkeit. Er legte die Börse – nicht diejenige, die Ernestina für ihn gestickt hatte – auf einen Sims an der Tür. »Sie gehen nach Exeter?«

»Wenn Sie es mir raten.«

»Ich tue es von Herzen.«

Sie senkte den Kopf.

»Ich muß Ihnen noch etwas sagen. Man redet in der Stadt davon, Sie in eine Anstalt zu bringen.« Ihre Augen flammten auf. »Zweifellos stammt der Gedanke von Marlborough House. Sie brauchen es nicht ernst zu nehmen. Wenn Sie nicht nach Lyme zurückkehren, können Sie sich alle Aufregungen ersparen.« Nach kurzem Zögern sagte er: »Soviel ich weiß, wird in kurzer Zeit eine neue Suchmannschaft unterwegs sein. Deshalb kam ich so früh.«

»Mein Gepäck . . .«

»Darum kümmere ich mich. Ich sorge dafür, daß es ins Depot nach Exeter geschickt wird. Mir fällt ein, daß es vielleicht klüger wäre – wenn Sie stark genug dazu sind –, zu Fuß zur Kreuzung in Axmouth zu gehen. Damit vermeiden Sie . . .« für uns beide einen Skandal, wollte er sagen. Aber er wußte, was er von ihr verlangte. Axmouth war elf Kilometer weit, die Kreuzung, wo die Postkutschen vorbeikamen, noch drei Kilometer weiter.

Sie war einverstanden.

»Geben Sie Mrs. Tranter Nachricht, sobald Sie eine Unterkunft gefunden haben.«

»Ich habe keine Zeugnisse.«

»Sie können Mrs. Talbots Namen angeben. Und den von Mrs. Tranter. Ich will mit ihr sprechen. Seien Sie nicht zu stolz, sie weiterhin um finanzielle Unterstützung anzugehen, wenn es nötig sein sollte. Auch dafür werde ich vor meiner Abreise sorgen.«

»Es wird nicht nötig sein.« Ihre Stimme klang fast unhörbar. »Aber ich danke Ihnen.«

Sie sah ihm in die Augen. Der Speer war noch in ihrem Blick, das Durch-und-Durch-Sehen.

»Sie sind eine sehr bemerkenswerte Persönlichkeit, Miß Woodruff. Ich fühle mich tief beschämt, dies nicht früher bemerkt zu haben.«

Sie sagte: »Ja, ich bin eine bemerkenswerte Persönlichkeit.« Aber sie sagte es ohne Stolz, ohne Hohn, mit nichts anderem als bitterer Einfachheit. Und die Stille floß wieder über sie. Er ertrug sie, so lange er konnte, dann zog er seine Uhr, ein sehr plumper Wink, daß er gehen mußte. Er fühlte seine Unbeholfenheit, seine Steifheit, sie benahm sich würdiger als er; vielleicht fühlte er noch ihre Lippen. »Wollen Sie mich nicht zum Weg zurück begleiten?«

Bei dieser letzten Trennung sollte sie nicht den Eindruck haben, als schäme er sich ihrer. Wenn Grogan käme – es machte ihm nichts aus. Aber Grogan tauchte nicht auf. Sarah ging ihm voran durch toten Farn und lebendigen Stechginster, in der Frühsonne glänzte ihr Haar; sie schwieg und drehte sich kein einziges Mal um. Charles wußte genau, daß Sam und Mary sie beobachten konnten, aber es schien ihm besser, sie sähen ihn jetzt offen mit ihr gehen. Der Weg führte durch die Bäume hinauf, bis er auf den Hauptweg stieß. Jetzt drehte er sich um. Er trat zu ihr und streckte die Hand aus. Nach einem Zögern hielt sie ihm auch ihre hin. Er drückte sie fest, jede weitere Torheit ausschließend.

»Ich werde Sie nie vergessen«, murmelte er.

Sie hob ihr Gesicht zu ihm auf mit einer unmerklichen, aber suchenden Bewegung ihrer Augen, als sei da etwas, das für ihn zu sehen noch nicht zu spät war: eine Wahrheit hinter seinen Wahrheiten, eine Gefühlsregung hinter seinen Regungen, eine Geschichte hinter all seinen Auffassungen von Geschichte. Als könne sie ihm von Welten sagen, als wüßte sie aber zur gleichen Zeit, daß er, wenn er diese Welten nicht begreifen könne, ohne daß sie von ihnen sagte ...

Es dauerte lange. Dann ließ er den Blick sinken und ihre Hand. Eine Minute später sah er noch einmal zurück. Sie stand dort, wo er sie verlassen hatte, und sah ihm nach. Er zog den Hut. Sie rührte sich nicht.

Weitere zehn Minuten später hielt er an einem Torbogen, an der meerwärts gelegenen Seite des Feldwegs zur Meierei. Von ihm aus sah man über die Wiesen bis zum Damm. Weit unten stieg eine kleine Gestalt den Feldweg hinan, der zu dem Tor führte, wo Charles stand. Er zog sich etwas zurück, zögerte einen Augenblick und ging dann seinen Weg weiter, der zur Gasse und hinunter in die Stadt führte.

34

Und die verwelkte Rose reißt man von der Wand

Hardy, *In Regen und Wind*

»Du bist ausgewesen.«

Die Täuschung mit dem zweiten Kleiderwechsel war ihm also nicht geglückt.

»Ich mußte zur Klarheit kommen. Ich habe schlecht geschlafen.«

»Ich auch.« Sie fügte hinzu: »Du hast doch gestern gesagt, du seist unglaublich müde.«

»Das war ich auch.«

»Aber du bist bis nach eins aufgewesen.«

Etwas plötzlich wandte sich Charles zum Fenster. »Ich hatte vieles zu bedenken.«

Aus diesem steifen Wortwechsel ist zu entnehmen, daß Ernestina für ihr Teil den Ton ihrer nächtlichen Selbstanklagen bei Tageslicht nicht beizubehalten vermochte. Außer von dem Spaziergang hatte sie aber auch via Sam, Mary und eine verwunderte Tante Tranter erfahren, daß Charles noch heute Lyme verlassen wollte. Sie hatte sich entschlossen, für diese plötzliche Änderung seiner Intentionen keine Erklärung zu verlangen; mochte Seine Lordschaft sie selbst geben, sobald er es für richtig hielt. Als er endlich kurz vor elf kam, während sie im Hinterzimmer wie auf Nadeln saß und auf ihn wartete, besaß er noch die Unfreundlichkeit, des langen und breiten in der Halle mit Tante Tranter zu sprechen; und man verstand kein Wort, das war das Schlimmste. So kochte sie jetzt innerlich.

Nicht zum wenigsten trug zu ihrer Verärgerung bei, daß sie sich an diesem Morgen mit ihrer Toilette besondere Mühe gegeben hatte, wofür er ihr kein einziges Kompliment machte. Sie trug ein rosa »Frühstückskleid« mit Bischofsärmeln – an der zarten Achselhöhle eng anliegend, dann reichlich gefältelt in eine Wolke von Flor übergehend, bis sie am Handgelenk wieder zusammengezogen waren. Ihre Zerbrechlichkeit wurde dadurch sehr vorteilhaft betont; die weißen Bänder in ihrem weichen Haar und ein zarter Hauch Lavendelwasser rundeten den Eindruck ab. Sie war eine süße Aphrodite mit leicht beleidigten Augen, eben erst den weißen Linnen ihres Betts entstiegen.

Charles hätte es leicht gehabt, sie grausam zu behandeln. Aber er brachte ein Lächeln zustande, setzte sich neben sie und nahm eine ihrer Hände, die er streichelte.

»Mein Liebstes, ich muß dich um Verzeihung bitten. Ich bin nicht ganz bei mir. Und ich fürchte, ich werde nach London fahren müssen.«

»Oh, Charles!«

»Ich wollte, ich müßte nicht. Aber diese neue Wendung der Dinge erfordert es, daß ich mich sofort mit Montague treffe.« Montague war der Agent – eine Funktion, die damals die Stelle unserer Vermögensverwalter einnahm –, der sich um Charles' finanzielle Angelegenheiten kümmerte.

»Kannst du nicht warten, bis ich zurückfahre? Es dauert doch nur noch zehn Tage.«

»Ich komme zurück und bringe dich heim.«

»Kann Mr. Montague denn nicht herkommen?«

»Aber nein, wir brauchen viele Akten. Übrigens verbinde ich damit einen weiteren Zweck. Ich muß auch deinen Vater von den Ereignissen in Kenntnis setzen.«

Sie zog ihre Hand von seinem Arm zurück.

»Aber was hat das mit ihm zu tun?«

»Mein liebes Kind, es hat alles mit ihm zu tun. Er hat dich meiner Fürsorge anvertraut. Eine so schwerwiegende Veränderung meiner Aussichten –«

»Du hast doch dein eigenes Einkommen!«

»Ja ... natürlich, freilich, ich werde immer einträglich leben können. Aber es gibt anderes. Der Titel ...«

»Das hatte ich vergessen. Natürlich. Es ist ganz unmöglich, daß ich einen einfachen Bürger heirate.« Sie sah ihn mit spöttischer Festigkeit an, die ihr gut stand.

»Mein Süßes, hab Geduld. Diese Dinge müssen gesagt werden – du bringst eine Menge Geld in die Ehe. Natürlich ist unsere gegenseitige Zuneigung der oberste Gesichtspunkt. Aber es gibt auch eine ... na, eine gesetzliche und vertragliche Seite des Ehebündnisses, die –«

»Unsinn!«

»Meine liebste Tina ...«

»Du weißt genau, daß sie mich auch einen Hottentotten heiraten lassen, wenn ich will.«

»Das mag sein. Aber auch die zärtlichsten Eltern wollen informiert werden –«

»Wieviele Zimmer hat das Belgravia House?«

»Ich habe keine Ahnung.« Er zögerte, dann fügte er hinzu: »Zwanzig, würde ich sagen.«

»Und du hast einmal erwähnt, du hättest zweieinhalbtausend jährlich. Meine Mitgift dazu, ergibt –«

»Es gibt keinen Zweifel daran, daß auch unsere geänderten Vermögensverhältnisse uns ein bequemes Leben gestatten.«

»Schön. Angenommen, Papa verweigert dir meine Hand. Was dann?«

»Du willst mich mißverstehen. Ich kenne meine Pflicht. Man kann an einem solchen Punkt nicht sorgfältig genug sein.«

Bei diesem Austausch hatte keiner gewagt, dem anderen in die Augen zu sehen. Sie ließ den Kopf hängen, ein Zeichen offenen Widerspruchs. Er stand auf und trat hinter sie. »Es ist nicht mehr als eine Formalität. Aber es kommt auf solche Formalitäten an.«

Sie starrte eigensinnig zu Boden.

»Ich hab Lyme satt. Ich sehe dich hier weniger als in London.«

Er lächelte. »Das stimmt doch nicht.«

»Es scheint nicht so.«

Eine mürrische kleine Falte hatte sich um ihren Mund gebildet. Sie wollte sich nicht begütigen lassen. Er ging wieder zum Kamin, legte einen Arm auf den Sims und lächelte auf sie nieder; aber es war ein humorloses Lächeln, eine Maske. Er mochte sie nicht, wenn sie ihren eigenen Willen zur Schau trug, es stach zu sehr von ihren sorgfältig gearbeiteten Kleidern ab, die dazu bestimmt waren, in der Öffentlichkeit den Abstand zu betonen, der zwischen ihnen bestand. Fünfzehn Jahre vor der Zeit, von der hier die Rede ist, hatte die geschmähte Mrs. Bloomer damit begonnen, die Mode dieser gefühlvollen Kleider in der Gesellschaft einzuführen. Aber jener frühe Versuch eines Hosenanzugs war durch die Krinoline vollständig aus dem Feld geschlagen worden – ein kleiner Umstand von großer Bedeutung für unser Verständnis der Viktorianer. Ihnen wurde Gefühl angeboten, und sie wählten eine Narrheit von ein Meter achtzig im Durchmesser, die in der ohnehin an Narrheiten nicht armen Geschichte der Kleidermode ohne Beispiel dasteht.

In der Stille, die nun folgte, meditierte Charles freilich nicht über die Idiotie der damaligen Mode, sondern darüber, wie er sich ohne weiteren Aufhebens davonmachen könne. Zum Glück für ihn dachte aber Tina gerade über ihre Lage nach: alles in allem hatte sie sich aufgeführt wie ein Dienstmädchen (Tante Tranter hatte ihr erklärt, weshalb Mary dem Ruf der Morgenglocke nicht Folge leisten konnte). Wegen einer kurzen Abwesenheit machte man kein solches Getue. Übrigens – der Mann ist darin eitel, daß er Gehorsam verlangt; die Frau, indem sie gehorsam ist, um endlich den Sieg zu erringen. Der Tag würde noch kommen, an dem sie Charles für seine Grausamkeit büßen ließe. Ihr kleines Lächeln, das sie ihm zeigte, sprach von Reue.

»Wirst du mir jeden Tag schreiben?«

Er berührte ihre Wange. »Ich verspreche es.«

»Und zurückkommen, sobald du kannst?«

»Sobald ich die Angelegenheit mit Montague in Ordnung gebracht habe.«

»Ich werde Papa strikte Anordnungen geben, dich geradewegs zurückzuschicken.«

Charles nahm die Gelegenheit wahr. »Wenn du gleich schreibst. Ich reise in einer Stunde.«

Nun stand sie auf und streckte die Hände aus. Sie wollte, daß er sie küßte. Er konnte sich nicht dazu überwinden, sie auf den Mund zu küssen. So umfaßte er ihre Schultern und küßte sie leicht auf beide Schläfen. Dann schickte er sich zum Gehen an. Aus einem seltsamen Grund kam er nicht von der Stelle; Ernestina sah ernst und sanft vor sich hin – auf seine dunkelblaue Krawatte mit der Perlennadel. Warum er nicht fort konnte, war nicht auf den ersten Blick ersichtlich; tatsächlich waren aber zwei Hände in seine unteren Westentaschen festgekrallt. Er verstand, was für einen Preis er für seine Freilassung zu zahlen hatte, und zahlte ihn. Die Welt ging nicht unter, kein innerer Sturm, keine Dunkelheit hüllte Augen und Ohren ein, als er dastand und seine Lippen einige Sekunden lang auf ihre drückte. Doch Ernestina war so hübsch angezogen, und da kam ihm die Vision von einem zarten, kleinen weißen Körper. Ihr Kopf lehnte an seiner Schulter, sie schmiegte sich an ihn; als er sie tätschelte, streichelte und ein paar dumme Worte murmelte, fühlte er sich plötzlich ganz verwirrt. Er spürte es genau in seinen Lenden. Immer waren Ernestinas Humor, ihr Sticheln und Aufreizen seiner Gefühle, das Versprechen kommender Ausgelassenheit gewesen, eine Bereitschaft, Perversitäten zu lernen und eines Tages furchtsam, aber entzückt von der verbotenen Frucht zu naschen. Unbewußt spürte Charles den zeitlosen Reiz oberflächlicher Frauen: daß einer aus ihnen machen kann, was er will. Bewußt spürte er etwas wie Beflekkung: daß er jetzt fleischlich begehrte, nachdem er am gleichen Morgen die Lippen einer anderen geküßt hatte.

Ziemlich hastig küßte er Ernestinas Scheitel, löste sanft ihre Finger aus ihrem Halt, küßte auch diese und ging. Noch eine Feuerprobe hatte er zu bestehen, denn an der Tür stand Mary mit seinem Hut und seinen Handschuhen. Ihre Augen waren gesenkt, aber ihre Wangen waren rot. Als er die Handschuhe anzog, tat er einen Blick zurück zu der geschlossenen Tür des Zimmers, aus dem er gekommen war.

»Sam hat dir erklärt, wie es heute früh dazu kam?«

»Ja, Sir.«

»Und . . . Du verstehst?«

»Ja, Sir.«

Er zog einen Handschuh aus und griff in die Westentasche. Mary trat keinen Schritt zurück, obwohl ihr Kopf noch tiefer sank.

»O nein Sir, das ist doch nicht nötig.«

Aber schon hatte sie es. Gleich darauf hatte sie das Haustor hinter Charles geschlossen. Sehr langsam öffnete sie ihre kleine und, wie ich fürchte, ziemlich rote Hand und starrte auf die kleine Goldmünze auf ihrer Handfläche. Dann nahm sie sie zwischen ihre weißen Zähne und biß darauf, weil sie immer von ihrem Vater gesehen hatte, wie er die Probe machte, daß es kein Messing sei. Nicht, daß sie eins vom andern beim Beißen hätte unterscheiden können – aber der Biß bewies irgendwie, daß es wirklich Gold war; ebenso wie ein Gang in die Undercliffs bewies, daß es Sünde war.

Was kann eine Unschuld vom Land von Sünde wissen? Diese Frage bedarf einer Antwort. Einstweilen kann Charles ruhig nach London reisen.

35

Die Kraft, die mir Beständigkeit geschenkt,
Sie ruht in dir.

Hardy, *Ihre Unsterblichkeit*

In das Krankenhaus sind viele vierzehnjährige, ja sogar dreizehnjährige bis hin zu siebzehnjährigen Mädchen im Zustand der Schwangerschaft eingeliefert worden, um hier zu entbinden. Die Mädchen gaben zu, daß sie . . . auf dem Hin- oder Rückweg von der Feldarbeit vergewaltigt worden sind. Mädchen und Knaben dieses Alters gehen acht, neun, ja zwölf Kilometer zur Arbeit, wobei sie Viehtriften entlang der Hauptstraßen oder Nebenwege benutzen. Ich selbst wurde Zeuge gröblich unzüchtigen Verhaltens zwischen Knaben und Mädchen von vierzehn bis sechzehn Jahren. Einmal sah ich, wie ein junges Mädchen von fünf oder sechs Burschen am Straßenrand belästigt wurde. In zwanzig oder dreißig Meter Entfernung befanden sich andere Erwachsene, die aber keine Notiz davon nahmen. Das Mädchen rief um Hilfe, was mich veranlaßte, stehenzubleiben. Ich sah auch Knaben in den Bächen baden, Mädchen zwischen dreizehn und neunzehn Jahren sahen vom Ufer aus zu.

Bericht der Kommission über Kinderarbeit aus dem Jahr 1867

Wie bietet sich uns das neunzehnte Jahrhundert dar? Es war eine Zeit, in der die Frau geheiligt war; und in der man um ein paar Pfund, ja um ein paar Shilling ein dreizehnjähriges Mädchen kaufen konnte, wenn man es für eine oder zwei Stunden haben wollte. Es wurden mehr Kirchen gebaut als in der ganzen bisherigen Geschichte des Landes; und in London war eins von sechzig Häusern ein Bordell (heute rechnet man eins auf sechstausend). Von jeder Kanzel wurde die Heiligkeit der Ehe und die Keuschheit vor der Ehe gepredigt, jede Zeitung schrieb darüber im redaktionellen und im allgemeinen Teil; und niemals – oder kaum jemals – führten so viele bedeutende Persönlichkeiten der Öffentlichkeit, vom Thronfolger angefangen, ein so skandalöses Privatleben. Das Strafrecht wurde allmählich humaner; und perverse Geißelungen waren so häufig, daß ein Franzose in vollem Ernst den Beweis dafür antreten wollte, der Marquis de Sade müsse englische Vorfahren besessen haben. Niemals vorher hatte man den weiblichen Körper so der Sicht entzogen; und jeder Bildhauer wurde danach beurteilt, wie er nackte Frauen in Stein meißeln konnte. Kein einziger Roman, kein Theaterstück und kein Gedicht von Bedeutung ging in der Darstellung der Sinnlichkeit über den Kuß hinaus; ein Mr. Bowdler (dessen Todesjahr, 1825, uns daran gemahnt, daß das viktorianische Ethos lange vor dem eigentlichen Anbruch des Zeitalters in Kraft war) wurde weithin als öffentlicher Wohltäter angesehen; und niemals wurde mehr pornographische Literatur auf den Markt gebracht. Nie durfte auf die ausscheidenden Körperfunktionen Bezug genommen werden – und die sanitären Anlagen blieben so primitiv, daß es wenige Häuser, wenige Straßen gab, in denen man nicht beständig daran erinnert wurde. Das Spülklosett wurde erst spät erfunden und blieb bis 1900 ein Luxus. Allgemein behauptete man, bei Frauen trete kein Orgasmus ein; und jede Prostituierte besaß die Fähigkeit, ihn vorzutäuschen. Auf jedem anderen Gebiet menschlicher Tätigkeit gab es enorme Fortschritte und Befreiung von Althergebrachtem; auf dem Gebiet des Persönlichsten und Fundamentalsten nichts als Tyrannei.

Auf den ersten Blick scheint die Antwort deutlich die zu sein, daß es an der Kunst der Sublimierung lag. Ihre Libido ließen die Viktorianer auf anderen Gebieten sich ausarbeiten; es ist, als hätte ein genialer Evolutionist gerade keine Lust zum Arbeiten gehabt und gesagt: wir brauchen Fortschritt, laßt uns diesen großen Strom eindämmen und ableiten und sehen wir, was dann passiert. Ich gestehe der Sublimierungstheorie eine teilweise Berechtigung zu, frage mich nur manchmal, ob sie uns nicht zu dem Irrtum verführt, anzunehmen, daß der Sex bei den Viktorianern keine große Rolle gespielt habe. Sie waren ebenso stark sexbesessen wie unser Jahrhundert und beschäftigten sich mit dem Sex – auch wenn wir heute Tag und Nacht mit Sex behämmert werden, wie sie damals mit Religion – viel stärker, als wir es tatsächlich tun. Sie beschäftigten sich ganz gewiß mit der Liebe und widmeten ihr im künstlerischen Tun viel mehr Zeit als wir. Malthus und das Fehlen einer angewandten Geburtenkontrolle* können nicht allein für die Tatsache verantwortlich gemacht werden, daß sie sich wie die Kaninchen vermehrten und die eheliche Fruchtbarkeit viel mehr als wir verehrten. Im Hinblick auf Fortschritt und Befreiung von Althergebrachtem zieht unser Jahrhundert nicht den kürzeren; aber wir können doch kaum behaupten, daß dies deshalb der Fall ist, weil wir soviel sublimierte Energie zur Verfügung haben. Ich weiß, daß die frivolen neunziger Jahre dargestellt werden als Reaktion auf manches Jahrzehnt der Enthaltsamkeit; ich glaube, es war nur die Veröffentlichung dessen, was bisher privat geschah, und ich hege den Verdacht, wir haben es hier in Wirklichkeit mit einem stets sich wiederholenden Vorgang zu tun: der Unterschied liegt im Wörterbuch, im Grad der Umschreibung.

* Die ersten Präservative (aus Wursthaut) kamen im späten 18. Jahrhundert auf den Markt. Malthus, vor allem, verurteilte Techniken der Geburtenkontrolle als »unanständig«, aber die Werbung dafür setzte nach 1820 ein. Der erste Versuch eines »Sexhandbuchs« war Dr. George Drysdales Werk, das den etwas unaufrichtigen Titel trug: »Die Elemente der Sozialwissenschaft; oder Physische, Sexuelle und Natürliche Religion. Eine Darlegung des wahren Grunds und des einzigen Heilmittels der Drei Hauptübel: Armut, Prostitution und Zölibat.« Das Werk erschien 1854 und wurde viel gelesen und übersetzt. Hier Drysdales praktischer Rat mit dem kennzeichnenden Zusatz: ›Die Schwängerung wird vermieden, wenn

Die Viktorianer waren entschlossen, etwas ernst zu nehmen, was wir eher auf die leichte Schulter nehmen. Ihre Ernsthaftigkeit brachten sie dadurch zum Ausdruck, daß sie über Sex nicht offen sprachen – wir tun genau das Gegenteil. Diese »Arten«, mehr oder weniger ernst zu sein, beruhen auf Übereinkunft. Der dahinterliegende Tatbestand bleibt derselbe.

Ich denke auch an einen anderen weitverbreiteten Irrtum: den hohen Grad sexueller Unwissenheit mit einem niedrigen Grad sexuellen Genusses gleichzusetzen. Als Charles' und Sarahs Lippen einander berührten, kam auf beiden Seiten zweifellos sehr wenig Liebeskunst ins Treffen; daraus würde ich aber nicht in irgendeiner Weise das Fehlen sexueller Erregung ableiten. Ein noch viel interessanteres Verhältnis besteht jedenfalls zwischen dem Wunsch und der Fähigkeit, ihn zu erfüllen. Wieder sind wir der Ansicht, hier viel besser als unsere Urgroßeltern dazustehen. Aber der Wunsch ist durch die Häufigkeit bedingt, mit der er geweckt wird; unsere Welt verwendet ungeheuer viel Zeit darauf, uns zum Beischlaf zu ermuntern, während die Wirklichkeit ebenso emsig daran ist, uns zu enttäuschen. Sind wir nicht so frustriert wie die Viktorianer? Vielleicht. Aber wenn du täglich nur einen Apfel genießen kannst, dann spricht alles dagegen, in einem Obstgarten mit diesen Früchten zu wohnen; du könntest die Äpfel sogar sü-

man entweder den Penis unmittelbar vor dem Samenerguß zurückzieht (was sowohl verheiratete wie auch unverheiratete Männer sehr häufig tun); durch Gebrauch eines Präservativs (was auch sehr häufig vorkommt, aber mehr auf dem Kontinent als hierzulande); durch Einführung eines Schwammstückchens in die Scheide ...; oder durch Ausspülen mit lauwarmem Wasser unmittelbar nach dem Coitus.‹

›Die erste dieser Praktiken ist physisch schädigend und kann nervöse Zerrüttung, sowie sexuelle Schwäche und Kongestionen hervorrufen ... Die zweite, das Präservativ – tötet den Genuß und führt häufig zur Impotenz des Mannes und zum Abscheu in beiden Partnern, weshalb sie auch schädlich ist.‹

›Diese Vorbehalte treffen meiner Meinung nach nicht auf die dritte Praxis zu, nämlich die Einführung eines Schwamms oder eines anderen Gegenstands in die Scheide, der den Muttermund verschließt. Dies kann die Frau bequem tun und es würde, so scheint mir, das sexuelle Vergnügen weder unterbrechen noch eine nachteilige Wirkung auf die Gesundheit eines der beiden Partner ausüben. (Jede Vorbeugungsmaßnahme muß, um zufriedenstellend zu sein, von der Frau getroffen werden, denn es beeinträchtigt die Leidenschaft und Impulsivität des Liebesaktes, wenn der Mann daran denken muß.)‹

ßer finden, wenn du nur einen in der Woche bekämst.

Es scheint also keineswegs sicher, daß die Viktorianer das Sexuelle nicht viel leidenschaftlicher, weil seltener, genossen als wir; sie sahen das auch sehr klar und trafen ein Übereinkommen, das Sexuelle zu unterdrücken, zu verdrängen und zu verschweigen, um die Leidenschaft des Genusses zu gewährleisten. Wir sind, weil wir in die Öffentlichkeit zerren, was sie im privaten Bereich beließen, viel eher ein viktorianisches Jahrhundert – im abwertenden Sinn des Worts –, weil wir mit der Zerstörung so vieler damit verbundener Geheimnisse, Schwierigkeiten, Tabus auch ein Großteil des Vergnügens daran zerstören. Natürlich können wir den Genuß nicht einfach vergleichen und messen; aber das ist vielleicht ein größeres Glück für uns als für die Viktorianer. Überdies verlieh ihnen ihre Methode ein Guthaben an überschüssiger Energie. Jene Geheimnistuerei, jene Kluft zwischen den Geschlechtern, die Charles in solche Verwirrung brachte, als Sarah sie verringern wollte, erzeugte sicherlich auf jedem anderen Gebiet größere Einsatzkraft und sehr oft auch größere Unbefangenheit.

Das alles scheint uns weit von Mary weggeführt zu haben, obwohl ich jetzt daran erinnere, daß sie Äpfel sehr gerne aß. Eins war sie nicht: eine Unschuld vom Land, und zwar aus dem einfachen Grund, weil diese beiden Dinge in ihrem Jahrhundert miteinander unvereinbar waren. Zu jeder Zeit stammt die große Mehrheit von Augenzeugenberichten von Mitgliedern der gebildeten Stände; das hat im Lauf der Geschichte immer zur Verzerrung der Wirklichkeit durch eine Minderheit geführt. Der prüde Puritanismus, den wir den Viktorianern nachsagen und den wir aus Trägheit gern allen Klassen der viktorianischen Gesellschaft zuschreiben, ist tatsächlich die Ansicht der Mittelklasse über das Ethos der Mittelklasse. Die Gestalten aus der Arbeiterklasse in Dickens' Werken sind alle sehr komisch (oder sehr pathetisch); ihm steht ein unvergleichliches Repertoire grotesker Figuren zur Verfügung; wollen wir die kalte Realität zu Gesicht bekommen, müssen wir anderswohin gehen: zu Mayhew, zu den großen Berichten der Parlamentskommisionen und so weiter; nirgends gilt das mehr als im sexuellen Aspekt ihres Lebens, den Dickens (der an sich hier nicht ganz authentisch mitreden kann) und seine Kollegen so vollständig verzerrt wiedergegeben haben. Der harte Tatbestand – ich würde ihn lieber weich nennen, aber das tut nichts zur Sache –, der dem Leben auf dem Land im viktorianischen

England zugrunde liegt, war der, daß das, was eine unkomplizierte Zeit »Nicht die Katze im Sack kaufen« nennt (in unserer Ausdrucksweise: vorehelicher Geschlechtsverkehr), die Regel, nicht die Ausnahme darstellte. Lassen Sie sich dies von einer noch lebenden Dame bestätigen, die 1883 geboren wurde und deren Vater der Arzt Thomas Hardys war.

Das Leben des Landarbeiters im neunzehnten Jahrhundert unterschied sich sehr von dem heute. So war zum Beispiel unter den Landleuten von Dorset die Empfängnis vor der Ehe völlig normal, und die Hochzeit fand nicht vor dem eindeutigen Bestehen einer Schwangerschaft statt . . . den Grund bildeten die niedrigen Landarbeiterlöhne und die Notwendigkeit, zusätzliche Arbeitskräfte zum Verdienen in der Familie zu haben.*

* Ein zusätzlicher wirtschaftlicher Grund war das diabolische System, allen unverheirateten Männern – auch wenn sie in jeder anderen Hinsicht Männerarbeit verrichteten –, nur den halben Lohn der verheirateten Männer zu bezahlen. Diese glänzende Methode, sich einer genügenden Zahl von Arbeitskräften – um den im Folgenden genannten Preis – zu versichern, verschwand erst, als allgemein landwirtschaftliche Maschinen aufkamen. Erwähnt mag noch werden, daß Dorset, der Schauplatz des Tolpuddle Martyrdom, die am schändlichsten ausgebeutete landwirtschaftliche Gegend Englands war.

Hier ein Zeugnis des Reverend James Fraser aus dem Jahr 1867: ›Sittsamkeit muß eine unbekannte Tugend, Anständigkeit etwas Unvorstellbares sein, wenn in einer kleinen Kammer die Betten so dicht aneinander gestellt sind, wie es nur möglich ist, und wenn darin Vater, Mutter, Jünglinge, Burschen, ganz oder halb erwachsene Mädchen – zwei und manchmal drei Generationen – ohne Trennung der Geschlechter zusammengepfercht sind; wo jeder Vorgang der Toilette und der Natur, das Anziehen und das Entkleiden, Geburt und Tod, von jedem so vollzogen wird, daß alle anderen Augen- und Ohrenzeugen dessen sind, wo die ganze Atmosphäre von Sinnlichkeit erfüllt ist und der Mensch auf ein Niveau unter den Schweinen herabgedrückt wird . . . Fälle von Blutschande sind alles andere als ungewöhnlich. Wir beklagen die voreheliche Unkeuschheit unserer Frauen, das lockere Reden und Benehmen unserer Mädchen, die auf den Feldern arbeiten, die Leichtfertigkeit, in der Mädchen mit ihrer Ehre umgehen; wie selten kocht das Blut der Eltern oder Brüder dabei vor Scham – hier, in diesem Zusammengepferchtsein liegt die Schuld und die Ursache alles dessen . . .‹

Dahinter lauerten noch grimmigere Gestalten, die in jedem Ghetto seit Anbeginn der Zeit zuhause sind: Skrofeln, Cholera, endemischer Typhus und Tuberkulose.

Ich bin nun in den Schatten, den sehr bedeutsamen Schatten des großen Schriftstellers getreten, der über jenem Teil Englands aufragt, von dem hier die Rede ist. Wir erinnern uns, daß Hardy der erste war, der es unternahm, das Siegel zu lösen, das die Mittelklasse der viktorianischen Zeit auf die Pandorabüchse des Sexuellen gedrückt hatte. Dabei ist es von nicht geringem Interesse (und gewiß höchst paradox), daß er das Siegel seines eigenen Geschlechtslebens und das seiner unmittelbaren Vorfahren fanatisch schützte. Natürlich war das – und wird es sein – sein Recht, das ihm niemand streitig machen kann. Aber wenige literarische Geheimnisse sind so wohl bewahrt worden. Dieses wurde erst in den fünfziger Jahren unseres Jahrhunderts enthüllt. Dieses Geheimnis zusammen mit der Realität, wie ich sie hinsichtlich des Landlebens im viktorianischen England zu schildern versuchte, gibt die Antwort auf Edmund Gosse's berühmten Vorwurf: »Was hat die Vorsehung Mr. Hardy getan, daß er über dem Ackerland von Wessex aufsteht und die Faust gegen seinen Schöpfer ballt?« Mit ebensoviel Berechtigung hätte er fragen können, weshalb die Atriden ihre bronzenen Fäuste gegen den Himmel von Mykene ballten.

Es ist hier nicht der Ort, tiefer in die Schatten um Egdon Heath einzudringen. Aber es steht endgültig fest, daß Hardy 1867 als Siebenundzwanzigjähriger von seinen Architekturstudien in London nach Dorset zurückkehrte und sich dort unsterblich in seine sechzehnjährige Kusine Tryphena verliebte. Sie feierten Verlobung. Fünf Jahre später wurde, zum fassungslosen Erstaunen aller, die Verlobung gelöst. Es ist nun zwar nicht absolut erwiesen, aber ziemlich sicher, daß die Auflösung deshalb erfolgte, weil Hardy auf ein sehr unheimliches Geheimnis seiner Familiengeschichte stieß: Tryphena war nicht seine Kusine, sondern die uneheliche Tochter seiner unehelichen Halbschwester. Zahllose Gedichte Hardys geben dafür einen Hinweis: *At the wicked gate, She did not turn, Her immortality** und viele andere. Bewiesen ist, daß es mütterlicherseits in der Familie kurz vorher mehrere Unregelmäßigkeiten gegeben hat. Hardy selbst wurde fünf Monate vor der Trauung seiner Eltern geboren. Pietätvolle Gemüter haben manchmal

* Nicht das bedeutendste, aber das in diesem Zusammenhang aufschlußreichste aller Gedichte, das Hardy schrieb. Die erste Version dürfte 1897 entstanden sein. Gosses Schlüsselfrage kommt in einer Besprechung von ›Jude the Obscure‹ vom Januar 1896 vor.

behauptet, die Verlobung sei aus Standesrücksichten in die Brüche gegangen – er, der aufstrebende junge Meister, konnte sich nicht an ein einfaches Dorsetmädchen binden. Wahr ist, daß er im Jahr 1874 über seinen Stand die entsetzlich gefühllose Lavinia Gifford heiratete. Aber Tryphena war eine außergewöhnliche junge Dame: mit zwanzig wurde sie Leiterin einer Schule in Plymouth, nachdem sie als fünftbeste die Lehrerbildungsanstalt in London verlassen hatte. Man kann daher schwerlich bestreiten, daß irgendein schreckliches Familiengeheimnis sie zwang, sich zu trennen. Einesteils war es natürlich ein segensreiches Geheimnis, denn nie hat ein anderer englischer Genius sich so einer Muse gewidmet, sich so einer einzigen Muse verpflichtet. Daher haben wir seine größten Liebeselegien. Daher haben wir Sue Bridehead und Tess, in denen wir Tryphena im Geist sehen; *Jude the Obscure* enthält in Hardys eigenhändigem Vorwort eine stillschweigende Widmung an sie: »Der Plan wurde 1890 gefaßt . . . gewisse Umstände wurden mir durch den Tod einer Frau nahegebracht . . .« Tryphena, die einen anderen geheiratet hatte, starb 1890.

Diese Spannung also – zwischen Sinnenlust und Verzicht, unauslöschlicher Erinnerung und unaustilgbarer Verdrängung, lyrischer Hingabe und tragischem Pflichtbewußtsein, zwischen schmutzigen Fakten und ihrer edlen Verwendung – spornte einen der größten Schriftsteller jener Zeit an und erklärt ihn zugleich. Darüber hinaus prägt sie das Zeitalter als solches. Um Sie daran zu erinnern, bin ich abgeschweift.

Nun wollen wir wieder zu unserer Geschichte zurückkehren. Sie werden jetzt erraten, was Sam und Mary bei der Scheune suchten; und da dies nicht das erstemal war, werden Sie vielleicht auch Marys Tränen begreifen . . . und wieso sie etwas mehr über Sünde wußte, als man beim ersten Anblick ihres neunzehnjährigen Gesichts erwartet hätte; oder was man bei dem Gesicht eines anderen gebildeten, wenn auch drei Jahre jüngeren Mädchens, das wirklich gelebt hat, erwarten würde, wenn man etwas später im gleichen Jahr durch Dorset gekommen wäre; für alle Ewigkeit unergründlich steht sie neben derm blassen jungen Architekten, der erst kürzlich nach fünf traurigen Jahren in der Hauptstadt hierher zurückgekehrt ist und darangeht *(Till the flame had eaten her breasts, and mouth and hair),* das perfekte Sinnbild für das größte Geheimnis seines Jahrhunderts zu werden.

36

Mit brennender Stirn
Nicht mehr aufzuhalten
Springt sie ins Abenteuer der Zukunft
Keiner, den da nicht Verlangen ergreift.
Tennyson, *In Memoriam* (1850)

Vor hundert Jahren war Exeter von der Hauptstadt viel weiter entfernt als heute; darum sorgte die Stadt auch besser für gewisse schlimme Annehmlichkeiten als heute, da sich ganz Britannien in London zusammendrängt, wenn es sich amüsieren will. Es wäre übertrieben, wollte ich behaupten, in der City habe es 1867 ein Bordellviertel gegeben; dafür gab es ein bestimmtes Sperrgebiet, weit genug vom Stadtzentrum und vom Desinfektionsgeruch der Kathedrale. Dieses umfaßte einen Stadtteil, der sich zum Fluß hinuntersenkt und der einst – 1867 war diese Zeit schon vorüber –, als Exeter ein ansehnlicher Hafen gewesen war, das pulsierende Herz der Stadt darstellte. Es bestand aus einem Gewirr von schlecht erleuchteten, übelriechenden und dichtbevölkerten Straßen, in denen noch viele Häuser aus der Tudorzeit standen. Dort gab es Bordelle, Tanzsäle und Schnapsbuden; noch häufiger waren verschiedentlich lose bekleidete Mädchen und Frauen – ledige Mütter, Verheiratete, ein ganzes Volk, das aus den übervölkerten Dörfern und Kleinstädten Devons stammte. Kurz, es war ein bekannter Ort zum Untertauchen; vollgestopft mit billigen Herbergen und Gasthäusern, die dem in Weymouth gleichen, das Sarah beschrieben hatte: Heiligtümer, in denen man vor der strengen Moralflut sicher war, die sonst überall das Leben des Landes überschwemmte. Exeter bildete in dieser Hinsicht keine Ausnahme – alle größeren Provinzstädte mußten damals Platz für diese unglückselige Armee von Frauen finden, die im Kampf um die universelle Reinheit der Männer verwundet worden waren. Am Rand dieses Gebiets stand in einer Straße eine Reihe von Häusern aus dem achtzehnten Jahrhundert. Zur Zeit ihrer Erbauung hatten sie zweifellos einen hübschen Ausblick hinunter zum Fluß. Aber Lagerhäuser waren emporgewachsen und versperrten jetzt den Ausblick; nun hatten die Häuser das Zutrauen in ihre natürliche Eleganz ganz sichtbar eingebüßt. Dem Holzwerk fehlte der Anstrich, den Dächern Ziegel, die Türfüllungen waren beschädigt. Eins oder zwei waren noch Privathäuser; die fünf in der

Mitte, denen ein lästerlicher brauner Anstrich auf den ursprünglichen Ziegelmauern eine schäbige Einheitlichkeit verlieh, präsentierten sich als Hotel – das zeigte ein großes Holzschild mit der Aufschrift ›Endicotts Familienhotel‹ über der Einfahrt des Mittelgebäudes an. Eigentümerin und Betreuerin war, wie eben das Schild die Vorübergehenden informierte, Mrs. Martha Endicott, als deren Hauptmerkmal wir das Fehlen jeglicher Neugier hinsichtlich der Herkunft ihrer Kundschaft bezeichnen können. Sie war eine richtige Devonfrau; das heißt, sie sah nicht die Gäste, die bei ihr absteigen wollten, sondern nur das Geld, das aus deren Verbleiben sich ergab. Dementsprechend klassifizierte sie die Gäste in ihrem kleinen Büro neben der Halle: Zehnshillingsleute, Zwölfshillingsleute, Fünfzehnshillingsleute, und so weiter . . . die Aufenthaltskosten pro Woche. Wer gewohnt ist, fünfzehn Shilling hinzulegen, sooft er in einem modernen Hotel die Klingel bedient, darf nicht meinen, daß die Preise in ihrem Hotel billig waren; die normale Hausmiete betrug damals einen Shilling pro Woche, höchstens zwei. Sehr hübsche Häuschen in Exeter konnte man für sechs oder sieben Shilling mieten; zehn Shilling wöchentlich für das billigste Zimmer, freilich ohne sichtbare Berechtigung außer der Habgier der Eigentümerin, machten Endicotts Familienhotel zu einem Haus erster Klasse.

Ein grauer Abend wird zur Nacht. Der lange Stock des Laternenanzünders hat die zwei Gaslampen auf dem jenseitigen Gehsteig zum Leuchten gebracht; sie bescheinen die rohe Ziegelmauer des Lagerhauses. In den Hotelzimmern brennt hie und da Licht; heller im Erdgeschoß, matter weiter oben, denn in vielen viktorianischen Häusern hielt man Gasbeleuchtung in allen Stockwerken für zu teuer, und so behalf man sich oben mit Öllampen. Durch ein Fenster im Erdgeschoß, das neben dem Haupttor liegt, kann man Mrs. Endicott selbst sehen, die an einem Tisch neben dem Kachelofen über ihre Bibel gebeugt sitzt – nämlich ihr Hauptbuch; wenn wir von jenem Fenster die Diagonale zu dem äußersten rechten Fenster im obersten Stockwerk ziehen, das noch dunkel ist und dessen Vorhänge noch nicht zugezogen sind, dann haben wir ein gutes Beispiel für einen Zwölfeinhalber vor uns – diesmal meine ich das Zimmer, nicht den Gast.

In Wirklichkeit sind es zwei Zimmer, ein kleiner Salon und ein noch kleinerer Schlafraum – so hat man einen einzigen Raum von normalen Maßen aus dem achtzehnten Jahrhundert unterteilt. Die Tapete an den Wänden zeigt ein unbestimmbares Muster aus dunkelbraunen winzigen Blümchen. Da ist ein zerrissener Teppich, ein dreibeiniger Tisch mit runder Platte, bedeckt mit einer dunkelgrünen Ripsdecke, an deren Ecken einmal jemand versucht hat, das Sticken zu lernen – augenscheinlich war es der allererste Versuch; zwei klobige Armstühle, mit Schnitzerei überladenes Holzwerk, garniert mit verschossenem, flohfarbenem Samt; eine dunkelbraune Kommode aus Mahagoni. An der Wand ein bräunlicher Druck, Charles Wesley darstellend, und ein sehr schlechtes Aquarell der Kathedrale von Exeter – das Mrs. Endicott vor Jahren von einer Lady in bescheidenen Verhältnissen zögernd an Zahlungsstatt angenommen hat. Darin bestand, abgesehen von ein paar klapprigen Kleinigkeiten, die Einrichtung des Zimmers. Im Kamin brannte ein winziges Feuerlein, jetzt nur schlummernde Glut. Nur ein Detail rettete den Raum: die weiße Marmorumkleidung des Kamins aus dem achtzehnten Jahrhundert, die oben anmutige Nymphen mit Blumenfüllhörnern zeigte. Vielleicht drückten ihre klassischen Gesichter seit jeher eine gewisse Überraschung aus; jetzt schien es gewiß, da sie sahen, welch furchtbaren Wandel nur hundert Jahre in der Kultur einer Nation herbeiführen können. Sie erblickten das Licht der Welt in einem hübschen, holzgetäfelten Raum; jetzt fanden sie sich in einer muffigen Zelle wieder.

Sicherlich hätten sie, wären sie dazu imstande gewesen, jetzt einen Seufzer der Erleichterung ausgestoßen, als sich die Tür öffnete und der bisher unsichtbar gebliebene Zimmerbewohner schattenhaft in der Öffnung stand. Dieser seltsam geschnittene Mantel, dieser schwarzer Hut, dieses indigoblaue Kleid mit dem weißen Kragen . . . aber Sarah kam rasch, fast gierig herein.

Es war nicht ihre Ankunft in Endicott's Familienhotel. Wie sie wenige Tage zuvor hergekommen war, ist rasch erzählt. Als Mädchen hatte sie an der Lehrerinnenakademie von Exeter studiert; damals hatte man aus dem Namen des Hotels einen Witz gemacht und scherzhaft die Vermutung daran geknüpft, die Endicott-Familie sei so zahlreich, daß sie ein ganzes Hotel zu ihrer Verfügung brauche.

Sarah war am Hotel »Schiff« ausgestiegen, wo die Postkutschen aus Dorchester ihre Endstation hatten. Ihr Gepäck, das am Vortag angelangt war, stand neben ihr. Ein Träger fragte sie nach dem Wohin. Und in einem Augenblick der Panik fiel ihr kein anderer Name ein als dieser Scherzname, an den sie sich undeutlich erinnerte. Der Gesichtsausdruck des Trägers hätte ihr sagen müssen, daß sie nicht den vornehmsten Aufenthaltsort in Exeter gewählt hatte. Aber er schulterte ohne Widerrede ihr Gepäck, und sie folgte ihm durch die Stadt bis in das oben beschriebene Viertel. Der Eindruck, den der Ort auf sie machte, gefiel ihr nicht. Wiewohl sie ihn nur einmal gesehen hatte, war er in ihrer Erinnerung gemütlicher, würdiger, offener. Aber Bettler dürfen nicht wählerisch sein. Es erleichterte sie eher, daß ihr Alleinsein nicht Anlaß für einen Kommentar bot. Sie zahlte die Wochenmiete für ein Zimmer im Voraus, und das war offenbar Empfehlung genug. Eigentlich hatte sie den allerbilligsten Raum nehmen wollen, aber als sie hörte, daß sie für zehn Shilling nur einen Einzelraum, für eine zusätzliche halbe Krone aber einen und einen halben haben konnte, änderte sie ihren Entschluß.

Rasch betrat sie das Zimmer und schloß die Tür. Ein Streichholz wurde entzündet und an den Docht der Lampe gehalten. Der Schirm aus Milchglas erhellte nach Einsetzen des Zylinders sanft die Nacht. Dann riß sie ihren Hut herunter und schüttelte auf ihre charakteristische Art ihre Haare frei. Die Tasche aus Segeltuch, die sie mitgebracht hatte, stellte sie auf den Tisch, offenbar war sie zu sehr darauf bedacht, sie auszupacken, als daß sie sich erst mit dem Ausziehen des Mantels geplagt hätte. Langsam und sorgfältig entnahm sie der Tasche der Reihe nach eine Anzahl eingewickelter Gegenstände und stellte sie auf die grüne Tischdecke. Dann setzte sie die Tasche auf den Fußboden und machte sich ans Auspacken ihrer Erwerbungen.

Sie begann mit einer Staffordshire-Teekanne, auf der in hübschen Farben ein Bild zu sehen war: ein Strom trägt eine Hütte mit zwei Liebenden mit sich fort (die Liebenden sah sie sich genau an); dann einen Figurenkrug, nicht eines jener grellgefärbten viktorianischen Monstren, ein zartes kleines Ding in Blaßviolett und Primelgelb; das Gesicht des Spaßmachers war mit einer zartblauen Glasur überzogen (Keramikexperten werden es als einen Ralph Leigh identifizieren). Diese beiden Gegenstände hatten Sarah in einem alten Porzellanladen neun Pence gekostet. Der Tobykrug war gesprungen; im Lauf der Zeit sollte er, wie ich bezeugen kann, noch einen Sprung bekommen; ich habe ihn nämlich vor zwei oder drei Jahren gekauft, allerdings für ziemlich viel mehr Geld als für die drei Pence, die Sarah dafür zahlte. Zum Unterschied von ihr hatte es mir der Ralph Leigh angetan, ihr das Lächeln.

Sarah besaß Kunstsinn, wenn wir ihn auch bisher noch nicht in

Aktion sahen; es war eine Reaktion auf ihre eigene fürchterliche Aufmachung. Über der Zeit, in der ihr kleiner Tobias entstanden war, hatte sie nicht die geringste Ahnung; aber sie fühlte unbestimmt, daß er viel gebraucht worden und durch viele Hände gegangen war ... Jetzt gehörte er ihr. *Er gehörte jetzt ihr* – sie stellte ihn auf den Kaminsims und blickte ihn, noch im Mantel, mit kindlicher Vertieftheit an, als wolle sie diesen ersten Zeugen ihres Besitzes bis ins letzte Atom in sich aufnehmen.

Schritte auf dem Gang draußen unterbrachen ihre Träumerei. Sie warf einen kurzen, aber scharfen Blick auf die Tür. Die Schritte entfernten sich. Nun zog Sarah den Mantel aus und schürte das Feuer; dann stellte sie einen geschwärzten Teekessel auf den Kamineinsatz. Dann wandte sie sich ihren übrigen Erwerbungen zu: einer zusammengedrehten Tüte mit Tee, einer mit Zucker, einer kleinen metallenen Milchkanne, die sie neben die Teekanne stellte. Dann nahm sie die letzten drei Pakete und ging damit ins Schlafzimmer. Dieses enthielt: ein Bett, einen Waschtisch mit Marmorplatte, einen kleinen Spiegel und einen traurigen Fetzen als Teppich. Das war alles.

Aber sie hatte nur Augen für ihre Pakete. Das erste enthielt ein Nachtkleid. Sie probierte es nicht an, sondern legte es aufs Bett; dann wickelte sie das nächste Paket aus. Es war ein dunkelgrüner Schal, Merinowolle, mit smaragdgrünen Seidenfransen. Diesen hielt sie in einer Art Trance vor sich hin – zweifellos wegen seines Werts, denn er hatte viel mehr gekostet als alle anderen Erwerbungen zusammen. Zuletzt hob sie ihn nachdenklich hoch, legte den feinen weichen Stoff an ihre Wange und blickte dabei auf ihr Nachtgewand; dann nahm sie eine Strähne ihres Haars – es war die erste wirklich weibliche Geste, die ich ihr zubillige – und hielt sie an das grüne Gewebe; gleich darauf entfaltete sie den Schal – er war einen Meter breit – und wand ihn um ihre Schultern. Wieder starrte sie, diesmal in den Spiegel; dann ging sie zum Bett zurück und ordnete den Schal um die Schultern des ausgebreiteten Nachtgewands.

Schließlich packte sie das letzte und kleinste Paket aus; aber es enthielt nur eine Rolle Verbandstoff, die sie ins andere Zimmer hinübertrug, wobei sie sich nicht enthalten konnte, das grünweiße Arrangement auf ihrem Bett noch eines Blicks zu würdigen. Den Verbandstoff legte sie in eine Lade der Mahagonikommode, eben als der Deckel des Teekessels zu klappern begann.

Charles' Börse hatte zehn Sovereigns enthalten, und das allein genügte, abgesehen davon, was sonst damit zusammenhing, um Sarahs Einzug in die große Welt zu ermöglichen. Seit sie zum erstenmal diese zehn Goldmünzen gezählt hatte, wiederholte sie die Prozedur jeden Abend. Nicht wie ein Geizhals, sondern wie einer, der sich denselben Film wieder und wieder ansieht – aus unwiderstehlichem Vergnügen an der Story und an bestimmten Einstellungen ...

Nach ihrer Ankunft in Exeter gab sie tagelang nichts als das Allernotwendigste aus und bestritt dies aus ihren eigenen armseligen Ersparnissen; aber sie sah sich die Läden an: Kleider, Stühle, Tische, Kolonialwaren, Weine, Hunderte von Dingen, die ihr bisher feindlich gesinnt schienen; sie hatten sie verhöhnt und verspottet, sie trugen zwei Gesichter wie die Leute von Lyme, sahen ihr nicht in die Augen, wenn sie daherkam, und grinsten ihr nach, wenn sie vorbei war. Deshalb hatte sie so lange gebraucht, eine Teekanne zu kaufen. Man kann sich ja auch mit dem Kessel behelfen; ihre Armut hatte sie an das Nichtbesitzen gewöhnt, hatte ihr jedes Verlangen, etwas Derartiges zu besitzen, so gründlich ausgetrieben, daß sie jetzt nichts von dem essen konnte, was sich ihr anbot. Sie war wie ein Seemann, der wochenlang auf die Ration eines halben Schiffszwiebacks pro Tag gesetzt war. Damit ist aber nicht gesagt, daß sie unglücklich war; ganz im Gegenteil. Sie genoß einfach die ersten Ferien, seit sie erwachsen war.

Sie bereitete den Tee. Goldene Flämmchen strahlten von der Kanne auf ihr Herz zurück. In dem stillen Licht, dem Prasseln, den Schatten, die das Feuer warf, schien sie auf etwas zu warten. Vielleicht nehmen Sie an, sie müsse über Charles oder von ihm etwas gehört haben, was sie so verändert, so offensichtlich ausgeglichen und mit ihrem Los zufrieden machte. Kein Wort. Ich will auch nicht weiter untersuchen, was in ihr vorging, als sie so das Feuer betrachtete, wie ich es nicht getan habe, als ihre Augen in Marlborough House in der stillen Nacht vor Tränen übergingen. Nach einer Weile raffte sie sich auf, ging zu der Kommode und nahm aus der obersten Schublade einen Teelöffel und eine Tasse ohne Untertasse. Sie goß sich auf dem Tisch Tee ein und wickelte dann das letzte ihrer Pakete aus. Es war eine kleine Fleischpastete. Dann begann sie, ohne Umstände zu essen.

37

Die Anständigkeit hat sich wie eine bleierne Decke über das ganze Land gelegt ... der Mann macht das Rennen, der diese große Gottheit mit ungeteiltester Ehrfurcht anbetet.

Leslie Stephen, *Sketches from Cambridge* (1856)

Die Bourgeoisie ... zwingt alle Nationen, die Produktionsweise der Bourgeoisie sich anzueignen, wenn sie nicht zugrunde gehen wollen; sie zwingt sie, die sogenannte Zivilisation bei sich selbst einzuführen, d. h. Bourgeois zu werden. Mit einem Wort, sie schafft sich eine Welt nach ihrem eigenen Bilde.

Marx, *Kommunistisches Manifest* (1848)

Charles' zweite formelle Unterredung mit Ernestinas Vater verlief weit unerfreulicher als die erste, obgleich das in keiner Weise die Schuld Mr. Freemans war. Trotz seiner geheimen Aversion gegen die Aristokraten – sie waren in seinen Augen lauter Drohnen – war er in seiner äußeren Lebensführung ein Snob. Er machte es sich zur Aufgabe, die er ebenso sorgsam behandelte, wie seine sonstigen einträglichen Aufgaben, in jeder Hinsicht als Gentleman aufzutreten. Er glaubte auch ein perfekter Gentleman zu sein; vielleicht liegt es nur an seiner Besessenheit, als solcher zu gelten, daß wir auf einen gewissen inneren Zweifel daran schließen. Diese Frischgemusterten zum Heer des gehobenen Mittelstands befanden sich in einer schwierigen Lage. Sie mußten sich einerseits sagen, daß sie gesellschaftlich gesehen nur Rekruten waren, wußten aber andererseits sehr gut, daß sie in ihrer eigenen Welt des Geschäfts als mächtige Offiziere auftraten. Einige von ihnen, wie Mr. Jorrocks, eigneten sich vollkommen die Zielsetzungen, den Ehrenkodex und die Sitten des alten Landadels an: das war ihre Tarnfarbe. Andere, wie Mr. Freeman, suchten das Verhältnis neu zu definieren. Mr. Freeman besaß in den Fichtenwäldern von Surrey eine herrschaftliche Villa, in der sich aber seine Frau und seine Tochter häufiger aufhielten als er selbst. Er war seinerseits ein Vorläufer des reichen Pendlers unserer Tage, nur daß er ausschließlich seine Wochenenden dort verbrachte, und das kaum zu einer anderen Zeit als im Sommer. Während seine modernen Nachfahren solche Stätten zum Golfspielen, zum Rosenzüchten, zum Ginsaufen oder zum Ehebruch aufsuchen, ging Mr. Feeman aus Seriosität hin.

Ja, Profit und Seriosität (in dieser Reihenfolge): das hätte sein Motto sein können. Er hatte von der bedeutsamen sozialökonomischen Veränderung profitiert, die zwischen 1850 und 1870 stattfand – der Akzentverlagerung von der Fabrik zum Laden, vom Produzenten zum Konsumenten. Die erste große Woge des Massenkonsums hatte seinen Rechnungsbüchern recht gut getan; zum Ausgleich, und in Nachahmung einer früheren Generation puritanischer Profitmacher, die auch die Jagd auf die Sünder der auf den Fuchs vorzogen, wurde er in seinem Privatleben äußerst seriös und christlich. Auch heute beschäftigen sich ja manche Industriekapitäne mit dem Sammeln von Kunstwerken oder überziehen ihre vorzüglichen Investitionen mit der hübschen Patina der Philantrophie; so opferte Mr. Freeman ordentlich für die *Society for the Propagation of Christian Knowledge* (Gesellschaft zurVerbreitung der christlichen Lehre) und ähnliche militante Wohltätigkeitsorganisationen. Seine Lehrlinge, Volontäre und das übrige Personal waren nach unseren Begriffen erbärmlich untergebracht und scheußlich ausgebeutet; nach dem Maßstab von 1867 war Freemans Betrieb außerordentlich fortschrittlich, ein Muster seiner Art. Wenn ihn der Himmel aufnahm, hatte er eine hübsche Arbeitsleistung vollbracht, und seine Erben durften davon profitieren. Er war ein ernster Mann, der aussah wie ein Schuldirektor, mit scharfen grauen Augen, deren kluger Blick allen, die unter ihn gerieten, das Gefühl gab, nichts anderes zu sein als ein minderwertiges Stück Tuch. Charles' Nachricht hörte er sich jedoch ohne Zeichen von Bewegung an, obgleich er ernst nickte, als Charles seine Darlegung geschlossen hatte. Es folgte eine Pause. Die Unterredung fand im Arbeitszimmer Mr. Freemans in seinem Haus am Hyde Park statt.

Der Raum gab über den Beruf seines Eigentümers keinen Aufschluß. An den Wänden standen feierliche Bücherreihen in entsprechendem Einband; eine Büste von Marc Aurel (oder war es Lord Palmerstone im Bad?); ein bis zwei große Kupferstiche unbestimmten Charakters; ob sie Karnevalszüge oder Schlachten darstellten, war schwer zu erraten; nur gewann man aus ihnen den Eindruck einer sehr primitiven Humanität, weit entfernt von jener, die sie jetzt umgab.

Mr. Freeman räusperte sich und blickte auf den rotgoldenen Saffianbezug seines Schreibpults; er schien eine Erklärung vorzubereiten, änderte dann aber seine Absicht. »Das kommt höchst überraschend. Höchst überraschend.«

Wieder entstand eine Pause, in der Charles sich halb irritiert, halb belustigt fühlte. Er sah ein, es war jetzt an ihm, eine Dosis dieses feierlichen Herrn Papas einzunehmen. Da er es aber selbst heraufbeschworen hatte, konnte er nur die nachfolgende Stille über sich ergehen lassen und die unbefriedigende Antwort hinunterschlucken. Mr. Freeman hatte tatsächlich bei sich selbst eher wie ein Geschäftsmann als wie ein Gentleman reagiert. Der Gedanke, der ihm sofort durch den Kopf schoß, war, daß Charles nun um eine Erhöhung der Mitgift einkomme. Das konnte er sich ohne weiteres leisten; aber gleichzeitig war bei ihm die schreckliche Vermutung aufgetaucht, Charles habe von der bevorstehenden Heirat seines Onkels die ganze Zeit gewußt. Das einzige, was er nicht mochte, war, daß man ihn bei einem wichtigen Geschäftsabschluß übers Ohr haute – und dieser Abschluß betraf ja den Gegenstand, den er am meisten liebte.

Endlich brach Charles das Schweigen. »Ich brauche nicht hinzuzufügen, daß auch für mich dieser Entschluß meines Onkels sehr überraschend gekommen ist.«

»Natürlich, natürlich.«

»Aber ich hielt es für meine Pflicht, Ihnen dies sofort, und zwar persönlich, mitzuteilen.«

»Sehr korrekt von Ihnen. Und Ernestina . . . weiß sie es?«

»Sie war die erste, der ich es mitteilte. Sie steht natürlich unter dem Einfluß der Zuneigung, die sie zu schenken mir die Ehre gab.« Charles zögerte, dann griff er in die Tasche. »Ich überbringe einen Brief von ihr an Sie.«

Er erhob sich und legte den Brief auf das Schreibpult, wo ihn Mr. Freeman, offenbar mit anderen Gedanken beschäftigt, mit seinen klugen grauen Augen anstarrte.

»Sie haben außerdem ja noch ein ausreichendes Privateinkommen, nicht wahr?«

»Ich kann nicht behaupten, daß ich arm geworden bin.«

»Außerdem müssen wir mit der Möglichkeit rechnen, daß Ihr Onkel nicht das Glück hat, einen Erben zu erhalten?«

»Richtig.«

»Und die Gewißheit, daß Ernestina ja nicht ohne hinreichende Mitgift die Ihre wird?«

»Sie haben sich als sehr großzügig erwiesen.«

»Und eines Tages werde ich in die ewige Ruhe eingehen.«

»Aber verehrter Herr, ich –«

Der Gentleman hatte gesiegt. Mr. Freeman erhob sich.

»Wir dürfen das unter uns aussprechen. Ich werde ganz offen zu Ihnen sein, mein lieber Charles. Meine Überlegungen betreffen in erster Linie das Glück meiner Tochter. Ich muß Ihnen jedoch nicht sagen, welchen Wert sie in finanzieller Hinsicht repräsentiert. Als Sie mich um ihre Hand baten, bestand Ihre Empfehlung in meinen Augen nicht zum geringsten Teil darin, daß gleiches Ansehen und gleiches Vermögen auf beiden Seiten die Alliance begründen würden. Sie haben mir versichert, daß die Änderung Ihrer Verhältnisse Sie wie ein Blitz aus heiterem Himmel getroffen hat. Keiner, der ihre moralische Integrität kennt, könnte Ihnen ein unedles Motiv unterschieben. Das ist mein einziger Gesichtspunkt.«

»Es ist ganz unbedingt auch der meine, Sir.«

Wieder folgte eine Pause. Beide wußten, was damit in Wirklichkeit gemeint war: daß die Heirat jetzt boshaftem Tratsch ausgeliefert war. Man würde sagen, Charles habe noch vor seinem Antrag Wind von dem drohenden Verlust seiner Chancen bekommen. Man würde über Ernestina spötteln, die nun den Titel verlor, den sie sich anderswo leicht hätte kaufen können.

»Ich möchte nun den Brief lesen. Entschuldigen Sie mich bitte.«

Er nahm den Brieföffner aus solidem Gold zur Hand und öffnete den Umschlag. Charles ging an ein Fenster und blickte hinaus auf die Bäume des Hyde Park. Jenseits der Wagenschlange auf der Bayswater Road sah er ein Mädchen – eine Verkäuferin oder ein Dienstmädchen –, das auf einer Bank vor dem Gitter wartete; eben kam ein Soldat in roter Uniform daher. Er salutierte – sie drehte sich um. Ihr Gesicht konnte man aus der Entfernung nicht sehen, aber aus der Raschheit ihrer Bewegung war zu entnehmen, daß es sich um ein Liebespaar handelte. Der Soldat nahm ihre Hand und drückte sie für einen Augenblick an sein Herz. Sie sprachen miteinander. Dann schob sie ihre Hand unter seinen Arm, und sie gingen langsam der Oxford Street zu. Charles war von dieser kleinen Szene ganz gefangen und erschrak, als Mr. Freeman, den Brief in der Hand, lächelnd zu ihm trat.

»Vielleicht sollte ich Ihnen vorlesen, was sie im Postscriptum schreibt.« Er rückte die silbergeränderte Brille zurecht. »Wenn Du Charles' Unsinn nur einen Augenblick Gehör schenkst, bringe ich ihn so weit, daß er mit mir nach Paris fliegt.« Er sah Charles trocken an. »Es scheint, wir haben keine Wahl.«

Charles lächelte schwach. »Doch wenn Sie noch etwas Zeit zur Überlegung brauchen . . .«

Mr. Freeman legte dem Zweifelnden die Hand auf die Schulter.

»Ich werde ihr sagen, daß ich ihren Erwählten im Unglück noch bewundernswerter finde als in guten Zeiten. Ich glaube, je rascher Sie nach Lyme zurückkehren, desto besser.«

»Sie erweisen mir große Güte.«

»Wenn Sie meine Tochter so glücklich machen, erweisen Sie mir eine noch größere. Ihr Brief ist keineswegs nur so frivol.« Er nahm Charles beim Arm und führte ihn zurück ins Zimmer. »Und mein lieber Charles . . .« diese Wendung bereitete Mr. Freeman ein gewisses Vernügen, ». . . ich glaube nicht, daß es allzu schlecht ist, wenn man sich anläßlich der bevorstehenden Hochzeit in seinen Ausgaben ein wenig einschränken muß. Sollten es aber die Umstände . . . Sie wissen, was ich meine.«

»Sehr gütig . . .«

»Wir wollen nicht mehr davon reden.«

Mr. Freeman zog einen Schlüsselbund heraus und öffnete eine Lade seines Schreibpults. Er legte den Brief seiner Tochter hinein, als sei er ein kostbares Staatsdokument; vielleicht wußte er aber auch über die Dienstboten besser Bescheid als die meisten Dienstherren der viktorianischen Zeit. Er verschloß das Pult wieder und sah Charles an, der das unangenehme Gefühl hatte, jetzt selbst ein Angestellter geworden zu sein – ein bevorzugter, gewiß, aber irgendwie doch zur Verfügung dieses Giganten. Es sollte noch schlimmer kommen. Vielleicht war nicht allein der Gentleman ausschlaggebend für Mr. Freemans Güte gewesen.

»Da es sich so schickt, möchte ich Ihnen gern mein Herz in einer anderen Angelegenheit öffnen, die Ernestina und Sie betrifft.«

Charles verbeugte sich höflich, aber Mr. Freeman schienen im Augenblick die passenden Worte nicht zur Verfügung zu stehen. Er legte etwas umständlich den Brieföffner auf seinen Platz zurück, ging dann zum Fenster, das sie eben erst verlassen hatten, und kehrte dann zurück. »Mein lieber Charles, ich betrachte mich in jeder Hinsicht als glücklichen Mann. Es gibt nur eine Ausnahme.« Er wandte sich an den Teppich. »Ich habe keinen Sohn.« Wieder unterbrach er sich und blickte seinen künftigen Schwiegersohn prüfend an. »Ich weiß, daß der Handel Sie abstößt. Er ist keine Beschäftigung für einen Gentleman.«

»Das ist nur eine Redensart. Dafür sind Sie selbst der lebende Beweis.«

»Glauben Sie? Oder gebrauchen Sie mir gegenüber vielleicht nur eine andere Redensart?«

Die eisengrauen Augen waren plötzlich sehr direkt. Einen Augenblick wurde Charles unsicher. Er breitete die Arme aus. »Ich sehe nur, was jeder intelligente Mensch sehen muß – die große Nützlichkeit des Handels, die wesentliche Rolle, die er für unsere Nation –«

»Ach so. Das sagt jeder Politiker. Sie müssen es sagen, denn die Wohlfahrt unseres Landes hängt davon ab. Würde es Ihnen auch gefallen, wenn man von Ihnen sagte, Sie seien ... im Handel tätig?«

»Diese Möglichkeit kam nie in Betracht.«

»Aber gesetzt, sie käme in Betracht?«

»Sie meinen, ich ...« Endlich begriff er, worauf sein Schwiegervater hinauswollte; und als er sein Erschrecken sah, machte der Schwiegervater eilig wieder dem Gentleman Platz.

»Natürlich denke ich nicht daran, daß Sie sich mit den alltäglichen Angelegenheiten meines Geschäfts abgeben sollen. Das ist Sache meiner Prokuristen, meiner Angestellten und so weiter. Aber mein Geschäft blüht auf, Charles. Im nächsten Jahr werden wir Warenhäuser in Bristol und Birmingham eröffnen. Und das ist nur der Anfang. Ich kann Ihnen kein Empire auf der Landkarte anbieten. Aber ich bin überzeugt, daß eines Tages etwas wie ein Empire auf Ernestina und Sie zukommen wird.« Mr. Freeman begann, auf und ab zu gehen. »Ich würde nichts sagen, wenn Ihre zukünftigen Aufgaben eindeutig darin bestünden, daß Sie das Gut Ihres Onkels verwalten. Aber Sie sind energisch, intelligent, sehr tüchtig ...«

»Aber ich bin doch so gut wie völlig unwissend auf dem Gebiet, das Sie so gütig sind, mir vorzuschlagen.«

Mr. Freeman schob den Einwand beiseite. »Die geschäftlichen Dinge brauchen Übung, aber die Fähigkeit, sich Respekt zu verschaffen, gute Menschenkenntnis – das zählt viel mehr. Und in dieser Hinsicht halte ich Sie nicht für unbegabt.«

»Ich fürchte, mir ist noch nicht ganz klar, was Sie sich vorstellen.«

»Ich stelle mir im Augenblick gar nichts vor. Die nächsten ein, zwei Jahre haben Sie genug mit Ihrer Ehe zu tun. In dieser Zeit werden Sie sich um sonst nichts kümmern und für nichts anderes interessieren können. Sollte aber ein Tag kommen, da es Sie ... unterhalten würde, mehr von dem bedeutenden Unternehmen kennenzulernen, das Sie einmal durch Ernestina erben werden, dann würde mir ... und, wie ich hinzufügen darf, meiner Frau ...

nichts größere Freude bereiten, als dieses Interesse zu fördern.«

»Ich möchte am allerwenigsten undankbar erscheinen, aber ... das heißt, es entspricht so gar nicht meinen natürlichen Neigungen, wie wenig begabt ich auch bin ...«

»Ich schlage Ihnen nichts anderes vor als eine Partnerschaft. Praktisch ausgedrückt, nichts Lästigeres, um damit zu beginnen, als gelegentlich das Hauptbüro aufzusuchen, sich einen ganz allgemeinen Überblick über die Vorgänge zu verschaffen. Ich glaube, Sie wären überrascht, welcher Art die Menschen sind, die ich jetzt in den verantwortlichen Positionen beschäftige. Man braucht sich durchaus nicht zu schämen, sie kennenzulernen.«

»Ich versichere Sie, mein Zögern ist in keiner Weise auf Standesüberlegungen zurückzuführen.«

»Dann kann es nur Ihrer Bescheidenheit entspringen. Und hier, mein lieber junger Mann, beurteilen Sie sich falsch. Der Tag, von dem ich sprach, wird kommen. Dann bin ich nicht mehr. Sie können natürlich über das, was ich mein Leben lang aufgebaut habe, verfügen. Sie können gute Prokuristen finden, die das Werk an Ihrer Statt führen. Aber ich weiß, wovon ich spreche. Ein erfolgreiches Unternehmen braucht einen aktiven Inhaber wie eine gute Armee einen General. Alle tapferen Soldaten der Welt nutzen nichts, wenn er nicht auf seinem Platz ist, um die Schlacht zu leiten.«

Unter dem ersten Ansturm dieses sprechenden Vergleichs fühlte sich Charles wie Jesus von Nazareth in der Versuchung durch Satan. Auch dieser war in der Wüste gewesen, das machte den Vorschlag noch verführerischer. Aber er war ein Gentleman; und Gentlemen beschäftigen sich nicht mit Handel. Er wollte das erklären, aber es gelang ihm nicht. In einer geschäftlichen Aussprache ist aber Unentschiedenheit ein Zeichen von Schwäche. Mr. Freeman nahm seine Chance wahr.

»Sie werden mich nie dahin bringen, daß ich zugebe, wir alle stammten von Affen ab. Ich halte diese Behauptung für eine Gotteslästerung. Aber ich habe über manches, was Sie im Verlauf unserer kleinen Meinungsverschiedenheiten geäußert haben, viel nachgedacht. Ich möchte, daß Sie wiederholen, was Sie – was war es nur gleich – über das Ziel dieser Evolutionstheorie gesagt haben. Eine Art muß sich verändern ...?«

»Um zu überleben. Sie muß sich den Veränderungen ihrer Umgebung anpassen.«

»Sehr richtig. Nun, das glaube ich auch. Ich bin zwanzig Jahre älter als Sie. Ich habe ferner mein Leben in einer Situation zugebracht, in der einer nicht überleben kann, wenn er sich nicht, und zwar gründlich, verändert, um sich dem Tagesgeschmack anzupassen. Dann geht er bankrott. Auch Sie wissen, daß die Zeiten sich ändern. Wir leben in einem Zeitalter großer Fortschritte. Der Fortschritt ist wie ein feuriges Pferd. Entweder einer reitet es, oder er wird von ihm geritten. Es fällt mir nicht ein zu behaupten, daß ein Gentleman zu sein kein lohnendes Lebensziel ist. Das wird es niemals sein. Aber wir leben in einer Zeit der Betriebsamkeit, großer Betriebsamkeit, Charles. Sie werden sagen, diese Dinge gehen Sie nichts an – sind unter Ihrer Würde. Fragen Sie sich selbst, ob sie Sie nicht etwas angehen sollten. Das ist alles, was ich vorschlage. Sie müssen darüber nachdenken. Sie müssen sich noch nicht entscheiden. Durchaus nicht.« Er machte eine Pause. »Aber Sie weisen den Gedanken nicht ganz von der Hand?«

Zu diesem Zeitpunkt fühlte Charles sich wie eine schlecht genähte Handarbeit, in jeder Hinsicht ein Opfer der Evolution. Die alten Bedenken wegen der Nutzlosigkeit seiner Existenz waren voll erwacht. Er erriet auch, wofür Mr. Freeman ihn wirklich hielt: für einen Müßiggänger. Und was er ihm vorschlug: die Mitgift seiner Frau zu verdienen. Am liebsten wäre er zurückhaltend kühl gewesen, aber in Mr. Freemans Stimme schwang hinter der Eindringlichkeit Wärme, verwandtschaftliches Empfinden. Charles war es, als sei er sein Leben lang über freundliche Hügel gereist und stehe jetzt vor der ungeheuren Ebene der Langeweile. Anders als der berühmtere Pilger sah er dort unten nur Pflicht und Demütigung – ganz sicher nicht Glück oder Fortschritt.

Ihm gelang ein Blick in diese wartenden, durchdringenden Augen mit dem Geschäftsblick.

»Ich muß gestehen, ich bin etwas überrumpelt.«

»Ich verlange nicht mehr, als daß Sie die Sache überdenken.«

»Ganz sicher. Natürlich. Ich werde sie sehr ernsthaft überdenken.«

Mr. Freeman ging zur Tür und öffnete sie. Er lächelte dabei. »Ich fürchte, Sie haben noch eine Feuerprobe zu bestehen. Mrs. Freeman erwartet uns. Sie brennt auf den letzten Schnickschnack aus Lyme.«

Kurz darauf schritten die beiden Herren über einen breiten Korridor zu dem geräumigen Treppenabsatz über der großen Halle. Kaum etwas darin, was nicht aufs beste und modernste eingerichtet gewesen wäre. Aber als sie die Treppenflucht hinunterstiegen, während unten der Lakai wartete, fühlte Charles sich irgendwie erniedrigt. Ein gefangener Löwe. Mit unerwarteter Heftigkeit befiel ihn tiefe Zuneigung zu Winsyatt, zu den »elenden« alten Gemälden und der Einrichtung; zu seinem Alter, seiner Geborgenheit, seinem *savoir-vivre.* Die abstrakte Idee von der Evolution war hinreißend, die Praxis schien überladen, protzig, vulgär, wie die frischvergoldeten korinthischen Säulen zu beiden Seiten der Tür, an deren Schwelle er und sein Peiniger jetzt eine Sekunde hielten – »Mr. Charles Smithson, gnädige Frau« – ehe sie eintraten.

38

Irgendeinmal – warum nicht? – find vielleicht auch ich
Den Weg ins Goldene Zeitalter. Ohne Hoffnung, ohne Vertrauen
Mach ich zum Mühlstein mein Herz, mein Gesicht zum Kiesel
Betrüge, werde betrogen, sterbe, wer weiß? Staub sind wir alle.

Tennyson, *Maud* (1855)

Als Charles sich endlich auf den breiten Stufen des Freemanschen Stadthauses sah, war es schon dämmerig und frisch, und die Gaslaternen brannten. Leichter Nebel wogte, in dem sich der Duft des frühlingsgrünen Parks gegenüber mit dem altvertrauten Ruß mischte. Charles atmete tief, das war hartes, wirkliches London. Er entschloß sich, zu Fuß zu gehen, der Wagen, den man für ihn bestellt hatte, war weggefahren.

Ohne klares Ziel ging er in Richtung seines alten Klubs in St. James; zuerst ging er am Gitter des Hyde Park entlang; drei Wochen später sollte diese schwere Umzäunung vor dem Ansturm des Mobs fallen, was die Gesetzwerdung der großen Wahlrechtsreform beschleunigte; sein Gesprächspartner von vorhin war erschrockener Zeuge dieser Vorgänge. Dann wandte er sich der Park Lane zu, dort war aber das Verkehrsgewühl unangenehm. Das Gedränge war in der mittleren viktorianischen Ära genauso schlimm wie heute – und noch viel geräuschvoller, denn alle Wagenräder waren mit Eisenreifen versehen und knirschten auf dem Granitpflaster. Er hatte sich nur einen kurzen Spaziergang vorgenommen, aber jetzt tauchte er im Herzen von Mayfair unter. Der Nebel verdichtete sich, nicht so sehr, daß man nichts mehr sehen konnte, aber doch so weit, daß ihm alles, woran er vorüberging, leicht traumhaft vorkam. Ihm war, als sei er ein Besucher von einem anderen Planeten, ein Candide, der nichts wahrnimmt, wenn man es ihm nicht deutlich erklärt, ein Mann, dem plötzlich seine Ironie abhanden gekommen ist.

Ohne diesen Grundzug seines Seelenlebens war er nackt; und damit ist vielleicht am besten beschrieben, was Charles fühlte. Er wußte eigentlich jetzt nicht recht, was ihn zu Ernestinas Vater getrieben hatte; die ganze Sache hätte mit einem Brief abgemacht werden können. So wie ihm seine Bedenklichkeit jetzt absurd vorkam, so ging es ihm mit all dem Gerede von Armut, von der Pflicht, seine Einkommensverhältnisse zu regeln. In jenen Tagen bewegten sich die Bessersituierten, zumal an einem solchen Nebelabend, per Wagen vorwärts; wer zu Fuß ging, mußte arm sein. Die meisten Leute, denen Charles begegnete, gehörten den unteren Ständen an; es waren Dienstboten aus den großen Häusern von Mayfair, Angestellte, Verkäufer, Bettler, Straßenkehrer – damals, im Zeitalter des Pferds, ein häufigerer Beruf, Straßenhändler, Gassenbuben, ein, zwei Prostituierte. Für sie alle wären, das wußte er, hundert Pfund jährlich ein Segen gewesen; er war gerade dafür bemitleidet worden, daß er mit dem Fünfundzwanzigfachen sein Leben fristen mußte.

Charles war kein Frühsozialist. Er hatte kein Gefühl für die moralische Ungeheuerlichkeit seiner bevorzugten wirtschaftlichen Stellung, denn er fühlte sich in anderer Hinsicht so wenig bevorzugt. Alles um hin her bewies das. Wer an ihm vorbeiging, wem er begegnete, schien im großen und ganzen mit seinem Los nicht unzufrieden, außer den Bettlern; und die mußten armselig aussehen, um Erfolg zu haben. Aber er war unglücklich. Fremd und unglücklich; er merkte, daß der enorme Aufwand, der um einen Gentleman gemacht wurde, dem massiven Panzer glich, der die Ursache für das Aussterben so mancher urzeitlichen Saurierart gewesen war. Als er sich ein dergestalt überholtes Ungeheuer vorstellte, verlangsamte er seinen Schritt. Ja, er blieb stehen, ein armes lebendes Fossil, als er sah, wie die rascheren und tüchtigeren Lebensformen da emsig sich vor ihm tummelten. Wie Amöben aus dem Teich unter dem Mikroskop – so ging es vor einer Anzahl Läden zu, an denen er jetzt entlangging.

Zwei Drehorgelspieler lärmten um die Wette, ein Banjo suchte beide zu übertönen. Da wurde Kartoffelbrei verkauft. Hammelkeule, geröstete Kastanien. Eine alte Frau verkaufte Streichhölzer, eine andere Narzissen, Wasserträger, Müllkutscher mit ihren Kappen mit Nackenschild, Handwerker in ihren viereckigen Ständen; eine Bande kleiner Gassenbuben hockte auf Torstufen, auf Randsteinen, lehnte an Wagenpfosten wie kleine Geier. Ein solcher Bursche unterbrach sein Trampeln, mit dem er sich erwärmte – er war wie die meisten anderen barfuß – und pfiff schrill warnend einem Bildverkäufer zu, der, einen Stapel bunter Drucke schwenkend, auf Charles zukam, der in den Kulissen dieser belebten Bühne stand. Charles wandte sich eilig weg und strebte einer dunkleren Straße zu. Eine herbe kleine Stimme eilte mit einem Spottvers, der gerade modern war, hinter ihm her:

Warum kommst nicht nach Hause, Lord Marmaduke,
Und ißt mit mir ein heißes Nachtmahl?
Haben wir einen Krug guten Starkbier geleert,
Singen wir hollaho!

Als Charles endlich dieser Stimme und dem sie begleitenden Johlen entronnen war, entsann er sich jenes anderen konstituierenden Bestandteils der Londoner Luft – nicht so konkret wie der Ruß, aber ebenso unverkennbar –, nämlich der Sünde. Nicht so sehr die armseligen Straßenmädchen waren es, die ihn vorbeigehen ließen, ohne sich um ihn zu kümmern (er sah zu sehr nach Gentleman aus, ihre Ziele waren niedriger gesteckt), sondern die überall gegenwärtige Anonymität der Großstadt; das Gefühl, alle könnten hier untertauchen, gehen und bleiben, ohne daß man sie beobachtete.

In Lyme lauerten scharfe Augen; hier waren die Augen blind. Niemand drehte sich um und sah ihm nach. Er war so gut wie unsichtbar, er existierte gar nicht, und das gab ihm das Gefühl der Freiheit – aber es war ein furchtbares Gefühl, denn er hatte ja in Wirklichkeit keine Freiheit mehr – es war, kurz gesagt, wie in Winsyatt. Alles war verloren; und alles mahnte ihn an den Verlust.

Ein vorbeigehendes Paar sprach miteinander französisch. Es waren Franzosen. Und Charles wünschte, er wäre in Paris – weg von hier, daß er auf dem Kontinent wäre ... auf der Reise. »Wenn ich nur fliehen könnte ... Wenn ich nur fliehen könnte ...« murmelte er ein dutzendmal vor sich hin; dann schüttelte er sich vor seiner Weltfremdheit, seiner romantischen Pflichtvergessenheit.

Er ging an Stallungen vorbei; damals waren das noch keine hübschen Wohnungen, es ging lärmend zu bei all den praktischen

Tätigkeiten: Pferde wurden gestriegelt und gewartet, Equipagen hervorgezogen, Hufe klapperten, wenn die Pferde zwischen die Deichseln gedrängt wurden; ein Kutscher pfiff lärmend beim Wagenwaschen – alles war in Vorbereitung des Abendgeschäfts. Charles kam eine erstaunliche Theorie an: insgeheim waren die niederen Stände glücklicher als die oberen. Die Radikalen wollten einen glauben machen, sie seien der leidende Unterbau, der unter den schwelgerischen Launen der Reichen stöhnte; aber dem war nicht so, viel eher waren sie fröhliche Schmarotzer. Er dachte daran, wie er wenige Monate zuvor in den Gärten von Winsyatt auf einen Igel gestoßen war. Er hatte ihn mit dem Stock gestupst und so zum Einrollen gebracht; zwischen den aufgerichteten Stacheln waren die Flöhe verstört umhergehüpft. Er war so weit Biologe, daß ihn diese Symbiose nicht ärgerte, sondern faszinierte; auch war er jetzt so niedergeschlagen, daß er das Wesen des Igels erfaßte: er war ein Tier, dessen einzige Verteidigungsmittel darin bestanden, sich tot zu stellen und seine Stacheln, seine aristokratischen Empfindlichkeiten, emporzustrecken.

Bald darauf kam er an den Laden eines Eisenwarenhändlers. Er stand vor der Auslage und starrte auf die Kasse, an der der Händler in Melone und Baumwollschürze einem zehnjährigen Mädchen Kerzen abzählte; die Kleine sah zu ihm auf, ihre roten Finger hielten ihm schon den Penny entgegen. Handel. Geschäft. Er wurde rot, als er daran dachte, was für ein Angebot man ihm gemacht hatte. Jetzt wurde ihm klar, es war eine Beleidigung, Verachtung seines Standes, die bei dem Vorschlag Pate gestanden hatten. Freeman mußte wissen, daß er nie ins Geschäft gehen, den Ladenbesitzer spielen würde. Er hätte von allem Anfang an den Vorschlag eisig ablehnen sollen: war wie konnte er das, wenn all sein Wohlstand aus dieser Quelle floß? Hier sind wir an der Wurzel von Charles' Mißvergnügen: er fühlte sich als der eingekaufte Gatte, als die Marionette seines Schwiegervaters. Daß solche Heiraten in seinem Stand Tradition waren, was tat's? Die Tradition stammte aus einer Zeit, da die standesgemäße Heirat ein von der Öffentlichkeit akzeptierter geschäftlicher Kontrakt war: man erwartete, daß keiner der Partner, weder Gatte noch Gattin, allzu unebenbürtig tief griff: Geld für Rang. Aber heute war die Ehe doch eine keusche, geheiligte Vereinigung, eine christliche Zeremonie zur Hervorbringung reiner Liebe, nicht reinen Vorteils. War er schon zynisch genug, das zu versuchen, würde doch Ernestina nie gestatten, daß eine Liebe dieser Art sich als Nebenprinzip in ihre Ehe schlich. Worauf es ihr ankam, war, daß er sie und nur sie liebte. Aber daraus würden sich weitere Notwendigkeiten ergeben: daß er für ihr Geld dankbar war und sich moralisch erpressen ließ, Geschäftspartner zu werden ...

Wie von einem verhängnisvollen Zauber getrieben, kam er an eine Ecke. Das Ende einer dunklen Seitenstraße nahm eine große, beleuchtete Front ein. Bisher hatte er gemeint, in der Nähe von Picadilly zu sein; aber dieser Goldpalast, der den Abschluß einer schwarzbraunen Kluft bildete, stand im Norden; er stellte fest, daß er die Richtung verloren hatte und in der Oxford Street gelandet war , und zwar ausgerechnet an jener Stelle, wo Mr. Freemans mächtiges Handelshaus stand. Wie von einem Magneten angezogen, schlenderte er die Seitenstraße entlang und bog in die Oxford Street ein: nun konnte er den gelbgebänderten Riesen in seiner ganzen Länge überschauen. Die Fenster waren mit dem erst kürzlich eingeführten Spiegelglas verkleidet, dichtgedrängt dahinter das Angebot an Baumwollkleidern, Spitzenkleidern, einfachen Kleidern, Tuchrollen; diese Zylinder und Hauben schienen zuweilen mit ihren modernen Anilinfarben die sie umgebende Luft zu färben, so intensiv waren sie – neureicher Prunk. Jeder Gegenstand trug ein weißes Täfelchen mit dem darauf verzeichneten Preis. Das Warenhaus war noch geöffnet. Leute strömten durch die Tore. Charles versuchte, sich vorzustellen, daß er hier durchging – es gelang ihm nicht. Lieber wollte er der Bettler sein, der sich neben ihm in die Toreinfahrt gekauert hatte.

Nicht nur, daß das Warenhaus seine Bedeutung für ihn geändert hatte, es war nicht mehr bloß ein blöder Witz, eine Goldmine in Australien, ein Ort, den es in Wirklichkeit kaum gab. Da lag es vor ihm in all seiner Macht; eine gewaltige Maschine, ein Untier, das darauf wartete, alles, was ihm in die Nähe kam, zu verschlukken und zu zermalmen. Vielen Menschen, auch seiner Zeit, mußte es wie der Himmel auf Erden erschienen sein, hier zu stehen und zu wissen, daß dieser mächtige Bau – und noch andere – mit seinem Gold und seiner Macht in Reichweite lagen. Charles aber stand auf dem Gehsteig gegenüber und schloß die Augen, als hoffe er, es für immer auslöschen zu können.

Gewiß, in seiner Ablehnung war auch Verachtung: ein bloßer Snobismus, aus dem er sich dem Urteil und der Beeinflussung durch seine Ahnen überließ. Es war Trägheit darin; die Furcht, geregelt zu arbeiten, Furcht vor Routine, vor Konzentration auf Details. Es war auch Feigheit darin: denn Charles fürchtete Menschen, wie man wahrscheinlich schon bemerkt haben wird, besonders solche, die gesellschaftlich unter ihm standen. Der Gedanke, mit all diesen Wesen in Kontakt zu sein, deren Schatten sich dort drüben vor den Fenstern drängten, ein- und aus gingen – er verursachte ihm Übelkeit. Es war eine glatte Unmöglichkeit.

Aber ein edles Element war doch in seiner Ablehnung enthalten: das Gefühl, daß Gelderwerb ein unzureichender Lebenszweck sei. Nie würde er ein Darwin oder Dickens werden, ein großer Künstler oder Wissenschaftler; schlimmstenfalls würde er ein Dilettant sein, eine Drohne, ein Irgendwer, der andere arbeiten ließ und selbst nichts leistete. Aber im Augenblick überkam ihn etwas wie eine seltsame Hochachtung vor dieser Nichtigkeit, das Gefühl, als sei dieser Entschluß, ein Nichts zu sein – mit nichts als Stacheln – die letzte rettende Gnade für einen Gentleman, etwas wie sein letztes Reservat an Freiheit. Ihm wurde völlig klar: wenn er jemals seinen Fuß dort hineinsetzte, war er erledigt.

Man mag dieses Dilemma als äußerst historisch und überholt betrachten. Ich plädiere hier nicht besonders für den Gentleman, der 1969 noch weit mehr zu einer aussterbenden Gattung geworden ist, als Charles es sich an jenem längst vergangenen Abend im April hätte vorstellen können. Der Tod liegt nicht in der Natur der Dinge; er ist die Natur der Dinge. Aber was stirbt, ist die Form. Die Sache ist unsterblich. Durch die Abfolge immer wieder neu verdrängter Formen, die wir das Sein nennen, läuft etwas wie ein Überleben. Die besten Qualitäten des Gentlemans aus der viktorianischen Zeit können wir bis auf die gestrengen Ritter und *preux chevaliers* des Mittelalters zurückverfolgen; und wir können sie nach vorwärts verfolgen zu den Gentlemen unserer Zeit; zu der Gattung, die wir Wissenschaftler nennen: das ist die Richtung, die der Strom zweifellos genommen hat. Jede Kultur, ob undemokratisch, ob egalitär, braucht, mit anderen Worten, eine ethische Elite, die sich selbst in Frage stellt, die durch gewisse Verhaltensregeln gebunden ist, von denen einige sehr unmoralisch sein mögen und so eventuell zum Absterben der Form beitragen; ihr verborgener Zweck ist gut: sie dienen als Stütze oder Gerüst, damit sich ihre Funktion in der Geschichte besser auswirkt. Vielleicht gibt es sehr wenig Verbindendes zwischen dem Charles aus dem Jahr 1267 mit seinen neumodischen französischen Begriffen von Keuschheit und Jagd nach dem Heiligen Gral, dem Charles aus dem Jahr 1867, der die Wirtschaftswelt verachtete, und dem von heute, dem Wissenschaftler, der mit Computern arbeitet und taub ist für das Geschrei der zartbesaiteten Humanisten, die ihre Überflüssigkeit einzusehen beginnen. Aber es gibt dieses Verbindende: sie alle verwarfen oder verwerfen den Begriff des Besitzens als den Hauptzweck des Lebens, sei es der Leib einer Frau, hohe Profitraten um jeden Preis oder das Recht, das Tempo des Fortschritts zu diktieren. Der Wissenschaftler ist nur eine Gattung unter anderen: einmal wird er überholt sein.

Das ist die große und zeitlose Lehre, die uns der neutestamentliche Mythos von der Versuchung in der Wüste bietet: wer zur Einsicht gekommen ist, wer gebildet ist, hat automatisch seine Wüste. Und an einem bestimmten Punkt wird er im Lauf seines Lebens der Versuchung begegnen. Sein Nein mag töricht sein, böse ist es nie. Sie haben gerade das verführerische Angebot abgelehnt, in die angewandte Wissenschaft umzusteigen, um ihrem akademischen Lehrauftrag weiter gerecht werden zu können? Ihre letzte Ausstellung hat sich nicht so gut verkauft wie die vorhergehende, aber Sie sind entschlossen, an Ihrem neuen Stil festzuhalten? Sie haben eben eine Entscheidung getroffen und nicht zugelassen, daß ihr persönlicher Vorteil, die Gelegenheit etwas zu besitzen, mitsprach? Dann tun Sie Charles' Gemütszustand nicht als Gehabe eines nutzlosen Snobs ab. Sehen Sie ihn als den an, der er ist: ein Mann, der darum kämpft, die Geschichte zu überwinden. Auch wenn er es nicht weiß.

Charles bedrückte mehr als der allgemein menschliche Instinkt, seine persönliche Identität zu bewahren: hinter ihm lagen all die Jahre des Nachdenkens, der Spekulation, der Selbsterkenntnis. Seine ganze Vergangenheit, das Beste seines Selbst aus der Vergangenheit, war der Preis, der von ihm verlangt wurde. Er konnte nicht glauben, daß alles, was er begehrt hatte, wertlos sein sollte, wie wenig es ihm auch gelungen war, die Wirklichkeit mit seinen Träumen in Einklang zu bringen. Er war nicht nur dem Sinn des Lebens nachgegangen, er glaubte sogar – der arme Clown, der er war –, daß er ihn hie und da erblickt habe. War es seine Schuld, daß er nicht das Talent besaß, diese Wahrnehmung anderen Menschen mitzuteilen? Daß er einem außenstehenden Beobachter als Dilettant, als hoffnungsloser Amateur erscheinen mußte? Die Erkenntnis war ihm wenigstens geworden: der Sinn des Lebens lag nicht in Freemans Warenhaus.

Zugrunde lag dem allen, wenigstens bei Charles, die Lehre vom Überleben des Tüchtigsten; vor allem war es ein Aspekt dieser Lehre, den er – damals im Hochgefühl des Optimismus – in jener

Nacht in Lyme mit Grogan diskutiert hatte: daß ein menschliches Wesen nicht anders kann, als seine Fähigkeit zur Selbstanalyse als besonderes Vorrecht im Kampf um die Anpassung zu betrachten. Beide Männer hatten darin den Beweis dafür gesehen, daß der freie Wille des Menschen ungefährdet sei. Wenn jemand sich verändern mußte, um zu überleben – was sogar die Freemans zugestanden –, dann konnte er sich zumindest die Methode dieser Veränderung selbst wählen. Das war die Theorie – die Praxis, so überkam es Charles mit einemmal – sah anders aus.

Er war in der Falle. Es war unmöglich, aber es war so. Einen Augenblick lang widerstand er dem ganzen ungeheuren Druck seiner Zeit; dann fühlte er sich vor Kälte bis ins Mark erstarrt – eine eisige Wut gegen Mr. Freeman und den Freemanismus erfüllte ihn.

Er winkte mit dem Stock einem vorüberfahrenden Wagen, stieg ein und sank in den muffigen Ledersitz; er schloß die Augen, und vor seinem Geist erstand ein tröstliches Bild. War es Hoffnung? Mut? Entschlossenheit? Ich fürchte, nein. Er sah eine Schale Milchpunsch und eine Champagnerflasche.

39

Nun, was ist dabei, wenn ich eine Prostituierte bin, welches Recht hat die Gesellschaft, mich zu mißbrauchen? Habe ich aus den Händen der Gesellschaft irgendwelche Gunstbezeigungen empfangen? Wenn ich wirklich ein verborgenes Krebsgeschwür am Körper der Gesellschaft bin, sind nicht die Krankheitsursachen in dem verfaulten Körper zu suchen? Bin ich nicht ihr eheliches Kind und kein Bastard, Sir?

Aus einem Leserbrief in *The Times* (24. Februar 1858)*

Als Abschluß einer solchen Selbstprüfung scheinen Milchpunsch und Champagner keine sehr tiefgründige Philosophie. Aber in Cambridge hatte man sie stets als Lösung aller bekannten Probleme empfohlen; obgleich Charles seit seiner Universitätszeit an Problemen einiges dazugelernt hatte – eine bessere Lösung wußte

* Der volle Wortlaut dieses berühmten, beißend sarkastischen Briefs kann in dem Werk *Human Documents of the Victorian Golden Age* nachgelesen werden. Er wurde angeblich von einer erfolgreichen Prostituierten geschrieben, stammt aber wahrscheinlich von einem Mann von der Art Henry Mayhews.

er nicht. Glücklicherweise war sein Klub wie so mancher englische Klub für Gentlemen auf der sehr einfachen und nützlichen Voraussetzung gegründet, die Studentenjahre seien die glücklichsten im Leben eines Mannes. Der Klub besaß alle Annehmlichkeiten eines wohlhabenden Colleges ohne die dort auftretenden störenden Faktoren wie Respektspersonen, Dekane und Prüfungen. Er leistete, kurz gesagt, dem Jüngling im Manne gute Dienste. Und er sorgte für einen trefflichen Milchpunsch.

Es ergab sich, daß Charles beim Betreten des Rauchzimmers zwei Mitglieder als erste ins Auge fielen, die mit ihm studiert hatten; der eine war der jüngere Sohn eines Bischofs und ein weitbekannter Schandfleck auf der Ehre seines Vaters. Der andere war das, was Charles noch vor kurzem zu werden gehofft hatte: ein Baron. Sir Thomas Burgh hatte bei seiner Geburt ein schönes Stück Northumberland geerbt und hatte sich für den Lauf der Geschichte als viel zu fester Felsblock erwiesen, um von der Stelle bewegt zu werden. Seine Ahnen hatten nie aufgehört zu jagen, zu schießen, zu trinken und zu huren; er strebte ihnen in würdigem Sinn für Tradition nach. In der Tat war er der Anführer jener lustigen Gesellschaft gewesen, in die Charles in seiner Cambridge-Zeit geraten war. Seine Eskapaden lagen auf dem Gebiet eines Mytton und eines Casanova: sie waren bekannt. Manchmal war der Versuch unternommen worden, ihn aus dem Klub auszuschließen; aber er lieferte aus einer seiner Gruben die Kohle zum Heizen, und zwar zu einem Preis, der sie fast zum Geschenk machte; so setzten sich die Besonneneren immer durch. Außerdem trug seine Lebensweise den Stempel des Aufrichtigen. Er sündigte ohne Scham, aber auch ohne Heuchelei.Fehlern gegenüber war er großzügig; die Hälfte der jüngeren Klubmitglieder war ein oder das andere Mal in seiner Schuld – und seine Darlehen waren Gentlemandarlehen, mit unendlich verlängerten Terminen und ohne Zinsen. Er war immer der erste, eine Wette zu bieten, wenn es etwas zum Wetten gab; irgendwie erinnerte er die unverbesserlichsten Tugendbolde im Klub an ihre weniger nüchternen Tage. Er war vierschrötig, kurzgewachsen, hatte ein vom Wein und vom Wetter stets gerötetes Gesicht; seine Augen besaßen jene herrliche Unschuld, jenen dunklen, bläulichen Schimmer gefallener Engel. Diese Augen zwinkerten, als sie den eintretenden Charles bemerkten.

»Charley! Was, zum Teufel, treibst du in deinen Eheferien?«

Charles lächelte, irgendwie fühlte er den Unsinn seines Hierseins.

»Guten Abend, Tom. Nathaniel, wie geht's dir?« Die ewige Zigarre im Mund, hob der Stachel im Fleisch des unglücklichen Bischofs eine schlaffe Hand. Charles wandte sich wieder an den Baron. »Auf Ehrenwort beurlaubt, du weißt doch. Die liebe Kleine macht in Dorset unten ihre Badekur.«

Tom zwinkerte. »Und du badest in Geist – oder in Spiritus, eh? Aber ich höre, sie macht Furore. Nat sagt es. Er ist eifersüchtig, weißt du. Der verdammte Charley, sagt er. Das beste Mädel und die beste Partie – unfair, nicht, Nat?«

Der Bischofssohn war notorisch knapp bei Kasse, und Charles erriet, daß es nicht Ernestinas Aussehen war, um das er ihn beneidete. Neun- von zehnmal wäre er jetzt zu den Zeitungen weitergegangen oder hätte sich eine weniger ruchlose Gesellschaft gesucht. Heute blieb er auf dem Fleck stehen. Was sagten die Herren zu einem Punsch und Truthahn? Sie sagten ja, und er setzte sich zu ihnen.

»Und wie geht's dem werten Herrn Onkel, Charles?«

Sir Tom zwinkerte wieder, aber dieses Zwinkern war so zu seiner zweiten Natur geworden, daß man unmöglich beleidigt sein konnte. Charles murmelte, er erfreue sich bester Gesundheit.

»Wie geht's ihm mit der Jagd? Frag ihn, ob er einen Bracken vom besten Wurf in Northumberland braucht. Die reinsten Engel, obwohl ich sie nicht aufgezogen habe. Tornado – du erinnerst dich an Tornado? Sind seine Enkelkinder.« Tornado hatte sich in Cambridge einen Sommer lang geheim in Sir Toms Räumlichkeiten aufgehalten.

»Ich erinnere mich. Auch meine Knöchel.«

Sir Tom grinste breit. »Ah, er hatte einen Narren an dir gefressen. Immer hat er gebissen, wen er liebte. Der gute alte Tornado – der Herr gebe seiner Seele Frieden.« Er senkte sein Becherglas mit Punsch so traurig, daß seine beiden Gefährten lachen mußten. Das war grausam, denn die Trauer war vollkommen echt.

Mit solchen Reden gingen zwei Stunden hin –, zwei weitere Flaschen Champagner, eine Schale Punsch, verschiedene Rippenstückchen und Nieren (die drei Herren waren in den Speisesaal hinübergegangen), die ordentlich mit Rotwein hinuntergespült werden mußten; diesen mußte man wieder mit ein, zwei Karaffen Portwein läutern. Sir Tom und der Sohn des Bischofs waren Gewohnheitstrinker; sie nahmen mehr zu sich als Charles. Als die zweite Karaffe geleert war, schienen sie äußerlich mehr betrunken als dieser, aber in Wahrheit war bei ihm die Nüchternheit Fassade und bei ihnen die Trunkenheit. Das zeigte sich, als sie den Speiseraum verließen, um zu einer »kleinen Spazierfahrt in die Stadt« aufzubrechen, wie Sir Tom sich ausdrückte. Da war es Charles, der nicht mehr sicher auf den Füßen stand. Er war noch nicht so weit, daß ihn dieser Zustand nicht verwirrte; irgendwie sah er, wie Mr. Freemans graue, prüfende Augen auf ihm ruhten, obwohl niemand, der mit dem Handel so liiert war wie Mr. Freeman, jemals in diesen Klub aufgenommen worden wäre.

Man half ihm ins Cape, übergab ihm Hut, Handschuhe und Spazierstock; und dann war er plötzlich an der frischen Luft der Straße – der Nebel, der sich angekündigt hatte, war nicht eingefallen, es herrschte nur Dunst. Mit intensiver Konzentration starrte er auf das Wappen, das an Sir Toms Wagentür angebracht war. Der Gedanke an Winsyatt gab ihm einen niederträchtigen Stich, dann schwang das Wappen ihm entgegen. Seine Arme wurden gepackt, und im nächsten Moment saß er neben Sir Tom und vis-à-vis von dem Sohn des Bischofs. Er war nicht so betrunken, daß ihm ein Zwinkern, das die beiden Freunde austauschten, entging; aber er war zu betrunken, um zu fragen, was es bedeuten sollte. Er sagte sich, es ginge ihn ja nichts an. Es freute ihn, daß er etwas benebelt war, daß alles irgendwie schwamm und daß Vergangenheit und Zukunft ungemein unwichtig geworden waren. Er verspürte den dringenden Wunsch, den beiden von Mrs. Bella Tomkins und von Winsyatt zu erzählen; aber dazu war er wieder nicht betrunken genug. Ein Gentleman bleibt ein Gentleman, auch wenn er betrunken ist. Er wandte sich an Tom.

»Tom . . . Tom, du bist ein lieber Kerl, und du bist ein verdammt glücklicher Kerl.«

»Du auch, Charleyboy. Wir sind alle verdammt glücklich.«

»Wo fahren wir denn hin?«

»Wo verdammt glückliche Kerle eben hinfahren, wenn sie eine tolle Nacht verbringen wollen. Nicht wahr, Nat?«

In der folgenden Pause versuchte Charles mühsam festzustellen, in welche Richtung sie fuhren. Diesmal übersah er das zweite Augenzwinkern, das sie austauschten. Aber die Schlüsselworte im letzten Satz Sir Toms setzten sich langsam durch.

»Tolle Nacht?«

»Wir fahren zur alten Mama Terpsichore, Charles. Andacht am Schrein der Musen, weißt du.«

Charles blickte in das lächelnde Gesicht des Bischofssprößlings.

»Schrein?«

»Sozusagen, Charles.«

»Ein Bild. Venus anstatt puella«, warf des Bischofs Sohn ein.

Charles starrte sie an, dann lächelte er plötzlich. »Ausgezeichnete Idee.« Dann aber begann er wieder, eher feierlich durchs Fenster des Wagens zu schauen. Er hatte das Gefühl, er sollte jetzt den Wagen halten lassen und den beiden gute Nacht wünschen. Kurz streifte ihn ein Gefühl für das Angemessene, und er erinnerte sich, was für einen Ruf sie genossen. Dann war aus dem Nichts plötzlich Sarahs Gesicht da; das Gesicht, das mit geschlossenen Augen seinem Gesicht zustrebte, der Kuß . . . viel Lärm um nichts. Jetzt sah er, woher seine ganze Misere kam: er brauchte eine Frau, er brauchte Geschlechtsverkehr. Er brauchte eine Ausschweifung zur Krönung, wie er manchmal ein Abführmittel brauchte. Zuerst sah er Sir Tom an, dann den Sohn des Bischofs. Der erstere rekelte sich in seiner Ecke, der andere hatte die Beine angezogen und auf dem Sitz gekreuzt. Die Zylinder saßen ihnen schief auf den Köpfen. Diesmal ging das Zwinkern zwischen ihnen allen hin und her.

Bald waren sie zwischen Wagen eingekeilt, die alle in jenes Gebiet des viktorianischen England unterwegs waren, das wir in unserer Schilderung der damaligen Zeit mysteriöserweise ausgelassen haben, denn es war zentral in mehr als einer Hinsicht: ein Kasinoviertel, eher Treffpunkte als Spielsäle, Tanzcafés, Rauchsalons in den der Öffentlichkeit mehr zugänglichen Teilen, wie dem Haymarket und der Regent Street; und ein Bordell nach dem anderen in den angrenzenden Seitengassen. Sie fuhren am berühmten Oyster Shop am Haymarket vorbei (Hummer, Austern, saure und geräucherte Heringe) und dem nicht weniger berühmten Royal Albert Potato Can, das der Khan leitete, wirklich der Beherrscher aller Verkäufer gebratener Kartoffeln in London; er thronte hinter seinem mächtigen, mit rotem Tuch und Messing ausgeschlagenen Stand, der die ganze Aussicht beherrschte. Sie passierten die dichtgedrängt flanierenden Töchter der Lust, und der Sohn des Bischofs zog das Lorgnon aus dem Etui aus Chagrinleder. Die großen Huren fuhren in ihren Wagen, die kleinen trieben die Gehsteige entlang . . . da waren sie, von den zimperlichen kleinen Putzmacherinnen mit ihren Milchgesichtern bis zu alten Drachen, deren Wangen der Brandy gefärbt hatte. Ein Meer von Farben und Moden, denn hier war das Unvorstellbare gestattet. Frauen, als Pariser Seineschiffer verkleidet, mit Melone und Hosen, als Matrosen, Senoritas, als sizilianische Bauernmädchen – als hätten die Kneipen der Umgebung sich auf die Straßen entleert. Die Kunden langweilig dagegen – obwohl in gleicher Anzahl, Männer, den Stock in der Hand, das »Rohr« im Mund, wie sie die Gaben des heutigen Abends musterten. Charles wünschte sich, er hätte nicht so viel getrunken, wodurch er alles doppelt sah; trotzdem fand er es entzückend, lustig, animierend und, vor allem, unfreemanisch.

Ich fürchte, Terpsichore hätte kaum das Patronat über das Publikum übernommen, dem sich unsere drei knapp zehn Minuten später anschlossen; denn sie waren dort nicht allein. Außer ihnen saßen etwa sechs oder sieben junge und zwei alte Männer, von denen Charles einen als eine Säule des Oberhauses erkannte, in dem großen Salon. Dieser war im besten Pariser Geschmack eingerichtet und durch eine enge und lärmende Gasse erreichbar, die in geringer Entfernung vom Haymarket von einer Straße abzweigte. An einem Ende des mit Kerzen erleuchteten Raums befand sich eine kleine Bühne, die von tiefroten Vorhängen verdeckt war. Die Vorhänge waren mit zwei Paaren – Satyr und Nymphe darstellend – bestickt. Der eine schickte sich gerade an, seine Schäferin zu besitzen, der andere war schon in Empfang genommen worden. Auf einem vergoldeten Zierrahmen oberhalb der Vorhänge stand in schwarzen Buchstaben:

> Velle quid hanc dicas, quamvis sim ligneus, hastam,
> oscula dat medio si qua puella mihi?
> augure non opus est: ›in me‹ mihi credite, dixit
> ›utetur veris viribus hasta rudis.‹*
>
> *Carmina Priapea XLIV*

Das Begattungsthema kehrte auch auf verschiedenen Drucken wieder, die, in Folio und mit Goldrahmen versehen, zwischen den mit Vorhängen verkleideten Fenstern hingen. Schon servierte ein Mädchen mit aufgelöstem Haar und in ein Camargo-Gewand gekleidet den wartenden Herren Champagner von Roederer. Im Hintergrund befand sich eine stark geschminkte, aber anständiger gekleidete Lady von ungefähr fünfzig Jahren, die ruhigen Blicks

* Sprecher ist der Gott Priapus: in den römischen Gärten standen häufig seine Standbilder, Holzfiguren mit erigiertem Phallus, deren Zweck es war, Diebe abzuschrecken und Fruchtbarkeit zu bringen.

ihre Klientel musterte. Trotz ihrer ganz andersartigen Beschäftigung war sie in der Gesinnung Mrs. Endicott in Exeter sehr ähnlich; nur daß ihre Einkünfte in Guineen bestanden.

Szenen wie die folgende haben sich im Laufe der Geschichte wahrscheinlich beständiger gehalten als irgendwelche andere menschlichen Betätigungen; was Charles hier in jener Nacht vorgeführt bekam, sah ebenso schon Heliogabalus und zweifellos auch Agamemnon; und heutzutage sieht man dasselbe in zahllosen Kaschemmen in Soho. Was mir besonders an der Unveränderlichkeit dieser altehrwürdigen Unterhaltungsform gefällt, ist, daß hier einer ungestraft dem anderen die Ideen stehlen kann. Kürzlich schnüffelte ich in einem Antiquariat von der besten Art – wo man in Ruhe gelassen wird. Stand da still unter dem Stichwort »Medizin« zwischen einer *Einführung in die Hepatologie* und den *Erkrankungen des Bronchialsystems* eins mit dem noch langweiligeren Titel: *Die Geschichte des menschlichen Herzens.* Tatsächlich handelt es sich aber dabei um die alles andere als langweilige Geschichte eines lebenslustigen menschlichen Penis. Das Buch erschien 1749, also im gleichen Jahr wie Clelands Meisterwerk auf diesem Gebiet, *Fanny Hill.* Der Verfasser ist zwar nicht so geschickt, aber es erfüllt seinen Zweck.

»Das erste Haus, das sie betraten, war ein berühmtes Bordell. Die Kette von Stadtrebhühnern, die sie dort antrafen, gefiel Camillo besser als alles, was er auf dem Land bisher in seinem Netz gefangen hatte. Unter ihnen befand sich Miß M., das berühmte Posturegirl, deren Anwesenheit unsere Wanderer auf den Einfall brachte, ihrem neuen Gefährten ein Spiel vorzuführen, von dem er sich bisher nichts hatte träumen lassen.

Sie wurden in einen großen Raum gewiesen, Wein wurde herbeigebracht, die Vorhänge herabgelassen, und nach dem ersten Humpen bekamen die Mädchen den Befehl, sich fertig zu machen. Sofort zogen sie sich splitternackt aus und stellten sich mitten auf den Tisch. Über diese Einrichtung war Camillo sehr überrascht, aber nicht weniger im Zweifel, wofür sie wohl diese überragende Stellung eingenommen hatten. Sie hatten glatte Glieder, einen frischen Teint und eine Haut so weiß wie frischgefallener Schnee, deren Wirkung noch durch das pechschwarze Haar erhöht wurde. Ihre Gesichter waren sehr wohlgebildet, und das natürliche Rot ihrer Wangen ließ sie in Camillos Urteil als vollendete Schönheiten erscheinen, die es mit Venus selbst aufnehmen könnten. Nachdem er ihre Gesichter betrachtet hatte, warf er verschämt einen Blick auf den Altar der Liebe, von dem er noch nie einen so reizenden Anblick wie diesmal genossen hatte ... Die Schamteile des berühmten Posturegirls wiesen eine Besonderheit auf, die seine Aufmerksamkeit mehr als alles andere, das er je gefühlt oder gesehen, auf sich zog. Der Thron der Liebe war dicht mit pechschwarzen Haaren, mindestens zwanzig Zentimeter lang, bedeckt. Kunstvoll breitete sie sie auseinander, um den Eingang zur Zaubergrotte zu enthüllen. Die ungewöhnliche Gestalt dieses umbuschten Flecks bereitete Camillo ein seltenes Amüsement, das noch durch die übrige Zeremonie erhöht wurde, die diese Buhlerinnen vollführten. Sie alle füllten ein Glas mit Wein, legten sich ausgestreckt zurück und stellten die Gläser auf den Venusberg, wonach jeder Mann in der Gesellschaft aus dem Gefäß trinken mußte, während es auf der verführerischen Erhöhung stand; die Dirnen ließen es einstweilen an lüsternen Bewegungen nicht fehlen, um den Zeitvertreib noch zu steigern. Dann führten sie nacheinander die verschiedenen Stellungen und Tricks aus, deren sich die geschwächte Wollust bedient, wenn sie des natürlichen Genusses übersättigt ist. Schließlich zwangen sie den armen Camillo, sich unter die Brücke zu beugen und unter dem warmen Katarakt durchzukriechen, was ihn mehr aus der Fassung brachte, als wenn er in einem Fährboot nach Gravesend übergesetzt worden wäre. Das Gelächter der ganzen Gesellschaft steigerte sich noch, er aber ertrug diesen Streich ganz geduldig, weil man ihm erzählt hatte, dies müßten alle neuen Mitglieder über sich ergehen lassen, um in die Geheimnisse der Sozietät eingeweiht zu werden. Endlich begann Camillo die übertriebene Unanständigkeit dieser Frauen zu mißfallen; er konnte bei sich nichts mehr von jener unbequemen Erregung feststellen, die bei ihrer ersten Schaustellung aufgetreten war, und wünschte, die Gesellschaft möge sie entlassen. Die Gefährten aber wollten sich nicht von ihnen trennen, bis sie nicht die ganze Übung durchgemacht hatten; die Nymphen, die einen neuen Beitrag zu jeder neuen Zurschaustellung ihrer schamlosen Absichten gaben, ließen sich von den jungen Wüstlingen nicht erst bitten, ihnen zu Gefallen zu sein, sondern fuhren fort, ihnen ohne das mindeste Schamgefühl zu beweisen, wie weit die menschliche Natur sich erniedrigen kann.

Ihre letzte Vorstellung entflammte diese Söhne der Ausschweifung derart, daß sie als Abschluß des ganzen Spiels vorschlugen, jeder Mann möge sich sein Mädchen wählen und mit ihm praktizieren, was sie bisher nur in der Nachahmung gesehen hatten. Aber mit diesem Schritt waren die Nymphen nicht einverstanden, denn es ist ein Grundsatz dieser Dirnen, sich nie von einem Mann umarmen zu lassen, um sich nicht das Geschäft zu verderben. Das überraschte Camillo gar sehr, der von ihrem früheren Betragen her überzeugt war, es könne keine Spielart des Bösen erfunden werden, zu der sie nicht um Geldes willen bereit waren; und obgleich ihre an den Tag gelegte Obszönität alle Gedanken, sich zu ihnen zu legen, bei ihm erstickt hatte, begehrte er sie jetzt so stark, als seien sie züchtige Jungfrauen, von denen er nichts Wollüstiges gesehen hatte; er war also ebenso darauf bedacht, sie zur Einwilligung zu nötigen wie jeder andere in dieser Gesellschaft.«

Damit haben wir eine ungefähre Vorstellung von dem, was sich bei Mama Terpsichore begab, allerdings mit einem wesentlichen Unterschied: die Mädchen aus dem Jahr 1867 waren nicht so zimperlich wie die von 1749 und ließen sich willig im Schlußtableau versteigern.

Charles bot allerdings hier nicht mehr mit. Die noch gemäßigt obszönen Einleitungszeremonien hatten ihm Spaß gemacht. Er setzte sein Weltreisendengesicht auf, bemerkte flüsternd zu Sir Tom, er habe in Paris Besseres gesehen, und spielte den blasierten jungen Herrn von Welt. Im gleichen Maß, wie die Hüllen fielen, fiel sein Rausch von ihm ab. Er betrachtete die vor Lüsternheit geöffneten Münder seiner im Schatten sitzenden Nachbarn und hörte, wie Sir Tom seine Wahl dem Sohn des Bischofs bereits mitteilte. Die weißen Leiber umarmten einander, verrenkten sich, deuteten an; doch schien es, als lauere hinter dem maskenhaft suggestiven Lächeln der Darstellerinnen die Verzweiflung. Eine von ihnen war ein Kind, das kaum die Pubertät erreicht haben konnte. In der Art, wie sie geziert Unschuld mimte, lag noch etwas echt Jungfräuliches, das noch nicht ganz getötet, noch nicht durch ihren Beruf hart geworden war.

Es regte ihn zwar auf, erregte ihn aber gleichzeitig sexuell. Er mißbilligte die Öffentlichkeit dieser Darstellungen, war aber animalisch und triebhaft genug, um nicht gleichgültig zu bleiben. Ein paarmal stand er auf und verließ ohne Aufsehen den Raum, wie um sich zu erleichtern. Im Vorraum saß die kleine Tänzerin, die den Champagner gebracht hatte, an der Garderobe mit den Mänteln und Stöcken der Herren. Ein künstliches Lächeln erschien auf ihrem geschminkten Gesicht, als sie sich erhob. Charles starrte einen Augenblick auf ihre kunstfertig verwirrten Löckchen, ihre nackten Arme und ihren fast nackten Busen. Es schien, als setze er zum Reden an, dann änderte er seine Absicht und verlangte barsch seine Sachen. Er warf einen halben Sovereign neben das Mädchen auf den Tisch und stolperte hinaus.

Dort wo das Gäßchen in die Straße mündete, fand er ein paar Wagen warten. Er nahm gleich den ersten, rief nach der Sitte der vorsichtigen Viktorianer laut den Namen einer Straße in Kensington, die der am nächsten war, in welcher er wohnte, und warf sich auf den Sitz. Jetzt fühlte er sich weder nobel noch dezent, sondern so, als habe er eine Beleidigung hinuntergeschluckt oder habe Angst vor einem Duell. Im Leben seines Vaters waren Abende wie dieser an der Tagesordnung; daß er sie nicht verkraften konnte, bewies, daß er aus der Art schlug. Wo war jetzt der weitgereiste Mann von Welt? Er war zu einem miserablen Feigling eingeschrumpft. Wo war Ernestina, seine Verlobung? Sich an sie erinnern, hieß aber, einen Gefangenen aus seinem Freiheitstraum zu wecken; er versuchte gerade aufzustehen, um von seinen Ketten in die schwarze Wirklichkeit seiner Zelle zurückgerissen zu werden.

Der Wagen zuckelte langsam durch eine enge Straße. Viele andere zweirädrige Droschken und Kutschen bevölkerten diese Straße, die sich noch mitten im Areal der Sünde befand. Unter jeder Straßenlampe, in jeder Hauseinfahrt standen Prostituierte. Charles beobachtete sie aus dem Dunkel. Es kochte unerträglich in ihm. Hätte er einen spitzigen Nagel vor sich gehabt, er hätte, in Erinnerung an Sarah vor dem Hagedorn, seine Hand hineingerannt; so stark verlangte er, sich abzureagieren, sich zu bestrafen, etwas zu tun, was seinen Ärger auslaufen ließ.

Eine stillere Straße. Sie fuhren an einer Gaslaterne vorbei, unter der ein einsames Mädchen stand. Vielleicht, weil die Frauen in der Straße, die sie eben verlassen hatten, so dicht an dicht gestanden waren, schien diese hier wie verloren, als sei sie zu unerfahren, um sich weiter vorzuwagen. Ihre Profession war dennoch unverkennbar. Sie trug ein schmuddeliges rosa Baumwollkleid mit imitierten Rosen am Brustausschnitt, um die Schultern hatte sie einen weißen Schal. Ein schwarzes modisches Hütchen, klein und maskulin, thronte auf einem dicken geflochtenen Knoten kastanienbraunen Haares. Sie starrte den vorüberfahrenden Wagen an; etwas an ihrem Haar, das ihr Gesicht beschattete, an den wachsamen, dunklen Augen, der versonnenen Bereitschaft, ließ Charles sich vorbeugen und sie durch das ovale Seitenfenster genau in Augenschein nehmen. Er konnte es nicht länger aushalten, faßte seinen Stock und klopfte damit heftig an das Wagendach. Der Kutscher hielt sofort an. Eilige Schritte, dann erschien neben der offenen Vorderseite des Wagens etwas unter ihm das Gesicht.

Sie sah Sarah nicht eigentlich ähnlich; wie er bemerkte, war das Haar zu rot, um natürlich zu sein; etwas Gemeines war an ihr, ihre umschatteten Augen zeigten eine künstliche Verwegenheit, ebenso wie das Lächeln ihrer roten Lippen, die wie eine blutende Wunde aussahen. Und doch war eine Spur da – vielleicht in den starken Brauen, vielleicht in der Mundpartie.

»Hast du ein Zimmer?«

»Ja, Sir.«

»Sag ihm, wo er hinfahren soll.«

Sie verschwand für einen Augenblick und sagte etwas zu dem Kutscher. Dann stieg sie auf, so daß der Wagen schwankte, und kam zu ihm herein; der enge Raum füllte sich mit billigem Parfüm. Der leichte Stoff ihres Ärmels und ihres Rocks streifte ihn, aber sie berührten einander nicht. Die Droschke setzte sich in Bewegung. Etwa hundert Meter lang schwiegen sie.

»Die ganze Nacht, Sir?«

»Ja.«

»Ich frage, weil ich sonst den Preis für die Rückfahrt draufschlage.«

Er nickte und sah in die Dunkelheit, die vor ihnen lag. Weitere hundert schwankende Meter schwiegen sie. Er fühlte, wie sich etwas entspannte, ein winziger Druck gegen seinen Arm.

»Scheußlich kalt für diese Jahreszeit.«

»Ja.« Er sah sie an. »Du mußt das ja merken.«

»Ich arbeite nicht, wenn es schneit. Manche machen es. Ich nicht.«

Wieder Schweigen. Jetzt begann Charles.

»Bist du schon lang . . .«

»Seit ich achtzehn bin, Sir. Zwei Jahre nächsten Mai.«

»Aha.«

Während der nächsten Sprechpause gönnte er sich wieder einen Blick. Eine schreckliche Rechnung nagte in seinem Gehirn: dreihundertfünfundsechzig, sagen wir dreihundert »Arbeitstage« mal zwei . . . sechshundert zu eins, daß sie nicht irgendeine Krankheit aufgeschnappt hatte. Konnte er sie diskret danach fragen? Nein, er konnte nicht. Wieder sah er sie an, als das Licht von draußen günstig fiel. Ihr Teint schien unversehrt. Aber er war ein

Narr: was Syphilis betraf, so wußte er, daß er in einem Luxusetablissement wie dem, das er gerade verlassen hatte, ein Zehntel des Risikos eingegangen wäre. Was war ihm eingefallen, sich einen Cockney, eine billige Straßendirne anzulachen ... aber sein Schicksal war besiegelt. Er wollte es so. Sie fuhren nach Norden, in Richtung der Tottenham Court Road.

»Willst du, daß ich gleich zahle?«

»Ich bin nicht empfindlich. Wie Sie es wünschen.«

»Schön. Wieviel?«

Sie zögerte. Dann: »Normaltarif, Sir?«

Er sah sie kurz an; nickte.

»Für die ganze Nacht verlange ich meistens ...« – ihr winziges Zögern war ausgesprochen unaufrichtig. »... einen Sovereign.«

Er griff in die Rocktasche und gab ihr die Münze.

»Danke, Sir.« Sie steckte sie diskret in ihren Beutel. Und dann gelang ihr eine indirekte Antwort auf seine geheime Befürchtung.

»Ich gehe nur mit Gentlemen, Sir. Sie brauchen sich deswegen keine Gedanken zu machen.« Jetzt sagte er: »Danke.«

40

And're Lippen, eh ich da war,
Preßten diese Lippen freilich,
Eh ich da war, haben And're
Sich an diese Brust gepreßt.
Matthew Arnold, *Abschied* (1853)

Die Droschke fuhr vor einem Haus in einer engen Seitenstraße östlich der Tottenham Court Road vor. Das Mädchen war behend aus dem Wagen, ging geradewegs ein paar Stufen zur Haustür hinauf und trat ein. Der Droschkenkutscher war ein sehr alter Mann, der so in seinem weiten Umhang und seinem tief ins Gesicht gezogenen Zylinder stak, daß man sich nur schwer vorstellen konnte, sie seien nicht an seinem Körper angewachsen. Er hatte die Peitsche in den Halter neben seinem Sitz gesteckt, die kurze Pfeife aus dem Mund genommen und hielt die schmutzige hohle Hand hin, um das Geld zu nehmen. Dabei starrte er aber geradeaus vor sich auf das Ende der dunklen Straße, als könne er sich nicht überwinden, Charles noch einmal anzusehen. Charles war froh, daß er nicht angesehen wurde; und fühlte sich dabei doch so ungemütlich, als habe der alte Kutscher die Absicht, ihm einzuheizen. Einen Augenblick lang zweifelte er. Er konnte noch in den Wagen springen, denn das Mädchen war weg. Aber dann ließ ein böser Eigensinn ihn zahlen. Er fand die Prostituierte auf dem ärmlich beleuchteten Gang warten, sie drehte ihm den Rücken. Sie sah sich auch nicht um, als sie ihn die Haustür schließen hörte, sondern ging gleich die Stufen hinauf. Es roch nach Essen, aus dem hinteren Teil des Hauses drangen unbekannte Stimmen.

Sie stiegen zwei steile Treppenabsätze hinauf. Dann öffnete sie eine Tür und wartete, bis er vorbei war; dann schob sie den Riegel vor. Nun ging sie zur Gaslampe über dem Kamin und drehte sie auf. Sie schürte das Feuer und legte Kohlen darauf. Charles sah sich um. Alles in dem Zimmer war schäbig außer dem Bett, aber tadellos sauber. Das Bettgestell war aus Eisen und Messing, das letztere so hell poliert, daß es wie Gold glänzte. Die gegenüberliegende Ecke war durch einen Vorhang verdeckt, dahinter erblickte er einen Waschständer. Weniger, billiger Zierat, an den Wänden ein paar billige Drucke. Die ausgefransten Wollvorhänge waren zugezogen. Nichts in dem Zimmer verriet den üppigen Zweck, dem es diente.

»Entschuldigen Sie mich, Sir. Machen Sie es sich bequem. Es dauert keine Minute.«

Sie ging durch eine andere Tür in das Nebenzimmer. Es lag im Dunkel, und Charles merkte, daß sie die Tür sehr sachte zuzog. Er ging zum Feuer und stellte sich mit dem Rücken dagegen. Durch die geschlossene Tür hörte er undeutlich das Murmeln eines aus dem Schlaf erwachten Kindes, ein beruhigendes Zischen, ein paar leise Worte. Die Tür öffnete sich wieder, und die Prostituierte erschien. Sie hatte Schal und Hut abgelegt und lächelte ihn nervös an. »Mein kleines Mädchen, Sir. Sie macht keinen Lärm. Sie ist brav wie Gold.« Als sie sein Mißfallen merkte, sprach sie eilig weiter. »Nur ein paar Schritte weiter ist ein Gasthaus, Sir, wenn Sie vielleicht Hunger haben.«

Charles hatte keinen Hunger. Auch keinen sexuellen. Er fand es schwierig, sie anzuschauen.

»Bitte, besorge dir, was du für dich brauchst. Ich weiß nicht ... das heißt ... etwas Wein, vielleicht, wenn es möglich ist?«

»Französischen oder deutschen, Sir?«

»Ein Glas Rheinwein – magst du ihn?«

»Danke, Sir. Ich schicke gleich den Burschen.«

Wieder verschwand sie. Unten im Flur hörte er sie scharf, viel weniger vornehm, rufen:

»'Arry!«

Stimmengemurmel, die Haustür schlug zu. Als sie zurückkam, fragte er, ob er ihr nicht etwas Geld hätte geben sollen. Aber anscheinend war diese Dienstleistung im Preis inbegriffen.

»Wollen Sie sich nicht setzen, Sir?«

Und sie streckte ihre Hände aus, um Hut und Stock abzunehmen, die er noch hielt. Er übergab sie ihr, dann teilte er die Rockschöße und setzte sich zum Feuer. Die aufgelegte Kohle schien schlecht zu brennen. Sie kniete am Feuer vor ihm und beschäftigte sich wieder mit dem Schürhaken.

»Es ist beste Qualität, Sir. Sie sollten nicht so langsam anbrennen. Aber der Keller macht's. Feucht, bei alten Häusern.« Im roten Widerschein des Feuers betrachtete er ihr Gesicht. Es war nicht hübsch, sondern derb, stumpf, ohne Gedanken. Ihre Brüste waren gut entwickelt, Handgelenke und Hände überraschend zart, fast zerbrechlich. Das und das reiche Haar erregten für einen Augenblick sein Begehren. Er hätte beinahe die Hand ausgestreckt, um sie zu berühren, überlegte es sich aber. Hatte er erst etwas Wein getrunken, würde er sich besser fühlen. In dieser Stellung blieben sie eine Minute oder länger. Schließlich sah sie ihn an, und er lächelte. Zum erstenmal an diesem Tag rührte ihn etwas wie Frieden an.

Sie wandte sich wieder dem Feuer zu und murmelte: »Es wird keine Minute mehr dauern, es sind nur zwei Schritte.«

So verharrten sie wieder schweigend. Aber solche Augenblicke wirkten auf einen Viktorianer sehr seltsam; sogar zwischen Ehegatten war die Intimität durch eherne Gesetze der Konvention geregelt. Doch Charles war hier und saß am Kamin einer Frau, von deren Existenz er vor einer Stunde noch keine Ahnung gehabt hatte, wie ein . . .

»Der Vater deines kleinen Mädchens . . .«

»Ein Soldat, Sir.«

»Ein Soldat?«

Sie sah in Erinnerungen ins Feuer.

»Er ist jetzt in Indien.«

»Wollte er dich nicht heiraten?«

Sie lächelte über seine Unwissenheit, dann schüttelte sie den Kopf. »Er gab mir Geld, als das Kind zur Welt kam.« Damit schien sie anzudeuten, daß er alles getan hatte, was man anständigerweise von ihm verlangen konnte.

»Und hast du nichts anderes gefunden, um dir deinen Lebensunterhalt zu verdienen?«

»Man könnte arbeiten. Aber das dauert den ganzen Tag. Und wenn ich dann zahlen muß, damit mir jemand auf die kleine Mary achtgibt . . .« Sie zuckte die Achseln. »Ist man einmal auf der schiefen Bahn, dann ist's passiert. Kann nicht wiedergutgemacht werden, so muß man das Beste daraus machen.«

»Und du glaubst, das ist der beste Weg?«

»Ich weiß keinen anderen, Sir.«

Sie sagte es ohne besonderes Anzeichen von Scham oder Bedauern. Ihr Schicksal war besiegelt, und sie hatte nicht die Vorstellungskraft, darüber hinaus zu sehen.

Schritte auf der Treppe. Sie stand auf, ging zur Tür und öffnete vor dem Klopfen. Charles sah einen Knaben von dreizehn Jahren, der offenbar dazu angehalten war, nicht neugierig zu sein. Er hielt die Augen gesenkt, während sie das Tablett zu einem Tisch am Fenster trug und mit ihrer Börse zur Tür zurückging. Man hörte das Klimpern kleiner Münzen, dann schloß sich die Tür leise wieder. Sie goß ein Glas Wein ein und brachte es ihm; die angebrochene Flasche setzte sie auf einen Dreifuß, der am Kamin neben ihm stand, als sollte der Wein gewärmt werden. Dann setzte sie sich und zog das Tuch vom Tablett. Aus den Augenwinkeln sah Charles eine kleine Pastete, Kartoffeln, ein Becherglas, in dem sich offensichtlich Gin mit Wasser befand, denn Wasser allein hätte sie doch schwerlich bestellt. Der Rheinwein schmeckte sauer, aber er trank ihn in der Hoffnung, er werde seine Sinne einschläfern.

Das leise Knacken des nun brennenden Feuers, das stille Zischen der Gaslampe, das Klimpern des Bestecks; er konnte sich nicht vorstellen, wie das alles zu dem eigentlichen Zweck seines Hierseins passen sollte. Er trank noch ein Glas von dem sauren Wein.

Bald hatte sie aber ihre Mahlzeit beendet. Sie trug das Tablett hinaus und ging wieder in das verdunkelte Schlafzimmer, wo das kleine Mädchen schlief. Nach einer Minute kam sie wieder. Nun trug sie einen weißen Morgenrock, den sie vorn zusammenhielt. Das Haar war aufgelöst und fiel über ihren Rücken; mit der Hand hielt sie die Ränder des Mantels gerade so, daß man sehen konnte, daß sie darunter nackt war. Er stand auf.

»Keine Eile, Sir. Trinken Sie Ihren Wein aus.«

Er sah auf die Flasche neben sich, als habe er sie vorher noch gar nicht bemerkt; dann nickte er, setzte sich wieder und goß sich noch ein Glas ein. Sie trat vor ihn, mit der einen Hand hielt sie noch immer den Mantel zusammen, mit der anderen drehte sie das Licht herunter, so daß nur zwei kleine grüne Spitzen blieben. Der Schein des Feuers umspielte sie und machte ihre jungen Züge weich. Dann kniete sie wieder zu seinen Füßen nieder und sah nach dem Feuer. Dabei streckte sie beide Hände vor, und der Mantel fiel auseinander. Er sah eine weiße Brust, halb im Schatten und nicht ganz entblößt.

Sie sagte, indem sie ins Feuer sah: »Wollen Sie, daß ich mich auf Ihre Knie setze, Sir?«

»Ja . . . bitte.«

Er goß den Wein hinunter. Wieder raffte sie das Gewand zusammen und setzte sich leicht über seine angezogenen Beine, den rechten Arm legte sie um seine Schulter. Er legte den linken Arm um ihre Taille, während die Rechte, steif und unnatürlich, auf der Armlehne des Stuhls blieb. Für einen Augenblick raffte sie den Stoff ihres Gewandes mit der linken Hand zusammen, dann streckte sie sie aus und streichelte seine Wange. Darauf küßte sie die andere Wange. Ihre Augen begegneten einander. Sie sah auf seinen Mund, anscheinend scheu, aber sie betrieb ihr Geschäft ohne Scheu. »Sie sind ein sehr hübscher Gentleman.«

»Du bist ein hübsches Mädchen.«

»Sie mögen uns schlimme Mädchen?«

Er bemerkte, daß sie das »Sir« fallenließ. Er drückte den linken Arm etwas fester um sie.

Nun griff sie zu, nahm die widerspenstige rechte Hand und zog sie unter ihr Gewand an die nackte Brust. Er spürte die feste Brustwarze in seiner Handfläche. Ihre Hand zog seinen Kopf an ihren, und sie küßten sich; seine Hand, die nun wieder verbotenes weibliches Fleisch zu fassen bekam, seidige, runde Formen, ein vergessenes Gedicht, griff zu, begutachtete die Brust, glitt dann tiefer unter dem Gewand bis zur Rundung ihrer Hüfte. Sie war tatsächlich nackt, und ihr Mund schmeckte schwach nach Zwiebeln.

Vielleicht war es das, was zum erstenmal Übelkeit in ihm hochsteigen ließ. Er unterdrückte sie, und sein Bewußtsein spaltete sich: er war einer, der zuviel getrunken hatte, und ein anderer, der nun sexuell erregt war. Schamlos öffnete sich jetzt das Gewand über dem flachen Bauch des Mädchens, der schwarzen Welle der Schamhaare, den weißen Hüften, die ihn durch den Anblick und den Druck reizten. Tiefer als bis zur Taille wanderte seine Hand nicht; sie glitt wieder aufwärts und berührte die nackten Brüste, den Hals, die Schultern. Nach dem ersten Angebot, als sie seine Hand führte, machte sie keins mehr; sie war sein Opfer, ganz passiv, ihr Kopf ruhte an seiner Schulter, erwärmter Marmor, eine nackte Etty, die Sage von Pygmalion mit Happy End. Wieder überkam ihn eine Welle von Übelkeit. Sie merkte es, deutete es aber falsch.

»Bin ich zu schwer?«

»Nein . . . das heißt . . .«

»Es ist ein hübsches Bett. Weich.«

Sie trat von ihm weg, ging zum Bett und legte die Decken sorgfältig zusammen. Dann wandte sie sich ihm zu. Sie ließ das Gewand von den Schultern gleiten. Sie war gut gebaut, der Hintern wohlgeformt. Im nächsten Augenblick setzte sie sich aufs Bett, schwang die Beine unter die Decken und legte sich mit geschlossenen Augen zurück; es war offensichtlich, daß sie diese Position für diskret und hingebungsvoll zugleich hielt. Eine Kohle begann hell zu flackern und warf riesengroße schwankende Schatten; das Bettgestell war wie ein vergitterter Käfig, der auf der Wand hin und her tanzte. Charles stand da und kämpfte den Aufruhr in seinem Magen nieder. Das war der Rheinwein – er war wahnsinnig gewesen, ihn zu trinken. Nun hatte sie die Augen geöffnet und sah ihn an. Nach kurzem Zögern streckte sie ihre zarten weißen Arme aus. Er tastete nach seinem Gehrock.

Nach kurzer Zeit fühlte er sich etwas besser und begann ernsthaft, sich auszuziehen; seine Sachen legte er ordentlich über die Stuhllehne, viel ordentlicher als je in seinem eigenen Zimmer. Um sich die Schuhe aufzuknöpfen, mußte er sich setzen. Während er die Hose und das Untergewand auszog, das ihm nach der damaligen Sitte bis an die Knie ging, starrte er ins Feuer. Das Hemd konnte er nicht allein ausziehen. Die Übelkeit kam wieder. Er griff nach dem spitzengesäumten Kaminsims, schloß die Augen und rang nach Beherrschung.

Diesmal hielt sie sein Zögern für Scheu und warf die Bettdecke zurück, als wolle sie aufstehen und ihn zum Bett führen. Er zwang sich, zu ihr hinzugehen. Sie sank wieder zurück, deckte sich aber nicht zu. Er stand am Bett und sah auf sie hinunter. Sie streckte die Arme aus. Er starrte noch immer, nur das schwimmende Gefühl im Kopf war ihm bewußt. Der Dunst des Milchpunschs, des Champagners, Rotweins, Portweins, des verdammten Rheinweins befand sich im offenen Aufruhr ...

»Ich weiß deinen Namen noch nicht.«

Sie lächelte zu ihm auf, dann ergriff sie seine Hände und zog ihn zu sich.

»Sarah, Sir.«

Ein unwiderstehlicher Krampf würgte ihn. Er drehte sich auf die Seite und begann sich zu erbrechen, gerade in das Kissen neben ihrem erschrocken zurückgeworfenen Kopf.

41

Wirbelnder Faun, im dionysischen Fest
Erhebe dich, laß das Tier hinter dir
Laß Affen und Tiger sterben.
Tennyson, *In Memoriam* (1850)

Zum neunundzwanzigstenmal an diesem Tag wechselte Sam einen Blick mit der Köchin, sah dann auf die Glöckchen, die über der Küchentür aufgereiht waren, und dann bedeutungsvoll zur Küchendecke. Es war Mittag. Man konnte annehmen, Sam sei über den freien Vormittag erfreut; aber die einzigen freien Vormittage, nach denen ihn verlangte, setzten anziehendere weibliche Gesellschaft voraus als die der stattlichen Mrs. Rodgers.

»Er ist nicht er selbst«, sagte die Witwe, auch zum neunundzwanzigstenmal. Wenn sie aber etwas ärgerte, dann war es Sam, nicht der junge Herr im ersten Stock. Seit sie vor zwei Tagen aus Lyme zurückgekehrt waren, gab der Diener stets Anspielungen auf geheimnisvolle Vorgänge von sich. Die Nachrichten über Winsyatt hatte er freilich ihr gnädig mitgeteilt, aber regelmäßig hinzugefügt: »Und das ist nicht einmal die Hälfte von dem, was noch kommt.« Weiter ließ er sich nicht aus. »Es gibt gewisse vertrauliche Dinge, über die kann noch nicht gesprochen werden, Mrs. R. Aber es sind Sachen passiert, daß ich meinen Augen kaum getraut habe.«

Sam hatte einen bestimmten Anlaß für seinen Groll. Als Charles sich auf den Weg zu Mr. Freeman machte, hatte er ihm den Abend nicht freigegeben. Also hatte Sam bis nach Mitternacht gewartet, und das einzige, was er zu sehen bekam, als Charles in der Haustür erschien, war ein böser Blick aus weißem Gesicht.

»Warum, zum Teufel, bist du nicht im Bett?«

»Weil Sie nicht gesagt haben, daß Sie auswärts essen, Mr. Charles.«

»Ich war in meinem Klub.«

»Ja, Sir.«

»Laß diesen unverschämten Blick von deinem verdammten Gesicht verschwinden.«

»Ja, Sir.«

Sam streckte die Hände aus und übernahm – oder fing auf, was ihm zugeworfen wurde. Zuerst kamen die verschiedenen Einzelheiten der Straßenkleidung, zuletzt ein giftiger Blick, den Charles ihm zuwarf. Dann marschierte der Meister majestätisch die Treppe hinauf. Sein Geist war jetzt sehr nüchtern, nur sein Körper war noch etwas betrunken; diese Erkenntnis spiegelte sich in dem bitteren Grinsen wider, das Sam ihm hinterherschickte.

»Sie haben recht, Mrs. R. Er ist nicht er selbst. Er war heute nacht stockbesoffen.«

»Ich hätte es nicht für möglich gehalten.«

»Es gibt eine Menge Dinge, die man wirklich nicht für möglich hält. Und die gleichwohl passieren.«

»Er erzählt mir ja nichts davon.«

»Keine zehn Pferde bringen mich zum Reden, Mrs. R.« Die Köchin atmete tief. Neben ihr auf dem Regal tickte die Uhr. Sam lächelte. »Aber Sie wollen es gern wissen, Mrs. R., sehr gern.«

Natürlich hätte Sams Ressentiment bald bewirkt, wozu die zehn Pferde nicht imstande waren. Aber die Glocke rettete ihn und machte die Pläne der strammen Mrs. Rodgers zunichte. Sam ging zum Herd, nahm die Zehnliterkanne mit heißem Wasser, die dort den ganzen Morgen geduldig gewartet hatte, winkte seiner Kollegin und verschwand.

Es gibt zwei Arten Katzenjammer: in dem einen fühlt man sich schlecht und matt, im anderen schlecht und hellwach. Charles war wirklich schon mehrere Male aufgewacht, ja aufgestanden, ehe er läutete. Er hatte die zweite Art. Ganz genau erinnete er sich an die Vorgänge der letzten Nacht.

Sein Erbrechen hatte das vage sexuelle Verlangen, das er in jenem Schlafzimmer empfunden hatte, vollständig vertrieben. Er dachte nicht mehr daran. Seine Erwählte mit dem unglückseligen Namen war hastig aufgestanden, hatte ihr Kleid übergeworfen und sich dann als ebenso tüchtige Pflegerin erwiesen, wie sie es versprochen hatte, als Prostituierte zu sein. Sie brachte Charles zu seinem Stuhl am Feuer. Dort fiel sein Blick auf die Weinflasche, und prompt kam das Erbrechen wieder. Diesmal war aber ein Becken zur Hand, das sie vom Waschständer geholt hatte. Zwischen dem Würgen stöhnte Charles Entschuldigungen.

»Tut mir sehr leid . . . bin sehr unglücklich . . . fühle mich etwas unpäßlich . . .«

»Schon gut, Sir, schon gut. Lassen Sie's nur kommen.«

Und er ließ kommen, was da kommen mußte. Sie holte ihren Schal und legte ihn um seine Schultern. Eine Zeitlang saß er da wie ein lächerlicher alter Großvater, über das Becken auf seinen Knien gebeugt, mit tiefgesenktem Kopf. Nach einer Weile begann er sich etwas besser zu fühlen. Ob er schlafen wollte? Er wollte, aber in seinem eigenen Bett. Sie ging zum Fenster und sah auf die Straße hinunter; dann ging sie hinaus, während er sich wackelig anzog. Als sie wiederkam, war sie angezogen. Er sah sie entgeistert an.

»Du willst doch nicht . . .«

»Ihnen einen Wagen holen, Sir. Wenn Sie etwas warten . . .«

»Ach so . . . danke.«

Wieder setzte er sich, sie ging hinunter und verließ das Haus. Er war zwar keineswegs sicher, daß die Übelkeit ganz vorbei war, fühlte sich aber seelisch ungemein erleichtert. Was immer er auch beabsichtigt hatte – er hatte die verhängnisvolle Tat nicht begangen. Er sah in das glimmende Feuer und lächelte, so seltsam es auch scheinen mochte.

Dann rief es leise aus dem Nebenzimmer. Stille, dann wieder der Ton, diesmal lauter und anhaltender. Offenbar war das kleine Mädchen aufgewacht. Stille, Jammern, ersticktes Schluchzen, Stille, Jammern – es wurde unerträglich. Charles ging zum Fenster und zog die Vorhänge zurück. Wegen des Dunstes konnte er nicht weit sehen. Keine Seele war zu erblicken. Er stellte fest, daß man nur noch selten Pferdegetrappel hörte, und erriet, daß das Mädchen wohl ein Stück werde gehen müssen, bis es eine Droschke fand. Während er noch unschlüssig dastand, bumste es aus dem Nebenhaus schwer gegen die Wand, und eine rauhe Männerstimme schrie zornig. Charles zögerte noch, dann legte er Hut und Stock auf den Tisch und öffnete die Tür zum Nebenzimmer. Im Widerschein sah er einen Kleiderschrank und einen großen alten Koffer. Das Zimmer war sehr klein. In der gegenüberliegenden Ecke stand neben einem geschlossenen Nachtstuhl ein kleines Bett auf Rädern. Plötzlich setzte das Geschrei des Kindes wieder ein und durchdrang den kleinen Raum. Charles stand, ein furchteinflößender schwarzer Riese, in der Türöffnung.

»Pst, pst. Deine Mutter kommt bald zurück.«

Natürlich machte die fremde Stimme die Sache nur noch schlimmer. Das Geschrei war so herzzerreißend, daß Charles das Gefühl hatte, die ganze Nachbarschaft müsse aufwachen. Er zerbrach sich verzweifelt den Kopf, dann ging er in die Dunkelheit zu dem Kind. Als er sah, wie klein es noch war, erkannte er, daß Worte hier nichts fruchteten. Er beugte sich über es und tätschelte ihr sacht das Köpfchen. Heiße kleine Finger griffen nach seiner Hand, aber das Geschrei ließ nicht nach. Einen gewaltigen Vorrat an Furcht gab das winzige verzerrte Gesicht mit erstaunlicher Kraft von sich. Er mußte irgendeinen verzweifelten Ausweg finden und fand ihn. Er zog seine Uhr heraus, löste die Kette von seiner Weste und ließ die Uhr über dem Kind baumeln. Es wirkte augenblicklich. Das Geschrei erstarb zu leisem Wimmern, dann reckten sich die Ärmchen, um das wunderbare silberne Spielzeug zu fassen. Es durfte die Uhr haben, verlor sie aber wieder im Bettzeug. Nun wollte es sich aufsetzen, aber das gelang ihm nicht. Wieder begann es zu schreien.

Charles griff zu, um das Kind gegen das Kissen zu lehnen. Dann überkam ihn die Versuchung, und er hob es in seinem langen Nachtgewand aus dem Bett, drehte sich um und setzte sich auf den Nachtstuhl. Während er den kleinen Körper auf den Knien hielt, ließ er die Uhr vor den gierig ausgestreckten kleinen Armen baumeln. Es war eins jener dicklichen viktorianischen Kinder mit kleinen schwarzen Perlenaugen, eine kleine weiße Rübe mit schwarzem Haar. Es amüsierte Charles, wie seine Stimmung plötzlich umschlug, wie es vor Entzücken gurgelte, als es endlich die heftig begehrte Uhr zu fassen bekam. Jetzt begann es zu plaudern. Charles murmelte in Erwiderung: »Ja, ja, sehr hübsch, braves kleines Mädchen, lieb, lieb.« Er stellte sich vor, was Sir Tom und der Sohn des Bischofs sagen würden, wenn sie ihn so sähen . . . das war das Ende seiner tollen Ausschweifung. Das Leben hatte seltsame, dunkle Irrgänge, es führte zu geheimnisvollen Begegnungen.

Er lächelte, denn das Kind weckte in ihm weniger sentimentale Zärtlichkeit als die Wiederkehr seines Sinns für Ironie, der wieder ein Ausgleich seines Glaubens an sich selbst war. In Sir Toms Coupé hatte er falsche Vorstellungen vom gegenwartsbezogenen Leben gehabt; daß er seine Vergangenheit und seine Zukunft von sich stieß, war nichts anderes als ein verwerflicher Sprung ins Vergessen ohne Verantwortlichkeit. Jetzt kam ihm viel tiefer und echter die Eingebung, wie der Mensch sich hinsichtlich der Zeit Illusionen hingibt: er meint, die Zeit sei in Wirklichkeit eine Straße, auf der man beständig feststellen kann, wo man ist und wo man demnächst wahrscheinlich sein wird – in Wahrheit ist die Zeit ein Raum, ein Jetzt, das uns so eng umschließt, daß wir meist nichts von ihr merken. Charles' Erfahrung war das genaue Gegenteil von der Sartres. Die einfache Einrichtung, die ihn umgab, das warme Licht aus dem Nebenzimmer, die armseligen Schatten, vor allem das kleine Wesen, das er auf den Knien hielt, dessen Gewicht man dem ihrer Mutter gegenüber gar nicht spürte (an sie dachte er jetzt überhaupt nicht) – das waren keine störenden, feindlichen Gegenstände, sondern solche, die freundlich waren und zählten. Die Hölle am Ende war der grenzenlose, leere Raum; diese Dinge bannten sie. Plötzlich fühlte er sich in der Lage, seiner Zukunft ins Auge zu sehen, die nur eine Form dieser schrecklichen Leere war. Was immer auch kommen würde, solche Augenblicke würden ihn heilen; sie mußten nur gefunden werden, und sie konnten gefunden werden.

Die Tür ging auf. Im Licht stand die Prostituierte. Charles konnte ihr Gesicht nicht sehen, erriet aber, daß sie jetzt sehr erschrak. Und dann erleichtert war.

»Oh, Sir. Hat sie geweint?«

»Ja. Ein wenig. Ich glaube, sie ist jetzt wieder eingeschlafen.«

»Ich mußte bis zum Droschkenstand an der Warrenstreet gehen. Hier gab es keine.«

»Sehr freundlich von dir.«

Er übergab ihr das Kind und sah zu, wie sie es ins Bett steckte; dann drehte er sich jäh um und verließ das Zimmer. Er griff in die Tasche, zählte fünf Sovereigns heraus und legte sie auf den Tisch. Das Kind war wieder aufgewacht, und die Mutter beruhigte es. Er zögerte noch, dann ging er still aus dem Raum.

Er saß schon in der wartenden Droschke, als sie die Treppe herunterlief und an die Droschkentür kam. Sie sah zu ihm auf, ihr Blick war erstaunt, fast verletzt. »Oh, Sir, danke. Danke.«

Er bemerkte, daß in ihren Augen Tränen standen; Arme erschüttert nichts so sehr wie unverdientes Geld.

»Du bist ein tapferes, liebes Mädchen.«

Er streckte die Hand aus und berührte ihre Hand, die den Bedientensitz umfaßt hielt. Dann klopfte er mit dem Stock.

42

Es ist nicht etwa die »Geschichte«, die den Menschen zum Mittel braucht, um ihre – als ob sie eine aparte Person wäre – Zwecke durchzuarbeiten, sondern sie ist nichts als die Tätigkeit des seine Zwecke verfolgenden Menschen.

Marx, *Die heilige Familie* (1845)

Wie wir hörten, war Charles bei seiner Ankunft in Kensington nicht mehr in so menschenfreundlicher Stimmung wie beim Abschied von der Prostituierten. Während der einstündigen Fahrt war ihm wieder schlecht geworden; er hatte auch Zeit, ein gewisses Maß an Selbstverachtung in Gang zu setzen. Beim Erwachen befand er sich in besserer Verfassung. Wie Männer das so tun, pflegte er seinen Kater, besah sich im Spiegel andächtig sein verstörtes Gesicht und spähte in seinen ausgedörrten, brennenden Mund. Dann entschied er, er sei nun wieder ganz gut imstande, der Welt ins Gesicht zu sehen. Was er sicher sah, war Sam, der mit dem heißen Wasser hereinkam. Er brachte so etwas wie eine Entschuldigung für seine schlechte Laune in der Nacht vor.

»Ich habe nichts bemerkt, Mr. Charles.«

»Der Abend war etwas ermüdend, Sam. Jetzt sei ein guter Junge und hol mir einen großen Topf Tee herauf. Ich habe einen Teufelsdurst.«

Sam ging, seine Meinung darüber, daß sein Herr auch noch etwas anderes vom Teufel habe, behielt er für sich. Charles wusch und rasierte sich und dachte über Charles nach. Offenbar war er nicht zum Wüstling geschaffen; aber in reuevollem Pessimismus hatte er auch noch nicht viel Übung. Hatte nicht Mr. Freeman selbst ihm gesagt, er könne sich noch zwei Jahre Zeit lassen, ehe eine Entscheidung über seine Zukunft getroffen werden müsse? In zwei Jahren konnte viel passieren. Charles sagte sich nicht wörtlich: Vielleicht stirbt mein Onkel; aber dieser Gedanke geisterte durch sein Hirn. Danach erinnerte ihn der fleischliche Teil seiner Erinnerungen an die vergangene Nacht daran, daß er ja bald Genüsse dieser Art legitim werde haben können. Einstweilen mußte er eben noch Abstinenz üben. Und jenes Kind – für wie vieles, was man im Leben entbehrte, mußten Kinder einen doch entschädigen!

Sam kam mit dem Tee zurück – und mit zwei Briefen. Wieder wurde das Leben zur Straße. Er sah sofort, daß der zuoberst liegende Umschlag zweimal frankiert war; zur Post gebracht war er in Exeter und dann vom Weißen Löwen in Lyme Regis nach Kensington weiterbefördert worden. Der andere kam direkt aus Lyme. Er zögerte, dann ergriff er ein Papiermesser, um sein Mißtrauen zu beruhigen, und ging zum Fenster. Als ersten öffnete er Grogans Brief; ehe wir ihn aber lesen, müssen wir die Nachricht zur Kenntnis nehmen, die Charles nach seiner Rückkehr von dem Morgenspaziergang nach Carslakes Scheune an Grogan gerichtet hatte. Sie lautete:

»Mein lieber Doktor Grogan!

Ich schreibe in großer Eile, um Ihnen für den unschätzbaren Rat und die Hilfe zu danken, die Sie mir in der vergangenen Nacht geleistet haben. Ebenso möchte ich Ihnen versichern, daß ich sehr glücklich wäre, jede Bemühung und Aufmerksamkeit, die Ihr Kollege und Sie selbst für nötig halten, zu entgelten. Daß Sie es daran nicht fehlen lassen werden, davon bin ich überzeugt; unter der unbedingten Voraussetzung, daß ich eingesehen habe, bitte ich Sie, mir mitzuteilen, was hinsichtlich des Treffens verlautet, das schon stattgefunden haben wird, wenn Sie dies lesen.

Nun, ich konnte es nicht über mich bringen, das Thema in der Broad Street heute morgen anzuschneiden. Meine etwas plötzliche Abreise und verschiedene andere Umstände, mit denen ich Sie jetzt nicht belasten will, machten den Zeitpunkt ausnehmend ungeeignet. Sobald ich zurückkehre, werden wir uns mit der Sache befassen. Bis dahin bitte ich, Stillschweigen zu bewahren.

Ich fahre sofort. Untenstehend meine Adresse in London. In aufrichtiger Dankbarkeit C. S.«

Es war kein aufrichtiger Brief. Aber er mußte geschrieben werden. Jetzt entfaltete Charles nervös das Antwortschreiben.

»Mein lieber Smithson!

In der Hoffnung, einige Klarheit in unser kleines Dorset-Geheimnis bringen zu können, habe ich mein Schreiben an Sie aufgeschoben. Ich bedauere, sagen zu müssen, daß das einzige weibliche Wesen, das ich bei meinem morgendlichen Ausflug antraf, Mutter Natur war – eine Dame, deren Konversation ich nach drei Stunden Wartezeit etwas langweilig zu finden begann. Kurz, die Person kam nicht. Nach meiner Rückkehr sandte ich einen aufgeweckten Burschen aus Lyme. Auch er saß ›unter dem Dach der Buche‹ in beschaulicher Einsamkeit. Jetzt schreibe ich diese Worte leicht hin, doch gestehe ich, daß ich das Schlimmste fürchtete, als der Bursche bei Einbruch der Nacht unverrichteterdinge heimkam.

Allerdings kam mir am andern Morgen zu Ohren, daß im ›Weißen Löwen‹ Anordnungen bezüglich des Gepäcks des Mädchens hinterlassen worden waren; es sollte nach Exeter befördert werden. Zweifellos hat sie selbst diese Anordnungen getroffen. Ich meine, daß wir das als Zeichen dafür nehmen dürfen, daß sie ihre Zelte abgebrochen hat.

Meine Befürchtung ist noch immer, mein lieber Smithson, daß sie Ihnen nach London folgt und versucht, dort ihren Kummer auf Sie abzuladen. Ich bitte Sie, diese Möglichkeit nicht mit einem Lächeln abzutun. Hätte ich Zeit, dann könnte ich Ihnen Fälle aufzählen, wo die Dinge einen solchen Verlauf genommen haben. Beiliegend eine Adresse. Der Mann ist ausgezeichnet, ich rate Ihnen dringendst, die Sache in seine Hände zu legen, falls eine weitere Unannehmlichkeit buchstäblich an Ihre Haustür klopfen sollte.

Seien Sie versichert, daß kein Wort über meine Lippen kam oder kommen wird. Meinen Rat hinsichtlich des reizenden Wesens werde ich nicht wiederholen. Ich hatte das Vergnügen, sie soeben auf der Straße zu treffen, nebenbei gesagt. Aber ich empfehle ein Geständnis bei nächster Gelegenheit. Ich glaube nicht, daß das Absolvitur mit einer zu harten oder zu langen Buße verbunden sein wird.

Aufrichtigst Ihr
Michael Grogan«

Längst ehe er mit dem Brief zu Ende war, hatte Charles schuldbewußt und doch erleichtert Atem geholt. Niemand hatte ihn gesehen. Lange blickte er aus dem Schlafzimmerfenster, dann öffnete er den zweiten Brief.

Er hatte volle Seiten erwartet, aber es war nur eine.

Er hatte eine Flut von Worten erwartet, aber es waren nur drei.

Eine Adresse.

Er zerknüllte das Blatt, ging zum Feuer, das unter der Begleitmusik seines Schnarchens heute früh um acht Uhr von dem Zimmermädchen entzündet worden war, und warf das Papier in die Flammen. Nach fünf Sekunden hatte es sich in Asche verwandelt. Er nahm die Teeschale, mit der Sam immer noch wartend dastand, leerte sie auf einen Zug und gab die Tasse zum Nachfüllen zurück.

»Sam, ich habe meine Angelegenheit hier erledigt. Morgen fahren wir nach Lyme zurück. Mit dem Zug um zehn. Besorg die Fahrkarten. Die zwei Telegramme, die auf meinem Schreibpult liegen, nimm aufs Telegrafenamt mit. Den Nachmittag hast du frei, um ein paar Bänder für die hübsche Mary zu besorgen – das heißt, falls du seit unserer Rückkehr hierher mit deinem Herzen nicht schon anders disponiert hast.«

Auf dieses Stichwort hatte Sam gewartet. Er schoß einen Blick auf die Rückseite seines Herrn, während er die vergoldete Frühstücksschale zum zweitenmal füllte; er überreichte sie auf einem Silbertablett Charles und kündigte an:

»Mr. Charles, ich habe vor, sie hum ihre And zu bitten.«

»Das willst du wirklich tun!«

»Oder ich würde, Mr. Charles, wenn ich nicht so hausgezeichnete Haussichten bei Ihnen ätte.«

Charles schlürfte seinen Tee.

»Schluß jetzt, Sam. Sprich nicht in Rätseln.«

»Wenn ich verheiratet bin, werde ich außer Haus leben müssen, Sir.«

Unwillkürlich sah Charles ihn scharf an; sein Einwand bewies, wie wenig er bisher über die Sache nachgedacht hatte. Er drehte sich um und setzte sich ans Feuer.

»Nun, Sam, ich will beileibe kein Hindernis für deine Heirat sein – aber du wirst mir doch nicht vor der meinigen kündigen?«

»Sie mißverstehen meine Habsicht, Mr. Charles. Ich dachte an nachher.«

»Wir werden einen viel größeren Haushalt führen. Ich bin sicher, daß meine Frau glücklich sein würde, wenn sie Mary auch dort um sich hätte ... also wo drückt der Schuh?«

Sam holte tief Atem. »Ich habe daran gedacht, ins Geschäft zu gehen, Mr. Charles. Das heißt, wenn Sie sich eingerichtet haben, Mr. Charles. Ich hoffe, Sie wissen, daß ich Sie in der Stunde der Not nie allein lassen werde.«

»Geschäft? Was für ein Geschäft?«

»Mein Erzenswunsch ist, einen kleinen Laden zu aben, Mr. Charles.«

Charles setzte die Schale auf das Tablett, das Sam ihm eilig hinhielt.

»Aber weißt du nicht ... ich meine, du verstehst, wie ist es mit dem Bargeld?«

»Ich abe meine Hersparnisse, Mr. Charles. Und meine Mary hauch.«

»Schon gut, aber ihr müßt Miete zahlen, und, mein lieber Freund, Ware kaufen ... Was für einen Laden willst du denn?«

»Textilien und Errenartikel, Mr. Charles.«

Charles sah Sam an, als habe sich der Cockney entschlossen, Buddhist zu werden. Doch da kamen ihm gewisse kleine Begebenheiten in Erinnerung; dieser Hang zum Eleganten; der einzige Punkt in seiner gegenwärtigen Beschäftigung, in dem Sam nie Grund zur Klage gegeben hatte, war seine Sorgfalt für die Kleidung. Mehr als einmal (richtig gesagt, etwa zehntausendmal) hatte Charles ihn wegen seiner persönlichen Eitelkeit aufgezogen.

»Und du hast genug beiseite gelegt, um ...«

»Natürlich nicht, Mr. Charles. Wir werden sehr hart sparen müssen.«

Ein bezeichnendes Schweigen trat ein. Sam beschäftigte sich mit Milch und Zucker. Charles rieb seine Nase wie Sam das zu tun pflegte. Er hatte kapiert und nahm die dritte Schale Tee.

»Wieviel?«

»Ich kenne einen Laden, der mir gefallen würde, Mr. Charles. Er will undertfünfzig Pfund Ablöse und undert für das Lager aben. Und dreißig Pfund Miete als Anzahlung.« Er betrachtete Charles abwägend, dann fuhr er fort: »Das soll nicht heißen, daß es mir nicht sehr gut bei Ihnen geht, Mr. Charles. Nur – ein Laden ist das, was ich mir immer schon vorgestellt abe.«

»Und wieviel hast du erspart?«

Sam zögerte.

»Dreißig Pfund, Sir.«

Charles lächelte nicht, aber er machte ein paar Schritte und stand an seinem Schlafzimmerfenster.

»Wie lange hat es gedauert, bis du sie beisammen hattest?«

»Drei Jahre, Sir.«

Zehn Pfund jährlich mögen nicht viel erscheinen; aber, so rechnete Charles schnell nach, es war ein Drittel seines Lohns für drei Jahre; im Verhältnis hatte Sam besser gewirtschaftet als Charles selbst. Er sah zu Sam hin, der demütig wartend dastand – aber worauf wartete er dort an dem Tisch mit dem Teegeschirr? In der Stille, die nun folgte, beschloß Charles, Sam seine aufrichtige Meinung über das Projekt mitzuteilen, und beging damit seinen ersten schweren Fehler. Am wenigsten wollte er bluffen, nicht im mindesten wollte er so tun, als argwöhne er, Sam wolle sich für seine geleisteten Dienste schadlos halten; viel eher war es das Gefühl, das von alters her eingewurzelt und nicht einfach mit einer sublimen Arroganz gleichzusetzen war: daß nämlich der unfehlbare Herr für seinen fehlbaren Untergebenen die Verantwortung trägt. »Ich warne dich, Sam. Wenn du einmal anfängst, über deinen Stand hinauszugreifen, wirst du nichts als Verdruß haben. Du wirst dich ohne einen Laden miserabel fühlen. Und mit einem doppelt miserabel.« Sam senkte den Kopf. »Überdies, Sam, ich hab mich an dich gewöhnt . . . ich hab dich gern. Verdammt will ich sein, wenn ich dich loswerden will.«

»Ich weiß, Mr. Charles. Ihr Gefühl wird von mir voll erwidert. Mit Verlaub, Sir.«

»Also dann. Wir vertragen uns miteinander. Wir wollen es auch weiterhin tun.«

Sam verbeugte sich und machte sich daran, das Teegeschirr abzuräumen. Seine Enttäuschung lag klar zutage. Er war wie das Sinnbild der Verdrießlichkeit, verlorener Hoffnung, verkürzten Lebens, unbedankter Tugend.

»Nun, Sam, schau nicht drein wie ein geprügelter Hund. Wenn du das Mädchen heiratest, mußt du natürlich als Verheirateter bezahlt werden. Auch etwas zur Ausstattung bekommen. Ich werde dich anständig halten, dessen kannst du versichert sein.«

»Das ist in der Tat sehr gütig von Ihnen, Mr. Charles.«

Das war im Grabeston gesprochen, die Standbilder standen alle noch aufrecht. Einen Augenblick lang sah Charles sich mit Sams Augen. Natürlich war sichtbar gewesen, daß er in den Jahren ihres Zusammenseins eine Menge Geld ausgegeben hatte; Sam mußte auch Kenntnis davon haben, daß er im Fall seiner Heirat noch viel mehr Geld erwarten konnte; und er mochte nun natürlicherweise – ohne jeden Hintergedanken – erwartet haben, daß zwei- oder dreihundert Pfund ein Betrag sei, um den man einkommen konnte.

»Sam, du darfst nicht denken, daß ich knickerig bin. Aber Tatsache ist . . . nun, der Grund, weshalb ich nach Winsyatt fuhr, ist der . . . na, Sir Robert wird heiraten.«

»Nein, Sir! Sir Robert! Das gibt's nicht!«

Sams Überraschung war derart groß, daß man meinen könnte, er sei ein gelernter Schauspieler. Er tat alles, nur daß er nicht das Servierbrett fallen ließ, das er gerade in der Hand hielt; aber Stanislawsky gab es damals noch nicht. Charles sah zum Fenster hinaus und fuhrt fort: »Das bedeutet, Sam, daß ich gerade zu einer Zeit, da große Ausgaben auf mich zukommen, nicht allzuviel erübrigen kann.«

»Ich atte keine Hidee, Mr. Charles. Wieso denn . . . ich kann es kaum glauben – in seinem Halter!«

Den sich anbahnenden Gefühlsausbruch schnitt Charles kurz ab. »Wir müssen Sir Robert alles Gute wünschen. Aber so ist es nun einmal. Bald werden es alle wissen. Trotzdem – Sam, du sagst nichts davon.«

»Oh, Mr. Charles, Sie wissen, ich weiß, wie man ein Geheimnis bewahrt.«

Nun sah Charles Sam wirklich scharf an, aber wieder waren des Dieners Augen bescheiden gesenkt. Inständig wünschte sich Charles, er könnte sie sehen. Aber sie entzogen sich seinem forschenden Blick – und das veranlaßte ihn zu seinem zweiten verhängnisvollen Fehler – rührte doch Sams Verzweiflung viel weniger daher, daß er eine Abfuhr erlebt hatte, als daher, daß er fürchtete, es gebe gar kein dunkles Geheimnis im Leben seines Herrn, bei dem man den Hebel ansetzen könnte.

»Sam, ich . . . das heißt, sobald ich einmal verheiratet bin, wird es sich leichter machen lassen . . . ich möchte deine Hoffnungen nicht vollständig zerstören – erinnere mich dann daran.«

In Sams Herzen entzündete sich eine kleine Freudenflamme. Er hatte es geschafft. Es gab einen Hebel.

»Mr. Charles, Sir, ich wollte, ich hätte nicht davon angefangen. Ich hatte keine Ahnung.«

»Nein, nein. Es freut mich, daß du die Sprache darauf gebracht hast. Vielleicht kann ich Mr. Freeman um Rat fragen, wenn sich die Gelegenheit findet. Zweifellos weiß er, was bei einem solchen Unternehmen zu bedenken ist.«

»Mr. Charles – jedes Wort des Rates aus dem Mund jenes Gentleman wird für mich pures Gold sein – pures Gold!«

Mit dieser Hyperbel trat Sam ab. Charles blickte die Tür an, die sich hinter ihm geschlossen hatte. Er begann, sich zu fragen, ob sich da auf der Außenseite dieser Persönlichkeit – nämlich Sams – nicht so etwas wie ein Uriah Heep abzuzeichnen begann: wirkte er nicht zwiespältig? Stets hatte er in Kleidung und Manieren den Gentleman nachgeäfft. Jetzt trug der unechte Gentleman, den er darstellte, noch gewisse neue Züge. Ja, man lebte in einem Zeitalter der Veränderungen. Viele alte Ordnungen begannen, sich aufzuweichen und aufzulösen.

Noch einige Augenblicke blieb er in Gedanken versunken stehen – doch dann, ach was! Was würde es ausmachen, Sam seinen Wunsch zu gewähren, wußte man erst einmal Ernestinas Geld auf dem Bankkonto. Er ging zu seinem Schreibpult und schloß eine Schublade auf. Ihr entnahm er ein Notizbuch und kritzelte etwas hinein: zweifellos eine Bemerkung, daß er mit Mr. Freeman sprechen wollte.

Unten war inzwischen Sam mit dem Lesen der beiden Telegramme beschäftigt. Eines war an den »Weißen Löwen« gerichtet und teilte dem Wirt ihre Ankunft mit. Das andere lautete:

MISS FREEMAN BEI MRS. TRANTER, BROAD STREET, LYME REGIS. MEINE UNVERZÜGLICHE RÜCKKEHR WURDE ANGEORDNET, DEM WIRD MIT GRÖSSTER FREUDE FOLGE GELEISTET VON DEINEM DIR SEHR ZUGETANEN CHARLES SMITHSON.

In jener Zeit leisteten sich höchstens die ungeschliffenen Yankees ein Telegramm.

Es war dies aber nicht die erste Privatkorrespondenz, die Sam an jenem Morgen in Augenschein nahm. Der Umschlag jenes zweiten Briefs, den er Charles überbracht hatte, war zugeklebt, aber nicht versiegelt gewesen. Etwas Wasserdampf tut Wunder; und Sam hatte einen ganzen Vormittag zur Verfügung, indem sich schon eine Minute fand, wo er allein in der Küche war.

Vielleicht fangen Sie an, Charles' Vermutung bezüglich Sams zu teilen.

Der Allerehrlichste ist er offenkundig nicht, das muß gesagt werden. Aber der Gedanke an eine Heirat ändert eben alles. Die voraussichtlichen Partner sehen einander in bezug auf das, worin sie nicht ebenbürtig sind; sie haben den Wunsch, dem anderen mehr bieten zu können; die Sorglosigkeit der Jugend schwindet dahin, die Verantwortung füreinander isoliert von der Umwelt und das soziale Gewissen wird verdunkelt. Kurz gesagt, es ist für zwei leichter, unehrlich zu sein, als für einen allein. Sam hielt sein Vorgehen natürlich nicht für unehrlich. Er nannte es: die Karten richtig ausspielen. Das bedeutete für den Augenblick, daß die Heirat mit Ernestina auf jeden Fall stattfinden mußte; nur aus ihrer Erbschaft konnte er seine zweihundertfünfzig Pfund erhoffen. Wenn das Techelmechtel zwischen Charles und der bösen Frau aus Lyme weitergehen sollte, dann nur unter seinem scharfen Blick – ja, es wäre damit gar nicht allzu arg, denn je schuldiger Charles sich machte, ein um so geringeres Risiko wurde er; wenn es freilich zu weit ging ... Sam zog die Unterlippe zwischen die Zähne und runzelte die Stirn. Kein Wunder, er begann sich wirklich zu Höherem berufen zu fühlen. Ehestifter tun das immer.

43

Und doch war mir, als seh ich sie stehen
Einen Schatten vor meinen Füßen
Hoch über dem Schattenland.
Tennyson, *Maud*(1855)

Vielleicht läßt sich in kaum einem Zeitalter soviel Material für den Mythos, daß der Mensch sich vernunftsgemäß verhält, finden, wie in einem so eisernen wie dem viktorianischen. Bestimmt hatte sich Charles nach dem Zwischenspiel seiner nächtlichen Auflehnung entschieden, die Ehe mit Ernestina einzugehen. Nie war ernsthaft zur Diskussion gestanden, daß er dies nicht tun würde; obwohl es vielleicht nicht so den Anschein hatte, waren Mama Terpsichore und die Prostituierte nur dazu gekommen, ihn in seiner Absicht zu bestätigen – neckische Zwischenfälle in einer im übrigen abgeschlossenen Sache, ein letztes Infragestellen des Feststehenden. So wenigstens hatte er es sich während seiner erbärmlichen Heimfahrt gesagt, und das erklärt ungefähr die rauhe Behandlung, die Sam widerfuhr. Was Sarah anlangte . . . die andere Sarah sollte ihr Ersatz sein, sie war ihr betrübliches und schmutziges Ende, und er war erwacht.

Nun hätte er sich allerdings wünschen können, daß ihr Brief ihre Schuld noch klarer ins Licht rückte – wenn sie etwa um Geld gebeten (freilich konnte sie zehn Pfund kaum in so kurzer Zeit verbrauchen) oder ihre unerlaubten Gefühle an ihn herangetragen hätte. Aber wie schwer ist es, Leidenschaft oder Verzweiflung aus den zwei Worten herauszulesen: »Endicotts Familienhotel« – sonst kein Datum, keine Initialen! Bestimmt war es ein Akt des Ungehorsams, ein Umgehen Tante Tranters; aber anklagen, sie hätte an seine Tür geklopft, konnte man sie deswegen kaum.

Es war ja so leicht: die unausgesprochene Einladung mußte ignoriert werden, er durfte sie nicht wiedersehen. Aber vielleicht hatte die Prostituierte Sarah Charles an die Einmaligkeit der ausgestoßenen Sarah erinnert: dieses völlige Fehlen eines edleren Gefühls bei der einen bekräftigte nur dessen erstaunliches Vorhandensein eines solchen bei der anderen. Wie klug und sensitiv war sie doch . . . auf ihre eigenartige Weise . . . manches von dem, was sie nach ihrem Geständnis gesagt hatte, verfolgte einen einfach.

Auf der langen Fahrt nach Westen dachte er viel über Sarah

nach – wenn man unter Erinnerungen Nachdenken versteht. Er mußte sich immer wieder sagen, daß ihre Einlieferung in eine, wenn auch noch so fortschrittliche Anstalt einen Verrat bedeutet hätte. Ich sage »sie«, aber das persönliche Fürwort ist eine der erschreckendsten Maskierungen, die der Mensch erfunden hat; was Charles vor Augen stand, war kein Fürwort, es waren Augen, Blicke, der Haaransatz über den Schläfen, ein behender Schritt, ein schlafendes Gesicht. Das war natürlich alles kein Tagtraum, sondern das ernsthafte Durchdenken eines moralischen Problems, verursacht durch die erhaben reine Sorge um das künftige Wohl dieser unglücklichen Frau.

Der Zug fuhr in Exeter ein. Kaum war der Haltepfiff verklungen, als Sam am Abteilfenster erschien; er war natürlich dritter Klasse gereist.

»Übernachten wir hier, Mr. Charles?«

»Nein. Hol einen Wagen. Einen vierrädrigen. Es sieht nach Regen aus.«

Sam hatte bei sich tausend Pfund gewettet, sie würden in Exeter bleiben. Aber er gehorchte ohne Zögern – genauso wie sein Herr beim Anblick von Sams Gesicht ohne Zögern entschieden hatte, so zu handeln. Irgendwo tief in seinem Innern hatte die Entscheidung geschlummert, aber es war Sam, der sie herbeigeführt hatte: Charles konnte sich keine weiteren Ausflüchte leisten.

Erst auf der Fahrt durch die östlichen Randbezirke der Stadt befiel Charles ein Gefühl der Trauer und des Verlusts – jetzt war der verhängnisvolle Würfel gefallen. Ihm schien es verwunderlich, daß eine so einfache Entscheidung, eine Antwort auf eine alltägliche Frage, so viel festlegen konnte. Bis dahin war alles in der Schwebe gewesen; jetzt war alles unausweichlich fixiert. Er hatte moralisch, anständig, korrekt gehandelt; und doch schien dieser Entschluß auf eine weiche Stelle in seinem Inneren hinzudeuten, auf eine Bereitschaft, das Schicksal hinzunehmen, das ihn – er wußte es und war gewarnt, als sei es schon Tatsache – eines Tages in die Welt des Handels führen würde. Ihn dazu bringen würde, Ernestina einen Gefallen zu tun, weil sie gern ihrem Vater einen Gefallen tun würde, dem er soviel verdankte ... er starrte ins Land hinaus, das sie jetzt schon durchfuhren, und fühlte sich langsam wie in ein ungeheures Rohr hineingesaugt. Weiter rollte der Wagen, bei jedem Stoß quietschte leise eine lockere Feder. Ihm war, als führen sie auf einem Mistkarren. Der Abendhimmel war bewölkt, und es begann zu nieseln. Wenn Charles unter solchen Umständen allein reiste, pflegte er sonst Sam zu sich zu rufen und bei sich sitzen zu lassen. Aber er konnte Sams Anwesenheit nicht ertragen. Nicht daß es diesem etwas ausgemacht hätte; er sah auf der nassen Straße nach Lyme nur Gold. Charles kam es so vor, als werde er nie mehr allein sein. Was ihm davon noch blieb, mußte er genießen. Wieder mußte er an die Frau denken, die er in der Stadt zurückgelassen hatte, die hinter ihnen lag. Natürlich nicht wie an eine Alternative zu Ernestina; auch nicht daran, daß er, hätte er die Wahl gehabt, sie an Ernestinas Stelle geheiratet hätte. Das wäre niemals möglich gewesen. In der Tat war es kaum Sarah, an die er jetzt dachte: sie war nur das Symbol, um das sich all seine verlorenen Möglichkeiten gruppierten, die entschwundenen Freiheiten, die Reisen, die er nicht mehr unternehmen würde. Er mußte irgend etwas Lebewohl sagen: sie war bloß das passende Objekt dafür, zugleich nahe und sich entfernend.

Es gab keine Zweifel. Er war eins der Opfer, die das Leben nahm, ein Ammonit, gefangen in den gewaltigen Bewegungen der Geschichte; nun für die Ewigkeit gestrandet, eine versteinerte Möglichkeit.

Nach einer Weile beging er einen Akt äußerster Schwäche: er schlief ein.

44

Pflicht? Das heißt, du sollst erfüllen,
Was hienieden man verlangt.
Sinnlos wär's, danach zu fragen,
Was man dir so auferlegt:
Hart und schnell mußt du vernichten
Dieses Zentrum deiner Seele,
Das mit Fragen dich verwirrt,
Mit Todsünden:
Feig sollst du dich niemals finden
In die Vorschriften des Schicksals . . .

A. H. Clough, *Pflicht* (1841)

Knapp vor zehn Uhr abends kamen sie beim »Weißen Löwen« an. In Tante Tranters Haus brannte noch Licht; als sie vorüberfuhren, bewegte sich ein Vorhang. Charles machte rasch Toilette, überließ Sam das Auspacken und machte sich mannhaft auf den

Weg, den Hügel hinauf. Mary war überglücklich, als sie ihn sah; Tante Tranter, die gleich hinterherkam, war in Begrüßungslächeln wie in rosa Wolken gehüllt. Sie hatte den strikten Auftrag erhalten, sich sofort nach der Begrüßung des Heimkehrers zurückzuziehen: An diesem Abend sollte es keinen Anstandswauwau geben. Ernestina war im rückwärtigen Gesellschaftszimmer geblieben, sie hatte eben ein Gefühl für Würde.

Als Charles eintrat, erhob sie sich nicht, sondern sah ihn unter gesenkten Lidern lange und vorwurfsvoll an. Er lächelte.

»Ich vergaß, in Exeter Blumen zu besorgen.«

»Das sehe ich, mein Herr.«

»Ich war in solcher Eile, hier zu sein, ehe du schlafen gehst.«

Sie senkte die Augen und betrachtete ihre Hände, die mit einer Stickerei beschäftigt waren. Als Charles näher kam, hielten die Hände ziemlich unvermittelt still und breiteten sich über den kleinen Gegenstand, an dem sie gearbeitet hatten.

»Ich sehe, ich habe einen Rivalen.«

»Du verdienst viele.«

Er kniete neben ihr nieder, hob sanft eine ihrer Hände und küßte sie. Ein kurzer Blick von ihr streifte ihn.

»Seit du fort warst, habe ich keine Minute geschlafen!«

»Das sehe ich an deinen bleichen Wangen und an den geschwollenen Augen.«

Sie wollte nicht lächeln. »Jetzt machst du dich lustig über mich.«

»Wenn es das ist, was dir Schlaflosigkeit bereitet, werde ich in unserem Schlafzimmer eine Alarmglocke anbringen lassen, die ununterbrochen läutet.«

Sie wurde rot. Charles erhob sich, setzte sich neben sie, drehte ihren Kopf zu sich und küßte zuerst den Mund und dann die geschlossenen Augen. Unter dieser Berührung öffneten sie sich und blickten ihn voll an; jede Spur einer Zurückhaltung war weg.

Er lächelte. »Laß mich sehen, was du für deinen stillen Verehrer stickst.«

Sie hob ihr Werk in die Höhe. Es war eine Uhrentasche aus blauem Samt – eines jener Beutelchen, in der die Herren in der viktorianischen Zeit ihre Uhren über Nacht aufzubewahren pflegten; sie hängten sie an den Toilettentisch. Auf der Klappe war ein weiches Herz eingerahmt von den Initialen C und E gestickt; vorn war ein Gedichtchen mit Goldfäden begonnen, aber nicht vollendet. Charles las es laut vor:

»Ziehst deine Uhr du täglich auf ... potztausend, und wie soll das weitergehen?«

»Du mußt raten.«

Charles sah den blauen Samt an.

»Nimm das Geknirsch deiner Frau in Kauf?«

Sie haschte danach und verbarg es.

»Jetzt sag ich dir's nicht. Du bist nicht besser, als ein *cad.*« Als *cad* bezeichnete man damals die Omnibusschaffner, die für ihre derbe Schlagfertigkeit berühmt waren.

»Der allerdings von einer so hübschen Frau nie ein Fahrgeld verlangen würde.«

»Falsche Schmeichelei und schwache Witze sind gleichermaßen zu verabscheuen.«

»Und du, Liebste, bist herrlich, wenn du wütend wirst.«

»Dann werde ich dir verzeihen, nur um eklig zu sein.«

Sodann wandte sie sich etwas von ihm ab, aber sein Arm blieb um ihre Taille, und der Druck seiner Hand auf der ihren wurde erwidert.

Einige Augenblicke verharrten sie schweigend. Noch einmal küßte er ihre Hand.

»Darf ich morgen früh mit dir spazierengehen? Wir werden der Welt zeigen, was für ein elegantes Liebespaar wir sind und werden gelangweilt dreinschauen und unverkennbar eine Vernunftehe vorbereiten.«

Sie lächelte, und impulsiv deckte sie das Uhrtäschchen auf.

»Ziehst deine Uhr du täglich auf, lies hier: ›Ich liebe dich‹ darauf.«

»Du Süße!«

Noch einmal sah er ihr in die Augen, dann griff er in die Tasche und legte ihr ein mit einem Scharnier versehenes Schächtelchen aus dunkelrotem Marocainleder in den Schoß.

»Eine Art Blumen.«

Sie drückte scheu ein Verschlußhäkchen zurück und öffnete das Schächtelchen; da lag eine elegante Schweizer Brosche auf karminrotem Samt: ein winziger Blütenzweig mosaikartig in einem Oval, das von in Gold gefaßten Perlen und Korallensplittern umrahmt war. Mit feuchten Augen sah sie ihn an. Er kam ihr zu Hilfe und schloß die Augen. Sie drehte sich ganz zu ihm, lehnte sich an ihn und drückte einen zarten Kuß auf seine Lippen; dann legte sie wieder ihren Kopf an seine Schulter, sah die Brosche an und küßte sie.

Charles fielen die Zeilen des priapeischen Gedichts ein. Er flüsterte ihr ins Ohr: »Ich wollte, morgen wäre unser Hochzeitstag.«

Es war ganz einfach: man lebte mit Hilfe von Ironie und Sentiment und beachtete die Form. Was hätte geschehen können, war nur ein weiterer Gegenstand für unbefangene, ironische Beobachtungen, ebenso, was noch kommen konnte. Mit anderen Worten, man gab nach; man lernte, der zu sein, der man war. Charles drückte den Arm seiner Braut. »Liebste, ich habe dir ein kleines Geständnis zu machen. Es betrifft jene Unglückliche in Marlborough House.«

Sie richtete sich ein wenig auf, keck, amüsiert: »Doch nicht die arme Tragedy?«

Er lächelte. »Ich fürchte, die Bezeichnung, die das Volk ihr gibt, paßt besser zu ihr.«

Er drückte ihr die Hand. »Das Ganze ist höchst dumm und trivial. Was geschah, ist kurz folgendes: auf einem meiner kleinen Forschungsgänge nach den listigen Seeigeln . . .«

Damit endet die Geschichte. Was aus Sarah wurde, weiß ich nicht – wie dem auch sei, persönlich belästigte sie Charles nicht mehr, wenn sie auch in seinem Gedächtnis noch eine Zeitlang herumgeisterte. So etwas passiert ja sehr oft. Leute entschwinden aus dem Gesichtskreis, werden von den Schatten verschluckt, die die näheren Dinge werfen.

Charles und Ernestina lebten nicht glücklich zusammen; aber sie lebten zusammen, wobei Charles seine Frau noch um ein Jahrzehnt überlebte (und sie in dieser Zeit aufrichtig betrauerte). Sie bekamen, was soll's sein? – sagen wir, sieben Kinder. Sir Robert fügte seinem beleidigenden Verhalten noch das Unrecht hinzu, daß er innerhalb von zehn Monaten nach seiner Eheschließung mit Mrs. Bella Tomkins Vater nicht nur eines, sondern zweier Erben wurde. Dieses verhängnisvolle Zwillingspaar gab den Ausschlag, daß Charles schließlich in die Wirtschaft getrieben wurde. Zuerst war ihm die Arbeit sehr lästig, dann gewann er Geschmack an der Sache. Seine Söhne hatten keine Wahl; und deren Söhne beherrschten das große Geschäftshaus und alle seine Filialen.

Sam und Mary – wen kann ich mit der Biographie von Dienstboten quälen? Sie heirateten, brachten Kinder zur Welt und starben in der Monotonie ihrer Gattung.

Wer sonst? Dr. Grogan? Er starb im einundneunzigsten Jahr. Da auch Tante Tranter die Neunziger erreichte, ist wohl der Beweis für die Bekömmlichkeit der frischen Luft von Lyme als erbracht anzusehen.

Gleichwohl bin ich noch nicht am Ende: denn Mrs. Poulteney starb zwei Monate nach Charles' zuletzt berichteter Rückkehr nach Lyme. Ich kann beim Leser soviel Teilnahme voraussetzen, daß ich ihn einen Blick in die Zukunft tun lasse, das heißt in ihr Leben im Jenseits. Ordentlich in Schwarz gekleidet, traf sie in ihrer Kutsche vor der Himmelstür ein. Natürlich war ihr, wie im alten Ägypten, ihr ganzes Hauspersonal in den Tod gefolgt. Ihr Kammerdiener stieg vom Wagen und öffnete gravitätisch den Schlag. Mrs. Poulteney machte eine Gedächtnisnotiz, während sie dem Wagen entstieg, daß sie den Schöpfer, sobald sie ihn erst näher kennengelernt hätte, darauf aufmerksam machen müsse, daß seine Domestiken mehr Wachsamkeit beim Empfang wichtiger Besucher an den Tag legen sollten. Dann bediente sie den Klingelzug. Endlich erschien der Butler.

»Ma'm?«

»Ich bin Mrs. Poulteney. Ich bin gekommen, um hier meinen Wohnsitz zu nehmen. Melden Sie das gefälligst Ihrem Herrn.«

»Seine Unendlichkeit ist von Ihrem Ableben bereits informiert, Ma'm. Seine Engel haben zur Feier dieses Ereignisses bereits einen Jubelchor angestimmt.«

»Das ist sehr, sehr gütig von ihm.« Die ehrenwerte Lady schickte sich an, in majestätischer Aufgeblasenheit in die imposante weiße Halle zu rauschen, die sie hinter dem Haupt des Butlers erblickte. Aber der Mann rührte sich nicht von der Stelle. Vielmehr klimperte er ziemlich impertinent mit einem Bund Schlüssel, die er in der Hand hielt.

»Mann! Aus dem Weg. Ich bin's. Mrs. Poulteney aus Lyme Regis.«

»Einst aus Lyme Regis, Ma'm. Und jetzt von einem noch viel tropischeren Wohnsitz.«

Damit schlug der brutale Lakai ihr die Tür vor der Nase zu. Die erste Reaktion Mrs. Poulteneys war, daß sie sich umsah, ob nicht ihr Personal Zeuge dieser Szene geworden sei. Aber ihr Wagen war weg, während sie angenommen hatte, er werde zu den Dienstbotenwohnungen gefahren. Ja, alles war verschwunden, Straße und Landschaft, die aus einem ganz speziellen Grund der großen Auffahrt nach Windsor Castle geglichen hatte – alles, alles war weg. Da war nichts als der leere Weltraum – Schrecken über Schrecken, ein verschlingender Raum. Sogar die Stufen, über die Mrs. Poulteney so hochherrschaftlich geschritten war, begannen eine nach der anderen zu verschwinden. Noch drei waren übrig; dann nur zwei, dann eine. Mrs. Poulteney stand im Nichts. Man konnte noch genau hören, wie sie sagte: »Da steckt doch diese Lady Cotton dahinter«, dann stürzte sie, zappelnd, flatternd und flügelschlagend wie eine abgeschossene Krähe dorthin, wo ihr wirklicher Herr sie erwartete.

45

Daß doch ein Mensch in mir erwache,
Den Menschen, der ich bin, zu tilgen!
Tennyson, *Maud* (1855)

Nun, da ich diesen Roman zu einem durch und durch herkömmlichen Schluß gebracht habe, muß ich dartun, daß gleichwohl alles, was ich in den beiden letzten Kapiteln beschrieben habe, sich nicht ganz so abspielte, wie ich es Sie habe glauben machen.

Ich sagte schon, wir sind alle Dichter, aber nicht viele von uns schreiben Dichtungen; wir sind ebenso auch alle Romanciers, das heißt, wir haben die Gewohnheit, uns eine romanhafte Zukunft für uns selbst auszumalen – heute sehen wir uns vielleicht eher in einer Filmrolle. Wir bauen in Gedanken Hypothesen, wie wir uns verhalten würden, wenn dies und das auf uns zukäme; auf unser tatsächliches Verhalten haben dann diese literarischen oder kinematographischen Hypothesen mehr Einfluß, als wir dies im allgemeinen zugeben – sobald die wirkliche Zukunft Gegenwart wird.

Darin bildete Charles keine Ausnahme; auf den letzten Seiten lasen Sie nicht, was wirklich geschah, sondern womit er die Stunden auf der Fahrt zwischen London und Exeter in seiner Einbildung zubrachte. Sicher – in seinen Gedanken spielte sich nicht alles so detailliert und fugenlos ab, wie es dort stand; ich kann auch nicht beschwören, daß er Mrs. Poulteneys Karriere nach ihrem Tod so bis in die interessanten Einzelheiten hinein verfolgte. Aber daß er sie zum Teufel wünschte, ist sicher, und so kommt ja schließlich alles auf eins hinaus. Vor allem aber hatte er selbst das Gefühl, nun ans Ende einer Geschichte zu kommen, und zwar an ein Ende, das er nicht mochte. Wenn Sie an Charles in den letzten beiden Kapiteln eine gewisse Zusammenhanglosigkeit, einen Mangel an Übereinstimmung mit seiner tiefen Veranlagung, ja einen Verrat daran bemerkt haben, sowie die Kleinigkeit, daß ihm eine Lebensspanne von fast fünfviertel Jahrhunderten zugemessen wurde; wenn Sie vielleicht den in Büchern nicht selten begründeten Verdacht gehegt haben, dem Schriftsteller sei die Luft ausgegangen und er habe ziemlich willkürlich das Rennen abgeblasen, weil er das Gefühl hatte, er könne es nicht gewinnen, dann tadeln Sie deswegen bitte nicht mich; denn diese Gefühle oder die Reflektion dieser Gefühle fanden sich in Charles' Geist vor. Ihm schien, das Hauptbuch seiner Existenz stehe vor einem recht schäbigen Abschluß.

Das »Ich« jenes Schreibers, der so bestechend elegante Gründe dafür fand, Sarah den Schatten der Vergessenheit zu überliefern, war ebenfalls nicht ich; es war nur die Verkörperung einer bestimmten massiven Gleichgültigkeit, die Charles aus seiner Umgebung entgegentrat und die zu feindselig war, als daß er sie in Gedanken als »Gott« bezeichnet hätte; sie lag als bösartige Trägheit in der Waagschale auf Ernestinas Seite; sie schien ihn unerbittlich in eine Richtung zu drängen, so wie der Zug, der Charles mit sich führte.

Als ich davon sprach, daß sich Charles in London, am Morgen nach seiner Eskapade, dazu durchgerungen hatte, die Ehe mit Ernestina zu schließen, habe ich nicht geschwindelt; dies war sein offizieller Entschluß, wie es sein offizieller Entschluß – besser gesagt, seine Reaktion – gewesen war, die Weihen zu nehmen. Geschwindelt habe ich nur darin, als ich beschrieb, welche Wirkung der aus drei Worten bestehende Brief weiter auf ihn ausübte. Er plagte ihn nämlich, er ergriff Besitz von ihm, er brachte ihn durcheinander. Je mehr er darüber nachdachte, um so mehr schien das Sarah ähnlich zu sehen: ihm eine Adresse zu schicken und sonst nichts. Das stimmte mit ihrem sonstigen Verhalten genau überein und konnte nur mittels eines Oxymorons ausgedrückt werden: lauernd-zurückweichend, raffiniert-einfältig, stolz-kriechend, sich verteidigend-anklagend; das viktorianische Zeitalter war für Weitschweifigkeit; die Sprache Delphis lag ihm nicht.

Vor allem aber schien dieser Brief Charles vor eine Wahl zu stellen; während nun ein Teil seines Wesens dieses Wählenmüssen haßte, nähern wir uns seinem geheimnisvollen Zustand auf jener Reise nach Westen, wenn wir wissen, daß ein anderer Teil dadurch unerträglich erregt wurde, daß nun der Augenblick in greifbare Nähe gerückt war, da er wählen konnte. Die Terminologie der Existentialisten stand ihm leider nicht zur Verfügung; aber sein Gefühl kam dem der Furcht vor der Freiheit unmittelbar nahe; das heißt, jemand merkt, daß er frei ist, und merkt gleichzeitig, daß die Freiheit schrecklich ist.

So wollen wir denn zunächst Sam seiner hypothetischen Zukunft entreißen und ihn in die Gegenwart zurückstoßen, die Exeter hieß. Der Zug hält, und er geht ans Abteilfenster seines Herrn.

»Übernachten wir hier, Mr. Charles?«

Charles sieht ihn einen Augenblick an, noch kann er sich entscheiden, dann schaut er über seinen Kopf weg in den bewölkten Himmel.

»Ich glaube, es wird regnen. Wir werden im ›Schiff‹ absteigen.«

Also stand Sam, um tausend Pfund, die er nicht besaß, reicher, einige Minuten später vor dem Bahnhofsgebäude und beaufsichtigte, wie das Gepäck auf das Dach einer müden Droschke geladen wurde. Charles zeigte sich sehr ungeduldig. Endlich war der Portemanteau angeschnallt, und alles wartete darauf, daß er einstieg.

»Ich denke, Sam, ich werde mir nach dieser verwünschten Bahnfahrt ein wenig die Füße vertreten. Fahr du mit dem Gepäck.«

Sams Herz machte einen Plumps.

»Mit Verlaub, Mr. Charles, ich täte es nicht. Wo doch der Regen jeden Augenblick losbrechen kann.«

»Ein bißchen Regen stört mich nicht.«

Sam schluckte und verbeugte sich.

»Jawohl, Mr. Charles. Soll ich Hanordnungen zum Dinner treffen?«

»Ja . . . das heißt . . . ich weiß noch nicht, wann ich eintreffe. Vielleicht besuche ich die Abendandacht in der Kathedrale.«

Fort war Charles und die Anhöhe zur Stadt hinauf. Sam folgte seinem Weg eine Weile mit düsteren Blicken, dann wandte er sich an den Droschkenkutscher:

»Eh – schon von Endicotts Familien-Otel gehört?«

»Ahm.«

»Weißt, wo es ist?«

»Ahm.«

»Gut, dann fahr mich im Eiltempo zum ›Schiff‹ – es soll dein Schaden nicht sein, Mann.«

Mit entsprechendem Aplomb warf Sam sich in den Wagen. Sehr bald überholten sie Charles, der auffällig langsam dahinschritt, wie wenn er die Luft genießen wollte. Sobald die Droschke nicht mehr in Sicht war, beschleunigte er seine Schritte.

Sam hatte viel Erfahrung, wie man mit schläfrigen Provinzhotels umgeht. Das Gepäck wurde abgeladen, die besten Zimmer bestellt, ein Feuer entzündet, die Nachtkleidung und andere Utensilien bereitgelegt – alles in sieben Minuten. Dann schoß er wieder auf die Straße hinaus, wo der Droschkenkutscher wartete. Wieder ging's ein kurzes Stück weiter. Vorsichtig spähte Sam aus dem Wagen nach allen Seiten, dann stieg er aus und bezahlte den Fahrer.

»Erste Straße links, dort steht's, Sir.«

»Danke, mein Freund. Da sind ein paar Kupferne für dich.« Das war ein sogar für Exeter niederträchtig geringes Trinkgeld, aber Sam drückte sich die Melone in die Stirn und verschwand in der Dämmerung. Auf halbem Weg zu der Seitenstraße, die ihm der Kutscher bezeichnet hatte, stand eine Methodistenkapelle, deren Giebel von imposanten Säulen getragen wurde. Hinter einer dieser Säulen postierte sich der Detektiv im Westentaschenformat. Es war fast dunkel, die Nacht brach unter dem schwarzgrauen Himmel früh herein.

Er mußte nicht lange warten. Als die große Gestalt in Sicht kam, hüpfte ihm das Herz. Offensichtlich war Charles unsicher, denn er wandte sich an einen kleinen Jungen. Der Knabe führte ihn sofort zur nächsten Straßenecke und deutete in die Seitenstraße – eine Geste, die ihm, seinem Grinsen nach zu schließen, mehr als zwei Pence eintrug.

Charles' Rücken entfernte sich. Dann blieb Charles stehen und sah hoch. Wieder machte er einige Schritte zurück, in Sams Richtung. Als habe er die Geduld mit sich verloren, drehte er sich um und betrat eins der Häuser. Sofort glitt Sam hinter seiner Säule hervor, lief die Stufen hinunter und hinüber zu der Straße, in der Endicotts Familienhotel stand. Eine Weile wartete er an der Ecke. Aber Charles kam nicht wieder. Sam wurde kühner und schlenderte an dem Lagerhaus entlang, das auf der gegenüberliegenden Straßenseite stand. Er kam so weit, daß er das Entree des Hotels sehen konnte. Es war leer. In einigen Zimmern brannte Licht. Es vergingen fünfzehn Minuten, und es begann zu regnen.

Wütend, in Gedanken versunken, biß Sam auf seinen Nägeln herum. Dann machte er sich eilig davon.

46

Ist auch alles gedacht und gesagt,
Ist der Beherrscher des Kopfs noch immer das Herz,
Und immer noch haben wir, was wir hoffen, zu glauben
Und zu nehmen, was man uns gibt.

Wir hoffen immer, müssen immer glauben,
Daß in der bessern Welt dort drüben
Nichts ungetan bleibt, was wir hier begonnen
So treu und brav; beendet wird es dort.

Wir müssen immer noch glauben,
Mein Kind,
Daß wir dort besser und vollkommener sind
Als hier. H. H. Clough, *Gedicht* (1849)

In der schäbigen Halle zögerte Charles zuerst und klopfte dann an die Tür eines Raums, die nur angelehnt war und durch die Licht fiel. Auf das »Herein« trat er näher und stand der Eigentümerin Auge in Auge gegenüber. Sie war viel schneller in seiner Einschätzung als er in ihrer; ein Fünfzehnshillingmann, da gab es keinen Zweifel. Darum lächelte sie gewinnend.

»Ein Zimmer, Sir?«

»Nein. Ich . . . das heißt, ich möchte gerne einen Ihrer Gäste . . . eine Miß Woodruff?« Mrs. Endicotts lächelndes Angesicht zog sich augenblicklich in die Länge. Charles' Mut sank. »Ist sie nicht . . .?«

»Oh, die arme junge Dame, Sir. Sie kam vorgestern früh die Treppe herunter und glitt aus, Sir. Sie hat sich den Knöchel ziemlich arg verrenkt. Geschwollen wie ein Kürbis. Ich wollte gleich den Doktor holen, Sir, aber sie wollte nichts davon wissen. Es ist ja wahr, geschwollene Knöchel geben sich. Und Ärzte kommen sehr teuer.«

Charles sah das Ende seines Spazierstocks an. »Dann kann ich sie also nicht sehen.«

»O bewahre. Sie können hinaufgehen, Sir. Es wird sie aufmuntern. Sie sind doch ein Verwandter, nehme ich an?«

»Ich muß sie sehen . . . in einer geschäftlichen Angelegenheit.«

Mr. Endicotts Respekt steigerte sich. »Ah . . . Ein Herr vom Gericht?«

Charles zögerte, sagte dann: »Ja.«

»Dann müssen Sie hinaufgehen, Sir.«

»Ich meine . . . könnten Sie bitte jemanden hinaufschicken, um anzufragen, ob ich meinen Besuch nicht lieber verschieben soll, bis sie sich erholt hat?«

Er fühlte sich ganz ratlos, dachte an Varguennes: es war Sünde, wenn man privat zusammenkam. Er wollte nur nachfragen, hatte auf einen Salon zu ebener Erde gehofft, etwas, das intim und allgemein zugänglich zugleich war. Die Alte zögerte, warf einen schnellen Blick auf eine offene Kassette, die neben ihrem Schreibpult mit Rolladen stand, und entschied offenbar, daß auch Rechtsvertreter Diebe sein können – eine Möglichkeit, die wohl kaum einer bestreiten wird, der Anwaltsgebühren zu bezahlen hat. Ohne sich vom Fleck zu rühren und mit überraschender Lautstärke rief sie nach einer Betty Anne.

Betty Anne erschien und wurde mit einer Visitenkarte hinaufgeschickt. Es schien eine Weile zu dauern, und während dieser Zeit mußte Charles eine Reihe forschender Fragen abwehren, die darauf zielten, seine Absicht zu erkunden. Endlich kam Betty Anne zurück: man lasse bitten. Er folgte dem kräftigen Mädchen bis ins Obergeschoß, wo ihm der Schauplatz des Unfalls gezeigt wurde. Sicher, die Treppe war steil; und Frauen fielen damals, als man kaum seine eigenen Füße sehen konnte, immer: es war ein alltägliches Ereignis.

Dann kamen sie am Ende eines traurigen Korridors an eine Tür, Charles' Herz schlug noch viel heftiger, als nach den drei steilen Treppenfluchten zu erwarten war. Barsch meldete das Mädchen:

»Der Herr, Miß.«

Er trat ein. Sarah saß, mit dem Gesicht zur Tür, am Feuer. Ihre Füße ruhten auf einem Schemel, sie und die Beine waren mit einer roten Wolldecke zugedeckt. Der grüne Schal aus Merinowolle war um ihre Schultern geschlungen, konnte jedoch nicht verbergen, daß sie darunter nur ein langärmeliges Nachtgewand trug. Das Haar war lose und fiel über die grünen Schultern. So schien sie ihm viel kleiner – und quälend scheu.

Sie lächelte nicht, sondern sah auf ihre Hände. Nur als er hereinkam, war ein schnelles Aufblicken da, als sei sie eine furchtsame Büßerin, die seines Zorns sicher war. Dann senkte sie wieder den Kopf. Er stand da, in der einen Hand den Hut, in der anderen Stock und Handschuhe. »Ich bin durch Exeter gekommen.«

Ihr Kopf sank noch eine Spur tiefer in einem Gemisch von Verständnis und Scham.

»Soll ich nicht lieber gleich gehen und einen Arzt holen?«

Sie sprach in ihren Schoß: »Bitte nicht. Er könnte mir nur das raten, was ich ohnehin schon tue.«

Er konnte seine Augen nicht von ihr losreißen – sie so an den Stuhl gefesselt zu sehen, so schwach (ihre Wangen waren aber hochrot), so hilflos. Und dieser grüne Schal nach dem ewigen Kleid in Indigo, die Fülle ihres offenen Haares, die er noch nie gesehen hatte. Der feine Zederngeruch der Salbe stieg ihm in die Nase.

»Sie haben keine Schmerzen?«

Sie schüttelte den Kopf. »So etwas muß mir passieren – ich begreife nicht, wie ich so dumm sein konnte.«

»Seien Sie auf jeden Fall dankbar, daß es nicht in den Undercliffs geschehen ist.«

»Ja.«

Seine Gegenwart schien sie hoffnungslos verlegen zu machen. Er sah sich in dem kleinen Zimmer um. Im Kamin brannte ein frisch entzündetes Feuer. In einem Figurenkrug auf dem Kaminsims standen einige welke Narzissen. Aber es war nicht zu übersehen, wie schmerzlich dürftig die Einrichtung war. Das erhöhte noch seine Verwirrung. Auf der Zimmerdecke waren schwarze Flecken zu sehen – Rauchspuren von der Petroleumlampe, gespenstische Überreste zahlloser Benutzer dieses Zimmers – eine eintönige Reihe.

»Vielleicht sollte ich doch . . .«

»Nein. Bitte. Setzen Sie sich. Verzeihen Sie. Ich . . . ich habe nicht erwartet . . .«

Er legte seine Sachen auf die Kommode und setzte sich auf den einzigen verfügbaren Stuhl, er war aus Holz, an den Tisch. Zwischen ihnen war das Zimmer. Wie hätte sie trotz ihres Briefes erwarten sollen, was er selbst als Möglichkeit so fest ausgeschlossen hatte? Er suchte nach einer Entschuldigung.

»Haben Sie Ihre Adresse Mrs. Tranter mitgeteilt?«

Sie schüttelte den Kopf. Stille. Charles blickte auf den Teppich.

»Nur mir?«

Wieder sank ihr Kopf herunter. Er nickte ernst, als habe er es gewußt. Dann war wieder Stille. Ein zorniger Regenschauer peitschte gegen die Fensterscheiben hinter ihrem Rücken.

Charles sagte: »Um das zu besprechen, bin ich hergekommen.«

Sie wartete, aber er sprach nicht weiter. Wieder hafteten seine Augen auf ihr. Das Gewand war am Hals zugeknöpft und bis zu den Handgelenken geschlossen. Im Licht des Feuers schimmerte das Weiß rosig, die Lampe, die auf dem Tisch neben ihm stand, gab nur einen matten Schein. Das Haar, das sich von dem grünen Schal abhob, war hinreißend lebendig, wo der Feuerschein es traf – als sei hier ihr ganzes Geheimnis, dieses verborgene Ich, vor ihm ausgebreitet: stolz und unterwürfig, gebunden und ungebunden, seine Sklavin und doch auf einer Stufe mit ihm. Jetzt wußte er, warum er gekommen war: er hatte sie wiedersehen wollen. Er mußte sie sehen: es war wie ein unerträglicher Durst, der nach Stillung verlangte.

Er zwang sich wegzusehen. Da fielen seine Augen auf die zwei nackten Marmornymphen über dem Kamin: auch sie sahen rosig aus im warmen Licht, das von der roten Wolldecke widergespiegelt wurde. Sie kamen ihm nicht zu Hilfe.Und jetzt machte Sarah eine kleine Bewegung. Er mußte wieder zu ihr hinsehen.

Rasch hatte sie die Hand zu ihrem gesenkten Kopf gehoben. Ihre Finger wischten etwas von der Wange weg, kamen dann auf den Hals zu liegen.

»Meine liebe Miß Woodruff, bitte weinen Sie nicht... Ich hätte nicht kommen sollen... Ich wollte ja nicht...« Mit plötzlicher Heftigkeit schüttelte sie den Kopf. Er ließ ihr Zeit, sich zu fassen. Und während sie sich ein wenig mit dem Taschentuch abtupfte, befiel ihn plötzlich ein heftiges geschlechtliches Verlangen; eine Gier, tausendmal stärker, als er sie im Zimmer der Prostituierten empfunden hatte. Vielleicht war ihr wehrloses Weinen nur der Riß, durch den die Erkenntnis sich Bahn brach – aber plötzlich verstand er, weshalb ihr Gesicht ihn heimsuchte, warum er diesen schrecklichen Zwang verspürte, sie zu sehen: Er wollte sie besitzen, mit ihr verschmelzen, brennen, brennen, zu Asche verbrennen an diesem Körper und in diesen Augen. Einen solchen Wunsch eine Woche, einen Monat, ein Jahr, ja einige Jahre aufschieben – das geht an. Aber in alle Ewigkeit sind es eiserne Bande.

Ihre nächsten Worte, mit denen sie ihr Weinen begründete, waren kaum hörbar.

»Ich dachte, ich würde Sie nie wiedersehen.«

Er konnte ihr nicht sagen, wie nahe sie der Wahrheit kam, soweit sie ihn betraf. Sie sah ihn an, und jetzt sah er ebenso schnell weg. Dieselben geheimnisvollen, sich widersprechenden Gefühle wie dort in der Scheune überfielen ihn. Sein Herz jagte, seine Hand zitterte. Er wußte, wenn er jetzt in diese Augen sah, war er verloren. Als wollte er sie bannen, schloß er seine Augen.

Nun war die Stille entsetzlich, eine Spannung, als sei eine Brücke am Zusammenbrechen, ein Turm am Einstürzen. Die Bewegung war nicht länger zurückzuhalten, die Wahrheit mußte heraus. Plötzlich war ein Rasseln im Ofen. Einige Kohlen fielen glühend heraus, die meisten auf das eiserne Schutzblech, aber eine oder zwei sprangen fort, bis zum Rand der Decke, die Sarahs Beine bedeckte. Sie schleuderte sie hastig weg, aber schon kniete Charles neben ihr und nahm die kleine Kohlenschaufel aus dem messingnen Kohleneimer. Schnell waren die Kohlen vom Teppich entfernt, aber die Decke gloste. Er riß sie weg, warf sie auf den Boden und trat hastig die Funken aus. Der Geruch verbrannter Wolle erfüllte das Zimmer. Ein Bein Sarahs ruhte noch auf dem Schemel, das andere hatte sie auf den Fußboden gestellt. Beide Füße waren nackt. Er sah auf die Decke nieder, klopfte noch ein- oder zweimal mit der Hand darauf, um sicherzugehen, drehte sich um und legte sie wieder über ihre Beine. Dabei bückte er sich tief und war mit den Augen nur beim Ordnen der Decke. Da streckte sie die Hand aus – es war instinktiv, aber halb und halb auch Berechnung – und ließ sie auf seiner ruhen. Er wußte, sie sah ihn jetzt an. Er konnte die Hand nicht wegziehen und plötzlich auch seine Augen nicht länger von ihr fernhalten.

In ihren Augen war Dankbarkeit zu lesen, aber auch all die frühere Trauer und eine merkwürdige Sorge, als wüßte sie, daß sie ihn verletzte; vor allem aber wartete sie. Unendlich furchtsam wartete sie. Wäre auf ihren Lippen das leiseste Lächeln erschienen, vielleicht hätte er sich an Dr. Grogans Theorie erinnert; aber dieses Gesicht schien über sich selbst überrascht, ebenso verloren wie er selbst. Wie lange sie einander so in die Augen sahen, wußte er nicht. Es schien eine Ewigkeit zu sein, obwohl es nicht mehr als drei oder vier Sekunden waren. Zuerst handelten die Hände. Aus geheimnisvollem Einverständnis hakten sich die Finger ineinander. Dann fiel Charles auf ein Knie und riß sie leidenschaftlich an sich. Ihre Lippen trafen sich mit so rasendem Ungestüm, daß es sie beide erschütterte. Sie entzog ihm ihren Mund. Er bedeckte ihre Wangen, ihre Augen mit Küssen. Endlich berührte seine Hand ihr Haar, streichelte es, fühlte durch seine Weichheit den kleinen Kopf; ihren dünn bekleideten Körper spürte er in seinen

Armen und an seiner Brust. Plötzlich vergrub er sein Gesicht in ihren Nacken.

»Wir dürfen nicht ... wir dürfen nicht ... das ist Wahnsinn.«

Aber ihre Arme umschlangen ihn und drückten seinen Kopf tiefer. Er rührte sich nicht. Er fühlte sich wie auf feurigen Flügeln getragen, in sausender Fahrt, aber die Luft war so mild; er war wie ein Kind, das endlich aus der Schule entlassen wird, ein Gefangener auf grüner Wiese, ein Falke, der in die Höhe steigt. Nun hob er den Kopf und sah sie mit geradezu wilder Heftigkeit an. Dann küßten sie einander wieder. Aber jetzt drängte er sich mit solcher Gewalt an sie, daß der Stuhl ein wenig zurückrutschte. Er fühlte ihr schmerzliches Zusammenzucken, als der verbundene Fuß vom Schemel fiel. Er sah auf den Fuß, dann in ihr Gesicht, in die geschlossenen Augen. Sie wandte den Kopf zur Lehne des Stuhls, als stoße er sie zurück; aber ihre Brust schien sich unmerklich ihm entgegenzuwölben, ihre Hände umklammerten die seinen krampfhaft. Er blickte zu der Tür, die sich hinter ihr befand, stand auf und war mit zwei Schritten dort.

Das Schlafzimmer empfing Licht nur aus dem Nebenzimmer und der matten Straßenbeleuchtung. Doch er sah das graue Bett, den Waschtisch. Sarah war unbeholfen aufgestanden und stützte sich an der Stuhllehne, während sie den verletzten Fuß hochhielt. Ein Ende des grünen Schals war von der Schulter geglitten. Jeder sah die Anspannung in den Augen des anderen, die Flut, die sie beide wegriß. Halb ging, halb sank sie ihm entgegen. Er sprang zu, fing sie auf und umarmte sie. Der Schal fiel. Nichts als eine Lage Flanell war zwischen ihm und ihrem nackten Körper. Er preßte diesen Körper an seinen und preßte seinen Mund auf den ihren, mit all dem Hunger nach langen Entbehrungen: seine Erregung war nicht nur sexuell, sondern ein unbezähmbarer Sturzbach verschiedener bisher verbotener Gefühle durchströmte ihn: Romantik, Abenteuer, Sünde, Wahnsinn, Triebhaftigkeit.

Ihr Kopf lag zurückgebeugt in seinen Armen; als er endlich seine Lippen von ihrem Mund löste, schien es, als sei sie ohnmächtig. Er hob sie auf und trug sie hinüber ins Schlafzimmer. So wie er sie aufs Bett geworfen hatte, blieb sie liegen, halb besinnungslos, ein Arm nach hinten gebeugt. Er ergriff die andere Hand und küßte sie fieberhaft, sie streichelte sein Gesicht. Er riß sich wieder los und lief in den anderen Raum zurück. Wild begann er, sich zu entkleiden, riß sich den Anzug vom Leib, als sei einer am Ertrinken und er stehe am Ufer. Ein Knopf seines Gehrocks sprang ab und rollte in eine Ecke, er sah nicht einmal hin. Die Weste fiel, die Stiefel, Socken, Hose und Unterhose ... die Krawattennadel, die Krawatte. Ein Blick zur Eingangstür, er ging und drehte den Schlüssel im Schloß. Nur mit seinem langschößigen Hemd bekleidet, ging er barfuß ins Schlafzimmer.

Sie mußte sich ein wenig bewegt haben, denn ihr Kopf ruhte jetzt auf dem Kissen, aber noch immer lag sie quer über der oberen Hälfte des Bettes; ihr Gesicht war zur Seite gewendet und durch eine dunkle Haarsträhne verdeckt. Einen Augenblick stand er über ihr, sein steifes Glied bauschte das Hemd. Dann hob er das linke Knie auf das enge Bett und fiel über sie, brennende Küsse regneten auf ihren Mund, ihre Augen, ihren Hals. Ihr Körper war passiv, doch fügsam und drückte von unten gegen ihn, ihre nackten Füße berührten ihn ... er konnte nicht mehr warten. Er richtete sich ein wenig auf und schob ihr Hemd hoch. Ihre Beine spreizten sich. Spürend, daß der Erguß unmittelbar bevorstand, fand er mit brutaler Wildheit die Stelle und stieß zu. Ihr Körper zuckte zusammen wie vorhin, als der Fuß vom Schemel gerutscht war. Er bezwang dieses instinktive Sichaufbäumen, und ihre Arme schlangen sich um ihn, als wolle sie ihn jene Ewigkeit an sich binden, die er sich nicht ohne sie vorstellen konnte. Und dann begann sofort der Erguß.

»Oh, Liebste. Meine Liebste. Du süßer Engel, Sarah ... Sarah ... o Sarah.«

Wenige Augenblicke später lag er still. Genau neunzig Sekunden waren vergangen, seit er sie verlassen hatte, um ins Schlafzimmer zu schauen.

47

Als Didos Freund, der falsche Freund doch kam,
Da sagte sie ihm kalt mit harter Miene:
Bleib mir vom Leib.
Matthew Arnold, *Der fahrende Schüler* (1853)

Stille.

Sie lagen da wie gelähmt von dem, was sie getan hatten. In Sünde erstarrt, gelähmt vor Entzücken. Charles fühlte nicht die sanfte Trauer, die sich nach der Vereinigung einstellt, sondern unmittelbaren, alles überwältigenden Schrecken – er war wie eine

Stadt, die aus heiterem Himmel von einer Atombombe getroffen wurde. Alles war wegrasiert: seine Grundsätze, seine Zukunft, sein Glaube, seine ehrenhaften Absichten. Und doch lebte er – im süßesten Gefühl, dazusein. Er war der einzige Überlebende, unendlich allein ... aber schon kroch die Radioaktivität der Schuld durch seine Nerven und Adern. Aus einer fernen, schattenhaften Dunkelheit starrte Ernestina gramvoll zu ihm her. Mr. Freeman schlug ihm ins Gesicht ... sie waren wie aus Stein, mit Recht unerbittlich, sie warteten und rührten sich nicht.

Er richtete sich ein wenig auf, um Sarah zu entlasten, dann drehte er sich auf den Rücken, damit sie sich an ihn schmiegen, ihren Kopf auf seine Schulter legen konnte. Er starrte zur Decke. Was für eine Bescherung, was für eine unvorstellbare Bescherung.

Und er zog sie fester an sich. Sie streckte furchtsam die Hand aus und umschloß die seine. Der Regen hatte aufgehört, unten gingen irgendwo schwere, gleichmäßige Schritte. Vielleicht ein Polizist. Das Auge des Gesetzes.

Charles sagte: »Ich bin ärger als Varguennes.« Ihre Antwort bestand darin, daß sie seine Hand drückte, als widerspräche sie und wollte ihn beruhigen. Aber er war der Mann.

»Was soll jetzt aus uns werden?«

»Ich kann nicht über diese Stunde hinausdenken.«

Wieder preßte er sie an sich, küßte ihre Stirn; dann starrte er wieder zur Decke. Sie war nun so jung, so überwältigt.

»Ich muß meine Verlobung auflösen.«

»Ich verlange nichts von dir. Das kann ich nicht. Der Vorwurf fällt auf mich.«

»Du hast mich gewarnt, du hast mich gewarnt. Nur ich bin verantwortlich. Als ich herkam, wußte ich ... Ich war absichtlich blind. Ich ließ alle meine Verpflichtungen hinter mir.«

Sie murmelte: »Ich wollte es so.« Traurig wiederholte sie: »Ich wollte es so.«

Eine Zeitlang strich er über ihr Haar. Es fiel über ihre Schulter, ihr Gesicht und verhüllte sie.

»Sarah ... das ist der liebste Name.«

Sie antwortete nicht. Eine Minute lang tat er nichts anderes, als ihr Haar zu liebkosen, als sei sie ein Kind. Mit den Gedanken war er anderswo. Als habe sie es gemerkt, begann sie endlich zu sprechen.

»Ich weiß, daß du mich nicht heiraten kannst.«

»Ich muß es, und ich will es tun. Ich könnte mir nie mehr ins

Gesicht sehen, wenn ich es nicht täte.«

»Ich war schlecht. Lange habe ich mir einen Tag wie diesen vorgestellt. Ich passe als Frau nicht zu dir.«

»Aber Liebste –«

»Deine Stellung in der Welt, deine Freunde, dein ... und sie – ich weiß, sie liebt dich bestimmt. Wie könnte ich es nicht nachfühlen, was sie fühlt?«

»Aber ich liebe sie nicht mehr!«

Sie wartete still, bis seine Heftigkeit nachließ. »Sie ist deiner würdig. Ich nicht.«

Endlich begann er, sie beim Wort zu nehmen. Er drehte ihren Kopf zu sich, und sie sahen in der trüben Beleuchtung, die von der Straße kam, einander in die Augen, die im Halbschatten lagen. In den seinen war eine Art Schrecken, ihre waren ruhig, fast als lächle sie. »Du kannst doch nicht meinen, daß ich jetzt fortgehen soll – so als ob zwischen uns nichts gewesen wäre?«

Sie sagte nichts, aber in ihren Augen las er, was sie meinte. Er stützte sich auf einen Ellenbogen.

»Du kannst mir nicht so viel verzeihen. Oder nicht so wenig von mir verlangen.«

Sie drückte den Kopf ins Kissen, ihre Augen sahen in eine verhüllte Zukunft. »Warum nicht, wenn ich dich liebe?«

Er riß sie an sich. Der Gedanke an ein solches Opfer trieb ihm Tränen in die Augen. Dieses Unrecht, das Grogan und er ihr getan hatten! Sie war edler als sie beide. Die Verachtung gegen sein Geschlecht überflutete Charles: die Männer waren trivial, leichtgläubig, selbstsüchtig. Aber er gehörte diesem Geschlecht an, und deshalb befiel ihn ein abwegiger, feiger Gedanke: War dies hier vielleicht nichts anderes als ein letztes Sichaustoben, das Abstoßen der Hörner? Kaum hatte er aber dies gedacht, fühlte er sich wie ein Mörder, der nur wegen eines Formfehlers im Prozeß freigesprochen wurde. Er könnte als freier Mann den Gerichtssaal verlassen – in seinem Herzen würde er auf ewig der Schuldige bleiben.

»Ich bin mir selbst unendlich fremd.«

»Das Gefühl hatte ich auch. Das kommt daher, weil wir gesündigt haben.« Sie redete, als blicke sie in eine endlose Nacht. »Mein einzigerWunsch ist dein Glück. Da ich jetzt weiß, es hat einen Tag gegeben, an dem du mich wirklich geliebt hast, kann ich es ertragen ... ich kann jeden Gedanken ertragen ... außer dem, daß du sterben könntest.«

Wieder richtete er sich auf und sah auf sie herab. Noch immer stand ein schwaches Lächeln in ihren Augen, ein tiefes Wissen – eine geistige oder psychologische Antwort darauf, daß er sie jetzt physisch kennengelernt hatte. Nie hatte er sich einer Frau so nahe gefühlt, nie so eins mit ihr. Er beugte sich nieder und küßte sie, aber aus einer viel reineren Liebe als jener, die sich bei der Berührung ihrer Lippen wieder in seinen Lenden meldete. Charles glich darin vielen Viktorianern. Er konnte nicht ernstlich annehmen, daß es für eine Frau ein Vergnügen bedeuten sollte, bloß ein Gefäß männlicher Wollust zu sein. Schon hatte er ihre Liebe zu ihm bis zur Unerträglichkeit mißbraucht; es durfte nicht noch einmal geschehen. Er konnte nicht länger bleiben. Er setzte sich auf.

»Diese Person da unten . . . auch mein Diener wartet auf mich im Hotel. Ich bitte dich, gönne mir ein, zwei Tage zum Überlegen. Ich weiß nicht, was ich jetzt tun soll.«

Ihre Augen waren geschlossen. Sie sagte: »Ich bin deiner nicht wert.«

Er blickte sie einen Augenblick an, stand auf und ging ins Nebenzimmer. Und da traf es ihn wie ein Donnerschlag.

Als er beim Anziehen an sich heruntersah, bemerkte er auf dem Vorderteil seines Hemds einen roten Streifen. Im ersten Moment glaubte er, sich geschnitten zu haben, aber er hatte doch keinen Schmerz verspürt. Er untersuchte sich verstohlen. Dann umklammerte er die Stuhllehne und starrte zurück ins Schlafzimmer – plötzlich war ihm klargeworden, was ein erfahrener oder weniger aufgeregter Liebhaber viel früher gemerkt hätte.

Er hatte sie entjungfert.

Im Zimmer rührte es sich. Er zog sich in verzweifelter Eile an, im Kopf wirr und betäubt. Er hörte, wie sie Wasser in ein Becken goß, wie die Seifenschüssel an Porzellan kratzte. Sie hatte sich Varguennes nicht hingegeben. Sie hatte gelogen. Ihr ganzes Betragen, ihre angeblichen Motive in Lyme Regis beruhten auf Lüge. Aber zu welchem Zweck. Warum nur? Warum? Warum?

Erpressung!

Ihn ganz in ihre Gewalt zu bringen!

Mit apokalyptischem Grauen stürmten Gedanken an weibliche Dämonen auf ihn ein, die mit schlafenden Männern verkehren, jene furchtbaren Ängste der Männer vor einer großen Verschwörung der Weiber, ihnen die Manneskraft aus den Adern zu saugen, sich an ihrem Idealismus zu mästen, sie weich wie Wachs zu machen und sie dann entsprechend ihren bösen Vorstellungen zurechtzukneten; wieder wogte es in ihm auf, ob nicht in jenem Prozeß gegen La Roncière der glaubhafte Beweis erbracht worden sei. Die leisen Waschgeräusche hatten aufgehört. Es gab ein Rascheln hin und her – wie er annahm, legte sie sich zu Bett. Angekleidet stand er da und starrte ins Feuer. Sie war verrückt, hatte ihn mit dem seltsamsten aller Netze umgarnt ... Aber warum?

Ein Geräusch. Er drehte sich um, seine Gedanken waren nur allzu klar von seinem Gesicht abzulesen. Sie stand in der Tür, hatte jetzt ihr altes indigoblaues Kleid an, das Haar war noch lose, und etwas von dem alten Trotz war da: augenblicklich erinnerte er sich daran, wie er zum erstenmal auf sie gestoßen war, als sie auf dem Vorsprung über dem Meer stand und zu ihm hinaufblickte. Sie mußte erkannt haben, daß er bereits die Wahrheit wußte; und wieder kam sie ihm zuvor und schnitt ihm die Anklage ab, die er im Sinn hatte. Sie wiederholte, was sie vorher gesagt hatte:

»Ich bin deiner nicht würdig.«

Und jetzt glaubte er ihr. Er flüsterte: »Varguennes?«

»Als ich dorthin ging, wovon ich dir erzählte, in Weymouth ... ich war noch nicht beim Tor des Hauses ... sah ich ihn herauskommen. Mit einer Frau. Einer Frau von der Sorte, die man nicht verkennen kann.« Sie mied seinen zornigen Blick. »Ich zog mich in eine Hauseinfahrt zurück. Als sie weg waren, ging ich auch.«

»Aber warum hast du erzählt –«

Jäh wandte sie sich zum Fenster; und er mußte schweigen. Sie hinkte nicht. Ihr Knöchel war nicht verrenkt. Wieder begegnete sie seinem erneut anklagenden Blick. Dann drehte sie sich um.

»Ja. Ich habe dich getäuscht. Aber ich werde dich nie mehr belästigen.«

»Aber was habe ich ... Warum solltest du ...«

Lauter Geheimnisse.

Sie sah ihn an. Wieder hatte es angefangen, heftig zu regnen. Jetzt senkten sich ihre Augen nicht, der Trotz war wieder da; und doch lag dahinter etwas Sanfteres, das ihn daran erinnerte, daß er sie soeben besessen hatte. Die alte Distanz, aber nachgiebiger.

»Du hast mir den Trost gegeben, daß ich in einer anderen Welt, einer anderen Zeit, in einem anderen Leben deine Frau hätte sein können. Du hast mir die Kraft gegeben, weiterzuleben ... jetzt und hier.« Keine drei Meter lagen zwischen ihnen – aber es schien, als seien es zwanzig Kilometer. »In einem habe ich dich nicht getäuscht. Ich habe dich geliebt . . . ich glaube, vom ersten Augenblick an, da ich dich sah. Darin wurdest du nie betrogen. Was dich getäuscht hat, war meine Einsamkeit. Es war ein Ressentiment, Eifersucht. Ich weiß es nicht. Ich weiß es nicht.« Wieder wandte sie sich dem Fenster und dem Regen draußen zu. »Verlange nicht, daß ich dir erkläre, was ich getan habe. Ich kann es nicht erklären. Es ist nicht zu erklären.« In der spannungsvollen Stille starrte Charles auf ihren Rücken. Ebenso wie er kurz zuvor sich zu ihr hingezogen gefühlt hatte, so fühlte er sich jetzt von ihr weggezogen – und in beiden Fällen trug sie die Verantwortung dafür.

»Das kann ich nicht akzeptieren. Es muß eine Erklärung geben.«

Doch sie schüttelte den Kopf. »Bitte geh jetzt. Ich bete für dein Glück. Ich werde es nie mehr stören.«

Er rührte sich nicht. Sie erriet offenbar, wie schon einmal, seine geheimen Gedanken. Ihr Ausdruck war ruhig, nahezu fatalistisch.

»Es ist so, wie ich dir gesagt habe. Ich bin viel stärker, als es sich ein Mann vorstellen kann. Mein Leben endet, wenn die Natur ihm ein Ende setzt.«

Noch zwei Sekunden ertrug er ihren Anblick, dann drehte er sich um, seinen Hut und seinen Stock zu nehmen.

»Das ist also meine Belohnung. Ich bin dir zu Hilfe gekommen. So viel zu riskieren . . . und jetzt zu wissen, daß ich mich nur von deinen Einbildungen habe anführen lassen.«

»Heute habe ich an mein eigenes Glück gedacht. Wenn wir uns wieder treffen sollten, könnte ich nur an deins denken. An meiner Seite kann es für dich kein Glück geben. Sie können mich nicht heiraten, Mr. Smithson.«

Diese Wiederaufnahme der förmlichen Anrede verletzte ihn tief. Aber sie hatte ihm schon den Rücken gedreht, als habe sie es im voraus gewußt. Er machte noch einen Schritt auf sie zu.

»Wie kannst du mich so anreden?« Sie sagte nichts. »Alles, was ich verlange, ist, daß ich verstehen darf –«

»Ich bitte dich. Geh!«

Wieder hatte sie sich ihm zugewandt. Wie zwei Wahnsinnige sahen sie jetzt aus. Charles schien sprechen, auf sie zuspringen, explodieren zu wollen. Doch ohne ein vorheriges Zeichen drehte er sich auf dem Absatz um und verließ das Zimmer.

48

Es ist für einen Menschen unsittlich, mehr zu glauben, als was er aus freien Stücken annehmen kann, weil es seiner moralischen und geistigen Natur kongenial ist.

Henry Newman, *Eighteen Propositions of Liberalism* (1828)

So wie der Sänger, der zur monotonen Leier
Die ganze Melodie singt, müßt' der ganze Mensch
Auf dieser Leiter sich erheben können
Vom toten Sein in eine bessere Welt.

Tennyson, *In Memoriam* (1850)

Als er in die Halle hinunterkam, setzte er sein förmlichstes, selbstbewußtestes Gesicht auf. Mrs. Endicott stand an der Tür ihres Büros, ihr Mund hatte sich bereits zum Reden geöffnet. Aber Charles war mit einem höflichen »Danke sehr, Ma'm«, an ihr vorbei in die Nacht hinausgegangen, ehe sie ihre Frage vollenden oder feststellen konnte, daß an seinem Gehrock ein Knopf fehlte. Blind ging er durch einen weiteren Regenschauer. Er nahm nicht mehr davon Notiz als von der Richtung, in die er ging. Sein größter Wunsch war der nach Dunkelheit, Unsichtbarkeit, Vergessen – dort hoffte er, wieder Ruhe zu finden. Aber ohne es zu merken, geriet er in jenes berüchtigte Viertel von Exeter, das ich oben beschrieb. Wie die meisten moralisch dunklen Orte war es voller Licht und Leben: da waren Läden und Tavernen, da waren Leute, die vor dem Regen Schutz in Hauseinfahrten suchten. Darum wählte er eine Straße, die steil zum Fluß Exe hinunterführte. Zu beiden Seiten eines schmalen Rinnsals liefen holprige Treppen. Aber hier war es ruhig. Unten an der Ecke kam eine kleine Kirche aus rotem Backstein in Sicht, und plötzlich spürte Charles Sehnsucht nach dem Heiligtum. Er stieß eine kleine Tür auf, die so niedrig war, daß er sich bücken mußte. In das Kirchenschiff, das über dem Straßenniveau lag, führten ein paar Stufen hinauf. Oben stand ein junger Hilfsgeistlicher, der gerade dabei war, die letzte Lampe herunterzuschrauben. Er blickte überrascht auf den späten Besucher.

»Ich wollte gerade abschließen, Sir.«

»Darf ich noch einige Minuten hier beten?«

Der Pfarrer schraubte die Lampe wieder hoch und betrachtete den Besucher genau. Ein Gentleman.

»Mein Haus steht gerade gegenüber. Seien Sie bitte so freundlich und schließen Sie dann ab und bringen Sie mir den Schlüssel.« Charles verbeugte sich, und der Pfarrer kam zu ihm herunter. »Es ist wegen des Bischofs. Meiner Meinung nach sollte Gottes Haus immer offenstehen. Aber unser Altarbild ist sehr wertvoll. In solchen Zeiten leben wir.« Also befand Charles sich allein in der Kirche. Er hörte den Pfarrer über die Straße gehen: er schloß das alte Tor von innen ab und stieg die Stufen zum Kirchenraum hinauf. Es roch nach frischer Farbe. Im Licht der einen Gaslampe bemerkte er neue Vergoldung; aber massive dunkelrote Spitzbogen deuteten darauf hin, daß die Kirche sehr alt war. Etwa in der Mitte des Hauptschiffs setzte er sich in eine Bank und blickte durch den Lettner auf das Kruzifix über dem Altar. Dann kniete er nieder und flüsterte ein Vaterunser, wobei er die starren Hände um die Kirchenbank vor sich krampfte.

Als die Worte des vorgeschriebenen Gebets verklungen waren, wirkten die dunkle Stille und der leere Raum auf ihn ein. Jetzt begann er, ein Gebet zu formen, das seinem Zustand entsprach: »Vergib mir, o Herr, meine Selbstsucht. Vergib mir, daß ich dein Gesetz gebrochen habe. Vergib mir meine Ehrlosigkeit, vergib mir meine Unreinheit. Vergib mir meine Unzufriedenheit mit mir selbst, vergib mir meinen mangelnden Glauben an deine Weisheit und Güte. Vergib mir und schaff mir Rat, o Herr, in meiner Not.«

Aber dann spielte ihm sein Unterbewußtsein einen Streich; er wurde abgelenkt und sah Sarahs Gesicht vor sich, das tränenüberströmt, qualvoll, die Züge einer Mater dolorosa trug, die er auf einem Bild von Grünewald in Kolmar, Koblenz oder Köln gesehen hatte . . . er konnte sich nicht besinnen. Einige Sekunden lief er im Geist dem vergessenen Namen der Stadt nach, er fing mit Ka . . . an. Er erhob sich von den Knien und setzte sich wieder in den Kirchenstuhl. Wie leer die Kirche war, wie still. Er starrte auf das Kruzifix, aber er sah nicht das Gesicht Christi, er sah immer nur Sarahs Gesicht. Er wollte noch einmal sein Gebet beginnen, aber es war hoffnungslos. Er wußte, es fand keine Erhörung. Plötzlich begann er zu weinen.

Bis auf einige wenige Atheisten und Agnostiker der viktorianischen Zeit (wie es jene militante Elite unter der Führung Bradlaughs war) besaß damals jeder ein tiefes Gefühl für das Ausgeschlossensein, für die Verweigerung einer Gabe. Unter befreundeten Gleichgesinnten konnten sie sich über die Torheiten der Kirche lustig machen, über ihr Sektengezänk, die prunkliebenden Bischöfe und intrigierenden Kanoniker, über dienstvergessene

Pfarrer* und unterbezahlte Hilfsgeistliche, über eine veraltete Theologie und so weiter; Christus selbst blieb unangetastet, eine furchtbare Anomalie für den Verstand. Er war ihnen noch nicht das geworden, was er für viele heutzutage ist, eine völlig säkularisierte Gestalt, ein Mensch namens Jesu von Nazareth, der eine glänzende Begabung für Gleichnisse besaß und dafür, einen Mythos um seine Person zu schaffen. So glaubte alle Welt an seine Göttlichkeit. Darum traf der Vorwurf des Unglaubens härter. Wir haben zwischen den Grausamkeiten, die sich in unserer Zeit ereignen, und unserer Schuld ein gewaltiges Gebäude errichtet: nämlich die öffentliche Sozialhilfe; die Werke der Barmherzigkeit sind vollorganisiert. Den Viktorianern rückten diese Grausamkeiten noch näher auf die Haut, und die Intelligenten und Sensiblen fühlten sich weit mehr verantwortlich; in Notzeiten war es um so schwieriger, das allgemein gültige Symbol des Mitleids abzulehnen.

Tief im Herzen wollte Charles kein Agnostiker sein. Weil er den Glauben nie benötigt hatte, war es ihm gelungen, ganz gut ohne ihn auszukommen; sein Verstand und seine Lehrer Lyell und Darwin hatten ihn gelehrt, daß er recht daran tat, sich nicht auf das Dogma zu verlassen. Aber nun war er hier und weinte nicht um Sarah, sondern weil er nicht imstande war, mit Gott zu sprechen. In dieser dunklen Kirche wurde ihm bewußt, daß die Verbindungen abgerissen waren. Keine Verständigung war mehr möglich. Plötzlich klapperte es laut in der Stille. Er drehte sich um und bedeckte hastig die Augen mit dem Ärmel. Aber wer immer da versucht hatte, die Kirche zu betreten, mußte annehmen, daß sie schon geschlossen sei; ihm war, als sei ein verworfener Teil seiner selbst fortgegangen. Er stand auf und begann, mit auf dem Rükken verschränkten Händen im Kirchenschiff zwischen dem Gestühl auf und ab zu gehen. Von den Grabplatten, die in den Boden

* Wer wollte sie tadeln, wenn ihre Vorgesetzten ihnen ein Beispiel gaben? Der Hilfsgeistliche hatte sich vorhin auf »den Bischof« bezogen und auf diesen Bischof, den berühmten Doktor Philpotts, Bischof von Exeter, dem damals auch ganz Devon und Cornwall unterstand, trifft das Gesagte zu. Die letzten zehn Jahre seines Lebens verbrachte er in einem komfortablen Domizil in Torquay, und man sagt, sein Schatten sei in dieser Zeit nicht einmal auf die Schwelle seiner Kathedrale gefallen. Er war ein hoheitsvoller Fürst der Anglikanischen Kirche – jeder Zoll ein kämpferischer Reaktionär. Zwei Jahre nach der Zeit, in der unsere Erzählung spielt, starb er.

eingelassen waren, starrten ihn verwitterte Namen und Daten, in Stein gehauene Überreste anderer Lebensläufe unleserlich entgegen. War es das Auf- und Abschreiten über diese Steine, das vage Gefühl, er tue hier etwas Lästerliches oder die Verzweiflung, die ihn vorhin gepackt hatte – irgend etwas machte ihn zuletzt ruhig und ließ ihn eine gewisse Klarheit gewinnen. Es entspann sich ein Zwiegespräch zwischen seinem besseren und schlimmeren Ich – vielleicht auch zwischen ihm und jener Gestalt mit den ausgebreiteten Armen, dort am dunklen Ende des Kirchenraums.

Wo soll ich anfangen?

Fang damit an, was du getan hast, mein Freund. Und hör auf zu wünschen, du hättest es nicht getan.

Ich habe es nicht getan. Ich wurde verführt.

Was hat dich dazu verführt?

Ich wurde getäuscht.

Welche Absicht lag hinter der Täuschung?

Ich weiß es nicht.

Aber du mußt doch ein Urteil haben.

Hätte sie mich wirklich geliebt, dann hätte sie mich nicht fortgeschickt.

Hätte sie dich wirklich geliebt, hätte sie dich weiter täuschen sollen?

Sie ließ mir keine Wahl. Sie sagte selbst, eine Heirat zwischen uns sei unmöglich.

Welchen Grund führte sie dafür an?

Unseren Standesunterschied.

Ein edler Grund.

Und Ernestina. Ich habe ihr ein feierliches Versprechen gegeben.

Das schon gebrochen ist.

Ich will es wieder zusammenflicken.

Mit Liebe? Oder mit Schuld?

Das ist gleichgültig. Ein Gelübde ist heilig.

Wenn es gleichgültig ist, kann ein Gelübde auch nicht heilig sein.

Meine Pflicht ist klar.

Charles, Charles, diesen Gedanken habe ich schon in den grausamsten Augen gelesen. Pflicht ist nur ein Topf. Er faßt alles, was man hineintut, vom größten Übel bis zum größten Gut.

Sie wollte, daß ich gehe. Ich konnte es in ihren Augen sehen. Sie verachtet mich.

Soll ich dir sagen, was Frau Verachtung jetzt tut? Sie weint sich die Seele aus dem Leib.

Ich kann nicht zurück.

Glaubst du, Wasser kann das Blut von deinen Lenden waschen?

Ich kann nicht zurück.

Mußtest du sie in den Undercliffs wiedersehen? Mußtest du heute nacht in Exeter bleiben? Mußtest du ihr Zimmer betreten? Ihre Hand auf deiner belassen? Mußtest du –

Das gebe ich alles zu! Ich habe gesündigt. Aber ich bin ihr auf den Leim gegangen.

Warum kannst du dich dann nicht von ihr befreien?

Darauf antwortete Charles nicht mehr. Wieder saß er in seinem Kirchenstuhl. Er verkrampfte die Finger, daß das Blut daraus wich, als wollte er sich die Knöchel brechen. Er starrte und starrte in die Dunkelheit. Aber die andere Stimme ließ ihm keine Ruhe.

Mein Freund, vielleicht gibt es etwas, das sie mehr liebt als dich. Und du verstehst nicht, daß sie, weil sie dich wirklich liebt, dir das geben muß, was sie noch mehr liebt. Ich will dir sagen, warum sie weint: weil du nicht den Mut hast, ihr Geschenk zu erwidern.

Wer gab ihr das Recht, mich auf die Folter zu spannen?

Welches Recht hattest du, geboren zu werden? Zu atmen? Reich zu sein?

Ich gebe nur dem Kaiser –

Oder Mr. Freeman?

Das ist eine niedrige Anschuldigung.

Und was tust du mir? Ist das dein Dienst? Diese Nägel, die du mir durch die Handflächen treibst?

Bei aller Ehrfurcht – auch Ernestina hat Handflächen.

Dann nehmen wir uns eine vor und lesen darin. Ich sehe da kein Glück. Sie weiß, daß sie nicht wahrhaft geliebt wird. Sie ist die Betrogene. Nicht einmal, immer und immer wieder, jeden Tag eurer Ehe.

Charles legte seine Arme auf die Lehne und vergrub den Kopf darin. Er fühlte sich in einem Dilemma gefangen, das auch eine Folge seiner Unentschlossenheit war; gar nicht passiv, sondern aktiv trieb es ihn geradezu fühlbar einer Zukunft entgegen, die es, nicht er, bestimmen würde.

Mein armer Charles, erforsche dein Herz – als du in diese Stadt kamst, tatest du es nicht, um dir zu beweisen, daß du kein Gefangener deiner eigenen Zukunft bist? Aber Flucht ist nicht ein Schritt, mein Freund. Sie gelingt dadurch ebensowenig, wie du nicht von hier aus Jerusalem mit einem einzigen Schritt erreichen kannst. Jeden Tag, Charles, jede Stunde muß sie neu geübt werden. Jede Minute wartet der Nagel, um eingeschlagen zu werden. Du weißt, was du zu wählen hast. Aber du bleibst in einem Gefängnis, das deine Zeit Pflicht, Ehre, Selbstachtung nennt, und fühlst dich wohl dabei. Oder du wirst frei – dann kreuzigen sie dich. Dann sind deine einzigen Gefährten Steine, Dornen, abgewandte Rücken; das Schweigen der Städte und ihr Haß.

Ich bin schwach.

Aber du schämst dich deiner Schwachheit.

Was könnte meine Stärke der Welt nutzen?

Keine Antwort. Aber etwas ließ Charles aus seinem Sitz aufstehen und nach vorn bis an den Lettner gehen. Er sah durch eine der Öffnungen auf das Kreuz über dem Altar; nach kurzem Zögern schritt er durch die Mitteltür und an dem Chorgestühl vorbei bis an die Stufen des Altars. Bis dahin drang das Licht, das am entgegengesetzten Ende des Kirchenraums brannte, nur schwach. Aber die Züge des Kruzifixus konnte er ausmachen, und ihn befiel ein seltsames Gefühl. Er sah sich selbst dort hängen ... natürlich nicht in der Unvergleichlichkeit und weltweiten Bedeutung Jesu, aber er sah sich dort gekreuzigt.

Aber nicht gerade an einem Kreuz – es war etwas anderes. Manchmal hatte er an Sarah so gedacht, daß der Gedanke naheliegen könnte, er habe sich an sie gekreuzigt gesehen; aber eine solche Blasphemie, sowohl in religiöser wie in realer Hinsicht kam ihm nicht in den Sinn. Eher schien sie dort an seiner Seite zu stehen, als erwarte sie die Trauungszeremonie – nur in anderer Absicht. Er dachte einen Augenblick nach, und plötzlich überkam es ihn: Sie wollte ihn vom Kreuz befreien!

In einer momentanen Erleuchtung erkannte Charles den wahren Sinn des Christentums: er bestand nicht darin, dieses barbarische Bildwerk anzubeten, nicht darin, es hochzuhalten, weil das mit einem nutzbringenden Profit, nämlich der Sündenvergebung, verbunden sei, sondern eine Welt zu gestalten, in der der Gekreuzigte herabgenommen werden konnte; sein Mund sollte sich nicht mehr im Todeskampf öffnen, sondern friedlich lächeln, weil lebende Menschen, Männer und Frauen, den Sieg errungen hatten und in ihm lebten.

Als er so dort stand, glich er einem Seher, der das ganze Zeitalter durchschaute: sein tumultuöses Treiben, seine eisernen Grundsätze und starren Konventionen, seine verdrängten Gefühle und seinen skurrilen Humor, seine vorsichtige Wissenschaft und seine unvorsichtige Religion, seine korrupte Politik und seine unverrückbaren Standesunterschiede sah er als den großen Feind, der sein tiefstes Sehen im Verborgenen bedrohte. Das war es, was ihn betrogen hatte; und hier waren weder Liebe noch Freiheit . . . aber auch kein Denken, keine Absicht, keine Bosheit: der Betrug war sein Wesen. Es hatte nichts Menschliches an sich, es war eine Maschine. Das war der Teufelskreis, der ihn heimgesucht hatte; das war das Versagen, die Schwachheit, der Krebs, der Zwiespalt in seinem Leben. Sie hatten ihn dorthin gebracht, wo er war: nicht zur Wirklichkeit, sondern zur Entschlußlosigkeit; mehr ein Traumbild war er als ein Mensch, mehr ein Schweigen als ein Wort, mehr ein toter Knochen als eine lebendige Tat. Ja, er war ein Fossil.

Während er lebte, war er wie tot.

Er stand am Rand eines bodenlosen Abgrunds.

Noch etwas war da: seit er diese Kirche betreten hatte – und diese Ahnung kam ihm jedesmal, wenn er in leere Kirchen trat – er hatte das seltsame Gefühl, nicht allein zu sein. Dichtgedrängt standen andere hinter ihm. Er drehte sich um und sah ins Kirchenschiff hinein. Stille. Leere Kirchenbänke.

Charles dachte: wenn sie wirklich tot sind, wenn es kein Leben nach dem Tod gibt, was kümmere ich mich um ihre Ansichten über mich? Sie würden nichts wissen, könnten nicht urteilen.

Dann tat er den entscheidenden Schritt: Sie wissen wirklich nichts, sie können nicht urteilen.

Was er damit abwarf, war eine Sache, die seine Zeit heimsuchte und sie gründlich verdarb. Sehr klar spricht Tennyson im fünfzigsten Gedicht des Werkes *In Memoriam* davon:

Wünschen wir wirklich, daß die Toten
An unserer Seite bleiben?
Gibt's nichts Gemeines, das wir verbergen wollen,
Keine Niedrigkeit, die uns schreckt?

Soll er, dessen Lob ich suchte,
Dessen Urteil ich immer schätzte,
Mit klarem Auge versteckte Schande sehen
Und seine Liebe zu mir vergehen?

Unrecht tu ich den Gräbern mit falscher Angst;
Soll die Liebe für ihr Verlangen nach Glauben bestraft werden?
Mit dem großen Tod muß große Weisheit kommen,
Die Toten werden mich durchschauen.

Sei uns nahe, wenn wir aufsteigen und fallen:
Wie Gott beobachten sie die verrinnenden Stunden,
Mit größeren, schärferen Augen als wir,
Und üben Nachsicht mit uns allen.

Charles' ganzes Sein empörte sich gegen diese beiden falschen Vorschläge: gegen den makabren Wunsch, rückwärts in die Zukunft zu gehen, weil man hypnotisiert auf die toten Väter anstatt auf die noch ungeborenen Söhne starrte. Ihm war, als habe sein bisheriger Glaube an die gespenstische Präsenz der Vergangenheit ihn zu einem Leben in der Gruft verurteilt, ohne daß er es merkte.

Dies mag wie ein Sprung in den Atheismus aussehen, war es aber nicht; Christus wurde in Charles' Augen nicht kleiner. Aber er wurde lebendig, er wurde frei von seinem Kreuz, wenn nicht vollkommen, so doch zum Teil. Langsam schritt Charles ins Kirchenschiff zurück und drehte dem gleichgültigen hölzernen Bildwerk den Rücken. Nicht Jesus! Wieder begann er auf und ab zu gehen, wieder fielen seine Blicke auf die Grabplatten. Aber jetzt war es ihm wie ein Schein aus der anderen Welt: eine neue Wirklichkeit, eine neue Kausalität, eine neue Schöpfung. Eine Sturzflut konkreter Bilder, meinetwegen ein weiteres Kapitel aus seiner hypothetischen Selbstbiographie, ergoß sich durch sein Inneres. Erinnern Sie sich? Innerhalb von drei Pendelbewegungen ihrer Uhr im Salon, im Gehäuse aus Marmor und Gold war in einem ähnlichen Augenblick hochfliegender Träume Mrs. Poulteney von der ewigen Erlösung zu Lady Cotton herabgestiegen. Ich würde die Wahrheit unterschlagen, wenn ich verschwiege, daß Charles in diesem Augenblick an seinen Onkel dachte. Nicht er würde Sir Robert die Schuld an einem gebrochenen Eheversprechen und an einem Ehebund zuschieben, der die Familie verunglimpfte. Aber sein Onkel würde sich die Schuld geben. Eine weitere Szene drängte sich ihm ungerufen auf: Lady Bella, wie sie Sarah gegenüberstand. Es mag wunderlich sein, aber er sah voraus, wer diese Begegnung mit mehr Würde bestehen könne. Ernestina hätte mit Lady Bellas Waffen gefochten, aber Sarah ... diese Augen – sie würden Scheltworte und Beleidigungen einfach schlukken. Sie schweigend zur Kenntnis nehmen. Dann würden sie zerflattern wie Rußwölkchen im blauen Himmel!

Und wie würde er Sarah anziehen! Nach Paris, nach Florenz, nach Rom würde er sie mitnehmen!

Natürlich ist das kein geeigneter Augenblick, um einen Vergleich mit dem heiligen Paulus auf dem Weg nach Damaskus anzustellen. Aber Charles blieb tatsächlich stehen – ja, und zwar mit dem Rücken zum Altar – und sein Gesicht strahlte. Vielleicht kam der Schein nur von der Gaslampe her; er verriet nicht den edleren, aber abstrakteren Grund dafür, der ihm so anziehend durch den Sinn gegangen war. Ich hoffe aber, Sie werden mir glauben, daß dieser Anblick – Sarah an seinem Arm in den Uffizien – für die Sache einer grausamen, aber notwendigen Freiheit stand. Und wenn wir überleben sollen, ist das auch heute noch nicht anders. Nun drehte er sich um und ging zu seiner Sitzbank zurück. Er tat etwas sehr Unlogisches, denn er kniete nieder und betete, wenn auch nur sehr kurz. Dann ging er zum Ausgang, schraubte das Gaslicht herunter, bis es nur ein blasses Flämmchen war, und verließ die Kirche.

49

Was mir bleibt, sind ein Mann und ein Mädchen,
Stets bereit zu Verleumdung und Diebstahl . . .
Tennyson, *Maud* (1855)

Charles fand das Haus des Hilfsgeistlichen und läutete. Ein Hausmädchen erschien, aber gleich hinter ihr schwebte der junge bakkenbärtige Mann in den Gang. Er kam nach vorn und übernahm den schweren Schlüssel, während das Mädchen sich zurückzog.

»Danke, Sir. Jeden Morgen um acht feiere ich die Heilige Messe. Bleiben Sie länger in Exeter?«

»Leider nein. Ich bin nur auf der Durchreise.«

»Ich hoffte, Sie noch einmal zu sehen. Kann ich Ihnen noch irgendwie behilflich sein?«

Damit deutete der arme Junge auf eine Tür, hinter der ohne Zweifel sein Arbeitszimmer lag. Ein Gepränge hatte Charles schon an der Einrichtung der Kirche bemerkt; jetzt begriff er, daß er zur Beichte eingeladen wurde. Es bedurfte keiner magischen

Kräfte, um hinter der Mauer einen Betschemel und die bescheidene Statue der heiligen Jungfrau wahrzunehmen; denn der da war einer jener jungen Männer, die für das traktarianische Schisma zu spät auf die Welt gekommen waren und nun ungezogen, aber ungeschoren, da Dr. Phillpotts der Hochkirche angehörte, mit Riten und liturgischer Kleidung Unfug trieben. Es war dies eine weitverbreitete Form kirchlichen Dandytums. Charles maß ihn einen Augenblick und dachte an seine eigene neue Einsicht: keine Einladung konnte dümmer sein als diese. Also verbeugte er sich, lehnte aber dankend ab und ging seines Wegs. Vom offiziellen Christentum war er für den Rest seines Lebens geheilt.

Sie werden nun vielleicht annehmen, daß sein Weg ihn stracks zu Endicotts Familienhotel zurückführte. Ein Mann unserer Zeit wäre sicherlich diesen Weg gegangen. Aber das verdammte Pflichtgefühl und sein Ehrenkodex standen bei Charles einem solchen Entschluß wie Mauern entgegen. Zuerst mußte er sich alter Verpflichtungen entledigen; erst dann konnte er sich einstellen, um einen Antrag zu machen.

Nun begann er Sarahs Täuschungsmanöver zu durchschauen. Sie hatte gewußt, daß er sie liebte; sie wußte auch, daß ihm die Tiefe seiner Liebe noch unbewußt war. Die falsche Version, in der sie den Verrat Varguennes an ihr erzählt hatte, ihre anderen Betrügereien, waren nur Schachzüge, um ihm den Star zu stechen; alles, was sie gesagt hatte, nachdem sie ihn soweit gebracht hatte, seine Liebe zu realisieren, war nichts als eine Probe auf die Echtheit seine neuen Sicht der Dinge. Er hatte elendig versagt; und sie gebrauchte dieselben Schachzüge nun als Beweis für ihre Unwürdigkeit. Welchem Seelenadel mußte eine solche Opferbereitschaft entspringen! Wäre er doch nur hineingesprungen, hätte sie in die Arme genommen und ihr gesagt, daß sie sein sei! Unsagbar ungeschickt! Was er noch hätte hinzufügen können, aber es nicht tat: wäre nur jene verhängnisvolle Gespaltenheit nicht gewesen, jenes wohl fürchterlichste Ergebnis der Manie des Klassifizierens bei den Viktorianern. Sie verführte sie, die »Seele« für wirklicher als den Körper zu halten, ja für das eigentliche Ich; kaum überhaupt mit dem Körper verbunden, schwebte sie hoch über dem Tierischen; aber infolge eines unerklärlichen Widerspruchs schleppte sie das Tier in all seinen Bewegungen hinter sich her; sie folgte ihm wie ein weißer Luftballon an der Hand eines undankbaren und ungehorsamen Kindes.

Diese Tatsache, daß jeder Viktorianer ein gespaltenes Denken hatte, gehört zur unentbehrlichen Ausrüstung, die wir auf unseren Reisen ins neunzehnte Jahrhundert mit uns führen müssen. Es ist Schizophrenie, die wir in Reinkultur am auffallendsten bei jenen Dichtern feststellen können, die ich so häufig zitierte: bei Tennyson, Clough, Arnold, Hardy; kaum weniger klar in den außerordentlichen politischen Schwankungen von rechts nach links und wieder zurück, bei Männern wie dem jüngeren Mill und Gladstone; in den allgegenwärtigen Neurosen und psychosomatischen Erkrankungen von Intellektuellen, die sich im übrigen so unterschieden wie Charles Kingsley und Darwin; in den Verwünschungen, die sich zunächst über die Präraffaeliten ergossen, die Leben und Kunst in Einklang miteinander brachten oder es wenigstens versuchten; in dem endlosen Tauziehen zwischen Freiheit und Zwang, Exzeß und Mäßigung, Anstandsregeln und Schuldsprüchen; zwischen dem Schrei des von seinen Grundsätzen beherrschten Menschen nach universeller Erziehung und seiner Unterdrückung der universellen Emanzipation; ersichtlich auch aus der Sucht nach Neuausgaben und Revisionen: wenn wir den wirklichen Mill oder den wirklichen Hardy kennenlernen wollen, erfahren wir aus den Streichungen und Abänderungen in ihren Selbstbiographien mehr als aus den veröffentlichten Fassungen ... mehr aus der Korrespondenz, die irgendwie dem Ofen entging, aus privaten Tagebuchaufzeichnungen, aus dem kleinkörnigen Schotter, der sich beim Vergraben des Eigentlichen ergab. Niemals wurde das Protokoll so völlig durcheinandergebracht, niemals eine für die Öffentlichkeit hergerichtete Fassade als Wahrheit an eine leichtgläubige Nachwelt weitergegeben; deshalb ist, so denke ich, höchstwahrscheinlich *Dr. Jekyll and Mr. Hyde* der beste Leitfaden durch jene Zeit. Hinter dieser altertümelnden Sprache liegt eine tiefe Wahrheit, die der Epoche die Maske wegzieht.

Jeder Viktorianer hatte ein gespaltenes Denken; zumindest hatte Charles es. Schon als er die Fore Street entlangging, dem Hotel »Zum Schiff« entgegen, studierte er die Worte ein, die der Begegnung entsprachen. Er sagte sich vor, was er ihr klarmachen würde: die zwar leidenschaftlichen, aber ehrenhaften Beweggründe, die sie zu weinendem Dank rühren und zu dem Geständnis verleiten würden, sie könne ohne ihn nicht leben. Er sah alles so lebhaft vor sich, daß ich mich versucht fühle, es niederzuschreiben. Aber hier steht die Wirklichkeit, hier steht Sam vor den To-

ren der altmodischen Herberge.
»Der Gottesdienst war schön, Mr. Charles?«
»Ich . . . ich habe mich verlaufen, Sam. Und ich bin verdammt naß geworden.« Dieses Eigenschaftswort war in Sams Augen hier ganz und gar nicht am Platz. »Sei so gut, mach mir jetzt ein heißes Bad. Ich werde auf meinem Zimmer essen.«
»Jawohl, Mr. Charles.«
Etwa fünfzehn Minuten später konnte man Charles splitternackt bei einer ungewohnten Beschäftigung sehen: er wusch Wäsche. Die blutbefleckten Kleidungsstücke drückte er an der Wand der gewaltigen Sitzbadewanne, die zum Bad für ihn gefüllt worden war, aus und rieb sie emsig mit Seife ein; er hatte dabei ein dummes Gefühl, und es gelang ihm nicht sehr gut. Als Sam kurze Zeit später mit dem Essen kam, lagen die Kleidungsstücke teils in, teils außerhalb der Wanne, als habe er sie so unordentlich hingeworfen. Sam sammelte sie ohne einen Laut ein; und diesmal war Charles dankbar, daß sein Diener in solchen Dingen so unachtsam war.
Nach dem Essen öffnete Charles seine Schreibkassette.
»Meine Liebste,
Die eine Hälfte von mir freut sich unaussprechlich, daß sie Dich so anreden darf, die andere wundert sich, wie man so von einem Wesen sprechen kann, das man noch kaum versteht. Manches, so würde ich gerne sagen, kenne ich gründlich; über anderes bin ich so unwissend wie bei unserer ersten Begegnung. Das sage ich nicht, um mich zu entschuldigen, sondern um mein Benehmen heute abend zu erklären. Entschuldigen kann ich es nicht; aber ich bin gezwungen anzunehmen, daß es wenigstens in einer Hinsicht als glücklich bezeichnet zu werden verdient, denn es drängte mich nun zu einer Gewissenserforschung, die schon lange überfällig war. Auf Einzelheiten werde ich nicht eingehen. Aber, meine süße, geheimnisvolle Sarah, ich habe mich entschlossen, daß das, was uns jetzt aneinander bindet, uns für immer binden soll. Ich weiß nur zu gut, daß ich kein Recht habe, Dich wiederzusehen, geschweige denn, Dich in meiner gegenwärtigen Situation ganz kennenzulernen. darum ist es für mich zunächst notwendig, meine Verlobung aufzulösen.
Lange schon ahnte ich, daß jene Verbindung töricht war – ehe Du noch in mein Leben tratest. Darum flehe ich Dich an, Dich in dieser Hinsicht nicht schuldig zu fühlen. Zu tadeln ist allein meine Blindheit in bezug auf mein wahres Wesen. Wäre ich zehn

Jahre jünger, hätte ich im Lauf meines Lebens und im Bereich der Gesellschaft nicht soviel gesehen, womit ich nicht übereinstimme, ich bin überzeugt, ich hätte mit Miß Freeman glücklich werden können. Mein Fehler bestand darin, zu vergessen, daß ich nicht dreiundzwanzig, sondern dreiunddreißig bin.

Darum trete ich morgen ganz früh die sehr schmerzliche Reise nach Lyme an. Du wirst es verstehen, daß zum gegenwärtigen Zeitpunkt der Abschluß dieser Angelegenheit mir am meisten am Herzen liegt. Habe ich aber meine Pflicht in dieser Hinsicht getan, dann werde ich nur noch an Dich – ja, an unsere Zukunft denken. Welch seltsames Geschick mich zu Dir brachte, weiß ich nicht; aber so Gott will, soll nichts Dich mir nehmen, außer Du selbst wünscht es so. Ich möchte jetzt nicht mehr sagen, Du mein süßes Rätsel, als daß Du künftig für stärkere Beweise und Argumente wirst sorgen müssen als bisher. Ich kann aber nicht glauben, daß Du es tun wirst. Dein Herz weiß, daß ich Dir gehöre, und will, daß ich Dich die Meine nenne.

Muß ich Dir versichern, meine liebste Sarah, daß meine Absichten von jetzt an durchaus ehrenhafte sind? Es gibt tausenderlei, das ich Dich fragen möchte, tausend Aufmerksamkeiten, die ich Dir erweisen, tausend Freuden, die ich Dir schenken will. Aber stets mit aller Achtung dem Schicklichen gegenüber, worauf Dein Zartgefühl bestehen mag.

Ich verbleibe als einer, der keinen Frieden kennen wird und kein Glück, bis er Dich wieder in seinen Armen hält.

C. S.

P.S. Beim Überlesen des Geschriebenen bemerke ich eine Förmlichkeit, die ich von Herzen nicht wollte. Verzeih. Du bist so nah und doch eine Fremde – ich kann nicht ausdrücken, was ich wirklich fühle.

Dein ergebenster C.«

Diese schwungvolle Epistel war erst nach mehreren Entwürfen zustandegekommen. Nun war es spät, und Charles gab seine ursprüngliche Absicht, sie sofort abzuschicken, auf. Sie würde sich jetzt in den Schlaf geweint haben; eine dunkle Nacht noch würde er sie durchleiden lassen, aber sie sollte zur Freude erwachen. Einige Male las er den Brief durch; er hatte noch etwas von dem Ton abbekommen, in dem er erst einen oder zwei Tage zuvor aus London an Ernestina geschrieben hatte; aber es war eine Qual gewesen, jene Briefe zu schreiben, lauter Zugeständnisse an die Konvention, und darum hatte er diesem das Postscriptum angefügt. Wie er schon Sarah mitgeteilt hatte, fühlte er sich selbst noch als ein Fremder; aber er blickte doch schon mit einer Art von bewunderndem Vergnügen im Spiegel auf sein Gesicht. Großer Mut erfüllte ihn, sowohl für die Gegenwart wie für die Zukunft – und das Gefühl, etwas Einzigartiges getan zu haben, wofür es keine Parallele gab. Und sein Wunsch ging in Erfüllung: er konnte wieder reisen, und diese Reise versprach doppelt entzückend durch die zu erwartende Begleiterin zu werden. Er versuchte, sich Sarah vorzustellen, wie er sie noch nicht kannte: lachend, singend, tanzend. Das war schwer vorstellbar, aber nicht unmöglich ... Er mußte an jenes Lächeln denken, als sie beinahe von Sam und Mary in flagranti ertappt worden wären. Es war ein hellsichtiges Lächeln, sie konnte in die Zukunft sehen. Damals hatte er sie vom Boden aufgehoben – mit welch unendlichem Vergnügen würde er das nun in ihrem gemeinsamen Leben tun.

Wenn das die Dornen und Steine waren, die ihn bedrohten, er würde sie ertragen. Einen Augenblick lang dachte er an einen kleinen Dorn: Sam. Aber Sam war wie alle Diener: man konnte ihn entlassen.

Und man konnte ihn zum Dienst rufen. Und zum Dienst wurde er am nächsten Morgen zu überraschend früher Stunde gerufen. Er traf Charles im Schlafrock an, einen versiegelten Brief und ein Päckchen in der Hand.

»Sam, ich wünsche, daß du dies an die Adresse bringst, die auf dem Umschlag steht. Du wartest dort zehn Minuten ab, ob du eine Antwort erhältst. Wenn nicht – ich erwarte keine, aber du sollst auf alle Fälle bereit sein – wenn nicht, kommst du sofort wieder zurück. Dann mietest du einen Wagen. Wir fahren nach Lyme. Ohne Gepäck. Wir kommen heute abend wieder zurück.«

»Heute abend, Mr. Charles! Aber ich dachte, wir sind ...«

»Was du dachtest, ist egal. Tu, was ich dir sage.«

Sam setzte sein Lakaiengesicht auf und zog sich zurück. Aber während er langsam die Treppe hinunterging, wurde ihm klar, daß er sich in einer unhaltbaren Position befand. Wie konnte er kämpfen ohne Informationen? Wo so viele widersprechende Gerüchte über die Bewegungen der feindlichen Streitkräfte im Umlauf waren? Er starrte auf den Umschlag in seiner Hand. Der Empfänger war offenbar! »Miß Woodruff, in Endicotts Familienhotel.« Und nur einen Tag Aufenthalt in Lyme? Der große Lederkoffer bleibt hier! Er drehte das Päckchen rundherum, drückte den Briefumschlag zusammen. Der Inhalt schien umfangreich, mindestens drei Seiten. Heimlich sah er sich um, dann untersuchte er das Siegel und verfluchte den Mann, der das Siegelwachs erfunden hatte.

Nun steht er wieder vor Charles, der sich schon angekleidet hat.

»Also?«

»Keine Antwort, Mr. Charles.«

Charles hatte sich nicht ganz in der Gewalt und wandte sich ab.

»Und der Wagen?«

»Ist fertig und wartet, Sir.«

»Sehr gut. Ich bin gleich unten.«

Sam zog sich zurück. Kaum hatte sich die Tür geschlossen, da hob Charles die Hände zum Kopf und warf sie dann zur Seite wie ein Schauspieler, der vom Auditorium Applaus erhält. Auf seinen Lippen lag ein dankbares Lächeln. Nach der neunundneunzigsten Lektüre seines Briefes hatte er letzte Nacht ein zweites Postscriptum angefügt. Es betraf die Brosche, die wir schon in Ernestinas Händen sahen. Charles bat Sarah, sie als Geschenk anzunehmen und außerdem als Zeichen: sie möge damit einverstanden sein, daß er die Annahme als Beweis dafür deutete, daß sie auch seine zweite Entschuldigung für sein Betragen gelten ließ. Die zweite Nachschrift schloß: »Der Bote wird warten, bis Du dies gelesen hast. Sollte er den Inhalt des Päckchens zurückbringen . . . aber ich weiß, Du kannst nicht so grausam sein.«

Dennoch litt der Arme Qualen, bis Sam wiederkam.

Hier sehen wir Sam wieder, der leise, aber zungenfertig und mit leicht gequältem Blick spricht. Der Auftritt spielt sich im Schatten eines Fliederbuschs ab, der in Tante Tranters Garten vor der Küche wächst und das Geschehen gegen den Garten zu abschirmt. Die Nachmittagssonne stiehlt sich durch die Zweige und die ersten weißen Dolden. Zuhörer ist Mary. Ihre Wangen sind rot, die Hand hält sie sich fast beständig vor den Mund.

»Das kann nicht sein, das kann nicht sein.«

»Der Onkel ist schuld. Er ist nicht mehr richtig im Kopf.«

»Aber das Fräulein – oh, was wird sie jetzt tun, Sam?« Ihrer beider Augen hoben sich voller Schrecken zu den Fenstern im ersten Stockwerk, als meinten sie, einen Schrei zu hören, oder als sähen sie einen Körper herabstürzen durch das Gezweig.

»Und wir, Mary. Was werden wir tun?«

»Oh, Sam – es ist nicht richtig . . .«

»Ich liebe dich, Mary.«

»Oh, Sam . . .«

»Hast keinen Grund, böse zu sein. Ich würde lieber sterben als dich jetzt verlieren.«

»Oh, was werden wir aber tun?«

»Wein nicht, Liebling, wein nicht. Ich habe genug erspart. Sie sind nicht besser als wir.« Er packte sie am Arm. »Wenn seine Lordschaft denkt, wie der Herr, so der Diener, dann irrt er sich, Mary. Wenn es heißt: Du oder er, dann bist du's.« Er straffte sich wie ein Soldat, der dekoriert werden soll. »Ich verlasse den Dienst bei ihm.«

»Sam!«

»Ich tu's. Ich schleppe Kohlen. Irgendwas!«

»Aber dein Geld! Das gibt er dir doch jetzt nicht mehr!«

»Er muß es mir gar nicht geben.« Bitter blickte er auf die Enttäuschte. Aber dann lächelte er und streckte die Hände aus. »Aber soll ich dir sagen, wer es geben muß? Wenn du und ich unsere Karten richtig ausspielen?«

50

. . . scheint mir unvermeidlich zu folgen, daß in dem Maße, wie im Laufe der Zeit neue Arten durch die natürliche Zuchtwahl gebildet werden, andere immer seltener werden und schließlich erlöschen müssen. Formen, die mit den abgeänderten und verbesserten im nächsten Wettbewerb stehen, werden natürlich am meisten leiden.

Darwin, *Die Entstehung der Arten* (1859)

Kurz vor zwei kamen sie in Lyme an. Nur für einige Minuten hielt sich Charles in dem für ihn reservierten Zimmer auf. Wieder ging er auf und ab, war aber jetzt äußerst nervös und bereitete sich auf die kommende Aussprache vor. Wieder überfiel ihn ein existentialistischer Schrecken; vielleicht hatte er ihn kommen sehen und deshalb seine Schiffe verbrannt, indem er den Brief an Sarah abschickte. Er ging im Geist die tausend Redewendungen durch, die er sich auf der Fahrt von Exeter hierher überlegt hatte; aber sie wirbelten ihm durcheinander wie Blätter im Oktoberwind. Er holte tief Atem, nahm seinen Hut und ging.

Als Mary ihn sah, öffnete sie mit breitem Lächeln die Haustür. Er wandte seinen Ernst bei ihr an.

»Guten Tag. Ist Miß Ernestina zu Hause?«

Noch ehe sie antworten konnte, erschien Ernestina selbst am Ende der Halle. Sie lächelte leicht.

»Nein. Meine Duenna ist zum Lunch außer Haus. Aber Sie können hereinkommen.«

Wieder verschwand sie im Salon. Charles übergab seinen Hut Mary, strich sich die Rockaufschläge zurecht, wünschte, er wäre tot und schritt durch die Halle, dem Gottesurteil entgegen. Ernestina stand im Sonnenschein an einem Fenster, das in den Garten hinaussah, und wandte sich fröhlich um. »Ich hab heute einen Brief von Papa erhalten . . . Charles! Charles? Ist etwas los?«

Sie ging auf ihn zu. Er konnte sie nicht ansehen, sondern starrte den Teppich an. Sie blieb stehen. Ihre Augen trafen sich, die ihren erschrocken, die seinen ernst, verlegen.

»Charles?«

»Ich bitte dich, setz dich.«

»Aber was ist denn geschehen?«

»Das ist der Anlaß . . . weshalb ich hier bin.«

»Aber warum schaust du mich so an?«

»Weil ich nicht weiß, wie ich anfangen soll, das zu sagen, was ich sagen muß.«

Noch immer sah sie ihn an, griff hinter sich nach einem Stuhl und setzte sich ans Fenster. Er schwieg. Sie berührte einen Brief, der neben ihr auf dem Tisch lag.

»Papa . . .« – sein rascher Blick ließ sie den Satz nicht vollenden.

»Er war die Güte selbst . . . Aber ich habe ihm nicht die Wahrheit gesagt.«

»Die Wahrheit? – Welche Wahrheit?«

»Daß ich nach Stunden ernstesten, schmerzlichsten Nachdenkens zu der Erkenntnis gekommen bin, daß ich deiner nicht wert bin.«

Ihr Gesicht wurde weiß. Einen Augenblick dachte er, sie würde in Ohnmacht fallen, darum trat er hinzu, um sie aufzufangen. Sie griff langsam mit der Rechten an ihren linken Arm, wie um zu fühlen, ob sie wache.

»Charles . . . Du scherzest.«

»Zu meiner ewigen Beschämung . . . Ich scherze nicht.«

»Du bist meiner nicht würdig?«

»Ganz und gar unwürdig.«

»Und du . . . Ach, das ist doch nur ein Alptraum.« Sie blickte ungläubig zu ihm auf und lächelte ängstlich. »Du vergißt dein

Telegramm. Du machst Spaß.«

»Wie wenig du mich kennst, daß du glauben kannst, ich könnte je in einer solchen Sache spaßen.«

»Aber . . . aber . . . dein Telegramm!«

»Habe ich vor meinem Entschluß abgesandt!«

Er schlug die Augen nieder, und erst jetzt begann sie, die Wahrheit zu erfassen. Er hatte schon vorhergesehen, daß dies der entscheidende Augenblick sein würde. Würde sie ohnmächtig werden, hysterisch . . . Er wußte es nicht. Aber er verabscheute Schmerzen, und vielleicht wäre es dann nicht zu spät, um alles zu widerrufen, ihr alles zu erzählen, sich ihrer Verzeihung anzuvertrauen. Aber Ernestina wurde nicht ohnmächtig, nur ihre Augen blieben lange geschlossen, und etwas wie ein Schauer schien sie zu durchlaufen. Sie war die Tochter ihres Vaters; vielleicht wäre ihr eine Ohnmacht lieber gewesen; aber ein so krasser Verrat . . .

»Dann sei so freundlich und erkläre mir, was das heißen soll.«

Im Augenblick war er erleichtert. Sie war verletzt, doch nicht tödlich.

»Das kann ich nicht in einem Satz tun.«

Bitter und spröd sagte sie, während sie ihre Hände anstarrte: »Dann tu es in mehreren. Ich werde dich nicht unterbrechen.«

»Stets empfand ich – und empfinde noch – die größte Achtung und Zuneigung zu dir. Nie habe ich daran gezweifelt, daß du jedem Mann, der so glücklich wäre, deine Liebe zu erringen, eine bewundernswerte Gattin sein würdest. Aber immer mußte ich zugleich mit Beschämung feststellen, daß meine Gefühle zu dir zum Teil unedler Natur waren. Damit meine ich die Mitgift, die du bekommst – und die Tatsache, daß du das einzige Kind bist. Tief in meinem Innern habe ich, Ernestina, immer gefühlt, daß mein Leben zwecklos ist, ohne großes Verdienst. Nein, bitte, hör mich zu Ende. Als ich im vergangenen Winter erkannte, daß mein Heiratsantrag von dir günstig aufgenommen werden könnte, wurde ich vom Teufel versucht. Ich sah darin die Gelegenheit, durch eine glänzende Heirat meinen Glauben an mich selbst wiederherzustellen. Ich bitte dich, nicht zu glauben, daß ich mich dabei nur von kaltblütiger Berechnung leiten ließ. Ich hatte dich sehr gern. Ich glaubte ernstlich, daß dieses Gernhaben sich in Liebe verwandeln könnte.« Langsam hatte sie den Kopf gehoben. Sie starrte ihn an, schien ihn aber kaum zu sehen.

»Ich kann nicht glauben, daß du es bist, den ich da sprechen höre. Das ist irgendein Betrüger, ein grausamer, herzloser . . .«

»Ich weiß, daß dies ein sehr schwerer Schock für dich sein muß.«

»Schock!« rief sie zutiefst verletzt. »Wenn du so kalt und gefaßt dastehen kannst und mir sagst, du habest mich nie geliebt!«

Ihre Stimme hatte sich erhoben, er ging zu einem offenstehenden Fenster und schloß es. Da er jetzt ihrem gesenkten Kopf näher stand, sprach er so sanft wie möglich, ohne allerdings die Distanz aufzugeben.

»Ich suche nicht nach Entschuldigungen. Ich möchte dir nur erklären, daß ich meine Tat nicht aus Berechnung beging. Wenn dies der Fall gewesen wäre, könnte ich jetzt so handeln? Mein einziger Wunsch ist, dich davon zu überzeugen, daß ich niemanden außer mir selbst getäuscht habe. Nenne mich sonst, wie du willst – schwach, selbstsüchtig . . . was du willst – aber nicht herzlos.«

Sie schauderte und holte kurz Atem.

»Und was hat diese großartige Entdeckung herbeigeführt?«

»Ich kann nicht leugnen, es war abscheulich von mir: Es war meine Enttäuschung, daß dein Vater nicht an meiner Stelle unsere Verlobung löste.« Sie sah ihn entsetzt an. »Ich versuche, aufrichtig zu sein. Er war in der Angelegenheit meiner veränderten Vermögensverhältnisse nicht nur höchst großzügig. Er schlug mir auch vor, eines Tages sein Geschäftspartner zu werden.«

Wieder flammte es in ihrem Gesicht auf. »Ich hab es gewußt, ich hab's gewußt. Es ist nur deshalb, weil du in die Wirtschaft hineinheiratest. Hab ich nicht recht?«

Er wandte sich zum Fenster. »Ich hätte den Vorschlag voll und ganz akzeptiert. Auf jeden Fall – sich deines Vaters zu schämen, wäre krassester Hochmut.«

»Wenn man Dinge ausspricht, wird man deswegen nicht weniger an ihnen schuldig.«

»Wenn du glaubst, daß ich diesen neuen Vorschlag mit Schrekken aufnahm, bist du ganz im Recht. Aber der Schrecken betraf nur meine eigene Unfähigkeit für die beabsichtigte Stellung – sicher nicht den Vorschlag als solchen. Nun laß mich bitte meine . . . Erklärung zu Ende bringen.«

»Sie bricht mir das Herz.«

Wieder wandte er sich zum Fenster.

»Wir wollen doch versuchen, den Respekt zu bewahren, den wir immer voreinander hatten. Du darfst nicht denken, daß ich bei alledem nur an mich gedacht habe. Was mich quält, ist das Unrecht, das ich dir – und deinem Vater – antäte, würde ich dich heiraten ohne jene Liebe, die du verdienst. Wenn du und ich einander gleichgültig wären – aber wir sind es nicht, wir wissen aus einem Wort, einem Blick, ob unsere Liebe erwidert wird –«

Sie zischte: »Wir glaubten, wir wüßten es.«

»Meine liebe Ernestina, es ist damit wie mit dem Glauben an das Christentum. Man kann vorgeben, ihn zu haben. Aber dieses Vorgeben hört einmal auf. Ich bin überzeugt, daß eine Prüfung deines Herzens ergeben wird, daß dir auch schon gewisse schwache Zweifel gekommen sind. Sicher, du hast sie unterdrückt, du sagtest, er ist –«

Sie hielt sich die Ohren zu, dann fuhr sie sich mit den Fingern langsam übers Gesicht. Nach einer Pause sagte sie: »Darf ich jetzt sprechen?«

»Natürlich.«

»Ich weiß, daß ich dir nie mehr war als ein hübscher, kleiner Einrichtungsgegenstand für einen Salon. Ich weiß, ich bin naiv. Ich weiß, ich bin verwöhnt. Ich weiß, ich bin nicht überdurchschnittlich. Ich bin keine Helena oder Kleopatra. Ich weiß, ich sage oft Sachen, die dein Ohr verletzen, ich langweile dich mit Haushaltsfragen, ich ärgere dich, wenn ich meine Witze über deine Fossilien mache. Vielleicht bin ich wirklich nur ein Kind. Aber unter deiner schützenden Liebe ... unter deiner Führung ... glaubte ich, besser zu werden. Ich würde lernen, dir zu gefallen, damit du mich um deswillen lieben kannst, was ich geworden bin. Du weißt es vielleicht nicht, du kannst es nicht wissen, aber das ist der Grund, warum du mich von vornherein anzogst. Du weißt doch, daß mir vor dir hundert andere den Hof gemacht haben. Nicht alle waren Glücksritter und Nullen. Ich wollte dich, nicht weil ich vor lauter Naivität nicht imstande war zu vergleichen. Sondern weil du mir edler, klüger, erfahrener schienst. Ich erinnere mich – wenn du mir nicht glaubst, kann ich mein Tagebuch herunterholen – geschrieben zu haben – es war bald nach unserer Verlobung – daß du so wenig Selbstvertrauen hast. Das habe ich gefühlt. Du hältst dich für einen Versager, du glaubst dich verachtet, ich weiß nicht was ... Aber damit wollte ich dir mein eigentliches Brautgeschenk machen: daß ich an dich glaubte.«

Es entstand eine lange Pause. Sie hob nicht den Kopf. Er sagte leise: »Du erinnerst mich daran, wieviel ich mit dir verliere. Ja, leider, ich kenne mich nur zu gut. Aber man kann nicht erwecken, was nie vorhanden war.«

»Und das ist alles, was meine Worte dir bedeuten?«

»Sie bedeuten mir viel, sehr viel.«

Er schwieg, obwohl sie offensichtlich mehr von ihm zu hören erwartete. Er hatte diese Zähigkeit nicht erwartet. Was sie gesagt hatte, rührte und beschämte ihn; weil er aber kein Gefühl zeigen durfte, schwieg er. Als sie jetzt sprach, war ihre Stimme sehr sanft und leise:

»Angesichts dessen, was ich sagte, kannst du nicht wenigstens . . .« sie fand nicht den richtigen Ausdruck.

»Meinen Entschluß noch einmal überdenken?«

Etwas in seinem Tonfall mußte ihr seltsam vorkommen; plötzlich sah sie ihn leidenschaftlich fordernd an. Ihre Augen waren voll von zurückgehaltenen Tränen, ihr kleines Gesicht war weiß, und es war zum Erbarmen, wie sie darum kämpfte, wenigstens den äußeren Anschein von Ruhe zu wahren. Das Bewußtsein, sie so tief verwundet zu haben, schnitt ihn selbst wie ein Messer.

»Charles, ich bitte dich, ich bitte dich inständig, noch etwas zu warten. Ja, es ist wahr, ich bin unwissend, ich habe keine Ahnung, was du von mir erwartest . . . wenn du mir wenigstens sagen würdest, worin ich gefehlt habe . . . wie du mich willst . . . ich will alles, alles tun, weil ich auch alles aufgeben würde, um dich glücklich zu machen.«

»So darfst du nicht sprechen.«

»Ich muß – ich kann's nicht hindern – erst gestern das Telegramm, ich habe geweint, ich habe es geküßt, hundertmal. Du darfst nicht denken, ich hätte keine tieferen Gefühle, weil ich dich manchmal necke. Ich würde . . .« Plötzlich verwehte ihre Stimme vor der jähen Erkenntnis, die über sie hereinbrach. »Du lügst. Es ist etwas passiert, nachdem du es abgesandt hattest.«

Er ging zum Kamin und blieb dort stehen, mit dem Rücken zu ihr. Sie begann zu schluchzen, und das fand er unerträglich. Endlich wandte er sich nach ihr um, in der Erwartung, sie mit gebeugtem Kopf dasitzen zu sehen. Aber sie weinte ganz offen und sah ihn dabei an. Als sich ihre Augen trafen, machte sie eine Bewegung wie ein verängstigtes, verirrtes Kind. Sie streckte ihre Hände nach ihm aus, erhob sich nur halb, machte einen einzigen Schritt und fiel dann auf die Knie. Charles wurde von heftiger Abneigung erfüllt – nicht gegen sie, sondern gegen diese Situation: gegen seine Halbwahrheiten, sein Versteckenspiel mit dem Wesentlichen.

Sein Gefühl kam vielleicht dem eines Chirurgen am nächsten,

der sich einem besonders schwerwiegenden Eingriff oder einem lebensgefährlichen Unfall gegenübersieht: es war eine wilde Entschlossenheit, koste es, was es wolle, mit der Operation zu beginnen. Die Wahrheit zu sagen. Er wartete noch, bis das Schluchzen einen Augenblick aussetzte.

»Ich wollte es dir ersparen. Nun ja, es ist etwas passiert.«

Sehr langsam erhob sie sich, griff mit beiden Händen an ihre Wangen und ließ ihn keine Sekunde aus den Augen.«

»Wer?«

»Du kennst sie nicht. Ihr Name ist unwichtig.«

»Und sie ... du ...«

Er sah weg.

»Ich habe sie viele Jahre lang gekannt. Ich dachte, die Verbindung sei abgebrochen. In London mußte ich feststellen ... daß dies nicht der Fall ist.«

»Du liebst sie?«

»Lieben? Ich weiß es nicht ... Es ist etwas, das es mir unmöglich macht, mein Herz ganz einer anderen zu schenken.«

»Warum hast du mir das nicht gleich zu Anfang gesagt?«

Es entstand eine lange Pause. Er konnte ihre Augen nicht ertragen, die jede seiner Lügen sofort zu durchschauen schienen, und murmelte:

»Ich hoffte, dir den Schmerz darüber ersparen zu können.«

»Oder dir die Schande ... du ... du bist ein Ungeheuer!« Sie fiel in ihren Stuhl zurück und starrte ihn aus weit geöffneten Augen an. Dann barg sie das Gesicht in den Händen. Er ließ sie weinen und blickte wütend auf den Kaminsims, wo ein Schaf aus Porzellan stand. Für den Rest seines Lebens konnte er kein Porzellanschaf sehen, ohne daß Selbstverachtung heiß in ihm aufgestiegen wäre. Als sie endlich sprach, war in ihrer Stimme eine solche Kraft, daß er zurückwich:

»Wenn ich mich nicht selbst töte, wird es die Schande tun!«

»Ich bin keinen Augenblick dein Bedauern wert. Aber du wirst andere treffen ... die nicht vom Leben zerbrochen sind. Ehrenhafte Männer, die ...« Er hielt inne, dann brach er los: »Bei allem, was dir heilig ist, versprich mir, so etwas nie wieder zu sagen!«

Sie starrte ihn grimmig an. »Hast du gemeint, ich sollte dir verzeihen?« Er schüttelte stumm den Kopf. »Meine Eltern, meine Freundinnen – was soll ich ihnen sagen? Mr. Charles Smithson ist zu dem Entschluß gekommen, daß schließlich und endlich seine

Geliebte ihm mehr wert ist als seine Ehre, sein Versprechen, seine . . .«

Er hörte, wie sie Papier zerriß. Er brauchte sich nicht umzudrehen, um zu wissen, daß sie ihren Ärger am Brief ihres Vaters ausließ.

»Ich hatte geglaubt, daß sie für immer aus meinem Leben getreten ist. Durch außerordentliche Umstände . . .«

Schweigen. Es war, als überlegte sie, ob sie ihm Kupfervitriol ins Gesicht schütten sollte. Dann war plötzlich ihre Stimme da, kalt und giftig:

»Du hast dein Heiratsversprechen gebrochen. Es gibt Rechtsmittel, die unsereiner anwenden kann.«

»Du hast jede rechtliche Möglichkeit, das in die Wege zu leiten. Ich kann nur schuldig gesprochen werden.«

»Die Welt soll dich kennenlernen, wer du bist. Das ist das einzige, wofür ich sorgen werde.«

»Die Welt wird es erfahren, was immer auch geschieht.«

Wieder überfiel sie das Bewußtsein von der Ungeheuerlichkeit dessen, was er getan hatte. Sie konnte nur den Kopf schütteln. Er ging zu seinem Stuhl und setzte sich so hin, daß er sie betrachten konnte, weit genug, um sie nicht berühren zu können, aber nahe genug, um an ihr besseres Ich zu appellieren.

»Kannst du denn, wenn du einen Augenblick lang ernstlich überlegst, annehmen, daß ich straflos davonkomme? Daß dies nicht die fürchterlichste Entscheidung meines Lebens ist? Daß ich keine Stunde gefürchtet habe wie diese? Eine Stunde, an die ich bis zu meinem Tod nur mit tiefster Reue denken kann? Ich mag ein Betrüger sein – gut, ich bin einer. Aber du weißt, herzlos bin ich nicht. Wäre ich es, dann wäre ich nicht hier. Ich hätte einen Brief geschrieben und wäre ins Ausland geflüchtet –«

»Ich wollte, du hättest es getan.«

Lange sah er auf ihren Scheitel, dann stand er auf. Er erblickte sich im Spiegel – er sah den Mann dort im Spiegel. Der wirkliche Charles schien in einer anderen Welt zu sein. Der hier war nach seinen eigenen Worten ein Betrüger; war es, in seinem Verhältnis zu Ernestina, immer gewesen, ein anderer, dem er nur zugesehen hatte. Schließlich nahm er das Wort zu einer seiner vorbereiteten Ansprachen:

»Ich kann nicht erwarten, daß du anderes als Zorn und Bitterkeit empfindest. Was ich von dir erbitte, ist nur das eine, daß du dich daran erinnerst, wenn diese natürlichen Reaktionen abgeklungen sind, daß keine Verurteilung meines Verhaltens die Ernsthaftigkeit meiner Entscheidung betreffen kann . . . und daß meine einzige Entscheidung darin besteht, daß ich unfähig bin, noch länger einen Menschen zu täuschen, den ich zu achten, ja zu bewundern gelernt habe.«

Es klang falsch; es war falsch; und Charles mußte verzweifelt feststellen, daß sie ihre Verachtung nicht mehr zurückhielt.

»Ich versuche, mir sie vorzustellen. Ich nehme an, es ist eine Dame von Rang – sie kann auf Grund ihrer Abstammung Ansprüche stellen. Oh . . . wenn ich doch nur auf meinen lieben, armen Vater gehört hätte!«

»Was soll das heißen?«

»Er kennt den Adel und hat einen Ausdruck für ihn: feine Manieren und unbezahlte Rechnungen.«

»Ich gehöre nicht zum Adel.«

»Du bist wie dein Onkel. Du benimmst dich, als befreie dich dein Stand von allen Verpflichtungen, woran wir gewöhnlichen Leute glauben. Das tut sie auch. Welche Frau könnte so gemein sein, einen Mann sein Versprechen brechen zu lassen? Ich hab's erraten.« Sie spuckte das Wort gleichsam aus.

»Sie ist verheiratet.«

»Darüber diskutiere ich nicht.«

»Wo ist sie jetzt? In London?«

Einen Augenblick starrte er Ernestina an, dann drehte er sich auf dem Absatz um und ging zur Tür. Auch sie war aufgestanden.

»Mein Vater zieht deinen Namen – euer beider Namen – durch den Dreck! Alle, die dich kennen, werden dich mit Füßen stoßen und verabscheuen. Sie werden dich aus England hinausjagen, sie werden dich . . .«

Er war an der Tür stehengeblieben. Jetzt öffnete er sie. Und dies – oder war es die Unmöglichkeit, sich eine Beschimpfung auszudenken, die seiner Tat entsprach – ließ sie innehalten. Es arbeitete in ihrem Gesicht, als wolle sie noch vieles sagen, aber sei nicht imstande. Sie schwankte – und dann sprach etwas in ihr, das sich widersetzte, seinen Namen aus. Es war, als habe sie einen Alptraum gehabt und wünschte, daß man ihr sagen solle, es sei nicht wahr.

Er rührte sich nicht. Sie schwankte und fiel plötzlich neben ihrem Stuhl auf den Boden. Zuerst trieb es ihn instinktiv hinzugehen. Aber etwas in der Art, wie sie zusammenbrach, die etwas zu achtsame Beugung ihrer Knie und das Seitwärtsgleiten ihres Körpers auf den Teppich hielt ihn zurück.

Einen Augenblick starrte er auf die verkrampfte Gestalt und stellte den Zusammenbruch jeder Konvention fest.

»Ich werde sofort an deinen Vater schreiben.«

Sie gab kein Zeichen des Verstehens von sich, sondern lag mit geschlossenen Augen da, ihre Hand war pathetisch auf dem Teppich ausgestreckt. Er schritt zur Klingelschnur neben dem Kaminsims und riß daran, dann ging er wieder zur Tür zurück.

Als er Marys Schritte hörte, verließ er das Zimmer. Das Mädchen kam aus der Küche die Treppe heraufgelaufen. Charles deutete auf das Wohnzimmer.

»Sie hatte einen Schock. Sie dürfen sie auf keinen Fall allein lassen. Ich hole Dr. Grogan.«

Mary sah aus, als sei sie im Begriff, selbst in Ohnmacht zu fallen. Sie legte die Hand aufs Geländer und starrte Charles betroffen an. »Verstehen Sie mich. Sie darf auf keinen Fall allein bleiben.« Sie nickte und machte einen Knicks, rührte sich aber nicht von der Stelle. »Sie ist ohnmächtig. Lockern Sie ihre Kleidung.«

Noch einmal sah sie ihn entsetzt an, dann ging sie ins Zimmer. Noch einige Sekunden blieb er wartend stehen. Erst hörte er ein schwaches Stöhnen, dann Marys Stimme: »Oh, Miß, Miß, Mary ist hier. Der Doktor wird kommen, Miß. Es ist alles gut, Miß, ich geh nicht weg.«

Noch einmal trat Charles für einige Sekunden ins Zimmer: Er sah Mary auf den Knien, Ernestina in ihren Armen. Der Kopf der Herrin lag an der Brust des Mädchens. Mary sah ihn an, und ihre lebhaften Augen schienen ihm jedes weitere Beobachten oder Verweilen zu untersagen. Er ließ sich ihren aufrichtigen Urteilsspruch gefallen.

51

Wie gesagt, haben die eingewurzelten Gewohnheiten des Feudaladels die Arbeiterklasse lange Zeit zu Unterordnung und Ehrerbietung genötigt. Der Zeitgeist hat diese Gewohnheiten fast vollständig beseitigt . . . Aber es geschieht immer häufiger, daß jeder beliebige Engländer tun zu können glaubt, was er will: er geht, wohin er will, er trifft, wen er will, zerstört, was er will, bedroht, wen er will, und bringt alles durcheinander. Das führt, wie gesagt, zur Anarchie.

Matthew Arnold, *Kultur und Anarchie* (1869)

Glücklicherweise war Dr. Grogan nicht auf Visite. Die Einladung der Haushälterin einzutreten, lehnte Charles ab, er wartete an der Schwelle, bis der kleine Doktor eilig zu ihm herunterkam. Auf Charles' Wink kam er sogar auf die Straße heraus, so daß ihre Unterhaltung nicht verstanden werden konnte.

»Ich habe soeben meine Verlobung gelöst. Sie ist ganz außer sich. Bitte, verlangen Sie jetzt keine Erklärung – gehen Sie ohne Verzug in die Broad Street.«

Grogan warf Charles einen verwunderten Blick über seine Brille hinweg zu, dann ging er, ohne ein Wort zu sagen, wieder hinein. Nach wenigen Sekunden erschien er mit Hut und Arzttasche. Sie brachen sofort auf.

»Doch nicht . . .?«

Charles nickte; zunächst schien der kleine Doktor so verstört, daß es ihm die Rede verschlug. Zwanzig bis dreißig Schritte gingen sie so.

»Sie ist nicht die, für die Sie sie halten. Dessen bin ich sicher.«

»Ich finde keine Worte, Smithson.«

»Ich verlange keine Entschuldigung.«

»Weiß sie es?«

»Daß eine andere da ist. Sonst nichts.« Sie gingen um die Ecke und begannen, die Broad Street hinaufzusteigen. »Ich muß Sie bitten, ihren Namen nicht zu nennen.« Der Doktor sah ihn grimmig von der Seite an. »Miß Woodruffs wegen. Nicht meinetwegen.«

Plötzlich blieb der Arzt stehen. »An jenem Morgen – soll das heißen . . .«

»Ich bitte Sie. Gehen Sie jetzt. Ich warte im ›Weißen Löwen‹.«

Aber Grogan wandte seinen Blick nicht ab, als könne er noch nicht begreifen, daß dies kein Alptraum sei. Charles hielt es noch einen Augenblick aus, dann winkte er dem Doktor weiterzugehen, und schickte sich an, über die Straße zum ›Weißen Löwen‹ zu gehen.

»Um Himmels willen, Smithson . . .«

Noch einmal drehte Charles sich um, ertrug den zornigen Blick des Iren und setzte dann wortlos seinen Weg fort. Nun ging auch der Doktor, aber er ließ Charles nicht aus den Augen, bis dieser unter dem Portal verschwunden war.

Charles kam gerade noch rechtzeitig in sein Zimmer, um zu sehen, wie der Arzt in Tante Tranters Haus eingelassen wurde. Er folgte ihm im Geist und fühlte sich als Judas, als Ephialtes, als Inbegriff jedes Verrats seit Anbeginn. Aus weiterer Selbstpeinigung erlöste ihn ein Klopfen an der Tür. Sam tauchte auf. »Was zum Teufel willst du? Ich habe nicht geläutet.« Sam öffnete den Mund, aber kein Ton kam heraus. Den Schock, der in seinem Blick lag, konnte Charles nicht ertragen. »Aber wenn du schon hier bist – geh und hol mir ein Glas Brandy.«

Das war bloß, um Zeit zu gewinnen. Der Brandy kam und Charles trank ihn – und dann mußte er sich wieder von seinem Diener anstarren lassen.

»Es ist doch nicht wahr, Mr. Charles?«

»Warst du dort?«

»Ja, Mr. Charles.«

Charles trat zu dem Erkerfenster, von dem aus man die Broad Street überschauen konnte.

»Ja, es ist wahr. Miß Freeman und ich sind nicht mehr verlobt. Und jetzt geh und halt deinen Mund.«

»Aber . . . Mr. Charles, was wird aus mir und Mary?«

»Später, später. An solche Sachen kann ich jetzt nicht denken.« Er goß den Rest seines Brandys hinunter, ging zum Schreibpult und entnahm ihm einen Bogen Briefpapier. Sekunden vergingen, Sam rührte sich nicht. Vielmehr, seine Füße bewegten sich nicht, aber sein Hals schwoll sichtlich an.

»Hast du gehört, was ich gesagt habe?«

Sams Augen glitzerten seltsam. »Jawohl, Sir. Nur, mit Verlaub, ich muß auch Rücksicht auf meine eigene Situation nehmen.«

Charles fuhr herum.

»Und was soll das heißen?«

»Werden Sie künftig in London wohnen, Sir?«

»Wahrscheinlich werde ich ins Ausland reisen.«

Charles nahm dieFeder aus dem Schreibzeug.

»Dann erlaube ich mir, Sie davon in Kenntnis zu setzen, Sir, daß ich Sie nicht begleiten werde.«

Charles sprang auf: »Wie kannst du es wagen, mich auf so verdammt freche Art anzureden! Nimm dich in acht!«

Sam krümmte sich wie ein getretener Wurm.

»Nicht bevor Sie mich zu Ende gehört haben. Ich gehe auch nicht mit nach Hexeter zurück. Ich kündige!«

»Sam!« Ein wütender Schrei.

»Wie ich schon hätte tun sollen –«

»Geh zum Teufel!«

Sam richtete sich auf. Wie er später Mary mitteilte, hätte er seinem Herrn um ein Haar das Auge blau geschlagen, aber er zügelte seinen Cockneyzorn und besann sich, daß der Gentleman eines Gentleman sich feinerer Waffen bedient. Also ging er zur Tür, öffnete sie und warf Charles einen Blick voll kalter Würde zu:

»Ich kann mir nicht vorstellen, Sir, daß ich irgendwo jemand treffe, der noch Ihr Freund ist.«

Nicht eben sanft wurde die Tür geschlossen. Charles ging hin und öffnete sie noch einmal. Sam entfernte sich gerade über den Korridor.

»Wie kannst du es wagen! Komm sofort her!«

Sam drehte sich gemessen um. »Wenn Sie die Aufwartung wünschen, läuten Sie bitte einem der Hotelbediensteten.« Mit dieser Abschiedssalve, die Charles die Rede verschlug, verschwand er um die Ecke und begab sich ins Erdgeschoß. Sein Grinsen, mit dem er das Zuschmettern der Tür im Stockwerk begleitete, dauerte nicht lang. Er war gegangen und hatte es hinter sich. Und in Wahrheit fühlte er sich wie ein ausgesetzter Matrose, dem sein Schiff davonsegelt; noch schlimmer, insgeheim wußte er, daß er seine Strafe verdient hatte. Denn ich fürchte, daß sein Vergehen nicht allein in Meuterei bestand.

Charles ließ seine Wut an dem Brandyglas aus und schleuderte es gegen den Kamin. Das war der erste Vorgeschmack jenes steinigen und dornigen Weges, und er gefiel ihm ganz und gar nicht. In einer wahnwitzigen Anwandlung wäre er beinahe aus dem »Weißen Löwen« gestürzt, um sich vor Ernestina auf die Knie zu werfen, sich auf Geistesgestörtheit, Zerrüttung oder auf eine Prüfung ihrer Liebe zu ihm herauszureden . . . Er schlug mit der Faust auf die offene Handfläche. Was hatte er getan? Was wollte er tun? Was würde er tun? Wenn ihn schon die Bediensteten verachteten und zurückstießen! Er stand da und hielt sich den Kopf mit den Händen. Dann sah er auf die Uhr. Heute abend sollte er Sarah wiedersehen – er sah ihr Gesicht, sanft, beruhigend, stille Freudentränen, als er sie in den Armen hielt . . . Und das genügte ihm. Er ging wieder zum Schreibpult und machte sich an den Brief an Ernestinas Vater, mit dem er noch beschäftigt war, als Dr. Grogan gemeldet wurde.

O macht meiner Liebsten den Sarg zurecht
Aus schönem gelbem Gold
Dann sollt ihr sie begraben
Am grünen Weidenstrand.
Volkslied aus Somerset: *By the banks of green Willow*

Am ärmsten dran war bei all diesen Ereignissen Tante Tranter. Als sie vom Lunch zurückkam, erwartete sie, Charles anzutreffen. Statt dessen fand sie ihr Haus in hellem Aufruhr. Zuerst begrüßte Mary sie in der Halle, sie war weiß und wie von Sinnen.

»Kind, Kind, was ist denn geschehen?«

Mary konnte nur gequält den Kopf schütteln. Oben ging eine Tür auf, und die gute Lady hob ihr Kleid und stürmte hinauf, als zähle sie nur die Hälfte ihrer Jahre. Auf dem Absatz stieß sie auf Dr. Grogan, der beschwörend den Finger an den Mund legte. Erst als sie in das verhängnisvolle Wohnzimmer gegangen waren und er sich davon überzeugt hatte, daß sie saß, teilte er ihr die volle Wahrheit mit.

»Das kann nicht sein. Das kann nicht sein.«

»Meine liebe Lady, es tut mir unendlich leid ... aber es kann nicht so sein – es ist so.«

»Aber Charles ... so zärtlich, so liebevoll ... wieso, erst gestern das Telegramm ...« Sie blickte auf, als fände sie sich weder in ihrem Zimmer noch in dem stillen, gesenkten Gesicht des Arztes zurecht.

»Er hat sich scheußlich benommen. Ich verstehe ihn nicht.«

»Aber welchen Grund hat er denn angegeben?«

»Sie wollte es mir nicht sagen. Regen Sie sich jetzt nicht auf. Sie braucht Schlaf. Ich habe ihr ein Mittel gegeben, das sie bestimmt schlafen läßt. Morgen wird alles seine Aufklärung finden.«

»Keine Aufklärung auf der ganzen Welt ...«

Sie begann zu weinen. »So ist es recht, meine liebe Lady. Weinen Sie. Nichts erleichtert die Seele besser.«

»Das arme Herzchen. Sie wird an gebrochenem Herzen sterben.«

»Ich glaube nicht. In meiner ganzen Praxis mußte ich das noch nie als Todesursache angeben.«

»Sie kennen sie nicht, wie ich sie kenne ... ach, und was wird Emily sagen? Sie wird mir allein die Schuld geben.« Emily war ihre Schwester, Mrs. Freeman.

»Ich glaube, man muß sie sofort telegraphisch verständigen. Gestatten Sie, daß ich das besorge.«

»Himmel – und wird sie schlafen?«

Nur ganz leise lächelte der Doktor über diese Inkonsequenz. Er hatte ja schon mit solchen Fällen zu tun gehabt und wußte, daß hier das beste Rezept ein endloser Frauentratsch war.

»Nun möchte ich, meine liebe Mrs. Tranter, daß Sie mich anhören. Für einige Tage müssen Sie dafür sorgen, daß Ihre Nichte Tag und Nacht unter Beobachtung steht. Wenn sie als Kranke behandelt zu werden wünscht, behandeln Sie sie so. Wenn sie morgen aufstehen und aus Lyme abreisen will, lassen Sie sie reisen. Heitern Sie sie auf, verstehen Sie. Sie ist jung, ihre Gesundheit ist ausgezeichnet. Ich garantiere Ihnen, daß sie in sechs Monaten munter wie ein Zeisig ist.«

»Wie können Sie so grausam sein! Sie wird das nie verwinden. Dieser böse ... aber wie ...« Ein Gedanke schoß blitzartig durch ihren Kopf. Sie streckte die Hand aus und packte den Doktor am Ärmel. »Eine andere Frau!«

Der Arzt kniff sich in die Nase. »Darüber kann ich nichts sagen.«

»Er ist ein Ungeheuer.«

»Aber doch kein solches, daß er sich nicht selbst eins genannt hat. Und eine Partie aufgab, die zahlreiche Ungeheuer mit Vergnügen verspeist haben würden.«

»Ja ja. Man muß noch dankbar sein.« Aber ihr Gemüt wurde von Widersprüchen bedrängt. »Ich werde ihm nie vergeben.« Wieder kam ihr ein Gedanke: »Ist er noch in der Stadt? Ich gehe hin und sage ihm meine Meinung.«

Er faßte sie am Arm. »Dagegen muß ich Einspruch erheben. Er hat mich selbst hierher bestellt. Er wartet nun auf Nachricht, daß das arme Kind außer Gefahr ist. Ich sehe ihn noch. Seien Sie versichert, daß ich kein Blatt vor den Mund nehmen werde. Ich werde ihn nicht schonen.«

»Er verdient, ausgepeitscht und in den Stock gelegt zu werden. Als wir jung waren, wäre ihm das passiert. Man sollte es tun. Der arme, arme Engel.« Sie stand auf. »Ich muß zu ihr.«

»Und ich muß zu ihm.«

»Sagen Sie ihm von mir, daß er das Glück des süßesten, vertrauenvollsten Geschöpfs zerstört hat –«

»Ja, ganz sicher ... beruhigen Sie sich jetzt. Und stellen Sie fest, warum ihr Dienstmädchen sich so aufführt. Man könnte denken, ihr Herz sei gebrochen worden.«

Mrs. Tranter ließ den Doktor hinaus, trocknete ihre Tränen und stieg die Treppe zu Ernestinas Zimmer hinauf. Die Vorhänge waren zugezogen, aber durch die Ritzen drang das Tageslicht in den Raum. Mary saß neben dem armen Opfer. Als ihre Herrin eintrat, stand sie auf. Ernestina schlief fest, sie lag auf dem Rücken, nur ihr Kopf war zur Seite gedreht. Das Gesicht war seltsam ruhig und gefaßt, der Atem ging ruhig. Auf den Lippen lag die entfernte Andeutung eines Lächelns. Diese paradoxe Ruhe versetzte Mrs. Tranter einen neuen Schlag; wenn das liebe, arme Kind erst erwachte . . . wieder flossen ihre Tränen. Sie erhob sich aber, tupfte sich die Tränen ab und sah Mary zum erstenmal an. Ja, Mary sah wirklich wie ein Häufchen Unglück aus. So hätte Tina aussehen müssen, aber die sah gar nicht so aus, und Mrs. Tranter fielen die Worte des Arztes ein, die dieser beim Abschied etwas mürrisch geäußert hatte. Sie winkte dem Mädchen, ihr zu folgen, und die beiden gingen hinaus auf den Treppenabsatz. Die Tür blieb angelehnt, und sie unterhielten sich im Flüsterton.

»Nun, Kind, erzähl mir, was geschehen ist.«

»Mr. Charles, er hat hinuntergeläutet, Madam, und Miß Tina lag ohnmächtig da, und er lief zum Doktor, und Miß Tina, sie hat nur die Augen aufgemacht und hat nichts gesagt, so hab ich ihr aufgeholfen, ich hab nicht gewußt, was ich machen soll, denn wie sie auf ihrem Bett lag, ist sie hysterisch geworden, und, ach, Madam, ich hab mich so gefürchtet, es war, als ob sie lacht und schreit, und sie wollte nicht aufhören. Und dann ist Doktor Grogan gekommen, und er hat sie beruhigt. Ach, Madam.«

»Nun, nun, Mary, du warst sehr tapfer. Und hat sie nichts gesagt?«

»Nur als wir die Treppe hinaufgegangen sind, Madam, und da hat sie gefragt, wo Mr. Charles hingegangen ist. Ich hab ihr gesagt, er holt den Doktor. Da haben die Anfälle angefangen, Madam.«

»Pst, pst.«

Marys Stimme war lauter geworden und enthielt Anzeichen dafür, daß auch sie einem hysterischen Anfall nahe sei. Also hatte Mrs. Tranter auf jeden Fall etwas zu trösten, daher umarmte sie Mary und streichelte ihren Kopf. Dabei verletzte sie zwar alle Regeln des Anstands im Hinblick auf das Verhältnis zwischen Herrin und Dienstboten, aber ich glaube nicht, daß ihr der himmlische Türsteher deshalb die Türe vor der Nase zugeschlagen haben wird. Der Körper des Mädchens schüttelte sich vor verhaltenem Schluchzen, das sie wegen der Leidenden im Zimmer zurückzudrängen trachtete. Endlich beruhigte sie sich.

»Nun, was ist los?«

»Es ist wegen Sam, Madam. Er ist unten. Er hat mit Mr. Charles gestritten und hat gekündigt, und Mr. Charles wird ihm kein Zeugnis geben.« Sie entledigte sich eines letzten Schluchzers. »Wir wissen nicht, was jetzt aus uns werden soll.«

»Gestritten? Wann war das, Kind?«

»Jetzt, bevor er hereingekommen ist, Madam. Wegen Miß Tina, Madam.«

»Wie ist das gewesen?«

»Sam hat gewußt, daß es kommen wird. Daß Mr. Charles – er ist ein sehr, sehr schlechter Mensch, Madam. Ach, Madam, wir wollten's Ihnen ja sagen, aber wir haben uns nicht getraut.«

Aus dem Zimmer kam ein leiser Laut. Schnell ging Mrs. Tranter, um nachzusehen; aber Ernestina schlief weiter fest, und ihr Gesicht war ruhig. Mrs. Tranter kehrte zu dem Mädchen zurück, das mit gesenktem Kopf dastand.

»Ich werde jetzt wachen, Mary. Wir wollen später darüber reden.« Das Mädchen senkte den Kopf noch tiefer. »Dieser Sam, hast du ihn wirklich lieb?«

»Ja, Madam.«

»Und er hat dich auch lieb?«

»Darum wollte er ja nicht mit seinem Herrn gehen, Madam.«

»Sag ihm, er soll warten. Ich möchte gern mit ihm sprechen. Wir werden eine Stellung für ihn finden.«

Marys tränennasses Gesicht hob sich.

»Ich will Sie nie verlassen, Madam.«

»Du wirst es auch nicht, Kind – bis zu deinem Hochzeitstag.«

Mrs. Tranter beugte sich vor und küßte sie auf die Stirn. Dann ging sie und setzte sich zu Ernestina, während Mary hinunterging. Kaum war sie in der Küche, da lief sie zum Mißfallen der Köchin hinaus in den Schatten des Fliederbuschs und in Sams furchtsame, doch verlangende Arme.

53

Wir sehen ja, wie weit uns das gebracht hat . . . Wir haben uns darauf beschränkt, einen Teil unserer Natur zu vervollkommnen, nicht die ganze; wir haben die moralischen Gesichtspunkte übermäßig in den Vordergrund gestellt, das Gewissen zur Hauptsache gemacht und ihm die Verantwortlichkeit für unsere Vervollkommnung in dieser oder jener Welt, für die harmonische Entwicklung der ganzen Menschheit zugeschoben.

Matthew Arnold, *Kultur und Anarchie* (1869)

»Hat sie sich . . . erholt?«

»Ich habe ihr ein Schlafmittel gegeben.«

Der Arzt ging quer durch das Zimmer und blickte die Broad Street zum Meer hinunter; die Hände hatte er auf dem Rücken.

»Sie . . . hat sie nichts gesagt?«

Der Doktor schüttelte, ohne sich umzudrehen, den Kopf. Einen Augenblick lang schwieg er noch, dann brach es los:

»Ich erwarte Ihre Erklärung, Sir!«

Und Charles gab sie ihm, ohne sich selbst zu schonen. Über Sarah sagte er sehr wenig. Nur dafür, daß er Grogan selbst betrogen hatte, versuchte er, sich zu entschuldigen: Er machte dafür seine Überzeugung verantwortlich, daß die Verbringung Sarahs in eine Anstalt ein grobes Unrecht gewesen wäre.

Der Doktor hörte ihm aufmerksam, aber mit stillem Grimm zu. Als Charles fertig war, wandte er sich wieder zum Fenster.

»Ich wollte, ich erinnerte mich, welche besondere Bestrafung Dante für die Gesetzesbrecher vorgesehen hat. Dann könnte ich sie Ihnen verschreiben.«

»Ich glaube, ich werde genug gestraft sein.«

»Das ist unmöglich. Nach meiner Rechnung nicht.«

Charles wartete etwas.

»Ich habe Ihren Rat erst nach eingehender Selbstprüfung verworfen.«

»Smithson, ein Gentleman bleibt ein Gentleman, auch wenn er einen Rat verwirft. Er bleibt keiner, wenn er Lügen erzählt.«

»Ich hielt sie für nötig.«

»So nötig wie die Befriedigung Ihrer Wollust.«

»Dieses Wort kann ich nicht gelten lassen.«

»Sie sollten es lernen. Es ist das einzige, das die Welt für Ihr Benehmen bereithält.«

Charles ging zum Tisch, der in der Mitte stand, und stützte sich mit einer Hand darauf. »Grogan, wäre es Ihnen lieber, ich lebte ein Leben unter Vorspiegelung falscher Tatsachen? Ist unser Zeitalter, wie es ist, nicht von einer duckmäuserischen Heuchelei erfüllt, wird nicht allem, was in unserem Wesen falsch und unaufrichtig ist, geschmeichelt? Wollen Sie, daß ich mich da anschließe?«

»Was ich will, ist, daß Sie zweimal hätten nachdenken sollen, ehe Sie dieses unschuldige Mädchen in Ihren Prozeß der Selbsterkenntnis verwickeln.«

»Da uns diese Erkenntnis nun einmal verliehen ist, sollen wir uns ihren Befehlen durch die Flucht entziehen? Obwohl wir uns den Folgerungen widersetzen?«

Der Arzt blickte zur Seite, sein Gesicht trug einen stählernen Ausdruck. Charles bemerkte, daß er beleidigt, nervös und nach der ersten Drohung jetzt ratlos war, wie er mit diesem ungeheuerlichen Affront gegen das Herkommen der Provinzstadt fertig werden sollte. Tatsächlich entspann sich ein Kampf zwischen jenem Grogan, der nun ein Vierteljahrhundert in Lyme gelebt, und dem anderen, der die Welt gesehen hatte. Auch sonst spielte allerlei mit: seine Zuneigung zu Charles, seine private Meinung, die sich von der Sir Roberts nicht allzusehr unterschied, daß nämlich Ernestina ein hübsches kleines Ding, aber ein oberflächliches kleines Ding sei; schließlich gab es auch ein Ereignis in seinem Leben, das weit zurücklag und worüber nichts Näheres gesagt zu werden braucht, außer daß im Hinblick darauf seine Äußerung über die Wollust wesentlich persönlicher war, als es Charles schien. Sein Ton blieb weiterhin tadelnd, aber die Moralfrage, die er aufgeworfen hatte, ließ er nun beiseite.

»Ich bin Arzt, Smithson. Ich kenne nur ein alles überragendes Gesetz. Jedes Leid ist von Übel. Es mag notwendig sein, aber das ändert nichts an seiner Natur.«

»Ich sehe nicht, woher das Gute kommen soll, wenn nicht aus diesem Übel. Wie kann einer ein besseres Ich erreichen, wenn nicht auf den Trümmern seines früheren Ichs?«

»Und den Trümmern des armen jungen Wesens, das Ihren Weg kreuzte?«

»Es ist besser, sie leidet einmal und ist mich los, als . . .« Er brach ab.

»Ach so. Dessen sind Sie sicher, ja?« Charles sagte nichts. Der Doktor blickte auf die Straße hinunter. »Sie haben ein Verbrechen begangen. Ihre Strafe wird darin bestehen, daß Sie Ihr Leben lang daran denken müssen. Also sprechen Sie sich nicht jetzt schon frei. Das wird erst der Tod tun.« Er nahm seine Brille ab und putzte sie mit seinem grünseidenen Taschentuch. Eine lange Pause entstand, eine sehr lange Pause. Nachher war seine Stimme zwar noch tadelnd, aber milder. »Heiraten Sie die andere?«

Charles seufzte gleichsam erleichtert auf. Schon als Grogan das Zimmer betreten hatte, wußte er, daß es eine Selbsttäuschung war, zu behaupten, die Meinung eines bloßen Badearztes sei ihm gleichgültig. Der Ire besaß eine Menschlichkeit, die Charles hoch einschätzte; gewissermaßen vertrat Grogan alles, was ihm wert war. Er wußte, daß er eine volle Vergebung seiner Sünden nicht zu erwarten hatte, aber es genügte ihm das Gefühl, nicht völlig verworfen zu sein. »Das ist meine unbedingte Absicht.«

»Sie weiß davon? Haben Sie es ihr mitgeteilt?«

»Ja.«

»Und sie hat natürlich Ihr Angebot angenommen?«

»Ich habe allen Grund, das zu glauben.« Er erzählte die näheren Umstände bei Sams Botengang an jenem Morgen. Der kleine Doktor drehte sich um und betrachtete ihn. »Smithson, ich weiß, daß Sie nicht niederträchtig sind. Ich weiß, Sie würden das nie getan haben, hätten Sie sich nicht auf die Erklärung verlassen, die Ihnen das Mädchen selbst über ihr außergewöhnliches Verhalten gab. Aber ich mache Sie darauf aufmerksam, daß ein Zweifel noch nicht ausgeräumt ist. Und dieser Zweifel muß seinen Schatten auf jede Handlung zu ihren Gunsten werfen, die Sie ihr zukünftig angedeihen lassen.«

»Das habe ich in Betracht gezogen.« Charles wagte ein schmales Lächeln. »Ich kenne die erniedrigende Meinung, die wir Männer über die Frauen pflegen. Nicht wahr, sie müssen schön brav dasitzen wie die Waren in einem Laden, und wir Männer kommen herein und drehen sie um und um und zeigen auf diese oder jene – ja, die regt meine Phantasie an. Wenn sie sich das gefallen lassen, nennen wir sie anständig, respektabel, bescheiden. Aber wenn einer dieser Artikel die Frechheit besitzt, für sich selbst zu sprechen –«

»Aus Ihren Worten ziehe ich den Schluß, daß sie etwas mehr getan hat.«

Charles überging die Rüge. »Sie hat das getan, was in der High Society gang und gäbe ist. Ich weiß nicht, warum man die zahllosen Frauen in jenem Milieu, die ihr Ehegelübde brechen, freisprechen sollte, während ... Übrigens bin ich viel mehr zu tadeln.

Sie hat mir nur ihre Adresse gegeben. Es stand mir völlig frei, den Konsequenzen aus dem Weg zu gehen, indem ich nicht hinging.«

Der Arzt warf ihm einen versteckten Blick zu. Ehrlich war er jetzt, das mußte er zugeben. Wieder blickte er auf die Straße hinaus. Dann begann er zu sprechen und tat es wieder fast in seinem alten Ton und seiner gewohnten Weise:

»Vielleicht werde ich alt. Ich weiß, daß solche Vertrauensbrüche wie der Ihrige so an der Tagesordnung sind, daß jemand, der sich darüber aufregt, als komischer Kauz gelten muß. Aber ich will Ihnen sagen, was mir zu schaffen macht. Ihre Abneigung gegen Gewäsch teile ich, sei es religiöser oder moralischer Art. Das Gesetz ist mir immer sehr lächerlich vorgekommen, und mit dem meisten an der Religion ging es mir nicht viel besser. Auf diesem Gebiet greife ich Sie nicht an, ich will Sie auf überhaupt keinem Gebiet angreifen. Ich möchte Ihnen nur meine Meinung mitteilen. Sie lautet: Sie glauben, einer vernünftigen, wissenschaftlichen Elite anzugehören. Nein, nein, ich weiß, was Sie sagen wollen, so eitel sind Sie nicht. Gut denn. Nichtsdestoweniger haben Sie den Wunsch, dieser Elite anzugehören. Dafür tadle ich Sie nicht. Ich habe mein Leben lang den gleichen Wunsch gehegt. Aber ich bitte Sie, an eins zu denken, Smithson. Im Lauf der ganzen Menschheitsgeschichte haben sich die Eliten der Wahl gestellt. Aber das Forum der Geschichte läßt nur eine einzige Begründung gelten.« Er setzte die Brille wieder auf und sah Charles an: »Diese besteht darin, daß die Eliten, welche besonderen Gründe sie zu ihren Gunsten auch vorbringen mögen, eine edlere und bessere Gesittung in dieser dunklen Welt begründet haben. Bestehen sie diesen Test nicht, werden sie zu nichts anderem als zu Despoten, Sultanen, Strebern, die nur ihr Vergnügen und ihre Macht suchen. Sie werden, kurz gesagt, zu Opfern ihrer niedrigen Triebe. Ich glaube, Sie verstehen, worauf ich hinauswill – und die besondere Bedeutung für Sie selbst von dem heutigen unglückseligen Tag an. Wenn Sie ein Mensch werden, der besser und großherziger zu handeln weiß, wird Ihnen vergeben werden. Wenn Sie nur selbstsüchtiger werden, sind Sie doppelt verdammenswert.«

Charles schlug vor diesem strengen Blick die Augen nieder. »Mein eigenes Gewissen hat mir schon dasselbe gesagt, wenn auch lange nicht so zwingend.«

»Dann Amen. Jacta est alea.« Er nahm seinen Hut und seine Tasche vom Tisch und ging zur Tür. Doch dort zögerte er – dann streckte er die Hand aus. »Ich wünsche Ihnen alles Gute auf Ihrem Marsch über den Rubikon.«

Charles griff nach der dargebotenen Hand, als sei er am Ertrinken. Er wollte noch etwas sagen, aber es gelang ihm nicht. Einen Moment lang drückten Grogans Finger fest zu, dann wandte er sich und öffnete die Tür. Noch einmal sah er zurück, ein Glitzern war in seinen Augen. »Und wenn Sie nicht innerhalb einer Stunde hier verschwinden, dann komme ich mit der größten Pferdepeitsche zurück, die ich auftreiben kann.«

Charles gab es einen Ruck. Aber das Glitzern verschwand nicht. Deshalb verschluckte er ein schmerzliches Lächeln und verbeugte sich zustimmend. Die Tür schloß sich. Er war mit seiner Medizin allein.

54

Für mich hat sich der Wind gedreht; rauher Nord ist er,
Der früher ein so sanfter Südwind war . . .

A. H. Clough, *Gedicht* (1841)

Um der Gerechtigkeit willen muß ich erwähnen, daß Charles Sam suchen ließ, bevor er vom »Weißen Löwen« abreiste. Aber der Diener war weder in der Schenkstube noch im Stall. Charles glaubte zu wissen, wo er sich aufhielt. Dorthin konnte er allerdings nicht schicken. So verließ er Lyme, ohne ihn wiederzusehen. Er bestieg im Hof seinen vierrädrigen Wagen und zog sofort die Vorhänge zu. Erst nach mehr als drei Kilometern, während deren das Gefährt einem Leichenwagen geglichen hatte, öffnete er die Vorhänge und ließ die um die fünfte Stunde schon schräg einfallenden Strahlen der Nachmittagssonne den schäbigen Anstrich und die Polsterung seines Wagens beleuchten.

Charles' Gemüt hellte sich davon nicht sofort auf. Mit zunehmender Entfernung von Lyme spürte er aber gleichsam eine Last von seinen Schultern abfallen; er hatte eine Niederlage erlitten, aber er lebte noch. Er bejahte Grogans feierliche Warnung, daß sein künftiges Leben erweisen müsse, ob er recht getan hatte. Aber es war nicht schwierig, angesichts der saftigen Felder und der maigrünen Hecken des Devonlandes, sich die Zukunft als fruchtbar vorzustellen – vor ihm lag ein neues Leben mit großen Anforderungen, aber er würde sie bestehen. In seiner Schuld schien nun ein Segen zu liegen: ihre Sühnung gab seinem Leben einen Sinn, der ihm bisher ermangelt hatte. Ihm kam ein Bildwerk aus dem alten Ägypten in den Sinn: es war eine Skulptur im Britischen Museum, die einen Pharao neben seiner Frau stehend darstellte. Sie hatte einen Arm um seine Hüfte, den anderen auf seinen Unterarm gelegt. Stets schien dieses Kunstwerk Charles ein vollkommenes Sinnbild ehelicher Harmonie; dazu trug bei, daß beide Figuren aus einem einzigen Steinblock gehauen waren. Noch waren er und Sarah nicht in dieser Harmonie vereint; aber sie stammten aus einem Felsen. So gab er sich Gedanken an die Zukunft hin, er überlegte praktische Maßnahmen. Sarah mußte in London zunächst eine passende Ausstattung erhalten; dann wollten sie, sobald es die Ordnung seiner Finanzen erlaubte, ins Ausland gehen. Das Kensingtonpalais mußte er verkaufen, seine Sachen auf einen Speicher bringen. Vielleicht würden sie zuerst Deutschland besuchen, im Winter nach dem Süden gehen, nach Florenz oder Rom, wenn es die politischen Verhältnisse zuließen, vielleicht auch nach Spanien. Granada! Die Alhambra! Mondlicht, tief unter ihnen die Stimmen singender Zigeuner, dankbare, zärtliche Augen – und dann würden sie in einem von Jasminduft erfüllten Raum wachliegen, einander umarmend, unendlich allein und ausgestoßen, aber in dieser Einsamkeit miteinander verschmolzen, in diesem Ausgestoßensein unzertrennlich.

Die Nacht war hereingebrochen. Charles streckte den Kopf aus dem Schlag und sah in der Ferne die Lichter von Exeter. Er wies den Kutscher an, ihn zunächst zu Endicotts Familienhotel zu fahren. Dann lehnte er sich zurück und erlebte im voraus die nun folgende Szene. Natürlich sollte keine fleischliche Regung sie entweihen; das wenigstens war er sowohl Ernestina als auch Sarah schuldig. Aber wieder sah er ein herrliches Tableau vor sich: zärtliche Stille, ihre Hände in den seinen ...

Sie fuhren vor, Charles gab dem Mann Anweisung zu warten, betrat das Hotel und klopfte am Büro der Mrs. Endicott.

»Oh, Sie sind es, Sir.«

»Miß Woodruff erwartet mich. Ich finde schon hinauf.«

Schon war er auf dem Weg zur Treppe.

»Die junge Dame ist fort, Sir.«

»Fort? Sie meinen, ausgegangen?«

»Nein, Sir, ich meine: fort.« Ihm wurde schwach, er starrte sie an. »Sie ist heute früh mit dem Zug nach London gereist, Sir.«

»Aber ich ... Sind Sie dessen sicher?«

»So sicher, wie ich hier stehe, Sir. Ich hörte, wie sie dem Kutscher als Ziel den Bahnhof angab. Als er fragte, zu welchem Zug, sagte sie so klar, wie ich es Ihnen jetzt sage, zum Zug nach London.« Die alte Dame kam heraus. »Ja, auch ich war überrascht, Sir. Wo ihr Zimmer noch für drei Tage bezahlt war.«

»Hat sie denn keine Adresse hinterlassen?«

»Keine Zeile, Sir. Kein Wort an mich, wohin sie wollte.«

Dieser Minuspunkt machte augenscheinlich das Plus wett, daß sie nicht die Miete für drei Tage zurückverlangt hatte.

»Auch keine Nachricht an mich?«

»Ich dachte, daß sie höchstwahrscheinlich mit Ihnen abreisen wollte. Ich nahm mir die Freiheit, dies anzunehmen.«

Es wurde langsam unmöglich, hier noch herumzustehen. »Hier ist meine Karte. Bitte lassen Sie es mich wissen, wenn Sie von ihr hören. Unverzüglich. Hier ist etwas für Ihre Gefälligkeit und fürs Porto.«

Mrs. Endicott lächelte schmelzend: »Oh, vielen Dank, Sir. Unverzüglich.«

Er ging hinaus; und war gleich wieder da.

»Heute früh – kam nicht ein Diener mit einem Brief und einem Päckchen für Miß Woodruff?« Mrs. Endicott sah verdutzt drein. »Kurz nach acht Uhr?« Die Besitzerin schaute noch immer verdutzt. Dann rief sie nach Betsy Ann, die, als sie erschien, von ihrer Herrin in ein strenges Kreuzverhör genommen wurde, bis es Charles zuviel wurde und er davoneilte.

Er ließ sich in den Wagen fallen und schloß die Augen. Er fühlte keine Willenskraft, es war wie ein Zustand völliger Erschlaffung. Wäre er doch nur nicht so ängstlich gewesen, wäre er geradewegs zurückgegangen . . . Aber Sam. Sam! Ein Dieb! Ein Spitzel! Hatte ihn Mr. Freeman in Sold genommen? Oder lag die Erklärung für sein Verbrechen in dem Bedürfnis, sich für die blödsinnigen dreihundert Pfund rächen zu wollen? Wie gut verstand Charles jetzt jenen Auftritt in Lyme – Sam mußte erkannt haben, daß seine Entdeckung mit ihrem Eintreffen in Exeter unvermeidlich war; er mußte also seinen Brief gelesen haben . . . In der Dunkelheit schoß Charles eine heftige Röte ins Gesicht. Wenn er dem Kerl je begegnete, würde er ihm das Genick brechen. Er überlegte sogar, ob er zur Polizei gehen und ihn anzeigen sollte wegen . . . nun, Diebstahls auf jeden Fall. Aber sofort wurde ihm die Sinnlosigkeit dieses Vorgehens klar. Und was würde im wesentlichen dabei herauskommen? Sarah wäre bloßgestellt. Nur ein Licht leuchtete in der Finsternis, die sich auf ihn herabgesenkt hatte. Sie war nach London gefahren; sie wußte, daß er in London wohnte. Aber wenn ihr Motiv das einst von Grogan vermutete war, wollte sie an seiner Tür klopfen, hätte sie dann nicht eher nach Lyme fahren müssen, wo sie ihn vermuten konnte? Und war er nicht zur Überzeugung gelangt, daß sie nur aus ehrenhaften Motiven handelte? Mußte sie nicht glauben, daß sie durch ihren Verzicht ihn auf immer verloren hatte? Das einzige Licht ging flackernd aus. In jener Nacht tat er etwas, was er lange Jahre nicht mehr getan hatte. Er kniete neben seinem Bett nieder und betete; der Inhalt seines Gebets bestand darin, daß er sie finden wollte; wenn er sie für den Rest seines Lebens suchen müßte, aber er wollte sie wiederfinden.

55

»Nun, dich träumt er!« rief Zwiddeldei und klatschte triumphierend in die Hände. »Und wenn er aufhört, von dir zu träumen, was meinst du, wo du dann wärst?«
»Wo ich jetzt bin, natürlich!« sagte Alice.
»So siehst du aus!« entgegnete Zwiddeldei verächtlich. »Gar nirgends wärst du. Du bist doch nur so etwas, was in einem Traum vorkommt!«
»Der König da«, fügte Zwiddeldum hinzu, »bräuchte bloß aufzuwachen, und schon gingst du aus – peng – wie eine Kerze!«
»Gar nicht!« rief Alice empört.

Lewis Caroll, *Alice hinter den Spiegeln* (1872)

Charles kam am nächsten Morgen so früh zum Zug, daß es lächerlich war; nachdem er, der ihm als Gentleman ganz ungewohnten Tätigkeit obgelegen war, die Verladung seines Gepäcks zu überwachen und sich in ein leeres Erste-Klasse-Abteil gesetzt hatte, wartete er ungeduldig auf die Abfahrt. Von Zeit zu Zeit sahen andere Reisende zu ihm herein, er verscheuchte sie aber mit jenem Medusenblick, der Engländern so gern zur Verfügung steht (»Abteil reserviert für Nichtaussätzige«). Endlich ertönte der Pfiff zur Abfahrt, und Charles sah sich schon im Besitz der ersehnten Einsamkeit. Im allerletzten Augenblick aber erschien ein Gesicht mit einem gewaltigen Bart am Fenster. Sein kalter, hypnotischer Blick traf auf einen noch kälteren: der Mann war in großer Eile, noch mitzukommen.

Mit einem gemurmelten »Entschuldigen Sie, Sir«, bahnte sich der Neuankömmling den Weg ins gegenüberliegende Eck des Abteils. Dort saß er nun, den Zylinder senkrecht auf dem Schädel, die Hände auf den Knien, und rang nach Luft. Er mochte etwa vierzig Jahre alt sein. Ihn umgab eine Atmosphäre aufreizender Sicherheit; vielleicht war er nicht eigentlich ein Gentleman ... eher ein ehrgeiziger Butler (aber Butler pflegten nicht Erster Klasse zu reisen) oder ein erfolgreicher Laienprediger – einer von der lärmenden Sorte, die Spurgeon kopierten, indem sie Seelen mit Höllenflammen und der billigen Rhetorik von der ewigen Verdammnis zu bekehren suchten. Ein entschieden unerfreulicher Mann, dachte Charles, so recht ein Kind seiner Zeit. Sollte er den Versuch machen, ein Gespräch anzuknüpfen, würde er ihn energisch in die Schranken weisen. Wie es einem manchmal geht, wenn man Leute offen anstarrt und sich seine Gedanken über sie macht, so erging es Charles: er war in sein Tun ganz versunken, wurde aber eines Besseren belehrt. In dem scharfen Seitenblick seines Gegenübers lag die unverhüllte Aufforderung, ihn in Ruhe zu lassen. Hastig lenkte er seinen Blick zum Fenster hinaus und tröstete sich damit, daß dieser Mensch Intimitäten ebenso verabscheute wie er selber.

Sehr bald lullte die gleichmäßige Bewegung Charles in süße Tagträumereien. London war eine große Stadt; aber sie mußte sich bald nach Arbeit umsehen. Er hatte Zeit, Geld und den festen Willen, sie zu finden. Mochten ein, zwei Wochen vergehen – aber dann würde sie vor ihm stehen, vielleicht schlüpfte auch wieder eine Adresse in seinen Briefkasten. Die Räder sagten es voraus: sie-kann-doch-nicht-so-grausam-sein, sie-kann-doch-nicht-so-grausam-sein, sie-kann-doch-nicht-so-grausam-sein ... der Zug durchfuhr die rötlichen und grünen Täler und näherte sich Cullompton. Charles sah den Kirchturm, konnte sich aber nicht orientieren, wo sie sich befanden, und schloß bald die Augen. Er hatte in der vorigen Nacht jämmerlich geschlafen.

Eine Zeitlang nahm der Reisegefährte keine Notiz von dem schlafenden Charles. Als aber das Kinn tiefer und tiefer sank – Charles hatte vorsichtshalber den Hut abgenommen –, begann der Mann mit dem Prophetenbart seinerseits, ihn anzustarren. Er war ganz sicher, daß *seine* Neugier *keinen* unwilligen Blick erregte.

Sein Blick war ganz eigentümlich: abschätzend, nachdenklich, ziemlich mißbilligend, als wüßte er sehr wohl, was für ein Mensch ihm da gegenübersaß (ebenso wie Charles sehr wohl meinte, ihn richtig einzuschätzen); und als gefielen ihm weder sein Wissen noch die Menschen, die er vor sich hatte. Zwar sah er, da er nicht mehr beobachtet wurde, nicht so ganz kalt und herrisch aus wie zuvor; aber in seinem Gesichtsausdruck hielt sich ein unsympathischer Zug von Selbstsicherheit – oder vielmehr ein Vertrauen in sein Urteil über andere, was er bei ihnen erreichen, was er von ihnen erwarten, wie er sie bewerten könnte.

Wenn man eine Minute etwa den anderen so anstarrt, mag das noch erklärbar sein. Eisenbahnfahrten sind langweilig; darum ist es ganz amüsant, die Mitreisenden zu betrachten – und so weiter. Aber dieser Blick, der mit der Zeit etwas Kannibalisches annahm, dauerte viel länger als eine Minute. Er dauerte über Taunton hinaus und wurde dort nur kurz unterbrochen, als Charles wenige Augenblicke vom Lärm auf der Plattform erwachte. Sofort als Charles wieder in Schlummer sank, hefteten sich diese Augen wie Blutegel an ihn.

Vielleicht geraten Sie eines Tages in eine ähnliche Situation. Und weil unser Jahrhundert weniger zurückhaltend ist, werden Sie diesen Blick auch bemerken. Der interessierte Beobachter wird nicht warten, bis Sie schlafen. Er wird in Ihnen den Verdacht einer irgendwie unerfreulichen, vielleicht einer abwegigen sexuellen Annäherung erregen – jedenfalls eines Wunsches, Sie so kennenzulernen, wie Sie von einem Fremden nicht gekannt sein wollen. Meiner Erfahrung nach gibt es nur einen Beruf, der diesen besonderen Ausdruck, jene bizarre Mischung von Neugier und staatlicher Autorität, Ironie und Besorgnis verleiht.

Also, könnte ich dich gebrauchen?

Also, was könnte ich mit dir anfangen?

Es schien mir immer, daß ein solcher Ausdruck einzig einem allmächtigen Gott zukäme – falls es etwas so Absurdes überhaupt gibt. Das hat nichts mit dem zu tun, was wir unter einem göttlichen Ausdruck verstehen, sondern bezeichnet eine absolut gemeine und dubiose moralische Haltung (das haben auch die Theoretiker des nouveau roman ausgeführt). Und diesen Zug sehe ich mit besonderer Klarheit auf dem mir nur allzu vertrauten Gesicht des bärtigen Mannes, der Charles anstarrt. Ich will jetzt aber nicht länger Versteck spielen.

Die Frage, die mich bei meiner Beschäftigung mit Charles bewegt, ist nicht identisch mit den beiden obengenannten Fragen. Aber wirklich: was, zum Teufel, soll ich jetzt mit dir tun? Ich dachte schon daran, Charles' Lebenslauf jetzt und hier enden zu lassen; ihn für alle Ewigkeit nach London fahren zu lassen. Aber die Regeln des viktorianischen Romans erlauben, erlaubten keinen offenen Schluß, kein anderes als ein endgültiges Ende. Und ich habe oben die Freiheit gepredigt, die man den Gestalten eines Romans lassen muß. Mein Problem ist ja einfach: was Charles will, ist doch klar, oder? Es ist klar. Was Sarah will, ist nicht so klar; ich weiß aber überhaupt nicht, wo sie sich im Augenblick aufhält. Wenn diese beiden Figuren des wirklichen Lebens wären und nicht eine Erfindung meiner Phantasie, läge die Auflösung des Dilemmas auf der Hand: ein Wille streitet mit einem anderen, er unterliegt oder siegt, wie es eben kommt. Im Roman wird meistens behauptet, dies sei der Wirklichkeit nachgebildet: der Schriftsteller schickt die einander bekämpfenden Willensbestrebungen in den Ring, beschreibt den Kampf – aber tatsächlich entscheidet er den Ausgang, weil er jenen Willen gewinnen läßt, den er favorisiert. Und wir beurteilen Romanschriftsteller sowohl nach der Klugheit, mit der sie die Entscheidung vornehmen, das heißt, mit der sie uns überzeugen, daß der Ausgang durchaus offen sei, als auch nach dem Typ des Helden, den sie begünstigen: ist es der Gute, der Tragische, der Böse, der Lustige und so weiter.

Das Hauptargument bei der Entscheidung des Kampfes ist der Versuch des Autors, dem Leser seine Gedanken über die Welt vorzustellen – pessimistische, optimistische, wie sie wollen. Ich habe bisher vorgegeben, wir befänden uns im Jahr 1867; aber das ist natürlich hundert Jahre her. Es ist darum unsinnig, Optimismus oder Pessimismus an den Tag zu legen, denn wir wissen ja, was sich seither ereignet hat.

Ich fahre also fort, Charles anzustarren, und sehe diesmal keinen Grund, den Kampf, auf den er sich einläßt, auf eine bestimmte Weise enden zu lassen. Dadurch bleiben mir zwei Möglichkeiten. Entweder, ich lasse den Kampf seinen Verlauf nehmen und beschränke mich auf die Rolle des Berichterstatters; oder ich übernehme die Standpunkte beider Partner. Ich blicke in dieses ermattete, aber noch nicht völlig überflüssige Gesicht. Und da wir uns London nähern, glaube ich, die Lösung zu sehen; ich sehe nämlich, daß mein Dilemma unecht ist. Die einzige Möglichkeit, in diesem Kampf nicht Partei zu ergreifen, besteht darin, daß ich zwei Versionen liefere; dadurch verbleibt mir nur ein einziges Problem: ich kann nicht beide Versionen gleichzeitig geben, und das Diktat des letzten Kapitels ist so stark, daß eben die zweite Version als die endgültige, die »wirkliche« erscheinen wird.

Darum ziehe ich meine Geldbörse aus der Tasche meines Gehrocks, entnehme ihr einen Florin, lege ihn auf den Nagel meines rechten Daumens und schnelle ihn, indem ich ihn in Drehung versetze, etwa einen halben Meter in die Luft. Dann fange ich ihn mit der linken Hand auf.

So sei es denn. Und plötzlich bemerke ich, daß Charles die Augen offen hat und mich anschaut. Sein Blick ist jetzt nicht nur mißbilligend; er stellt fest, daß ich entweder ein Spieler oder nicht ganz normal bin. Ich erwidere seine Mißbilligung und stecke den Florin in die Börse zurück. Er nimmt seinen Hut, wischt einen unsichtbaren Schmutzfleck vom Filz (das soll wohl ich sein) und setzt den Hut auf.

Wir fahren unter einer der mächtigen gußeisernen Traversen hindurch, die das Dach des Bahnhofs Paddington tragen. Wir kommen an, er tritt auf die Plattform und ruft nach einem Träger. Er gibt seine Anordnungen, gleich darauf dreht er sich noch einmal um. Der Bärtige ist im Gedränge verschwunden.

56

Wär es nur möglich, Jesus, eine Stunde
Zu sehn, die wir einst liebten, all die Seelen,
Dann könnten sie uns sagen, was sie sind
Und wo. Tennyson, *Maud* (1858)

Privates Nachforschungsbüro, von der Aristokratie bevorzugt, unter der Alleindirektion von Mr. Pollaky persönlich. Beziehungen sowohl zur Britischen wie auch zur ausländischen Geheimpolizei. HEIKLE UND VERTRAULICHE NACHFORSCHUNGEN WERDEN DISKRET UND PROMPT ERLEDIGT; ARBEITSGEBIET ENGLAND, DER KONTINENT UND DIE KOLONIEN! SAMMLUNG VON BEWEISEN IN SCHEIDUNGSFÄLLEN ETC.

Zeitungsinserat aus der mittleren viktorianischen Zeit

Ein, zwei Wochen mochten vergehen, aber dann würde sie vor ihm stehen ... Die dritte Woche beginnt, aber sie steht noch immer nicht vor ihm. Charles ist nicht schuld; er war hier und dort, er war überall.

Diese Allgegenwart verdankte er der Anwerbung von vier Detektiven; ob sie der Alleindirektion des Mr. Pollaky unterstanden, weiß ich nicht, aber sie leisteten harte Arbeit. Das mußten sie auch, denn der Berufsstand war damals noch ganz neu, erst elf

Jahre alt und allgemein verachtet. Einem Gentleman, der 1866 einen Detektiv erstach, wurde das hoch angerechnet. »Wenn sich Leute dem Straßenraub verschreiben«, schrieb warnend der ›Punch‹, »müssen sie die Konsequenzen daraus ziehen.«

Zuerst hatten sich Charles' Leute an die Vermittlungsstellen für Gouvernanten gewandt, doch ohne Erfolg; dann fragten sie bei den Erziehungsabteilungen aller Konfessionen an, die Schulen unterhielten. Er selbst hatte einen Wagen gemietet und war mit Augen, die gespannt jedes junge Frauengesicht betrachteten, stundenlang in jenen Bezirken Londons herumgefahren, wo die zwar armen, aber vornehmeren Leute wohnten. Dort irgendwo mußte Sarah untergekommen sein: entweder in Peckham, in Pentonville oder in Putney; er suchte weiter, ein Dutzend ähnlicher Bezirke mit hübschen neuen Straßen und Häusern, deren Besitzer nur einen Hausangestellten beschäftigten; auch war er seinen Detektiven bei der Befragung der damals aufkommenden kirchlichen Arbeitsvermittlungsstellen für Frauen behilflich. Dort begegneten sie freilich einer offenen Abneigung gegen das männliche Geschlecht, den diese Organisationen traf das Vorurteil der Männer mit voller Wucht, und darum gehörten sie auch zu den vornehmsten Keimzellen der Emanzipationsbewegung. Ich meine, daß diese Erfahrungen für Charles nicht ganz nutzlos waren, wenn sie auch in der Angelegenheit, die ihm am Herzen lag, keinen Erfolg brachten. Langsam begann er einen der Gesichtspunkte Sarahs besser zu verstehen: ihr Gefühl der Empörung gegen ein ungerechtes, weil zu überwindendes Vorurteil in der Gesellschaft.

Eines Morgens erwachte er sehr niedergeschlagen. Ihm war zur Gewißheit geworden, daß sie das furchtbare Schicksal gefunden hatte, von dem sie einmal gesprochen hatte (unter die Prostituierten zu gehen). Im Zustand panischer Angst suchte er an jenem Abend das Viertel am Haymarket auf, in dem er sich damals befunden hatte. Ich weiß nicht, was der Kutscher sich wirklich dachte; aber er muß wohl seinen Fahrgast für den verwöhntesten Kunden gehalten haben, den es je gab. Volle zwei Stunden fuhren sie in jenen Straßen auf und ab. Nur einmal hielten sie an, als eine rothaarige Prostituierte unter einer Gaslaterne stand. Dann klopfte es zweimal, und weiter ging die Fahrt.

Mittlerweile stellten sich andere Folgen seines Entschlusses, die Freiheit zu wählen, ein. Zehn Tage lang bekam er keine Antwort auf seinen mit Müh und Not fertiggestellten Brief an Mr.

Freeman. Dann mußte er ein Schreiben bestätigen, das von den Anwälten Mr. Freemans stammte und bezeichnenderweise durch Boten überbracht wurde. Es lautete:

Sir,

In Sachen Miß Ernestina Freeman

Mr. Ernest Freeman, Vater der obengenannten Miß Freeman, hat uns beauftragt, Sie zu ersuchen, sich kommenden Freitag um drei Uhr in unserer Kanzlei einzufinden. Ihr Fernbleiben wird als Bestätigung Ihrerseits aufgefaßt werden, daß unser Klient das Recht hat, den Prozeß gegen Sie zu eröffnen.

Aubrey & Baggott

Charles brachte den Brief seinem eigenen Anwalt. Diese Kanzlei hatte die Familienangelegenheiten der Smithsons seit dem achtzehnten Jahrhundert erledigt. Chef war zur Zeit Mr. Montague jun., nur wenig älter als Charles. Schamrot saß der geständige Sünder nun vor dessen Schreibtisch. Die beiden hatten gemeinsam die Schule in Winchester besucht; ohne nahe Freunde zu sein, kannten sie einander recht gut und hatten einander gern.

»Also, was hat das zu bedeuten, Harry?«

»Das bedeutet, mein Lieber, daß du ein Teufelsglück hast. Sie haben kalte Füße.«

»Warum wollen sie mich dann sehen?«

»Sie wollen dich nicht ganz laufenlassen, Charles. Das wäre zuviel verlangt. Ich nehme an, daß du eine confessio delicti ablegen sollst.«

»Ein Schuldbekenntnis?«

»Genau das. Ich fürchte, du mußt dich auf ein häßliches Dokument gefaßt machen. Aber ich kann dir nur raten, es zu unterschreiben. Du hast keine Chance.«

An jenem Freitagnachmittag wurden Charles und Montague in ein düsteres Wartezimmer geführt, das sich in einem Gebäude der Rechtsanwaltskammer befand. Charles hatte das Gefühl, er gehe zu einem Duell; Montague war sein Sekundant. Bis ein Viertel nach drei durften sie warten. Da aber diese einleitende Buße von Montague vorausgesagt war, ertrugen sie sie mit einer gewissen nervösen Belustigung.

Endlich wurden sie aufgerufen. Hinter einem großen Schreibtisch erhob sich ein kleiner, cholerisch aussehender Mann. Etwas hinter ihm stand Mr. Freeman. Er sah nur Charles, und seine Augen waren eiskalt; da verging ihnen jede Heiterkeit. Charles verbeugte sich, aber Freeman nahm keine Notiz davon. Die beiden Anwälte schüttelten einander knapp die Hand. Im Zimmer war noch eine fünfte Person anwesend, ein großer, magerer, glatzköpfiger Mann mit durchdringenden schwarzen Augen, bei dessen Anblick Montague unmerklich zusammenzuckte.

»Kennst du Justizrat Murphy?«

»Nur vom Hörensagen.«

Ein Justizrat war in der viktorianischen Zeit Erster Staatsanwalt; und Justizrat Murphy war der gefürchtetste Mann seiner Zeit.

Mr. Aubrey deutete bestimmt auf die Stühle, die die beiden Besucher einzunehmen hatten, dann nahm er selbst Platz. Mr. Freeman stand unbeweglich. Mr. Aubrey wühlte in Papieren, was Charles die gar nicht erwünschte Muße gab, sich mit der furchterregenden Atmosphäre eines solchen Orts vertraut zu machen: gelehrte Bücher, mit grünen Seidenbändern umwickelte Rollen aus Schafleder, düstere Akten über erledigte Fälle, die an den Wänden des Zimmers hoch aufgereiht standen, wie die Urnen in einem überbelegten Urnenhain. Der alte Anwalt sah ernst auf.

»Ich meine, Mr. Montague, daß die Tatsachen dieses abscheulichen Bruchs eines Verlöbnisses hier nicht zur Debatte stehen. Ich weiß nicht, welche Darstellung seines Verhaltens Ihr Klient Ihnen gegeben hat. Aber er hat in ausreichender Weise seine Schuld in diesem Brief an Mr. Freeman geoffenbart; ich stelle zwar fest, daß er darin mit der für seinesgleichen üblichen Unverschämtheit versucht hat –«

»Mr. Aubrey, eine solche Sprache unter diesen Umständen –«

Justizrat Murphy stieß zu: »Wollen Sie lieber die Sprache hören, die ich bevorzugen würde – und zwar in offener Verhandlung?«

Montague holte Atem und sah zu Boden. Aubrey senior blickte ihn äußerst mißbilligend an. »Montague, ich habe Ihren seligen Großvater gut gekannt. Ich glaube, er hätte es sich zweimal überlegt, sich eines solchen Klienten wie des Ihren anzunehmen. Aber lassen wir's für diesmal hingehen. Ich betrachte diesen Brief . . .« damit hielt er ihn wie mit der Zange hoch, ». . . ich betrachte diesen schändlichen Brief als eine zusätzliche, höchst freche Beleidigung zu dem schon schweren Unrecht, und zwar sowohl wegen des schamlosen Versuchs, sich reinzuwaschen, wie auch wegen des völligen Fehlens einer Bezugnahme auf die verbrecherische, schmutzige Liaison, die, wie der Schreiber des Briefes wohl weiß, den schwärzesten Aspekt seines Verbrechens darstellt.« Er funkelte Charles an. »Sir, Sie mögen geglaubt haben, Mr. Freeman wisse nicht restlos Bescheid über Ihre Amouren. Sie sind im Irrtum. Wir kennen den Namen jener Weibsperson, mit der Sie derart niedrige Beziehungen aufgenommen haben. Es gibt einen Zeugen, der Sie unter Umständen beobachtet hat, die zu nennen ich mich scheue.«

Charles wurde rot. Mr. Freemans bohrender Blick traf ihn. Er konnte nur seinen Kopf tiefer senken und Sam verwünschen. Montague nahm das Wort:

»Mein Klient ist nicht hergekommen, um sein Verhalten zu rechtfertigen.«

»Dann würden Sie seine Verteidigung in einem Prozeß nicht übernehmen?«

»Jemand, der in unserem Beruf so bewandert ist wie Sie, müßte wissen, daß ich eine solche Frage nicht beantworten kann.«

Wieder intervenierte Justizrat Murphy: »Sie würden die Verteidigung nicht übernehmen, wenn ein Prozeß angestrengt wird?«

»Mit Verlaub, Sir, ich muß mir mein Urteil in dieser Angelegenheit vorbehalten.«

Ein wölfisches Lächeln erschien auf den Lippen des Justizrats.

»Über das Urteil sind sich alle einig, Mr. Montague.«

»Können wir fortfahren, Mr. Aubrey?«

Mr. Aubrey sah zum Justizrat hin, der grimmig seine Zustimmung gab.

»Dies ist eine Gelegenheit, Mr. Montague, bei der ich einen Einspruch nicht allzusehr befürworten würde. Ich will mich kurz fassen. Mr. Freeman habe ich einen klaren Rat erteilt. Im Lauf meiner Praxis, meiner sehr langen Praxis, ist dies das gemeinste Beispiel unehrenhaften Betragens, das ich je zu Gesicht bekam. Ich bin der festen Meinung, daß ein so verwerfliches Verhalten zum warnenden Beispiel für andere an die Öffentlichkeit gehört, selbst wenn Ihr Klient das harte Urtel nicht verdienen sollte, das er unweigerlich empfangen würde.« Um diesen Worten starken Nachdruck zu verleihen, machte er danach eine längere Pause. Charles wünschte sich, er könnte sein Blut daran hindern, in die Wangen zu steigen. Mr. Freeman sah ihn jetzt wenigstens nicht an; aber Justizrat Murphy verstand sich darauf, eine so verräterische Röte auszubeuten. Er setzte zu seinem von den jüngeren Staatsanwälten bewunderten fragenden Basiliskenblick an, bei dem Ironie und Sadismus einander die Waagschale hielten.

In verändertem, düsterem Ton fuhr Mr. Aubrey fort: »Aus Gründen, auf die ich nicht einzugehen habe, ist jedoch Mr. Freeman entschlossen, Gnade walten zu lassen, die der Fall als solcher in keiner Weise verdient. Er hat unter bestimmten Voraussetzungen jetzt nicht die Absicht, sofort zu Gericht zu gehen.«

Charles schluckte und sah Montague an.

»Ich bin sicher, daß mein Klient Ihnen dafür dankbar ist.«

»Ich habe, unter Zuziehung eines geschätzten Beraters . . . « Mr. Aubrey verbeugte sich kurz gegen den Justizrat, der knapp mit dem Kopf nickte, ohne seine Augen von der Elendsgestalt Charles' abzuwenden, ». . . ein Schuldbekenntnis vorbereitet. Ich bin beauftragt, Sie davon in Kenntnis zu setzen, daß Mr. Freemans Entschluß, nicht sofort zur Klage zu schreiten, unbedingt davon abhängt, daß Ihr Klient jetzt, in unserer Gegenwart und unter der Zeugenschaft sämtlicher Anwesenden, das vorliegende Dokument unterzeichnet.«

Damit übergab er es Montague, der es nur ansah, dann sofort den Blick erhob:

»Darf ich darum bitten, mich mit meinem Klienten für fünf Minuten unter vier Augen zu besprechen?«

»Ich bin äußerst überrascht, daß Sie eine Unterredung für nötig erachten.« Aubrey blies sich ein wenig auf, aber Montague blieb fest. »Nun gut, nun gut, wenn es sein muß.«

Also zogen sich Harry Montague und Charles wieder in den trübseligen Warteraum zurück. Montague las das Papier durch und reichte es dann Charles mit den dürren Worten: »Hier ist deine Medizin. Du wirst sie schlucken müssen, mein Lieber.«

Und während Montague aus dem Fenster schaute, las Charles sein Schuldbekenntnis:

Ich, Charles Algernon Henry Smithson, bekenne freimütig, freiwillig und aus keinem anderen Beweggrund als meinem Wunsch, die Wahrheit ans Licht zu bringen, folgendes:

1. Ich verpflichtete mich vertraglich, Miß Ernestina Freeman zu ehelichen;

2. Der schuldlose Teil (die genannte Miß Ernestina Freeman) gab mir keinen irgendwie gearteten Anlaß, mein feierliches, vertragliches Eheversprechen ihr gegenüber zu brechen;

3. Ich war vollständig und genau über ihre Stellung in der Gesellschaft, ihren Charakter, ihre Mitgift und künftigen Aussichten unterrichtet, ehe ich um ihre Hand anhielt; auch nachher habe ich bezüglich der erwähnten Miß Ernestina Freeman in keiner Weise

etwas erfahren, was zu meinen Informationen in Widerspruch stand oder das Gegenteil bewies;

4. Ich brach den Vertrag ohne gerechte Ursache oder irgendeine andere Begründung außer meiner verbrecherischen Selbstsucht und Treulosigkeit;

5. Ich nahm ein heimliches Verhältnis mit einer Person namens Sarah Emily Woodruff, wohnhaft in Lyme Regis und Exeter, auf, und versuchte dieses Verhältnis zu verbergen;

6. Mein Verhalten in dieser ganzen Angelegenheit war unehrenhaft, und ich habe dadurch für immer das Recht verwirkt, als Gentleman betrachtet zu werden.

Weiter anerkenne ich das Recht der beleidigten Partei, jederzeit fristlos und bedingungslos gerichtlich gegen mich vorzugehen.

Weiters anerkenne ich, daß die beleidigte Partei jeden von ihr beabsichtigten Gebrauch von diesem Dokument zu machen berechtigt ist. Des weiteren ist meine untenstehende Unterschrift von mir aus freien Stücken, in voller Erkenntnis und der damit verbundenen Bedingungen, in uneingeschränktem Eingeständnis meines Betragens, unter keinem wie immer gearteten Druck zustande gekommen; ohne Recht auf Entschädigung, noch auf irgendeine Rechtshilfe, eine Zurückweisung, Einwendung oder Ableugnung im einzelnen, jetzt und künftig.

»Hast du nichts zu sagen?«

»Ich glaube, daß sie sich über den Entwurf zunächst nicht ganz einig waren. An der Abfassung von Punkt 6 kann kein Jurist Freude haben. Wenn es vor Gericht kommt, könnte man füglich einwenden, daß kein Gentleman so blöd sein wird, ein solches Zugeständnis zu machen, außer er wird dazu gezwungen. Ein Verteidiger könnte da eine ganze Menge herausholen. Das ist wirklich günstig für uns, und es überrascht mich, daß Aubrey und Murphy zugestimmt haben. Meiner Vermutung nach ist das die Klausel des Herrn Papa. Er will dich zu Kreuz kriechen lassen.«

»Es ist gemein.«

Es hatte den Anschein, als wolle Charles das Dokument in Fetzen reißen. Montague nahm es ihm sacht aus der Hand. »Das Gesetz interessiert sich nicht für die Wahrheit, Charles. Das solltest du mittlerweile gelernt haben.«

»Und jenes: ›Jeden von ihr beabsichtigten Gebrauch zu machen‹ – was, um Himmels willen, soll das heißen?«

»Es könnte heißen, daß das Dokument in der ›Times‹ veröffentlicht wird. Ich glaube mich zu erinnern, daß vor einigen Jahren etwas Ähnliches passiert ist. Aber ich habe das Gefühl, daß der alte Freeman die Sache diskret behandeln will. Wenn er dich in den Stock bringen wollte, hätte er klagen können.«

»Also muß ich unterschreiben.«

»Wenn du willst, kann ich hineingehen und um gewisse Formulierungen handeln – einen Passus, der dir das Recht einräumen würde, im Fall einer Gerichtsverhandlung mildernde Umstände zu erbitten. Aber ich rate davon unbedingt ab. So hart, wie es dasteht, ist es für dich viel besser. Es ist die beste Möglichkeit, sie zufriedenzustellen. Wenn nötig, können wir argumentieren, daß das Dokument verdammt hart war.«

Charles nickte. Sie standen auf.

»Noch eins, Harry. Ich möchte wissen, wie es Ernestina geht. Ihn kann ich nicht fragen.«

»Ich werde sehen, ob ich den alten Aubrey nachher einen Moment sprechen kann. Er ist gar kein solcher Klotz. Er muß nur für den Herrn Papa so tun als ob.«

Sie gingen hinein; das Bekenntnis wurde unterzeichnet, zuerst von Charles, dann der Reihe nach von allen übrigen, und zwar stehend. Dann folgte ein peinliches Schweigen. Endlich ergriff Mr. Freeman das Wort: »Komm mir nicht wieder in den Weg, du Lump. Wenn ich jünger wäre, würde ich –«

»Mein lieber Mr. Freeman!«

Die scharfe Stimme des alten Aubrey brachte seinen Klienten zum Schweigen. Charles zögerte noch, verbeugte sich vor den beiden Juristen und verließ, gefolgt von Montague, das Zimmer.

Draußen sagte Montague: »Warte im Wagen auf mich.«

Zwei Minuten später stieg er zu und setzte sich neben Charles.

»Es geht ihr den Umständen entsprechend. Das sind seine Worte. Er gab mir auch zu verstehen, was Freeman vorhat, solltest du das Heiratsspiel von neuem beginnen, Charles. Er will das, was du soeben unterschrieben hast, dem nächsten Schwiegervater zeigen. Sein Wunsch ist, daß du dein Leben lang Junggeselle bleibst.«

»So etwas hatte ich erwartet.«

»Der alte Aubrey sagte auch so nebenbei, wem du deine Entlassung auf Ehrenwort verdankst.«

»Ihr? Auch das habe ich mir gedacht.«

»Er wollte sein Pfund Fleisch. Aber die Familie wird offenbar von der jungen Lady regiert.«

Hundert Meter weiter sagte Charles:

»Ich bin bis zu meinem Lebensende gezeichnet und entehrt.«

»Mein lieber Charles, wenn du in einer Welt von Puritanern den Moslem spielst, kannst du keine andere Behandlung erwarten. Ich sehe so gern wie jeder andere ein hübsches Frauenbein. Ich mache dir keine Vorwürfe. Aber erzähl mir nicht, daß der Preis dafür nicht deutlich angeschrieben ist.«

Weiter rollte der Wagen. Charles starrte düster auf die sonnige Straße hinaus. »Ich wollte, ich wäre tot.«

»Dann laß uns zu Verrey gehen und einen oder zwei Hummer schlachten. Und bevor du stirbst, erzählst du mir von dieser mysteriösen Miß Woodruff.«

Jene demütigende Sitzung deprimierte Charles tagelang. In seiner Verzweiflung wollte er sofort ins Ausland reisen und nie mehr nach England zurückkehren. Sein Klub, seine Bekannten – er konnte ihnen nicht unter die Augen treten. Er gab die strikte Anweisung, daß er für niemand zu sprechen sei, und konzentrierte sich ganz auf die Suche nach Sarah.

Eines Tages stöberte das Detektivbüro eine Miß Woodruff auf, die erst kürzlich eine Stellung in einem Mädcheninternat in Stoke Newington angetreten hatte. Sie besaß kastanienbraunes Haar, und die Beschreibung schien auf sie zu passen. Eines Nachmittags verbrachte er eine Stunde qualvollen Wartens vor dem Schultor. Dann kam Miß Woodruff heraus, gefolgt von einer Schar junger Damen. Mit Sarah hatte sie höchstens eine entfernte Ähnlichkeit. Ein wundervoller Juni brach an. Charles wartete ihn noch ab, ließ aber schließlich die Suche einstellen. Das Detektivbüro war noch immer optimistisch, aber sie mußten auch an ihr Honorar denken. Exeter war ebenso wie London abgesucht worden, ein Mann stellte sogar diskrete Nachforschungen in Lyme und Charmouth an. Aber alles war umsonst. Eines Abends bat Charles Montague zum Dinner zu sich ins Kensington Palais und unterbreitete ihm rückhaltlos die ganze Misere. Was sollte er machen? Montague gab ihm ohne Zögern den Rat, ins Ausland zu gehen.

»Aber was kann sie bezweckt haben? Sich mir hinzugeben – und mich dann laufenzulassen, als bedeutete ich ihr nichts?«

»Es besteht – du verzeihst – die begründete Annahme, daß die von dir angedeutete Möglichkeit auf Wahrheit beruht. Könnte jener Doktor nicht recht haben? Bist du sicher, daß sie es nicht aus Rachsucht und Zerstörungswut tat? Um dein künftiges Leben zu ruinieren . . . dich zu dem zu machen, der du jetzt bist, Charles?«

»Ich kann's nicht glauben.«

»Aber *prima facie* wirst du es glauben müssen.«

»Bei allen Geschichten und Manövern, die sie aufführte, war sie doch irgendwie aufrichtig und ehrlich. Vielleicht ist sie tot. Sie besitzt weder Geld noch Verwandte.«

»Dann gestatte, daß ich einen Angestellten von mir im Totenbuch nachschauen lasse.«

Diesen gefühlvollen Rat nahm Charles fast wie eine Beleidigung auf. Aber am nächsten Tag befolgte er ihn: der Name Sarah Woodruff war nicht darunter.

Noch eine Woche vertrödelte er. Dann entschloß er sich eines Abends unvermittelt, ins Ausland zu reisen.

57

Noch immer gilt die Regel: jeder für sich allein:
Wir lernen es schon in der Schule,
Den Rest holt der Teufel!

A. H. Clough, *Gedicht* (1849)

Wir überspringen zwanzig Monate. Es ist ein eiskalter Tag. Anfang Februar 1869. Mittlerweile ist Gladstone im Haus Downingstreet Nr. 10 eingezogen; die letzte öffentliche Hinrichtung in England hat stattgefunden; das Werk *Subjection of Women* von Mill und Girton College treten an die Öffentlichkeit. Die Themse trägt ihre berüchtigte schmutziggraue Farbe. Aber der Himmel oben ist herrlich blau. Wenn man hinaufsieht, könnte man sich in Florenz wähnen.

Unten auf der neuen Kaianlage von Chelsea finden sich Spuren von Schnee. Und doch meint man im Sonnenschein das erste Frühlingsahnen zu spüren. *»I am ver . . .«* Die junge Dame, die ich Ihnen gerne, einen Kinderwagen vor sich herschiebend vorstellen möchte (aber er wurde erst ein Jahrzehnt später erfunden), hat sicher nie etwas von Catull gehört, und auch wenn es der Fall wäre, würde sie sich über alles, was mit unglücklicher Liebe zusammenhängt, kaum Gedanken machen. Aber sie fühlte, was man im Frühling zu fühlen pflegt. Immerhin hatte sie soeben das Ergebnis eines vorangegangenen Frühlings zu Hause gelassen (ihr Heim lag zwei Kilometer westlich), und zwar in Windeln und Tücher und Wolldecken so eingehüllt, als sei es eine Blumenzwiebel. Man sieht ihr auch an, obwohl sie es durch ihre Kleidung zu vertuschen trachtet, daß sie wie jeder Gärtner ihre Zwiebeln vorzugsweise en masse pflanzt. Man erkennt werdende Mütter an ihrem müßigen, trägen Gang und an ihrer Arroganz, die zwar die am wenigsten beleidigende, aber doch Arroganz ist.

Diese müßige und ein wenig stolze junge Frau lehnt sich für einen Augenblick über das Geländer und sieht in das graue Wasser der Themse. Sie hat rosige Wangen und herrliche kornblumenblaue Augen, die dem Himmel über ihr zwar an Bläue, aber nicht an Glanz nachstehen; ein so sauberes Geschöpf kann London nicht hervorgebracht haben. Aber wenn sie sich umdreht und die Häuserreihe betrachtet, die sich jenseits der Straße den Fluß entlangzieht – alte und neue Ziegelbauten –, dann ist leicht zu merken, daß sie nichts gegen London hat. Ihr Blick, der die ansehnlichen Häuser in sich aufnimmt, zeigt nichts von Neid, nur eine naive Fröhlichkeit, daß es solche hübschen Dinge gibt. Aus der Innenstadt nähert sich ein Wagen. Die blaugrauen Augen beobachten ihn auf eine Weise, an der man erkennt, daß die Beobachterin sogar solche alltäglichen Ereignisse des Londoner Straßenverkehrs faszinierend und seltsam findet. Der Wagen hält vor einem großen Haus, gerade gegenüber. Eine Frau wird sichtbar, sie tritt auf den Gehsteig, nimmt aus ihrer Börse ein Geldstück.

Der Mund der jungen Frau auf der Kaianlage bleibt offenstehen. Die rosigen Wangen werden zuerst blaß, dann rot. Der Droschkenkutscher tippt mit zwei Fingern an die Krempe seines Hutes, sein Fahrgast eilt auf das Haustor zu. Die junge Frau geht bis an den Randstein vor und sucht etwas Deckung hinter einem Baum. Die Frau drüben öffnet die Haustür und verschwindet.

»Sie war's, Sam. Ich sah sie so deutlich wie –«

»Ich kann's kaum glauben.«

Aber er glaubte es, ja ein sechster oder siebenter Sinn in ihm hatte es fast erwartet. Nach seiner Rückkehr hatte er in London die alte Köchin, Mrs. Rogers, aufgesucht und von ihr eine detaillierte Schilderung der letzten trüben Wochen erhalten, die Charles in Kensington verbrachte. Das war jetzt lange her. Äußerlich hatte er sich ihrem Mißfallen an ihrem gemeinsamen früheren Herrn angeschlossen. Aber innerlich war er unruhig; es ist doch ein Unterschied, ob man ein Heiratsstifter oder Heitatszerstörer ist. Sam und Mary sahen einander an. Die dumpfe Verwunderung in ihren Augen war der Anlaß zu einem dumpfen Zweifel in den seinen. Sie befanden sich in einem zwar winzigen, aber nicht allzu dürftig eingerichteten Zimmer nach der Straßenseite hin. Im Kamin brannte ein helles Feuer. Und während sie einander noch Fragen stellten, öffnete sich die Tür, und ein kleines Dienstmädchen, ein wenig anziehendes vierzehnjähriges Mädel, brachte das jetzt teilweise ausgewickelte Kind herein – wie ich meine, die letzte gute Ernte, die Carslakes Scheune verlassen hat. Sam nahm das Bündel sofort in die Arme, wiegte es und brachte es zum Kreischen. So machte er es beinahe jedesmal, wenn er von seiner Arbeit nach Hause kam. Mary nahm dem törichten Vater hastig die kostbare Last ab und lächelte ihn an; das verwahrloste Kind an der Tür grinste mitfühlend beide an. Jetzt ist genau erkennbar, daß Mary hochschwanger mit einem zweiten Kind ist.

»Meine Liebe, ich gehe nur raus, um ein wenig frische Luft zu schnappen. Richtest du das Essen, 'Arriet?«

»Ja, Sir. In einer halben Stunde ist es fertig.«

»Bist ein gutes altes Mädchen.« Und als ob ihn nichts beschwere, küßte er Mary auf die Wange und kitzelte das Kind an der Brust.

Als er fünf Minuten später in der Ecke eines nahe gelegenen Wirtshauses vor seinem Gin mit heißem Wasser saß, sah er weniger glücklich aus. Äußerlich hatte er gewiß jede Ursache, froh zu sein. Er besaß zwar noch keinen eigenen Laden, aber er hatte etwas beinahe ebenso Gutes gefunden. Das erste Kind war zwar ein Mädchen, aber diese kleine Scharte würde bald ausgewetzt sein.

In Lyme hatte Sam seine Karten ganz richtig ausgespielt. Bei Tante Tranter war er von Anfang an ein geringes Risiko eingegangen. Er hatte, von Mary unterstützt, an ihre Barmherzigkeit appelliert. Hatte er nicht durch seinen tapferen Einsatz alle Chancen verloren? Stand es nicht felsenfest, daß Mr. Charles ihm ein Darlehen von vierhundert Pfund angeboten hatte (immer einen höheren Betrag fordern, als man sich gerade noch getraut hat), um ihn ins Geschäft zu bringen. In welches Geschäft?

»Dasselbe wie Mr. Freeman, Ma'm, nur viel bescheidener.«

Auch die Karte Sarah hatte er sehr gut ausgespielt. Einige Tage lang hütete er das Geheimnis über das Vergehen seines Herrn wohl, seine Lippen waren verschlossen. Aber Mrs. Tranter war ja so gütig – Colonel Locke, Eigentümer des Jerichohauses, suchte einen Diener, und Sams arbeitslose Zeit war nur von kurzer Dauer. Auch Junggeselle blieb er nicht mehr lange, und die abschließende Heiratszeremonie ging auf Kosten der Dienstherrin der Braut. Also mußte er sich selbstverständlich irgendwie evanchieren.

Wie alle alleinstehenden alten Damen war Tante Tranter stets ıuf der Suche nach jemandem, dessen sie sich annehmen, dem sie ıelfen konnte; darum durfte sie nicht vergessen, daß Sam letzten Endes doch das Kurzwarengeschäft anstrebte. So ergab es sich, laß Mrs. Tranter an dem einzigen Tag, den sie in London bei ihrer Schwester zubrachte, die Sache ihrem Schwager zu unterbreiten wagte. Zunächst wollte er den Kopf schütteln. Er wurde aber :art daran erinnert, wie ehrenhaft sich der junge Diener benommen hatte, und wußte besser als Mrs. Tranter, von welchem Nuten Sams Information gewesen war und noch sein konnte.

»Also gut, Ann, ich will sehen, was sich machen läßt. Vielleicht st ein Posten frei.«

So wurde Sam Laufbursche, einer der untersten, in dem mächtigen Warenhaus. Das genügte ihm. Die Mängel in seiner Schulbildung glich er durch seinen scharfen Verstand aus. Seine Schulung ıls Diener half ihm beim Umgang mit Kunden. Er ging stets ausgezeichnet gekleidet. Und eines Tages tat er etwas noch Besseres.

Es war ein herrlicher Aprilmorgen, etwa sechs Monate, nachdem er als Verheirateter nach London zurückgekehrt war und gerade neun Monate vor jenem Abend, an dem er so verkatert an der Stätte seiner Erholung saß. Mr. Freeman hatte geruht, von seinem Haus am Hyde Park aus sein Geschäftshaus zu besuchen. Er chritt an den vielen Fenstern vorbei und betrat das Gebäude, vorauf sofort ein großes Springen, Scharren und Sichverbeugen ınter dem Personal des Erdgeschosses anhob. Da es noch früh am Tag war, gab es wenige Kunden. In seiner gewohnten gönnerhaften Weise hob er den Hut, drehte sich aber zu jedermanns Erstaunen sofort wieder um und ging hinaus. Der Abteilungsleiter folgte hm nervös. Er sah, wie der Boß vor einem Fenster stand und es ınsah. Dem Abteilungsleiter sank das Herz, aber er schob sich liskret an Mr. Freemans Seite. »Ein Experiment, Mr. Freeman. ch werde es sofort entfernen lassen.«

Drei weitere Herren traten neben sie, Mr. Freeman warf ihnen inen schnellen Blick zu, nahm den Abteilungsleiter am Arm und ührte ihn einige Schritte weiter. »Passen Sie jetzt auf, Mr. Simpon.«

Fünf Minuten lang beobachteten sie. Immer wieder gingen Leute an den übrigen Fenstern vorbei, nur an diesem blieben sie tehen. Einige nahmen es, wie Mr. Freeman selbst, zunächst nur m Unterbewußtsein auf, kamen aber zurück, um es zu betrachten.

Ich fürchte, meine Beschreibung wird Sie jetzt enttäuschen. Aber Sie hätten die anderen Fenster sehen müssen, die in monotoner Unordnung mit Zetteln beklebt waren, um die Aufmerksamkeit auf sich zu lenken; Sie müssen außerdem bedenken, daß sich zwar heute die edelste Blüte der Menschheit dem großen Gott Publicity weiht, daß aber die Viktorianer dem Glauben huldigten, guter Wein bedürfe keiner Reklame. Im Hintergrund des Schaufensters hing ein dunkelrotes Tuch in einfachen Falten drapiert. Davor war auf dünnen Drähten ein stattliches Aufgebot an Herrenkragen jeder Fasson, jedes Umfangs und jeder Mode aufgehängt. Der Clou bestand darin, daß sie Worte bildeten. Sie riefen, sie brüllten geradezu: »FREEMANS AUSWAHL!«

»Das, Mr. Simpson, ist das beste Schaufensterarrangement, das wir bisher hatten.«

»Sehr richtig, Mr. Freeman. Sehr kühn. Sehr ins Auge fallend.«

»›Freemans Auswahl‹ – genau das bieten wir an. Warum hätten wir sonst ein solches Lager? ›Freemans Auswahl‹ – ausgezeichnet! Ich wünsche, daß dieser Slogan ab sofort in allen Prospekten und Werbebriefen verwendet wird.«

Er marschierte wieder zum Geschäftseingang. Der Abteilungsleiter lächelte.

»Wir verdanken dies zum Großteil Ihnen, Mr. Freeman. Jener junge Mann – er heißt Mr. Farrow, glaube ich – Sie erinnern sich, persönliches Interesse an seinem Eintritt genommen zu haben?«

Mr. Freeman blieb stehen. »Farrow – heißt er nicht mit Vornamen Sam?«

»Ich glaube ja, Sir.«

»Lassen Sie ihn kommen.«

»Er ist um fünf Uhr früh ins Geschäft gekommen, Sir, eigens um diese Arbeit zu machen.«

Also erschien Sam schüchtern Angesicht zu Angesicht vor dem Gewaltigen.

»Ausgezeichnete Arbeit, Farrow.«

Sam verbeugte sich tief. »Sie bereitete mir haußerordentliche Freude, Sir.«

»Wieviel bezahlen wir Mr. Farrow, Mr. Simpson?«

»Fünfundzwanzig Shilling, Sir.«

»Siebenundzwanzigeinhalb.«

Und bevor Sam noch seiner Dankbarkeit Ausdruck verleihen konnte, ging Mr. Freeman weiter. Es sollte noch besser kommen: als er am Wochenende zum Lohnempfang antrat, wurde ihm ei

Umschlag ausgehändigt, der drei Souvereigns und eine Karte enthielt. Darauf stand: »Für Eifer und Einfallsreichtum.«

Nach neun Monaten war jetzt sein Gehalt zur schwindelnden Höhe von zweiunddreißigeinhalb angestiegen; und er mutmaßte zuversichtlich, daß ihm jede Lohnerhöhung bewilligt werden würde, da er mittlerweile zu einem unentbehrlichen Mitglied der Abteilung für Auslagendekoration geworden war.

Mit einer weiteren außerordentlichen Portion Gin versehen, kehrte Sam zu seinem Sitzplatz zurück. Das Unglück bei ihm war nur, daß er ein Gewissen besaß; diesen Defekt sind seine Nachfahren in der Reklamebranche inzwischen losgeworden. Vielleicht war es bei ihm auch nur das Gefühl, daß er sein Glück eigentlich nicht verdiente. Der Faustmythos ist archetypisch für das Leben des Zivilisationsmenschen; Sams Zivilisation reichte zwar nicht aus, ihn wissen zu lassen, wer Faust war; aber soviel hatte er schon gelernt, daß ein Pakt mit dem Teufel den Fluch nach sich zieht. Eine Zeitlang mag es einem ja ganz gutgehen; aber eines Tages beansprucht der Teufel sein Eigentum. Das Glück ist ein strenger Lehrmeister; es regt die Einbildung dazu an, sich seinen Verlust vorzustellen und damit eng verbunden sehr oft seine Wohltaten.

Es beunruhigte ihn auch, daß er niemals Mary von seiner Tat erzählt hatte. Sonst gab es zwischen ihnen keine Geheimnisse, und er verließ sich auf ihr Urteil. Hin und wieder befiel ihn sein alter Traum, sein eigener Herr zu sein; hatte er nicht bewiesen, daß er von Natur aus dazu geschickt war? Aber Mary mit ihrem gesunden bäuerlichen Instinkt dafür, wo der beste Grund zum Akkern sei, schickte ihn sanft – ein-, zweimal auch weniger sanft – an seinen Mühlstein in der Oxford Street zurück.

Auch wenn es ihrer Aussprache und Grammatik noch kaum anzumerken war, diese beiden machten Fortschritte in der großen Welt; und sie wußten es. Mary kam es vor wie im Traum. Mit einem Mann verheiratet zu sein, der mehr als dreißig Shilling pro Woche verdiente! Ihr eigener Vater, der Fuhrmann, hatte es nicht höher als bis auf zehn gebracht! In einem Haus zu wohnen, das jährlich neunzehn Pfund Miete kostete!

Das Wunderbarste war, sie hatte erst kürzlich Gelegenheit gehabt, sich mit elf geringeren Sterblichen über einen Posten zu unterhalten, den sie vor zwei Jahren noch selbst bekleidet hatte. Warum elf? Ich fürchte, Mary war der Meinung, es gehöre vornehmlich zur Rolle einer Dienstherrin, schwer zufriedenzustellen zu sein – eine Täuschung, worin sie eher die Nichte als die Tante nachahmte. Allerdings hielt sie sich dabei auch an eine Prozedur, die bei jungen Ehefrauen mit gutaussehenden jungen Männern nicht unüblich ist. Auf Intelligenz und Tüchtigkeit legte sie bei der Auswahl eines Dienstboten den geringsten Wert. Wichtig war ihr, daß das Mädchen unscheinbar aussah. Sam erzählte sie, sie habe Harriet die sechs Pfund jährlich angeboten, weil sie ihr leid tue; das war nicht einmal eine völlige Lüge.

Als Sam zu seinem Hammelstew heimkehrte, nachdem er sich an jenem Abend die doppelte Portion Gin einverleibt hatte, legte er seinen Arm um die runde Hüfte und küßte deren Eigentümerin; dann sah er die Brosche an, die sie auf der Brust trug; sie trug sie nur zu Hause, wenn sie ausging, nahm sie sie ab, aus Furcht, ein Räuber könnte sie ihretwegen erwürgen.

»Na, wie ist's mit dem alten Perlen- und Korallending?« Sie lächelte und hob die Brosche ein wenig hoch.

»Ich bin so froh, daß ich dich kennengelernt habe, Sam.« So verblieben sie, ganz versunken in den Anblick ihres Talismans, der in ihrem Fall verdient war, in seinem etwas, wofür er jetzt endlich bezahlen mußte.

58

Soviel ich auch suchte: seit jenem Tag
Warf ihre Seele keinen Strahl auf mich,
Ja, sie ist für immer verschwunden.
Hardy, *In einer Küstenstadt* (1869)

Und was wurde aus Charles? Ich bedaure jeden Detektiv, der ihm während jener zwanzig Monate folgen mußte. Ihn sah beinahe jede Stadt in Europa, aber keine für lange. Die Pyramiden sahen ihn und das Heilige Land. Tausend Bilder sah er, tausend Stränge, blind durchzog er Griechenland und Sizilien; das alles bedeutete für ihn nicht mehr als eine dünne Mauer, die noch zwischen ihm und dem Nichts, der äußersten Leere, der völligen Sinnlosigkeit stand. Überall, wo er sich länger als einige Tage aufhielt, befiel ihn eine unerträgliche Lethargie und Schwermut. Er wurde vom Reisen so abhängig wie ein Süchtiger vom Opium. Meist reiste er allein, höchstens mit einem Dragoman oder einheimischen Reisebegleiter. Nur ganz selten schloß er sich anderen Reisenden an und ertrug ihre Gesellschaft für einige Tage; fast immer waren es Herren aus Deutschland oder Frankreich. Die Engländer mied er wie die Pest; Scharen gutgesinnter Landsleute vertrieb er mit der gleichen eisigen Reserviertheit, wenn sie sich ihm zu nähern versuchten.

Paläontologie interessierte ihn nicht mehr; zu sehr hafteten an ihr die Erinnerungen an jenen verhängnisvollen Frühling. Als er seinen Haushalt im Kensington-Palais auflöste, überließ er die Raritäten seiner Sammlung dem Geologischen Museum; den Rest verschenkte er an Studenten. Die Einrichtung wurde im Depot untergebracht; Montague erhielt den Auftrag, den Pachtvertrag für das Belgravia-Palais vom Verfallstermin an zu verlängern; Charles hatte die Absicht, es nie zu beziehen.

Er las viel und führte ein Reisetagbuch; aber der Inhalt bezog sich nur auf Äußerlichkeiten, auf Orte und Ereignisse, nicht auf seinen Gemütszustand; es diente ihm nur dazu, sich an den langen Abenden in orientalischen Khans oder italienischen Alberghi die Zeit zu vertreiben. Seine tieferen Gefühle versuchte er nur in Gedichtform auszudrücken; er hatte entdeckt, daß Tennyson seiner Bedeutung nach mit Darwin zu vergleichen sei. Was ihm groß schien, entsprach sicher nicht der Größe, die seine Zeit in dem *Poetus Laureatus* fand. Sein Lieblingsgedicht wurde *Maud* – damals allgemein geringgeschätzt und als des Meisters unwürdig erachtet. Er las es sicher ein dutzendmal, Teile wohl hundertmal. Es war das einzige Buch, das er beständig mit sich trug. Seine eigenen Verse waren im Vergleich dazu schwach; er wäre lieber gestorben, als daß er sie jemandem gezeigt hätte. Hier nur ein kurzes Beispiel dafür, wie er sich während seiner Verbannung selbst sah:

> Grausame Meere, die ich durchfahre, wilde Berge,
> Hundert Städte mit fremder Sprache,
> All eure frohen Szenerien, an denen ich vorbeiwandere,
> Sind für mich nichts anderes als ein verwünschter Morast.
> Wo ich auch hinkomme, ich stelle an das Leben immer die gleiche Frage:
>
> Was trieb mich her? Und was treibt mich weiter?
> Ist es nicht im besten Fall die Flucht vor der Schande,
> Im schlimmsten die bloße Konsequenz aus einem unerbittlichen Gesetz?

Um Ihnen nun den Geschmack dieses Gedichts aus dem Mund zu vertreiben, möchte ich ein viel bedeutenderes zitieren, eins, das er auswendig lernte; und ein Punkt, worin er und ich wohl einer Meinung waren: vielleicht das erhabenste kürzere Gedicht der ganzen viktorianischen Ära:

Ja, einsame Inseln im Meere des Lebens,
Getrennt durch widerhallende Ströme,
Punkte über der uferlosen Wasseröde
Leben wir Sterblichen, jeder allein.
Die Inseln spüren, die umschließende Flut,
Und kennen ihre endlosen Grenzen.

Doch wenn der Mond ihre Hügel beleuchtet,
Und linde Frühlingslüfte sie durchziehn
Und in den Tälern in sternklarer Nacht
Die Nachtigallen so himmlisch singen
Und süße Melodien von einem Ufer zum andern
Über die Ströme und Kanäle wehn,

Oh, dann wird eine Sehnsucht, ein Verlangen
Bis in die fernsten Höhlen gesandt,
Denn sicher fühlen sie, daß wir einmal
Teile eines einzigen Kontinents waren.
Nun dehnt sich rings eine Wasserwüste –
Oh, würden sich unsere Küsten wieder vereinen!

Wer befahl, daß das Feuer ihrer Sehnsucht
Kaum entflammt, wieder gelöscht werden sollte?
Wer vernichtete ihren tiefsten Wunsch? –
Ein Gott, ein Gott hat ihre Trennung befohlen;
Und angeordnet, es sei zwischen ihren Küsten
Das unergründliche, salzige, befremdende Meer.*

In dieser dunklen Zeit, da Charles sich selbst ein Rätsel wurde, kamen ihm freilich nie Gedanken an Selbstmord. Als er dort in der Kirche seine große Vision hatte, in der er sich frei von seinem Zeitalter, seinen Vorfahren, seinem Stand und seinem Vaterland sah, war ihm nicht klargeworden, wie sehr diese Freiheit in der

* Matthew Arnold, *An Marguerite* (1853)

Gestalt Sarahs verkörpert war; er hatte sich eine Verbannung vorgestellt, gemeinsam mit ihr. Jetzt glaubte er kaum noch an jene Freiheit; er hatte das Gefühl, er habe nur eine Falle mit einer anderen, einen Kerker mit einem anderen vertauscht. Und doch gab es in dieser Verbannung etwas, woran er sich klammern konnte: er war der Ausgestoßene, der nicht wie die übrigen Menschen war, aber dies war das Ergebnis eines Entschlusses, den nur wenige gefaßt haben würden, ganz gleich, ob er letzten Endes höchst töricht oder weise war. Von Zeit zu Zeit erinnerte ihn der Anblick eines jungvermählten Paars an Ernestina. Dann durchforschte er sein Inneres. Beneidete oder bemitleidete er die beiden? Er fand, daß er wenigstens nicht viel zu bereuen hatte. Wie bitter auch sein Los war, es war anständiger als jenes, das er verschmäht hatte.

Etwa fünfzehn Monate reiste er so in den europäischen und den Mittelmeerländern umher, ohne ein einziges Mal nach England zurückzukehren. In vertraulicher Korrespondenz stand er mit niemandem; die meisten seiner spärlichen Briefe waren an Montague gerichtet und hatten geschäftliche Dinge, Aufträge, wohin die nächste Geldsendung zu richten sei, und Ähnliches zum Inhalt. Er ermächtigte Montague auch, von Zeit zu Zeit in den Londoner Zeitungen Inserate mit dem Wortlaut aufzugeben: »Sollte Sarah Emily Woodruff oder jemand, der ihren Wohnsitz kennt . . .« aber darauf kam nie eine Antwort.

Sir Robert hatte zunächst die Nachricht von der aufgelösten Verlobung, die ihn brieflich erreichte, schlecht aufgenommen; unter dem Einfluß seines eigenen, honigsüßen Glücks, dessen er gewärtig sein konnte, hatte er dann die Achseln darüber gezuckt. Charles war jung, verdammt noch einmal, er würde ein ebenso gutes, ja ein viel besseres Mädel irgendwo finden; wenigstens hatte er ihm die Verlegenheit erspart, mit den Freemans verwandt zu werden. Vor seiner Abreise aus England hatte der Neffe einmal Mrs. Bella Tomkins seine Aufwartung gemacht; er mochte die Lady nicht, und sein Onkel tat ihm leid. Das erneute Angebot hinsichtlich des kleinen Hauses lehnte er ab, von Sarah sprach er nicht. Er gab zwar das Versprechen, sich zur Hochzeit einzufinden, brach es aber leichthin mit der Ausrede, er habe einen Malariaanfall. Zwillinge stellten sich zwar nicht ein, wie er gewähnt hatte, aber im dreizehnten Monat seiner Verbannung erschien pflichtschuldigst ein Sohn und Erbe. Er hatte sich zu dieser Zeit schon so an sein Verhängnis gewöhnt, daß er nach Absendung des

Glückwunschschreibens kaum an etwas anderes dachte als daran, nie wieder seinen Fuß nach Winsyatt zu setzen.

Wenn er auch nicht im technischen Sinn im Zölibat lebte – in den besseren Hotels Europas wußte man, daß Gentlemen aus England ins Ausland zu reisen pflegten, um dort über die Stränge zu schlagen, und die Gelegenheiten boten sich entsprechend an – so tat er es doch emotionell. Er brauchte – oder mißbrauchte den Akt mit einer Art verborgenem Zynismus, ebenso wie er griechische Tempel betrachtete oder seine Mahlzeiten zu sich nahm. Es war reine Gesundheitspflege. Liebe gab es in der Welt nicht mehr. In einer Kathedrale oder Kunstgalerie träumte er manchmal, Sarah stehe neben ihm. Wenn das der Fall war, straffte er sich und holte tief Atem. Nicht nur, daß er sich den Luxus einer vergeblichen Sehnsucht verbat; in zunehmendem Maß verschwamm ihm die Grenze zwischen der wirklichen Sarah und jener, die er sich in vielen seiner Träume zurechtgedacht hatte, die eine: Eva in Person, Mysterium, Liebe und Abgrund – die andere eine teils raffinierte, teils verrückte Gouvernante aus einer obskuren Küstenstadt. Ja, er stellte sich vor, wie er ihr wieder begegnete – und in ihr nichts als seine eigene Torheit und Verblendung sah. Er nahm den Inseratauftrag nicht zurück, aber es wurde ihm langsam gleichgültig, ob die Anzeigen beantwortet wurden oder nicht.

Sein ärgster Feind war die Langeweile; und Langeweile war es, die ihn schließlich nach Hause trieb: warum sollte er eines Abends ausgerechnet in Paris sein, wo er weder Lust hatte, in Paris zu sein noch in Italien, Spanien oder sonst einem Land Europas. Mit »nach Hause« werden Sie denken, meine ich England: aber das ist nicht der Fall. England konnte für Charles nicht mehr Heimat werden, obwohl er dorthin für eine Woche fuhr, als er Paris verlassen hatte. Es traf sich, daß er von Leghorn nach Paris in der Gesellschaft zweier Amerikaner reiste, eines älteren Herrn und seines Neffen, die aus Philadelphia stammten. Vielleicht war es das Vergnügen daran, sich mit jemandem in einer nicht allzu fremden Sprache zu unterhalten – jedenfalls fand Charles Gefallen an ihnen. Er führte sie selbst durch Avignon und nahm sie mit nach Vézelay, das sie bestaunten. Ihre unreflektierte Freude an dieser Sightseeing-Tour war sicher absurd. Aber sie schwätzten wenigstens nicht. Sie waren keineswegs jene stupiden Yankees, die, wie die Briten der viktorianischen Zeit gerne behaupteten, die USA bevölkerten. Unterlegen waren sie nur darin, daß sie Europa mit unschuldigen Augen betrachteten.

Der Ältere war eigentlich ein sehr belesener Mann und ein gewiegter Lebenskenner. Eines Abends gerieten er und Charles in eine ausführliche Diskussion über die jeweiligen Vorzüge des Mutterlands und der rebellischen Kolonie; der Neffe hörte zu. Die zwar höflich vorgebrachte Kritik des Amerikaners an England fand bei Charles ein sehr zustimmendes Echo. Mit amerikanischem Akzent wurden Ansichten vorgebracht, die, wie er entdeckte, den seinen sehr ähnlich waren; ja, er ahnte dunkel, vermöge eines Darwinschen Analogieschlusses, daß die USA eines Tages die ältere Spezies verdrängen könnten. Natürlich will ich damit nicht sagen, daß er an eine Auswanderung dorthin dachte, obwohl dies jährlich Tausende der Ärmeren taten. Das Kanaan, das sie, ermutigt durch eine der schändlichsten Lügen in der Geschichte der Reklametechnik, dort suchten, war kein Kanaan, das er sich erträumte: ein Land, das von Leuten vom Schlag dieses Mannes aus Philadelphia bewohnt war: nüchternen, einfachen Gentlemen inmitten einer unkomplizierten Gesellschaft. Der Onkel hatte es in aller Kürze so ausgedrückt: »Im allgemeinen sagen wir drüben, was wir denken. Verzeihen Sie, Smithson, aber mein Eindruck in London war der: Wehe dir, wenn du nicht sagst, was du nicht denkst!«

Damit nicht genug, trug Charles seinen Gedanken, sich Amerika einmal anzusehen, Montague gelegentlich eines Dinners in London vor. Montague war nicht eben begeistert. »Ich kann mir nicht vorstellen, daß dort pro Hektar viele sind, mit denen man sich unterhalten kann, Charles. Man kann sich nicht als Sammelplatz für das europäische Gesindel anbieten und gleichzeitig eine zivilisierte Gesellschaft bilden. Obwohl ich sagen möchte, daß einige der älteren Städte in ihrer Art ein ganz angenehmer Aufenthaltsort sind.« Er schlürfte seinen Portwein. »Übrigens, dort könnte auch sie sein. Ich nehme an, daß dich das bewogen hat. Soviel man hört, sind diese billigen Postdampfer voll mit jungen Frauen, die drüben einen Mann suchen.« Hastig fügte er hinzu: »Nicht, daß das ihr Motiv sein muß.«

»Daran habe ich gar nicht gedacht. Um dir die Wahrheit zu sagen, ich habe in diesen letzten Monaten überhaupt nicht viel an sie gedacht. Ich habe die Hoffnung aufgegeben.«

»Dann fahr nach Amerika und vergiß deine Sorgen am Busen einer reizenden Pocohonta. Wie man hört, kann ein englischer Gentleman aus guter Familie sich dort eine ganze Auswahl der schönsten jungen Damen zulegen – wenn ihm daran liegt.«

Charles lächelte: ob über den Gedanken an diese wundervoller Geschöpfe oder darüber, daß er Montague noch nicht mitgeteil hatte, daß seine Überfahrt schon gebucht war, muß ich Ihre Phantasie überlassen.

59

Ich bin meiner müde, müd zu fragen,
Was ich bin und was ich sein sollt.
Und das Schiff, an dessen Bug ich stehe,
Führt mich weiter und weiter über die sternhelle See.
Matthew Arnold, *Allein* (1854)

Die Überfahrt von Liverpool war nicht angenehm. Häufig mußte er sich des Beckens bedienen, und wenn er nicht gerade seekrank war, verbrachte er die Zeit damit, sich zu wundern, warum er sich jemals nach der unterentwickelten anderen Erdhälfte eingeschifft hatte. Vielleicht war es auch gleichgültig. Er hatte sich schon angewöhnt, sich Boston als eine Anhäufung elender Blockhütten vorzustellen, so daß die Wirklichkeit erfreulich und beruhigend für ihn war: eines sonnigen Morgens lag die Stadt vor ihnen, altehrwürdige Gebäude, hölzerne, weißgestrichene Turmspitzen und in ihrer Mitte jener goldstrotzende Dom. Und Boston strafte jenen ersten Eindruck nicht Lügen. Ebenso wie mit den beiden Herren aus Philadelphia erging es ihm mit der sowohl anmutigen wie aufrichtigen Umgangsart der Bostoner Gesellschaft: er war ihr verfallen. Nicht daß er gefeiert wurde; aber die zwei oder drei Empfehlungsschreiben hatten ihm innerhalb einer Woche Einladungen in mehrere Häuser eingetragen. Man forderte ihn auf, den Athenäum-Klub aufzusuchen, er hatte niemand Geringerem als einem Senator die Hand geschüttelt und hatte die runzlige Pranke eines noch größeren, wenn auch nicht eines so geschwätzigen Prahlhanses geschüttelt: die des alten Nathaniel Lodge, der von seinem Kinderzimmer in der Beacon Street aus die Kanonade auf Bunker Hill mitangehört hatte. Da war ein noch Größerer; aber ihn traf Charles nicht. Hätte man zufällig zu dem Kreis um Lowell in Cambridge Zutritt gefunden, man hätte mit diesem gar nicht so sehr interessiert geplaudert, der da selbst an der Schwelle einer Entscheidung stand, zu der ihn gerade entgegengesetzte Motive und Pläne trieben; wie ein Schiff, das an seiner Vertäuung zerrte getrieben von der Gegenströmung, und das Waffen an Bord nahm für die anstrengende und riskante Reise nach dem reichen, aber versandeten Hafen von Rye (aber ich darf den Meister nicht nachäffen).

Er erwies zwar pflichtgemäß der Wiege der Freiheit, die sich in der Faneuil Hall befand, seinen Respekt, registrierte jedoch trotzdem eine gewisse Feindseligkeit; man hatte nicht vergessen, welch abwegige Haltung Britannien in dem erst kürzlich zu Ende gegangenen Bürgerkrieg gespielt hatte. Die Vorstellungen von John Bull waren ebenso kraß vereinfacht wie jene von Uncle Sam. Aber Charles paßte ja ganz einfach nicht in dieses Schema; er verkündete, er sehe sehr wohl die Berechtigung des Unabhängigkeitskriegs ein, er bewunderte Boston als Zentrum amerikanischer Gelehrsamkeit, der Bewegung zur Abschaffung der Sklaverei und unzähliger anderer Errungenschaften. Mit lächelnder Kaltblütigkeit ließ er sich mit Teeparties und den englischen Rotröcken aufziehen und bemühte sich, nicht den Herablassenden zu spielen.

Zwei Dinge, meine ich, gefielen ihm am besten: die köstliche Andersartigkeit der Natur: andere Pflanzen, Bäume, Vögel – und die Entdeckung einiger ihm noch unbekannter Fossilien, als er den Fluß, der seinen Namen trug, überquert hatte und Harvard besuchte. Das zweite Vergnügen bereiteten ihm die Amerikaner selbst. Vielleicht stellte er zunächst einen Mangel jener feinen Ironie fest und mußte mehrere peinliche Situationen überbrücken, wenn man seine zur Unzeit vorgebrachten, humoristisch gemeinten Anspielungen für bare Münze nahm. Aber das wurde reichlich aufgewogen durch die Offenheit, ja Unbekümmertheit im Umgang, eine liebenswürdige Neugier, die eine Begleiterscheinung der freien Gastfreundschaft war: vielleicht war es Naivität, aber sie zeigte einen erfreulich frischen Teint gegenüber der traditionsbeladenen Kultur Europas. Sehr bald nahm dieses amerikanische Gesicht ausgesprochen weibliche Züge an. Man ließ den jungen Frauen Amerikas damals viel mehr Freiheit als ihren europäischen Zeitgenossinnen, denn die Emanzipation jenseits des Atlantiks hatte damals schon zwanzig Jahre hinter sich. Und die Direktheit gefiel Charles sehr. Auch er übte auf die Damenwelt eine Anziehung aus, denn in Boston jedenfalls gestand man damals noch London eine Überlegenheit im Geschmack zu, sofern er weibliche Angelegenheiten betraf. Vielleicht hätte er gar bald sein Herz verloren. Aber ihn begleitete auf Schritt und Tritt die Erinnerung an das fürchterliche Dokument, das Mr. Freeman von ihm erpreßt hatte. Sie stand zwischen ihm und dem Gesicht jedes unschuldigen jungen Mädchens, das er zu sehen bekam; nur ein Gesicht war imstande, im Vergeben diese Erinnerung auszulöschen.

Übrigens fand er in manchen dieser amerikanischen Gesichter Spuren von Sarahs Gesicht: etwas von ihrer herausfordernden, direkten Art. Ja, ihr Bild wurde ihm hier gewissermaßen wieder lebendig: sie war ja eine bemerkenswerte Frau gewesen und sie hätte hierher gepaßt. Mehr und mehr kam ihm Montagues Vermutung in den Sinn: vielleicht war sie wirklich hier gelandet. In den vergangenen fünfzehn Monaten hatten die Unterschiede im Aussehen und in der Landestracht der Frauen nur selten die Erinnerung an sie in ihm geweckt. Hier aber lebte eine Weiblichkeit vornehmlich angelsächsischer und irischer Abstammung. In den ersten Tagen war es ihm dutzende Male passiert, daß ihn kastanienbraunes Haar, ein freier Gang, eine Figur stillstehen ließ.

Einmal war er durch die öffentlichen Anlagen zum Athenäum unterwegs, als er auf einem versteckten Seitenweg ein Mädchen gehen sah. Er war seiner Sache so sicher, daß er quer über den Rasen auf sie zuging. Aber es war nicht Sarah, und er stammelte eine Entschuldigung und ging geschlagen seines Weges, so intensiv war die Erregung in den wenigen Augenblicken gewesen. Am nächsten Tag gab er in einer Bostoner Zeitung ein Inserat auf und wiederholte das an jedem Ort, wohin er kam.

Als der erste Schnee fiel, wandte er sich südwärts. Manhattan gefiel ihm weniger als Boston. Aber in Philadelphia verbrachte er zwei sehr angenehme Wochen mit seinen in Frankreich erworbenen Freunden. Den berühmten Witz, der später aufkam (»Erster Preis: eine Woche Philadelphia, zweiter Preis: zwei Wochen Philadelphia«) hätte er ungerecht gefunden. Weiter südlich ging die Reise, er kam nach Baltimore und nach Washington. Dann waren Richmond und Raleigh seine Stationen, und stets entzückte ihn die Neuheit der Natur und des Klimas – was das Wetter anlangte, denn das politische Klima war damals, im Dezember 1868, alles andere als entzückend. Charles stieß auf verwüstete Städte und verbitterte Menschen, die Opfer der *Reconstruction;* ein unglücklicher Präsident regierte, Andrew Johnson, dem ein verhängnisvoller, Ulysses S. Grant, folgen sollte. In Virginia stellte er fest, er müsse sein Britentum wieder hervorholen; dank einer Ironie der Geschichte, die er aber nicht erfaßte, hatten die Vorfahren der Gentlemen, mit denen er dort und in den beiden Carolinas sprach, nahezu als die einzigen unter den wohlhabenden Kolonisten die Revolution von 1775 unterstützt. Ja, er hörte wildes Gerede über eine neue Sezession und die Wiedervereinigung mit dem Mutterland. Diplomatisch und ohne Schaden zu nehmen, kam er durch alle diese Schwierigkeiten; er verstand nicht ganz, was hier vor sich ging, aber er fühlte die fremdartige, ungeheure Größe und die fehlgeleitete Energie dieser zersplitterten Nation.

Vielleicht unterschieden sich seine Gefühle gar nicht so sehr von denen eines Engländers, der heute die Staaten bereist: vieles stieß ab, vieles war gut; viele Schikanen, aber auch viel Ehrenhaftigkeit; viel Brutalität und Gewalttat – viel Bemühungen und Bestrebungen um eine bessere Gesellschaft. Den Januar verbrachte er in den Trümmern der Stadt Charleston, und hier begann er, sich zum erstenmal zu fragen, ob er nur auf Reisen oder in der Emigration war. Er bemerkte, wie gewisse amerikanische Redewendungen und ihr Tonfall sich in sein Sprechen mischten; er nahm Partei, genauer gesagt, er war gespaltenen Sinns wie Amerika selbst, denn er hielt es auf der einen Seite für richtig, die Sklaverei abzuschaffen, und teilte auf der anderen den Zorn der Südstaatler, die nur zu gut wußten, was an der Besorgtheit jener politischen Hasardeure für die Negerbefreiung wirklich dran war. Er fühlte sich ganz heimisch unter grimmigen Kapitänen und süßen Mädchen, bis er sich Bostons entsann: dort waren die Wangen rosiger und die Seelen reiner – puritanischer, jedenfalls. Letzten Endes war er dort glücklicher gewesen; und um dies durch ein Paradox zu beweisen, reiste er weiter nach dem Süden. Langweilig war es ihm nicht mehr. Das Erlebnis Amerikas, vielleicht eben des Amerikas jener Tage, hatte ihm eine Art Vertrauen in die Freiheit gegeben – oder wiedergegeben. Die Entschlossenheit allenthalben, das Geschick der Nation zu meistern, wie traurig auch die unmittelbaren Begleitumstände waren, übte auf ihn keine niederdrückende, sondern eine befreiende Wirkung aus. Die oft ein wenig lächerliche, provinzielle Art seiner Gastgeber begann er als Voraussetzung dafür anzusehen, daß ihnen jede Heuchelei fremd war. Sogar die offen zutage tretende Unrast und Unzufriedenheit, die Neigung, sich selbst zu richten, wobei stets der Richter auch der Scharfrichter wird, kurz, die endemische Gewalttätigkeit, die von einer freiheitstrunkenen Verfassung herrührte, fand in Charles' Augen noch ihre Rechtfertigung. Im ganzen Süden wehte der Wind der Anarchie, aber sogar das schien ihm besser als das starre, eherne, gesellschaftliche Herkommen seines

Vaterlandes.

All dies behielt er für sich. Eines stillen Abends in Charleston stand er auf einem Hügel – fünftausend Kilometer jenseits des Ozeans lag Europa. Dort schrieb er ein Gedicht nieder, das besser, ein bißchen besser war als jenes, das Sie oben zu lesen bekamen.

Sind sie gekommen, um eine Wahrheit zu suchen,
Größer, als Albions eisgraue Locken es gestatten?
Liegt in ihrer Jugend eine Frage,
Die wir noch nie uns zu stellen wagten?

Da steh ich, fremd in ihrer Welt,
Doch ihre Gedanken und Ziele sind mir vertraut;
Ich glaube darin eine Zeit zu sehen,
Die ein Glücklicherer als ich vielleicht erreicht.

Und dort wird er viele Brüder finden,
Auf diesen Felsen wird ein Paradies erstehen,
Frei von Haß und ungemeinem Unrecht.
Was schadet's, daß die Mutter spottet.

Über die ersten schwachen Versuche ihres Kinds?
Was schadet's, daß ihm heut mißlingt,
Was endlich er zuletzt erreicht,
Wenn er die Grenzen sprengt, die die blinde Mutter ihm setzte?

Dann, eines Tags, wird stolz er wandeln
Durch die ungeheuren blauen Schatten dieses Erdteils
Und wird, sieht er nach Osten, die Flutwelle preisen,
Die ihn an diesen rettenden Strand brachte.

Hier, mitten unter zusammengeflickten, wolkigen Jamben, rhetorischen Fragezeichen und dem gar nicht so üblen Bild von den »ungeheuren blauen Schatten«, wollen wir Charles einen kurzen Abschnitt lang verlassen.

Es war Ende April, fast drei Monate, nachdem Mary ihre aufregenden Neuigkeiten losgeworden war. In der Zwischenzeit hatte Fortuna Sam sich noch mehr verpflichtet, denn sie hatte ihm eine zweite Ausgabe, diesmal männlichen Geschlechts, geschenkt, nach der er sich so sehnte. Es war ein Sonntagabend voll grüngoldener Knospen und Glockengeläut; das leise Klappern im Erdgeschoß zeigte an, daß seine erst vor kurzem genesene junge Frau und deren Hilfe das Abendessen bereiteten; das ältere Kind mühte sich, sich an seinen Knien aufzurichten, auf denen der drei Wochen alte Bruder mit dunklen, kleinen, zusammengekniffenen Augen lag, die Sam in Entzücken versetzten (»scharf wie Rasiermesser, der kleine Affe«). Da geschah es: etwas an jenen Augen schnitt in Sams nicht absolut puritanische Seele.

Zwei Tage später kehrte Charles, den es nun schon nach New Orleans verschlagen hatte, von einer Promenade auf dem Vieux Carré in sein Hotel zurück. Der Boy übergab ihm ein Telegramm mit dem Wortlaut:

SIE IST GEFUNDEN, LONDON. MONTAGUE.

Charles las die Worte und wandte sich ab. So viel Zeit, so vieles lag dazwischen ... Er starrte auf die belebte Straße hinaus, er sah nichts. Aus dem Nichts, ohne daß er bewegt gewesen wäre, stiegen Tränen in seine Augen. Er ging hinaus auf die Veranda des Hotels und zündete sich eine billige Zigarre an. Zwei Minuten später kam er zum Schalter zurück.

»Das nächste Schiff nach Europa – können Sie mir sagen, wann es abgeht?«

60

Lalage ist gekommen, ja!
Sie ist gekommen, oh!
Thomas Hardy, *Auf der Lauer*

An der Brücke entließ er den Kutscher. Es war am 31. Mai, der Tag war warm und strahlend, vor den Häuserfronten wölbten sich belaubte Baumkronen, der Himmel war blau, nur zum Teil mit weißen Wolken gesprenkelt. Eine warf einen Augenblick lang ihren Schatten auf Chelsea, aber auf den Warenhäusern jenseits der Themse lag die Sonne. Montague wußte von nichts. Die Information war per Post an ihn gelangt und bestand nur aus einem Bogen Papier mit Namen und Adresse. Charles stand am Schreibtisch seines Anwalts und rief sich die letzte Nachricht Sarahs ins Gedächtnis – diese hier war in steifen Buchstaben geschrieben.

Auf die telegraphische Anweisung von Charles war Montague

mit großer Umsicht vorgegangen. Man hatte sich ihr nicht direkt genähert, um sie nicht zu alarmieren und ihr wieder Gelegenheit zur Flucht zu geben. Ein Angestellter hatte Detektiv gespielt, er hatte in der Tasche die Personalbeschreibung, die auch die wirklichen Detektive besaßen. Seinem Bericht nach wohnte an der angegebenen Adresse tatsächlich eine junge Dame, auf die die Merkmale zutrafen; sie gab sich als eine Mrs. Roughwood aus. Die geistreiche Vertauschung der Silben vertrieb jeden Zweifel an der Richtigkeit der Information; gleichzeitig wurde ihm, nach dem ersten Schock klar, was der Titel »Mrs.« bedeutete. Alleinstehende Frauen bedienten sich in London häufig solcher Listen. Sarah war nicht verheiratet.

»Wie ich sehe, wurde der Brief in London aufgegeben. Hast du keine Ahnung . . .«

»Er war an meine Adresse gerichtet, kam also von jemandem, der unsere Annoncen gelesen hat. Er war an dich persönlich gerichtet, also wußte der Absender, in wessen Auftrag wir handelten, scheint aber an der ausgesetzten Belohnung nicht interessiert zu sein. Dies scheint wieder auf die junge Dame hinzudeuten.«

»Aber warum sollte sie so lange gewartet haben, ehe sie sich zu erkennen gibt. Außerdem ist das nicht ihre Handschrift.« Durch sein Schweigen bekannte Montague, daß er keinen Rat wußte.

»Weitere Informationen konnte dein Angestellter nicht erlangen?«

»Er befolgte meine Anweisungen, Charles. Ich verbot ihm, persönlich nachzuforschen. Nur zufällig hörte er auf der Straße mit an, als eine Nachbarin ihr guten Morgen wünschte. Daher kennen wir den Namen.«

»Und das Haus?«

»Ein anständiges Bürgerhaus. Genauso sagte er.«

»Vermutlich ist sie dort Gouvernante.«

»Das ist sehr wahrscheinlich.«

Inzwischen hatte sich Charles dem Fenster zugewandt, und das war gut so; denn der Blick, mit dem Montague seinen Rücken betrachtete, verriet, daß er nicht ganz aufrichtig war. Er hatte zwar seinem Angestellten verboten, Fragen zu stellen. Aber sich selbst hatte er nicht verboten, den Angestellten zu befragen.

»Du hast die Absicht, sie zu sehen?«

»Mein lieber Harry, ich bin doch nicht über den Atlantik gefahren . . .« Er lächelte entschuldigend wegen seines gereizten Tons. »Ich kenne deine Frage. Ich kann sie aber nicht beantworten. Du mußt verzeihen, aber sie ist zu persönlich. In Wahrheit weiß ich selbst nicht, was ich fühle. Ich glaube, das werde ich erst wissen, wenn ich sie gesehen habe. Was ich weiß, ist nur . . . daß sie mich noch immer verfolgt. Daß ich sie sprechen *muß,* ich muß . . . Verstehst du?«

»Du mußt die Sphinx befragen.«

»Solange du dich daran erinnerst, was jenen passierte, die das Rätsel nicht lösen konnten.«

»Wenn du Lust hast, nenn' es so.«

Charles schnitt eine klägliche Grimasse. »Wenn die Alternative Schweigen oder Tod heißt, dann bereite schon deine Leichenrede vor.«

»Ich habe das Gefühl, das wird nicht nötig sein.«

Damals hatten sie gelächelt.

Jetzt, als er sich dem Haus der Sphinx näherte, lächelte er nicht mehr. Die Gegend war ihm ganz unbekannt; soviel er wußte, war es ein etwas schlechterer Ersatz für Greenwich – pensionierte Seeofiziere beschlossen dort ihre Tage. Das Wasser der Themse war in der viktorianischen Zeit viel schmutziger als heute; jede Flut trieb den Inhalt der Kloaken mit sich stadteinwärts. Gelegentlich war der Gestank so unerträglich, daß das Oberhaus seine Sitzung abbrechen mußte; man führte auch die Cholera auf diesen Zustand zurück – daher besaß ein Haus am Flußufer lange nicht jenes Sozialprestige, wie in unserem Jahrhundert der Desodoration. Dessenungeachtet fand Charles die Häuser recht hübsch. Mochten die Bewohner in der Ortswahl auch einen perversen Geschmack gehabt haben, die Armut hatte sie offensichtlich nicht hierher getrieben. Endlich stand er vor der verhängnisvollen Haustür. Innerlich zitterte er, fühlte sich ängstlich und unwürdig dazu; die Begegnung mit der Vergangenheit, die so massiv, so festverwurzelt war, hatte seine in Amerika erworbene Selbstsicherheit schon weggespült. Verlegen war er sich bewußt, daß er, ein Gentleman, einem niederen Dienstboten einen Besuch abstattete. Das schmiedeeiserne Tor gab den Blick frei auf einen kurzen Weg, der zu einem großen Backsteinbau führte. Der größte Teil der Hausfassade, bis unter das Dach, war dicht mit Glyzinien bedeckt, die sich gerade anschickten, ihre ersten blaßblauen Blütengehänge zu öffnen.

Er hob den Türklopfer aus Messing und schlug zweimal an; nach etwa zwanzig Sekunden klopfte er wieder. Diesmal öffnete sich das Tor. Vor ihm stand ein Dienstmädchen. Durch die Haustür gewahrte er eine weite Halle und darin so viele Gemälde, daß es eher wie eine Kunstgalerie aussah.

»Ich möchte gern Mrs. . . . Roughwood sprechen. Ich glaube, sie wohnt hier.«

Das Dienstmädchen war ein schmächtiges junges Ding mit großen Augen und ohne das übliche Spitzenhäubchen. Ja, hätte sie keine Schürze getragen, er hätte nicht gewußt, wie er sie anzusprechen hatte.

»Ihr Name, bitte?«

Er stellte fest, sie ließ das »Sir« weg; vielleicht war sie gar kein Dienstmädchen; ihre Aussprache war viel besser als die eines Dienstboten. Er übergab ihr seine Karte.

»Sagen Sie ihr bitte, daß ich weit gereist bin, um sie zu sehen.«

Sie las ohne Zaudern die Karte. Das war kein Dienstmädchen. Jetzt schien sie zu zögern. Aber da kam ein Laut aus dem im Dunkel liegenden hinteren Teil der Halle. Dann stand ein Mann, sechs oder sieben Jahre älter als Charles, in der Tür. Das Mädchen wandte sich erfreut um.

»Dieser Herr möchte Sarah besuchen.«

»Ja, bitte?«

Er hielt eine Feder in der Hand. Ohne über die Schwelle zu treten, sagte Charles:

»Wenn Sie die Freundlichkeit hätten . . . Es ist eine private Angelegenheit . . . Ehe sie nach London kam, war ich gut bekannt mit ihr.«

Der Mann musterte Charles intensiv, aber nur sehr kurz; eine Spur von Widerwillen zeigte sich darin. Seine Kleider waren ein wenig vernachlässigt – sah er nicht aus wie der junge Disraeli? Dann blickte er das Mädchen an.

»Ist sie . . .«

»Ich glaube, sie unterhalten sich. Sonst nichts.«

»Sie« das waren offenbar ihre Zöglinge, die Kinder.

»Dann bring ihn hinauf, liebes Kind. Mein Herr.«

Er verbeugte sich leicht und verschwand so plötzlich, wie er gekommen war. Das Mädchen bedeutete Charles, ihr zu folgen. Die Haustür mußte er selbst schließen. Während sie schon die Treppe hinaufstieg, blieb ihm Zeit, einen Blick auf die haufenweise vorhandenen Gemälde und Zeichnungen zu werfen. Über moderne Kunst war er so weit unterrichtet, daß er feststellen konnte, welcher Schule jedes der Bilder angehörte; ja, er kannte auch den bekannten und gefeierten Künstler, dessen Signum die meisten von ihnen trugen. Das Aufsehen, das er vor etwa zwanzig Jahren erregt hatte, hatte sich inzwischen gelegt. Was man damals am liebsten verbrannt hätte, hatte jetzt seinen Preis. Der Herr mit der Feder war also ein Kunstsammler; er sammelte etwas suspekte Kunst, aber ganz offenbar war er wohlhabend.

Hinter dem schmalen Rücken des Mädchens stieg Charles eine Treppenflucht hoch; weitere Bilder begrüßten ihn, jene aus der zweifelhaften Schule herrschten immer noch vor. Aber jetzt war er zu aufgeregt, um ihnen Beachtung zu schenken. Als sie den zweiten Absatz erreicht hatten, wagte er eine Frage.

»Mrs. Roughwood ist hier als Gouvernante angestellt?«

Mitten auf der Treppe blieb das Mädchen stehen und sah amüsiert und überrascht zurück. Dann senkte sie die Augen. »Nein, Gouvernante ist sie nicht mehr.«

Einen Augenblick sah sie ihn an. Dann stieg sie weiter und kamen ins zweite Stockwerk. Seine sibyllinische Führerin wandte sich einer Tür zu.

»Bitte warten Sie hier.«

Sie betrat das Zimmer, die Tür blieb angelehnt. Charles sah von draußen ein offenes Fenster, in dem der Spitzenvorhang sich leicht im Sommerwind bauschte, dahinter Laub und dazwischen der Fluß. Er hörte leises Stimmengemurmel. Als er den Standort wechselte, um besser zu sehen, nahm er zwei Männer wahr, zwei Gentlemen. Sie standen vor einer Staffelei, die schräg zum Fenster aufgestellt war, damit das darauf befindliche Gemälde günstiges Licht erhielt. Der größere von den beiden beugte sich vor, um ein Detail zu betrachten, dadurch wurde der andere, der hinter ihm stand, sichtbar. Zufällig blickte er gerade durch den Türspalt und mitten in Charles' Augen. Er deutete eine Verbeugung an, dann sah er in die Richtung des Zimmers, die Charles verdeckt war.

Charles stand da wie betäubt.

Dieses Gesicht kannte er! Nur einmal hatte er es eine Stunde lang vor sich gesehen, Ernestina neben sich. Aber das war doch unmöglich . . . Und der Mann unten an der Tür! Diese Bilder und Zeichnungen! Hastig drehte er sich um und sah durch ein großes Fenster am anderen Ende des Flurs in einen grünen Hausgarten. Es war, als wenn er von einem Alptraum befallen wäre – er sah nichts als seine dumme Erwartung, daß gefallene Frauen immer weiter fallen müssen. War er nicht gekommen, dem Gesetz der Schwerkraft entgegenzuwirken? Jetzt war er erschüttert wie einer, der plötzlich merkt, daß die Welt auf dem Kopf steht.

Ein Laut.

Er schnellte herum. Da stand sie vor der Tür, die sie soeben geschlossen hatte; die Hand lag noch auf der Klinke. Es war plötzlich dunkler, so daß er nur mit Mühe deutlich sehen konnte.

Aber ihr Kleid! Es war so anders, daß er einen Augenblick lang meinte, jemand Fremder stehe vor ihm. Immer war sie ihm in seinen Vorstellungen in den altgewohnten Kleidern erschienen, ein gequältes Gesicht über Witwentrauer. Die hier trug die volle Uniform der emanzipierten Weiblichkeit, bei der alle Begriffe jener Zeit von dem, was sich für Frauen schickt, offen verworfen wurden. Der Rock war von sattem Dunkelblau, an der Taille von einem karminroten Gürtel mit vergoldeter Schnalle in Form eines Sterns zusammengehalten. Dazu trug sie eine rosa und weiß gestreifte, fließende Seidenbluse mit langen Ärmeln und einem zarten weißen Spitzenkragen, daran eine kleine Kameenbrosche. Das Haar war mit einem roten Band lose nach hinten gebunden.

Diese elektrisierende und bohemienhafte Erscheinung erweckte in Charles ganz spontan zwei verschiedene Reaktionen: die eine, daß sie nicht zwei Jahre älter, sondern zwei Jahre jünger aussah als damals; die andere, daß er nicht nach England zurückgekehrt, sondern auf unfaßbare Weise rund um die Erde wieder in Amerika gelandet war. Denn genauso trugen sich damals jene reizenden jungen Frauen jenseits des großen Teichs. Sie hatten den Sinn solcher Kleider erkannt, daß sie einfach zu tragen waren und attraktiv aussahen nach all den Turnüren, Korsetts und Krinolinen. In den Staaten hatte Charles den Stil mit seinen listigen und merkwürdig koketten Anspielungen auf die Emanzipation sehr reizend gefunden; aber hier, wo so vieles ihn argwöhnisch machte, trieb es ihm das Blut in die Wangen, so daß sie in ihrer Farbe sich nicht sehr von dem Rosa auf ihrer Bluse unterschieden.

Was seinen Schock dämpfte, war der Eindruck: was war aus ihr geworden! Eine Woge der Erleichterung durchflutete ihn. Diese Augen, dieser Mund, immer wieder dieser Anflug von Trotz ... alles war da. Sie war tatsächlich jene bemerkenswerte Gestalt, an die er sich aus glücklicheren Tagen erinnerte – nur erblüht, der Schmetterling dem Kokon entschlüpft.

Zehn lange Sekunden fiel kein einziges Wort. Dann faltete sie die Hände nervös in Höhe ihrer vergoldeten Gürtelschnalle und sah zu Boden.

»Wie sind Sie hierher gekommen, Mr. Smithson?«

Sie hatte also ihre Adresse nicht angegeben. Sie war auch nicht dankbar für das Wiedersehen. Er merkte nicht, daß ihre Frage identisch mit jener war, die er ihr einst gestellt hatte, als sie unvermutet zu ihm kam; aber er merkte, daß ihrer beider Positionen sich seltsam verkehrt hatten. Jetzt war er der Bittsteller und sie die widerwillig Lauschende.

»Mein Anwalt erhielt die Nachricht, daß Sie hier wohnen. Wer sie absandte, weiß ich nicht.«

»Ihr Anwalt?«

»Wußten Sie nicht, daß ich meine Verlobung mit Miß Freeman löste?«

Nun war sie erschrocken. Ihre Augen hielten seinen einen langen Moment stand, dann schlug sie sie nieder. Sie hatte nichts gewußt. Er trat einen Schritt näher und sagte mit gesenkter Stimme:

»Ich habe jeden Winkel der Stadt nach Ihnen abgesucht. Jeden Monat gab ich ein Inserat auf, in der Hoffnung . . .« Jetzt blickten sie beide auf den Boden, der zwischen ihnen lag. Ein hübscher, türkischer Teppich lief über den ganzen Flur. Er war bestrebt, seiner Stimme den normalen Klang zu geben.

»Ich sehe, Sie sind . . .« – die Worte fehlten ihm – er wollte sagen: völlig verändert.

Sie sagte: »Das Leben hat es gut mit mir gemeint.«

»Der Gentleman dort drinnen – ist er etwa . . .?«

Sie nickte und beantwortete damit die Frage in seinen noch immer ungläubigen Augen.

»Und dieses Haus gehört . . .«

Sie atmete ein, so anklagend war seine Stimme geworden. In seinem Gehirn tauchten Gerüchte auf, die er gehört hatte. Nicht über den Mann, den er im Zimmer gesehen hatte, aber über den anderen, unten an der Tür. Unvermutet ging Sarah zu der hinaufführenden Treppe, während Charles wie angewurzelt stand. Sie winkte zögernd.

»Bitte kommen Sie.«

Er folgte ihr. Oben betrat sie ein Zimmer mit der Aussicht nach Norden, über die weiten Gärten hin. Es war ein Maleratelier. Auf einem Tisch an der langen Tür lagen Zeichnungen verstreut; auf einer Staffelei ein kaum begonnenes Ölbild; nur in Konturen war eine junge Frau zu sehen, die traurig hinuntersah; hinter ihrem Kopf war etwas wie Laub angedeutet; andere Gemälde lehnten umgedreht an der Wand; an einer anderen Wand eine Reihe Haken, von denen farbenbunt Frauenkleider, Schärpen, Schals herabhingen, ein großer Tonkrug; Tische mit Gerätschaften – Tuben, Pinseln, Farbtöpfen. Ein Basrelief, kleine Skulpturen, eine Urne mit langen Binsenhalmen. Kaum ein Quadratzentimeter schien unbesetzt.

Sarah stand mit dem Rücken zu ihm am Fenster.

»Ich bin seine Gehilfin. Seine Assistentin.«

»Sie dienen ihm auch als Modell?«

»Manchmal.«

»Ich sehe es.«

Aber er sah nichts. Vielmehr, aus dem Augenwinkel sah er auf dem Tisch an der Tür eine der Skizzen, die einen weiblichen Akt darstellte. Die Frau war nackt von der Taille aufwärts und trug eine Amphora in die Hüfte gestemmt. Es schien nicht Sarahs Gesicht zu sein, aber aus dem Blickwinkel war er seiner Sache nicht sicher.

»Hier haben Sie gewohnt, seit Sie Exeter verließen?«

»Hier habe ich seit einem Jahr gewohnt.«

Wenn er nur nach dem Wie hätte fragen können. Wie waren sie einander begegnet? Unter welchen Bedingungen lebten sie zusammen? Zögernd legte er Hut, Stock und Handschuhe auf eine Sitzgelegenheit an der Tür. Ihr Haar war jetzt in seiner ganzen Fülle zu sehen, es reichte ihr fast bis zur Taille. Sie schien kleiner und schlanker als in seiner Erinnerung. Eine Taube kam geflattert und wollte sich auf dem Fensterbrett niederlassen; erschrocken flog sie weg. Unten öffnete und schloß sich eine Tür. Leise Männerstimmen erklangen, die beiden gingen hinunter. Zwischen ihnen lag das Zimmer. Zwischen ihnen lag alles. Die Stille wurde unerträglich.

Er war gekommen, um sie aus der Armut emporzuheben, sie aus einer verdrießlichen Stellung in einem verdrießlichen Haus zu erlösen. In voller Waffenrüstung war er erschienen, um den Drachen zu töten – und nun durchbrach diese junge Dame alle Spielregeln. Keine Ketten, keine Seufzer, keine bittend ausgestreckten Hände. Er war wie einer, der auf eine feierliche Soirée geladen ist und feststellen muß, daß es sich um einen Maskenball handelt.

»Er weiß, daß Sie nicht verheiratet sind?«

»Ich gelte als Witwe.«

Seine nächste Frage war ungeschickt; aber er ließ jeden Takt beiseite. »Ich glaube, seine Frau ist gestorben?«

»Sie ist tot. Aber in seinem Herzen lebt sie.«

»Er hat nicht wieder geheiratet?«

»Er bewohnt das Haus zusammen mit seinem Bruder.« Dann fügte sie den Namen einer weiteren Persönlichkeit hinzu, die auch in dem Haus lebte, als wolle sie andeuten, daß Charles' kaum verhüllte Befürchtungen bei dieser zahlreichen Bewohnerschaft grundlos seien. Jedoch der Name, den sie nannte, versetzte jeden gesitteten Viktorianer der späten sechziger Jahre in Entrüstung. Den Abscheu, den seine Dichtungen in der Öffentlichkeit erregten, drückte John Morley, einer jener Ehrenmänner, die dazu geboren sind, die Sprecher (das heißt Fassaden, ohne etwas dahinter) ihres Zeitalters zu sein, folgendermaßen aus: »Der lüsterne Meister einer Bande von Satyrn.« Charles erinnerte sich an diese Phrase, die einen Inbegriff des Verdammungsurteils enthielt. Und er war der Herr dieses Hauses! War nicht davon die Rede, daß er Opium nahm? Eine Vision stieg in ihm auf, von einer orgiastischen Haushaltung zu viert – oder zu fünft, wenn er das Mädchen hinzuzählte, das ihn heraufgeführt hatte. Aber an Sarah konnte er nichts Orgiastisches bemerken; daß sie gerade den Dichter als Beweismittel angeführt hatte, schien auf eine gewisse Unschuld zu deuten; und was hatte der berühmte Vortragskünstler und Kritiker, den er durch den Türspalt gesehen hatte – sicher, seine Ideen waren etwas überspannt, aber man schätzte und bewunderte ihn überall – was hatte er hier zu tun, wenn es eine solche Räuberhöhle war?

Ich übertreibe das schlimmere Ich von Charles, das mit der Zeit ging und mit Morley; sein besseres Ich, das ihm einst dazu verhalf, die ganze Bosheit der Stadt Lyme bis auf den Grund zu durchschauen, kämpfte tapfer, um mit all den Verdächtigungen fertig zu werden.

Mit ruhiger Stimme begann er, seine Erklärung abzugeben; in seinem Innern verfluchte eine andere Stimme seine Förmlichkeit, jene Schranke, die ihn davon abhielt, von den unzähligen einsamen Tagen, einsamen Nächten zu erzählen, wo ihr Geist neben ihm, über ihm, vor ihm war . . . von Tränen – er brachte es nicht fertig, von Tränen zu reden. Er erzählte, was in jener Nacht in Exeter vorgefallen war. Von seinem Entschluß und Sams schändlichem Verrat.

Er hoffte, sie würde sich umdrehen. Aber sie verharrte so, schaute hinaus ins Grüne und zeigte nicht ihr Gesicht. Irgendwo spielten Kinder da unten. Er endete und trat ganz nahe an sie heran.

»Was ich sage, bedeutet dir nichts?«
»Es bedeutet mir sehr viel. So viel, daß ich . . .«
Er sagte sanft: »Bitte sprich weiter.«
»Ich finde keine Worte.«
Sie entfernte sich, als könne sie ihn nicht ansehen, wenn er ihr so nahe war. Erst als sie neben der Staffelei stand, wagte sie einen Blick.
Sie murmelte: »Ich weiß nicht, was ich sagen soll.«
Aber das sagte sie ohne Bewegung, ohne eine Spur jener Dankbarkeit, die er verzweifelt ersehnte; die grausame Wahrheit war: Sie sprach mit verwirrender Einfachheit.
»Du hast gesagt, du liebst mich. Du gabst mir den stärksten Beweis dafür, den eine Frau geben kann, daß, was uns damals beherrschte, nicht nur gewöhnliche Sympathie und Anziehung war.«
»Das leugne ich nicht.«
Verletztheit und Gekränktheit flammten in seinen Augen auf. Davor schlug sie die Augen nieder. Wieder flutete das Schweigen durchs Zimmer, und jetzt wandte sich Charles zum Fenster.
»Aber du hast eine neue und dich mehr fesselnde Zuneigung gefunden.«
»Ich dachte, ich würde dich nie wiedersehen.«
»Damit ist meine Frage nicht beantwortet.«
»Ich habe mir selbst verboten, das Unmögliche zu bereuen.«
»Das beantwortet noch immer nicht . . .«
»Mr. Smithson, ich bin nicht seine Geliebte. Würden Sie ihn kennen, würden Sie sein tragisches Privatleben kennen, dann könnten Sie keinen Moment so . . .« Sie schwieg. Er war zu weit gegangen; jetzt stand er da wie ein Geprügelter, mit geröteten Wangen. Wieder Stille. Dann sagte sie einfach: »Ja, ich habe eine neue Zuneigung gefunden. Aber sie ist nicht von der Art, die Sie vermuten.«
»Dann weiß ich nicht, wie ich mir die große Verlegenheit deuten soll, als du mich wiedersahst.« Sie sagte nichts. »Ich kann mir zwar jetzt lebhaft vorstellen, daß du . . . Freunde hast, die weitaus interessanter und unterhaltender sind, als ich jemals zu sein beanspruchen könnte.« Schnell fügte er hinzu: »Du zwingst mich, daß ich mich in einer Art ausdrücke, die ich verabscheue.« Noch immer sagte sie nichts. Er wandte sich zu ihr und lächelte bitter: »Ich sehe klar. Jetzt bin ich es, der zum Menschenfeind geworden ist.« Diese Aufrichtigkeit stand ihm besser an. Sie warf ihm einen

schnellen Blick zu, nicht frei von Anteilnahme. Nach kurzem Zögern entschloß sie sich.

»Ich wollte Sie nicht dazu machen. Ich wollte das Beste. Ich hatte Ihr Vertrauen, Ihre Großzügigkeit mißbraucht, ich, ja, ich hatte mich Ihnen an den Hals geworfen, mich Ihnen aufgezwungen in dem Wissen, daß Sie andere Verpflichtungen hatten. Ich war verrückt damals. Ich sah nicht klar bis zu jenem Tag in Exeter. Das Schlimmste, was Sie damals von mir denken konnten, es entsprach der Wahrheit.« Sie hielt inne, er wartete. »Seither habe ich gesehen, wie Künstler ihre Arbeit zerstören, die dem Amateur vollkommen zu sein scheint. Einmal habe ich aufbegehrt. Man sagte mir, ein Künstler, der nicht der strengste Richter über sich selbst sein kann, ist nicht tauglich zum Künstler. Ich glaube, das stimmt. Ich glaube, es war richtig, daß ich zerstörte, was zwischen uns begonnen hatte. Es war etwas Unaufrichtiges daran, etwas –«

»Dafür trifft mich keine Schuld.«

»Nein, dafür trifft Sie keine Schuld.« Nach einer Pause fuhr sie sanfter fort: »Mr. Smithson, kürzlich las ich ein Wort von Mr. Ruskin. Er schrieb über die Inkonsequenz des Auffassungsvermögens. Damit meint er, daß das Natürliche durch das Künstliche geschändet wird, das Reine durch das Unreine. Ich glaube, das ist es, was vor zwei Jahren passierte.« Und leiser sagte sie: »Und ich weiß genau, welche Rolle ich dabei spielte.«

Wieder war der Eindruck da, daß sie ihm in einem seltsamen Maß intellektuell ebenbürtig sei. Auch das sah er, was zwischen ihnen immer als Dissonanz klang: die Förmlichkeit seiner Ausdrucksweise – am schlimmsten in jenem Liebesbrief, den sie nie erhalten hatte – und die Unmittelbarkeit in ihrem Reden. Zwei Sprachen, die auf der einen Seite Hohlheit, dumme Geschraubtheit verriet – aber sie hatte es eben jetzt so ausgedrückt: die Künstlichkeit des Auffassungsvermögens –, auf der anderen ein wesenhaftes und reines Denken und Urteilen. Es war der Unterschied zwischen einem einfachen Schlußbild eines Buchs und einer von Noël Humphrey mit Schnörkeln, Verzierungen und Rokokonichtigkeiten versehenen Seite. Darin bestand die wahre Unvereinbarkeit zwischen ihnen, und nur ihre Güte – oder ihre Sorge, ihn loszuwerden – trieb sie, das zu vertuschen.

»Darf ich das Gleichnis fortsetzen? Kann nicht das, was du den natürlichen und reinen Teil des Auffassungsvermögens nennst, wieder erlangt, wieder aufgenommen werden?«

»Ich fürchte, nein.«

Doch sie konnte ihm dabei nicht in die Augen sehen.

»Sechstausend Kilometer war ich von hier entfernt, als mich die Nachricht erreichte, du seist gefunden. Das war vor einem Monat. Keine Stunde ist seither vergangen, in der ich nicht an diese Unterredung gedacht hätte. Du . . . du kannst mir doch jetzt nicht mit ästhetischen Betrachtungen kommen, so treffend sie auch sind.«

»Sie sollten auch das Leben betreffen.«

»Dann willst du also sagen, daß du mich nie geliebt hast.«

»Das könnte ich nicht behaupten.«

Sie hatte sich abgewandt. Er trat wieder hinter sie.

»Aber du mußt es sagen! Du mußt sagen: Ich war vollkommen böse, ich sah in ihm nie etwas anderes als ein Werkzeug, das ich gebrauchen, ein Ding, das ich zerstören konnte. Und jetzt ist es mir gleichgültig, daß er mich noch immer liebt, daß er auf all seinen Reisen keine Frau gesehen hat, die sich mit mir vergleichen ließe, daß er nur mehr ein Gespenst, ein Schatten ist, ein Halbmensch, solange wir getrennt sind.« Sie hatte den Kopf gesenkt. Er sagte leiser: »Du mußt sagen: Es ist mir gleich, daß sein Verbrechen darin bestand, nur ein paar Stunden lang unentschieden zu sein, daß er es aber gesühnt hat, indem er seinen guten Namen opferte, seine . . . – Nicht, als ob das etwas zählte, ich würde alles, was ich besitze, noch hundertmal opfern, könnte ich nur wissen . . . liebste Sarah, ich . . .«

Er war gefährlich nahe daran zu weinen. Versuchsweise streckte er seine Hand aus und berührte ihre Schulter; aber kaum hatte er sie berührt, veranlaßte ihn ein unmerkliches Zurückweichen, sie fallenzulassen.

»Es gibt einen anderen.«

Er warf ihrem abgewandten Gesicht einen wütenden Blick zu, holte tief Atem und schritt zur Tür.

»Bitte. Nicht ein anderer, aber etwas anderes.«

»Das einzige, was hier zählt.«

»Das andere ist nicht das, was du denkst.«

In ihrem Ton war etwas so Neues, so Inständiges, daß er innehielt, als er nach seinem Hut greifen wollte. Er sah noch einmal zurück. Zweierlei sah er: die Sarah von früher mit ihren Anklagen und eine andere, die ihn bat, sie anzuhören. Er starrte zu Boden.

»Ja, es *gibt* einen anderen, in dem Sinn, wie du meinst. Er ist . . . Künstler, und ich begegnete ihm hier. Er will mich heiraten. Ich bewunderte und achte ihn als Mann und als Künstler. Aber ich werde ihn niemals heiraten. Wenn man mich in diesem Augenblick zwänge, zwischen Mr. . . . zwischen ihm und dir zu wählen, du würdest glücklich dieses Haus verlassen. Das bitte ich dich, mir zu glauben.« Sie kam näher, ihre Augen blickten ihn aufs direkteste an; und er mußte ihr glauben. Wieder sah er zu Boden.

»Der Rivale, den ihr beide gemeinsam habt, bin ich selbst. Ich will nicht heiraten. Ich will es nicht, weil . . . Erstens wegen meiner Vergangenheit, die mich an Einsamkeit gewöhnt hat. Immer glaubte ich, ich hasse die Einsamkeit. Jetzt lebe ich in einer Welt, wo nichts leichter ist, als der Einsamkeit zu entfliehen. Und nun finde ich, daß ich sie schätze. Ich will mein Leben nicht mit jemand teilen. Ich möchte die sein, die ich bin, nicht die, als die ein noch so gütiger und nachsichtiger Gatte mich haben will.«

»Und dein zweiter Grund?«

»Mein zweiter Grund ist meine Gegenwart. Nie habe ich erwartet, in meinem Leben je glücklich zu sein. Und jetzt fühle ich mich unter diesen Bedingungen glücklich. Ich habe eine vielseitige und mir entsprechende Arbeit – eine Arbeit, die mir so gefällt, daß ich sie nicht mehr als Arbeit ansehe. Mir wird gestattet, an den Unterredungen eines Genius teilzunehmen. Solche Männer haben ihre Fehler und ihre Unarten. Aber sie sind nicht die, als die die Welt sie sich gerne vorstellt. An den Personen, mit denen ich hier zusammentraf, nahm ich ein gemeinsames, ehrenhaftes Streben, edle Absichten wahr, von deren Existenz in dieser Welt ich bis dahin keine Ahnung hatte.« Sie wandte sich wieder der Staffelei zu. »Mr. Smithson, ich bin glücklich, ich bin jetzt, so scheint es mir wenigstens, dort, wo ich hingehöre. Das sage ich in aller Demut. Ich selbst besitze kein Genie, höchstens die Fähigkeit, einem Genie in kleinen bescheidenen Dingen behilflich zu sein. Sie werden denken, ich sei vom Glück sehr begünstigt. Niemand weiß das besser als ich. Doch ich glaube, daß ich diesem Glück auch Dank schulde. Ich will es nicht anderswo suchen. Ich muß es als eine empfindliche Sache betrachten, deren ich mich selbst nicht berauben darf.«

Wieder machte sie eine Pause, dann sah sie ihn an. »Sie mögen über mich denken, was Sie wollen, aber ich kann mein Leben nicht anders wünschen, als es jetzt in diesem Augenblick ist. Nicht einmal dann, wenn ein Mann mich drängt, den ich schätze, der mehr Eindruck auf mich macht, als ich es zeige, dessen treue und großmütige Zuneigung ich nicht verdiene.« Sie schlug die Augen nieder. »Und den ich jetzt bitte, mich zu verstehen.«

Es gab in diesem Bekenntnis mehrere Punkte, bei denen Charles sie am liebsten unterbrochen hätte. Sein Inhalt schien ihm überhaupt ketzerisch. Aber im tiefsten Inneren wuchs seine Bewunderung für die Ketzerin. Sie war mit keiner anderen Frau zu vergleichen. Er merkte, daß London und ihre neue Lebenssituation sie leicht verändert hatten; ihr Wortschatz und ihre Aussprache waren feiner geworden, sie konnte das, was sie fühlte, besser ausdrücken, und ihre Einsichten hatten sich geklärt. Jetzt hatte sie Anker geworfen in einer grundsätzlichen Auffassung vom Leben und der Rolle, die sie darin spielte, wo früher nur eine recht unsichere Bindung daran gewesen war. Ihr glänzendes Gewand hatte ihn zunächst irregeführt. Jetzt begann er zu verstehen, daß es nur ein Faktor unter anderen in ihrem jetzigen Selbstbewußtsein, ihrer Selbstgewißheit war. Sie brauchte keine Uniform mehr, die sie kleidete. Das sah er; aber er wollte nicht. Er näherte sich wieder der Mitte des Zimmers.

»Aber du kannst doch nicht den Zweck leugnen, zu dem die Frau geschaffen wurde. Wozu denn? Ich sage nichts gegen Mr. . . .« Er deutete auf das Bild auf der Staffelei, »und gegen seinen Kreis. Aber du kannst hier keinen Platz einnehmen, indem du ihnen dienst und dabei das Naturgesetz übergehst.« Er nahm seinen Vorteil war. »Auch ich habe mich verändert. Ich habe vieles erkannt, was früher falsch an mir war. Ich stelle keine Bedingungen. Was Miß Sarah Woodruff heute ist, kann sie auch als Mrs. Charles Smithson bleiben. Ich würde deine neue Welt dir nicht verbieten, ich verbiete dir nicht, weiterhin Gefallen an ihr zu finden. Ich biete dir nur eine Steigerung deines gegenwärtigen Glücks an.«

Sie ging zum Fenster, er folgte ihr bis zur Staffelei, seine Augen waren auf sie geheftet. Halb wandte sie sich um.

»Du verstehst mich nicht. Das ist nicht deine Schuld. Du bist sehr gütig. Aber man kann mich nicht verstehen.«

»Du vergißt, daß du mir das schon einmal gesagt hast. Ich glaube, du machst daraus eine Prestigeangelegenheit.«

»Ich meinte, daß nicht einmal ich selbst mich verstehe. Und ich kann dir nicht sagen, warum, aber ich glaube, mein Glück hängt davon ab, daß ich unverstanden bleibe.«

Charles mußte unwillkürlich lächeln. »Das ist Unsinn. Du willst auf meinen Vorschlag nicht eingehen, weil ich dich dazu bringen könnte, dich selbst zu verstehen.«

»Ich weise dich ab, wie ich den anderen abwies, weil du nicht verstehen kannst, daß es für mich kein Unsinn ist.« Wieder drehte sie ihm den Rücken zu; er begann, Hoffnung zu schöpfen, denn während sie an dem weißgestrichenen Fensterrahmen herumtastete, schien sie etwas von der verräterischen Verlegenheit eines eigensinnigen Kindes zu zeigen.

»Du sollst hier nicht weglaufen. Du kannst all das Geheimnisvolle für dich behalten, wenn du willst. Es soll für mich sakrosankt sein.«

»Nicht dich fürchte ich, sondern deine Liebe zu mir. Ich weiß nur zu gut, daß dann nichts sakrosankt bleibt.«

Er kam sich vor wie jemand, dessen Glück durch irgendeine triviale Redewendung in einem amtlichen Dokument vereitelt wird; das Opfer eines Einbruchs einer irrationalen Gesetzmäßigkeit auf ein vernünftiges Vorhaben. Aber für Vernunftsgründe war sie nicht zugänglich. Vielleicht ging es mit dem Gefühl besser. Er zögerte, dann näherte er sich ihr. »Hast du in meiner Abwesenheit viel an mich gedacht?«

Sie sah ihn an; ihr Blick war fast nüchtern, als habe sie diese neue Angriffsrichtung vorhergesehen und begrüße sie. Dann drehte sie sich um und starrte auf die Hausdächer jenseits der Gärten.

»Um es gleich zu sagen, ich habe viel an dich gedacht. Vor allem sechs Monate später, als ich eine der Anzeigen sah, die du aufgegeben hattest –«

»Dann wußtest du also!«

Sie fuhr ungerührt fort: »Und die mich zwang, mein Logis und meinen Namen zu wechseln. Auch ich forschte nach. Damals erst erfuhr ich, daß du Miß Freeman nicht geheiratet hast.«

Fünf lange Sekunden stand er wie erstarrt und konnte es doch nicht glauben; dann warf sie ihm einen flüchtigen Blick zu. Er meinte, einen schwachen Triumph darin zu sehen, als habe sie stets diese Trumpfkarte in der Hand gehabt, schlimmer, als habe sie nur gewartet, sie auszuspielen, um zu sehen, was er dagegen zu bieten hatte. Ruhig wandte sie sich ab, und in ihrer ruhigen, offensichtlichen Gleichgültigkeit lag mehr Abscheu als in der Bewegung. Er folgte ihr mit den Augen. Vielleicht begann er jetzt endlich, ihr Geheimnis zu begreifen. Da war eine fürchterliche Perversion des Geschlechtstriebs im Gang; er war nichts als ein gewöhnlicher Soldat, ein Bauer im großen Spiel; und wie in jedem Kampf ging es nicht um Liebe, sondern um Besitz und Land.

Er sah mehr: sie haßte die Männer nicht, sie verachtete ihn nicht mehr als andere Männer, aber ihre Manöver bildeten einfach einen Bestandteil ihres Aufmarschplans, sie waren Werkzeuge, die einem größeren Ziel dienten. Noch mehr sah er: auch ihr vorgebliches jetziges Glück war Lüge. Im Innersten litt sie genauso wie einst; und das Geheimnis bestand darin, daß sie fürchtete, er könnte ihr auf die Spur kommen. Stille. »Dann hast du also nicht nur mein Leben ruiniert, du hast noch Gefallen daran gefunden.«

»Ich wußte, daß aus einer Begegnung wie dieser hier nichts als Unglück kommen würde.«

»Ich glaube, du lügst. Ich glaube, du hast in Gedanken an mein Elend geschwelgt. Und ich glaube, du warst es, die den Brief an meinen Anwalt geschickt hat.« Sie sah ihn entrüstet an, aber er schnitt nur eine kalte Grimasse. »Du vergißt, daß ich teuer dafür bezahlt habe zu wissen, was für eine treffliche Schauspielerin du sein kannst, wenn es in deine Absichten paßt. Ich glaube auch zu wissen, warum ich jetzt eingeladen wurde, den Laufpaß in Empfang zu nehmen. Du hast ein neues Opfer gefunden. Ein letztes Mal darf ich deinen unersättlichen und unweiblichen Haß gegen mein Geschlecht stillen – dann kann ich gehen.«

»Du verkennst mich.«

Aber sie sagte es viel zu ruhig, als träfen sie seine Vorwürfe nicht, als finde sie im tiefsten Herzen Geschmack daran. Er schüttelte bitter den Kopf.

»Nein, es ist, wie ich sage. Du hast mir nicht nur den Dolch in die Brust gestoßen, es bereitete dir Entzücken, ihn darin umzudrehen.« Jetzt starrte sie ihn an, so als wehre sie sich dagegen, aber stehe unter einem hypnotischen Zwang. Wie ein trotziger Verbrecher erwartete sie ihr Urteil. Und er sprach es aus. »Der Tag wird kommen, an dem du zur Rechenschaft dafür gezogen werden wirst, was du mir angetan hast. Und wenn es eine Gerechtigkeit im Himmel gibt, dann soll deine Strafe ewig währen.«

Das waren melodramatische Worte; aber Worte zählen manchmal weniger als die Tiefe des Gefühls, das dahinter steht – und hinter diesen Worten stand Charles selbst in seiner ganzen Verzweiflung. Was in ihnen sich Bahn brach, war kein Melodrama, sondern eine echte Tragödie. Eine lange Weile starrte sie ihn noch an; in ihren Augen spiegelte sich etwas von dem fürchterlichen Aufruhr in seiner Seele. Dann senkte sie jäh den Kopf.

Noch eine Sekunde lang zögerte er; sein Gesicht war wie ein Damm unmittelbar vor dem Zerbersten, so ungeheuer lastete das

Gewicht des Fluchs auf ihm, daß er hätte aufbrüllen können. Aber im gleichen Augenblick, als sie offen ihre Schuld bekannte, preßten sich seine Kiefer knirschend zusammen, er drehte sich auf dem Absatz um und marschierte zur Tür.

Sie raffte ihren Rock mit einer Hand und lief ihm nach. Bei diesem Geräusch schnellte er herum, sie stand einen Augenblick lang unschlüssig da. Aber ehe er weitergehen konnte, hatte sie schnell vor ihm die Tür erreicht. Er fand den Ausgang versperrt.

»Ich kann dich nicht in diesem Glauben gehen lassen.« Ihr Busen hob sich, als sei sie außer Atem. Sie starrte ihn an, als ob sie ihr ganzes Vertrauen in diesen Blick setzte, um ihn festzuhalten. Als er mit der Hand eine ärgerliche Bewegung machte, sagte sie:

»In diesem Haus gibt es eine Dame, die mich kennt und mich besser als irgend jemand in der Welt versteht. Sie möchte dich sehen. Ich bitte dich, ihr das zu gewähren. Sie wird, wer ich wirklich bin, dir besser erklären können als ich selbst. Sie wird dir sagen, daß mein Verhalten dir gegenüber nicht so verwerflich ist, wie du annimmst.«

Seine Augen funkelten sie an, als wolle er es jetzt zum Dammbruch kommen lassen. Er bemühte sich sichtlich, seine Selbstkontrolle nicht zu verlieren; nicht mehr heiß, sondern eiskalt zu sein. Es gelang ihm.

»Ich bin überrascht, daß du auf den Gedanken kommst, eine mir ganz Fremde könne dein Verhalten beschönigen. Und das jetzt –«

»Sie wartet. Sie weiß, daß du hier bist.«

»Sie ist mir egal und sei es die Queen selbst. Ich will sie nicht sehen.«

»Ich werde nicht dabeisein.«

Ihre Wangen hatten sich gerötet, fast wie die von Charles. Zum ersten- und letzten Mal in seinem Leben fühlte er sich versucht, Gewalt gegen eine Angehörige des schwachen Geschlechts anzuwenden.

»Mach Platz!«

Doch sie schüttelte den Kopf. Worte reichten nicht mehr aus; es war eine Sache des stärkeren Willens. Sie sah leidenschaftlich aus, geradezu tragisch; und doch lag jetzt etwas in ihren Augen – etwas war geschehen, ein sachter Luftzug aus einer anderen Welt wehte unmerklich über sie hin. Sie beobachtete ihn, als wisse sie, daß sie ihn gestellt hatte; noch ein wenig erschrocken, unsicher, was er wohl tun würde; aber ohne Feindseligkeit. Als sei da unter der Oberfläche nichts als Neugier: wie man das Ergebnis eines Experiments abwartet. Charles konnte nicht mehr weiter. Er senkte die Augen. Denn hinter all seinem Rasen stand das Wissen, daß er sie noch immer liebte; daß sie das einzige Wesen war, dessen Verlust er nie verwinden würde. Er sprach die vergoldete Gürtelschnalle an:

»Was soll ich mir unter deinem Benehmen vorstellen?«

»Das, was ein weniger ehrenhafter Gentleman schon seit einiger Zeit erraten hätte.«

Er forschte in ihren Augen nach der Spur eines Lächelns. Nein, es konnte keins dasein. Es war keins da. Sie hielt ihn noch eine Weile mit ihren unergründlichen Augen fest, dann ging sie von der Tür weg und quer durch das Zimmer zu einem Glockenzug, der neben dem Kamin hing. Jetzt hätte er gehen können; aber er beobachtete sie, ohne sich zu rühren. »Was ein weniger ehrenhafter Gentleman . . .« Welche neue Ungeheuerlichkeit kündigte sich an? Eine andere Frau, die sie besser verstand als . . . dieser Groll gegen die Männer . . . dieses Haus, das . . . bewohnte . . . er wagte keine Antwort. Sie zog den Messingknopf zurück und ging wieder auf ihn zu. »Sie wird sofort kommen.« Sarah öffnete die Tür und sah ihn schräg an. »Ich bitte dich, hör dir an, was sie dir zu sagen hat . . . und erweise ihr den Respekt, den ihre Lage und ihr Alter verdienen.«

Damit war sie gegangen. Aber in ihren letzten Worten stak der Schlüssel. Jetzt konnte er sich vorstellen, wen er erwartete. Es war die Schwester ihres Chefs, die Dichterin (ich will kein Verstecken mehr spielen) Miß Christina Rossetti. Natürlich! War ihm nicht in ihren Versen seit je, sooft er sie bei seltenen Gelegenheiten zu Gesicht bekam, ein schwer faßbarer Mystizismus aufgefallen? Eine leidenschaftliche Liebe zum Dunklen, zum Innerlichen, zum weiblich Vertrackten? Um es offen zu sagen: brachte sie nicht absurd die Grenzen zwischen menschlicher und göttlicher Liebe durcheinander?

Er schritt zur Tür und öffnete sie. Gerade stand Sarah am anderen Ende des Flurs vor einer Tür, um einzutreten. Als sie sich umsah, öffnete er den Mund und wollte etwas sagen. Aber ein leises Geräusch von unten zeigte an, daß jemand die Treppe heraufkam, Sarah hob den Finger an die Lippen und verschwand in dem anderen Zimmer.

Charles zögerte, dann zog er sich in das Atelier zurück und ging zum Fenster. Jetzt wußte er, wer für Sarahs Lebensphilosophie verantwortlich zu machen war – es war die Dame, die der »Punch« einst eine seufzende Betschwester, die hysterische alte Jungfer in der präraffaelitischen Bruderschaft genannt hatte. Verzweifelt wünschte er, er wäre nie zurückgekommen. Wenn er nur genauer nachgefragt hätte, ehe er sich in diese elende Lage brachte. Aber jetzt war er hier – und beschloß, nicht ohne grimmiges Behagen, daß die dichtende Dame nicht in allem ihren Willen haben sollte. Mochte er ihr nicht mehr als ein Sandkorn unter Millionen bedeuten, ein langweiliges Gewächs in diesem exotischen Garten ...

Ein Geräusch. Er wandte sich um, sein Gesicht war kalt wie Stein. Aber es war nicht Miß Rossetti, sondern nur das Mädchen, das ihm den Weg gewiesen hatte, mit einem kleinen Kind, das sich in ihren Arm schmiegte. Anscheinend hatte sie die Tür angelehnt gefunden und hereingeguckt, weil sie dabei war, das Kind zu versorgen. Sie schien auch überrascht, ihn allein zu finden.

»Mrs. Roughwood ist fort?«

»Sie gab mir zu verstehen ... daß eine Dame einige Worte unter vier Augen mit mir zu sprechen wünscht. Sie hat nach ihr geläutet.«

Das Mädchen neigte den Kopf. »Ich verstehe.«

Aber anstatt, wie Charles erwartet hatte, sich zurückzuziehen, ging sie mitten ins Zimmer und setzte das Kind auf einen Teppich neben der Staffelei. Sie griff in ihre Schürzentasche und reichte dem Kind eine Fetzenpuppe, dann kniete sie einen Moment nieder, wie um sich zu vergewissern, daß dem Kind nichts fehle. Hierauf erhob sie sich unvermutet und schritt anmutig zur Tür. Charles' Ausdruck schwankte zwischen Ärger und Verwunderung.

»Ich nehme an, die Lady wird sehr bald kommen?«

Das Mädchen drehte sich um, auf ihren Lippen stand ein kleines Lächeln. Dann sah sie das Kind auf dem Teppich an.

»Sie ist gekommen.«

Mindestens zehn Sekunden lang, nachdem die Tür sich geschlossen hatte, starrte Charles wie gebannt auf das Kind. Es war ein kleines Mädchen mit dunklem Haar und rundlichen Ärmchen. Es war gerade aus dem Babyalter heraus, aber noch lange kein Kleinkind. Plötzlich schien sie zu entdecken, daß Charles ein Lebewesen war. Die Puppe wurde ihm hingereicht, dabei stieß sie einen Laut aus, den Charles sich nicht deuten konnte. Ihn beeindruckten die ernst auf ihn gerichteten Augen mit grauer Iris in einem regelmäßigen Gesicht, die irgendwie Furcht und Zweifel ausdrückten. Sie war offenbar nicht ganz sicher, wer er sei . . . In der nächsten Sekunde kniete er bei ihr auf dem Teppich. Er half ihr, auf ihren wackeligen Beinchen zu stehen, und prüfte das kleine Gesicht wie ein Archäologe, der soeben das erste Zeugnis einer bisher unbekannten antiken Schrift ausgegraben hat. Die Kleine gab unmißverständlich kund, daß sie diesen forschenden Blick nicht mochte. Vielleicht hielt er auch die zerbrechlichen Arme zu fest. Hastig fingerte er nach seiner Uhr, wie er es einst in einer ähnlichen mißlichen Lage getan hatte. Die Wirkung war die gleiche wohltätige; wenige Augenblicke später durfte er das Kind hochheben, ohne daß es protestierte, und zu einem Stuhl am Fenster tragen. Sie saß auf seinen Knien und war nur an dem silbernen Spielzeug interessiert. Und er – er war interessiert an ihrem Gesicht, ihren Händchen, jedem Zoll ihres Körpers. Und an jedem Wort, das bisher in diesem Zimmer gesprochen worden war. Die Sprache ist wie Moiré; von dem Blickwinkel, von dem aus man sie betrachtet, hängt sehr viel ab.

Er hörte, wie die Tür sich sacht öffnete. Aber er drehte sich nicht um. Im nächsten Augenblick lag eine Hand auf der Rückenlehne des Holzstuhls, auf dem er saß. Er sagte nichts, und der Besitzer der Hand sagte auch nichts; sogar das Kind war still, ganz mit der Uhr beschäftigt. In einem entfernten Haus begann ein stümperhaftes Klavierspiel – offenbar eine Dame, die sehr viel Zeit, aber kein Zeitgefühl hatte; die Ausführung war jämmerlich und nur durch die Entfernung gemildert. – Eine Mazurka von Chopin sickerte durch die Mauern, das Laubwerk, den Sonnenschein. Dieser krampfhaft sich vorwärtsbewegende Klang war das einzige Anzeichen für den Gang der Zeit. Im übrigen geschah das Unmögliche: die Geschichte gebot dem Leben Halt, es war wie eine fleischgewordene Photographie.

Dann aber wurde es dem kleinen Mädchen langweilig, und es streckte sich nach den Armen seiner Mutter. Es wurde aufgehoben, gewiegt und einige Schritte getragen. Charles starrte lange aus dem Fenster. Dann stand er auf und betrachtete Sarah mit ihrer Last. Ihre Augen waren noch ernst, aber um den Mund lag ein leichtes Lächeln. Jetzt war er der Gefoppte. Aber er wäre sechs Millionen Kilometer gereist, um sich foppen zu lassen.

Das Kind, das seine Puppe am Boden liegen sah, bewegte sich nach ihr. Sarah bückte sich kurz, hob sie auf und gab sie ihm. Einen Augenblick sah sie zu, wie das an ihre Schulter gelehnte Kind sich mit dem Spielzeug beschäftigte; dann ruhten ihre Augen auf Charles' Füßen. In die Augen konnte sie ihm nicht sehen.

»Wie heißt sie?«

»Lalage.« Sie sprach es daktylisch aus, das »g« hart. Noch immer konnte sie ihre Augen nicht erheben. »Mr. Rossetti begegnete mir eines Tages auf der Straße. Er hatte mich beobachtet, ohne daß ich es wußte. Er bat um Erlaubnis, mich zeichnen zu dürfen. Sie war noch nicht auf der Welt. In jeder Hinsicht bemühte er sich sehr gütig um mich, als er meine Lage erfuhr. Und er hat diesen Namen vorgeschlagen. Er ist ihr Pate.« Sie murmelte: »Ich weiß, es ist seltsam.« Seltsam jedenfalls waren Charles' Gefühle, und diese Seltsamkeit wurde noch dadurch verstärkt, daß sie sich so merkwürdig um seine Meinung in einer unter solchen Umständen belanglosen Sache kümmerte; es war, als fragte ihn jemand über den richtigen Stoff für die Kabinentapete in dem Augenblick, als sein Schiff an einer Klippe strandete. Betäubt wie er war, antwortete er doch:

»Es ist Griechisch und kommt von ›lalageo‹, wie ein Bach murmeln.«

Sarah neigte den Kopf, wie zum geziemenden Dank für diese sprachliche Information. Noch immer starrte Charles sie an, in seinen Ohren krachten Masten, brüllten Ertrinkende. Er würde ihr nie vergeben.

Er hörte sie flüstern: »Der Name gefällt dir nicht?«

»Ich . . .« Er schluckte. »Ja. Es ist ein hübscher Name.«

Und wieder senkte sich ihr Kopf. Aber er konnte sich nicht rühren, und seine Augen wiederholten immer dieselbe schreckliche Frage; er war wie einer, der das Mauerwerk anstarrt, das vor ihm heruntergestürzt ist und ihn, wäre er einen Augenblick später gekommen, zerschmettert hätte. Er starrte den Zufall an, jenes Element, das der Mensch aus Gewohnheit so mißachtet und in den Abstellraum der Mythologie verbannt, der aber hier in dieser Gestalt, in diesen beiden Gestalten Fleisch geworden war. Ihre Augen hoben sich nicht, die dunklen Wimpern beschatteten sie. Dennoch sah er oder meinte zu sehen, wie Tränen darin standen. Zwei, drei Schritte machte er unwillkürlich auf sie zu. Er vermochte es nicht länger, die leisen Worte brachen aus ihm hervor.

»Aber warum? Warum? Was wäre gewesen, wenn ich nie mehr . . .«

Ihr Kopf sank noch tiefer. Er vernahm kaum, was sie antwortete: »Es mußte so sein.«

Und er verstand: sie nahm es aus Gottes Hand, als Sühne für ihrer beider Sünde. Dennoch starrte er auf ihr verdecktes Gesicht:

»Und all diese grausamen Worte, die du sagtest... die du mich zu sagen zwangst?«

»Mußten gesagt werden.«

Endlich sah sie zu ihm auf. Ihre Augen waren voll Tränen, ihr Blick war unerträglich nackt. Wir alle haben einen solchen Blick ein- oder zweimal in unserem Leben empfangen und ausgesandt. Es ist der Blick, in dem Welten schmelzen, die Vergangenheit zerrinnt; es ist der Augenblick, in dem wir, zu letzter Entschlossenheit gedrängt, wissen, daß der Fels des Heils niemals etwas anderes sein kann als Liebe, jetzt und hier. Zwei Hände treffen sich, in blindem Schweigen ruht ein Kopf am anderen. Sekunden vergingen wie eine Ewigkeit, dann brach Charles das Schweigen, aber seine Frage war mehr gehaucht als gesprochen:

»Werde ich jemals deine Gleichnisse verstehen?«

Der Kopf an seiner Brust bewegt sich mit verhaltener Gewalt hin und her. Der Druck der Lippen auf kastanienbraunem Haar. Die unbegabte Dame in dem fernen Haus hörte auf zu spielen; zweifellos war sie von Reue ergriffen, oder der gepeinigte Geist des armen Chopin gebot ihr Halt. Lalage ist durch die gütige Stille gleichsam veranlaßt, über die Schönheiten der Musik nachzudenken; sie hat nachgedacht und schmeißt die Fetzenpuppe gegen die gebeugte Wange ihres Vaters. Damit erinnert sie ihn daran – es war wirklich höchste Zeit –, daß tausend Violinen uns sehr schnell anwidern, wenn nicht auch ein Schlagzeug vorhanden ist.

61

Evolution ist einfach der Prozeß, mit Hilfe dessen der Zufall (die durch natürliche Strahlung verursachten Mutationen in den Chromosomenschleifen) mit den Naturgesetzen zusammenwirkt, um Lebensformen hervorzubringen, die immer besser für das Überleben geeignet sind.

Martin Gardner, *The Ambidextrous Universe* (1967)

Echtes Mitleid besteht darin, nach seinen Erfahrungen zu handeln.

Matthew Arnold, *Notebooks* (1868)

Eine altbewährte Regel sagt, daß ein tüchtiger Romancier am Ende seines Buchs höchstens Nebenpersonen neu ins Spiel bringen darf. Ich hoffe, man verzeiht mir Lalage; aber die äußerst wichtig aussehende Person, die während der letzten Szene an der Brüstung lehnte, genau gegenüber des Hauses Cheyne Walk Nr. 16, dem Wohnsitz des Mr. Dante Gabriel Rossetti, der, nebenbei gesagt, nicht Opium, sondern Chloral einnahm und daran starb – sie mag beim ersten Anblick die erwähnte Regel gröblichst verletzen. Ich wollte den Mann nicht einführen; aber weil er zu jenen Männern gehört, die es nicht ertragen können, nicht im Rampenlicht zu stehen, die erster Klasse oder überhaupt nicht reisen, für die »der Erste« überhaupt das einzige Fürwort darstellt, die, kurz gesagt, nur erstklassige Dinge im Kopf haben, weil andererseits ich zu jenen gehöre, die es ablehnen, der Natur, und sei es die schlimmste, in den Weg zu treten, hat er sich eben selbst eingeführt – oder, wie er es nennen würde, eingeführt als der, der er in Wirklichkeit ist. Ich werde nicht die stillschweigende Folgerung bemühen, er sei schon früher als der eingeführt worden, der er in Wirklichkeit nicht war, und sei deshalb nicht eigentlich eine neue Gestalt; sondern Sie können versichert sein, daß er persönlich trotz seines Aussehens, eine sehr mindere Gestalt ist – tatsächlich so minimal wie ein Gammapartikel. Der er in Wirklichkeit ist – seine Färbung ist wahrhaft nicht erfreulich. Der einst volle Patriarchenbart ist zu einem geckenhaften Etwas von französischem Aussehen zurechtgestutzt. Die ganze Kleidung, die überreich bestickte Sommerjacke, die drei Ringe an seinen Fingern, die Panatella in dem Halter aus Bernstein, der Spazierstock mit Malachitgriff – das alles macht den Eindruck des Aufdringlichen. Er sieht ganz so aus, als habe er das Predigen aufgegeben und sich der Oper zugewandt, worin er eine weitaus bessere Rolle spiele als bei seiner früheren Tätigkeit. Kurz, er ähnelt stark einem erfolgreichen Impresario.

Jetzt lehnt er nachlässig am Geländer und drückt seine Nasenspitze leicht mit den Knöcheln des ersten und dritten beringten Fingers zusammen. Man hat den Eindruck, er kann nur mit Mühe seine vergnügte Stimmung bändigen. Er schaut nach Mr. Rossettis Haus zurück, und zwar auf eine Art, als sei er der Besitzer, als sei es ein neues Theater, das er eben erworben hat und das er gewiß füllen wird. Darin hat er sich nicht verändert; er betrachtet ganz offensichtlich die Welt als sein Besitztum, mit dem er umgehen kann, wie er will.

Jetzt richtet er sich auf. Dieser Bummel in Chelsea war ein amüsantes Zwischenspiel, aber ihn erwarten wichtigere Geschäfte. Er zieht die Uhr – eine Breguet – und wählt aus einer großen Anzahl, die an einer zweiten goldenen Kette hängen, einen kleinen Schlüssel. Er korrigiert leicht die Uhrzeit. Mag es auch an einem Instrument, das von der Werkbank des größten aller Uhrmacher kam, ungewöhnlich sein – aber anscheinend ist sie eine Viertelstunde voraus gegangen. Doppelt seltsam ist es, weil sich nirgends eine Turmuhr sehen läßt, an der er hätte bemerken können, daß seine Uhr falsch ging. Aber der Grund ist leicht zu erraten. Er baut nur niederträchtig vor, wenn er zu seiner nächsten Verabredung zu spät kommt. Eine gewisse Sorte von Chefs kann nicht einmal in den alltäglichsten Dingen den Anschein der Nachlässigkeit ertragen. Gebieterisch winkt er mit dem Spazierstock einem offenen Landauer, der etwa hundert Meter entfernt hält. Das Gefährt nähert sich in zügiger Fahrt und hält am Randstein neben ihm. Der Lakai springt herunter und öffnet den Wagenschlag. Der Impresario steigt ein, setzt sich und lehnt sich genießerisch gegen das karminrote Lederpolster. Er verschmäht die mit dem Namenszug versehene Wolldecke, die der Lakai über seine Füße breiten will. Der Lakai schließt die Tür, verbeugt sich und nimmt wieder seinen Platz neben seinem Kollegen auf dem Bock ein. Die Richtung wird angegeben, der Kutscher berührt mit dem Peitschenstiel den Hut mit der Kokarde.

Und die Equipage rollt schnell davon.

»Nein, es ist, wie ich sage. Du hast mir nicht nur den Dolch in die Brust gestoßen, es bereitete dir Entzücken, ihn darin umzudrehen.« Jetzt starrte sie ihn an, so, als wehre sie sich dagegen, aber stehe unter einem hypnotischen Zwang. Wie ein trotziger Verbrecher erwartete sie ihr Urteil. Und er sprach es aus: »Der Tag wird kommen, an dem du zur Rechenschaft dafür gezogen werden wirst, was du mir angetan hast. Und wenn es eine Gerechtigkeit im Himmel gibt, dann soll deine Strafe ewig währen.«

Noch eine Sekunde lang zögerte er; sein Gesicht war wie ein Damm unmittelbar vor dem Zerbersten, so ungeheuer lastete das Gewicht des Fluchs auf ihm, daß er hätte aufbrüllen können. Aber im gleichen Augenblick, als sie offen ihre Schuld bekannte, preßten sich seine Kiefer knirschend zusammen, er drehte sich auf dem Absatz um und marschierte zur Tür.

»Mr. Smithson!«

Einen oder zwei Schritte machte er noch; dann blieb er stehen und warf ihr über die Schulter einen Blick zu. Aber mit unerbittlicher Entschlossenheit sah er sofort wieder auf die Türschwelle, vor der er stand. Er hörte das leichte Rascheln ihres Kleides, sie stand dicht hinter ihm.

»Ist es nicht der Beweis dessen, was ich eben sagte? Daß wir einander am besten nie begegnet wären?«

»Deine Logik läßt den Schluß zu, daß ich dein wahres Wesen kannte. Das war nicht der Fall.«

»Bist du sicher?«

»Ich habe deine Herrin in Lyme für eine selbstsüchtige, frömmlerische Frau gehalten. Jetzt sehe ich, daß sie eine Heilige war im Vergleich zu ihrer Gesellschafterin.«

»Und wäre es nicht selbstsüchtig gewesen, wenn ich im Wissen, dich nie wie deine Frau lieben zu können, gesagt hätte, du sollst mich heiraten?«

Charles sah sie eisig an. »Es hat eine Zeit gegeben, da sprachst du von mir als deiner letzten Zuflucht. Deiner einzigen Hoffnung, die dir im Leben blieb. Unsere Lage hat sich jetzt ins Gegenteil verkehrt. Du hast keine Zeit für mich. Schön. Aber mach nicht den Versuch, dich zu rechtfertigen. Das hieße nur, noch mehr Bosheit zu einem schon großen Unrecht hinzuzufügen.«

Seiner Meinung nach war alles aus: das war sein stärkstes, aber auch sein verwerflichstes Argument gewesen. Und als er es aussprach, konnte er nicht sein Zittern verbergen; er war am Ende seiner Kraft, wenigstens fühlte er sich in seiner Aufregung so. Noch einen letzten gepeinigten Blick warf er ihr zu, dann zwang er sich zur Tür, um sie zu öffnen.

»Mr. Smithson!«

Noch einmal. Und jetzt fühlte er ihre Hand auf seinem Arm. Zum zweitenmal stand er gefangen und haßte jene Hand, die ihn lähmte. Es war, als versuche sie, ihm etwas mitzuteilen, was sie nicht in Worte fassen konnte. Vielleicht nicht mehr als den Ausdruck des Bedauerns, eine Entschuldigung. Aber wäre es nur das gewesen, sie hätte ihre Hand doch zurückgezogen, als sie ihn berührte; und dies hielt ihn nicht nur moralisch, sondern körperlich zurück. Sehr langsam drehte er den Kopf und sah sie an; erschüttert nahm er in ihren Augen, wenn nicht auf ihren Lippen, die Andeutung eines Lächelns wahr; es war eine geisterhafte Erinnerung an jenes Lächeln, das sie ihm seltsamerweise schenkte, als sie von Sam und Mary beinahe ertappt worden waren. War es Ironie, sollte es heißen, nimm das Leben nicht zu ernst? Oder weidete sie sich gar an seinem Elend? Aber jetzt, als er sie mit seinen verwirrten und gänzlich humorlosen Augen wieder prüfte, hätte sie ihre Hand doch bestimmt zurückziehen müssen. Doch immer noch fühlte er ihren Druck auf seinem Arm, als wollte sie sagen: schau doch, kannst du nicht sehen, daß es eine Lösung gibt?

Es überkam ihn. Er sah auf ihre Hand hinunter, dann zu ihrem Gesicht auf. Langsam, gleichsam als Erwiderung, überzogen sich ihre Wangen mit einer Röte, das Lächeln in ihren Augen erstarb. Die Hand fiel neben ihr herab. Und sie verharrten und starrten einander an, als seien ihrer beider Gewänder plötzlich von ihnen abgefallen und als seien sie nackt. Für ihn war es weit weniger geschlechtliche Nacktheit als eine klinische, und der verborgene Krebs wurde in seiner ganzen ekelhaften Realität sichtbar. Er forschte in ihren Augen, als könne er darin ihre wahren Absichten lesen, aber er fand nur einen Geist, der bereit war, alles zu opfern, nur nicht sich selbst – bereit, die Wahrheit, das Gefühl, vielleicht jede weibliche Scham daranzugeben, um die eigene Integrität zu wahren. Und da, als sich die Möglichkeit eines Opfers andeutete, fühlte er sich einen Augenblick lang versucht. Er konnte sehen, wie hinter ihrem klaren Wissen die Furcht stand, sie könnte daneben gegriffen haben; daß er sie am meisten verletzen würde, wenn er ihr Angebot einer platonischen Freundschaft, selbst wenn sie eines Tages noch intimer, aber nie legitimiert wäre, annähme.

Kaum aber hatte er dies gesehen, da sah er auch, wie ein solches Arrangement in Wirklichkeit verlaufen würde: er wäre eines Tages im geheimen die Zielscheibe des Spotts in diesem verdorbenen Haus, der formelle Liebhaber, der Prügelknabe für alles. Er sah, weshalb er ihr wahrhaft überlegen war: nicht wegen seiner Geburt, nicht wegen seiner Erziehung, seiner Intelligenz, seines Geschlechts, sondern weil er fähig war zu geben und gleichzeitig unfähig, Kompromisse zu schließen. Sie konnte nur geben, um zu besitzen; und ob sie ihn nun besitzen wollte, weil er der war, der er war, oder weil der Besitztrieb in ihr so beherrschend war, daß er immer wieder befriedigt werden mußte, niemals durch eine Eroberung allein, oder weil ... er konnte und würde es nie wissen – aber ihn zu besitzen, war ihr nicht genug.

Schließlich erkannte er, daß sie wußte, er würde ablehnen. Sie hatte ihn von Anbeginn manipuliert; sie würde es bis zum Ende tun.

Einen letzten Blick flammender Ablehnung warf er ihr zu und verließ das Zimmer. Sie machte keinen Versuch mehr, ihn festzuhalten. Er sah gerade vor sich hin, als seien die Bilder an den

Wänden, an denen vorbei er hinunterging, ebenso viele stille Betrachter. Er war der letzte Mann von Ehre, und er ging zum Schafott. Er wünschte sich, weinen zu können; aber in diesem Haus sollte ihn nichts zum Weinen bringen, nichts dazu, aufzuschreien. Als er die Halle betrat, begegnete ihm das Mädchen, das ihm den Weg gezeigt hatte; sie kam aus einem Zimmer und trug ein kleines Kind auf dem Arm. Schon öffnete sie ihren Mund, um etwas zu sagen, aber Charles' rasender, eiskalter Blick ließ sie verstummen. Er verließ das Haus.

Als er sich am Gartentor fragte, wohin er jetzt gehen sollte, mußte er feststellen, daß er es nicht wußte. Es war, als sei er neu geboren, doch mit den Fähigkeiten und Erfahrungen eines Erwachsenen. Aber mit der Hilflosigkeit eines Babys; alles mußte von neuem begonnen, alles wieder erlernt werden! Er ging schräg über die Straße wie blind, ohne zurückzusehen, bis zur Kaianlage. Sie war verlassen; in der Ferne fuhr ein Landauer davon, als er das Geländer erreichte, war er verschwunden.

Ohne zu wissen weshalb, starrte er auf den grauen Fluß hinunter, dessen Wasser jetzt, bei Hochflut, nahe waren. Er bedeutete: zurück nach Amerika; er bedeutete, daß vierunddreißig Jahre des sich Emporkämpfens umsonst, umsonst waren; er war unten; vor ihm lag, dessen war er sicher, eine Einsamkeit des Herzens so total wie die ihre; vor ihm lag – und als all das, was der Fluß bedeutete, im Vor- und Zurückschauen wie eine dunkle Lawine über ihn stürzte, da wandte er sich endlich um und sah zu dem Haus zurück. An einem offenen Fenster im oberen Stockwerk war es, als falle ein weißer Spitzenvorhang in seine Lage zurück.

Aber das schien nur so, nur der Maiwind hatte sein müßiges Spiel getrieben. Denn Sarah ist im Atelier zurückgeblieben und starrt in den Garten hinunter, wo ein Kind und eine junge Frau, vielleicht seine Mutter, im Gas sitzen und aus Gänseblümchen eine Kette flechten. Stehen in ihren Augen Tränen? Sie ist von mir zu weit entfernt, als daß ich es sagen könnte; weil die Fensterscheiben das Leuchten des Sommerhimmels reflektieren, sehe ich von ihr nicht mehr als einen Schatten hinter dem Licht.

Sie können natürlich denken, daß die Ablehnung des Angebots, das unausgesprochen in der hemmenden Hand lag, Charles' letzte Torheit war; und daß es zumindest ein gewisses Schwanken in der Haltung Sarahs verriet. Sie können auch denken, daß sie im Recht war, daß ihr Kampf um Lebensraum der legitime Aufstand des Unterdrückten gegen den ewigen Eindringling war. Aber was Sie nicht denken dürfen, ist der Gedanke, daß dieser Schluß ihrer Geschichte weniger plausibel ist als der vorige.

Denn ich bin, zwar auf Schleichwegen, zu meinem ursprünglichen Grundsatz zurückgekehrt: daß es im Sichtbaren keinen Gott gibt, der eingreift – wie es das erste Motto dieses letzten Kapitels sagt; also nur das Leben, das wir im Rahmen unserer uns vom Zufall geliehenen Möglichkeiten selbst gestalten, oder, wie Marx es definiert hat: die Handlungen von Männern (und Frauen) in Verfolgung ihrer Ziele. Das Grundprinzip, das diese Handlungen leiten sollte und das, wie ich glaube, immer die Handlungen Sarahs leitete, habe ich als zweites Motto gesetzt. Ein moderner Existentialist würde zweifellos »Frömmigkeit« durch »Humanität« ersetzen; aber er würde mit Arnolds Absicht übereinstimmen.

Der Strom des Lebens fließt, von geheimen Gesetzen gelenkt, nach einer geheimen Bestimmung eine verlassene Kaianlage entlang; und jene andere verlassene Kaianlage entlang geht Charles nun seines Weges, ein Mann, der hinter einer Lafette schreitet, auf der sein eigener Leichnam liegt. Geht er dem drohenden Tod von eigener Hand entgegen? Ich glaube nicht; denn er hat endlich jenen Funken Selbstvertrauen gefunden, etwas wahrhaft Einmaliges, auf dem sich bauen läßt; obgleich er es bitter verneinen würde, obgleich die Tränen in seinen Augen seinem Nein Nachdruck verleihen, hat er begonnen einzusehen, daß das Leben, wie sehr Sarah auch für die Rolle der Sphinx geeignet schien, kein Geheimnis und kein ungelöstes Rätsel ist, daß es nicht nur ein Gesicht hat und daß man nicht aufgeben darf, wenn die Würfel gefallen sind; sondern daß das Leben ertragen werden muß, wie unzulänglich, leer und hoffnungslos es auch sei, bis ins eiserne Herz der Städte hinein. Und dann wieder hinaus auf das unergründliche, salzige, befremdende Meer.

Hans Flesch-Brunningen

Die Frumm

Ullstein Buch 20104

ein Ullstein Buch

Als Älteste von neun unehelichen Geschwistern im ersten Jahrzehnt dieses Jahrhunderts in Niederösterreich geboren, zieht Angela Frumm schon früh nach Wien, arbeitet als Tingeltangel-Tänzerin, verliebt sich in einen stadtbekannten Taugenichts, erlebt Faschismus und Judenverfolgung, säubert als Dienstverpflichtete Latrinen in Norwegen, desertiert, wird in einen Mord verwickelt, arbeitet als Hausmädchen, als Klofrau – kurz: Ihr Schicksal spiegelt den Kampf eines Menschen um Identität und Überleben in einer Zeit der Gewalt.